LE COMPLOT DU CROISSANT

Clive Cussler est né aux États-Unis en 1931. Après avoir servi dans l'armée en tant qu'ingénieur mécanicien, il entame une carrière dans la publicité et se lance également dans l'écriture. Dès ses premiers romans, *Mayday !* et *Iceberg*, il donne naissance à son héros récurrent Dirk Pitt. Clive Cussler a également acquis une solide réputation de chasseur d'épaves, il est d'ailleurs président de l'Agence nationale maritime et sous-marine (NUMA). Cette activité inspire nombre de ses romans dont *Renflouez le Titanic !*, qui lui a valu un succès mondial.

Dirk Cussler a activement participé aux expéditions de son père au sein de la NUMA, dont il préside le conseil de surveillance. Il vit en Arizona.

Paru dans Le Livre de Poche :

ATLANTIDE
CYCLOPE
DRAGON
ICEBERG
L'INCROYABLE SECRET
MAYDAY !
ODYSSÉE
ONDE DE CHOC
L'OR DES INCAS
PANIQUE À LA MAISON-BLANCHE
LA POURSUITE
RAZ DE MARÉE
RENFLOUEZ LE TITANIC !
SAHARA
TRÉSOR
VIXEN 03
VORTEX

Avec Grant Blackwood

L'EMPIRE PERDU
L'OR DE SPARTE

Avec Dirk Cussler

DÉRIVE ARCTIQUE
LE TRÉSOR DU KHAN
VENT MORTEL

Avec Craig Dirgo

BOUDDHA
CHASSEURS D'ÉPAVES II
PIERRE SACRÉE

Avec Jack Du Brul

CORSAIRE
CROISIÈRE FATALE
LA MER SILENCIEUSE
QUART MORTEL
RIVAGE MORTEL

Avec Paul Kemprecos

À LA RECHERCHE DE LA CITÉ PERDUE
GLACE DE FEU
MÉDUSE BLEUE
MORT BLANCHE
LE NAVIGATEUR
L'OR BLEU
SERPENT
TEMPÊTE POLAIRE

Avec Justin Scott

LA COURSE
L'ESPION
LE SABOTEUR

CLIVE CUSSLER
ET DIRK CUSSLER

Le Complot du croissant

ROMAN TRADUIT DE L'ANGLAIS (ÉTATS-UNIS) PAR FRANÇOIS VIDONNE

GRASSET

Titre original :

CRESCENT DAWN

Publié par Putnam, avec l'accord de Peter Lampack Agency, Inc.

ISBN : 978-2-253-09505-7 – 1re publication LGF

Prologue

Horizons hostiles

327 après Jésus-Christ
Mer Méditerranée

L'écho des battements de tambour se réverbérait sur les cloisons de bois dans un staccato rythmique d'une précision sans faille. Le *celusta* frappait avec méthode, de façon à la fois souple et mécanique, la peau de chèvre de son instrument. Il pouvait battre ainsi pendant des heures sans manquer un seul temps – sa formation musicale se basait plus sur l'endurance que sur le sens de l'harmonie. La qualité de son tempo était indéniable, mais son public de galériens n'espérait qu'une chose : que sa monotone prestation se termine au plus vite.

Lucius Arcelian frotta sa paume moite sur ses jambières, puis raffermit sa prise sur le lourd aviron de chêne. Tout en le plongeant dans l'eau d'un mouvement régulier, il ajusta très vite sa cadence sur celle des autres rameurs. Jeune Crétois, Lucius s'était enrôlé dans la marine romaine six ans plus tôt, attiré par une rémunération gratifiante et par la perspective d'acquérir la citoyenneté romaine à l'issue de sa période d'engagement. Éprouvé sur le plan physique par son labeur des dernières années, il n'aspirait plus qu'à obtenir un poste moins pénible à bord du vaisseau impérial avant que ses bras ne finissent par le lâcher.

Les galères romaines n'employaient pas d'esclaves, contrairement à ce que prétendent aujourd'hui les légendes hollywoodiennes. Les navires étaient mus par des hommes enrôlés et payés, souvent recrutés dans des pays de tradition maritime soumis au joug de l'empire. Tout comme leurs homologues de l'armée romaine, les recrues subissaient un entraînement éreintant avant de rejoindre leur poste. Les rameurs, minces et puissants, étaient capables de travailler douze heures par jour si nécessaire. Pourtant, leur birème de type liburnien, un navire de guerre petit et léger avec une seule file de rameurs sur chaque flanc, était équipée d'une grande voile hissée au-dessus du pont, et les galériens ne servaient que de force d'appoint.

Arcelian observa le *celusta*, un tout petit homme chauve qui battait du tambour tandis que son singe apprivoisé se tenait à ses côtés. Il ne put s'empêcher d'être frappé par la ressemblance entre l'homme et son animal. Ils avaient tous deux de grandes oreilles, un visage rond et joyeux. Le *celusta* affichait toujours une expression hilare ; il souriait aux galériens en tournant vers eux ses dents jaunes, ébréchées, et son regard vif et malin. Cette vision semblait rendre la tâche plus facile aux membres de l'équipage, et Lucius comprit que le capitaine s'était montré avisé en enrôlant un tel homme à son bord.

— *Celusta*, cria un Syrien brun de peau. Le vent est violent et la mer agitée. Pourquoi as-tu donné l'ordre de souquer ?

Une lueur éclaira le regard du joueur de tambour.

— Il ne m'appartient pas de mettre en doute la sagesse de mes officiers. Sinon, je me retrouverais moi aussi au banc de rame, répondit-il en riant de bon cœur.

— Je parie que le singe ramerait plus vite, rétorqua le Syrien.

Le *celusta* tourna les yeux vers l'animal pelotonné contre lui.

— C'est vrai qu'il est costaud, ce petit gaillard, reconnut-il sur le ton de la plaisanterie. Mais pour répondre à ta question, je dois admettre que j'ignore la réponse. Peut-être le capitaine souhaite-t-il donner un peu d'exercice à un équipage de bavards ? Ou il se peut qu'il veuille juste filer plus vite que le vent.

Un peu plus d'un mètre au-dessus de leurs têtes, sur le pont supérieur, le capitaine contemplait par moments l'horizon vers l'arrière. Au loin, deux points gris-bleu semblaient danser sur les eaux houleuses et leur taille augmentait à chaque minute qui passait. Il détourna le regard et observa la voile ; il aurait aimé que son bâtiment puisse voguer plus vite que le vent lui-même.

Une profonde voix de baryton interrompit le cours de ses pensées.

— Est-ce le courroux de la mer qui fait trembler tes genoux, Vitellus ?

Le capitaine se retourna pour faire face à un homme robuste, vêtu d'une tunique recouverte d'une cuirasse sur le torse, qui le contemplait avec une expression de dédain. C'était un centurion du nom de Plautius, qui commandait les trente soldats stationnés à bord.

— Deux bâtiments approchent par le sud, annonça Vitellus. Des navires pirates, j'en suis certain.

Le centurion observa les deux vaisseaux d'un air dégagé, puis haussa les épaules.

— Ce ne sont que des insectes, répondit-il sans prendre la menace au sérieux.

Vitellus, quant à lui, savait à quoi s'en tenir. Les pirates, telle une punition divine, étaient la plaie de la navigation romaine depuis des siècles. Un siècle plus tôt, Pompée le Grand avait débarrassé les rives de la Méditerranée de la piraterie organisée, mais de petits groupes sévissaient encore au large. Si leurs cibles habituelles étaient les navires marchands, les bandits de la mer savaient que les birèmes transportaient parfois de précieuses cargaisons. En songeant à son chargement, Vitellus se demanda si les barbares n'avaient pas été renseignés à terre après son appareillage.

— Plautius, je n'ai pas besoin de te rappeler l'importance de ce que nous transportons à bord, se contenta-t-il de déclarer.

— Bien sûr. Sinon, pourquoi me trouverais-je sur ce misérable rafiot ? C'est moi que l'on a chargé d'assurer la sécurité de ces biens jusqu'au moment où ils seront remis à l'empereur de Byzance.

— Un échec aurait des conséquences fatales pour nous et nos familles, rappela Vitellus en pensant à son épouse et à son fils, qui se trouvaient à Naples.

Il scruta la mer au-delà de la proue et ne vit que les vagues aux reflets d'ardoise qui roulaient à la surface.

— Et pas le moindre signe de notre escorte.

Trois jours plus tôt, la galère avait appareillé de Judée, escortée d'une imposante trirème de guerre, mais la nuit précédente, les deux bâtiments s'étaient trouvés séparés par un grain violent, et la trirème était depuis restée hors de vue.

— Je ne crains pas les barbares, lâcha Plautius. La mer sera bientôt rouge de leur sang.

C'était en raison de cette outrecuidance que Vitellus avait détesté le centurion dès leur première rencontre, mais il ne doutait pas de ses aptitudes au combat et se félicitait de l'avoir à ses côtés.

Plautius et son contingent de légionnaires étaient membres de la *Scholæ Palatinæ*, une force d'élite chargée de veiller à la protection de l'empereur. La plupart étaient des vétérans endurcis qui s'étaient battus sur la frontière avec Constantin le Grand et avaient participé à sa campagne contre Maxientus, le rival dont la défaite avait permis l'unification de l'empire morcelé. Plautius lui-même portait une vilaine cicatrice le long de son biceps gauche, souvenir d'une rencontre mouvementée avec un guerrier wisigoth, un combat qui avait bien failli lui coûter son bras. Il portait ce stigmate avec fierté comme une preuve de sa résistance et de son ardeur, qualités qu'aucune de ses connaissances n'eût osé mettre en doute.

Tandis que les pirates approchaient, Plautius rassembla ses hommes sur le pont découvert, où se tenaient également les galériens qui n'étaient pas aux bancs. Tous les soldats portaient la tenue de bataille romaine de l'époque : le glaive court appelé *gladius*, le bouclier rond en bois lamellé et, comme arme de trait, un javelot, le *pilum*. Le centurion se hâta de diviser ses hommes en petites unités de combat afin de défendre le bâtiment sur ses deux flancs.

Vitellus gardait l'œil rivé sur leurs poursuivants, qu'il pouvait à présent distinguer de façon précise. Il s'agissait de galères équipées de voiles plus petites et longues de vingt mètres, soit environ la moitié de la taille du vaisseau romain. L'une d'elles arborait une voilure bleu ciel, tandis que celle de la seconde était grise, et les deux coques étaient couvertes d'une peinture étain terne destinée à se fondre sur la couleur de la mer, une vieille ruse des pirates siciliens. Les deux bâtiments disposaient d'une double voile qui leur garantissait une vitesse supérieure par vent vif. Et ce jour-là, il soufflait fort, ce qui laissait aux Romains peu de chances de s'échapper.

Une lueur d'espoir apparut lorsque le guetteur, à l'avant, annonça une terre en vue. Vitellus plissa les yeux et distingua les contours indécis d'un rivage rocheux, vers le nord. Quant à savoir de quelle terre il s'agissait, Vitellus en était réduit aux conjectures. Les vaisseaux naviguaient surtout au jugé, et l'orage récent avait fait dévier la birème de sa route. Vitellus ne pouvait qu'espérer en silence que les côtes d'Anatolie ne soient pas trop éloignées, car alors, ils auraient de bonnes chances de rencontrer d'autres navires de la flotte romaine.

Le capitaine se tourna vers l'homme à la carrure de bouledogue qui maniait le lourd gouvernail.

— *Gubernator*, mets le cap sur la terre et sur toute étendue de mer sous le vent qui se présentera à nous. Nous ne pouvons pas ôter la brise de leur voile, mais nous pourrons surclasser ces diables grâce à nos avirons.

Plus bas, ordre fut donné au *celusta* de battre un rythme rapide et soutenu. Arcelian et les autres cessèrent de parler, et l'on n'entendit plus que le mugissement grave de leur respiration. Le bruit s'était répandu que des écumeurs s'étaient lancés à leur poursuite, et chacun se concentrait pour souquer avec autant de vitesse et d'efficacité que possible, sachant que leurs vies étaient peut-être en jeu.

Pendant près de trente minutes, ils conservèrent leur avance sur leurs poursuivants. Le vaisseau romain, propulsé à la fois à la rame et à la voile, s'enfonçait entre les vagues à près de sept nœuds. Mais les forbans, avec leur voilure plus adaptée et leurs navires plus petits, gagnèrent du terrain. Le commandement finit par autoriser les galériens, au bord de l'épuisement, à relâcher leur effort pour conserver quelques forces. Alors que la terre surgissait devant eux, brune et poussiéreuse, les bandits se rapprochèrent et lancèrent l'attaque.

Tandis que son navire compagnon restait vers l'arrière de la galère, le bateau aux voiles bleues s'approcha par le travers puis, en une manœuvre surprenante, entreprit de dépasser la birème. Alors qu'il longeait son flanc, une horde bariolée de barbares armés, stationnés sur le pont, lança à pleins poumons des railleries aux Romains. Vitellus ignora leurs cris et continua à surveiller la côte vers l'avant. Les trois navires n'étaient qu'à quelques milles du littoral et il constata que le vent gonflait un peu moins fort sa voilure carrée. Il craignait que la brise soit trop faible et trop tardive pour ses rameurs exténués.

Il scruta le paysage. Il espérait gagner le rivage pour que les légionnaires puissent combattre sur la terre ferme, leur terrain de prédilection. Par malheur, la côte était formée d'une muraille de pierre escarpée et il ne vit aucune anse où il aurait pu accoster.

Le pirate de tête, qui se trouvait désormais à presque un quart de mille devant eux, pivota soudain. En une habile bordée, il effectua un demi-tour complet et se dirigea droit vers la galère. À première vue, c'était un pari presque suicidaire. Dans la stratégie romaine, l'éperonnage était la règle de base et, malgré ses dimensions modestes, la birème était munie d'une lourde proue de bronze. Peut-être les barbares étaient-ils tout en muscles et sans cervelle, se dit Vitellus. Il aurait souhaité plus que tout au monde éperonner et couler le pirate, auquel cas le second barbare battrait sans nul doute en retraite.

— Lorsqu'il virera à nouveau, s'il le fait, suis-le et éperonne-le à tout prix, ordonna-t-il au timonier.

Un officier subalterne, posté sur les marches qui menaient aux bancs, attendait les ordres à transmettre aux rameurs. Sur le pont, les légionnaires tenaient leurs boucliers d'une main et leurs javelots de l'autre, prêts pour le premier assaut. Dans l'attente, le silence s'installa.

— Attaquez-les, cria le Romain tandis que le timonier poussait la barre à fond.

À tribord, les galériens inversèrent le mouvement des rames et poussèrent la birème vers bâbord. Tout aussi vite, ils repartirent vers l'avant et conjuguèrent leurs efforts à ceux de leurs collègues, de l'autre côté.

Le navire pirate, plus petit, tenta de se mettre en travers, mais la galère accompagna son mouvement. Sa voile s'amollit quand il vira, et les barbares perdirent leur élan. Les Romains en profitèrent pour prendre de l'avance. En l'espace d'un instant, le chasseur devint la proie. Le vent gonfla à nouveau la voile du pirate, et il bondit en avant, mais pas assez vite. L'éperon de bronze de son ennemi heurta son flanc à la poupe, ouvrant une large déchirure jusqu'au tableau arrière. Le navire faillit chavirer sous l'impact, puis se redressa, sa proue basse sur l'eau.

Une clameur s'éleva parmi les rangs des légionnaires, et Vitellus lui-même s'autorisa un sourire de soulagement en constatant que la chance venait de tourner en leur faveur. Il observa alors le second vaisseau pirate et comprit aussitôt qu'ils avaient été dupés.

Pendant l'assaut, le navire aux voiles grises s'était rapproché sans se presser et, au moment de l'éperonnage, il s'était aussitôt porté sur leur travers. Un craquement d'avirons brisés retentit tandis qu'une grêle de flèches et de grappins s'abattait sur le pont. En quelques secondes, les deux bâtiments furent accrochés l'un à l'autre de façon inextricable et une meute de barbares armés d'épées grimpa à bord par le flanc.

La première vague d'assaillants eut à peine le temps de mettre pied sur le pont qu'elle se trouva empalée sur un barrage de javelots. Les lancers des Romains étaient d'une précision mortelle, et une douzaine de barbares moururent sous leurs traits. Mais l'abordage fut à peine ralenti, et douze bandits prirent la place de ceux qui étaient tombés. Plautius maintint ses hommes en retrait jusqu'à ce que le pont grouille de pirates, puis il se releva et chargea. Le fracas métallique des épées se mêlait aux cris d'agonie. Les légionnaires, mieux entraînés et plus disciplinés, parvinrent à freiner les premiers assauts. Les pirates s'attaquaient le plus souvent à des marchands peu armés, et non à des soldats bien équipés, et ils cédèrent tout d'abord devant la vigoureuse résistance des Romains. Tout en repoussant les abordeurs, Plautius rassembla la moitié de ses hommes pour contre-attaquer et il en prit la tête pour poursuivre les barbares à bord de leur propre navire.

Les brigands se dispersèrent, mais se regroupèrent aussitôt en constatant que les légionnaires étaient largement inférieurs en nombre. Ils attaquèrent par groupes de trois ou quatre hommes qui se concentraient sur un seul soldat pour occuper sa position. Plautius perdit six combattants avant de parvenir à organiser ses troupes en carré.

Sur le pont arrière, le capitaine vit le centurion couper un homme en deux au fil de son épée et se frayer un chemin parmi les barbares. Non sans hardiesse, Vitellus avait fait virer son bâtiment en direction de la terre au cours de l'assaut, son assaillant toujours arrimé à son flanc. Mais le pirate lâcha une ancre de pierre qui finit par toucher le fond et immobiliser les deux bateaux.

Pendant ce temps, le bâtiment à voile bleue avait viré de bord et tentait de rejoindre le lieu du combat. Les voies d'eau de sa coque diminuaient sa vitesse, et il se dirigeait tant bien que mal vers le flanc tribord exposé de la birème. Imitant la manœuvre de son navire compagnon, il réussit à s'aligner sur elle et ses hommes lancèrent aussitôt des grappins.

— Tous les rameurs aux armes ! Sur le pont ! hurla Vitellus.

Les galériens épuisés se rallièrent aux cris du capitaine. Entraînés avant tout en tant que soldats, il leur appartenait, comme à tous les autres marins, de défendre le vaisseau. Arcelian suivit ses camarades qui s'alignaient pour boire une gorgée d'eau d'un pot de terre avant de s'élancer sur le pont, épée à la main.

— Gardez la tête baissée, cria-t-il au *celusta*, qui leur avait distribué les armes et les suivait en queue de file.

— Quand je tue un barbare, je veux le regarder dans les yeux, répondit le batteur de tambour avec son inimitable sourire.

Les rameurs arrivèrent juste à temps alors que la seconde vague de pirates se lançait à l'abordage sur le bastingage tribord. Très vite, équipage et attaquants se fondirent en une masse indistincte d'acier et de chair.

Lorsque Arcelian atteignit sur le pont, il fut horrifié par le carnage. Des cadavres et des membres sectionnés jonchaient le sol. C'était son baptême du feu, et il se figea jusqu'au moment où un officier accourut pour lui lancer un ordre :

— Coupez les cordages des grappins !

Arcelian aperçut une corde tendue qui partait de la proue. Il bondit, la sectionna d'un coup d'épée et la vit fouetter l'air en revenant vers le navire à voile bleue dont la galère dominait le pont de plus d'un mètre. Il jeta un coup d'œil en contrebas et constata qu'une demi-douzaine d'amarres similaires étaient installées sur le bâtiment des assaillants.

— Coupez-les ! cria-t-il. Il faut repousser les barbares !

Il s'époumonait en vain : presque tous les membres d'équipage étaient engagés dans un combat à mort avec les pirates. Il nota cependant un signe encourageant : vers la proue, le *celusta* s'attaquait à son tour à un cordage avec une petite hache. Mais le temps manquait. Sur le vaisseau ennemi qui sombrait, les barbares redoublaient d'efforts pour embarquer en masse à bord de la galère, sachant qu'ils ne resteraient plus très longtemps à flot.

Arcelian enjamba le cadavre d'un camarade pour atteindre le grappin suivant et leva son épée. Avant que la lame n'ait eu le temps de s'abattre, il entendit un sifflement, et une flèche aiguisée se ficha dans le pont à deux ou trois centimètres de son pied. Il l'ignora et coupa l'amarre, puis plongea sous le plat-bord alors qu'une nouvelle flèche volait tout près de son crâne. Il jeta un coup d'œil par-dessus le plat-bord et repéra le tireur, un Sicilien calé au sommet du mât du pirate. L'archer avait déjà détourné son attention de lui et dirigeait son trait suivant vers la poupe. Arcelian fut horrifié lorsqu'il comprit que l'homme visait le *celusta*, qui s'apprêtait à sectionner un troisième câble.

— *Celusta !* hurla-t-il.

L'avertissement vint trop tard. Une flèche se ficha dans la poitrine du petit homme, s'enfonçant jusqu'à l'empennage. Le batteur de tambour suffoqua, tomba à genoux, et un flot de sang lui rougit le torse. En un ultime acte de loyauté, il abattit sa hache sur le cordage, puis s'écroula, mort.

Le barbare commençait à s'enfoncer dans l'eau, motivation supplémentaire pour mener l'assaut final contre la galère. Seuls deux cordages maintenaient encore les bâtiments attachés l'un à l'autre, ce qu'aucun pirate n'avait jusque-là remarqué, mis à part l'archer. Toujours perché sur son mât, il visa Arcelian et décocha une flèche, qui siffla au-dessus de la tête du jeune homme.

Celui-ci constata que les deux derniers grappins se trouvaient à peu près au centre du pont. Les deux bâtiments se touchaient au niveau de la poupe et le gros du combat s'était déplacé vers l'arrière. Il se laissa tomber à quatre pattes et se précipita en longeant le bastingage vers le premier des deux crochets. Un barbare agonisait près de là ; son abdomen n'était plus qu'une masse de chair déchiquetée. Le rameur à la musculation puissante s'approcha et hissa avec agilité l'homme sur son épaule, puis il se retourna et se dirigea vers le grappin. Aussitôt, un claquement retentit et une flèche pénétra profond dans le dos du blessé. De sa main libre, Arcelian dégaina son épée et coupa la corde alors qu'une seconde flèche s'enfonçait dans son bouclier humain. Il s'effondra sur le pont et fit rouler le barbare mort de son épaule tout en reprenant son souffle.

Épuisé, Arcelian inspecta le dernier crochet, qui s'était fixé à un bout de vergue quatre mètres au-dessus de sa tête. Il jeta un coup d'œil par-dessus le bastingage et repéra l'archer qui abandonnait son perchoir et redescendait vers le pont. Le jeune Crétois ne laissa pas passer sa chance. Il se releva et se mit à courir, puis grimpa sur le pavois à l'endroit où le cordage retombait vers la surface de l'eau. Tout en veillant à conserver son équilibre, il commença à lever son arme, mais son élan le prit de court.

La force de traction des deux vaisseaux sur la même amarre était trop forte, et le grappin se décrocha de la vergue. La tension fit voler l'engin comme un projectile en décrivant un arc vers la mer. Les pointes acérées passèrent avec un sifflement devant Arcelian, qui échappa de peu à une mort affreuse. Mais la corde s'enroula autour de sa cuisse, l'éjecta par-dessus le plat-bord et le jeta à l'eau juste devant la proue du pirate.

Incapable de nager, Arcelian se débattit avec des gestes frénétiques en essayant de garder la tête hors de l'eau. En battant l'air de ses bras, il sentit quelque chose de dur et s'y accrocha des deux mains. C'était un morceau du bastingage du pirate qui s'était détaché au moment de la collision initiale, et qui était tout juste assez grand pour lui permettre de rester à flot. Le barbare à voile bleue vira soudain vers lui, et il agita les pieds comme un forcené pour s'écarter de son passage. Il fut emporté à l'écart de la galère, pris par un courant contre lequel ses forces déclinantes ne lui permettaient pas de lutter. Il se débattit comme il put pour maintenir sa position, les yeux grands ouverts alors que le navire forban, dont le pont était toujours aussi bas sur l'eau, profitait d'une rafale de vent pour accélérer vers la côte.

Plus tôt, alors qu'Arcelian libérait les crochets d'abordage à tribord, Vitellus et un officier subalterne avaient sectionné les cordes des autres grappins à bâbord, à l'exception d'une seule, près de la poupe. À présent, le capitaine, appuyé sur la barre, une flèche dépassant de son épaule, essayait d'attirer l'attention du centurion qui combattait sur le bâtiment barbare :

— Plautius, reviens à bord ! lança-t-il d'une voix affaiblie. Nous avons rompu les amarres.

Le centurion et ses hommes se battaient toujours avec la même ardeur, mais leurs rangs s'étaient éclaircis. Plautius arracha son épée ensanglantée du cou d'un forban et jeta un coup d'œil rapide vers la birème.

— Pars avec la cargaison, je retiendrai les barbares prisonniers ! cria-t-il en plongeant son arme dans le corps d'un nouvel assaillant.

Seuls trois légionnaires se battaient avec lui, et Vitellus comprit que leur dernier souffle était proche.

— Ta bravoure ne sera pas oubliée, s'écria le capitaine en défaisant la dernière amarre. Adieu, centurion !

Désormais libérée de l'écumeur à voile grise, la galère bondit en avant tandis que le vent gonflait sa voile. Le *gubernator* était mort depuis longtemps, et Vitellus poussa la barre, que son propre sang rendait glissante, pour mettre le cap sur la côte. Un étrange silence s'était abattu sur le pont. Il tituba vers la rambarde de la poupe et jeta un coup d'œil en contrebas. Ce qu'il vit le sidéra.

Une masse de cadavres et de corps démembrés gisait au milieu de flaques de sang. Un nombre presque égal d'hommes d'équipage et d'assaillants avaient engagé un combat sans merci. Jamais il n'avait été témoin d'un tel carnage.

Bouleversé par cette vision, affaibli par l'hémorragie, il leva les yeux vers le ciel.

— Pour le salut de ton empereur, protège-toi toi-même.

Il regagna le gouvernail en chancelant, l'agrippa de ses bras fatigués et ajusta l'angle de navigation. Des hommes à la mer criaient pour demander secours, mais le capitaine demeura sourd à leurs suppliques. Ses yeux au regard vide restaient fixés vers la terre. Il puisa dans ses dernières forces pour empoigner la barre et livrer son ultime combat.

*

Arcelian, qui dérivait dans les eaux houleuses, leva les yeux, stupéfait, en voyant la galère romaine voguer dans sa direction. Il appela à l'aide, mais ne put que lancer un regard angoissé tandis que le navire le dépassait dans un silence complet. Un instant plus tard, il vit la birème virer et s'aperçut avec horreur que plus un seul homme n'était debout sur le pont. La seule silhouette visible était celle du capitaine Vitellus, affalé à la barre sur le pont arrière. Soudain, la voile bruissa sous le vent, la galère s'élança vers la côte et, très vite, disparut de son champ de vision.

Juin 1916
Portsmouth, Angleterre

En dépit de l'humidité de la bruine, le travail battait son plein sur le quai de chargement. Les dockers de la Royal Navy s'activaient sous un mât de charge à vapeur, hissant et poussant d'énormes quantités de matériel, de vivres et de munitions à bord du monstre gris amarré au quai. Ensuite, les caisses étaient arrimées en piles bien nettes dans la cale avant, tandis qu'une foule de marins vêtus de lourds cabans de laine préparaient l'appareillage.

En dépit d'une bonne décennie passée en mer et de son engagement récent dans la bataille du Jutland, le HMS *Hampshire* était rutilant, astiqué à la perfection. C'était un croiseur blindé de dix mille tonneaux, de la classe Devonshire, et l'un des plus grands navires de la Royal Navy. Armé d'une douzaine de gros canons de pont, c'était aussi l'un des plus redoutables.

À quatre cents mètres de là, dans un entrepôt vide, un homme blond était posté près d'une porte latérale ouverte et observait le chargement avec des jumelles en laiton. Depuis presque vingt minutes, il n'avait pas quitté la scène des yeux. Soudain, une Rolls Royce verte apparut, traversa le quai et s'arrêta devant la passerelle principale du bâtiment de guerre. Il l'examina avec attention tandis qu'un groupe d'officiers de l'armée de terre en uniformes kaki se matérialisait, entourant la voiture et escortant ses deux occupants jusqu'en haut de la passerelle. D'après leurs tenues, il conclut que l'un d'eux était un politicien et l'autre un officier de haut rang. Il aperçut un court instant le visage de ce dernier, et ne put s'empêcher de sourire en constatant que l'homme arborait une épaisse moustache.

— Il est temps d'effectuer notre livraison, Dolly, dit-il à voix haute.

Il avança dans l'ombre, où l'attendait un cheval sellé attelé à une charrette usée par les intempéries. Il fourra les jumelles sous le siège, grimpa sur le siège et fit claquer les rênes. Dolly, une vieille jument gris pommelé, leva la tête avec une expression qui ressemblait à de l'ennui, puis commença à marcher sous la pluie.

Les dockers ne lui accordèrent que peu d'attention lorsqu'il gara son véhicule, quelques minutes plus tard, le long du navire. Vêtu d'un manteau de laine usé et d'un pantalon sale, une casquette plate enfoncée bas sur le front, il ressemblait aux dizaines de misérables du coin qui survivaient grâce à quelques petits boulots occasionnels. Dans ce cas précis, c'était un rôle de composition, rendu crédible par le fait qu'il avait omis de se raser et aspergé ses vêtements de whisky bon marché. Le moment venu d'entrer en scène, il fit connaître sa présence en menant Dolly jusqu'au bas de la passerelle, bloquant ainsi son accès.

— Faites circuler ce maudit canasson ! ordonna le lieutenant au visage rougeaud qui surveillait le chargement.

— J'viens livrer quelque chose pour l'*Hampshire*, grommela l'homme avec un fort accent cockney.

— Montrez-moi vos papiers, exigea le lieutenant.

Le livreur sortit de sa poche une feuille de papier froissée et délavée par la pluie. Le lieutenant fronça les sourcils en lisant, puis secoua lentement la tête.

— Ceci n'est pas un connaissement en bonne et due forme, annonça-t-il en dévisageant le livreur.

— C'est ce que le général m'a donné. Et ça, c'est un billet de cinq livres, ajouta-t-il avec un clin d'œil.

L'officier fit le tour de la caisse pour l'examiner. Ses dimensions étaient plus ou moins celles d'un cercueil. Sur le dessus, une adresse était inscrite à l'encre noire, au pochoir :

PROPRIÉTÉ DE LA ROYAL NAVY
À L'ATTENTION DE SIR LEIGH HUNT
ENVOI SPÉCIAL POUR L'EMPIRE DE RUSSIE
AUX BONS SOINS DU CONSULAT DE GRANDE-BRETAGNE
PETROGRAD, RUSSIE

— Hum, marmonna l'officier en examinant à nouveau le document. C'est signé par le général, en effet. Très bien, conclut-il en rendant le papier au livreur. Vous, là-bas, aboya-t-il en direction d'un docker qui se trouvait près de là. Embarquez-moi ça, et ensuite, faites circuler ce chariot.

La caisse était entourée de cordes ; un des mâts de charge du bord la souleva dans les airs, la fit passer par-dessus le bastingage et la déposa dans la cale avant. Le livreur gratifia l'officier d'une parodie de salut militaire et conduisit sa charrette loin du quai, puis hors du chantier naval. Peu après, il bifurqua sur un chemin de terre battue et dépassa d'une allure tranquille un quartier d'entrepôts maritimes qui se terminait sur une étendue de terres agricoles. Mille cinq cents mètres plus loin, il prit un petit sentier cahoteux et se gara près d'un cottage délabré. Un vieil homme sortit de la grange en boitant.

— Vous avez pu faire votre livraison ?

— Oui. Je vous remercie pour la charrette et le cheval, répondit le livreur en sortant de son portefeuille un billet de dix livres qu'il tendit au paysan.

— Excusez-moi, monsieur, mais c'est plus que ne vaut cette bête, bégaya le vieux en tenant le billet entre ses mains comme s'il était aussi fragile qu'un nouveau-né.

— Et je peux vous dire que c'est une bonne bête, répondit l'homme avec une petite tape d'adieu sur l'encolure de Dolly. Bonne journée à vous, lança-t-il au fermier.

Il porta la main à son chapeau sans ajouter un mot, puis s'engagea à pied sur l'allée.

Plus bas, il reprit la route et marcha quelques minutes, jusqu'au moment où il entendit une automobile qui venait dans sa direction. Une berline de tourisme bleue, une Vauxhall, apparut à la sortie d'un virage, ralentit et s'arrêta près de lui. Le livreur s'approcha ; la porte arrière s'ouvrit et il monta à bord. Un homme d'apparence guindée, vêtu comme un prêtre anglican, se poussa pour lui faire de la place sur la banquette, le contempla avec une vague expression de crainte qui voilait le regard de ses ternes yeux gris, puis avança la main pour prendre une carafe de brandy installée derrière la banquette. Il versa une solide ration dans un verre droit en cristal, le lui tendit, puis ordonna au chauffeur de reprendre la route.

— La cargaison est à bord ?

— Oui, mon père, répondit le livreur d'un ton de feint respect. Ils ont accepté le faux connaissement sans sourciller et chargé la caisse dans la cale, ajouta-t-il d'une voix d'où avait disparu toute trace d'accent cockney. D'ici soixante-douze heures, vous pourrez dire adieu à votre illustre général.

Ces propos semblèrent semer le trouble dans l'esprit du pasteur, même s'ils ne constituaient pas une surprise. En silence, il sortit de la poche de son manteau une enveloppe garnie d'une épaisse liasse de billets.

— Comme convenu. La moitié maintenant, l'autre moitié après… l'événement, dit-il.

— Je me demande si les Allemands paieraient autant pour couler un navire et assassiner un général. Vous ne travailleriez pas pour le Kaiser, par le plus grand des hasards ?

Le prêtre secoua la tête avec énergie.

— Non. Il s'agit d'un problème théologique. Si vous aviez pu localiser le document, tout ceci n'aurait pas été nécessaire.

— J'ai fouillé le manoir à trois reprises. S'il avait été là, je l'aurais trouvé.

— C'est ce que vous m'avez dit, en effet.

— Dans ce cas, êtes-vous sûr qu'il a bien été apporté à bord ?

— Nous avons eu connaissance d'un rendez-vous inscrit sur l'agenda du général. Une rencontre à Petrograd avec le Père supérieur de l'Église orthodoxe russe. Je n'ai guère de doute quant au but de cet entretien. Le document se trouve forcément à bord. Il sera détruit avec lui, et ainsi le secret disparaîtra.

Les pneus de la Vauxhall s'engagèrent sur les pavés mouillés de la périphérie de Portsmouth. Le chauffeur se dirigea vers le centre de la ville, dépassant d'interminables alignements de hautes maisons en brique, toutes identiques. Arrivé à l'un des carrefours principaux, alors que la pluie se faisait plus dense, il prit une allée à l'arrière de l'église St. Mary, un monument de pierre du dix-neuvième siècle.

— J'aimerais que vous me laissiez à la gare de chemin de fer, dit le livreur, alors que la voiture bifurquait vers un cimetière et s'arrêtait derrière le presbytère.

— On m'a demandé de déposer ici le texte d'un sermon, répondit le pasteur. Cela ne prendra pas longtemps. Pourquoi ne pas m'accompagner ?

Le livreur réprima un bâillement en jetant un coup d'œil à travers la vitre striée de gouttes de pluie.

— Non merci. Je crois que je vais attendre ici au sec.

— Très bien. Nous serons vite de retour.

Le pasteur et le chauffeur s'éloignèrent, laissant le livreur compter ses billets. Il essaya de faire la somme des coupures, mais il éprouvait des difficultés à lire les chiffres et s'aperçut que sa vision se brouillait. Il sentit une vague de fatigue déferler sur lui. Il rangea l'enveloppe et son contenu et s'étendit sur la banquette pour se reposer. Après quelques minutes qui lui parurent durer des heures, une brume chargée d'eau froide fouetta les joues et il se força à ouvrir ses paupières alourdies. Le visage sévère du pasteur lui apparut à travers un rideau de pluie. Ensuite, son cerveau lui apprit qu'il se déplaçait, mais ses pieds ne ressentaient rien. Il concentra son regard flou, assez pour voir que le chauffeur le portait par les jambes, tandis que le prêtre le tirait par les épaules. Une vague de panique s'insinua dans son crâne. Il voulut sortir son pistolet Webley Bulldog de sa poche, mais ses membres refusèrent de lui obéir. Le brandy, songea-t-il dans un accès de lucidité. C'était le brandy.

Un dais de feuilles vertes remplit son champ de vision tandis qu'on le transportait sous un haut bosquet de chênes. Les traits du pasteur semblaient toujours osciller au-dessus de lui, un masque d'indifférence percé de deux yeux froids. Puis le visage disparut – ou plutôt, ce fut *lui* qui disparut. Il entendit, plus qu'il ne le sentit, son corps tomber dans une fosse et s'écraser durement dans une mare boueuse. À plat sur le dos, il leva les yeux vers le pasteur, debout au-dessus de lui, comme nimbé d'une imperceptible aura de culpabilité.

— Pardonne-nous nos péchés au nom du Père, du Fils et du Saint-Esprit, l'entendit-il prononcer d'une voix solennelle. Ces péchés que nous portons en nous jusqu'à la tombe.

Le dos d'une pelle apparut, puis une motte de terre détrempée tomba et rebondit sur sa poitrine. Une autre pelletée suivit, puis une autre encore.

Son corps était paralysé et sa voix figée, mais son esprit et sa raison fonctionnaient toujours. Envahi d'un sentiment d'horreur écrasante, il comprit avec une aveuglante clarté qu'on l'enterrait vivant. Alors que la terre s'amoncelait de plus en plus haut dans sa tombe, ses hurlements de terreur ne résonnaient que dans son propre cerveau, jusqu'à ce qu'il rende enfin, dans la douleur, son dernier souffle.

*

Le périscope découpa un arc de cercle paresseux dans le bouillonnement des eaux noires, presque invisible sous le ciel nocturne. Douze mètres sous la surface, Voss, un *Oberleutnant* de la marine allemande au visage poupin, fit pivoter avec lenteur le viseur à trois cent soixante degrés. Il s'attarda sur quelques lueurs éparses qui s'élevaient au loin. C'étaient les éclairages des fermes éparpillées sur Marwick Head, une bande de terre des Orcades, glaciale et battue par les vents. Voss venait de terminer son tour d'horizon quand il aperçut un miroitement à peine perceptible loin vers l'est. Il ajusta l'oculaire du périscope et suivit avec patience le mouvement régulier de la lumière.

— Cible potentielle à zéro-quatre-huit degrés, annonça-t-il, en s'efforçant de masquer l'excitation qui perçait dans le son de sa voix.

Plusieurs marins, qui se trouvaient avec lui dans l'espace exigu de la salle de contrôle, dressèrent l'oreille.

Voss continua à suivre la cible pendant plusieurs minutes. Un quartier de lune apparut un court instant à travers d'épais nuages d'orage et jeta son éclat sur l'objet de sa surveillance, exposant ses contours contre les falaises de l'île. Voss sentit son cœur palpiter et ses paumes devenir moites sur les poignées du périscope. Il cilla et plissa les yeux, vérifia ce qu'il venait d'apercevoir, puis s'écarta de l'oculaire. Sans prononcer un mot, il sortit en courant de la salle de contrôle et parcourut à toutes jambes le minuscule couloir qui longeait le sous-marin. Arrivé à la cabine du commandant, il donna un coup sonore à la porte, l'ouvrit, puis écarta un mince rideau.

Le capitaine Kurt Beitzen était endormi sur sa couchette, mais il s'éveilla aussitôt et alluma la lampe au-dessus de son couchage.

— *Kapitän*, je viens de repérer un bâtiment de grande taille qui approche du sud-est à un peu plus de cinq milles, annonça Voss avec animation. J'ai eu un bref aperçu de son profil. C'est un navire de guerre britannique, peut-être un cuirassé.

Beitzen hocha la tête, puis s'assit en repoussant sa couverture. Il avait dormi tout habillé. Il enfila ses bottes et suivit son second vers la salle de contrôle. Sous-marinier expérimenté, Beitzen prit le temps d'un examen minutieux au périscope, puis aboya les coordonnées de portée et de direction à l'adresse de ses hommes.

— C'est un navire de guerre, confirma-t-il ensuite d'un ton plus calme. Ce quadrant est-il miné ?

— Non, *Kapitän*, répondit Voss. Notre dernier mouillage de mines a été effectué plus loin, à seize milles au nord.

— Préparez-vous à attaquer, ordonna Beitzen.

Beitzen et Voss s'installèrent à la table des cartes, où ils calculèrent une route d'interception précise avant de relayer les ordres à la barre. Bien qu'en immersion, le submersible tanguait et roulait en raison de la houle de surface, rendant la tâche d'autant plus stressante.

Construit par les chantiers navals de Hambourg, l'U-75 était un sous-marin de classe UE-1, conçu pour poser des mines sur les fonds marins. En plus d'une importante cargaison d'engins explosifs, il transportait quatre torpilles et était équipé d'un puissant canon de pont de 105 millimètres. Sa mission était presque terminée et parmi l'équipage, personne ne s'était attendu à une rencontre avec un navire de guerre ennemi.

Depuis son lancement, six mois plus tôt, c'était la seconde mission de l'U-75 sous le commandement de Beitzen, mais elle s'était vue couronner d'un certain succès, car ses mines avaient déjà coulé un petit bâtiment de commerce et deux chalutiers. Cependant il s'agissait à présent de leur première rencontre avec une prise potentielle d'importance majeure. Le bruit se répandit très vite parmi l'équipage qu'ils allaient s'attaquer à un vaisseau britannique. L'attention et la tension étaient à leur comble. Beitzen lui-même savait qu'un tel exploit pourrait lui valoir la croix de fer.

Le commandant allemand guida avec prudence le sous-marin vers une position perpendiculaire à Marwick Head. Si l'Anglais tenait son cap, il passerait à moins d'un quart de mille du submersible à l'affût. Le tir des torpilles de l'U-Boot n'était précis qu'à moins d'un demi-mille, ce qui supposait une position dangereusement proche de la cible. Au cours de la Première Guerre mondiale, la plupart des navires marchands coulés l'étaient d'ailleurs par les canons de pont des U-Boots. Contre un croiseur bien armé, c'était une option inenvisageable, surtout dans ces eaux tumultueuses.

Une fois son bâtiment positionné pour la curée, le commandant se riva à son périscope. Pendant un instant, le clair de lune révéla que l'U-75 était tout proche de sa proie, un croiseur blindé de dimensions à peine plus modestes que les redoutables cuirassés.

— Tubes un et deux, prêts à lancer, ordonna Beitzen.

Le croiseur était à présent à moins d'un demi-mille, et sa silhouette massive masquait presque l'horizon. Beitzen vérifia une dernière fois le profil de tir des torpilles. L'Anglais était presque à sa portée.

— Ouverture des tubes de proue.

Quelques secondes plus tard, la réponse résonna dans la salle de contrôle.

— Tubes ouverts.

— Préparez tubes un et deux.

— Tubes un et deux parés.

Patient, Beitzen continua à surveiller l'ennemi au périscope pendant que l'équipage retenait son souffle. Puis le navire monumental apparut juste en face de lui. Il ouvrait la bouche pour ordonner le tir lorsqu'un éclair brillant envahit soudain l'oculaire. Une seconde plus tard, une explosion assourdie se répercuta à travers les cloisons du sous-marin.

Stupéfait, Beitzen resta rivé au périscope et vit des flammes et de la fumée jaillir du croiseur et éclairer le ciel nocturne d'un éclat rouge rubis. Le grand vaisseau eut une secousse et trembla, et sa proue disparut sous les vagues. La poupe s'éleva un instant dans les airs, puis poussa la proue vers le fond. En moins de dix minutes, le gigantesque croiseur s'effaça de son champ de vision.

— Voss… Vous êtes certain qu'il n'y avait pas de mines dans la zone ? demanda-t-il d'une voix rauque.

— Oui, commandant, répondit l'officier tout en vérifiant sur une carte la localisation des explosifs.

— Il a disparu, murmura enfin Kurt Beitzen à l'adresse de l'équipage inquiet, qui attendait ses ordres. Refermez les tubes et quittez la position de tir.

Tandis que les hommes déçus retournaient à leurs occupations antérieures, le commandant demeura au périscope, les yeux vissés à l'oculaire. Une poignée de survivants avait pu s'échapper grâce aux canots de sauvetage, mais avec cette mer agitée, il lui était impossible de leur porter secours. Tout en observant l'eau noire et vide, il s'acharnait à trouver des réponses. La situation défiait toute logique. Les navires de guerre n'explosent pas tout seuls.

Beitzen attendit longtemps avant de s'arracher au périscope et de rejoindre, à pas lents et chancelants, sa cabine. Son destin était de perdre lui aussi la vie au cours de cette même guerre, et jamais il ne connaîtrait les causes de l'explosion du *Hampshire*. Mais tout le restant de ses jours, le jeune *Kapitän* ne put jamais chasser de son esprit la vision des dernières minutes du croiseur, alors que le massif bâtiment sombrait sans raison apparente.

PREMIÈRE PARTIE

Un rêve ottoman

1

Juillet 2012
Le Caire, Égypte

Le soleil de midi brûlait à travers l'épaisse couche de poussière et de smog suspendue au-dessus de l'antique cité comme une couverture souillée. Avec une température qui dépassait les trente-huit degrés, peu de gens s'attardaient dans la cour centrale pavée de la mosquée Al-Azhar.

Située à l'est du Caire, à trois kilomètres du Nil, celle-ci était l'un des monuments historiques les plus anciens de la ville. Édifiée en l'an 970 de notre ère par les conquérants fatimides, elle fut reconstruite et agrandie au fil des siècles, et finit par se hisser au rang de cinquième lieu de culte de l'Islam. Les gravures de pierres ouvragées, les hauts minarets et les constructions surmontées de dômes, qui semblaient rivaliser pour attirer le regard, reflétaient un millénaire de création artistique. Nichée entre ses murs épais, se trouvait une vaste cour rectangulaire entourée de hautes arcades.

Derrière les arches, à l'ombre du portique, un homme mince en pantalon bouffant et chemise ample essuya ses lunettes teintées avant d'observer les alentours. Dans la chaleur de la journée, seul un petit nombre de jeunes gens se trouvaient là, étudiant l'architecture des lieux ou méditant en silence. C'étaient des étudiants de l'université Al-Azhar, l'un des grands centres d'enseignement islamique du Moyen-Orient. L'homme porta la main à la barbe épaisse qui couvrait le bas de son visage juvénile, puis endossa un sac à dos usé. Avec son keffieh de coton sur la tête, il n'avait aucun mal à passer inaperçu parmi les étudiants en théologie.

Il s'avança sous le soleil et traversa la cour en direction de l'arcade sud-est. Au-dessus des arches en forme de quilles de navires, une série de cercles ornementés et de niches creusées dans le stuc agrémentait la façade. Il remarqua que de nombreux pigeons du voisinage y avaient élu domicile. Il marcha vers une arche centrale qui dépassait des autres, surmontée d'un haut panneau rectangulaire indiquant l'entrée de la salle de prière.

L'appel à la *salat* de midi, la prière, avait résonné une trentaine de minutes plus tôt, et la pièce de dimensions imposantes était presque vide. À l'extérieur, quelques étudiants assis jambes croisées sur le sol écoutaient un cours sur le Coran. L'homme contourna le petit groupe et se dirigea vers l'entrée. Un homme en robe blanche l'accueillit d'un regard sévère. Le visiteur ôta ses chaussures, prononça d'une voix calme une bénédiction à Mahomet, puis entra lorsque le portier hocha la tête.

La salle était garnie sur toute sa surface d'un tapis rouge ponctué par des dizaines de piliers d'albâtre qui s'élevaient jusqu'au plafond traversé de poutres. Les motifs en forme de coupoles du tapis, qui délimitaient les emplacements de prière individuels, étaient dirigés vers le fond. Le portier ne lui accordant plus la moindre attention, l'homme avança à pas vifs en longeant les piliers.

Il s'approcha de plusieurs fidèles en prière, agenouillés, et repéra le *mihrab* de l'autre côté de la salle. Niche d'apparence discrète creusée dans le mur de la mosquée, le *mihrab* indiquait la direction de La Mecque. Celui d'Al-Azhar était gravé dans la pierre tendre et formait un motif qui se terminait en arc, avec une incrustation de pierre noire et ivoire.

L'homme gagna le pilier le plus proche du *mihrab*, posa son sac à dos, puis s'étendit sur le tapis pour prier, face contre terre. Au bout de quelques minutes, il poussa doucement son sac à dos de côté, contre la base de la colonne. Lorsqu'il aperçut deux étudiants qui se dirigeaient vers l'entrée, il se releva et les suivit jusqu'au vestibule, où il récupéra ses chaussures.

— *Allah Akbar*, murmura-t-il en passant devant le portier.

Il s'arrêta un instant dans la cour et prétendit admirer une rosace de la façade, puis marcha repidement jusqu'à la « porte des barbiers » qui menait à l'extérieur du complexe. À quelques pâtés de maisons de là, il monta à bord d'une petite voiture de location et partit en direction du Nil. Il traversa un quartier industriel miséreux, puis tourna sur le parking d'un entrepôt de briques délabré et s'arrêta derrière une plate-forme de chargement abandonnée. Il se débarrassa de son pantalon et de sa chemise, révélant un jean et un chemisier de soie. Il ôta ses lunettes, puis sa perruque et enfin sa barbe postiche. Le jeune musulman s'était métamorphosé en une séduisante femme au teint olivâtre, aux yeux sombres et durs et aux cheveux noirs, courts et coiffés avec élégance.

Elle enfouit son déguisement dans une poubelle, puis remonta en voiture pour aller se fondre dans la circulation engorgée de la capitale, quittant les bords du Nil pour l'aéroport international du Caire, au nord-est de la ville.

Elle attendait dans la file d'enregistrement de son vol lorsque la bombe explosa. Un petit nuage blanc s'éleva au-dessus de la mosquée Al-Azhar tandis qu'éclatait le toit de la salle de prière et que le *mihrab* se transformait en une pile de gravats. L'explosion avait été planifiée entre les horaires des prières, mais des dizaines de jeunes gens et employés de la mosquée furent blessés, et plusieurs trouvèrent la mort.

Après le choc initial, la communauté musulmane du Caire fut en proie à la plus vive indignation. On accusa tout d'abord Israël puis, comme personne ne revendiquait l'attentat, des pays occidentaux furent à leur tour pointés du doigt. En l'espace de quelques semaines, la salle de prière fut réparée et un nouveau *mihrab* construit. Mais chez les musulmans d'Égypte et d'ailleurs, la colère provoquée par cette attaque dura longtemps encore. Pourtant, bien peu auraient pu savoir que l'attentat n'était que le premier épisode d'un stratagème qui visait à bouleverser l'équilibre même du pouvoir dans toute la région.

2

— Prends ton couteau et détache-le du bateau.

Une expression de colère se peignait sur le visage du pêcheur grec pendant qu'il tendait à son fils un couteau-scie rouillé. L'adolescent se déshabilla, ne gardant que son short, puis il plongea par-dessus bord, serrant le manche dans sa main.

Cela faisait à présent presque deux heures que les filets du chalutier s'étaient accrochés sur le fond, à la grande surprise du vieux Grec, qui connaissait ces eaux depuis des années. Dans l'espoir de dégager les mailles des aspérités du sol sableux, il avait manœuvré dans toutes les directions, jurant de plus en plus fort à mesure que montait sa frustration, mais les filets refusèrent de bouger. Le choix d'en couper une portion était une option coûteuse, mais cela faisait partie des risques du métier ; il fit contre mauvaise fortune bon cœur et envoya son fils sectionner les mailles.

Bien que battues en surface par le vent, les eaux de la mer Égée étaient calmes et claires, et à dix mètres, le jeune garçon parvenait à distinguer le fond. La profondeur dépassait toutefois ses capacités de plongée en apnée, aussi arrêta-t-il sa descente pour attaquer au couteau les filets suspendus au bateau. Il lui fallut remonter et replonger plusieurs fois avant que le dernier fil ne cède sous la lame. Le garçon se projeta alors vers la surface avec ses chaluts, épuisé et hors d'haleine. Maudissant toujours sa perte, le vieil homme mit le cap à l'ouest, vers Chios, une île grecque proche de la côte turque qui s'élevait à courte distance sur les eaux d'azur.

Un quart de mille nautique plus loin, un homme observait avec curiosité les démêlés du pêcheur avec son matériel. Il était grand et mince, mais robuste, et sa peau hâlée témoignait des années passées au soleil. Il écarta une longue-vue en laiton de son visage, révélant des yeux vert océan pétillants d'intelligence. Son regard était profond, marqué par l'adversité et ses nombreuses rencontres avec la mort, mais adouci par une touche d'humour. Il passa la main dans ses épais cheveux d'ébène striés de gris, puis s'avança sur la passerelle du navire de recherches, l'*Agean Explorer*.

— Rudi, nous avons passé en revue une bonne partie du fond entre ici et l'île de Chios, n'est-ce pas ? demanda-t-il.

Un homme de petite taille, aux lunettes à montures d'écaille, leva le nez de son ordinateur et hocha la tête.

— En effet ; notre dernière grille de recherche allait jusqu'à moins d'un mille marin de la côte occidentale, répondit-il. L'île étant située à cinq milles au maximum de la Turquie, je ne sais même pas dans quelles eaux nous nous trouvons en ce moment. Nous avions déjà exploré quatre-vingt-dix pour cent du secteur quand un joint du capteur arrière de l'AUV a lâché et qu'il a commencé à se remplir d'eau de mer. Il faudra encore compter au moins deux heures de travail pour que les techniciens puissent réparer les dégâts.

L'AUV – ou véhicule sous-marin autonome – était le robot en forme de torpille, équipé d'une multitude de capteurs, que l'équipage avait lancé depuis le pont du navire. Autopropulsé et programmé pour suivre un itinéraire établi à l'avance, il glissait au-dessus du sol marin pour rassembler des données qu'il transmettait à intervalles réguliers au navire de surface.

Rudi Gunn se remit à pianoter sur son clavier. À le voir ainsi vêtu d'un T-shirt dépenaillé et d'un short à carreaux, personne n'aurait deviné qu'il était en réalité le directeur adjoint de la NUMA, une importante organisation gouvernementale chargée de l'étude scientifique des océans. Gunn travaillait plus souvent au siège de la NUMA, à Washington, qu'à bord de l'un des navires couleur turquoise utilisés par l'agence pour collecter des informations sur la vie marine, les courants océaniques ou la pollution de l'environnement. C'était un administrateur hors pair, mais il adorait de temps à autre échapper à l'atmosphère prétentieuse qui régnait dans la capitale et mouiller sa chemise sur le terrain, surtout quand son patron était de la partie.

— Quelles sortes de contours avons-nous rencontrés jusqu'ici dans ces bas-fonds ?

— Typiques des îles du coin. Un plateau en pente qui avance vers le large, à courte distance, puis plonge de façon abrupte à une profondeur qui peut aller jusqu'à trois cents mètres. Ici, nous avons environ quarante mètres de fond. Si j'ai bonne mémoire, c'est une zone plate et sableuse, avec peu d'obstacles.

— C'est bien ce que je pensais, répondit l'homme aux yeux verts.

Une lueur d'intérêt commençait à percer dans son regard.

— Je vois que le boss est en train de nous concocter un plan diabolique, commenta Gunn, qui avait perçu le changement d'expression de son employeur.

Dirk Pitt éclata de rire. En tant que directeur de la NUMA, il avait dirigé, avec des résultats remarquables, des dizaines d'explorations sous-marines. Qu'il s'agisse du renflouage du *Titanic* ou de la découverte des navires de la flotte perdue de l'expédition arctique de Franklin, Pitt avait un don étonnant pour résoudre les mystères des profondeurs. Il alliait une assurance tranquille à une insatiable curiosité, et son amour de la mer remontait à sa prime jeunesse. Son goût de l'aventure ne s'était jamais démenti, et l'attirait de façon régulière loin du quartier général de la NUMA.

— C'est un fait établi, lança-t-il d'un ton joyeux, que près des côtes, on ne trouve souvent les épaves que lorsqu'elles se prennent dans les filets des pêcheurs.

— Comment cela ? s'étonna Gunn. Je crois me souvenir que le gouvernement turc nous a invités ici dans le but de localiser les proliférations d'algues signalées le long de leurs côtes et d'en étudier l'impact. Il n'a jamais été question d'épaves.

— Mais quand l'occasion se présente, je suis toujours preneur, répliqua Pitt en souriant.

— Eh bien, il est vrai que nous ne sommes pas en service en ce moment. Tu veux mouiller le petit submersible filoguidé ?

— Non, inutile de prendre le ROV. Les filets de notre pêcheur ne sont pas accrochés très profond, on peut plonger.

Gunn consulta sa montre.

— Je croyais que tu devais partir dans deux heures pour passer le week-end à Istanbul avec ta femme ?

— J'ai tout le temps qu'il me faut pour un petit plongeon rapide avant de prendre le chemin de l'aéroport, répondit Pitt avec un sourire.

— Eh bien je suppose qu'il ne me reste plus qu'à réveiller Al, conclut Gunn avec un hochement de tête résigné.

*

Vingt minutes plus tard, Pitt lança un petit sac de voyage à bord du Zodiac qui se balançait contre le flanc de l'*Agean Explorer*, puis descendit le long d'une échelle mobile. Lorsqu'il s'installa sur le siège, l'homme trapu et au torse puissant qui se trouvait à l'arrière fit tourner la poignée d'accélérateur du moteur hors-bord et l'embarcation s'éloigna en bondissant.

— Dans quelle direction veux-tu aller ? cria Al Giordino, dont les yeux bruns semblaient émerger peu à peu du flou occasionné par sa sieste de l'après-midi.

Pitt s'était orienté grâce à quelques repères visuels sur l'île toute proche. Il guida Giordino vers la côte en suivant l'angle qu'il avait établi, et ils parcoururent une courte distance avant que Pitt ordonne de couper le moteur. Il mouilla alors une petite ancre, qu'il arrima lorsque le cordage donna du mou.

— Un peu plus de trente mètres, observa-t-il en surveillant la rayure rouge qui bordait le cordage, visible sous l'eau.

— Et tu t'attends à trouver quoi ?

— Je ne sais pas, un tas de rochers, ou alors l'épave du *Britannic*, répondit Pitt, faisant allusion au navire jumeau du *Titanic*, coulé par une mine en Méditerranée au cours de la Première Guerre mondiale.

— Je parierais plutôt sur les rochers, rétorqua Giordino en enfilant une combinaison de plongée bleue dont les coutures étaient mises à rude épreuve par les muscles de ses épaules et de ses biceps.

Au fond de lui, Al savait très bien qu'ils allaient découvrir quelque chose de beaucoup plus intéressant qu'un simple amoncellement minéral. Il avait partagé trop d'aventures avec Pitt pour mettre en doute le sixième sens de son ami en ce qui concernait les mystères subaquatiques. Ils étaient amis depuis leur enfance en Californie du Sud, et avaient appris à plonger ensemble à Laguna Beach. Plus tard, alors qu'ils servaient dans l'US Air Force, ils s'étaient vus tous deux affectés à un tout nouveau service fédéral chargé de l'étude des océans. Après une multitude de projets et de missions, l'agence avait pris une ampleur considérable. Dirk Pitt la dirigeait à présent, et Giordino travaillait à ses côtés en tant que responsable des technologies sous-marines.

— Tentons une recherche en suivant un cercle aplati à partir de l'amarre d'ancre, suggéra Pitt tandis qu'ils endossaient leurs bouteilles. D'après mes repères, le point d'accrochage des filets doit se situer un peu plus près de la côte.

Giordino hocha la tête, mit son détendeur dans sa bouche et se laissa glisser par-dessus bord. Pitt le rejoignit une seconde plus tard, et les deux hommes suivirent le cordage jusqu'au fond.

Les eaux bleues de la mer Égée étaient d'une clarté remarquable, et Pitt constata que la visibilité était bonne jusqu'à quinze ou vingt mètres. Alors qu'ils descendaient et que l'obscurité augmentait, il nota avec satisfaction que le sol sous-marin était composé de sable et de graviers plats. Les suppositions de Gunn s'avéraient fondées : le fond était dénué d'obstacles.

Pitt et Giordino s'écartèrent l'un de l'autre à quatre mètres du plancher marin et nagèrent en formant un arc paresseux autour de l'amarre en direction du large. Un petit banc de bars méfiants, qui nageait à proximité, surveilla les plongeurs avant de s'élancer au loin vers des eaux plus profondes. Au moment où les deux hommes viraient en direction de l'île de Chios, Pitt vit Giordino lui adresser des signes. Il palma avec force pour se rapprocher et constata que son ami lui montrait une vaste silhouette devant eux.

L'imposante ombre brune qui paraissait vaciller dans la faible clarté rappela à Pitt celle d'un arbre battu par le vent, avec des branches feuillues tendues vers le ciel. Il nagea plus près et comprit que ce n'était pas un arbre, mais les chaluts du pêcheur qui dérivaient avec lenteur dans le courant.

Les deux plongeurs veillèrent à ne pas s'y accrocher. Ils se déplaçaient avec prudence, en se positionnant contre le courant. Les filets étaient retenus au fond en un seul point, et quelque chose dépassait du sol. Pitt distingua une forme vague qui évoquait une tranchée ; elle s'étendait sur le sable et les graviers et se terminait par un objet long, dressé vers le haut, emmêlé dans les mailles. Il s'approcha, et constata qu'il s'agissait d'une ancre de fer rouillé. Elle était penchée sur le côté, l'une de ses pattes levée vers la surface et formant un enchevêtrement inextricable avec le filet. L'autre était enfouie dans le sable et les pierres. Pitt plongea vers le bas, la déblaya des deux mains autour de sa base, et vit que la patte ensablée était coincée entre une massive poutre de bois et une traverse plus petite. Il avait exploré assez d'épaves pour savoir que la grosse pièce de bois était la quille d'un navire.

Il se détourna du filet et contempla la tranchée, large mais peu profonde, qui s'étendait sur le fond. Giordino évoluait déjà au-dessus d'elle et remontait jusqu'à son point de départ. Il en était arrivé aux mêmes conclusions que Pitt. Les filets du pêcheur s'étaient arrimés à l'ancre à une extrémité de l'épave et l'avaient tirée le long de la quille jusqu'à ce qu'elle vienne se bloquer sur la traverse, dévoilant au cours du processus une portion importante d'un navire.

Pitt nagea vers Giordino, qui écartait le sable autour d'une forme longiligne. Il nettoya le sédiment protecteur et révéla la présence de plusieurs morceaux de traverses sous la quille. Les yeux brillants, Giordino échangea un regard avec Pitt et secoua la tête. Le flair de son ami lui avait permis de deviner la présence d'une épave, sans doute ancienne.

Après avoir exhumé divers débris au fur et à mesure qu'ils inspectaient le périmètre, ils parvinrent à la conclusion que l'épave était celle d'un navire de quinze mètres, dont le pont supérieur avait disparu depuis longtemps, victime de l'érosion. La majeure partie du bâtiment avait d'ailleurs été détruite, et seules quelques parties de la coque subsistaient encore. Pourtant, à la poupe, on parvenait à distinguer ce qui restait de plusieurs petits compartiments en partie enfouis. Des plats en céramique, des tuiles et des fragments de poteries non vernissées y étaient visibles, même si la cargaison du navire était par ailleurs introuvable.

Leur temps de plongée commençait à tirer à sa fin. Les deux hommes revinrent vers la poupe pour déblayer d'autres sections à la recherche d'éléments pouvant permettre une identification. En fouillant parmi des tronçons de poutres, les doigts de Giordino frôlèrent un objet plat. Il creusa plus profond et découvrit une petite boîte métallique. Il la porta vers son masque et distingua sur le devant un mécanisme de fermeture à cheville. L'anneau dans lequel celle-ci s'insérait était mangé par la rouille. Al rangea la boîte avec soin dans son sac de plongée, vérifia l'heure à sa montre, puis rejoignit son ami pour lui signaler qu'il remontait à la surface.

Pitt, quant à lui, venait de trouver une petite rangée de pots de terre, qu'il laissa alignés sans les toucher pendant que Giordino approchait. Il s'apprêtait à remonter lui aussi lorsqu'un reflet lumineux attira son regard. L'éclat venait d'un endroit situé en face des poteries, où l'extrémité de ses palmes avait soulevé des sédiments. Pitt s'approcha, balaya les dépôts et découvrit une surface de céramique plate. Elle était tapissée de diverses concrétions, mais il aperçut tout de même un motif floral élaboré. Il plongea ses doigts dans le sable et saisit les bords d'une boîte rectangulaire qu'il souleva du fond.

Le récipient de céramique était deux fois plus grand qu'une boîte de cigares et ses côtés, plats eux aussi, étaient décorés d'un motif bleu et blanc assorti à celui du couvercle. Elle paraissait lourde, en raison de sa taille, et Pitt la cala avec soin sous son bras avant de palmer pour remonter.

Une brise régulière soufflait du nord-ouest, parsemant la surface de moutons blancs. Giordino était déjà à bord du Zodiac, et hissait l'ancre au moment où Pitt apparut. Celui-ci passa une jambe par-dessus le flanc de caoutchouc de l'embarcation, tendit l'objet à son ami, grimpa à son tour et commença à ôter sa tenue.

— Je crois que tu dois une bonne bouteille d'ouzo à ce pêcheur, lança Giordino en faisant démarrer le moteur.

— C'est vrai qu'il nous a mis sur une piste intéressante.

— Ce n'est peut-être pas une épave de l'âge du bronze remplie d'amphores, mais elle paraît tout de même assez ancienne.

— Elle date peut-être du Moyen Âge, suggéra Pitt. Ce qui serait plutôt récent, compte tenu de l'âge moyen des bâtiments trouvés en Méditerranée. Allons accoster sur l'île et voyons ce que nous avons là.

Giordino enclencha le moteur, et le Zodiac s'élança avant de virer vers l'île toute proche. Chios n'était qu'à deux milles nautiques, mais ils durent longer la côte sur trois milles avant de pénétrer dans la petite baie de Vokaria, un paisible village de pêcheurs. Ils s'amarrèrent à une jetée battue par les intempéries qui semblait avoir été construite bien avant l'apparition des premiers vapeurs. Giordino étendit une serviette sur le sol et Pitt y déposa les objets.

Les deux boîtes étaient couvertes d'une couche de concrétions sableuses accumulée au fil des siècles. Pitt aperçut non loin de là un tuyau d'eau douce, et il débarrassa avec soin celle en céramique d'une partie des débris. Libérée de sa saleté et tenue sous la lumière du soleil, elle éblouissait presque leurs yeux. Le motif floral complexe, bleu foncé, violet et turquoise ressortait avec éclat sur le fond blanc.

— Cela évoque des décors marocains, commenta Giordino. Tu peux l'ouvrir ?

Pitt glissa ses doigts avec prudence sous le rebord du couvercle. Il sentit une légère résistance et dut forcer. À l'intérieur, la boîte était remplie d'eau sale, et une forme allongée brillait faiblement à travers la saleté. Pitt pencha la boîte avec précaution afin de la vider.

Il y plongea la main et en retira un objet semi-circulaire incrusté de sédiments. À sa grande surprise, il constata qu'il s'agissait d'une couronne. Il la souleva d'un geste délicat. Sa masse indiquait qu'elle était en or massif, dont l'éclat étincelait aux endroits dépourvus de dépôts.

— Tu as vu ça ? s'émerveilla Giordino. On la croirait tout droit sortie de la légende du roi Arthur !

— Ou de la caverne d'Ali Baba, répondit Pitt.

— Cette épave n'est pas celle d'un quelconque navire marchand. Tu crois qu'il s'agissait d'une sorte de vaisseau royal ?

— Tout est possible. Une personnalité importante voyageait sans doute à son bord.

Giordino prit la couronne et la posa de travers sur sa tête.

— Je suis le roi Al, tout à votre service, clama-t-il en saluant de la main. Avec ce couvre-chef sur la tête, je suis sûr que j'aurais beaucoup de succès auprès de la gent féminine locale.

— Et auprès des infirmiers en blouse blanche aussi, le taquina Pitt. Jetons plutôt un coup d'œil au coffret que tu as remonté.

Giordino reposa la couronne et prit le petit coffre de fer. Au moment où il l'attrapait, la serrure rouillée céda et tomba sur la serviette.

— Les systèmes antivol ne sont plus ce qu'ils étaient, murmura-t-il.

Comme Pitt un peu plus tôt, il palpa des doigts sous le bord du couvercle, qui s'ouvrit avec un petit bruit sec. Il n'y avait que peu d'eau à l'intérieur, car le récipient était rempli presque à ras bord de pièces de monnaie.

— Il semblerait qu'on ait touché le jackpot. Nous allons peut-être pouvoir prendre une retraite anticipée.

— Très peu pour moi, répliqua Pitt. Je préfère éviter de passer mes vieux jours dans une prison turque.

Les pièces, très corrodées, étaient en argent, et plusieurs étaient collées les unes aux autres. Pitt en sortit une, qui brillait plus que les autres, du fond de la boîte. Elle était en or et ne semblait pas avoir été attaquée par la corrosion. Il la leva à hauteur de ses yeux et remarqua un sceau gravé de façon irrégulière, typique des monnaies martelées. Des chiffres arabes entrelacés, entourés d'un anneau dentelé, étaient en partie visibles sur chaque face. En ce qui concernait son âge et son origine, Pitt ne pouvait qu'émettre des hypothèses. Piqués par la curiosité, ils examinèrent les autres, mais en raison de leur mauvais état, elles ne leur fournirent que peu d'indications.

— Si l'on se base sur le peu de renseignements dont nous disposons, déclara Pitt, je pencherais pour un navire ottoman. Les pièces ne paraissent pas venir de Byzance, elles ne sont sans doute pas antérieures au quinzième siècle.

— Quelqu'un devrait pouvoir les dater de façon plus précise.

— En tout cas, c'est une heureuse trouvaille.

— Je proposerais volontiers une rallonge financière d'un mois et un report de notre retour à Washington.

Un vieux pick-up Toyota approcha du quai et vint s'arrêter tout près des deux amis. Un jeune homme aux grandes oreilles en sortit en souriant.

— Je dois conduire quelqu'un à l'aéroport… annonça-t-il d'un ton hésitant.

— Oui, moi, dit Pitt en sortant son sac du Zodiac.

— Et nos petits trésors ? demanda Giordino en les enveloppant avec soin dans sa serviette avant que le chauffeur puisse les apercevoir.

— Je crains qu'ils ne doivent m'accompagner à Istanbul. Je connais le directeur des études maritimes du Musée archéologique. Il trouvera un nouveau foyer à ces objets et pourra nous en apprendre un peu plus, en tout cas je l'espère.

— Si je comprends bien, le roi Al va devoir abandonner l'idée d'une fiesta endiablée sur l'île de Chios.

Pitt lança un coup d'œil vers le village endormi qui entourait le port, puis il grimpa à bord du pick-up.

— Pour être tout à fait honnête, dit-il alors que le chauffeur démarrait, je ne suis pas sûr que l'île de Chios soit encore prête pour le règne du roi Al.

3

L'avion des lignes intérieures turques atterrit sur le tarmac de l'aéroport international d'Istanbul juste avant la tombée de la nuit. Il se faufila parmi les gros jets des lignes commerciales comme un moustique égaré dans une ruche et vint s'arrêter sur un emplacement vide d'un terminal.

Pitt fut l'un des derniers passagers à quitter l'avion. Il était à peine entré dans le hall qu'une grande et séduisante femme aux cheveux cannelle lui sautait au cou.

— Tu étais censé arriver avant moi, lança Loren Smith en s'écartant de lui après l'avoir étreint avec chaleur.

Pitt lui passa un bras autour de la taille et ils échangèrent un long baiser.

— Un problème de pneumatique sur le train d'atterrissage nous a retardés au départ. Tu attends depuis longtemps ?

— Moins d'une heure.

Elle plissa le nez et se passa la langue sur les lèvres.

— Tu as la peau salée.

— Al et moi avons découvert une épave sur le chemin de l'aéroport.

— J'aurais dû m'en douter, répondit Loren en le gratifiant d'un regard réprobateur. Tu ne m'avais pas dit que la plongée et les vols en avion ne faisaient pas bon ménage ?

— C'est vrai, mais ce coucou n'a sans doute jamais dépassé les trois cents mètres d'altitude, alors je ne risque pas grand-chose.

— Si tu as la maladie des caissons pendant notre séjour à Istanbul, je te coupe en morceaux, le menaça-t-elle en se serrant contre lui. Et l'épave, présentait-elle un quelconque intérêt ?

— Il semblerait que ce soit le cas, en effet.

Il souleva son sac de voyage, qui contenait les objets découverts en mer.

— Nous avons trouvé deux ou trois petites choses qui pourraient s'avérer révélatrices. J'ai invité le docteur Rey Ruppé, du Musée archéologique d'Istanbul, à dîner avec nous ce soir. Peut-être sera-t-il en mesure de nous éclairer.

Loren se hissa sur la pointe des pieds, fronça les sourcils et plongea son regard dans les yeux verts de Pitt.

— Dieu merci, je savais en t'épousant que tu garderais toujours intact ton amour pour la mer !

— Tu as raison, mais par bonheur, j'ai le cœur assez grand pour vous aimer toutes les deux.

Il lui prit la main et ils se frayèrent un chemin à travers la foule qui encombrait le terminal. Ils hélèrent ensuite un taxi qui les conduisit à leur hôtel, dans le quartier historique de Sultanahmet. Après s'être douchés et changés, ils prirent une autre voiture qui les déposa, au terme d'un bref trajet, dans une zone résidentielle paisible à quelques pâtés de maisons de leur point de départ.

— Balikçi Sabahattin, annonça le chauffeur.

Pitt aida Loren à sortir de voiture. Ils se trouvaient dans une ruelle pavée au charme suranné. De l'autre côté de la chaussée, une pittoresque maison à bardeaux de bois, datant des années vingt, abritait un restaurant. Le couple se faufila entre plusieurs tables installées en terrasse, ouvrit la porte de l'établissement et pénétra dans un élégant hall d'entrée. Un homme à la carrure épaisse, aux cheveux clairsemés et au sourire jovial s'avança et tendit la main à Pitt.

— Dirk ! Je suis content que tu aies trouvé l'endroit sans trop de difficultés, dit-il en écrasant la main de Pitt comme dans un étau. Bienvenue à Istanbul.

— Merci, Rey, je suis ravi de te revoir. J'aimerais te présenter mon épouse Loren.

— C'est un grand plaisir, répondit Ruppé d'un ton affable, en serrant la main de Loren avec un peu moins de vigueur. J'espère que vous pardonnerez à un vieux sans-gêne tel que moi de vous déranger pendant votre dîner. Je dois me rendre demain matin à Rome pour une conférence archéologique, et c'était donc la seule occasion qui m'était offerte de pouvoir discuter des découvertes sous-marines de votre mari.

— Aucun dérangement de votre part, je vous rassure. J'ai toujours été moi-même fascinée par ce que Dirk remène des fonds marins. Et puis je crois que vous nous avez trouvé un merveilleux restaurant.

— Pour ce qui est des fruits de mer, c'est l'un de mes établissements préférés à Istanbul.

Une serveuse apparut et les accompagna le long d'un couloir qui donnait sur plusieurs salles à manger et les installa dans l'une d'elles. La table recouverte d'une nappe était située près d'une grande fenêtre qui donnait sur un jardin à l'arrière de la maison.

— Peut-être pourriez-vous nous recommander quelques spécialités, docteur Ruppé ? suggéra Loren. C'est la première fois que je visite la Turquie.

— Je vous en prie, appelez-moi Rey. Dans ce pays, avec le poisson, on ne peut pas se tromper. Je vous conseille le turbot ou le loup ; ils sont toujours excellents. Mais il est vrai que je suis gourmand, et je ne suis jamais rassasié de kebabs, ajouta-t-il avec un sourire en se frottant le ventre.

Après avoir passé commande, Loren demanda à Ruppé depuis combien de temps il vivait en Turquie.

— Oh, mon Dieu, cela va bientôt faire vingt-cinq ans. Je suis arrivé de l'Arizona un été pour donner des cours d'archéologie marine, et je ne suis jamais reparti. À l'époque, nous avions repéré l'épave d'un navire marchand byzantin au large de l'île de Kos. Nous avons procédé à son renflouage et depuis, j'ai toujours eu du travail par ici.

— Le docteur Ruppé est la plus grande autorité de la Méditerranée orientale en matière d'antiquités marines byzantines et ottomanes, précisa Pitt. Ses compétences ont été inestimables pour plusieurs de nos projets dans la région.

— Je suis comme votre mari, je voue un amour sans bornes aux épaves, renchérit Ruppé. Mais depuis que j'ai accepté ce poste aux Études maritimes pour le Musée archéologique, je passe moins de temps que je le souhaiterais sur le terrain.

— Bien sûr, avec tous ces soucis administratifs, approuva Pitt.

En guise d'amuse-bouche, le serveur posa sur la table une grande assiette de moules et de riz à laquelle les trois convives firent honneur sans tarder.

— Vous travaillez en tout cas dans une ville fascinante, fit observer Loren.

— Il est vrai qu'Istanbul mérite bien son surnom de « Reine des Cités ». Née avec les Grecs, élevée par les Romains et mûrie sous la domination ottomane. Son héritage de cathédrales, de mosquées et de palais a de quoi satisfaire le plus blasé des historiens. Mais c'est aussi une ville de douze millions d'habitants, ce qui représente un certain nombre de défis à relever.

— J'ai entendu dire que le climat politique en faisait partie, dit Loren.

— Vous êtes membre du Congrès. Votre visite a-t-elle pour but de changer cette situation ? demanda Ruppé en souriant.

Loren Smith lui rendit son sourire. Depuis longtemps représentante de l'État du Colorado au Congrès, elle ne se considérait pas pour autant comme un « animal politique ».

— Non, je ne suis venue à Istanbul que pour y rejoindre mon vagabond de mari. J'accompagnais une délégation de parlementaires en visite dans le sud du Caucase, et les ai abandonnés avant qu'ils rentrent à Washington. À bord de l'avion, un envoyé du Département d'État nous confiait les inquiétudes des États-Unis quant à l'essor du mouvement fondamentaliste en Turquie.

— Il avait raison. Vous le savez sans doute, la Turquie est un état laïc, mais à quatre-vingt-dix-huit pour cent musulman, à majorité sunnite. Cependant, un mouvement parti d'Istanbul s'est développé, sous la direction du mufti Battal, et milite pour des réformes fondamentalistes. Je ne suis pas expert en la matière, et je serais incapable de vous dire quelle est l'influence réelle de cet homme et de son appel. Mais la Turquie, comme d'autres pays, connaît des difficultés économiques qui apportent leur lot de malheur et de mécontentement, et ces problèmes jouent en sa faveur. On le voit partout ces derniers temps, et il se livre à des attaques virulentes contre le président actuel.

— Sans même parler de ce qui se passerait au niveau des alliances avec les puissances occidentales, je ne peux m'empêcher de penser qu'un virage fondamentaliste de la Turquie ferait du Moyen-Orient une région encore plus dangereuse qu'elle ne l'est déjà, répondit Loren.

— Avec un Iran chiite qui fait des démonstrations de force sur le plan militaire, je crains que vos inquiétudes ne soient en effet fondées.

Les plats furent servis, un loup rôti pour Loren, du mérou grillé pour Pitt et un turbot de la mer Noire pour Rey Ruppé.

— Je suis navré de gâcher le repas en parlant politique, c'est une déformation professionnelle, s'excusa Loren. Ce poisson est en tout cas délicieux.

— Ne vous inquiétez pas, et je suis certain que Dirk y est habitué, la rassura Ruppé avec un clin d'œil avant de se tourner vers son vieil ami. Eh bien, Dirk, si tu me parlais de tes projets en mer Égée ?

— Nous effectuons des recherches sur certaines « zones mortes », privées d'oxygène, dans l'est de la Méditerranée, répondit Pitt entre deux bouchées. Le ministère turc de l'Environnement nous a indiqué un certain nombre d'emplacements où des floraisons d'algues récurrentes ont éliminé toute vie marine. C'est un problème de plus en plus préoccupant, et que l'on peut constater dans beaucoup de régions du monde.

— Je sais que le cas s'est présenté chez nous, dans la baie de Chesapeake, fit remarquer Loren.

— Ces zones se sont agrandies au cours des derniers mois, approuva Pitt.

— La pollution en est-elle la cause ? demanda Ruppé.

Pitt hocha la tête.

— Dans la plupart des cas, ces secteurs dévastés sont situés près des deltas des grands fleuves. Les bas niveaux d'oxygène sont en général une conséquence directe de la pollution des éléments nutritifs, le plus souvent sous la forme d'azote, issue des déchets industriels ou agricoles. Au départ, ces nutriments présents dans l'eau créent une masse de phytoplancton, des floraisons d'algues. Lorsque ces algues meurent et se déposent sur les fonds, le processus de décomposition absorbe de l'oxygène, et si le niveau atteint un seuil critique, cette eau devient anoxique, fait disparaître toute forme d'existence aquatique et crée une de ces zones.

— Qu'as-tu découvert jusqu'ici dans les eaux turques ?

— Nous avons pu confirmer la présence d'une zone morte de dimensions encore modérées entre l'île grecque de Chios et la côte turque. Nous continuons nos recherches dans la région et pensons pouvoir cartographier son périmètre et mesurer l'intensité du phénomène.

— Avez-vous réussi à remonter jusqu'à sa source ?

Pitt secoua la tête.

— Le ministère turc de l'Environnement nous aide à recenser les pollueurs, agricoles ou industriels, mais pour l'instant, nous ne sommes pas en mesure d'identifier la cause du problème de façon claire.

Le serveur apparut et desservit la table avant d'y apporter un plateau d'abricots frais et trois cafés. Loren constata, surprise, que le breuvage était déjà sucré.

— Dirk, ton épave se trouve-t-elle dans cette zone ? demanda Ruppé.

— Non, mais pas très loin. Nous étions en train de réparer notre matériel de captage lorsque nous avons découvert le site. Un bateau de pêche à qui il manque aujourd'hui quelques mètres de filet nous a mis sur sa piste.

— Au téléphone, tu me disais que tu avais rapporté des objets…

— Oui, et je les ai ici avec moi, répondit Pitt en tournant la tête vers un sac noir posé près de sa chaise.

Le regard de Ruppé s'illumina, et il consulta sa montre.

— Il est plus de vingt-trois heures, et je vous ai déjà beaucoup retardés, mais le musée n'est qu'à quelques pas d'ici. J'aimerais beaucoup jeter un coup d'œil à ces objets. Ensuite, tu peux me les confier si tu le souhaites, ils seront en sécurité dans mon laboratoire.

— Je vous en prie, ne vous excusez pas, intervint Loren. Nous mourons d'envie de connaître votre avis.

— Eh bien, c'est parfait. Dégustons notre café, ensuite nous irons à mon bureau pour examiner comme il se doit vos découvertes.

Une fois leur café bu et l'addition réglée, le trio sortit du restaurant et remonta la ruelle. Ruppé s'arrêta devant une décapotable Volkswagen Karmann Ghia verte garée dans le virage.

— Il n'y a guère de place pour les jambes, j'en suis navré, dit-il, la banquette arrière est plutôt exiguë.

— J'adore ces vieilles Volkswagen, s'exclama Loren, ça fait des années que je n'en ai pas vu une.

— Elle ne date pas de la dernière pluie, mais elle tourne comme une horloge. Je trouve que c'est la voiture idéale pour se faufiler dans les embouteillages d'Istanbul, même si l'air conditionné me manque un peu.

— Quelle importance alors qu'il suffit de rabattre la capote ? lança Pitt en s'asseyant sur le siège passager.

Ruppé partit vers le centre, puis bifurqua sous une arche monumentale.

— Nous pénétrons sur le domaine de Topkapi, le vieux palais ottoman, annonça-t-il. Notre musée est situé près de l'entrée de la cour intérieure. Vous devriez visiter le palais, si vous en avez l'occasion. Mais il vaut mieux y aller assez tôt le matin, car les touristes y sont nombreux.

Ruppé roula sur une étendue de terrain semblable à un parc parsemé de bâtiments historiques. Il s'engagea sur une pente douce et s'arrêta à l'arrière du Musée archéologique, sur un parking réservé au personnel. Non loin de là se dressait le haut mur qui délimitait le périmètre du palais.

Après s'être extraits du véhicule, Loren et Pitt suivirent Ruppé vers un large immeuble de style néoclassique.

— Le musée regroupe trois constructions, commenta Ruppé. Le musée de l'Orient ancien sur le devant, près du pavillon des Tuiles, qui abrite le département d'art islamique. Quant à moi, je travaille à la section Archéologie, ici dans le bâtiment principal.

Il gravit avec ses invités les marches de l'escalier situé à l'arrière de la bâtisse à colonnes construite au dix-neuvième siècle. Il ouvrit la porte fermée à clef et fut accueilli par un gardien de nuit qui se tenait près de là.

— Bonsoir, monsieur Ruppé. Vous travaillez tard, ce soir encore ?

— Bonsoir, Avni. Je ne fais que passer avec mes amis, nous n'allons pas nous attarder.

— Prenez votre temps. Il n'y a que moi et les grillons, ici !

Ruppé précéda ses hôtes le long du couloir principal, peuplé de gravures et de statues antiques. De chaque côté, les salles d'exposition présentaient des tombes moyen-orientales aux ornements sophistiqués. L'archéologue marqua une pause et désigna d'un geste un massif cercueil de pierre couvert de gravures en bas relief.

— L'un de nos objets les plus célèbres : le sarcophage d'Alexandre. La scène gravée sur les côtés représente Alexandre le Grand en pleine bataille. Personne ne sait qui se trouve à l'intérieur, mais beaucoup pensent qu'il s'agit d'un gouverneur perse du nom de Mazaeus.

— Une superbe œuvre d'art, commenta Pitt. De quand date-t-elle ?

— Du quatrième siècle avant Jésus-Christ.

Ruppé les conduisit alors le long d'un couloir adjacent jusqu'à un bureau spacieux envahi de livres. Une grande table de laboratoire occupait la longueur d'un mur, et sa surface d'acier inoxydable était couverte d'objets à divers stades de conservation. L'archéologue alluma une rampe de plafonniers qui jetèrent une vive lumière dans la pièce.

— Jetons maintenant un coup d'œil à ces objets sortis des profondeurs, dit-il en approchant des tabourets de la table.

Pitt ouvrit son sac, sortit la boîte de fer de Giordino et ôta avec soin la serviette qui la protégeait.

— Sans doute la tirelire d'un quelconque personnage, dit-il. La serrure a cédé d'elle-même, ajouta-t-il avec un sourire coupable.

Ruppé posa une paire de lunettes de lecture sur son nez et examina la boîte.

— Oui, c'est un peu l'équivalent d'un petit coffre-fort. Plutôt ancien, je dirais.

— Son contenu facilitera peut-être sa datation, suggéra Pitt.

Ruppé écarquilla les yeux lorsqu'il ouvrit le coffret. Il étendit un linge sur la table et y disposa avec précaution les pièces d'or et d'argent – sept en tout.

— J'aurais dû vous laisser régler l'addition au restaurant.

Loren soupesa la pièce.

— Mon Dieu, c'est vraiment de l'or massif ? demanda-t-elle, surprise par son poids.

— Oui, je crois qu'elle vient d'un hôtel des monnaies ottoman, répondit Ruppé en étudiant l'inscription qui y était gravée. Il en existait plusieurs au sein de l'empire.

— Parvenez-vous à déchiffrer le texte ? questionna Loren en admirant les circonvolutions de l'écriture arabe.

— C'est une version de la formule *Allah Akbar*, « Dieu est grand ».

L'archéologue traversa la pièce, parcourut ses étagères du regard et en tira un épais volume relié. Il le feuilleta et s'arrêta sur une page où s'affichait une photographie représentant plusieurs monnaies antiques. Il compara l'image et la pièce, puis hocha la tête d'un air satisfait.

— Une correspondance ? l'interrogea Pitt.

— Et parfaite, qui plus est. Une monnaie frappée en Syrie au cours du seizième siècle. Félicitations, Dirk, tu as sans doute découvert une épave ottomane de l'époque de Soliman le Magnifique.

— Qui était Soliman ? demanda Loren.

— L'un des sultans ottomans, peut-être le plus puissant et le plus admiré après Osman Ier, le fondateur de la dynastie. Vers le milieu du seizième siècle, Soliman a étendu le territoire de l'empire au sud-est de l'Europe, au Moyen-Orient et à l'Afrique du Nord.

— Ceci était peut-être un cadeau ou une offrande à l'intention du sultan, suggéra Pitt en tirant de son sac la boîte en céramique.

Il déplia la serviette avec des gestes prudents. Les yeux de Loren brillèrent devant la finesse du motif bleu, violet et blanc qui ornait le couvercle.

— Un remarquable travail artistique, fit-elle remarquer.

— Les anciens artisans musulmans accomplissaient des prouesses avec la terre cuite et la céramique, approuva Ruppé. Mais je n'ai jamais rien vu de semblable.

Il leva le coffret pour mieux l'éclairer et l'examina. Il nota une petite fissure irrégulière sur un côté, et la frotta du bout du doigt.

— Ce travail me rappelle certains objets que j'ai eu l'occasion de voir par le passé, et connus sous l'appellation de « poterie de Damas ». Le motif est emprunté à la tradition des anciens fours d'Iznik, autrefois Nicée, ici en Turquie.

D'un geste lent, il ouvrit le couvercle, puis sortit la couronne incrustée de sédiments.

— Oh, mon Dieu ! souffla Loren en s'approchant.

Ruppé était tout aussi impressionné.

— On ne voit pas pareil trésor tous les jours, dit-il en la maintenant sous une lampe de bureau.

Il prit un cure-dents et gratta une particule de dépôt.

— On devrait pouvoir nettoyer cela en frottant avec précaution.

Il l'examina d'encore plus près et plissa soudain les yeux, les sourcils froncés.

— Voilà qui est étrange.

— Que se passe-t-il ? demanda Loren.

— Il semble qu'il y ait une inscription sur le contour intérieur. Je ne distingue que quelques caractères, mais je crois que c'est du latin.

— Cela ne paraît guère logique, dit Loren.

— Non, en effet, reconnut Ruppé. Mais après quelques travaux de restauration, nous en saurons plus, et nous aurons de bonnes chances d'en déterminer l'origine.

— Je savais que nous nous adressions à la bonne personne, dit Pitt.

— On dirait que votre épave recelait plus d'un mystère, répondit Ruppé.

Loren contempla la couronne d'un regard las, puis réprima un bâillement.

— Je crains de vous avoir beaucoup retardés, s'excusa Ruppé en rangeant l'écrin dans un coffre-fort aménagé dans le mur et en disposant l'autre boîte, les pièces et le coffret de céramique dans un seau d'eau douce. Il me tarde d'examiner tout cela en détail avec mes collaborateurs, dès mon retour de Rome.

— Je serais curieux de savoir comment une couronne portant une inscription en latin a pu se retrouver à bord d'un vaisseau ottoman, dit Pitt.

— On ne peut préjuger de rien, mais j'aimerais bien voir ce que ce navire contient d'autre, répondit Ruppé. Si étonnant que cela puisse paraître, on n'a découvert que fort peu d'épaves ottomanes en Méditerranée.

— Si tu pouvais prévenir les autorités turques de notre découverte, nous les aiderons du mieux que nous le pouvons, proposa Pitt en tendant à Ruppé une carte marine où l'emplacement était indiqué en rouge. C'est assez proche de l'île de Chios, et il est possible que les Grecs aient leur mot à dire.

— Je les appellerai à la première heure, dit Ruppé. Pensez-vous que l'*Explorer* serait en mesure d'effectuer un relevé complet de la zone ?

Le visage de Pitt s'éclaira d'un sourire.

— Je ne demande pas mieux que de savoir de façon précise ce que nous avons découvert. Je vais m'arranger pour dérouter notre bâtiment pendant un jour ou deux. Nous avons déjà à bord un archéologue qui pourra diriger les recherches.

— Très bien, parfait. Quant à moi, je suis en bons termes avec le ministère turc de la Culture. Ils seront ravis de savoir que l'épave est en de bonnes mains.

Ruppé regarda Loren, qui luttait pour garder les yeux ouverts.

— Ma chère, pardonnez mes radotages historiques. Il est tard, et je vais vous raccompagner à votre hôtel.

— Il vaut mieux, en effet, avant que je sois obligée de m'étendre sur l'un des sarcophages de votre musée.

Ruppé verrouilla la porte de son bureau et conduisit ses invités jusqu'à la sortie, où ils passèrent à nouveau devant le gardien. Alors qu'ils descendaient les marches à l'extérieur du bâtiment, ils entendirent au loin deux explosions étouffées. Une série d'alarmes retentit et se réverbéra sur les hauts murs de Topkapi. Pitt, Ruppé et Loren s'arrêtèrent, stupéfaits. Des cris indistincts résonnèrent, suivis par le crépitement de rafales de mitraillettes dans le ciel nocturne. De nouveaux tirs, plus proches, succédèrent aux premiers. Quelques secondes plus tard, la porte d'entrée du musée s'ouvrit derrière eux, et le gardien accourut, une expression horrifiée sur le visage.

— On attaque le palais ! cria-t-il. Ils ont donné l'assaut à la Chambre des Reliques sacrées, et les gardiens de Bab-üs Selam ne répondent plus. Je dois vérifier que la porte est bien barricadée.

Bab-üs Selam, la porte du Salut, était le point d'accès principal au sanctuaire intérieur du palais de Topkapi. C'était un haut portail fortifié flanqué de deux tours, devant lequel les touristes venaient faire la queue le matin avant d'explorer les jardins et le palais des sultans. Un poste de sécurité, installé juste derrière, accueillait la nuit plusieurs gardiens, des soldats de l'armée turque. Bab-üs Selam se trouvait plus haut sur la route où se tenaient Pitt, Loren et Ruppé ; ils constatèrent que le portail était ouvert et qu'aucun garde n'était visible.

Avni, le gardien du musée, se mit à courir pour traverser le parking. À une centaine de mètres de la porte du Salut, il dépassa une camionnette blanche garée sur le bas-côté. Aussitôt, le moteur du véhicule démarra.

Le fait que ses phares restent éteints suscita la méfiance de Pitt. Sentant que quelque chose allait de travers, il suivit d'instinct la même direction qu'Avni.

— Je reviens tout de suite, grommela-t-il avant de partir en courant.

— Dirk ! cria Loren, alarmée par la soudaine réaction de son mari.

Mais Pitt ne prit pas la peine de répondre, car au même moment, la camionnette commença à avancer.

Il savait ce qui allait se passer, mais ne put rien faire pour l'empêcher. Lorsque le véhicule bondit en avant en faisant hurler son moteur, il ne put qu'assister à la scène, impuissant, comme s'il regardait un film au ralenti. Le van pointa son capot vers le gardien et prit très vite de la vitesse. Courant à toutes jambes, Pitt tenta de prévenir Avni.

— Avni ! Attention ! Derrière vous !

Mais cela ne servit à rien. Ses phares toujours éteints, la fourgonnette s'élança et heurta le gardien par-derrière. Son corps fut éjecté au-dessus du capot, puis tournoya avant d'atterrir au sol avec un bruit mat. Le véhicule continua à accélérer, puis s'arrêta dans un crissement de pneus près du portail.

Pitt continua à courir et rejoignit le gardien allongé face contre terre. À en juger par les contours de son visage, le crâne d'Avni avait été brisé, provoquant une mort instantanée. Il était trop tard pour lui venir en aide, et Pitt s'élança vers le véhicule.

Le chauffeur était toujours derrière le volant, et regardait avec anxiété à travers la porte du Salut ouverte. Avec le bruit du moteur, il n'entendit les pas de Pitt que lorsque celui-ci arriva tout près du flanc du véhicule. Il se retourna pour regarder par la vitre ouverte et fut cueilli par deux mains qui l'attrapèrent aussitôt par le col. Avant même qu'il puisse envisager de résister, sa tête et son torse étaient déjà passés par l'ouverture de la fenêtre.

Pitt entendit d'autres pas approcher, mais alors qu'il se démenait avec le chauffeur, il ne put apercevoir du coin de l'œil qu'une ombre en mouvement. Il avait passé le coude sous le menton de l'homme et serrait presque assez fort pour lui arracher la tête, mais l'individu avait recouvré ses esprits et luttait pour se dégager, coinçant ses genoux sous le volant et battant des bras. Pitt put toutefois lui appuyer sur la gorge jusqu'à lui faire perdre son souffle, si bien que sa tête finit par retomber contre sa poitrine, inerte.

— Lâchez-le, aboya soudain une voix féminine.

Pitt se retourna vers le corps du gardien de musée, tout en maintenant sa prise sur la gorge du chauffeur. Loren et Ruppé l'avaient suivi sur la route pour venir au secours d'Avni, et se trouvaient à présent près du cadavre. Ruppé, un genou à terre, maintenait sa main sur une entaille sanglante qui lui barrait le front et Loren, debout à ses côtés, regardait Pitt, une expression de peur dans les yeux.

Une femme de petite taille se tenait près d'eux. Elle était vêtue d'un pantalon, d'un pull, et portait une cagoule de ski. Le bras tendu, elle pointait un pistolet sur la tête de Loren.

— Lâchez-le, répéta-t-elle, ou je la tue.

4

Topkapi fut la résidence de prestige des sultans ottomans pendant près de quatre siècles. Labyrinthe tentaculaire de bâtiments ouvragés aux toits de tuiles, le palais, construit sur une colline surplombant la Corne d'Or, témoignait de la riche histoire de la Turquie. Les visites guidées permettaient aux nombreux touristes de se faire une idée de la vie des souverains du passé tout en découvrant une impressionnante collection d'œuvres d'art, d'armes et de joyaux. Mais au cœur de cette opulence, l'édifice recelait aussi des reliques musulmanes sacrées, vénérées dans le monde entier. Et c'était l'un de ces objets qui avait éveillé la convoitise des voleurs.

Plusieurs jours auparavant, sans attirer l'attention, une camionnette de livraison avait fait entrer une petite réserve d'armes et d'explosifs. Le moment venu, les malfaiteurs s'étaient contentés de pénétrer dans le domaine tard le soir en se faisant passer pour des touristes, puis s'étaient éclipsés pour se cacher dans la remise d'un jardinier. À la faveur de l'obscurité, longtemps après le départ des derniers visiteurs et une fois les portes fermées, ils avaient récupéré leurs armes et s'étaient dirigés vers la Chambre des Reliques sacrées.

L'attaque elle-même ne prit qu'une minute, le temps de faire exploser un mur latéral et d'abattre un garde qui se trouvait à proximité. Ensuite, les voleurs avaient pu s'emparer des reliques et s'échapper par l'ouverture béante du mur.

Les cambrioleurs avaient orchestré avec soin une série de petites détonations visant à faire diversion sur différents lieux du domaine pendant qu'ils se déplaçaient à pied vers le sud. Une fois passé le portail principal, la camionnette était prête à les évacuer. Il suffisait de quelques minutes pour atteindre l'enchevêtrement de rues du quartier de Sultanahmet et disparaître dans la nuit.

Au loin, des sirènes de police retentirent alors que deux hommes chargés chacun d'un sac en toile traversaient Bab-üs Selam. La femme qui tenait Loren en respect lança des ordres brefs aux hommes qui approchaient du véhicule. Les deux voleurs tirèrent le chauffeur à demi inconscient pour l'étendre à l'arrière après y avoir jeté leurs sacs. L'un d'eux se précipita à l'avant et s'installa au volant pendant que l'autre produisait à son tour un pistolet qu'il braqua sur Loren.

— Vous, cria la femme en se tournant vers Pitt avec son arme, éloignez-vous de la camionnette. Cette dame vient avec nous. Si vous tenez à la revoir vivante, dites à la police qu'elle s'est enfuie par le portail du parc Gülhane, ajouta-t-elle en dirigeant le canon de son revolver vers le nord-est du domaine.

Pitt serra les poings. Ses yeux lancèrent des éclairs, mais il ne pouvait rien faire. La femme sentit sa rage et leva le canon vers sa tête.

— N'y songez même pas.

Son acolyte attrapa Loren par le bras et la fit monter sans ménagement à l'arrière du van, puis embarqua à son tour et referma la porte. La femme recula jusqu'à la portière passager, son arme toujours pointée sur Pitt, puis grimpa sur le siège. Le nouveau chauffeur mit aussitôt les gaz, accélérateur au plancher, et le véhicule s'élança tandis que de la fumée s'échappait de la gomme des pneus.

Pitt courut vers Ruppé, qui s'était relevé tant bien que mal, mais vacillait encore sous le coup de l'agression.

— Ta voiture, lança-t-il.

Ruppé sortit ses clefs de sa poche et les lui tendit.

— Vas-y. Si je t'accompagne, je vais te ralentir.

— Tu es sûr que ça ira ?

— C'est juste une égratignure, répondit Ruppé en contemplant avec un pauvre sourire sa main tachée de sang. Tout ira bien. Pars, et j'expliquerai tout aux policiers dès leur arrivée.

Pitt hocha la tête, puis courut vers la Volkswagen, qui démarra dès la première sollicitation.

Les jardins extérieurs de Topkapi avaient la forme approximative d'un A penché, avec un portail au bas de chaque jambage. Anticipant la présence probable des forces de police vers celui du nord du parc Gülhane, les criminels prirent la direction de la Porte impériale, au sud. En dépit du nombre important d'autocars de touristes qui se rendaient tous les jours au palais, les routes bordées d'arbres étaient étroites et sinueuses, ce qui limitait la vitesse.

Pitt emprunta la route principale, celle qu'avaient prise les voleurs, mais le van était désormais hors de vue. En dépassant plusieurs allées latérales, il sentit son cœur battre plus vite, aiguillonné par la crainte de ne pouvoir repérer les ravisseurs de Loren. En général, les voleurs professionnels n'étaient pas des assassins, se dit-il pour se rassurer. Ils allaient sans doute libérer Loren à la première occasion. Mais son esprit revint vers la vision du gardien, renversé et assassiné de façon aussi froide que délibérée. Et puis il avait entendu ces tirs à travers tout le domaine. Une déplaisante sensation d'oppression s'empara de lui ; il avait affaire à des gens qui n'hésitaient pas à tuer.

Il enfonça la pédale d'accélérateur, et le moteur à refroidissement par air émit un gémissement douloureux. La voiture était loin d'être rapide, mais sa taille et sa masse lui conféraient une excellente maniabilité. Pitt la poussa dans ses derniers retranchements, alternant entre la seconde et la troisième et négociant les virages à toute allure. À un moment donné, la roue arrière toucha d'un peu trop près le bas-côté, et un enjoliveur s'envola vers les branches d'un orme.

La route se rétrécit sur une courte distance avant de rejoindre un carrefour. Pitt pesa de tout son poids sur le frein, et la voiture dérapa sur l'intersection tandis que Pitt se demandait quelle voie prendre. Un rapide coup d'œil de chaque côté ne révéla aucune trace du van. La femme avait dit quelque chose au sujet du parc Gülhane. Il n'avait pas la moindre idée de son emplacement, mais se souvint de la direction qu'elle avait indiquée. En dépit des multiples virages, il était sûr qu'il s'agissait de la zone qui se trouvait à présent à sa droite. Il passa la première, fit rugir le moteur, embraya et s'élança à gauche sur la chaussée pavée.

Le dais formé par les branches des vieux chênes défilait au-dessus de sa tête tandis qu'il fonçait en suivant la route qui s'incurvait maintenant sur la droite. Il descendit en bas d'une colline en pente douce et arriva près d'un nouveau carrefour. Il repéra un panneau « Sortie » avec une flèche pointée vers la droite. Il ne ralentit qu'à peine, entama le virage en faisant crisser les pneus et la Volkswagen chassa en mordant sur la voie qui venait en sens inverse. Par bonheur, il était seul sur la route.

Celle-ci formait une ligne droite qui passait sous la Porte impériale. Pitt prit conscience d'une lumière plus intense devant lui, alors que les buissons et les arbres cédaient la place au paysage urbain surpeuplé du vieux centre d'Istanbul. Continuant sur sa trajectoire, Pitt aperçut bientôt les feux arrière d'un véhicule qui tournait juste après avoir franchi la porte.

La camionnette.

Il sentit une bouffée d'espoir l'envahir. Les voleurs semblaient avoir bien calculé leur coup. Si la police d'Istanbul avait réagi à l'alarme, elle n'était en tout cas pas encore parvenue jusqu'à la Porte impériale. Alors qu'il s'en approchait, il aperçut du coin de l'œil deux corps, sans doute des cadavres de soldats, gisant sur le bord de la route.

Il les ignora, franchit la Porte à grande vitesse et vira à droite après avoir ralenti pour éviter de faire hurler les pneus. Un seul regard lui permit de constater que le van avait coupé par le sud le long d'un boulevard perpendiculaire. Il suivit le même itinéraire, éteignit ses phares à la faveur d'un virage et tenta de combler la distance.

Le quartier historique de Sultanahmet, encombré de voitures et de piétons dans la journée, était d'un calme presque irréel à cette heure tardive. Pitt contourna à vive allure un vieux taxi délabré, puis ralentit lorsqu'il vit le van s'arrêter à un feu rouge.

Les deux véhicules s'apprêtaient à dépasser Sainte-Sophie, l'un des monuments les plus grandioses de l'ère byzantine. Reconstruite en tant que basilique par l'empereur romain Justinien et plus tard convertie en mosquée, Sainte-Sophie demeura pendant presque un millénaire le plus grand édifice religieux au monde surmonté de dômes. Ses fresques, ses mosaïques et son imposante architecture faisaient d'elle l'un des hauts lieux culturels de la ville.

La fourgonnette prit un nouveau virage à droite, traversa la place Sultanahmet et l'esplanade de Sainte-Sophie où une poignée de touristes faisait les cent pas en photographiant l'extérieur illuminé de la basilique. Pitt tenta de se rapprocher, mais deux taxis qui s'écartaient du virage lui coupèrent la route.

La camionnette ralentit pour ne pas attirer l'attention d'un véhicule de police qui sortait d'une rue adjacente, sirène hurlante et gyrophare allumé, pour remonter la colline vers Topkapi. Le petit groupe de véhicules quitta la place et dépassa un bloc d'immeubles avant de faire halte au feu suivant. Un camion de ramassage d'ordures rouillé franchit au pas la rue transversale et stoppa au coin du carrefour pour embarquer quelques sacs de détritus, immobilisant le van déjà coincé à l'arrière par un des taxis.

Deux voitures derrière, Pitt observa un éboueur qui s'attaquait sans se presser aux ordures et décida de profiter de l'occasion. Il sauta sans hésiter de la Volkswagen et courut vers l'arrière du van, accroupi entre les taxis pour ne pas être repéré. La lunette arrière était teintée, mais il put distinguer, assise sur la droite, une silhouette qui semblait avoir les cheveux très courts… ou porter une cagoule.

Le feu passa au vert et l'engin bondit en avant, puis s'arrêta à nouveau pendant que le nonchalant éboueur ramassait des sacs plastique gonflés de déchets. Pitt s'approcha et posa un pied sur le pare-chocs avant d'ouvrir la porte arrière de la main droite. Il s'avança, le poing serré, prêt à frapper.

C'était un geste dangereux, qui risquait même de les faire tuer, Loren et lui. Mais il avait l'avantage de la surprise et supposait à juste titre que l'homme de main à l'arrière, heureux de savourer sa victoire, avait baissé la garde. Et au fond de son cœur, Pitt avait un autre motif pour abandonner de la sorte toute prudence. Il savait que s'il n'agissait pas et s'il devait arriver quelque chose à Loren, il ne pourrait jamais plus se regarder en face.

Il s'engouffra dans le compartiment arrière de la fourgonnette et jaugea la situation en une fraction de seconde. Il avait gagné son pari : le truand était assis à droite sur une banquette. Le premier chauffeur, qui avait repris quelque couleur, lui faisait face. Loren était assise à côté, coincée contre une cloison qui séparait l'arrière du compartiment avant. Pendant la fraction de seconde où Pitt put croiser ses yeux, il y lut de la peur.

À sa grande surprise, le sbire ne braquait pas son arme sur Loren, mais la tenait contre sa cuisse. L'individu eut le temps de lancer à Pitt un regard stupéfait à travers sa cagoule avant de recevoir un coup de poing au menton. S'il avait calculé son geste de façon différente, Pitt, entre la montée d'adrénaline et sa rage contenue, aurait sans doute pu démolir la cloison de séparation. Au lieu de cela, son direct abattit le voleur d'un seul coup et l'envoya rouler au sol sans que celui-ci ait eu le temps de lever son arme.

Son comparse réagit avec vivacité, savourant peut-être à l'avance la perspective d'inverser le cours de leur rencontre précédente. Il plongea sur le dos de Pitt et lui cloua le torse contre le sol. Tout en l'immobilisant de son autre bras, il tenta de récupérer le pistolet qu'il avait dans sa poche. L'Américain se releva en se calant sur ses mains, mais il peinait à se défaire de son assaillant. À la recherche d'un point d'appui, il se cala un pied contre le pare-chocs, puis fit basculer son propre poids vers l'arrière. Son attaquant toujours sur le dos, il se traîna des pieds et des mains vers l'ouverture du van.

L'un des taxis attendait à quelques centimètres derrière le véhicule. Les deux corps mêlés atterrirent sur le capot, le premier chauffeur du van, bloqué sous le corps de Pitt, prenant tout l'impact du choc. L'homme haleta en expulsant tout l'air de ses poumons et Pitt sentit l'étreinte se relâcher sur son torse. Il se remit sur pied, écarta le bras de l'homme et lui lança plusieurs coups de coude au visage qui suffirent à le neutraliser ; il s'effondra sur la chaussée avant d'avoir pu saisir son arme.

Pitt reprit son souffle et leva les yeux vers Loren qui s'extrayait de l'arrière. Elle tenait l'un des sacs noirs à la main.

— Partons, vite ! la pressa-t-il en lui prenant le bras et en la tirant vers la rue.

Ils titubèrent jusqu'au trottoir, mais Loren résistait à ses tentatives de la faire avancer plus vite.

— Je ne peux pas courir avec ces chaussures, plaida-t-elle.

Pitt entendit un cri venant de la direction du van, mais ne perdit pas de temps à en vérifier l'origine. Il prit Loren dans ses bras et la poussa à l'abri d'un petit bâtiment carré à quelques pas de là. Il plongea à terre avec elle au moment où deux brefs coups de feu retentissaient. Quelques éclats de béton volèrent lorsque les balles criblèrent le sol près de leurs pieds.

L'entrée de l'immeuble ne leur offrait qu'un refuge temporaire. Il ne faudrait que quelques secondes à la femme au pistolet pour gagner un poste de tir d'où elle ne pourrait les manquer.

— Où allons-nous maintenant ? demanda Loren.

Pitt jeta un regard rapide sur la vieille porte en bois patiné qui trônait au sommet de quelques marches.

— Le choix est simple, répondit-il en hochant la tête en direction de la porte. On entre.

5

Deux coups de pied assénés avec force suffirent à déloger la vieille serrure de son logement. Loren et Pitt se glissèrent dans une pièce nue et vide, bordée par un comptoir et une caisse enregistreuse. Au fond, un large escalier peu éclairé menait au niveau inférieur.

Ils entendirent des pas. Plusieurs personnes se précipitaient vers la porte. Pitt se retourna et, avant de la refermer à la volée, il aperçut la femme en noir qui courait dans sa direction depuis l'arrière du van. Il n'eut pas conscience de l'éclair qui jaillit du canon de son pistolet, mais vit la balle s'enfoncer dans le bois à quelques centimètres de son visage.

— Je suppose qu'il ne nous reste plus qu'à descendre, dit-il en prenant la main de Loren pour s'engager dans l'escalier.

Ils venaient de franchir en sautillant quelques marches de pierre taillée lorsque Loren lui tira le bras.

— Je ne peux pas y arriver avec mes talons hauts.

L'escalier s'enfonçait en effet à une distance considérable sous le sol. Loren ôta ses escarpins, puis reprit sa descente à pas vifs.

— Pourquoi les fabricants de chaussures pour femmes ne prennent-ils jamais en compte leur aspect pratique ? demanda Pitt en la rattrapant.

— Il n'y a vraiment qu'un homme pour poser une question pareille, grommela Loren, essoufflée par l'effort.

Ils poursuivirent leur progression et franchirent plus de cinquante marches, impressionnés par l'environnement qui se dévoilait peu à peu à leur regard sous un chiche éclairage.

Ils se trouvaient à présent dans une sorte d'immense grotte artificielle, une structure aussi étrange qu'inattendue dans le cœur grouillant d'une ville comme Istanbul. L'escalier se terminait par une plate-forme en bois qui dominait la caverne profonde. Pitt admira la forêt de colonnes hautes de dix mètres qui s'étendaient par dizaines jusqu'au fond obscur de la salle et dont les chapiteaux soutenaient une impressionnante voûte aux arches multiples. Une rangée de plafonniers rouges illuminait l'espace et lui conférait une aura mystérieuse, presque diabolique.

— Mais où sommes-nous ? demanda Loren dont la voix se répercutait sur les murs de pierre. C'est à vous couper le souffle, dans tous les sens du terme.

— Il s'agit d'une citerne souterraine. Et elle est immense ! Les Romains en ont construit des centaines sous les rues d'Istanbul dans le but de stocker l'eau qui y était acheminée de la campagne grâce à des aqueducs.

Loren et Pitt se trouvaient en fait dans la plus grande citerne d'Istanbul, la Citerne Basilique, ou Yerebatan Sarnici. Construite par l'empereur Constantin et agrandie plus tard par Justinien, elle s'étendait sur une longueur de plus de cent quarante mètres. À l'époque où elle était en service, avec son sol et ses murs recouverts de mortier, elle pouvait recueillir près de quatre-vingt mille mètres cubes d'eau. Abandonnée au cours du règne ottoman, elle devint un immense cloaque rempli de boue, jusqu'à sa restauration au vingtième siècle par le gouvernement. Afin de témoigner des prouesses architecturales des Romains, le sol est recouvert aujourd'hui encore d'une nappe d'eau de quelques dizaines de centimètres.

On n'entendait dans la vaste caverne que le crépitement occasionnel des gouttes qui tombaient du plafond. Mais le silence fut soudain rompu par des bruits de pas au-dessus de Pitt et de Loren, lorsque la femme en noir franchit à son tour la porte en bois pour s'engouffrer dans l'escalier. Ils partirent aussitôt en courant et suivirent une passerelle surélevée qui menait tout au fond de la citerne et se terminait sur une chaussée circulaire, une sorte de promenade aménagée pour permettre aux touristes de contempler la myriade de colonnes sculptées qui montaient jusqu'au toit. Au niveau du sol, le bassin d'eau lisse, peu profond, abritait des centaines de carpes multicolores qui jamais ne voyaient la lumière du jour. Pitt et Loren n'eurent guère le temps de les admirer.

La passerelle était trempée par le ruissellement de l'eau, et Loren, qui ne portait aux pieds que ses collants, glissa à plusieurs reprises. Alors qu'ils franchissaient un passage à angle droit, elle tomba et resta un instant étendue à reprendre son souffle jusqu'à ce que Pitt l'aide à se relever.

— Pourquoi est-elle encore après nous ?

— Peut-être à cause de ceci, répondit Loren en soulevant le sac noir qu'elle tenait à la main. Je l'ai pris dans la camionnette. J'ai pensé que ça pouvait être important.

Pitt sourit en songeant à l'instinct qui avait poussé sa femme à le subtiliser.

— Oui, c'est sans doute important. Mais pas assez pour que nous nous fassions tuer.

Les pas avaient à présent atteint le bas des marches, et leur son était celui d'un martèlement mat sur les planches de bois. Pitt et Loren arrivèrent sur une portion du pont de bois qui se terminait en cul-de-sac.

— Donnez-moi le sac et vous pourrez partir.

Avec l'écho, la voix de la femme se répéta sur le même ton hargneux. Après un moment de silence, Loren et Pitt entendirent à nouveau marcher, sur un rythme plus rapide. À cause du faible éclairage, la femme demeurait invisible, mais la distance qui les séparait s'amenuisait.

— Il faut descendre, murmura Pitt en prenant le sac et en guidant Loren vers le bord de la promenade.

Gênée par sa robe longue, elle grimpa avec maladresse par-dessus la rampe, puis laissa Pitt la faire glisser dans l'eau qui lui montait jusqu'à la taille. Tiraillée entre la sensation de froid et la menace toute proche, elle ne put réprimer un frisson.

— Va derrière la colonne la plus éloignée et reste hors de vue jusqu'à ce que je t'appelle, lui ordonna-t-il d'un ton calme.

— Que vas-tu faire ?

— Je vais lui rendre son sac.

Il se pencha et lui donna un baiser rapide, puis la regarda partir et dépasser plusieurs rangées de piliers avant de disparaître. Soulagé de la savoir à l'abri, il revint sur ses pas. Un fracas assourdissant l'immobilisa soudain, et il vit un tronçon de bois de la rampe s'écraser dans l'eau tout près de lui. Il aperçut la silhouette de la femme à une trentaine de mètres et courut droit devant lui jusqu'à ce qu'une rangée de colonnades la masque à sa vue.

Il profita des quelques secondes où il était encore à couvert pour réfléchir aussi vite qu'il le pouvait. Il examina le sac noir, plus lourd à chaque extrémité et plus léger au centre, ce qui suggérait la présence à l'intérieur de deux éléments séparés. Il n'y avait aucun endroit pour le cacher, aussi leva-t-il les yeux vers l'énorme colonne toute proche. Il remarqua qu'une sur trois disposait d'une applique rouge lumineuse près de son chapiteau. Lorsque les pas se firent plus proches, il souleva le sac et sépara les deux objets qu'il contenait à travers le tissu extérieur, sans l'ouvrir. Il tordit alors la partie centrale vide pour lui donner la forme approximative d'une barre d'haltères, avec les deux parties lourdes à chaque bout.

— Lâchez cela ! cria soudain la femme.

Avec la lueur diffuse qui régnait dans la citerne, Pitt jugea qu'elle était encore trop loin de lui pour un tir précis, et il fit deux pas rapides vers la rampe. Le pistolet claqua à nouveau et Pitt vit du coin de l'œil deux lueurs jaillir du canon. Une balle vint s'enfoncer dans le bois de la rambarde tandis que la seconde sifflait près de son oreille. Il ne pouvait rester plus longtemps immobile.

Il avança d'un troisième pas, souleva le sac et le fit voler en l'air de toutes ses forces, agrippa la rampe et l'enjamba. Le sac tourna comme une toupie et montait toujours lorsque Pitt retomba dans l'eau. Il se glissa aussitôt vers le fond et nagea sous la structure de la passerelle en direction de leur poursuivante. La profondeur était faible, et il contrôlait son effort afin de ne pas agiter la surface. Il pratiquait la plongée en apnée depuis des années et n'éprouva aucune difficulté à parcourir vingt-cinq mètres sans respirer.

Il s'arrêta et reprit son souffle tout en tentant de localiser la femme au pistolet. Il supposa à juste titre qu'il l'avait croisée alors qu'elle courait vers l'endroit d'où il avait plongé. Il risqua un œil au niveau de la surface et la vit marcher du côté opposé, son arme à la main, pointée vers l'eau.

Il se glissa sous la structure et la longea jusqu'à un angle droit. L'éclairage était un peu trop puissant à son goût, mais le tournant offrait une bonne cachette et un point de départ pratique pour une éventuelle attaque. Il s'apprêtait à se hisser sur une poutre de soutènement lorsqu'il détecta de nouveaux pas qui descendaient l'escalier. Au loin, un avertisseur de voiture résonna dans une rue.

— Mademoiselle Maria, nous devons partir tout de suite, cria une voix d'homme en turc. La police commence à fouiller les alentours de Topkapi.

Pitt se renfonça sous l'eau au moment où la femme se mit à courir dans sa direction. Quand il l'entendit passer au-dessus de lui, il ne bougea plus d'un cil et l'écouta remonter les marches de pierre. Lorsqu'elle fut toute proche du sommet, elle hésita un instant, avant de crier d'une voix perçante dont l'écho retentit à travers la citerne :

— Je ne vous oublie pas !

Les pas s'éloignèrent et dehors, le klaxon se tut. Pitt s'assit et écouta le bruit irréel des gouttelettes qui se démultipliait dans l'espace de la citerne. Certain à présent que ses assaillants étaient partis, il grimpa sur la passerelle et la parcourut en appelant Loren.

Celle-ci, transie, sortit de derrière une colonne et s'avança vers lui en barbotant dans l'eau. Pitt l'aida à le rejoindre. Elle était décoiffée, sa robe trempée, elle tremblait de froid, mais aux yeux de Pitt, elle irradiait de beauté.

— Tu vas bien ?

— Oui, ça va, répondit-elle. Ils sont partis ?

Pitt hocha la tête et la prit par la main tandis qu'ils revenaient vers l'escalier.

— Ce ne sont pas des enfants de chœur, observa-t-elle. Je me demande combien de gens ils ont assassinés au cours de leur hold-up.

— Ils t'ont fait du mal ? demanda-t-il.

— Non, mais de toute évidence, ils n'hésitent pas à tuer. Je leur ai dit que j'étais une parlementaire américaine ; ils semblaient s'en moquer.

— Ils respectent peut-être encore moins les politiciens ici qu'aux États-Unis.

— Tu lui as donné le sac ?

— Non, je crains qu'elle ait dû partir les mains vides. Mais tu l'as entendue, elle n'a pas l'intention de nous oublier.

— Où l'as-tu caché ?

Pitt s'arrêta un instant de marcher et désigna d'un geste le chapiteau d'une colonne qui se dressait à quelques mètres d'eux. Accroché à une lampe installée tout en haut, le sac noir était suspendu au-dessus de l'eau.

— Il n'est pas caché, répondit-il avec un petit sourire. Il est juste hors de portée.

6

— Encore du thé, ô cheik ?

L'invité accepta d'un bref hochement de tête et son hôte remplit sa tasse de thé noir. À peine trentenaire, le cheik était le plus jeune des cinq fils de l'une des familles royales au pouvoir dans les Émirats arabes unis. Sa silhouette était mince, et il portait un keffieh ivoire impeccable, maintenu sur sa tête par un *agal* cousu d'or qui ne donnait qu'une très vague idée des milliards de pétrodollars que contrôlait sa famille.

— Le mouvement du mufti commence à bien s'implanter en Turquie, dit-il en posant sa tasse. Je suis heureux des progrès dont vous m'avez fait part.

— Le mufti a des disciples dévoués, répondit son hôte en regardant le portrait accroché au mur d'un homme à l'expression sage, en robe noire et en turban. Les conditions actuelles sont favorables à la propagation du mouvement, et la popularité personnelle du mufti ne fait qu'accroître son influence auprès des masses. Nous disposons d'une réelle opportunité de changer la Turquie et son rôle dans le monde. Mais cela nécessite des ressources considérables.

— Je me suis engagé pour cette cause, comme pour celle des Frères musulmans en Égypte.

— De même que nos frères égyptiens, nous nous unirons selon les préceptes d'Allah.

Le cheik se leva et traversa le bureau, situé dans une tour. L'atmosphère et la décoration de la pièce évoquaient de façon frappante l'intérieur d'une mosquée. De petits tapis de prière kilim étaient alignés dans un espace dégagé, en face d'un *mihrab* orienté vers La Mecque. Sur le mur opposé, une haute étagère était garnie d'antiques exemplaires du Coran. Seule une immense baie vitrée bien éclairée donnait un peu de vie à ce lieu austère et compassé.

L'homme se dirigea vers la fenêtre pour admirer le panorama. La tour de bureaux était construite sur la rive asiatique du Bosphore et offrait une vue imprenable sur la vieille ville d'Istanbul et la rive européenne, de l'autre côté du mince détroit. Il observa un moment les hauts minarets de la mosquée de Soliman qui se dressaient au loin.

— Istanbul est à juste titre respectée pour son passé, dit-il en se retournant vers son hôte. On ne peut prétendre à la grandeur si l'on ne bâtit pas sur les fondations du passé. Mes frères ont tous été éduqués en Occident. Ils portent des costumes britanniques et ne peuvent se passer d'automobiles rutilantes, ajouta-t-il avec dédain.

— Mais vous n'êtes pas comme eux ?

— Non, répliqua le cheik d'un air songeur. J'ai étudié à l'université islamique de Médine. Je me suis dévoué à la cause d'Allah dès mon plus jeune âge. Il n'existe pas de but plus noble que de faire connaître la parole du Prophète.

Il se détourna de la fenêtre, le regard distant.

— Mais les menaces contre nous ne cessent jamais, reprit-il. Au Caire, les sionistes font exploser une bombe à Al-Azhar, sans que le monde ne manifeste d'indignation.

— Le mufti Battal et moi-même sommes scandalisés.

— Je le suis aussi. On ne peut ignorer de tels affronts.

— Pour résister aux forces extérieures, nous devons renforcer les fondations de notre maison.

Le cheik acquiesça d'un hochement de tête.

— Comme vous le savez, je bénéficie par bonheur d'une fortune non négligeable. Je continuerai à défendre la voie tracée par Allah ici en Turquie. En vénérant notre passé, je participe à la sagesse d'Istanbul.

— C'est sur de telles bases que nous pourrons exprimer notre reconnaissance envers Allah.

Le cheik s'avança vers la porte.

— Je vais organiser le transfert des fonds dans les plus brefs délais. Faites part de ma bénédiction au mufti Battal.

— Il en sera ravi et reconnaissant. Qu'Allah soit loué.

Le cheik répondit en termes semblables, puis rejoignit les quelques personnes qui l'attendaient derrière la porte. Lorsqu'ils eurent quitté le hall d'entrée, son hôte referma derrière lui, revint à son bureau et sortit une clef du tiroir le plus haut. Il s'approcha d'une porte discrète, déverrouilla la serrure et pénétra dans un bureau adjacent d'une taille presque trois fois supérieure à celui qu'il venait de quitter. La pièce n'était pas que vaste ; elle était imposante par son apparence, et il y régnait une atmosphère très différente. L'éclairage était vif, les murs présentaient un élégant mélange d'art contemporain et de toiles classiques et le sol était recouvert d'un revêtement à motifs tribaux. Le mobilier européen datait du dix-neuvième siècle. Mis en valeur par la lumière des plafonniers, l'agencement de la pièce se distinguait surtout par ses étagères encastrées sur deux murs opposés ; elles étaient chargées de coûteuses antiquités et de reliques de l'ère ottomane : vases de porcelaine, tapisseries ouvragées et armes serties de pierreries. Au milieu de l'une d'elles se trouvait le joyau de la collection, un mannequin vêtu d'une tunique brodée d'or à l'intérieur d'une vitrine en verre. Une notice expliquait que le vêtement avait été porté par Mehmed Ier, un sultan ottoman qui régnait sur l'empire au quinzième siècle.

Une femme de petite taille, aux cheveux courts, était assise sur un divan et lisait un quotidien. Sa présence sembla susciter une lueur d'agacement sur le visage de l'homme, qui passa devant elle sans dire un mot. En arrivant près d'un bureau orné de gravures à côté de la fenêtre, il ôta son keffieh et sa tunique noire, sous laquelle il portait une chemise de sport et un pantalon.

— Ton rendez-vous a-t-il été productif ? demanda-t-elle en baissant son journal.

Ozden Aktan Celik hocha la tête.

— Oh oui, ce stupide avorton de lignée royale est partant pour un nouvel apport financier. Vingt millions, pour être précis.

— Vingt millions ? s'exclama la femme, les yeux écarquillés. Tes talents de persuasion m'impressionnent !

— Avec ces riches Arabes gâtés, il suffit de jouer des rivalités qui les opposent. Lorsque notre bienfaiteur koweitien sera informé de la contribution du cheik, il sera obligé de surenchérir pour satisfaire son ego. Et bien sûr, ta récente visite au Caire a fait monter les enchères.

— C'est fascinant de voir à quel point la menace sioniste peut être instrumentalisée pour générer des profits.

Pense aux économies qui pourraient être réalisées si Arabes et Israéliens faisaient la paix !

— Ils se dépêcheraient de trouver chacun un nouveau bouc émissaire à combattre, répondit Celik en s'asseyant derrière le bureau.

C'était un homme bien proportionné. Sa chevelure noire, qui commençait à se clairsemer, était coiffée en arrière sur les tempes. Il avait le nez large, mais le visage bien découpé, et aurait fort bien pu figurer en couverture d'un magazine de mode masculine. Seuls ses yeux sombres, qui semblaient toujours osciller entre des états émotionnels contraires, trahissaient une personnalité fantasque. Ils brillèrent d'une lueur de colère au moment où ils se posèrent sur la jeune femme.

— Maria, j'aurais préféré que tu ne te montres pas aussi vite. Surtout si l'on tient compte de ta prestation chaotique de la nuit dernière, dit-il en intensifiant l'éclat de son regard.

S'il comptait intimider la jeune femme, ce fut peine perdue.

— L'opération s'est déroulée tout à fait comme prévu. Seule l'intervention de ces étrangers importuns a retardé notre départ.

— Et t'a empêchée de récupérer les objets de Mahomet, siffla-t-il. Tu aurais dû les tuer sur-le-champ.

— Peut-être. Mais il se trouve que deux d'entre eux étaient des officiels américains, dont un membre du Congrès. Leur mort aurait éclipsé notre opération dont l'objectif semble d'ailleurs avoir été atteint.

Elle plia son journal et le lança à Celik.

C'était un exemplaire du *Milliyet*, un quotidien turc. La une, en gros caractères, proclamait : *Des criminels, voleurs et assassins, attaquent le palais de Topkapi et dérobent des reliques sacrées.*

— Oui, j'ai lu leur compte rendu des événements. Les médias rejettent le blâme sur des mécréants de l'intérieur qui volent et profanent les reliques sacrées de la nation. Ce sont les titres que nous escomptions. Mais tu oublies que nous avons usé de notre influence auprès de certains journalistes. Que pense la police ?

Maria but une gorgée de son verre d'eau avant de répondre.

— Nous n'en sommes pas sûrs. Mon informateur n'a pu obtenir ce matin qu'une copie électronique du rapport d'incident. Il semble qu'ils n'aient aucun véritable suspect, même si la femme américaine a pu donner des signalements et préciser que notre équipe parlait arabe.

— Je t'avais dit que cette idée d'employer des agents irakiens ne me plaisait pas beaucoup.

— Ils sont bien entraînés, mon frère, et s'ils étaient pris, ils feraient d'excellents coupables. Compte tenu de nos objectifs, un voleur chiite, même irakien, est presque aussi utile qu'un infidèle occidental. De plus, ils sont grassement payés pour se taire. Et ils s'imaginent travailler pour leurs frères chiites. Sans eux, j'aurais été incapable de mettre la main sur ceci, conclut-elle en ouvrant la petite valise qui se trouvait à ses pieds.

Elle en sortit un objet plat enveloppé dans un papier kraft. Elle traversa la pièce et vint le poser sur le bureau devant Celik. Le regard de ce dernier se concentra sur le paquet, qu'il commença à défaire les doigts tremblants. Sous le papier, il découvrit un sac en taffetas vert. Il l'ouvrit pour en extraire le contenu, une bannière d'un noir passé dont il manquait certains morceaux sur les bords. Il la contempla avant de la soulever en l'air avec déférence.

— Le *Sancak-i Serif*. L'étendard sacré du Prophète, murmura-t-il, émerveillé.

C'était l'une des reliques les plus précieuses de Topkapi, et peut-être la plus importante sur le plan historique. La bannière de laine noire, créée avec le turban d'un ennemi vaincu, avait servi d'étendard de bataille à Mahomet. Le Prophète l'avait avec lui lors de la bataille de Badr, une victoire qui avait permis l'essor de l'islam.

— Avec cette oriflamme, Mahomet a changé le monde, murmura Celik dont les yeux étincelants trahissaient un mélange de dévotion et de délire mental. C'est ce que nous ferons, nous aussi.

Il se leva et alla poser la bannière sur la vitrine de verre qui contenait la tunique du sultan Mehmed Ier.

— Et comment les autres reliques ont-elles été perdues ? demanda-t-il soudain en se tournant vers la jeune femme.

Maria fixa le sol en réfléchissant à sa réponse.

— La femme américaine s'est emparée du second sac lorsqu'elle s'est échappée de la camionnette. Ils se sont cachés dans la citerne Yerebatan Sarnici. J'ai dû quitter les lieux avant de pouvoir le récupérer, ajouta-t-elle d'un ton dédaigneux.

Celik ne dit rien, mais son regard sembla transpercer la jeune femme comme un rayon laser. Ses mains tremblèrent à nouveau, mais cette fois de colère. Maria tenta d'une voix calme de prévenir une explosion de fureur.

— La mission a tout de même été un succès. Nous n'avons pas obtenu toutes les reliques que nous voulions, mais le résultat de l'opération n'en a pas souffert. Le fait de pénétrer dans le palais et de dérober l'étendard suscitera la réaction publique escomptée. Souviens-toi de notre stratégie. Ceci n'est qu'une étape de notre quête.

Celik se calmait peu à peu, mais il lui fallait une explication.

— Que faisaient ces touristes américains à Topkapi au beau milieu de la nuit ?

— Si j'en crois les rapports de police, ils étaient au Musée archéologique, près de la porte de Bab-üs Selam, où ils discutaient avec un des conservateurs. L'homme – il s'appelle Pitt – est une sorte d'expert en recherches sous-marines pour le compte du gouvernement américain. Il a découvert une épave ancienne près de l'île de Chios et parlait avec le responsable des études maritimes du musée des objets trouvés à bord.

Celik dressa l'oreille.

— S'agissait-il d'un navire ottoman ? demanda-t-il en gardant les yeux rivés sur la tunique enfermée dans sa vitrine.

— Je ne dispose d'aucune information à ce sujet.

Celik contempla un moment les fils d'or du vêtement.

— Notre héritage doit être préservé, dit-il enfin d'un ton tranquille, comme si une transe lui avait fait remonter le temps. Les richesses de l'empire nous appartiennent. Essaie d'en savoir plus sur cette épave.

Maria hocha la tête.

— Je m'en occupe. Et cet homme, Pitt, et son épouse ? Nous savons où ils résident.

— Peu m'importe, répondit Celik sans quitter la tunique des yeux. Tue-les si tu veux, mais avec discrétion. Ensuite, prépare-toi pour notre prochain projet.

Maria approuva d'un mouvement de tête, et un mince sourire se dessina sur ses lèvres.

7

Sophie Elkin passa une brosse dans sa chevelure noire à coupe droite, puis jeta un coup d'œil rapide à son reflet dans le miroir. Vêtue d'un pantalon kaki usé et d'une chemise en coton assortie, sans maquillage, son apparence était sans apprêt. Cette simplicité ne pouvait toutefois masquer sa beauté naturelle. Elle avait un visage étroit, de hautes pommettes, un nez menu et des yeux aigue-marine d'une nuance claire. Sa peau était douce et sans défauts, en dépit des nombreuses heures passées en plein air. Ses traits lui venaient surtout de sa mère, une Française tombée amoureuse d'un étudiant en géologie rencontré à Paris, avec qui elle avait émigré à Tel-Aviv.

Sophie n'avait jamais mis en avant sa beauté ni sa féminité, bien au contraire. Très jeune, elle refusait les robes que lui achetait sa mère, et préférait les pantalons grâce auxquels elle pouvait se mêler aux rudes activités des garçons de son quartier. Fille unique, elle était proche de son père, qui avait obtenu la direction du département de géologie de l'université de Tel-Aviv. L'indépendante jeune fille adorait l'accompagner sur le terrain pour étudier les formations géologiques des déserts environnants et le soir, devant un feu de bois, elle écoutait, fascinée, ses récits embellis par la légende des événements bibliques qui s'étaient déroulés sur les lieux mêmes de leurs campements.

Le travail de son père l'encouragea à étudier l'archéologie à l'université. Alors qu'elle atteignait les dernières années de son cursus, elle fut bouleversée en apprenant l'arrestation d'un étudiant, coupable d'un vol d'objets provenant des archives. Cet incident lui fit découvrir l'existence du monde obscur du commerce des antiquités, pour lequel elle éprouva vite une vive répulsion en raison des dommages qu'il causait à de nombreux sites historiques. Lorsqu'elle passa avec succès son doctorat, elle quitta le domaine de la recherche académique et rejoignit l'Autorité israélienne des antiquités. Grâce à sa passion et à son dévouement, elle put en quelques années obtenir le poste de directrice de l'Unité de prévention des vols. Son engagement ne lui laissait que peu de temps et elle sortait peu, préférant passer le plus clair de ses soirées à travailler.

Elle attrapa son sac à main et quitta son petit appartement, situé sur une colline qui dominait le mont des Oliviers, pour se diriger en voiture vers la vieille ville de Jérusalem. L'Autorité des antiquités était installée dans les locaux du musée Rockefeller, un vaste complexe de calcaire blanc qui se trouvait dans le coin nord-est de la vieille ville. Son service, qui n'employait qu'une douzaine de personnes, était confronté à une tâche quasi impossible : protéger les quelque trente mille sites disséminés sur le territoire d'Israël et ses alentours.

— Bonjour, Sophie, l'accueillit Sam Levine, l'enquêteur en chef du service, un homme grand et maigre aux yeux exorbités. Vous voulez un café ?

— Volontiers, Sam, merci, répondit Sophie qui étouffa un bâillement en se glissant dans la pièce exiguë. Il y a eu des travaux près de chez moi pendant presque toute la nuit ; j'ai à peine pu fermer l'œil.

Sam revint un instant plus tard avec le café et se laissa tomber sur un siège près du bureau de Sophie.

— Si c'était pour passer une nuit blanche, vous auriez mieux fait de vous joindre à notre mission de surveillance hier soir, dit-il en souriant.

— Des arrestations ?

— Non. Nos pilleurs de tombes d'Hébron ont sans doute pris une nuit de congé. Nous avons laissé tomber vers minuit, mais nous sommes tout de même revenus avec un bel arsenal de pelles et de pioches.

Le pillage de tombes était en tête de liste des préoccupations de l'Unité de prévention des vols. Plusieurs fois par semaine, Sophie ou Sam organisaient une « planque » dans des sites où des traces d'excavations récentes avaient été observées. Les poteries, les bijoux, voire les os eux-mêmes, pouvaient trouver preneur dans le marché clandestin des antiquités qui gangrenait le pays.

— À présent, ils savent que nous nous intéressons à eux, et ils se tiendront sans doute tranquilles pendant une semaine ou deux, fit observer Sophie.

— À moins qu'ils n'aillent sévir ailleurs, si toutefois ils disposent d'une trésorerie suffisante pour acheter de nouvelles pelles.

Sophie jeta un coup d'œil aux rapports et aux extraits d'articles de presse qui encombraient son bureau, puis passa l'une des coupures à Sam.

— Ce site de Césarée m'inquiète, dit-elle.

Sam parcourut le texte.

— Oui, j'en ai entendu parler. Ces fouilles du vieux port sont placées sous le patronage de l'université. L'article évoque des objets maritimes du quatrième siècle et peut-être même une tombe. Vous craignez que le site puisse être la cible des pilleurs ?

Sophie vida sa tasse de café, puis la reposa, le regard inquiet.

— Ce journaliste aurait tout aussi bien pu donner une carte du site aux pillards. Chaque fois que l'on imprime le mot « tombe », cela agit comme un aimant. Mille fois, j'ai supplié ces reporters de ne pas divulguer les emplacements, mais pour eux, le nombre de lecteurs passe avant la préservation de notre héritage.

— Pourquoi n'irions-nous pas sur place ? Nous avions prévu une mission de reconnaissance cette nuit, mais je peux réaffecter les équipes. Les gars seront ravis de faire une petite virée sur la côte.

Sophie consulta son calendrier de bureau, puis hocha la tête.

— Je serai libre dès treize heures. Nous pouvons aller voir ce qui se passe là-bas, et y passer la nuit si cela en vaut le coup.

— Voilà qui est parler. Pour la peine, je vais subtiliser une autre tasse de café à votre intention, lança Sam en se levant de son siège.

— C'est une affaire entendue, répliqua Sophie, qui adopta soudain une expression de feinte sévérité. Mais je vous serais reconnaissante de ne plus employer de mots tels que « subtiliser » ou « voler ».

*

Située sur la côte méditerranéenne à une cinquantaine de kilomètres de Tel-Aviv, Césarée était une enclave peu peuplée dont l'activité contemporaine était quelque peu éclipsée par son passé historique en tant que siège du pouvoir romain. Rebâtie par le roi Hérode le Grand au premier siècle avant Jésus-Christ comme cité portuaire fortifiée, Césarée présentait toutes les caractéristiques de l'architecture romaine. La ville, approvisionnée en eau douce depuis l'intérieur du pays par de massifs aqueducs en brique, était dotée d'un temple à hautes colonnades, d'un immense hippodrome et d'un riche palais au bord du rivage. Pourtant, ce ne fut pas à terre qu'Hérode accomplit son principal exploit en matière d'ingénierie, mais en mer. Il fit concevoir et construire d'imposants brise-lames à partir de blocs de mortier, créant ainsi le plus grand port protégé de toute la Méditerranée orientale. Le succès de cet ouvrage renforça le rôle de Césarée en tant que capitale de la Judée sous domination impériale, et la ville demeura un centre commercial de premier plan pendant plus de trois siècles.

Sophie connaissait bien les ruines de la vieille cité, car elle y avait passé un été au cours de ses études universitaires. Elle quitta la route côtière à la circulation toujours dense et traversa un chantier de construction de villas de luxe avant de pénétrer dans le site des ruines romaines, qui jouissait à présent du statut de zone protégée par l'État. Les siècles avaient prélevé un lourd tribut sur les constructions originelles, et les vieux bâtiments s'étaient effondrés depuis longtemps. Certains éléments étaient pourtant encore intacts, dont une partie importante de l'aqueduc à arcades qui s'étirait sur le sable ocre, non loin d'un amphithéâtre de dimensions respectables, face à la mer.

Sophie gara la voiture sur un parking au sommet de la colline, tout près des fortifications datant de l'époque des croisades.

— L'équipe universitaire travaille près du port, expliqua-t-elle à Sam. C'est tout près d'ici, nous pouvons y aller à pied.

— On peut trouver quelque chose à manger dans les parages ? demanda Sam en observant le paysage désertique avec appréhension.

Sophie prit une bouteille d'eau sur la banquette arrière et la lui tendit.

— Je suis sûre que nous trouverons des restaurants près du littoral, mais en attendant, vous allez devoir vous contenter d'un régime liquide.

Ils descendirent une piste qui serpentait vers la plage et s'élargissait en plusieurs endroits le long des escarpements du rivage. Ils passèrent devant une route depuis longtemps oubliée, autrefois bordée de villas et de petites entreprises dont il ne restait plus que de fantomatiques amoncellements de pierres. La vision du petit port s'offrit enfin à leur regard. Peu de vestiges permettaient d'en évaluer les contours, car les brise-lames étaient enfouis sous les flots depuis des siècles.

Le sentier menait à une vaste clairière où de petits tas de pierres étaient disséminés dans toutes les directions. Des tentes beiges étaient regroupées un peu plus bas et, au milieu d'elles, Sophie distingua plusieurs personnes qui travaillaient sous un grand auvent. La piste se poursuivait sur une centaine de mètres jusqu'au bas de la colline, où les vagues de la Méditerranée venaient lécher le rivage. Plus loin, deux hommes s'affairaient sur une petite langue de terre, encadrés par une paire de groupes électrogènes qui émettaient un puissant vrombissement.

Sophie se dirigea vers l'auvent, installé au-dessus d'une excavation en pleine activité. Deux jeunes femmes se tenaient près d'un tas de gravats et triaient la terre à l'aide d'un crible. En s'approchant, elle aperçut un homme plus âgé qui travaillait, penché au fond d'une tranchée dont il grattait le sol, armé d'une petite truelle et d'un pinceau. Avec ses vêtements froissés, sa courte barbe grise et ses lunettes perchées au bout du nez, Keith Haasis était le prototype de l'éminent professeur d'université.

— Quels trésors romains avez-vous déterrés aujourd'hui, docteur Haasis ?

L'homme se releva avec une expression agacée, qui se métamorphosa en un large sourire lorsqu'il reconnut la jeune femme.

— Sophie ! s'exclama-t-il d'une voix tonnante. Quel plaisir de vous revoir ! Cela faisait une éternité !

Il se hissa hors de la tranchée et serra Sophie avec vigueur entre ses bras.

— Je vous ai vu il y a moins de deux mois à Jérusalem lors de la conférence sur l'archéologie biblique, le taquina-t-elle.

— C'est bien ce que je disais. Une éternité.

Lorsqu'elle était étudiante, Sophie avait assisté à de nombreux séminaires dirigés par le professeur d'archéologie de l'université d'Haïfa, et ils avaient fini par se lier d'amitié sur le plan professionnel. Haasis était un contact précieux, à la fois en tant qu'expert et comme source de renseignements sur les sites récemment découverts et sur les éventuelles menaces dont ils pouvaient être l'objet.

— Docteur Haasis, je vous présente Sam Levine, mon assistant.

Haasis présenta à son tour ses étudiants aux nouveaux venus, puis les conduisit vers un cercle de chaises pliantes disposées autour d'une grande glacière. Le professeur leur tendit des canettes de soda, s'épongea le front et se laissa tomber sur un siège.

— Il faudrait rafraîchir un peu le vent de la mer, aujourd'hui ! lança-t-il avec un sourire las. Je suppose qu'il s'agit d'une visite officielle ? ajouta-t-il en tournant son regard vers Sophie.

Sophie prit sa boisson et hocha la tête.

— Un problème en particulier ? l'interrogea Haasis.

— Une publicité un peu trop voyante dans le *Yedioth Ahronoth* d'hier, répondit-elle en sortant l'article de journal de son sac à bandoulière.

Elle le passa au professeur et observa d'un œil froid Sam Levine qui sortait une nouvelle canette de soda de la glacière après avoir vidé la première.

— En effet, un journaliste est passé il y a quelques jours pour une interview, reconnut Haasis. Ils ont dû trouver son papier intéressant à Jérusalem.

Il sourit à Sophie en lui rendant la coupure de presse.

— Et pour des archéologues sérieux, un peu de publicité est toujours la bienvenue.

— C'est vrai, mais cela ressemble aussi à une invitation pour tous les voleurs capables de manier une pelle, répliqua Sophie.

Haasis rejeta l'argument d'un ample geste du bras.

— Ce site a été pillé depuis des siècles. S'il a jamais abrité le moindre « trésor romain », celui-ci a disparu depuis bien longtemps. Ce n'était pas l'avis de votre agent ?

— Quel agent ?

— J'étais à Haïfa pour un rendez-vous, mais mes étudiants m'ont dit que quelqu'un était venu hier pour examiner le site. Stéphanie ! appela-t-il par-dessus son épaule.

L'une des deux filles accourut aussitôt, une jeune étudiante dégingandée d'à peine vingt ans qui arborait en présence du professeur une expression proche de la dévotion.

— Stéphanie, parle-nous de ce gars de l'Autorité des antiquités qui est venu hier.

— Il a dit qu'il travaillait pour l'Unité de prévention des vols. Il voulait vérifier que tous les objets découverts ici étaient en sécurité, et je lui ai fait visiter le site. Il paraissait très intéressé par les fouilles dans le port et par le papyrus.

Sam et Sophie, sourcils levés, échangèrent un regard.

— Vous souvenez-vous de son nom ? demanda Sophie.

— Yosef quelque chose. Il n'était pas très grand. Le teint mat, des cheveux frisés. Il avait l'air d'un Palestinien, à vrai dire.

— Vous a-t-il montré ses papiers ? demanda Sam.

— Non, je ne crois pas. Y a-t-il un problème ?

— Non, non, pas du tout, la rassura Haasis. Merci, Stéphanie. Et si vous apportiez quelque chose à boire aux autres ?

Haasis attendit que la fille disparaisse avec une brassée de canettes avant de se tourner vers Sophie.

— Ce n'était pas l'un de vos agents ?

Sophie secoua la tête.

— Ce n'était pas un employé de l'Unité de prévention des vols, en tout cas.

— Alors peut-être quelqu'un de l'Autorité des parcs nationaux, ou de l'un de vos bureaux régionaux ? Ces gamines d'aujourd'hui n'ont plus aucune mémoire !

— C'est possible, répondit Sophie, dubitative. Pouvez-vous nous montrer vos fouilles ? Je m'intéresse en particulier à la tombe. Comme vous le savez, les pilleurs de Jérusalem ont mis sur pied de véritables petites entreprises artisanales, ces derniers temps.

Haasis sourit, puis lança son pouce derrière son épaule.

— Juste derrière nous.

Le trio se leva et contourna les chaises, derrière lesquelles s'ouvrait une large tranchée. De petits marqueurs rouges étaient plantés dans le sol autour d'un espace où des os étaient exposés. Sophie reconnut un fémur parmi les restes humains enfouis dans la terre.

— Il ne s'agit pas d'une tombe à proprement parler. Nous n'avons trouvé qu'une seule véritable sépulture en bordure du site. Rien à voir avec ce que vous avez devant vous, expliqua Haasis.

— Et quelle est la nature de ce site ? demanda Sam.

— Nous pensons qu'il devait s'agir d'une partie d'un entrepôt maritime. Nous avons ciblé cette zone après la découverte il y a quelques années d'un ensemble de balances en bronze. Nous espérons collecter des échantillons de céréales, de riz et autres aliments de base qui auraient pu venir du port. Si nous y parvenons, cela nous permettra de mieux comprendre la nature et le volume du commerce qui transitait par Césarée à l'époque où la cité était un centre économique florissant.

— Et que vient faire la tombe dans ce tableau ? l'interrogea Sophie.

— Nous n'avons encore procédé à aucune datation, mais selon moi, ce personnage est une victime de l'invasion musulmane de la ville en 638 après Jésus-Christ. Le tombeau se trouve en dehors des fondations du bâtiment, et à mon avis, nous allons nous apercevoir qu'il s'agit d'un corps solitaire enterré à la hâte contre le mur.

— L'article de journal évoquait une sépulture contenant de « riches objets », fit remarquer Sam.

Haasis éclata de rire.

— Pure licence journalistique, je le crains ! Avant de suspendre l'excavation, nous avons exhumé quelques boutons fabriqués avec des ossements d'animaux, ainsi que le talon d'une sandale. Ce sont les seuls « riches objets » du site !

— Les aimables pillards du voisinage risquent d'être déçus, commenta Sam.

— En effet. Les véritables richesses ont été trouvées le long de la digue, répondit le professeur en hochant la tête en direction de la Méditerranée, d'où provenait toujours le vrombissement des groupes électrogènes. Nous y avons découvert un papyrus ancien qui nous a beaucoup intéressés. Venez, allons faire un tour vers le rivage, je vais vous montrer.

Haasis s'engagea sur le sentier avec Sam et Sophie et les guida jusqu'en bas de la colline. Autour d'eux, de petites arêtes de pierres éparses émergeaient du sol en formant de curieux motifs, et rappelaient que la cité était autrefois peuplée de constructions aujourd'hui réduites à l'état de décombres.

— Le roi Hérode s'est servi de moules pour couler et mettre en place des blocs de mortier, leur apprit Haasis. Avec ces blocs, il a fait construire deux grands brise-lames qui se rejoignaient en formant un cercle, comme deux bras. Des entrepôts ont été bâtis sur ces digues, et un phare dominait l'entrée du port.

— Je me souviens d'un ancien programme de recherche qui avait recensé un grand nombre de pierres immergées, sans doute tombées du phare, dit Sophie.

— Quel dommage que les travaux n'aient pas survécu aux assauts des vagues, déplora Sam, qui constatait, le regard tourné vers la mer, qu'il ne restait plus rien de visible des exploits du roi Hérode.

— Oui, la plupart des blocs ont été immergés ; mais voici ce qui me tient à cœur avant tout, dit Haasis en se dirigeant vers la baie encore invisible. L'entrepôt sur la colline est un bon terrain d'études pour les étudiants, mais ce qui rend Césarée unique, c'est le port.

Ils traversèrent la plage et s'engagèrent sur une petite langue de terre qui s'enfonçait dans la mer agitée de vagues. Deux étudiants creusaient avec ardeur un puits profond au centre de la pointe rocheuse. Tout près de là, on apercevait un plongeur qui travaillait sous la surface avec un appareil de découpe au jet d'eau alimenté par un groupe électrogène.

— C'est de là que partait la digue originelle, expliqua Haasis d'une voix forte pour couvrir le bourdonnement du groupe. Nous sommes convaincus que l'équivalent d'un bureau de douane se trouvait sur ce site. L'un de nos étudiants a trouvé le papyrus dans une poterie brisée près d'ici, ajouta-t-il en désignant une tranchée toute proche. Nous avons creusé dans plusieurs directions, mais nous n'avons rien découvert d'autre.

— C'est incroyable que ce papyrus soit resté intact si près de l'eau, s'étonna Sam.

— Nous nous sommes aperçus que certains fragments des fondations étaient encore au-dessus du niveau moyen des marées hautes.

Ils regardèrent à l'intérieur du puits de fouille, où l'un des étudiants leur montra une petite section plate de revêtement de marbre.

— On dirait que vous avez atteint le soubassement, remarqua Sophie.

— Oui, j'ai bien peur qu'il ne reste plus grand-chose à exhumer.

— Et le plongeur, que cherche-t-il ?

— C'est un ingénieur de marine. Il nous aide à retrouver la disposition originelle des installations portuaires. Il semble penser que le « bureau de douane » possédait une chambre souterraine, et il creuse pour trouver un accès sous-marin.

Sophie s'approcha du bord et observa l'ingénieur. Il travaillait dans trois mètres d'eau, juste en dessous d'elle, et manipulait un outil dirigé vers le fond compact. Sans remarquer la présence de la jeune femme, il cessa son travail et remonta en tenant pointé vers le haut l'ajutage du jet, d'où jaillit une véritable fontaine lorsqu'il arriva à la surface. Sophie fut aussitôt douchée par une violente gerbe d'eau salée avant de pouvoir s'écarter.

— Espèce d'idiot, maugréa-t-elle en s'essuyant les yeux du revers de sa manche dégoulinante.

Lorsqu'il comprit sa bévue, le plongeur dirigea son jet vers le large, puis nagea vers le bord et éteignit le compresseur. Il se tourna vers sa victime, contempla les vêtements trempés qui lui collaient au corps, puis recracha l'embout de son détendeur.

— Mais quelle est cette apparition, une déesse surgie des mers ? lança-t-il avec un grand sourire.

Sophie secoua la tête et lui tourna le dos, irritée de l'entendre rire tout fort. Haasis réprima sa propre hilarité et vint à son secours.

— J'ai une serviette dans ma tente, Sophie. Venez vous sécher !

Le jeune homme remit son embout de détendeur et disparut sous la surface pendant que Sophie suivait Haasis sur le sentier. Une fois arrivée à la tente du professeur, elle frotta ses cheveux et ses vêtements pour les sécher du mieux qu'elle pouvait. Le vent chaud ferait le reste, mais la fraîcheur causée par la rapide évaporation de l'eau sur sa peau mouillée la fit frissonner.

— Puis-je voir les objets que vous avez exhumés ?

— Bien sûr, ils sont tout près.

Le professeur la conduisit sous une vaste tente pointue ouverte sur un côté. À l'intérieur, les objets découverts sur le site de l'entrepôt, en particulier des tessons de poteries et des fragments de tuiles, étaient étendus sur une longue table couverte d'une nappe. Armée d'un appareil photo et d'un carnet, Stéphanie les numérotait et les classait avant de les ranger dans des boîtes en plastique. Haasis n'y jeta même pas un regard et conduisit Sophie jusqu'à une petite desserte à l'arrière de la tente. Une boîte étanche fermée y était posée. Haasis en ôta le couvercle avec des gestes précis et soigneux.

— Si seulement nous en avions trouvé plus, dit-il, songeur, en reculant d'un pas pour permettre à Sophie de regarder à l'intérieur.

Pressé entre deux plaques de verre, la jeune femme vit un morceau allongé de tissu marron qu'elle reconnut aussitôt : un papyrus, support d'écriture courant au Moyen-Orient jusqu'à la fin du premier millénaire. Celui-ci était usé et effiloché, mais des lignes nettes de symboles étaient visibles sur presque toute sa longueur.

— Il semble s'agir d'une sorte de registre portuaire. Je suis parvenu à déchiffrer des références à une grande quantité de céréales et à un troupeau de bétail qui ont été débarqués ici. Nous en saurons plus après les analyses en laboratoire, mais je crois que c'est un document de douane pour un navire marchand qui transportait des vivres et des biens en provenance d'Alexandrie.

— C'est une merveilleuse découverte, le complimenta Sophie. Peut-être vous donnera-t-elle un nouvel éclairage sur les informations que vous avez déjà pu rassembler sur le site de l'entrepôt.

— Avec la chance que j'ai, cela risque au contraire d'infirmer toutes mes hypothèses, répondit Haasis en riant.

Ils se retournèrent tous les deux lorsqu'un personnage de grande taille fit son apparition sous la tente, tenant un conteneur en plastique à la main. C'était le plongeur, encore vêtu de sa combinaison ; ses cheveux noirs retombaient en mèches trempées sur son visage. Encore irritée par sa douche involontaire, Sophie s'apprêtait à lancer une remarque caustique, mais elle sentit sa voix lui manquer lorsqu'elle vit son sourire éclatant et croisa le regard de ses yeux d'un vert profond.

— Ah, Dirk, vous voilà ! s'exclama Haasis. Je vous présente notre invitée, charmante, mais quelque peu mouillée : Sophie Elkin, de l'Autorité israélienne des antiquités. Sophie, voici Dirk Pitt Junior, que nous avons « emprunté » à la NUMA.

Fils et homonyme du directeur de l'agence, Dirk Pitt posa son conteneur et, tout en arborant le même sourire désarmant, serra avec chaleur la main de Sophie, qu'il garda dans la sienne un peu plus longtemps que nécessaire. Sophie ne songea pas un instant à protester.

— Toutes mes excuses pour cette douche, je ne vous avais pas vue.

— Ne vous inquiétez pas, j'ai pu me sécher depuis.

Elle ne put s'empêcher d'être surprise de la façon dont sa colère avait cédé la place à une sorte de curieux frisson. Elle tapota ses cheveux d'un air absent, comme pour confirmer ses dires.

— Pour me faire pardonner, j'espère que vous accepterez mon invitation à dîner ce soir ?

Une proposition si directe la prit au dépourvu, et elle marmonna une réponse inintelligible. Une voix intérieure s'élevait en elle pour lui reprocher de perdre aussi facilement ses manières impassibles. Par bonheur, ce fut le moment que choisit Haasis pour intervenir et lui éviter un nouvel embarras.

— Que nous avez-vous ramené dans ce conteneur, Dirk ? demanda-t-il en y posant un regard curieux.

— Quelques petites choses intéressantes que j'ai découvertes dans la chambre souterraine.

La mâchoire d'Haasis sembla prête à se décrocher.

— Alors, cette chambre existe ?

Dirk hocha la tête.

— Quelle chambre ? lança Sophie.

— Alors que je dressais un relevé des vestiges de la digue du côté du littoral, j'ai trouvé une petite ouverture sous-marine près du puits de fouille de Keith. Je parvenais à peine à y passer le bras, mais je pouvais atteindre la surface avec ma main. C'est pour cette raison que je me suis servi du matériel de découpe par jet, afin de creuser un plus grand trou dans la boue et les concrétions.

— Quelles sont les dimensions de cette cavité ? l'interrogea Haasis.

— La profondeur est d'à peu près deux mètres, mais la majeure partie est au-dessus du niveau de l'eau. Au jugé, je dirais que c'est une partie d'une cave autrefois utilisée pour stocker des marchandises ou des archives.

— Comment en êtes-vous arrivé à cette conclusion ? demanda Sophie.

Dirk sécha le récipient et souleva avec soin le couvercle étanche. À l'intérieur se trouvaient des boîtes en céramique rectangulaires d'une nuance rouge orangée. Il en sortit une et la tendit à Sophie.

— J'espère que vous pourrez en déchiffrer le contenu, lui dit-il. À l'école d'ingénierie marine, ils ne m'ont pas enseigné les écritures antiques.

Sophie posa le coffret sur la table et en ôta le couvercle d'un geste délicat. Une demi-douzaine de rouleaux d'étoffe attachés serrés apparut devant ses yeux.

— Des rouleaux de papyrus, souffla-t-elle, stupéfaite.

Haasis, incapable de se contenir plus longtemps, enfila une paire de gants blancs et se glissa près de Sophie.

— Laissez-moi y jeter un coup d'œil, dit-il en sortant l'un d'eux, qu'il déroula sur la table.

Une écriture étrange, mais bien ordonnée, remplissait la page, rédigée à la main d'un trait puissant.

— On dirait du copte, suggéra Sophie en regardant par-dessus l'épaule du professeur. Une langue écrite qui s'est développée dans l'ancienne Égypte à partir de l'alphabet grec, et qui était assez courante en Méditerranée orientale à l'époque de la domination romaine.

— En effet, confirma Haasis. Je crois que nous avons affaire à un relevé annuel, rédigé par le maître du port, des droits de quai et des taxes portuaires. On peut voir le nom des navires et leur cargaison, ajouta-t-il en faisant descendre son doigt ganté le long de deux colonnes d'écriture.

— Et cela, n'est-ce pas une référence à l'empereur ? questionna Sophie en désignant un bloc de caractères en haut du papyrus.

— Si, acquiesça Haasis, qui tenta aussitôt de le décrypter. C'est l'intitulé, qui présente le document comme « un relevé des droits portuaires de Césarée », ou quelque chose de ce genre, établi au nom de Marcus Aurelius Valerius Maxentius, plus connu sous le nom de Maxence.

— Si j'ai bonne mémoire, Maxence était un contemporain de Constantin.

— Maxence régnait sur les provinces occidentales et Constantin sur celles de l'Orient, jusqu'à ce que ce dernier consolide et étende son pouvoir.

— Alors ce texte doit dater du début du quatrième siècle.

Haasis hocha la tête, une lueur d'excitation dans le regard, puis examina les autres rouleaux.

— Ces découvertes nous donneront sans doute de précieux renseignements sur la vie en Judée à l'époque de la domination romaine.

— Et fourniront à un ou deux de vos étudiants matière à rédiger une excellente thèse, ajouta Dirk en sortant de son conteneur trois autres boîtes similaires.

Il prit le récipient sous son bras, se retourna et sortit de la tente.

— Dirk, vous avez fait là une magnifique trouvaille historique, lui lança Haasis, émerveillé. Mais où diable allez-vous ?

— Comme l'idiot que je suis, je retourne me faire tremper, répondit le jeune homme avec un sourire en coin. Vous savez, il en reste encore beaucoup !

8

Ozden Celik arriva à la mosquée Fatih, l'une des plus grandes d'Istanbul, une heure après la *salat* du matin ; à l'intérieur, les salles aux riches ornements étaient presque désertes. Il dépassa le hall de prière principal, suivit un couloir latéral qui menait à l'arrière du complexe, puis sortit et gagna une petite cour. Des pavés de marbre conduisaient à un bâtiment dépourvu d'intérêt dans une zone délimitée par un cordon de sécurité et interdite aux fidèles comme aux touristes. Celik s'approcha et franchit une lourde porte en bois.

Il entra dans une grande pièce animée et bien éclairée. Des box gris étaient répartis un peu partout, en face d'un grand bureau d'accueil. Le vacarme des imprimantes laser et des téléphones emplissait l'espace, évoquant l'ambiance d'un centre d'appels de télémarketing. Les photos des mosquées turques accrochées aux murs et l'odeur d'encens démentaient pourtant cette impression, tout comme l'absence de femmes.

Celik remarqua que tous les employés étaient barbus, et que beaucoup portaient des tuniques longues. À l'approche de Celik, un jeune homme se leva derrière le comptoir de réception.

— Bonjour, monsieur Celik. Le mufti vous attend.

Le secrétaire passa devant une rangée de box et conduisit le visiteur dans un vaste cabinet de travail décoré avec parcimonie, à l'exception des inévitables tapis turcs. Plus intéressantes étaient les rangées d'étagères affaissées qui couvraient les murs, pleines à craquer d'ouvrages religieux qui reflétaient le bagage d'érudition d'un dignitaire islamique.

Le mufti Altan Battal, assis à un bureau directorial d'apparence spartiate, écrivait sur un bloc-notes, un livre ouvert de chaque côté de lui. Il leva les yeux et sourit en voyant le secrétaire introduire Celik dans la pièce.

— Ah, Ozden, vous êtes arrivé ! Je vous en prie, asseyez-vous. Hasan, vous pouvez nous laisser, ajouta-t-il à l'intention de son employé, qui recula aussitôt et ferma la porte derrière lui.

— Je mets la dernière main à mon prêche de vendredi, expliqua le mufti en posant son stylo à côté d'un téléphone mobile.

— Vous devriez laisser l'un de vos imams s'en occuper.

— Peut-être, mais j'estime que cela fait partie de mes obligations. Et puis déléguer ce travail à l'un des imams de la mosquée pourrait susciter des jalousies. Je préfère m'assurer que tous les religieux d'Istanbul parlent d'une même voix.

En tant que mufti d'Istanbul, Battal était le guide théologique des trois mille mosquées de la ville. Seul le président non élu du *Diyanet Isleri*, le département des affaires religieuses du gouvernement turc laïc, pouvait prétendre, sur le plan technique, à une autorité supérieure à la sienne sur la population musulmane du pays. Mais

Battal exerçait une influence bien plus grande sur les cœurs et les esprits des fidèles.

En dépit de son statut supérieur, Battal ne se conformait en rien au stéréotype de l'ecclésiastique barbu, terne et sévère. C'était un homme grand, à la carrure puissante, et doté d'un réel charisme. Il n'avait pas encore atteint la cinquantaine, et son visage allongé évoquait l'humeur épanouie d'un jeune labrador. Il préférait souvent les costumes aux robes religieuses et son humour modeste donnait un côté presque gai à son fondamentalisme.

Mais malgré le caractère enjoué du personnage, le message qu'il professait était sinistre. Nourri des dogmes les plus extrêmes en matière d'interprétation du Coran, il soutenait avec énergie l'islamisme radical, tout comme l'expansion de l'islam en tant que mouvance à la fois religieuse et politique. Sa vision du monde, c'était l'assujettissement des femmes, et le refus de la culture et des mœurs occidentales. Peu à peu, il avait construit une base pour son pouvoir en s'en prenant de façon véhémente aux influences étrangères, avant de s'attaquer au gouvernement laïc au moment où les conditions économiques se dégradaient en Turquie. Il n'adoptait pas de positions extrémistes en public, mais défendait en privé le *jihad* comme moyen de défendre le territoire islamique. Tout comme celles de Celik, ses convictions étaient alimentées par un puissant ego, et au fond de lui, il aspirait à diriger le pays en qualité de leader temporel autant que spirituel.

— J'ai d'heureuses nouvelles à vous apprendre, lui annonça Celik.

— Ozden, mon ami, vous œuvrez toujours en mon nom avec efficacité et discrétion. Qu'avez-vous accompli cette fois pour notre cause ?

— J'ai récemment rencontré le cheik Zayad, d'une famille royale des Émirats. Il s'est montré très satisfait de votre travail et souhaite faire une nouvelle et substantielle contribution.

Battal écarquilla les yeux.

— Il s'était pourtant déjà montré généreux ! Quelle bonne surprise ! En revanche, je ne saisis pas très bien le motif de son intérêt pour ce que nous accomplissons ici en Turquie.

— C'est un visionnaire, répondit Celik. Il tient à favoriser l'adhésion des fidèles à la voie de la charia. Il s'inquiète des menaces croissantes dont nous sommes l'objet, comme le montrent les attaques menées contre des mosquées, ici et en Égypte.

— Des actes méprisables contre nos lieux saints, en effet, auxquels est venu s'ajouter le vol récent des reliques du Prophète à Topkapi. Les forces du mal étrangères se livrent à des atteintes intolérables contre notre foi.

— Le cheik partage vos sentiments à cet égard. Il considère que la sécurité de son pays et de la région tout entière serait mieux assurée par une loi sunnite intransigeante.

— Ce qui nous amène aux autres nouvelles que vous vouliez m'annoncer… glissa Battal avec un sourire entendu.

— Je vois que vous êtes bien informé ! Eh bien, vous le savez peut-être, j'ai rencontré le Conseil directeur du parti de la Félicité, le *Saadet Partisi*, et ils ont décidé de faire de vous leur candidat à l'élection présidentielle. Le fait que vous souhaitiez reprendre le flambeau de l'imam Keya semblait les réjouir au-delà de toute expression.

— Sa mort dans l'explosion de la mosquée de Bursa était une tragédie, répondit Battal avec un accent de sincérité.

Celik réprima un regard de connivence et hocha la tête.

— La direction du parti a exprimé sa volonté d'accepter vos exigences en matière de programme, poursuivit-il.

— Nos philosophies sont proches, approuva Battal d'un ton aimable. Vous savez sans doute que le parti de la Félicité n'a recueilli que trois pour cent des votes lors des dernières élections présidentielles ?

— C'est vrai, mais à l'époque, vous n'étiez pas leur candidat, reconnut Celik, flattant l'ego de Battal, qui s'épanouissait davantage à mesure que sa popularité augmentait.

— L'élection est proche, il ne reste que quelques semaines, fit remarquer le mufti.

— C'est parfait en ce qui nous concerne. Nous prendrons le parti au pouvoir par surprise, et ils auront à peine le temps de réagir à votre candidature.

— Pensez-vous que j'aie une réelle chance de l'emporter ?

— Si on en croit les sondages, vous ne seriez qu'à dix points derrière le candidat du pouvoir. C'est un retard qui peut fort bien être comblé si les événements s'y prêtent.

Battal détacha les yeux de l'étagère d'écrits islamiques qu'il contemplait jusque-là.

— C'est peut-être une chance unique d'effacer les méfaits de Mustapha Kemal Atatürk et de remettre le pays sur le droit chemin. Nous devons nous conformer à la charia, la loi de l'islam, dans tous les aspects du gouvernement.

— C'est notre devoir envers Allah, répondit Celik.

— Ma candidature suscitera des réactions très hostiles, en particulier sur le plan constitutionnel. Pensez-vous que nous puissions surmonter ces obstacles ?

— N'oubliez pas que le Premier ministre est un allié clandestin de notre cause. Il n'a pas fait état en public de ses convictions, mais il sera à nos côtés pour former un nouveau gouvernement.

— Votre confiance me réjouit, Ozden. Bien entendu, si Allah le veut, notre nouvel État vous réservera un rôle essentiel.

— J'y compte bien, répliqua Celik d'un air suffisant. Quant à l'annonce de votre candidature, je vais aider vos conseillers à organiser un vaste rassemblement public. Avec une partie de l'argent du cheik, nous serons en mesure de lancer une campagne médiatique qui submergera l'opposition. Je travaille aussi sur de nouveaux aspects de votre programme afin d'optimiser votre popularité.

— Qu'il en soit ainsi, lança Battal, qui se leva pour serrer la main de son interlocuteur. Avec vous à mes côtés, mon ami, que ne pourrions-nous accomplir ?

— Rien, mon maître. Rien du tout.

Celik quitta la pièce le pas léger. Ce grand naïf de Battal pouvait être manipulé comme une marionnette, songea-t-il. Après son élection, il serait en mesure de tirer toutes les ficelles. Et si d'aventure le mufti devait changer d'avis, Celik avait dans sa manche quelques vilains secrets qui le remettraient sur le droit chemin.

En sortant de la mosquée sous un ciel ensoleillé d'une clarté exceptionnelle, Celik se dit qu'en vérité, l'avenir se présentait sous de radieux auspices.

*

Dans un box à l'éclairage tamisé, à l'abri des murs sécurisés de Fort Gordon, dans l'État de Géorgie, George Withers écoutait la conversation qui lui parvenait à travers son casque capitonné. Employé du Centre régional des opérations de sécurité de la NSA, l'Agence de sécurité nationale, Withers faisait partie de l'armée de linguistes payés pour espionner les communications venant du Moyen-Orient depuis une base militaire nichée au milieu des collines boisées de la région d'Augusta.

La majeure partie de son travail d'interception impliquait une traduction en temps réel des appels vocaux captés par satellite, mais dans le cas présent, la conversation datait de plusieurs heures. Les données venaient d'un poste d'écoute du consulat général des États-Unis à Istanbul, qui avait surpris un appel d'un téléphone mobile à l'Organisation turque du renseignement national. L'échange avait alors été enregistré et crypté avant d'être envoyé à Fort Gordon via la station relais de la NSA à Chypre.

Withers ne pouvait savoir que cet appel venait du portable de Battal. Alors qu'il était en veille sur le bureau du mufti, l'appareil avait été activé à distance par l'agence turque de renseignements. Comme la plupart des téléphones modernes, celui de Battal était équipé d'un dispositif de géolocalisation grâce auquel les agents turcs y avaient installé un logiciel clandestin. Le micro pouvait être activé même si le téléphone était en veille ou éteint, et enregistrait alors tous les signaux sonores proches. Ensuite, les données audio pouvaient être transmises à l'insu de l'utilisateur. Le mufti figurait sur une liste de personnalités à surveiller, sur ordre du commandant des renseignements, un laïc convaincu qui s'inquiétait de la popularité et du pouvoir croissants de Battal. La conversation avec Celik ou toute autre personne présente dans le bureau du mufti était relayée vers l'agence gouvernementale. Le travail du linguiste américain de Fort Gordon consistait donc à espionner des espions.

Withers évalua de façon correcte la nature de l'appel et comprit qu'il était relayé par un enregistrement non officiel. Il décida que cela valait la peine de l'envoyer à un analyste spécialisé, mieux à même d'en évaluer l'importance réelle. Il jeta ensuite un coup d'œil à son horloge, et constatant que l'heure du déjeuner était venue, tapa en hâte une requête informatique sur son clavier. Quelques secondes plus tard, grâce au logiciel de reconnaissance vocale de l'agence, une transcription écrite de la conversation apparut sur son écran. Withers relut le texte, corrigea quelques erreurs, clarifia un ou deux passages que le programme informatique n'avait pu déchiffrer, puis ajouta ses propres observations sur la page de résumé. Il envoya le document par e-mail à un agent spécialisé dans les affaires turques, puis se dirigea vers la cafétéria en songeant que son rapport ne verrait sans doute jamais plus la lumière du jour.

9

Braxton, le directeur de la National Intelligence, assistait, impassible, au briefing hebdomadaire sur les affaires eurasiennes et moyen-orientales. Taciturne général en retraite de l'armée de terre, il était chargé de superviser pour le compte du président le travail de renseignement du Département de la défense, de la Sécurité intérieure, de la CIA et d'une douzaine d'autres agences responsables de la sécurité du pays.

La réunion était surtout dominée par les dernières nouvelles de terrain en provenance d'Afghanistan, du Pakistan, d'Irak et d'Iran. Des officiers de renseignement et des officiels du Pentagone entraient et sortaient tour à tour de la salle de conférences sécurisée du *Liberty Crossing Intelligence Campus*, le complexe de construction récente qui abritait les bureaux du directeur de la National Intelligence à McLean, en Virginie.

Le briefing entrait dans sa troisième heure lorsque l'on aborda le sujet d'Israël. John O'Quinn, un officier adjoint de la National Intelligence pour l'Asie du Sud-Ouest, s'éloigna de la gigantesque table de conférence pour remplir sa tasse de café tandis qu'un officier de la CIA discutait de la situation en Cisjordanie.

— Bon, bon, il n'y a rien de nouveau là-dedans, l'interrompit Braxton d'un ton impatient. Passons au reste de la Méditerranée. Nous avons quelque chose sur l'attentat à la mosquée Al-Azhar du Caire ?

O'Quinn se dépêcha de revenir s'asseoir pendant que l'homme de la CIA reprenait son exposé.

— Le bilan des victimes n'est que de sept personnes, car l'explosion a eu lieu à un moment de faible fréquentation. Nous ignorons si c'est intentionnel ou non. Il n'y a eu qu'une seule déflagration, qui a causé de sérieux dégâts dans la salle de prière principale. Vous le savez sans doute, Al-Azhar est considérée comme la véritable « mosquée nationale » en Égypte, et c'est aussi l'un des lieux de culte les plus anciens et les plus révérés de tout l'Islam. L'indignation publique est à son comble, et plusieurs manifestations anti-israéliennes ont eu lieu dans les rues du Caire. Nous sommes presque certains qu'elles ont été organisées par les Frères musulmans.

— Le gouvernement égyptien sait-il qui sont les auteurs de l'attentat ?

— Non, répondit l'homme de la CIA. Personne de crédible ne l'a revendiqué, ce qui n'est guère surprenant, étant donné sa nature. Notre crainte, c'est que les Frères musulmans renforcent leur implantation et gagnent des sièges au parlement égyptien.

— Il ne manquerait plus que ça, que les Égyptiens virent au fondamentalisme à nos dépens, murmura Braxton en secouant la tête. Comment nos services évaluent-ils les responsabilités ?

— Nous n'avons pas d'idée précise à ce sujet, monsieur. Nous recherchons une éventuelle implication du côté d'Al-Qaïda, mais nous n'avons aucune certitude.

Nous avons cependant obtenu un détail curieux de la police égyptienne ; ils disent avoir recueilli des résidus de HMX sur le site de l'explosion.

— Ce qui signifie… ?

— Le HMX est un explosif surveillé de très près. C'est plutôt du haut de gamme, on s'en sert pour les engins nucléaires et comme propergol pour les fusées. Ce n'est pas le genre de produit que l'on associe de façon habituelle à Al-Qaïda, et nous trouvons étrange qu'il apparaisse en Égypte.

Assis sur un siège à l'écart de la table, O'Quinn sentit les poils de sa nuque se dresser. Il toussa pour s'éclaircir la gorge.

— Vous êtes sûr qu'il s'agissait de HMX ?

— Nous attendons de recevoir des échantillons, mais c'est ce qu'affirment les Égyptiens.

— On dirait que cela vous rappelle quelque chose, O'Quinn ? lança Braxton.

O'Quinn hocha la tête.

— Trois jours avant celui d'Al-Azhar, il y a eu un autre attentat à la bombe en Turquie, monsieur, à la mosquée Yesil de Bursa. Vous avez peut-être lu le rapport de terrain à ce sujet. Trois morts, dont un des principaux leaders d'un mouvement marginal, le parti de la Félicité. De même qu'en Égypte, il s'agit d'une mosquée ancienne et très vénérée.

O'Quinn avala une gorgée de café avant de poursuivre.

— Les autorités turques ont confirmé que l'explosion avait été causée par un paquet qui contenait du HMX.

— Deux attentats à la bombe dans deux pays différents à trois jours d'intervalle, commenta le général. Les deux dans des mosquées historiques, avec les mêmes explosifs et dans les deux cas, peu de victimes, ce qui est sans doute intentionnel. Très bien. Alors que quelqu'un m'explique *qui* et *pourquoi*.

Un silence gêné s'installa dans la pièce avant qu'O'Quinn se décide à reprendre la parole.

— Monsieur, je crois que personne jusqu'à présent ne s'était aperçu des similitudes entre ces deux affaires.

L'homme de la CIA approuva en hochant la tête.

— Nous allons demander à nos analystes de rechercher les liens possibles. D'après la nature des explosifs, je parierais volontiers sur une implication iranienne.

— Qu'en pensent les Turcs ? l'interrogea Braxton.

— De même qu'en Égypte, cet acte n'a pas été revendiqué. Rien n'indique que les Turcs aient identifié le moindre suspect.

Le général commença à s'agiter sur son siège, et ses yeux d'un bleu cobalt semblèrent transpercer O'Quinn. Celui-ci travaillait pour lui depuis moins d'un an, mais il avait peu à peu gagné son respect sur le plan professionnel. O'Quinn comprit que le général voulait en savoir plus.

— Comment voyez-vous la situation ? lui demanda Braxton d'un ton bourru.

O'Quinn se concentra pour fournir une réponse cohérente, mais par malheur, il se posait plus de questions qu'il ne détenait de réponses.

— Je n'ai guère de commentaires à faire sur l'attentat égyptien, monsieur, mais en ce qui concerne la mosquée Yesil, certains pensent qu'il existe peut-être un lien avec le récent vol d'objets religieux au palais de Topkapi, à Istanbul.

— En effet, j'ai lu quelque chose à ce sujet, répondit le général. J'ai cru comprendre qu'une représentante du

Congrès était impliquée d'une façon ou d'une autre dans cette affaire.

— Loren Smith, monsieur, une représentante du Colorado. Elle a pu retrouver certains des objets volés, mais a failli se faire tuer pendant l'opération. Pourtant, son nom n'apparaît dans aucun article de journal.

— Voilà quelqu'un qui me serait bien utile dans mon personnel, marmonna le général.

— Je crois que l'on a aussi utilisé des explosifs au cours du vol de Topkapi, poursuivit O'Quinn. Je vais lancer une enquête immédiate pour que l'on puisse établir un rapport éventuel avec les attentats de Bursa et du Caire.

— Quel serait le motif de ces actes ?

— Les cas les plus courants d'attentats dans des mosquées, comme en Irak, sont perpétrés par des chiites contre des lieux de culte sunnites, ou l'inverse, suggéra l'homme de la CIA. Mais dans le cas de la Turquie, il me semble que les chiites y forment une minorité non violente.

— C'est exact, opina O'Quinn. Les séparatistes kurdes feraient des coupables plus crédibles. Des élections nationales vont se dérouler en Turquie dans moins de quatre semaines. Il est possible que ces attaques aient été manigancées par les Kurdes, ou un autre parti politique marginal désireux de fomenter des troubles, mais cela ne prouve en rien l'existence d'un quelconque lien avec les événements du Caire.

— Si elles avaient cru les Kurdes coupables des attentats, les autorités turques n'auraient sans doute pas tardé à leur en imputer la responsabilité, fit observer Braxton.

— C'est probable, en effet, répondit O'Quinn en feuilletant ses notes.

Son doigt s'immobilisa sur la copie de la conversation interceptée par George Withers.

— Monsieur, pour ce qui est de la Turquie, nous avons eu connaissance d'un nouvel élément inquiétant.

— Poursuivez, l'encouragea le général.

— Selon une conversation interceptée par la NSA, Altan Battal, mufti d'Istanbul et dirigeant fondamentaliste, participera à la prochaine élection présidentielle turque.

— Le président Yilmaz est à la tête d'un pouvoir stable depuis plusieurs années, objecta Braxton. Et la laïcité est un fait établi en Turquie. J'ai du mal à imaginer que ce Battal puisse représenter plus qu'une candidature marginale.

— Je crains pourtant que ce soit le cas, répliqua O'Quinn. La popularité du président Yilmaz s'est effondrée en raison du mauvais état de l'économie turque, et il a été affaibli par de récentes accusations de corruption visant son administration. Le mufti Battal a quant à lui vu la sienne grimper en flèche, surtout parmi les chômeurs et les couches les plus pauvres de la population. Nous ignorons quel succès rencontrera sa candidature, mais beaucoup craignent qu'elle ne représente un véritable défi pour le président sortant.

— Dites-m'en un peu plus sur ce mufti Battal, demanda le général.

— Eh bien, monsieur, sa biographie « officielle » indique qu'il fut très tôt orphelin et forcé de lutter pour sa survie dans les taudis de l'ouest d'Istanbul. Il a cependant pu échapper à une vie de misère, car il s'est un jour porté au secours d'un vieil homme qui se faisait dévaliser par un voyou du quartier. Par gratitude, le vieil homme, un fidèle de longue date de la mosquée, a envoyé Battal étudier dans une école musulmane privée. Il a payé l'hébergement et la pension du garçon jusqu'à la fin de son adolescence. L'école professait des convictions fondamentalistes extrêmes, ce qui explique sans doute les opinions actuelles du mufti. Battal se distinguait par un penchant prononcé pour les études intellectuelles, mais aussi par ses dons d'orateur, qui ont favorisé son ascension dans la hiérarchie musulmane d'Istanbul. Il est à présent le maître théologien de l'ensemble de la ville. C'est un personnage plein de charme, mais ses écrits et ses sermons épousent une interprétation de l'islam proche de celle des talibans, avec de nombreuses charges contre les maux venus de l'Occident et les dangers des influences étrangères. On ne peut qu'imaginer ce qui se passerait s'il était élu, mais nous sommes bel et bien confrontés à la possibilité de perdre la Turquie du jour au lendemain.

— A-t-il une chance de remporter cette élection ? demanda Braxton d'une voix qui trahissait une inquiétude croissante.

O'Quinn hocha la tête.

— Nous pensons que c'est jouable. Et si l'armée turque valide son élection, alors il est impossible de prévoir ce qui pourra se passer.

— Une prise de pouvoir par les fondamentalistes en Turquie ? s'étrangla un colonel de l'aviation assis à la table. Ce serait une catastrophe. La Turquie fait partie de l'OTAN, et c'est l'un de nos principaux alliés dans la région. Nous disposons de toute une gamme de ressources militaires dans ce pays, y compris des armes nucléaires tactiques. La base aérienne d'Incirlik est d'une importance vitale pour nos opérations en Afghanistan.

— Sans parler de nos postes d'écoute sur le territoire turc, qui nous permettent de surveiller les Russes et les Iraniens, ajouta l'officier de la CIA.

— La Turquie est un point de transit essentiel du ravitaillement destiné à l'Afghanistan, comme c'était le cas auparavant avec l'Irak, se lamenta un commandant de l'armée de terre installé à côté du colonel. La rupture de ce circuit d'approvisionnement compromettrait l'ensemble de nos opérations afghanes.

— Nous pouvons imaginer toutes sortes de scénarios désastreux, ajouta O'Quinn d'un ton calme. De la fermeture du Bosphore, avec l'arrêt de la circulation du pétrole et du gaz russes, à la recrudescence des provocations iraniennes. Toute la région en serait affectée, et l'impact que cela aurait sur l'équilibre des pouvoirs régionaux est imprévisible.

— Pour Israël, la Turquie est un voisin tranquille et un bon partenaire commercial, qui exporte de grandes quantités d'eau douce et de denrées alimentaires, entre autres, reprit l'officier de la CIA. Si l'Égypte et la Turquie devaient prendre un virage fondamentaliste, cela renforcerait l'isolement de l'État hébreu. En plus du fait que l'Iran se sentirait encouragé dans ses visées, je crains que le Hamas, le Hezbollah et autres adversaires déclarés d'Israël ne soient conduits à faire preuve d'une violence accrue dans la région. Un tel revirement politique pourrait être l'étincelle à même de déclencher ce que nous craignons depuis longtemps, à savoir une troisième guerre mondiale surgie du cœur du Moyen-Orient.

La salle retomba dans le silence alors que Braxton et les autres prenaient conscience avec effroi de la réalité de la menace. Au bout d'un moment, le général balaya le sentiment de malaise qui régnait dans la pièce en aboyant une série d'ordres.

— O'Quinn, je veux un rapport détaillé sur ce mufti Battal sur mon bureau demain matin à la première heure. Il me faut aussi une note récapitulative pour mon briefing quotidien avec le président. Nous nous retrouverons ici vendredi ; d'ici là, j'attends de la CIA et des services du gouvernement une évaluation précise de la situation. Assignez les ressources nécessaires à cette tâche, ajouta-t-il, les dents serrées, mais ne vous laissez pas déborder. (Il referma son classeur avec bruit, puis se tourna vers l'homme de la CIA.) La Troisième Guerre mondiale ? Tant que j'occuperai ce poste, c'est hors de question.

10

L'appel à la prière du matin résonna à travers la fenêtre de la chambre d'hôtel et réveilla Pitt plus tôt qu'il ne l'aurait souhaité. Abandonnant le confort et la chaleur du lit auprès de Loren, il se leva et regarda au-dehors. Les minarets aux toits noirs de la mosquée de Sultanahmet zébraient le ciel voilé à quelques pâtés de maisons de là. Pitt remarqua avec un sourire que les muezzins qui criaient autrefois depuis les sommets de l'édifice avaient cédé la place à des haut-parleurs disséminés autour du lieu de culte.

— Il n'y a pas moyen d'éviter ce vacarme ? murmura Loren, enfouie sous sa couverture.

— Il faudrait que tu voies cela avec Allah en personne.

Il referma la fenêtre, puis observa à travers la vitre l'impressionnante architecture de l'édifice et au-delà, les eaux bleues de la mer de Marmara. Un groupe nombreux de cargos commençait déjà à s'aligner, chacun attendant son tour pour s'enfoncer dans le mince détroit du Bosphore. Loren quitta le lit, enfila une robe et rejoignit son mari.

— Je n'avais pas compris que le bruit venait de la mosquée, dit-elle, un peu confuse. C'est très beau. Je suppose qu'elle a été construite à l'époque ottomane ?

— Oui, je crois que c'était au début du dix-septième siècle.

— Nous pourrions y aller après le petit déjeuner. Mais après notre soirée mouvementée, je crois que j'ai eu ma dose de tourisme.

— Pas de marathon de shopping au grand bazar ?

— Peut-être la prochaine fois. Nous avons la journée entière pour nous seuls, et je voudrais que ce soit un vrai moment de détente.

Pitt regarda un cargo rouge qui s'écartait peu à peu du rivage.

— Alors je crois savoir ce qu'il nous faut.

Ils prirent une douche rapide et s'habillèrent, puis commandèrent un petit déjeuner qui leur fut servi dans leur chambre. Ils s'apprêtaient à quitter les lieux lorsque le téléphone sonna. Pitt répondit, et parla plusieurs minutes avant de raccrocher.

— C'était le docteur Ruppé, qui appelait de l'aéroport. Il voulait savoir si tu allais bien, expliqua-t-il à Loren.

— J'irais encore mieux si tu m'annonçais que la police a capturé ces criminels.

— Il semblerait que non. Rey était furieux, parce que les médias locaux imputent la responsabilité du vol et des meurtres à un mouvement anti-islamique. Apparemment, des bijoux de grande valeur ont été délaissés au profit de plusieurs reliques de Mahomet.

— Tu as dit « meurtres », au pluriel ?

— Oui, cinq gardes au total ont été tués au cours de l'opération.

Loren fit une grimace.

— Le fait que plusieurs des assassins semblaient être d'origine perse n'a pas suffi à aiguiller les enquêteurs sur une autre piste ?

— La police a écouté notre version, et je suis certain qu'ils envisagent d'autres scénarios.

Pitt était loin d'en être sûr, mais il cacha sa colère à l'idée que les kidnappeurs de son épouse puissent échapper à toute poursuite.

— Ruppé m'a annoncé une autre nouvelle, poursuivit-il : nos noms et notre implication dans l'affaire n'ont pas été rendus publics. L'indignation est générale à la suite de ce vol, considéré comme une grave insulte à l'égard de la communauté musulmane.

— L'incognito me convient très bien, sourit Loren, même après notre « expérience de mort imminente » d'hier. Mais qu'ont-ils volé, en fin de compte ?

— Ils sont partis avec un étendard de bataille qui a appartenu à Mahomet. Mais la colère et la révolte auraient été encore plus fortes si tu n'avais pas sauvé le deuxième sac noir.

— Que contenait-il ?

— Un manteau de Mahomet, appelé le « Saint Manteau », ainsi qu'une lettre écrite de sa main. Tout cela fait partie de ce qu'on appelle les « Reliques sacrées ».

— C'est une honte que des gens tentent de s'emparer de tels objets.

— Allons, nous ferions mieux de visiter le reste de la ville avant que d'autres objets disparaissent.

Ils quittèrent le hall de l'hôtel pour s'enfoncer dans les rues grouillantes d'activité du vieil Istanbul. Pitt remarqua un homme aux lunettes de soleil opaques qui observait Loren en se dirigeant vers l'entrée de l'hôtel. Avec sa taille et sa silhouette de ballerine, Loren attirait très souvent les regards masculins. Vêtue d'un pantalon léger et d'un chemisier violet presque assorti à la nuance de ses yeux, elle paraissait en pleine forme en dépit des émotions de la veille.

Ils dépassèrent un ou deux pâtés de maisons, puis s'arrêtèrent devant la vitrine d'une luxueuse boutique pour admirer un élégant tapis Serapi accroché à un mur. Ils marchèrent ensuite jusqu'au bout de la rue, traversèrent la place de l'Hippodrome, un parc long et étroit où avaient lieu les courses de chars de l'époque byzantine. Au-delà s'étendait la mosquée Sultan Ahmet Ier – la Mosquée bleue.

Terminée en 1617, c'était la dernière des grandes mosquées impériales turques. L'extérieur présentait une cascade ascendante de dômes et de semi-dômes qui croissaient en hauteur et en grandeur pour culminer en un vaste dôme central. Au moment où Loren et Pitt étaient entrés dans la cour entourée d'arcades, la plupart des fidèles avaient déjà cédé la place aux touristes.

Ils se dirigèrent vers la grande salle de prière dont l'intérieur était à peine éclairé par de hautes rangées de vitraux. Au-dessus de leurs têtes, les dômes incurvés étaient recouverts d'un labyrinthe de mosaïques aux motifs complexes, le plus souvent dans diverses nuances de bleu, ce qui expliquait le nom donné au monument. Pitt observa une arche dont les décors, fabriqués dans la ville proche d'Iznik, présentaient un motif floral familier.

— Regarde, dit-il à Loren. Ce dessin est presque identique à celui de la boîte en céramique que nous avons sortie de l'épave.

— Tu as raison, approuva-t-elle, mais la couleur est un peu différente. En tout cas, c'est une preuve supplémentaire du fait que ton épave a coulé vers l'an 1600.

La satisfaction de Pitt fut de courte durée. Alors qu'il examinait un mur couvert de carreaux verts de l'autre côté de la salle, il repéra un homme au nez chaussé de lunettes de soleil qui regardait dans sa direction. C'était celui qui s'était intéressé à Loren un peu plus tôt à l'extérieur de l'hôtel.

Sans dire un mot, Pitt conduisit Loren à pas lents vers la sortie, tout en veillant à ne pas s'éloigner d'un groupe de touristes allemands en visite guidée. Il passa en revue la foule disséminée dans la pièce pour tenter de voir si l'homme était seul ou accompagné. Pitt remarqua un individu mince, à la moustache fournie, peut-être un Iranien, qui faisait les cent pas non loin de là, l'air renfrogné. Il paraissait incongru parmi les touristes qui tendaient le cou vers le plafond de la mosquée. Il était peu probable que les voleurs de Topkapi soient parvenus à les localiser aussi vite, mais Pitt se rappela les menaces de la femme dans la citerne. Il décida d'en avoir le cœur net.

Pitt et Loren accompagnèrent les Allemands qui quittaient la salle, remirent leurs chaussures, qu'ils avaient ôtées en entrant, puis suivirent le groupe dans la cour.

— Reste ici, dit Pitt à Loren avant de traverser à pas vifs le sol de marbre en direction de l'Iranien.

Celui-ci se retourna aussitôt et fit semblant d'étudier la colonne la plus proche. Pitt s'approcha et baissa son regard vers l'homme, qui mesurait une tête de moins que lui.

— Je vous demande pardon, lui dit-il. Pouvez-vous me dire qui est inhumé dans la tombe d'Atatürk ?

L'homme commença par éviter le regard de Pitt et jeta un coup d'œil vers la sortie de la mosquée, où se tenait à présent l'homme aux lunettes. Celui-ci secoua la tête d'un mouvement à peine perceptible, et l'Iranien se tourna vers Pitt avec une expression de mépris.

— J'ignore où se trouve la sépulture de ce chien d'Atatürk, cracha-t-il, les yeux luisants d'une arrogance menaçante, résultat d'une vie apprise à la dure école de la rue.

De toute évidence, il ne s'agissait pas d'un policier en civil. Lorsque Pitt remarqua la bosse révélatrice d'un pistolet et d'un holster sous la chemise ample, il jugea plus sage de ne pas brusquer les choses, et se contenta d'un regard entendu et froid avant de s'éloigner. En revenant vers Loren, il s'attendait presque à recevoir une balle dans le dos, et espéra que la foule et le dispositif de sécurité de la mosquée suffiraient à décourager toute attaque immédiate.

— Que se passe-t-il ? lui demanda Loren.

— Je lui ai juste demandé l'heure. Allons, viens, essayons d'attraper un taxi.

Le groupe d'Allemands marchait sans se presser vers la sortie, et Pitt saisit Loren par le bras pour les dépasser et sortir de l'enceinte de la mosquée avant eux. Il ne prit pas la peine de regarder en arrière, sachant que l'Iranien et l'homme aux lunettes ne relâcheraient pas leur poursuite. En poussant Loren vers la rue, il eut la chance de trouver tout de suite un taxi qui déposait un couple de touristes âgés.

— Nous voulons aller à Eminönü, au quai d'embarquement des ferrys, s'il vous plaît, ordonna-t-il au chauffeur.

— Pourquoi tant de hâte ? lui demanda Loren, surprise de se voir presque bousculée pour s'installer dans la voiture.

— Je pense que nous sommes suivis.

— L'homme à qui tu as parlé dans la mosquée ?

Pitt hocha la tête.

— Et un autre type qui porte des lunettes opaques. Il rôdait autour de l'hôtel.

Alors que le taxi s'enfonçait dans la circulation, Pitt jeta un coup d'œil par la lunette arrière. Une petite berline orange jaillit du virage en faisant crisser ses pneus. Le chauffeur était seul à son bord. Pitt reporta son attention vers la cour de la mosquée et constata que les touristes allemands se massaient près de la sortie. Il sourit en voyant l'Iranien se faufiler avec maladresse parmi le groupe compact.

— Pourquoi n'allons-nous pas voir la police ? demanda Loren, une nuance d'inquiétude perceptible dans la voix.

Pitt la gratifia d'un sourire rassurant.

— Comment cela ? Et perdre ainsi notre seule vraie journée de détente à Istanbul ?

11

Le taxi jaune se fondit dans la circulation, laissant les dômes de la mosquée et les minarets disparaître peu à peu du rétroviseur. S'il avait bifurqué vers le nord et s'était engagé dans le labyrinthe encombré de la vieille ville historique, il aurait semé sans peine la berline orange, mais l'astucieux chauffeur, soucieux d'arriver au plus vite à destination, préféra prendre par le sud et se dirigea vers l'autoroute Kennedy Caddesi.

Leurs poursuivants tentèrent de les rattraper à tout prix. La voiture orange s'éloigna de la mosquée après avoir embarqué deux passagers, et faillit se faire emboutir sur le flanc par un bus avant de rejoindre le flot de la circulation.

— Je crois qu'ils ont tourné à droite, dit le conducteur d'un ton hésitant.

— Alors vas-y, lui ordonna l'homme aux lunettes depuis la banquette arrière, en hochant la tête pour l'encourager à suivre son intuition.

Ils virèrent vers le sud, accélérèrent et grillèrent un feu avant de ralentir derrière une procession de véhicules qui roulaient au pas. Assis à l'arrière, l'Iranien repéra soudain, deux pâtés de maisons plus loin, un taxi jaune qui s'engageait vers l'autoroute.

— Ce sont eux ! lança-t-il en les désignant d'un geste du bras.

Le chauffeur hocha la tête et serra les doigts sur le volant. Il était impossible de se frayer un passage parmi le trafic engorgé et, le visage anxieux, il se contenta de maugréer pendant que les secondes passaient. Constatant soudain un arrêt momentané de la circulation en sens inverse, il fonça sur la voie de gauche le long d'un bloc d'immeubles, puis se rabattit sur la file de droite. La circulation reprit son cours, et le chauffeur put s'engager sans tarder sur l'autoroute, écrasant la pédale d'accélérateur pour s'élancer sur la chaussée comme un pilote de Formule 1.

La route contournait le périmètre de Topkapi à l'est, tout près de la rive du Bosphore. Les voitures roulaient à vive allure tandis que l'autoroute bifurquait vers le nord, puis l'ouest le long de la Corne d'Or, l'estuaire qui divise le secteur européen d'Istanbul. Pitt lança un regard vers l'eau en contrebas, admirant une grande drague verte qui avançait à l'écart du bord. Alors que le taxi approchait du pont de Galata, qui enjambait la Corne d'Or pour rejoindre le quartier de Beyoğlu, une masse d'automobiles et de camions se matérialisa soudain et ils durent rouler au pas. Le chauffeur prit dès que possible une bretelle de dégagement et serpenta jusqu'à un dock situé près de l'un des piliers du pont.

— Le quai Boğaz Hatti, à Eminönü, annonça-t-il. Le prochain ferry va partir de là-bas, ajouta-t-il avec un geste du bras. Si vous faites vite, vous pouvez encore le prendre.

Pitt le paya, ajouta un pourboire conséquent et observa la route derrière eux alors que Loren et lui quittaient la voiture. Il ne vit aucun signe de la berline orange et accompagna Loren d'un pas détendu jusqu'au guichet.

— Tu ne peux vraiment pas rester éloigné de l'eau très longtemps, n'est-ce pas ? dit-elle en regardant plusieurs gros bâtiments au mouillage.

— Je pensais qu'une petite croisière sur le Bosphore nous conviendrait à merveille.

— Une perspective intéressante, c'est vrai, reconnut Loren, qui se réjouissait à l'avance d'un peu de tourisme et d'air frais. À condition que nous soyons seuls et qu'il y ait un déjeuner à la clef.

— Pour ce qui est du déjeuner, c'est promis, répondit Pitt en souriant. Et je crois d'ailleurs que nous avons semé nos amis.

Ils payèrent leurs billets, puis descendirent le long de l'un des quais animés pour embarquer à bord d'un navire moderne où ils choisirent des sièges situés près des vitres. Un triple meuglement de corne signala le départ avant que l'équipage n'enlève la passerelle.

Sur la route qui menait à l'embarcadère, l'auto orange s'arrêta dans un hurlement de pneus et ses deux passagers jaillirent des portières. Ils se précipitèrent vers le quai en dépassant le guichet, mais trop tard : le ferry s'engageait déjà sur les eaux du détroit. Haletant, l'homme aux lunettes le regarda s'éloigner, puis se tourna vers l'Iranien.

— Trouve-nous un bateau, siffla-t-il. Et vite !

*

Long de trente-deux kilomètres et dépassant rarement deux kilomètres de large, le détroit du Bosphore est à la fois l'une des voies de navigation les plus actives et parmi les plus appréciées au monde sur le plan touristique. Traversant le cœur même d'Istanbul, cette route commerciale historique était autrefois utilisée par les Grecs, les Romains et les Byzantins. À l'époque contemporaine, elle était devenue un itinéraire essentiel pour la Russie, la Géorgie et les autres pays de la mer Noire. Des pétroliers, des cargos et des porte-conteneurs encombraient en permanence l'étroite voie navigable qui séparait l'Asie de l'Europe.

Le ferry avançait vers le nord à une allure confortable, dépassant l'horizon vallonné de la ville sous un ciel bleu limpide. Il ne tarda pas à passer sous le pont du Bosphore et, un peu plus tard, sous le pont Fatih Sultan Mehmet – deux ouvrages suspendus, haut perchés au-dessus du détroit. Pitt et Loren dégustèrent un thé brûlant tout en observant le trafic maritime et l'architecture environnante. Les collines surpeuplées descendaient peu à peu pour laisser la place à un majestueux alignement de villas, de missions diplomatiques et d'anciens palais adossés à des massifs d'arbres et de verdure.

Le ferry fit quelques haltes paisibles avant d'arriver presque en vue de la mer Noire.

— Tu veux aller sur le pont supérieur pour profiter du panorama ? demanda Pitt.

— Il y a un peu trop de vent à mon goût. Tu ne préférerais pas une autre tasse de thé ?

Pitt acquiesça et se dirigea vers le comptoir de la petite cafétéria où il commanda deux thés noirs. S'ils étaient montés sur le pont comme le suggérait Pitt, ils auraient pu voir un petit hors-bord filer sur les eaux du détroit en direction du navire, avec trois hommes à son bord.

Le ferry vira bientôt vers la rive occidentale et accosta au port de Sariyer, à côté de deux autres bâtiments plus petits. Sariyer, un ancien village de pêcheurs, offrait encore tout le charme de la Turquie historique, alors que de nombreux autres ports du haut Bosphore étaient peu à peu envahis par de riches retraités.

— Il paraît que l'on trouve de bons restaurants de poissons par ici, suggéra Loren, pourquoi ne pas débarquer pour déjeuner ?

Pitt acquiesça et ils rejoignirent un groupe de touristes qui se rassemblait près de la passerelle. Le quai était situé au pied d'une vaste colline, et la ville s'étendait sur leur droite le long des marécages qui bordaient la rive. Sur leur gauche, la route principale rejoignait au bord de l'eau un petit parc qui attira l'attention de Pitt lorsqu'une vieille traction avant Citroën s'engagea sur le terrain herbeux.

Ils traversèrent un marché aux poissons et regardèrent les pêcheurs débarquer leur cargaison de bars d'un bateau aux dimensions modestes. Ils dépassèrent tout un groupe de restaurants de fruits de mer et choisirent un petit café au bout du pâté de maisons. Une alerte serveuse aux longs cheveux noirs les installa dans un patio au bord de l'eau et couvrit très vite leur table de *mezze*, un assortiment de petites portions de hors-d'œuvre locaux.

— Essaye donc le calmar, dit Loren en enfournant un morceau caoutchouteux dans la bouche de Pitt qui, par jeu, lui mordilla un doigt.

— Et cela va très bien avec le fromage blanc, répondit-il après avoir avalé le morceau de mollusque frit.

Ils profitèrent de leur déjeuner en toute quiétude, observant le trafic des bateaux sur le détroit, suivant l'exemple des autres touristes massés dans les restaurants proches. Une fois leurs plats de fruits de mer terminés, Pitt allait prendre son verre d'eau lorsque Loren lui agrippa soudain le bras.

— Tu as avalé une arête ? demanda-t-il en remarquant que sa femme plissait les lèvres en faisant une sorte de grimace.

Elle secoua la tête en relâchant sa prise.

— Il y a un homme près de l'entrée. Il était dans la camionnette la nuit dernière.

Pitt avala une gorgée d'eau et tourna la tête d'un air dégagé vers la porte du café. Juste à l'extérieur, il vit un homme à la peau mate, avec une chemise bleue, qui faisait du surplace près de l'entrée. Il se tenait face à la rue et Pitt ne put distinguer son visage.

— Tu es sûre ?

Loren vit l'individu jeter un rapide coup d'œil par la fenêtre avant de se détourner à nouveau. Elle croisa le regard de Pitt et hocha la tête.

— Je reconnais ses yeux.

Pitt songea que la silhouette lui était familière, et la réaction de Loren le convainquit qu'elle avait raison. Ce devait être le voyou qu'il avait cogné à l'arrière de la camionnette.

— Comment ont-ils pu nous suivre jusqu'ici ?

— Nous étions les derniers passagers à monter à bord, et ils devaient être assez proches pour nous voir embarquer, raisonna Pitt. Ils nous ont suivis avec un autre bateau. Il ne leur a pas fallu longtemps pour inspecter tous les restaurants proches du dock.

Tout en gardant son calme, Pitt ne pouvait s'empêcher de s'inquiéter pour la sécurité de Loren. Les voleurs de Topkapi avaient prouvé la nuit précédente qu'ils ne reculaient pas devant le meurtre. S'ils avaient pris la peine de les suivre, ce ne pouvait être que pour une seule raison : un acte de représailles destiné à les punir d'être intervenus au cours de leur forfait. La menace de la femme dans la citerne paraissait soudain beaucoup moins abstraite.

La serveuse arriva et, tout en débarrassant leurs assiettes, leur demanda s'ils désiraient un dessert. Loren secoua la tête, mais Pitt intervint :

— Oui, volontiers ! Deux cafés et deux parts de votre baklava, s'il vous plaît.

— Je n'ai pas faim du tout, protesta Loren lorsque la serveuse repartit vers les cuisines. Et surtout plus maintenant, ajouta-t-elle en regardant vers la porte.

— Le dessert est pour lui, pas pour nous. Fais comme si tu allais vers les toilettes, et attends-moi près des cuisines.

Loren réagit aussitôt ; elle fit semblant de murmurer quelque chose à l'oreille de son mari, puis se leva et suivit un petit couloir qui conduisait à la fois aux sanitaires et aux cuisines. Pitt vit l'homme se raidir de façon imperceptible en observant la scène, puis se détendre lorsque l'employée apporta les boissons chaudes et les desserts. Pitt glissa avec discrétion quelques billets sur la table, puis plongea sa fourchette dans l'épaisse portion de baklava. En tournant le regard vers la porte, il vit l'homme à la chemise bleue diriger à nouveau son regard vers la rue. Pitt lâcha sa fourchette et se leva en une fraction de seconde.

Loren l'attendait au bout du couloir. Il arriva en courant, la prit par la main et la poussa dans les cuisines.

Le chef et le plongeur, stupéfaits, se figèrent sur place. Pitt se contenta de les saluer en souriant et passa devant quelques marmites fumantes, Loren à sa suite. La porte de derrière donnait sur une petite allée qui s'incurvait pour rejoindre la rue principale. Ils se précipitèrent jusqu'au coin et virèrent dans la direction opposée à l'établissement. Soudain, Loren pressa la main de Pitt.

— Et si nous prenions ce trolley ? demanda-t-elle.

Un antique trolleybus, utilisé par les habitants du coin et les touristes pour parcourir la ville, remontait la rue d'une allure paresseuse.

— Embarquons par l'autre côté, dit Pitt.

Ils traversèrent juste au moment où le trolleybus arrivait et grimpèrent aussitôt à bord. Aucun siège n'était libre, et ils durent rester debout pendant que l'engin passait devant le café. « Chemise bleue », toujours devant la porte, dirigea un regard distrait sur le véhicule. Pitt et Loren se détournèrent et tentèrent de s'abriter derrière un passager, mais c'était une bien pauvre cachette. Les yeux de « Chemise bleue » se figèrent à la vue du chemisier de Loren ; il se retourna et pressa son visage sur la vitrine du café. Pitt vit son expression éberluée au moment où il se tournait à nouveau vers le trolleybus qui redescendait la rue. Il se mit à courir, sortit un téléphone mobile de sa poche et composa un numéro sans prendre le temps de s'arrêter.

Loren regarda son mari avec une expression contrite.

— Je suis désolée, je crois qu'il m'a repérée.

— Cela n'a pas d'importance, répondit Pitt, qui tenta de calmer ses craintes avec un sourire rassurant. C'est une petite ville, ici.

Le trolley fit un bref arrêt au marché aux poissons, où la plupart des passagers descendirent. Constatant que leur poursuivant courait toujours un pâté de maisons en arrière, Pitt et Loren prirent chacun un siège et se penchèrent aussi bas qu'ils le pouvaient tandis que la voiture reprenait de la vitesse.

— Il me semble avoir vu un policier un peu plus tôt près du quai, dit Loren.

— Si notre homme n'est plus dans les parages, nous pourrons peut-être attraper un autre ferry au vol.

Le trolleybus longea un nouveau pâté de maisons, puis approcha de son terminus près du quai. Les roues du vieux véhicule tournaient encore lorsque Pitt et Loren sautèrent et se mirent à courir vers le dock d'embarquement. Mais cette fois, ce fut au tour de Pitt de s'immobiliser et de serrer le bras de Loren.

Devant eux, le quai était presque vide, le prochain ferry ne devant partir qu'une demi-heure plus tard. Mais deux hommes attendaient plus loin, près de l'entrée. L'Iranien de la mosquée faisait les cent pas sur l'embarcadère en compagnie de son ami à lunettes.

— Je crois que nous allons devoir trouver un autre moyen de transport, dit Pitt en guidant Loren dans la direction opposée.

Ils se hâtèrent de regagner la route, où une décapotable Peugeot des années soixante roulait à petite allure vers le parc près de la rive, suivie par un groupe d'habitants. Pitt et Loren s'approchèrent et tentèrent de se fondre parmi les Turcs. Leur tentative fit long feu lorsque l'homme à la chemise bleue apparut un peu plus loin derrière eux. Il cria quelque chose à ses acolytes sur le quai, fit de grands gestes pour attirer leur attention et désigna Pitt du doigt.

— Et maintenant, qu'allons-nous faire ? demanda Loren en voyant les deux hommes du quai accourir vers eux.

— On ne s'arrête pas.

Son regard parcourut les alentours dans toutes les directions à la recherche d'une échappatoire, mais leur seule option consistait à continuer à avancer avec le groupe de Turcs. Ils les suivirent jusque dans le parc et découvrirent que l'étendue d'herbe découverte était à présent bordée par deux rangées inégales de voitures anciennes. Pitt reconnut un certain nombre de Peugeot et de Citroën des années cinquante et soixante.

— Ce doit être la réunion d'une amicale de collectionneurs de voitures françaises.

— Si seulement nous pouvions en profiter, répondit Loren qui ne cessait de regarder par-dessus son épaule.

Alors que les villageois commençaient à se disperser, Pitt conduisit Loren vers un groupe massé devant la première rangée de véhicules. Ils s'étaient réunis autour de la star du moment, une étincelante Talbot-Lago du début des années cinquante aux contours bulbeux, un modèle dessiné par le carrossier italien Ghia. Pendant qu'ils s'avançaient pour se cacher derrière les curieux, Pitt se retourna.

Leurs trois poursuivants pénétraient à pas vifs dans l'enceinte du parc. « Lunettes de soleil » était de toute évidence leur chef, et il dirigea sans tarder ses deux acolytes de chaque côté de la pelouse tandis que lui-même avançait à pas lents vers les voitures qui se trouvaient au centre.

— Je crains que nous ne puissions repartir comme nous sommes arrivés, dit Pitt. Essayons de garder de l'avance. Peut-être pourrons-nous récupérer la route principale depuis l'autre bout du parc et arrêter un bus ou un véhicule quelconque.

— Au point où nous en sommes, je n'aurais aucune objection contre un vol de voiture, répondit Loren d'un air sombre.

Elle se déplaçait avec vivacité, Pitt un pas ou deux derrière elle. Ils essayèrent, dans la mesure du possible, de ne pas utiliser les badauds pour se cacher, mais au fur et à mesure qu'ils avançaient, la foule se clairsemait. Ils atteignirent vite la dernière automobile, une deux-portes décapotable à la peinture métallisée verte et argent, datant d'après la Seconde Guerre mondiale. Pitt remarqua à l'intérieur un homme d'un certain âge qui collait une affiche « À vendre » sur le pare-brise.

— Notre dernière couverture, observa Pitt. Allons vite vers les arbres.

Il attrapa la main de Loren et ils traversèrent tous deux au pas de course la dernière étendue d'herbe qui les séparait des arbres, une rangée épaisse qui faisait le tour du parc, et au-delà de laquelle se trouvait, Pitt en était certain, la route du littoral, vers l'ouest.

Ils venaient de franchir une vingtaine de mètres lorsqu'ils s'arrêtèrent net. Devant eux, après les arbres, se dressait un haut mur qui ceignait la moitié sud du parc. Censé protéger la résidence privée située de l'autre côté, il était couvert sur son sommet de tessons de verre brisé. Pitt comprit que même avec son aide, Loren ne pourrait jamais l'escalader assez vite pour échapper à leurs poursuivants et éviter de vilaines entailles.

Il se retourna et repéra aussitôt les trois hommes. Ils se faufilaient toujours entre les voitures et convergeaient peu à peu vers lui et Loren. Il prit la main de sa femme et ils revinrent vers la rangée de voitures.

— Qu'allons-nous faire, maintenant ? demanda Loren d'une voix qui trahissait son angoisse.

Pitt la regarda avec une expression malicieuse.

— Je crois que j'ai une petite idée en tête.

12

— Est-elle équipée d'une boîte de vitesses Cotal ? demanda Pitt.

Le barbu d'âge mûr se pencha pour ouvrir la portière côté chauffeur.

— Oui, en effet, répondit-il avec un accent américain marqué. Vous connaissez bien les Delahaye ?

Son visage s'était éclairé en apercevant cet homme de grande taille aux cheveux sombres et sa séduisante épouse.

— Je suis un admirateur de la marque depuis longtemps, et j'apprécie en particulier les modèles préparés par de grands carrossiers.

— Celle-ci est une 135 de 1948, et la carrosserie vient des ateliers Henri Chapron, à Paris.

Le grand cabriolet deux portes se distinguait par ses lignes épurées, mais massives, qui illustraient très bien l'esthétique dépouillée des constructeurs de l'immédiat après-guerre. Loren admira le saisissant thème de couleurs argent et vert, qui faisait paraître l'engin encore plus long qu'il ne l'était en réalité.

— Vous l'avez restaurée vous-même ? demanda-t-elle.

— Oui. Je suis dans l'industrie minière. J'ai découvert cette voiture dans une datcha géorgienne à l'époque où je travaillais sur la côte de la mer Noire. Elle était loin d'être impeccable, mais au moins, elle était entière. Je l'ai ramenée à Istanbul et quelques bricoleurs locaux m'ont aidé à la remettre en état. Ce n'est peut-être pas la « qualité concours », mais elle n'est pas vilaine, et ils sont parvenus à tirer pas mal de jus de son six-cylindres. Elle roule comme une diablesse ! À propos, je m'appelle Clive Cussler, ajouta-t-il en tendant la main.

Pitt la lui serra et procéda aux présentations.

— Une vraie beauté, ajouta-t-il, tout en gardant un œil sur la foule à proximité.

L'homme aux lunettes l'observait, cinq voitures plus loin, et s'approchait d'une allure dégagée. Pitt repéra les deux autres, plus éloignés, qui le rejoignaient eux aussi par les côtés.

— Pourquoi la vendez-vous ? demanda-t-il en faisant signe à Loren de s'approcher de la portière passager.

— Je dois passer un peu de temps à Malte, et je n'ai pas de place pour elle là-bas, répondit l'homme avec un regard attristé.

Il sourit en voyant Loren entrebâiller la portière à ouverture vers l'avant. Un teckel noir et fauve étendu sur le siège lui jeta un regard agacé, puis bondit dehors pour retrouver son maître. Loren s'installa sur le siège en cuir et fit un signe à Pitt.

— Cette voiture vous va bien, lança Cussler avec toute l'affabilité d'un concessionnaire automobile.

Loren lui rendit son sourire.

— Est-ce que nous pourrions faire un petit tour d'essai dans le parc ?

— Oh, mais bien sûr ! Les clefs sont sur le démarreur. Vous connaissez bien le fonctionnement des boîtes Cotal ? Vous n'avez besoin de l'embrayage que pour démarrer et vous arrêter.

Pitt hocha la tête en se glissant derrière le volant. Il tourna la clef de contact et entendit avec satisfaction le moteur s'éveiller à la vie.

— Nous serons vite revenus, dit-il en adressant par la vitre un signe de la main à Cussler.

Il fit d'abord une marche arrière, puis passa derrière la file des autres voitures, espérant toujours éviter l'homme aux lunettes de soleil. Celui-ci contournait la dernière automobile de la rangée lorsqu'il aperçut Pitt au volant de la Delahaye. Pitt appuya sur l'accélérateur avec une certaine retenue pour éviter de faire déraper les roues arrière sur l'herbe glissante. « Lunettes de soleil » hésita un instant, puis hurla pour lui ordonner de s'arrêter. Pitt l'ignora. Les pneus trouvèrent leur assise au sol et la vénérable automobile accéléra avec vivacité, le laissant loin derrière.

Pitt entendit des cris par-dessus le rugissement du moteur, et Loren lui lança une mise en garde. Le voleur de Topkapi, l'homme à la chemise bleue, apparut le long de la rangée de voitures, une dizaine de mètres devant eux.

— Il a une arme, s'écria Loren alors que la Delahaye fonçait droit devant.

Pitt vit que l'homme disposait en effet d'une arme de poing, qu'il tentait de cacher en la tenant à plat contre sa jambe. Il était posté près de l'arrière d'un break Peugeot à la carrosserie dotée de montants en bois, et attendait que la Delahaye passe près de lui.

Alors que la mécanique hurlait à haut régime, Pitt saisit le minuscule levier de vitesses installé sur le tableau de bord et passa en seconde. L'homme à la chemise bleue n'était plus qu'à deux ou trois mètres ; il leva son pistolet.

— Penche-toi ! cria Pitt en écrasant l'accélérateur.

Le triple carburateur donna toute sa puissance et plaqua Pitt et Loren contre le dossier de leurs sièges. La soudaine accélération prit l'homme de court, et il s'efforça de diriger son canon vers le pare-brise. Pitt ne lui en laissa pas l'occasion.

Il braqua le volant à droite et dirigea le capot de la Delahaye droit sur le tireur. Coincé par l'arrière de la Peugeot, celui-ci n'avait plus qu'un seul moyen de s'échapper. Il recula à toute vitesse, préférant oublier sa cible plutôt que de venir s'encastrer sur la calandre.

L'aile avant de la Delahaye érafla le pare-chocs de la Peugeot avant de heurter la jambe de l'homme à la chemise et de l'envoyer chanceler un peu plus loin. Deux détonations jaillirent de son arme, puis il s'affaissa le long de l'automobile en se tordant de douleur. Les deux projectiles partirent vers le haut ; le premier déchira le toit en toile de la Delahaye et l'autre se perdit dans les airs.

Pitt se hâta de rétablir son cap pour ne pas éperonner d'autres voitures. En slalomant à travers la pelouse, la Delahaye faillit emboutir la camionnette découverte d'un paysan, chargée de melons, qui pénétrait dans le parc. Pitt klaxonna pour avertir les visiteurs affolés qui s'éparpillaient en tous sens. En jetant un rapide coup d'œil dans le rétroviseur, il aperçut l'homme aux lunettes et l'Iranien qui s'approchaient de leur complice blessé, mais aucun des deux n'avait de pistolet à la main.

Loren leva les yeux depuis son refuge sous le tableau de bord. Toute couleur semblait avoir reflué de son visage. Pitt prit la direction de la sortie et lui adressa un clin d'œil rassurant.

— Ce type avait raison, lui dit-il avec un petit sourire. Cette voiture est une vraie diablesse.

*

Pitt décida d'agir comme s'il savait où il allait ; il sortit en trombe et tourna à gauche sur la rue principale qui longeait le Bosphore vers le sud en direction d'Istanbul. Les hommes de main à leur poursuite ne perdirent pas de temps et réquisitionnèrent la camionnette du paysan sous la menace de leurs armes. Ils hissèrent leur camarade blessé à bord, s'installèrent dans la cabine et quittèrent le parc pied au plancher tandis que les melons giclaient du plateau de chargement.

En dépit de l'âge de la Delahaye, Pitt et Loren avaient l'avantage sur le plan technique. La voiture française était issue d'une tradition de course automobile, et les Delahaye avaient d'ailleurs participé avec succès aux courses du Mans avant guerre. Sous les carrosseries profilées conçues sur mesure pour des Parisiens riches et célèbres se cachaient des mécaniques aux performances de haut niveau. Avec une suspension ferme et un moteur qui ne craignait pas les hauts régimes, du moins selon les critères des années cinquante, Pitt pouvait se permettre de conduire vite. En revanche, la route étroite et sinueuse, encombrée par la circulation de l'après-midi, égalisait quelque peu les chances.

Faisant crier les pneus dans les virages, la pédale d'accélérateur à fond, Pitt passait les vitesses en une fraction de seconde. Grâce à l'embrayage électromagnétique de la boîte Cotal, il lui suffisait pour changer de rapport d'actionner le petit levier aménagé sur le tableau de bord. La conduite des automobiles « vintage » lui était familière, car il collectionnait lui-même des véhicules anciens dans un hangar d'aviation près de Washington. C'était une passion aussi forte chez lui que celle qui le liait à la mer, et il se surprit à prendre plaisir à pousser la vieille Delahaye dans ses derniers retranchements, même si les circonstances ne s'y prêtaient guère.

Alors qu'il négociait une courbe en épingle, Loren, qui gardait le regard fixé vers l'arrière par la vitre souple de la capote, remarqua qu'il fronçait les sourcils en observant les instruments de bord.

— Quelque chose ne va pas ?

— La jauge d'essence. Le réservoir est vide, répondit-il. Je crains que nous devions annuler notre banc d'essai complet jusqu'à Istanbul.

La circulation se densifiait, et réduisait leur avance. Sur une portion droite de la route, Loren aperçut la camionnette qui accélérait pour les rattraper.

— Il faut trouver un endroit plus embouteillé pour pouvoir les semer, suggéra-t-elle.

La petite route, qui traversait une zone tranquille aux imposantes villas, offrait bien peu de possibilités à cet égard. Le trafic se fit plus dense alors qu'ils approchaient du village de Büyükdere, et Pitt doubla les véhicules les plus lents à chaque fois qu'il en avait l'occasion. Aidée par le flux du trafic, la camionnette s'était rapprochée et n'était plus qu'à quatre cents mètres derrière eux, avec seulement quelques voitures entre eux.

Pitt envisagea de pénétrer dans la partie la plus peuplée du village à l'ouest, mais un ralentissement bloquait la bretelle d'accès. Il resta sur la route côtière, qui surplombait le détroit sur un long pont suspendu. Profitant d'une accalmie de la circulation, il accéléra et doubla une rangée de véhicules ralentie par un poids lourd de chantier au moteur léthargique. Au moment où le pont retrouvait la terre ferme, il avait pris une bonne avance sur l'ensemble du trafic et traversait à présent le quartier où les consulats étrangers occupaient d'opulentes résidences d'été au bord de l'eau.

— Où en sont nos livreurs de melons ? demanda-t-il à Loren, le regard rivé sur la chaussée.

— Ils sont en train de dépasser ce camion de chantier, à peu près huit cents mètres derrière nous, répondit-elle avant que les véhicules disparaissent de sa vue à la faveur d'un virage.

La Delahaye passait en trombe devant la résidence d'été de l'ambassade britannique lorsque Pitt dut soudain rétrograder en freinant. Un peu plus loin, un gros véhicule de déménagement tentait sans succès de reculer dans une allée privée et bloquait le passage dans les deux sens.

— Allez ! Fiche le camp ! se surprit à crier Loren.

Le chauffeur ne l'entendit pas, et cela n'aurait d'ailleurs rien changé. Il prit le temps de repartir en marche avant, centimètre par centimètre, pour se préparer à une seconde tentative, ignorant le concert d'avertisseurs venant de la route.

Pitt jeta un regard autour de lui à la recherche d'une voie de sortie, et n'en vit qu'une. Il passa en première, accéléra et franchit sur sa droite le portail ouvert d'un domaine privé entouré d'un mur. La chaussée céda la place à une allée de graviers alors qu'ils pénétraient sur un terrain où trônait une grande maison de bois vieillissante, autrefois propriété de la famille royale danoise. Une allée circulaire entourait un vaste jardin envahi par la végétation avant de décrire une boucle près des escaliers couleur saumon de la résidence principale.

Un jardinier occupé à tailler des roses sur l'îlot central leva des yeux incrédules en voyant la vieille voiture de sport française pénétrer dans le domaine comme si elle y était chez elle. Son regard se fit plus inquisiteur lorsque la Delahaye s'arrêta près d'un épais massif d'arbustes plutôt que de poursuivre sa route jusqu'aux escaliers du manoir. Il en comprit vite la raison.

Précédé d'un hurlement de pneus, le vieux pick-up s'engouffra sous le portail. Le conducteur prit le virage trop vite ; l'arrière dérapa vers un pilier de pierre qui heurta le pare-chocs arrière gauche. Quelques melons rescapés du voyage giclèrent de la plate-forme et se désintégrèrent contre le pilier, laissant une traînée de pulpe orange dégouliner jusqu'au sol.

Le chauffeur reprit vite le contrôle et fonça vers la Delahaye, stationnée droit devant lui. C'était une tactique volontaire de la part de Pitt, qui préférait l'appâter ainsi pour éviter qu'il ne s'arrête et obstrue l'entrée. Il mit pleins gaz et débraya, soulevant un nuage de graviers et de poussière tandis que la voiture s'élançait en avant. La camionnette approchait, mais Pitt put atteindre la portion semi-circulaire de l'allée qui s'incurvait en dépassant l'entrée de la maison. Il accéléra encore, vira à gauche, dépassa à toute allure le manoir et s'engagea dans le virage en face.

Dans le pick-up, une bonne dizaine de mètres derrière lui, l'Iranien se pencha au-dehors par la vitre côté passager, un Glock automatique à la main, et fit feu sur la Delahaye. Avec la courbe du virage, il devait s'avancer au-devant du pare-brise pour pouvoir viser, au détriment de la précision. Quelques balles percèrent le coffre de la Delahaye, mais ni la mécanique ni les passagers ne subirent de dommage.

À présent, Pitt abordait le second tournant, le pied léger sur les gaz, juste assez pour maintenir son élan. Sur le bord extérieur de la courbe était érigée une grande statue de Vénus, un bras levé vers le ciel, juste à l'écart de l'allée.

— Attention ! lança Loren alors que la voiture dérivait vers le monument de marbre.

Pitt maintint le volant d'une prise ferme tandis que son pied appuyait sur l'accélérateur. Une série de tirs siffla au-dessus du toit, et la Delahaye continua à glisser vers le bord de l'allée et l'imposante Vénus. Les roues patinèrent, puis finirent par mordre le gravier tandis que l'élan poussait l'engin vers l'avant. Loren agrippa le tableau de bord au point de faire blanchir les articulations de ses mains. L'arrière de la Delahaye dérapa sur l'herbe, droit vers le socle de marbre, mais les roues arrière trouvèrent prise sur les cailloux de l'allée et poussèrent l'avant du véhicule sur le côté de la statue avant de le ramener sur le chemin. Lorsque l'aile arrière frôla la base du monument, Pitt et Loren entendirent un déchirement aigu, qui cessa lorsque les quatre roues reposèrent enfin sur le gravier.

— Tu lui as arraché le bras, observa Loren en regardant la Vénus par la vitre arrière.

— J'espère de tout cœur que le propriétaire de cette voiture est bien assuré, répondit Pitt sans se retourner.

Pendant qu'il repartait vers le portail, c'était au tour de la camionnette de négocier le second virage. L'Iranien brandissait toujours son arme par la vitre, et tirait sur la Delahaye tout en exhortant le chauffeur à aller plus vite. Mais le pick-up était handicapé par son haut centre de gravité et ses pneus presque lisses, et sa tenue de route ne se comparait en rien à celle de la voiture française. Tout en essayant de rattraper Pitt et Loren, le véhicule utilitaire pataud perdit presque en un instant toute sa puissance de traction et se mit à déraper vers la statue. L'homme aux lunettes, pris de panique et constatant qu'il ne contrôlait plus la direction, écrasa le frein, ce qui ne fit qu'accentuer la dérive latérale.

Le jardinier, la bouche grande ouverte, vit la vieille guimbarde s'écraser avec violence contre Vénus. La statue mutilée disparut dans une nuée de poussière ; la fourgonnette bondit en avant et se mit à tournoyer. Elle regagna le gravier de l'allée, où elle décrivit encore trois cercles sur elle-même avant de plonger dans un massif de petits saules. Elle continua à glisser pour s'arrêter enfin contre le tronc d'un épais noyer en précipitant ses occupants contre le tableau de bord.

Le truand aux lunettes se laissa retomber sur son siège en frottant ses lèvres boursoufflées par leur rencontre avec le volant. Son compagnon à la chemise bleue tentait quant à lui de contenir le flot de sang qui jaillissait de son nez écrasé. Seul l'Iranien, qui s'était protégé de son bras libre, sortit indemne de la collision.

Lorsqu'il entendit le moteur qui continuait à tourner sans dommage audible, il dit au conducteur :

— On continue la poursuite.

L'homme aux lunettes se força à reprendre ses esprits et passa une vitesse pour retomber avec brutalité sur l'allée. Lorsqu'il freina, il entendit un puissant fracas. L'Iranien jeta un coup d'œil par la vitre arrière et découvrit la tête de Vénus qui roulait d'un côté à l'autre de la benne.

Au moment où leurs poursuivants regagnaient l'allée, Pitt et Loren avaient déjà quitté la propriété. Comme Pitt l'avait espéré, sa diversion avait laissé au camion de déménagement assez de temps pour terminer sa manœuvre, et la route était à présent dégagée. Il poussa la vieille automobile au maximum de sa vitesse.

— Nous avons gagné un peu de temps, dit-il, mais il ne nous reste presque plus d'essence.

Loren se pencha vers la jauge, dont l'aiguille s'agitait au-dessus du chiffre zéro.

— Peut-être sont-ils restés coincés entre les griffes de Vénus, dit-elle avec espoir.

Ils passèrent à vive allure devant la résidence d'été de l'ambassade d'Autriche et, au bout du tronçon de ligne droite qui s'ouvrait devant eux, ils aperçurent un nouveau village au bord de l'eau. Sur un quai, un grand ferry embarquait des passagers et des véhicules pour redescendre le Bosphore.

— Ce bâtiment pourrait bien être notre meilleure option, dit Pitt alors que la route descendait en pente raide vers la rive.

— Oui, nous allons enfin savourer cette croisière paisible et relaxante que tu m'avais promise, murmura Loren.

Un sourire espiègle traversa les lèvres de Pitt.

— Paisible... elle le sera peut-être pour quelqu'un d'autre ?

Ils dépassèrent un panneau qui signalait l'entrée de la ville de Yeniköy et parvinrent au dock sans ralentissement notable. Pitt fit halte derrière un camion chargé de tapis orientaux qui attendait pour embarquer. Il examina les alentours du quai et repéra une rangée de bars et de restaurants semblables à ceux de Sariyer.

— La camionnette ! Elle arrive ! haleta soudain Loren.

Pitt regarda en arrière et aperçut en effet le véhicule de leurs poursuivants qui approchait de la ville à huit cents mètres de là. Il se tourna vers sa femme et lui désigna une rue latérale.

— Je veux que tu entres dans le restaurant qui a un auvent vert et que tu me commandes une bière.

— Le bistrot minable avec des fenêtres en verre dépoli ? demanda Loren après avoir passé en revue tout un alignement de restaurants d'apparence plus respectable.

Pitt hocha la tête.

— Et notre croisière ?

— Nous allons devoir céder nos places à nos amis. Tiens-toi tranquille jusqu'à ce que j'arrive. Allez, va ! lança-t-il après lui avoir donné un rapide baiser.

Il la regarda sortir de la voiture, se hâter de remonter la rue, puis entrer avec un brin d'hésitation dans le café miteux. Quelques secondes plus tard, il vit dans son rétroviseur la camionnette avancer sur le quai. Il remarqua avec une pointe d'ironie qu'une aile avant était aplatie et constellée de poussière de marbre. Un phare brisé laissait voir une cavité béante semblable à une orbite creuse. À l'évidence, les poursuivants de Pitt l'avaient repéré, car le pick-up délabré prit place dans la queue pour embarquer à bord du ferry, trois voitures derrière lui.

La rampe d'accès au bateau se libéra, mais devant lui, le camion de tapis tardait à démarrer. Il en profita pour le dépasser, s'attirant un regard courroucé du chauffeur. Le poids lourd lui offrait une modeste protection contre les yeux indiscrets, suffisante, espérait-il, pour masquer le fait qu'il était à présent le seul occupant de la Delahaye.

Pitt paya le préposé aux billets, s'engagea sur le pont réservé aux véhicules et s'arrêta derrière une petite berline où s'entassaient de jeunes enfants. Il se hâta de quitter la Delahaye et lança un coup d'œil derrière lui. Le camion de tapis était au point mort près du préposé et bloquait les autres véhicules pendant que son chauffeur fouillait ses poches pour en extraire l'argent du passage. Si l'un des malfaiteurs avait quitté la camionnette, il restait pour l'instant invisible. Pitt inspecta le reste du ferry.

C'était un bâtiment à deux ponts, le niveau inférieur couvert étant destiné aux véhicules et le niveau supérieur aux passagers. Pitt se dirigeait vers un escalier lorsqu'il vit un vendeur proposer du pop-corn aux enfants de la voiture garée devant la Delahaye. L'homme était d'une taille et d'une carrure équivalentes aux siennes, et ses cheveux noirs ondulés ressemblaient à ceux de Pitt.

— Excusez-moi, auriez-vous la gentillesse de surveiller ma voiture pendant que je vais aux toilettes ? lui demanda-t-il en sortant un billet turc de son portefeuille.

Son geste ne passa pas inaperçu et le vendeur hocha la tête avec enthousiasme.

— Oui, bien sûr, avec plaisir.

Pitt lui mit l'argent au creux de la main, puis le guida jusqu'à la portière de la voiture.

— Installez-vous, lui dit-il. Personne ne s'intéressera à ma voiture s'il y a quelqu'un à l'intérieur.

L'homme posa son panier de pop-corn et s'engouffra dans l'habitacle, tout excité à l'idée de se retrouver derrière le volant d'une élégante automobile de collection.

— Je reviens tout de suite, lui lança Pitt avec un clin d'œil avant de courir vers l'escalier.

Il grimpa sur le pont supérieur et se dirigea vers la poupe en se mêlant aux autres passagers. Quand il se pencha par-dessus le bastingage, la camionnette était en train de monter la rampe d'accès, et il distingua trois silhouettes à son bord.

C'était le dernier véhicule à embarquer, et le personnel du quai ôta avec célérité la rampe tandis que l'équipage installait une porte escamotable en travers de la poupe. Pitt sentit les moteurs commencer à vrombir, et trois coups de corne annoncèrent le départ imminent. Il s'approcha du bastingage de poupe, attendit que l'hélice commence à tourner, puis regarda vers l'avant.

Il vit apparaître en haut de l'escalier central l'homme aux lunettes, qui scrutait la foule d'un air frénétique. Pitt ne put qu'imaginer l'expression des truands lorsqu'ils s'étaient approchés de la Delahaye pour découvrir un vendeur de pop-corn installé au volant. Mais il n'eut guère le temps de s'attarder sur cette image, si réjouissante fût-elle, car le pont oscilla soudain sous ses pieds tandis qu'un bouillonnement d'écume se formait à la poupe.

Il se hissa avec prestance par-dessus le plat-bord, créant parmi les passagers une agitation qui attira l'attention de l'homme aux lunettes. Celui-ci approcha en courant, mais Pitt disparut en un instant de son champ de vision. Il saisit un montant du bastingage, s'y suspendit, bras tendus, puis se laissa tomber un pont plus bas. Il amortit sa chute en s'accroupissant, puis sauta par-dessus la porte arrière du pont avant de s'élancer d'un bond vers le dock.

Le ferry s'était déjà éloigné d'un mètre ou deux de l'embarcadère, et Pitt réussit à peine à poser le pied sur le rebord avant d'opérer une roulade. Il dégringola en avant, rétablit son équilibre et se releva. Le ferry accélérait à présent et s'enfonçait dans le courant, et six ou sept mètres le séparaient déjà du quai.

Pitt leva les yeux et vit son poursuivant se précipiter vers le pont supérieur et constater d'un air lugubre la distance croissante entre le navire et la rive. Il tourna les yeux vers Pitt et porta d'un geste instinctif la main au holster qu'il portait sous sa veste légère avant de se raviser.

Pitt observa sa silhouette, puis lui adressa un salut jovial de la main comme à un vieil ami. L'homme demeura impavide et décocha à Pitt un regard froid tandis que le ferry poursuivait sa course sur le détroit.

13

Le soleil couchant jetait des lueurs dorées sur les brisants venus de l'ouest qui venaient s'écraser sur le littoral israélien. Sophie contemplait l'horizon bleu, heureuse de constater que la chaleur de la journée s'était enfin dissipée. Elle fit volte-face et entra sous la tente où étaient entreposés les objets. Le professeur Haasis était penché sur un rouleau de papyrus qu'il tentait de déchiffrer, le visage rayonnant. Sophie ne put réprimer un sourire en songeant à quel point il ressemblait à un enfant, les yeux écarquillés devant la vitrine d'un confiseur.

— Ne vous surmenez pas, professeur, lui dit-elle. Les papyrus seront encore là demain matin.

Haasis leva la tête d'un air penaud. Devant lui, sur une longue table, étaient étalés plus d'une douzaine de coffrets en céramique, chacun contenant un assortiment de petits rouleaux. À contrecœur, Haasis roula celui qu'il examinait et le remit dans l'une des boîtes.

— Vous avez raison, je devrais prendre le temps de manger, répondit-il. Mais c'est plus fort que moi. Nous avons là une telle mine d'enseignements ! Ce dernier rouleau, par exemple, ajouta-t-il en tapotant le coffret pour illustrer son propos, raconte qu'un navire marchand anatolien chargé de céréales en provenance d'Égypte a dû venir ici trouver un abri après avoir été démâté. Ce sont des petites choses telles que celles-là qui font battre mon cœur.

— Ce ne sont tout de même pas les manuscrits de la mer Morte ! objecta Sophie avec une pointe d'ironie.

— Eh bien, il est possible que monsieur Tout-le-Monde n'y voie pas grand intérêt, mais pour ceux qui consacrent leur vie à l'histoire, c'est comme ouvrir une fenêtre sur le passé, rétorqua Haasis en retirant sa paire de gants blancs. Il faut que je les envoie au laboratoire de l'université pour une analyse approfondie et aussi pour m'assurer de leur conservation, mais je ne peux pas m'empêcher d'y jeter un coup d'œil préalable.

Lorsqu'il se releva pour s'étirer, il ne lui restait que trois boîtes à examiner.

— Où est donc passé Dirk ? demanda-t-il. Je ne l'ai pas vu depuis qu'il m'a donné la dernière.

Sophie haussa les épaules en affectant une expression d'indifférence, mais elle se posait la même question depuis un moment. Après l'invitation du jeune homme, l'après-midi semblait avoir passé en un éclair. Elle s'était même esquivée pour faire un brin de toilette et se brosser les cheveux, furieuse pour la première fois de sa vie de ne pas avoir emporté de trousse de maquillage. Elle sentit soudain son cœur cesser de battre lorsqu'une haute silhouette entra dans la tente derrière elle. Elle se retourna et fut déçue de constater que ce n'était que Sam.

— Vous êtes prêts pour le dîner ? Ce soir, le réfectoire nous propose des spaghettis et des boulettes, annonça-t-il.

À en juger par la traînée de sauce rouge qui lui maculait le menton, Sam s'était déjà intéressé de près au menu du jour.

— Voilà qui me paraît appétissant, répondit Haasis. Sophie, allons donc nous restaurer.

La jeune femme s'efforça de cacher sa déception du mieux qu'elle le pouvait et se dirigea avec lenteur vers la sortie.

— Nous sommes prêts pour cette nuit, Sam ?

Son assistant hocha la tête.

— Raban et Holder devraient arriver d'ici une heure. Je leur ai dit que nous assurerions la surveillance jusqu'à minuit.

— Le professeur Haasis nous a proposé une tente, et je crois que je resterai ici cette nuit. Si vous voulez, vous pourrez rentrer en voiture avec les autres.

— C'est ce que je vais faire, en effet. Je n'éprouve plus autant de plaisir à dormir par terre que quand j'avais treize ans, répondit Sam en se frottant le dos.

Lorsqu'ils sortirent de la tente, Dirk se tenait dehors, une serviette de bain sur le bras comme un serveur de restaurant. Il portait un pantalon en toile et un polo, et Sophie ne put s'empêcher de constater à quel point ce souci de simple élégance le rendait séduisant. Elle eut du mal à réprimer un sourire.

— Je crois que nous étions convenus d'un dîner, lui dit-il avec une légère inclinaison du buste.

— Je l'avais presque oublié, mentit Sophie.

Il prit son bras et l'escorta tandis qu'ils marchaient derrière Sam et Haasis vers la tente qui faisait office de réfectoire. Sophie s'apprêtait à suivre les deux hommes, mais Dirk l'entraîna dans la direction opposée.

— Nous n'allons pas manger avec les autres ?

— Non, à moins que vous ne mouriez d'envie de dévorer des spaghettis en conserve.

— Ce n'est pas le cas, avoua-t-elle en secouant la tête.

— Très bien, alors je vous invite au cap Pitt.

Il conduisit Sophie vers le rivage, et ils marchèrent un court instant sur le sable. Lorsqu'ils atteignirent une pointe rocheuse qui s'avançait dans la mer, Dirk l'aida à prendre pied sur la surface parsemée de galets.

— C'est le site d'un ancien palais romain, lui fit remarquer Sophie, qui se souvenait de l'époque où une vaste structure comprenant des colonnes grecques et une piscine ornementale y avait été découverte.

— Beaucoup de gens pensent que c'était le palais d'Hérode, bâti après la construction du port, répondit Dirk, montrant ainsi qu'il s'était plongé dans l'étude de l'histoire de Césarée.

— Je ne me souviens pas d'avoir vu le moindre restaurant dans les parages, le taquina Sophie en souriant.

— Il se trouve juste derrière ce dernier mur.

Ils grimpèrent à travers les ruines jusqu'au sommet du promontoire. Après être passés devant un muret écroulé, ils arrivèrent sur une niche abritée qui dominait le rivage. Sophie éclata de rire lorsqu'elle aperçut une glacière et un petit réchaud japonais de type *hibachi* aux braises rougeoyantes.

— Bienvenue au café Hérode ! J'espère qu'un repas en plein air ne vous fait pas peur, annonça Dirk en étalant sa serviette sur le sol avant de sortir une bouteille de vin blanc de la glacière et de leur verser chacun un verre. Aux idiots du monde entier, poursuivit-il en trinquant avec Sophie, qui rougit un instant avant de déguster le breuvage.

— Quel est le menu ? demanda-t-elle pour changer de sujet.

— Du loup frais, pêché cet après-midi même par votre serviteur. Grillé au citron et à l'huile d'olive, et accompagné d'un kebab de légumes biologiques provenant d'un kibboutz tout proche, détailla Dirk en lui montrant deux brochettes garnies de poivrons, de tomates et d'oignons.

— Je suis heureuse d'avoir échappé aux spaghettis !

Dirk posa les brochettes et deux filets de poisson sur le petit grill et le repas ne tarda pas à être servi. Sophie apprécia à leur juste valeur la fraîcheur et la saveur des produits et dévora avec appétit le contenu de son assiette.

— C'était délicieux, dit-elle. Vous êtes sûr de ne pas être un chef professionnel ?

— Loin de là, répondit Dirk en riant. Si vous m'enfermez dans une cuisine, je n'irai guère au-delà du beurre de cacahuètes et des sandwiches. Mais donnez-moi un bon grill et là, je me déchaîne !

Pendant qu'il découpait un petit melon en guise de dessert, Sophie lui demanda s'il aimait son travail à la NUMA.

— Je n'aurais jamais pu rêver d'un meilleur boulot. Je travaille en mer ou dans un environnement maritime, presque partout dans le monde. La plupart de nos missions sont à la fois passionnantes et essentielles pour la préservation des océans. Et puis je travaille en relation étroite avec ma famille.

Il remarqua aussitôt une fugitive expression d'inquiétude sur le visage de Sophie.

— Mon père est directeur de la NUMA, lui expliqua-t-il. Et Summer, ma sœur jumelle, y travaille en tant qu'océanographe. Et c'est d'ailleurs grâce à papa que j'ai pu venir en Israël. Il m'a remplacé sur un projet d'étude que nous menons sur les côtes turques.

— Le professeur Haasis m'a dit qu'il avait plusieurs vieux amis à la NUMA, une organisation qu'il tient d'ailleurs en très haute estime.

— Il a lui-même accompli un excellent travail ici, répondit Dirk.

— Vous ne resterez donc pas longtemps à Césarée ?

— Je crains que non. Encore deux semaines, et je devrai regagner la Turquie. Mais à votre tour, à présent, ajouta Dirk en lui tendant une assiette de melon. Comment en êtes-vous venue à pratiquer l'archéologie avec une arme à la ceinture ?

— En raison d'une passion pour la géologie et l'histoire, transmise par mon père dès mon plus jeune âge. J'adore l'archéologie, fouiller le passé, mais j'ai toujours souffert de voir nos trésors culturels pillés pour le seul appât du gain. En travaillant pour l'Autorité des antiquités, je sens que je peux agir, même si les « méchants » sont bien plus nombreux que nous.

Dirk fit un geste en direction du rivage.

— Césarée a déjà été bien explorée depuis des siècles. Vous pensez que les fouilles du professeur représentent un risque réel ?

— Vos découvertes d'aujourd'hui prouvent qu'il reste encore des richesses culturelles à trouver. Mais je m'inquiétais plutôt pour le site de la tombe, car un journaliste en a parlé de façon assez imprudente dans la presse. Et la présence hier de quelqu'un qui se faisait passer pour un agent de l'Autorité des antiquités contribue à brouiller les pistes.

— Au moins, nous n'avons exhumé ni or ni autres trésors. Si un pilleur s'avise de mettre le site à sac, il sera déçu.

— Vous seriez surpris des goûts et des attentes des collectionneurs « haut de gamme ». Ces rouleaux de papyrus pourraient atteindre une petite fortune au marché noir. En ce qui me concerne, je serai rassurée lorsque le professeur Haasis les aura fait mettre en sécurité à l'université d'Haïfa.

Sophie consulta soudain sa montre.

— Je suis désolée, mais je crois qu'il faut que j'aille coordonner notre mission de surveillance.

Dirk lui servit un demi-verre de vin.

— Une dernière gorgée pour la route ?

Sophie hocha la tête et prit son verre tandis que Dirk s'asseyait près d'elle avec le sien. Le ressac martelait les rochers autour d'eux tandis qu'un crépuscule d'un bleu profond s'étendait au-dessus de leurs têtes. C'était un instant romantique, tel que Sophie n'en avait pas connu depuis longtemps.

— Je suis désolée de m'être montrée si impatiente aujourd'hui, lui murmura-t-elle.

Il se pencha et l'embrassa avec douceur, s'attardant à peine sur ses lèvres.

— La prochaine fois, tu me feras peut-être des compliments ? demanda-t-il en la tutoyant pour la première fois.

Blottis l'un contre l'autre, ils finirent leurs verres, puis Sophie se força à mettre un terme à leur moment d'intimité. En se tenant la main, ils reprirent le même chemin qu'un peu plus tôt sur la plage et la colline jusqu'au camp. Une guirlande d'ampoules alimentées par un groupe électrogène s'étirait au-dessus des tentes, illuminant le lieu d'une lueur blafarde. Assis sur un muret, Sam parlait à deux hommes habillés de vêtements sombres.

— Ma tente est la dernière sur la gauche, dit Dirk à Sophie. Tu me promets de faire en sorte que les voleurs ne viennent pas troubler mon sommeil ?

— Bonne nuit, Dirk.

— Bonne nuit.

Dirk observa la jeune femme qui rejoignit ses collègues, puis se retourna en face de la rangée de tentes. Avant de regagner la sienne pour dormir, il se dirigea vers celle, encore éclairée, où se trouvaient les objets. Haasis était penché sur un rouleau de papyrus, une loupe à la main.

— Des découvertes significatives ?

Le professeur releva la tête un instant, puis se replongea dans l'étude du papyrus.

— Rien d'essentiel, mais c'est tout de même fascinant. Venez jeter un coup d'œil, je crois que cela va vous intéresser.

Dirk s'approcha et examina par-dessus l'épaule d'Haasis la fine couche de papier fibreux recouverte de caractères gras et déliés.

— Je dois dire que pour moi, c'est du chinois, avoua-t-il avec un sourire.

— Oh, je suis désolé ! s'excusa Haasis. Je vais vous en donner une traduction approximative. Ce rouleau traite de l'activité du port aux alentours de 330 après Jésus-Christ, si je ne me trompe pas. On y trouve une brève description d'un navire de voleurs chypriotes capturé, alors qu'il dérivait, par une trirème romaine. Le bâtiment fut remorqué jusqu'à Césarée, où les autorités du port constatèrent que ses ponts étaient couverts de sang. Ils y trouvèrent aussi une petite cache contenant des armes romaines. La plupart des hommes d'équipage portaient des traces de blessures dues à un combat récent.

— C'étaient des pirates ? l'interrogea Dirk.

— Oui, c'est probable. L'incident causa quelque agitation, car on découvrit à bord les armes personnelles d'un centurion du nom de Plautius, qui fut identifié comme membre de la *Scholæ Palatinæ*, dont j'ignore tout.

— J'imagine que pour ces voleurs, les conséquences furent assez déplaisantes ?

— En effet. Le bâtiment fut remis en service en tant que navire marchand impérial, et l'équipage exécuté de façon sommaire.

— Une justice expéditive ! commenta Dirk en prenant une des boîtes en céramique. Tous les rouleaux contiennent-ils des récits aussi palpitants ?

— Pour un voyeur du passé tel que moi, oui, répondit Haasis en souriant, avant d'enrouler le document et de le remettre en place. J'ai examiné la majorité d'entre eux ; ce sont surtout des rapports concernant les revenus et activités du port. Pris un par un, on n'y trouve rien de sensationnel, mais vus dans leur ensemble, ils nous offrent une image unique de la vie quotidienne des gens il y a presque deux mille ans.

Il enveloppa la boîte dans un linge et la déposa sur un classeur à tiroirs, puis éteignit la lampe qui se trouvait à proximité. Les autres étaient elles aussi empaquetées avec soin et rangées dans des conteneurs en plastique pour être envoyées à l'université.

— Je garde un petit quelque chose à étudier demain matin, conclut-il avec un bâillement. Vous pensez avoir effectué une exploration exhaustive de la chambre sous-marine ?

— Je le crois, mais je vais emprunter l'une de vos truelles et vérifier, pour le cas où quelque chose m'aurait échappé.

— Je n'aurais jamais pensé que le fait d'inviter un ingénieur naval aurait généré pour moi une telle quantité de travail, dit Haasis en accompagnant Dirk hors de la tente.

Au sommet de la colline, ils aperçurent Sophie qui faisait le tour du site avec l'un de ses agents.

— En venant à Césarée, je n'aurais quant à moi jamais cru faire des découvertes aussi merveilleuses, répondit Dirk avec un clin d'œil avant de s'éloigner et de regagner sa tente pour la nuit.

14

Lorsqu'une rafale crépita soudain, Dirk se dressa sur son lit de camp.

Les tirs paraissaient proches à un point alarmant. Dirk perçut des cris, puis la riposte d'une arme de poing. Il enfila en toute hâte son short et ses sandales, puis jaillit hors de la tente alors qu'une cascade de nouvelles rafales provenant de plusieurs tireurs retentissait plus haut que le campement. Ses premières pensées encore embrumées de sommeil furent pour Sophie, mais il devait avant tout réagir vite. Il entendit des pas et aperçut deux silhouettes qui dévalaient le sentier en brandissant des fusils d'assaut.

Dirk s'accroupit aussitôt derrière la paroi latérale de sa tente, puis se précipita vers un petit mur de soutènement qui se trouvait derrière lui. Il le chevaucha en silence et s'éloigna à couvert du camp. Derrière celui-ci se trouvaient les ruines de plusieurs bâtiments de l'ancienne cité portuaire. Il se faufila à travers les amas de débris patinés par les siècles en suivant une pente légère jusqu'à un petit espace cloisonné, où une barrière de pierres sombres lui offrait une cachette d'où il pouvait observer l'ensemble du site.

Si sa réaction rapide lui avait permis de s'échapper, ses camarades n'avaient pas eu la même chance. Sophie s'était manifestée tout de suite après lui ; elle était sortie en coup de vent de sa tente proche du sentier, pistolet à la main. Mais l'un des assaillants, tout proche, braqua son fusil d'assaut sur elle avant même qu'elle puisse chasser les dernières vapeurs du sommeil. Elle n'eut d'autre choix que de laisser tomber son pistolet sur le sol. Le bandit lui lança un vicieux coup à l'épaule avec son arme, et elle tomba à genoux.

— Que se passe-t-il ici ? cria Haasis en sortant de sa propre tente à moitié habillé.

— Silence, lui intima l'autre brute en lui frappant les côtes du canon de son fusil.

Le professeur s'effondra en avant et émit un halètement douloureux lorsque son corps heurta le sol. Sophie rampa vers lui et l'aida à se relever. Tous deux vacillèrent, soudain vulnérables sous l'éclairage du campement. Un autre brigand apparut sur le sentier et prit en charge la surveillance d'Haasis et de la jeune femme, tandis que les autres faisaient sortir les étudiants de leurs tentes. Sophie jeta un coup d'œil vers celle de Dirk et constata avec une surprise muette que les deux hommes n'y trouvèrent personne.

Plus haut sur le sentier, on entendit un soudain vacarme, puis d'autres silhouettes se matérialisèrent. L'un des agents de l'Autorité des antiquités, dont le bras ne formait plus qu'un amas sanglant, titubait en descendant la pente tout en s'efforçant de soutenir Sam. L'adjoint de Sophie avait une mauvaise entaille en travers du front et il chancelait, hébété. Les deux autres hommes de main qui les suivaient poussèrent les blessés dans l'enceinte.

— Sam, tu vas bien ? s'écria Sophie en s'approchant avec prudence de ses deux collègues.

Elle empoigna Sam et l'aida à s'étendre sur le sol près des autres captifs déjà assis. L'une des étudiantes prodigua aussitôt des soins à l'agent Raban en enveloppant son bras d'une chemise déchirée, et Sophie posa la paume de sa main sur le front ensanglanté de Sam.

— Où est Holder ? demanda-t-elle à Raban.

Celui-ci lui lança un regard accablé et secoua la tête.

Haasis commençait à se remettre du coup qui lui avait été asséné. Il se leva pour faire face aux voyous.

— Qu'est-ce que vous voulez ? cria-t-il. Vous ne trouverez rien ici qui justifie de tuer qui que ce soit !

Sophie observa alors pour la première fois le groupe armé. Ils semblaient être arabes, et portaient un foulard noir qui couvrait le bas de leur visage. Pourtant, ce n'étaient pas des pilleurs de tombes ordinaires, avides de gagner quelques shekels avec de vieilles poteries. Ils étaient vêtus de treillis sombres de type militaire et de bottes noires qui paraissaient presque neuves, et étaient équipés de fusils d'assaut AK-74 modernes, successeurs de la vénérable Kalachnikov AK-47. Sophie se demanda un instant s'il pouvait s'agir d'un commando de militants arrivés par erreur sur le site. Mais elle fut vite détrompée lorsque l'un d'eux s'adressa à Haasis.

— Le rouleau. Où est-il ? cracha celui qui, selon toute vraisemblance, était le chef du gang, un homme aux sourcils marqués dont la mâchoire était barrée d'une profonde cicatrice.

— Quel rouleau ? demanda Haasis.

L'homme mit la main sous sa veste de treillis et sortit un petit pistolet SIG-Sauer de son holster. D'un air dégagé, il visa la cuisse du professeur et fit feu.

En entendant la détonation, l'une des étudiantes poussa un hurlement ; Haasis s'affala sur le sol en étreignant sa jambe au-dessus de la blessure qui saignait en abondance.

— Les rouleaux sont dans la grande tente, lança aussitôt Sophie en indiquant la direction. Inutile de tirer.

L'un des hommes courut vers la tente, qu'il fouilla pendant quelques minutes avant d'en sortir avec une boîte de céramique dans une main et un rouleau de papyrus dans l'autre.

— Il y a beaucoup de rouleaux dans des conteneurs en plastique. Plus d'une douzaine, annonça-t-il.

— Prends-les tous, ordonna le chef avant de hocher la tête en direction des captifs. Emmenez-les à l'amphithéâtre, dit-il à deux de ses hommes, qui s'avancèrent et firent signe aux prisonniers de se lever.

Sophie aida Sam à se mettre debout tandis que deux étudiants soutenaient le professeur. Les captifs furent conduits, non sans quelques bourrades, le long du sentier qui menait à la plage. Le leader balafré entra dans la tente aux objets et arracha le rouleau des mains de son subordonné. Il passa plusieurs minutes à l'examiner à la lueur de l'une des lampes suspendues, puis saisit la boîte en céramique et ordonna à son comparse d'aller chercher leur camion, garé à l'extérieur du site.

Dirk observa la scène depuis sa cachette jusqu'à ce que Sophie et les autres aient quitté le camp. Il rampa à travers les ruines et s'approcha de la plage en suivant un chemin parallèle à celui des prisonniers. Son esprit bouillonnait à la recherche d'un moyen de sauvetage ou d'un objet qu'il puisse utiliser comme arme, mais contre des hommes équipés de fusils automatiques, il se trouva vite à court d'idées.

À distance du campement, la luminosité était faible, et il s'efforça de ne pas trébucher sur le sol rocheux. Un rayon lumineux dansait sur sa droite, celui d'une torche que portait le garde à la tête du groupe. Le sol s'aplanit lorsque Dirk traversa ce qui avait autrefois été une route pavée. Le faisceau lumineux disparut derrière un mur à moins de quinze mètres de lui, mais il percevait encore les pas des captifs. De crainte que les assaillants du camp entendent les siens, il s'arrêta et se baissa pendant une minute ou deux jusqu'à ce que la procession l'ait devancé, puis poursuivit son chemin à l'abri du mur. Le gravier crissa sous ses pieds alors qu'il approchait de la barrière. À tâtons, il se glissa jusqu'à son extrémité, puis regarda vers le bord pour repérer la lampe.

Il sentit soudain le froid contact de l'acier qui s'enfonçait sur le côté de sa gorge et lui bloquait presque la trachée. Il redressa la tête ; l'un des hommes au visage masqué d'un foulard se dressa de l'autre côté du muret et enfonça encore plus le canon de son fusil d'assaut dans la chair de son cou. Malgré le peu de lumière, Dirk surprit une hostilité malveillante dans les yeux noirs de l'Arabe.

— Pas un geste ou vous êtes mort.

15

Le canon ne quitta pas un instant la nuque de Dirk alors qu'il remontait le sentier jusqu'au campement. On le poussa dans la tente aux objets, où l'un des voleurs empilait les conteneurs destinés à être évacués. L'homme avait laissé glisser son foulard, et Dirk put observer ses traits, qui évoquaient l'image d'une fouine. Une seconde plus tard, le leader de la bande entra à son tour.

— Couvre ton visage ! lança-t-il en arabe à son subordonné, qui remit aussitôt le foulard en place avec un regard à la fois indigné et résigné.

Le chef se tourna alors vers Dirk et l'autre garde.

— Pourquoi as-tu amené cet homme ici ?

— J'ai compté les tentes occupées, et j'ai vu qu'il manquait quelqu'un. Je l'ai repéré alors qu'il suivait ses amis vers la plage, répondit l'homme en montrant les lunettes de vision nocturne qui avaient permis de déjouer le stratagème du jeune Américain.

Le chef hocha la tête et jeta un coup d'œil vers Dirk.

— Dois-je le tuer ici ou le faire rejoindre les autres ?

Le chef secoua la tête.

— Ligote-le et mets-le dans le camion. Un otage peut nous être utile jusqu'à ce que nous soyons sortis d'ici.

Il sortit un pistolet et le braqua sur Dirk pendant que son acolyte obéissait à son ordre.

Le garde coupa un morceau de corde de l'auvent de la tente et lia les bras et les poignets de l'Américain derrière son dos, puis le fit sortir et le poussa de son fusil pour le faire grimper sur la colline. Une centaine de mètres plus loin, ils passèrent devant le corps étendu de Holder, l'agent de l'Autorité des antiquités, le visage dans une mare de sang. Non loin, un camion utilitaire délabré avait été déplacé du parking pour être garé près du sentier.

L'homme conduisit Dirk vers l'arrière et le poussa d'un coup violent qui le fit atterrir tête la première sur le plateau du véhicule. Avant qu'il puisse se retourner, le garde grimpa à son tour et lui lia les chevilles avec un morceau restant de sa corde.

— N'essaie pas de quitter ce camion, mon grand ami, ou je te tuerai, menaça-t-il avant d'envoyer à Dirk un coup de pied dans les côtes et de sauter à bas du camion.

Dirk lutta contre la douleur tandis que l'autre s'éloignait vers le camp. Il tenta de dégager ses poignets, mais les liens étaient trop serrés pour qu'il y parvienne. Il se glissa à travers la surface du plateau, chercha à tâtons un outil quelconque pour se libérer, mais ne trouva que les conteneurs en plastique renfermant les objets volés. Il rampa alors pour se retrouver le visage face à l'ouverture de la benne, à l'arrière du camion.

La benne équipée de doubles portes donnait droit sur le sol. Dirk regarda par-dessus le bord du plateau et examina le pare-chocs, une plaque de métal courbée, rouillée, recouverte d'une peinture blanche écaillée. La bordure intérieure était mince et oxydée, mais offrait un bord coupant.

Il lui fallut se livrer à un délicat exercice d'équilibre pour l'atteindre avec ses mains derrière le dos, et sa première tentative faillit l'envoyer rouler par terre. Mais en prenant appui sur une des extrémités, il put presser la corde contre la bordure affûtée et amorcer un mouvement de scie. Il avait à peine commencé à l'effilocher lorsqu'il entendit des pas sur le sentier ; il reprit sa position initiale, allongé les mains sous la taille.

Le premier garde et celui à la tête de fouine apparurent avec d'autres conteneurs en plastique, qu'ils disposèrent sur le plateau. La fouine grimpa à son tour, rangea les récipients vers la cabine et en profita pour faire du zèle au bénéfice de son collègue en gratifiant Dirk d'un nouveau coup de pied dans le dos.

Dirk joua la comédie, poussant des grognements et gémissant comme s'il éprouvait une intolérable souffrance.

L'Arabe émit un gloussement satisfait et plaisanta avec son acolyte en revenant vers le campement. Dirk se remit aussitôt à l'ouvrage en frottant ses liens contre le pare-chocs. Après un dernier effort forcené, la corde finit par céder et il sentit le métal mordre son poignet. Il se dégagea au plus vite les bras et les mains, puis fit une roulade pour se relever et s'attaqua aux liens qui entravaient encore ses chevilles. Mais il hésita soudain en entendant crisser des pas sur le gravier. Un nœud rebelle refusait de céder. Il relâcha la tension de ses jambes et parvint enfin à le défaire. La corde se détendit, et il reprit place sur la plate-forme en entourant ses chevilles des cordes défaites et en s'étendant les bras derrière le dos.

Il n'y avait qu'un seul homme sur le sentier, et Dirk reconnut la fouine. Il ne put réprimer un sourire en voyant que l'homme portait une brassée de conteneurs, mais pas d'arme. La fouine répéta les mêmes gestes en disposant les boîtes sur la benne, puis en montant pour les pousser vers l'habitacle. Dirk reprit ses plaintes et ses grommellements tout en s'efforçant de trouver la meilleure position possible. Il attendit que les récipients soient en place et que la fouine se retourne pour lui infliger son désormais traditionnel coup de pied. Alors que le pied s'apprêtait à frapper, Dirk bondit en avant et roula de toutes ses forces sur l'autre cheville de l'Arabe.

Debout sur une seule jambe, l'homme fut déséquilibré par l'impact. Alors qu'il chancelait, Dirk se releva d'un bond, attrapa la chaussure qui allait le frapper et la souleva vers le ciel. Le bandit s'effondra sur la plate-forme et atterrit sur la tête et les épaules en envoyant voler un trio de conteneurs. L'un d'eux se renversa aux pieds de Dirk et laissa échapper la boîte en céramique qui se trouvait à l'intérieur. Dirk se pencha pour l'attraper, puis plongea en avant et asséna un coup sur la tempe de la fouine, qui tentait à grand-peine de se remettre debout. Le coffret vola en éclats et l'homme s'affaissa, inconscient.

— Désolé pour les dégâts, professeur Haasis, murmura Dirk en ramassant le rouleau de papyrus endommagé pour le mettre dans un autre récipient.

Il ligota son adversaire comme il l'avait été lui-même et sauta du camion.

Le sentier était désert, et Dirk s'approcha de l'avant du camion, dont il chercha en vain les clefs de contact. Il avança sur le parking à pas lents et prudents avant de courir à travers un champ tout proche. À présent averti du danger des lunettes de vision nocturne, il décida que la meilleure solution consistait à disparaître au plus vite.

Il descendit la colline vers la mer, s'abritant derrière des roches basses et des couloirs rocheux pour masquer sa progression. Il envisagea un moment de s'éloigner de Césarée pour obtenir une aide extérieure, mais lorsque la police serait sur les lieux, les brigands seraient sans doute partis depuis longtemps. Et peut-être aussi Sophie, Haasis et les autres.

Il se fraya un chemin entre les ruines d'une résidence vieille de deux mille ans, puis traversa un antique jardin et atteignit un escarpement qui dominait la plage. Sur sa gauche, en contrebas, s'élevait la silhouette d'un amphithéâtre romain. C'était l'une des structures les mieux préservées de Césarée, un impressionnant demi-cercle de sièges de pierre en gradins, presque intact, où l'on donnait encore parfois des concerts et des représentations théâtrales. Les Romains avaient fait preuve d'une intelligence avisée en disposant l'ouverture du demi-cercle en face du rivage pour offrir aux spectateurs, en guise de toile de fond, une vue magnifique sur la Méditerranée.

Dirk grimpa jusqu'à ce qu'il puisse contempler le panorama par-dessus les gradins les plus élevés. Les rayons croisés de deux torches électriques posées sur le sol illuminaient le groupe de prisonniers entassés sur la plage, derrière la scène. Dirk vit deux des hommes armés faire les cent pas dans la lumière et discuter à voix haute pour couvrir le fracas de la mer. Il lui serait difficile de les approcher sans être repéré, avec de grandes étendues de sable de chaque côté et toute la surface de la scène devant eux.

Un brisant à l'écume argentée vint s'écraser sur la plage et continua à rouler jusqu'à une vingtaine de mètres des captifs avant de se dissiper. La marée était presque haute. En voyant une nouvelle vague déferler, Dirk prit sa décision. Les hommes armés qui gardaient leurs otages avaient le dos au large, et ils ne s'attendraient pas à une attaque venant de là. C'était sa seule chance.

Il observa la rive, distinguant à peine la pointe de terre qui s'enfonçait dans les eaux, là où il avait découvert les rouleaux. Il se creusa la tête à la recherche de la meilleure tactique, et se maudit d'avoir ramené son matériel de plongée sous sa tente. Mais il restait le puits d'exhumation encore incomplet. Il pourrait sans doute trouver des outils de creusement à proximité. Sans oublier son groupe électrogène et son appareil de découpe au jet.

Il prit le temps de réfléchir un instant, puis fit une grimace.

— Après tout, mieux vaut un plan irréaliste que pas de plan du tout, murmura-t-il avant de quitter l'escarpement rocheux pour gagner le rivage.

16

Sophie sentait le garde l'observer sans relâche. Marchant en long et en large comme un lion en cage, le plus petit des deux hommes braquait presque à chaque pas ses yeux injectés de sang sur elle. Elle évitait quant à elle tout contact visuel, s'occupait de Sam et de Raban ou regardait vers la mer. Son attitude ne faisait qu'exacerber la frustration du brigand, qui finit par exiger son attention.

— Vous, dit-il en agitant le canon de son arme dans sa direction. Debout !

Sophie se leva d'un mouvement lent, mais garda le regard fixé sur le sol. L'homme de main poussa le canon sous son menton, la forçant à relever la tête.

— Laissez-la tranquille ! s'écria Raban d'une voix qui trahissait son affaiblissement.

Le gardien fit un pas vers lui et lui lança un coup de son pied botté sur le côté de la mâchoire. Raban se recroquevilla et resta étendu sur le sable, hébété, les yeux ouverts.

— Lâche, rugit Sophie qui regarda enfin le garde face à face avec mépris.

Il s'approcha d'elle d'un mouvement lent, remonta son fusil et appuya son canon sur la joue de la jeune femme d'un geste presque doux.

— Tu la trouves à ton goût, Mahmoud ? lança son collègue qui observait la scène, amusé. Elle est jolie, pour une Juive. Et surtout pour un agent de l'Autorité des antiquités ! ajouta-t-il en riant.

Mahmoud ne répondit pas, mais son regard salace semblait déshabiller Sophie. Il fit glisser le canon le long de son cou, puis suivit le bord de sa chemise à col ouvert en pressant le métal froid contre sa peau. Lorsque l'arme atteignit le bouton du haut, il la laissa appuyée dessus. Le bouton ne se défit pas, et il poussa le canon de côté pour tenter d'apercevoir le sein gauche de Sophie.

La jeune femme aurait voulu lui envoyer son genou dans l'entrejambe, mais se décida pour un coup rapide au menton, espérant réduire les chances qu'il l'abatte sur-le-champ. Mahmoud fit un bond en arrière et grogna de douleur en sautant à cloche-pied. Son partenaire rit sans se cacher, ajoutant encore à son humiliation.

— Eh bien, elle est fougueuse, celle-ci. Je dirais qu'elle est un peu trop effrontée pour toi, le railla-t-il.

Mahmoud reprit ses esprits et s'avança vers Sophie. Il était si près qu'elle sentit son souffle humide contre son visage.

— Nous allons bien voir qui est le plus fougueux, siffla-t-il avec un air féroce.

Il se retournait pour tendre son arme à son partenaire lorsque le puissant vrombissement d'un groupe électrogène retentit soudain plus loin près de la plage. Quelques secondes plus tard, le violent martèlement d'une cascade d'eau couvrit le fracas des vagues. Tous les regards se tournèrent dans la même direction, et virent comme un arc argenté, à peine perceptible, qui se dessinait au-dessus de l'horizon.

— Mahmoud, file voir ce qui se passe, ordonna son collègue, soudain sérieux.

Mahmoud se pencha vers Sophie.

— À mon retour, je m'amuserai un peu avec toi, lui glissa-t-il à l'oreille.

Alors qu'il s'éloignait vers la rive, arme au poing, Sophie darda sur lui un regard aussi acéré qu'un poignard, puis s'affaissa sur le sable en essayant de cacher ses mains que la peur faisait encore trembler. Elle s'efforça de se calmer et songea soudain à Dirk ; elle se demanda s'il pouvait avoir un quelconque rapport avec l'agitation qui venait de se produire.

Tandis que la silhouette de Mahmoud disparaissait dans la pénombre, l'autre garde, nerveux, faisait les cent pas devant les prisonniers. Il examina chaque côté de la plage, puis revint vers les captifs et passa le rayon de sa torche sur les gradins vides de l'amphithéâtre. Il n'y vit rien qui puisse l'inquiéter et reprit sa position devant le rivage.

Étendu sur le sol, Sam roula de côté pour parvenir à s'asseoir ; il commençait à reprendre le dessus après le coup reçu à la tête.

— Comment vous sentez-vous, Sam ? lui demanda Sophie.

— À peu près bien, répondit-il d'une voix encore pâteuse.

Il jeta un coup d'œil autour de lui, vit ses camarades d'infortune et sembla retrouver ses repères. Son regard se tourna vers l'homme armé. Il leva un bras hésitant dans sa direction.

— Qui est-ce ?

— Il fait partie des terroristes qui nous retiennent en otages, répondit Sophie avec amertume.

Elle manqua soudain de s'étrangler en prononçant ces mots, car en regardant dans la direction qu'indiquait Sam, elle comprit que ce n'était pas au garde que son adjoint faisait allusion.

Une bonne dizaine de mètres derrière le terroriste, une silhouette encore indistincte venait d'émerger des vagues et se dirigeait tout droit vers lui. Grande et mince, elle tenait un objet massif dans ses bras. Le cœur de Sophie faillit s'arrêter de battre lorsqu'elle reconnut Dirk.

Le garde se tenait dos à la mer, les yeux fixés sur les alentours de l'amphithéâtre. Un simple mouvement de tête lui aurait permis de voir Dirk approcher et lui aurait laissé tout le temps de faire usage de son fusil d'assaut. Sophie comprit qu'elle devait retenir son attention pour couvrir la progression de Dirk.

— Vous… Comment vous appelez-vous ? bégaya-t-elle.

L'homme lui lança un regard interrogateur, puis éclata de rire.

— Mon nom ? Ah ! Vous pouvez m'appeler David, le jeune pâtre qui veille sur son troupeau.

Fier de sa plaisanterie, il observa Sophie, rayonnant. La jeune femme essaya de se concentrer sur lui sans porter son regard plus loin, vers la silhouette qui s'avançait peu à peu.

— Et qu'allez-vous faire des objets, David ? demanda-t-elle au garde en s'efforçant de garder toute son attention.

— Eh bien, les transformer en argent frais, bien sûr, répliqua « David » avec un petit rire.

Ce fut à cet instant qu'il détecta un mouvement derrière lui, mais il fit volte-face trop tard.

Le plat d'une pelle le frappa sur le côté de la tête. Le coup l'étourdit et le fit tomber à genoux alors qu'il cherchait à lever son arme vers son assaillant. Dirk porta un second coup à revers de l'autre côté de son visage, et il s'effondra, inerte.

— Tout le monde va bien? demanda Dirk, dégoulinant d'eau salée, en reprenant son souffle.

Sophie se leva d'un bond et le prit par le bras, soulagée par sa présence.

— Oui, mais il y a un autre garde qui vient d'aller sur la plage.

— Je sais. J'ai mis en marche le jet de découpe pour l'y attirer.

Alors qu'il parlait, Sophie et lui entendirent le groupe électrogène crachoter, puis s'arrêter, mettant un terme au déferlement de la cascade liquide.

— Il va revenir d'ici un instant, souffla Sophie à voix basse.

Dirk prit un court instant pour observer le groupe de captifs. Sam était assis, le regard égaré, appuyé contre l'agent Raban ensanglanté. Le professeur Haasis, étendu avec une jambe enveloppée d'une chemise en guise de pansement, paraissait en état de choc. Les étudiants – deux hommes et trois jeunes femmes – le dévisageaient avec une expression d'angoisse désespérée. Pour Dirk, il était évident que le groupe était hors d'état de fuir de façon rapide et organisée. Il baissa les yeux vers le terroriste inconscient, puis se tourna vers Sophie.

— Aide-moi à lui ôter sa veste de treillis.

Il souleva le torse du sol tandis que Sophie dépouillait l'homme de son ample veste noire. Dirk le saisit sous les bras et le traîna derrière le groupe de prisonniers.

— Enterrez ses jambes et asseyez-vous devant lui, ordonna-t-il aux deux étudiants.

Ceux-ci enfouirent les membres inférieurs du garde sous le sable, puis tentèrent de masquer le reste de son corps en s'installant jambes croisées devant lui.

Dirk lui arracha son foulard, qu'il noua autour de sa tête, puis enfila la veste de treillis noire. Il revint en courant devant les captifs et ramassa le fusil d'assaut.

— L'autre arrive, murmura quelqu'un d'une voix effrayée.

— Rassieds-toi, dit Dirk à Sophie en vérifiant son arme.

C'était un AK-74 produit en série, sans doute entré en contrebande par l'Égypte. Dirk connaissait un peu ce type d'arme, car il en avait essayé un modèle presque similaire dans un club de tir. Il tâta le flanc gauche de la culasse, derrière la poignée, pour s'assurer que le sélecteur de tir était en position automatique, puis tira le levier de chargement. Il leva l'arme et se posta en face du groupe comme pour le surveiller.

Mahmoud apparut sur la plage et remonta vers eux d'un pas lourd avec une moue renfrognée.

— Quelqu'un s'est amusé à faire jaillir une fontaine avec un groupe électrogène, marmonna-t-il. Ça giclait en l'air à quinze mètres.

Dirk continua à tourner le dos à Mahmoud et attendit qu'il s'approche. Lorsqu'il le sentit près de lui, il se retourna avec lenteur et braqua l'AK-74 sur sa poitrine.

— Tu t'es bien occupé de la fille pendant mon absence ? commença Mahmoud avant de se figer.

Il s'aperçut alors que son collègue était comme par miracle devenu plus grand, portait un short mouillé, que des yeux verts le dévisageaient sans sympathie et que le canon d'une Kalachnikov était braqué sur lui.

— Laisse tomber ton arme, lui ordonna Dirk.

Sophie traduisit son ordre en arabe, mais ce ne fut pas nécessaire. Mahmoud comprenait fort bien ce que voulait Dirk. Il regarda Sophie, les étudiants, puis à nouveau Dirk. Des amateurs, se dit-il. Son acolyte, Saheem, s'était peut-être laissé duper, mais il n'avait pas l'intention de suivre son exemple.

— Oui, oui, dit-il en hochant la tête et en commençant à baisser le fusil vers le sol.

Mais d'un brusque mouvement, il tomba sur un genou, mit la crosse de son AK-74 à l'épaule et visa Dirk.

Ce fut l'arme de ce dernier qui partit la première. Quatre balles déchirèrent la poitrine de Mahmoud, le faisant basculer en arrière avant qu'il puisse appuyer sur la détente. Un halètement d'agonie sortit par à-coups de ses lèvres, couvert par le cri d'effroi que poussait l'un des étudiants. Sophie se leva en un éclair et s'approcha de Dirk.

— C'était un porc, dit-elle en contemplant le cadavre.

Dirk prit une longue inspiration pour calmer les battements de son cœur, puis fit un pas vers Mahmoud et s'empara de son AK-74. On entendit soudain sur la plage l'écho du klaxon du camion qui beuglait au-dessus de la colline.

— Sans doute l'appel aux armes, constata Dirk. Il faut filer d'ici ; ils ne doivent pas nous repérer.

Il s'avança vers le groupe et s'adressa à l'un des étudiants, un jeune homme sec aux longues jambes.

— Thomas, il faut que tu ailles nous chercher de l'aide. Tu verras un lotissement plus loin sur la plage, à moins de deux kilomètres. Trouve un téléphone et vois si tu peux rameuter la police au plus vite. Mais préviens-les de ce qui les attend.

Le jeune homme se leva, regarda ses amis d'un air hésitant, puis il se retourna et se mit à courir sur le sable. Dirk jeta un coup d'œil circulaire avant de faire face au groupe.

— Nous devons partir avant qu'ils viennent chercher leurs amis. Pour commencer, voyons si nous pouvons passer par l'arrière de l'amphithéâtre.

— Il y en a un qui bouge, répondit l'un des étudiants en s'approchant de la silhouette allongée de Saheem.

— Laissez-le, dit Dirk avant de faire un pas vers Sophie et de lui tendre l'un des fusils d'assaut. Tu as servi dans les Forces de défense d'Israël ?

— Oui, j'ai fait mes deux ans, acquiesça-t-elle.

— Tu peux couvrir notre retraite ?

— Je peux essayer.

Dirk se pencha et l'embrassa sur le front.

— Ne t'éloigne pas de nous.

Dirk alla aider le docteur Haasis à se relever. Après le choc de sa blessure, les yeux du professeur semblaient éteints et sa peau était blafarde. Avec l'assistance de l'autre étudiant, Dirk le fit avancer sur le sable et, suivi par les autres, se dirigea vers la scène de l'amphithéâtre et les gradins les plus éloignés. Sophie marchait à quelques pas de distance et son regard tentait de percer l'obscurité à la recherche d'éventuelles menaces.

Haletant, Dirk traîna le poids mort du professeur à l'arrière de l'imposante structure. Tout près de là, adossée au flanc du théâtre, se trouvait une remise construite pour abriter du matériel de sonorisation. Dirk tira Haasis derrière la petite construction et le posa au sol avec délicatesse. Les étudiants et les agents blessés se laissèrent tomber près du professeur tandis que Sophie les rejoignait.

— Nous allons rester en position ici en attendant la police, annonça Dirk, convaincu que l'endroit pouvait être défendu.

— Dirk, je vois des lumières sur le sentier, l'avertit Sophie.

Ils jetèrent un coup d'œil au coin de la remise et aperçurent deux lueurs diffuses qui descendaient la piste avec des soubresauts. Les rayons lumineux avançaient avec lenteur le long de la plage, parfois accompagnés de voix qui semblaient appeler un nom. L'un des faisceaux éclaira un instant Saheem, qui parvenait à tenir debout, mais en vacillant, hébété. Le corps de Mahmoud fut bientôt découvert, suscitant des murmures frénétiques. Une torche pivota et balaya l'intérieur de l'amphithéâtre. Dirk passa un bras autour des épaules de Sophie et la fit reculer du bord.

— Désolé, murmura-t-il en ne desserrant qu'à peine son étreinte. Ils ont des lunettes de vision nocturne.

Sophie glissa son bras autour du torse de Dirk et se pencha en arrière. Ils restèrent agrippés l'un contre l'autre pendant une minute, puis Dirk risqua un nouveau coup d'œil. À son grand soulagement, les deux lumières continuaient à progresser sur la plage et il les vit bientôt remonter la colline. Quelques instants plus tard, on entendit le grondement à peine audible du camion qui quittait le site.

Un hurlement de sirènes résonna et des gyrophares apparurent dix minutes plus tard. Dirk et Sophie revinrent au camp au moment où une patrouille de policiers, équipés de puissantes torches et accompagnés de bergers allemands, dévalait le long du sentier. Ils les guidèrent jusqu'à l'amphithéâtre, d'où le professeur Haasis et les agents blessés furent évacués en urgence par ambulance. Dirk remarqua que le corps de Mahmoud avait disparu, hissé en haut de la colline par ses camarades avant leur fuite avec le butin.

Après un interrogatoire exhaustif mené par la police, Dirk alla inspecter la tente. Comme il s'y attendait, toutes les boîtes contenant les rouleaux s'étaient volatilisées. En revanche, les objets de l'antique entrepôt maritime étaient toujours éparpillés sur les tables, dans divers états de conservation et à des stades variés d'analyse. Il sortit et vit Sophie s'approcher du parking. À la lumière des lampes suspendues, il constata que ses yeux étaient rougis, et qu'elle paraissait trembler. Dirk la rejoignit et la prit par la main.

— Ils viennent d'emmener Arie Holder, lui annonça-t-elle. Abattu pour quelques stupides antiquités.

— Ils avaient aussi peu de scrupules à tuer qu'à voler. Mais ils n'ont dérobé que les rouleaux, et ne semblaient pas se soucier du reste, répondit-il en indiquant la tente d'un mouvement de tête.

Les traits de Sophie se durcirent.

— C'est ce soi-disant agent qui les a renseignés. Cette jeune étudiante, Stéphanie, croit l'avoir reconnu ici cette nuit.

— Une idée sur qui aurait pu recourir à une stratégie de commando comme celle-là pour s'approprier des antiquités illégales ?

Sophie hocha la tête.

— Je ne peux pas écarter les « Mules ». Un gang de contrebandiers libanais qui ont peut-être partie liée avec le Hezbollah. Ils sont surtout connus pour leur trafic d'armes et de drogue, mais il leur est déjà arrivé de s'intéresser aux antiquités. À ma connaissance, ce sont les seuls qui seraient prêts à tuer pour cela.

— Ces rouleaux ne doivent pas être une marchandise facile à monnayer au marché noir.

— Ils ont sans doute déjà été payés pour leur travail. Il s'agissait à coup sûr d'un contrat pour un riche acheteur. Quelqu'un qui peut se permettre d'ignorer les frontières.

— Capture-les, dit Dirk d'un ton calme.

— Ne serait-ce que pour Holder, j'en ai bien l'intention, répliqua Sophie d'une voix ferme.

Elle contempla la mer un instant avant de tourner son regard vers Dirk, son expression à présent plus sereine.

— Je suis certaine qu'aucun de nous ne serait vivant en ce moment si tu n'étais pas apparu sur cette plage.

— Je voulais être sûr d'obtenir un second rendez-vous, répondit Pitt en souriant.

Sophie se leva et l'embrassa sur la joue.

— Je pense que c'est une chose que je peux te promettre sans risque de me tromper.

17

Dans le hall du terminal, Pitt laissa échapper un long soupir de soulagement. Il regarda par la baie vitrée ; l'avion de Loren s'éloignait de la porte d'embarquement et se dirigeait vers une file d'appareils qui s'apprêtaient à décoller de l'aéroport international Atatürk. Il pouvait enfin se détendre, sachant sa femme hors de danger.

Depuis le moment où, sur le quai de Yeniköy, il avait vu partir sur le Bosphore ses assassins en puissance, Pitt et Loren avaient traversé une période de dangereuse incertitude. Une fois tirés d'affaire, ils s'étaient hâtés de prendre un taxi pour regagner Istanbul, puis s'étaient faufilés par l'entrée de service pour faire leurs valises et régler leur note. Ils avaient ensuite sillonné la ville en tous sens pour déjouer une éventuelle filature et pris leurs quartiers pour la nuit dans un modeste hôtel proche de l'aéroport.

— Nous aurions dû nous rendre à la mission américaine pour les informer de l'affaire, avait alors dit Loren avant de pénétrer dans leur chambre sans attrait. Au moins, ils auraient assuré notre sécurité dans un bon hôtel.

— Tu as raison. Au bout de trente-six réunions avec une douzaine de bureaucrates, ils auraient mis à peine dix jours à nous trouver un endroit sûr.

Pitt n'était cependant pas surpris que Loren n'ait pas voulu recourir aux services diplomatiques. Elle était membre du Congrès depuis des années, mais il était rare qu'elle sollicite le moindre traitement de faveur.

— Cela dit, le Département d'État va en entendre parler, répondit-elle. Ces tristes individus devraient être derrière les barreaux.

— Si tu veux faire un scandale, ne te gêne pas, mais attends au moins d'être de retour et en sécurité aux États-Unis !

Ils avaient échangé leurs billets d'avion, et Pitt avait accompagné Loren au départ du premier vol en partance pour Washington. Avant de s'envoler pour l'île de Chios, Pitt avait du temps à tuer, aussi tenta-t-il d'appeler le docteur Ruppé après avoir pris un petit déjeuner dans un café du terminal. Il fut surpris de constater que l'archéologue répondait depuis le numéro romain qu'il lui avait indiqué.

— Tu appelles de l'aéroport ? demanda Ruppé alors qu'un haut-parleur, juste au-dessus de la tête de Pitt, diffusait à plein volume une annonce d'embarquement.

— Oui, Loren vient de prendre son vol et j'attends le mien.

— Je pensais que vous resteriez à Istanbul un jour de plus.

Pitt l'informa alors de leurs aventures sur le Bosphore.

— Dieu merci, vous êtes sains et saufs, lança Ruppé, sous le choc du récit de son ami. Ces gars sont en tout cas bien informés. Tu es allé voir la police ?

— Non, répondit Pitt. Ces types étaient au courant de toutes nos allées et venues, et j'étais un peu méfiant.

— Tu n'as sans doute pas tort. La police turque a la réputation d'être plutôt corrompue. Et si j'en juge par mes propres mésaventures, tu avais raison de te montrer prudent.

— Que s'est-il passé ?

— J'ai reçu un appel de mon assistant au musée. Quelqu'un s'est introduit dans mon bureau pour le fouiller, alors qu'il faisait encore jour. La bonne nouvelle, c'est qu'ils n'ont pas trouvé mon coffre-fort, et ta couronne en or est en sécurité.

— Et la mauvaise nouvelle ?

— Ils ont emporté les pièces et certains de mes documents, dont tes cartes indiquant l'emplacement de l'épave. Je n'en suis pas certain, mais il semble exister un lien entre tous ces événements. Il ne m'était jamais rien arrivé de ce genre.

— Un effet des fuites en provenance de la police turque ?

— C'est bien possible. Mon assistant est allé leur déclarer l'incident, et ils mènent une enquête. Mais comme dans l'affaire de Topkapi, ils disent ne disposer d'aucune piste.

— Ils ne devraient pourtant pas en manquer à l'heure qu'il est, déplora Pitt.

— Eh bien, je crois que nous ne pouvons pas faire grand-chose de plus. Dès mon retour à Istanbul, je ferai procéder à un examen de la couronne et à une interprétation des résultats.

— Prends soin de toi, Rey. Je te rappelle dans quelques jours.

Pitt raccrocha. Il espérait que son implication dans les événements de Topkapi arrivait enfin à son terme.

Mais au fond de lui, il savait qu'il n'en était rien.

18

Depuis son perchoir rocheux sur la côte turque, la villa de style marocain offrait une vue saisissante. Elle n'était pas aussi démesurée que certaines riches propriétés en bord de rivage, mais elle avait été construite avec un goût du détail non dépourvu de finesse. Des céramiques aux subtils vernis couvraient tous les murs extérieurs, et des flèches miniatures ornaient le faîte des toits. L'aspect fonctionnel l'emportait pourtant sur l'opulence, et l'accent était mis sur l'intimité et l'agrément des résidents. Un haut mur de pierre entourait le domaine, qu'il protégeait du regard des habitants comme des touristes qui empruntaient la route du littoral pour se rendre à la station balnéaire toute proche de Kusadasi.

Ozden Celik se tenait devant une vaste baie vitrée et son regard se portait, au-delà de la mer bleue étincelante, vers les contours à peine visibles de l'île de Samos, à vingt-cinq kilomètres de la côte.

— C'est une honte que les îles de notre littoral aient été annexées par une nation étrangère, dit-il d'un ton amer.

Maria, assise à un bureau, passait en revue une pile de documents financiers. La pièce éclairée par le soleil offrait une décoration similaire à celle du bureau du Bosphore, avec des tapis tribaux et des antiquités de l'ère ottomane sur les murs et les étagères.

— À quoi bon ruminer les faiblesses et les manquements des hommes du passé ?

— Ces terres étaient les nôtres lorsque Soliman régnait. C'est le « grand » Atatürk qui a bradé notre empire, répondit Celik d'un ton sarcastique.

Maria, qui avait entendu des dizaines de fois son frère pester contre le fondateur de la Turquie moderne, ignora son commentaire.

— Personne ne peut oublier notre héritage ni s'opposer à notre légitime destin, poursuivit Celik.

Maria hocha la tête d'un air tranquille.

— Le virement du cheik a été crédité, lui annonça-t-elle en lui montrant un avis bancaire.

— Vingt millions d'euros ?

— Oui. Combien as-tu promis au mufti ?

— Je lui ai dit qu'il pouvait s'attendre à recevoir douze millions, alors donnons-lui quatorze et gardons le solde, comme d'habitude.

— Pourquoi se montrer si généreux ? demanda Maria.

— Il est important d'entretenir sa confiance. Et puis je serai mieux en mesure de peser sur l'attribution des fonds.

— J'imagine que tu as établi une stratégie à ce sujet ?

— Bien entendu. Les avocats et les pots-de-vin aux autorités judiciaires en absorberont une bonne partie, car nous devons nous assurer que le parti de la Félicité, avec le mufti Battal en tête de liste, sera présent aux élections le jour venu. Le restant sera utilisé pour les dépenses politiques traditionnelles : les meetings, la propagande, sans oublier la levée de nouveaux fonds.

— Les coffres du mufti doivent se remplir vite ; il pressure les mosquées, et sa popularité ne cesse de grimper.

— Et s'il y parvient, nous pouvons à juste titre nous en attribuer le mérite, répondit Celik d'un ton suffisant.

Il avait fallu plusieurs années à Celik pour trouver le dirigeant islamique susceptible de servir ses buts et le circonvenir. Pour diriger le mouvement, le mufti Battal offrait le mélange idéal d'ego et de charisme, tout en restant malléable. Grâce aux campagnes de corruption et de menaces orchestrées par Celik, le mufti s'était assuré d'un large soutien des fondamentalistes à travers toute la Turquie et était parvenu à créer un véritable mouvement national. Dans les coulisses, Celik s'apprêtait à donner à cette organisation religieuse une dimension politique. Assez intelligent pour comprendre que ses aspirations personnelles rencontreraient une forte résistance dans certains milieux, il préférait accrocher son propre wagon au train en marche du mufti.

— Si l'on en croit les médias, l'indignation causée par le vol au palais de Topkapi est à son comble, reprit Maria. L'incident est considéré comme un affront envers les croyants. Je serais surprise si cela ne faisait pas encore gagner un ou deux points de popularité au mufti.

— C'était bien le but recherché, dit Celik. Je dois veiller à ce qu'il publie un communiqué pour condamner avec fermeté cet odieux forfait, ajouta-t-il avec un sourire narquois.

Il s'approcha du bureau et remarqua un assortiment de pièces dans un coffret en feutre, à côté d'une pile de rapports de recherche et d'une carte nautique. C'étaient les objets volés au docteur Ruppé, subtilisés par Maria lorsqu'elle s'était rendue au musée habillée en touriste pour mettre à sac le bureau de l'archéologue.

— Un peu risqué, non, de revenir ainsi sur les lieux du crime ? demanda Celik.

— Question sécurité, ce n'était pas la Chambre des Reliques, répliqua Maria. Je pensais, jusqu'à ce que j'apprenne par la police que ce n'était pas le cas, que nous avions peut-être une chance d'y retrouver le second sac. Accéder à ce bureau a été aussi facile que rapide.

— Tu as trouvé quelque chose d'intéressant, à part ceci ? questionna Celik en admirant une pièce d'or qu'il venait de sortir du coffret.

— Une boîte en céramique d'Iznik. L'archéologue a rédigé une note selon laquelle elle daterait de l'époque de Soliman, ainsi que les pièces. Ces objets proviennent du navire découvert par l'Américain.

Celik leva les sourcils, soudain intéressé.

— Ainsi, il s'agit d'une épave de l'ère de Soliman ? J'aimerais en savoir plus.

On frappa alors à la porte, qui s'ouvrit pour laisser apparaître un homme de haute taille vêtu d'un costume sombre. Il avait le teint clair et des yeux gris et durs qui témoignaient d'une connaissance approfondie des aspects les plus sombres de la vie.

— Vos visiteurs sont arrivés, annonça-t-il d'une voix aux intonations grossières.

— Fais-les entrer, ordonna Celik, et reviens avec un autre janissaire.

Le terme « janissaire » remontait à plusieurs siècles, et désignait les gardes personnels et soldats d'élite des sultans ottomans. Selon une étonnante conception de la loyauté, les premiers janissaires qui servirent dans les palais musulmans étaient des chrétiens de la région des Balkans. Enrôlés dès leur plus jeune âge, ils étaient édu-qués et formés comme serviteurs, palefreniers, gardes du corps, et certains devinrent même des chefs militaires au service de l'empire du sultan.

De façon similaire, les janissaires de Celik étaient des recrues chrétiennes originaires de Serbie et de Croatie, pour la plupart anciens membres de commandos mili-taires. Mais c'étaient avant tout des gardes du corps et des mercenaires.

Le janissaire disparut un instant, puis revint avec un compagnon, qui escorta trois hommes dans la pièce. C'étaient les assassins qui avaient pourchassé Loren et Pitt sur le détroit du Bosphore. Ils entrèrent d'un pas traî-nant, avec une visible appréhension, et évitèrent de croi-ser le regard de Celik.

— Avez-vous éliminé les intrus ? demanda Celik sans les saluer.

Le plus grand des trois, l'homme aux lunettes, parla au nom des autres.

— L'homme qui s'appelle Pitt et sa femme ont repéré notre présence et se sont enfuis à bord d'un ferry pour Sariyer. Nous avons établi le contact, mais ils se sont échappés.

— Vous avez donc échoué, dit Celik, dont les mots semblèrent planer dans la pièce comme la lame d'un cou-peret. Où sont-ils à présent, Farzad ?

Celui-ci secoua la tête.

— Ils ont quitté leur hôtel. Nous ignorons s'ils sont encore en ville.

— Et la police ? demanda Celik à Maria.

La jeune femme fit un signe de dénégation.

— Aucune information de ce côté.

— Cet homme… Pitt. Il a beaucoup de chance, ou alors, c'est un personnage plein de ressources.

Celik s'approcha du bureau et prit la pièce d'or volée au docteur Ruppé.

— Il retournera à coup sûr à son épave ; une épave *ottomane*, ajouta-t-il avec emphase en faisant un pas vers Farzad, qu'il regarda droit dans les yeux. Vous avez échoué une fois. Je ne tolérerai pas un second échec.

Il recula et s'adressa aux trois hommes.

— Vous recevrez le paiement intégral de votre travail. Vous pourrez prendre votre argent en sortant. Chacun de vous devra rester dans la clandestinité jusqu'à ce qu'il soit convoqué pour la prochaine mission. Est-ce clair ?

Les trois hommes hochèrent la tête. L'un des janissaires ouvrit la porte et ils se dirigèrent en hâte vers la sortie.

— Attendez, dit soudain Celik d'une voix forte. Atwar, encore un mot. Les autres peuvent partir.

L'homme à la chemise bleue demeura immobile pendant que Farzad et l'Iranien quittaient les lieux. Le premier janissaire resta lui aussi et referma la porte avant de s'approcher d'Atwar. Celik vint les rejoindre.

— Atwar, tu as laissé cet homme se jouer de toi pendant l'opération de Topkapi. Le résultat, c'est que nous avons perdu le Saint Manteau du Prophète. Et hier, tu as encore laissé échapper cet Américain ?

— Il nous a pris par surprise, bégaya Atwar en cherchant du regard le soutien de Maria.

La jeune femme resta silencieuse tandis que Celik ouvrait un tiroir de son bureau et en sortait une corde d'arc d'un mètre de long. C'était son instrument d'exécution préféré, comme celui de ses ancêtres ottomans.

— Farzad, lui, n'a pas échoué deux fois, dit-il en adressant un signe de tête au janissaire.

Celui-ci fit un pas en avant et saisit avec puissance Atwar par-derrière en bloquant ses bras sur sa hanche. L'Irakien tenta de se débattre, mais le mercenaire était trop fort pour qu'il puisse se libérer.

— C'est de sa faute, cria-t-il en tournant la tête vers Maria. Elle nous a donné l'ordre de neutraliser la femme. Rien de tout cela ne serait arrivé si nous l'avions laissée filer.

Celik ignora son explication et s'approcha encore jusqu'à ce son visage ne soit plus qu'à quelques centimètres de celui d'Atwar.

— Tu ne manqueras plus à tes engagements envers moi, lui murmura-t-il à l'oreille.

Il passa la corde autour du cou d'Atwar et la tendit à l'aide d'un cylindre de bois laqué.

Atwar hurla, mais sa voix fut vite étouffée alors que le cordon se resserrait autour de sa gorge. Son visage vira au bleu et ses yeux semblèrent sortir de leurs orbites. Celik continuait à tourner le cylindre de bois pour appliquer une pression de plus en plus forte. Une lueur de jouissance perverse illuminait son regard tandis qu'il contemplait le visage de l'homme à l'agonie. Savourant l'instant, il maintint le garrot serré bien après que le corps de sa victime fut retombé, inerte. Il finit par le dénouer, prenant tout son temps pour l'ôter de la gorge d'Atwar avant de le ranger dans le tiroir.

— Amenez le corps au large une fois la nuit tombée et jetez-le en mer, ordonna-t-il au janissaire, qui hocha la tête.

Le meurtre paraissait avoir revigoré Celik, qui arpenta le bureau d'un pas nerveux. La pièce d'or était à nouveau au creux de sa main, et il la caressait comme un enfant caresse son jouet favori.

— Tu n'aurais jamais dû laisser ces imbéciles s'occuper de ce travail, aboya-t-il à l'adresse de Maria. Mes janissaires, eux, n'auraient pas échoué.

— Ils nous ont pourtant bien servi dans le passé. Et puis, comme tu viens de le démontrer, ils ne sont pas irremplaçables.

— Nous ne pouvons pas nous permettre de nouvelles erreurs, pontifia Celik. Les enjeux sont trop importants.

— Je dirigerai en personne la prochaine opération. À ce propos, es-tu sûr de vouloir mener à bien cette mission à Jérusalem ? Je ne suis pas certaine que les résultats soient à la hauteur des risques.

— Cette opération peut avoir un impact décisif pour unifier nos soutiens. De plus, en exagérant un peu le danger sioniste, cela nous vaudra vingt millions supplémentaires de la part de nos bailleurs de fonds arabes.

Celik s'immobilisa un instant avant de poursuivre, et son regard se porta sur sa sœur.

— Mais je me rends compte que la tâche n'est pas sans danger. Es-tu prête à t'engager à fond dans cette mission ?

— Bien entendu, acquiesça Maria sans ciller. Mon contact du Hezbollah a déjà conclu un arrangement avec un agent de haut niveau qui nous aidera pour un bon prix. Et en cas de difficultés imprévues, le Hezbollah fera un coupable idéal.

— Ils ne sont donc pas opposés à la nature de notre mission ?

— Je ne leur ai pas communiqué tous les détails, répondit Maria avec un sourire entendu.

Celik fit un pas vers sa sœur et lui caressa la joue d'un geste plein de douceur.

— Tu as toujours montré que tu étais la meilleure partenaire dont un homme puisse rêver.

— Nous avons un destin à accomplir, répondit-elle, comme en écho aux précédents propos de Celik. Lorsque notre grand-père fut exilé par Atatürk en 1922, ce fut la fin de l'empire ottoman. Notre grand-père et notre père ont vécu comme des parias, et n'ont pas réussi à réaliser leur rêve de restauration. Mais par la grâce d'Allah, le renouveau de l'empire est à présent à portée de main. Nous ne pouvons qu'agir, pour l'honneur de notre père et de ceux qui l'ont précédé.

Celik demeura silencieux tandis que des larmes lui montaient aux yeux. Sa main serrait la pièce d'or si fort que son poing en tremblait.

DEUXIÈME PARTIE

Le Manifeste

19

Le sous-marin jaune citron se glissa sous les clapots du *moon pool* et disparut à vive allure. Le pilote amorça sans tarder sa descente car, compte tenu des violents courants et du vent de force 7, il ne souhaitait pas s'éterniser plus que nécessaire près du navire.

Les eaux glaciales des Orcades, au nord-est de l'Écosse, n'étaient pas souvent calmes. Avec leur cortège de vagues imposantes, les fronts orageux de l'Atlantique Nord attaquaient avec régularité les îles rocheuses, tandis que les vents de tempête soufflaient sans répit. Mais trente mètres sous les flots en furie, les trois passagers du submersible oublièrent vite le chaos de la surface.

— Je redoutais un peu la descente, mais c'est bien plus tranquille ici qu'à bord du navire, avec tout ce roulis, observa Julie Goodyear depuis le siège arrière.

C'était la première plongée de cette chercheuse en histoire de l'université de Cambridge, qui luttait contre les effets du mal de mer depuis qu'elle avait embarqué trois jours plus tôt à Scapa Flow à bord de l'*Odin*, un bâtiment de recherches de la NUMA.

— Mademoiselle Goodyear, je vous garantis que vous allez apprécier ce moment, à tel point que vous ne voudrez jamais remonter à bord de ce punching-ball flottant, répondit le pilote avec un fort accent texan.

Jack Dahlgren, regard d'acier et moustache en fer à cheval, contrôlait la manœuvre en maniant les commandes avec une minutie digne d'un chirurgien.

— Je vous crois volontiers... du moins jusqu'à ce que la claustrophobie finisse par avoir raison de moi, répliqua Julie. Je ne parviens pas à comprendre comment vous parvenez à gérer de façon régulière cette sensation de confinement.

Malgré sa haute taille, Julie était dépassée de quelques centimètres à la fois par Dahlgren et par la femme assise sur le siège du copilote. Summer Pitt se retourna et lui adressa un sourire rassurant.

— Si tu te concentres sur le monde aquatique, à l'extérieur, lui dit-elle en indiquant le hublot d'observation du submersible, alors tu oublieras vite ce sentiment d'enfermement.

Avec ses longs cheveux roux et ses yeux gris clair, Summer Pitt offrait une silhouette saisissante, même vêtue comme elle l'était d'une combinaison de plongée tachée de graisse. Fille du directeur de la NUMA et sœur jumelle de Dirk, Summer, avec son bon mètre quatre-vingts pieds nus, était une habituée des lieux confinés. Employée par l'agence en tant qu'océanographe, elle avait passé d'innombrables heures à étudier les fonds marins depuis les espaces exigus des habitacles de submersibles.

— Permettez-moi d'éclairer la question sous un nouveau jour, ironisa Dahlgren, qui leva la main et actionna deux ou trois interrupteurs au-dessus de sa tête.

Deux bandes lumineuses apparurent à l'extérieur et illuminèrent la mer vert sombre qui les entourait.

— Voilà qui est mieux, se réjouit Julie, dont le regard pouvait à présent s'enfoncer d'une douzaine de mètres dans les profondeurs marines. J'étais loin d'imaginer que l'on puisse voir aussi loin.

— L'eau est étonnamment claire, en effet, acquiesça Summer, et la visibilité bien meilleure qu'en Norvège.

La jeune femme et l'équipage de l'*Odin* rentraient d'une mission de trois semaines au large des côtes norvégiennes. Leur travail consistait à étudier les changements de température en mer et leur impact sur la vie aquatique locale.

— La profondeur est de cinquante et un mètres quatre-vingts, annonça Dahlgren. Nous devrions approcher du fond.

Il ajusta les réservoirs de ballast pour obtenir une flottaison neutre, et un plancher sableux de couleur marron défila sous le submersible. Il fit démarrer le moteur électrique, s'engagea en propulsion avant et opéra une légère correction de cap en surveillant la boussole gyroscopique.

— Nous sommes proches de hautes eaux, et le courant circule encore à près de deux nœuds, constata-t-il en sentant une poussée contre la coque.

— Ce n'est pas l'endroit rêvé pour la pratique de l'apnée, commenta Summer.

Ils continuèrent à glisser sur une courte distance avant d'apercevoir un gros objet tubulaire qui remplissait le hublot d'observation.

— La première cheminée, dit Dahlgren alors qu'ils survolaient le tube massif.

— Elle est si grande, observa Julie avec une pointe d'excitation. J'ai déjà vu ce genre de cheminée, mais en proportion avec le reste du navire, et sur de vieilles photos granuleuses en noir et blanc.

— On dirait que le choc a été rude, fit observer Summer en remarquant que l'une des extrémités de la masse rouillée était tordue, écrasée et aplatie.

— Selon les témoignages visuels, le *Hampshire* s'est levé sur sa proue et s'est renversé en sombrant, dit Julie. Les cheminées ont dû se séparer du bâtiment à ce moment-là, ou même plus tôt.

Summer avança la main vers la console et mit en marche deux caméras vidéo haute définition.

— Caméras en marche. Jack, je crois qu'on arrive au début d'un champ de décombres sur notre gauche.

— J'y suis, répondit Dahlgren en guidant l'engin à travers le courant.

Un peu plus loin, un éparpillement d'objets sombres dépassait du sable. C'étaient des débris qui s'étaient détachés du navire au moment où il avait chaviré et sombré. La plupart étaient impossibles à identifier et rongés depuis longtemps par la corrosion.

Alors qu'ils paraissaient de plus en plus nombreux, Summer put distinguer une douille d'obus en laiton et une assiette en céramique au milieu d'un bric-à-brac d'une inextricable confusion. Puis une imposante silhouette noire se matérialisa peu à peu devant eux. Ils s'approchèrent et reconnurent la forme caractéristique d'une épave de dimensions impressionnantes.

Le croiseur britannique de la Première Guerre mondiale avait souffert d'être resté sous l'eau pendant près d'un siècle. C'était à présent un amas d'acier rouillé, posé sur le fond et penché à tribord de façon prononcée. Des parties entières du navire étaient presque enterrées sous le sable sous l'effet des courants érodants. Summer constata que la superstructure s'était depuis longtemps affaissée et que le revêtement de pont en teck s'était usé au fil des décennies. Des sections de plaquage de coque s'étaient elles aussi détachées. Le fier croiseur, survivant de la bataille du Jutland, n'était plus que l'ombre de lui-même.

Dahlgren guida le submersible vers la poupe du *Hampshire* et la survola comme s'il était aux commandes d'un hélicoptère. Il longea ensuite le corps du bâtiment jusqu'à la proue, en partie ensablée, car c'était elle qui s'était d'abord enfoncée. Il vira et guida l'engin à plusieurs reprises sur toute la longueur du navire pendant qu'une première caméra numérique filmait sa progression. La seconde capturait des images fixes qui serviraient plus tard à reconstituer en mosaïque une représentation complète de l'épave.

Alors qu'ils revenaient vers l'arrière, Summer désigna d'un geste un trou déchiqueté dans le plaquage de pont, près d'une cale arrière. Un tas de débris amassé de façon régulière et uniforme, haut de presque un mètre, se trouvait juste à côté de l'ouverture.

— Voilà un bien curieux orifice, dit-elle. Je ne vois pas quel rapport il peut avoir avec le naufrage du navire.

— Ce tas de débris pourrait indiquer la présence à bord de sauveteurs, déclara Dahlgren. Quelqu'un est-il entré dans l'épave avant que le gouvernement ne protège le site ?

— En effet. L'épave a été découverte par sir Basil Zaharoff dans les années trente et il y a eu des tentatives partielles de relèvement et de renflouage, dit Julie. Selon certaines rumeurs, de l'or se trouvait à bord. En raison des courants, leurs tentatives n'ont pas donné les résultats espérés. On ne pense pas qu'ils aient découvert beaucoup de métal précieux, et il est possible qu'ils n'aient rien trouvé du tout.

Dahlgren les guida le long de la surface incurvée de la poupe jusqu'à ce qu'il aperçoive les deux arbres de propulsion qui dépassaient sous la coque.

— En tout cas, quelqu'un a bel et bien pris ses grandes hélices de bronze, nota Dahlgren.

— Le gouvernement britannique n'a sécurisé le site qu'en 1973. Depuis, personne n'est autorisé à y plonger. Il m'a fallu trois ans pour arracher l'autorisation d'y mener une simple opération d'étude photographique, et si j'y suis parvenue, c'est parce qu'il se trouve que mon oncle est député !

— Cela ne fait pas de mal d'avoir quelques proches bien placés, lança Dahlgren en adressant un clin d'œil à Summer.

— Je suis ravie que votre agence ait mis ses ressources à disposition pour ce projet, dit Julie. Je ne crois pas que j'aurais pu obtenir une subvention suffisante pour louer un submersible privé et son équipage.

— Nous avons travaillé avec deux microbiologistes de Cambridge pendant notre mission norvégienne, répondit Dahlgren. Ils avaient apporté de la Old Speckled Hen. Des gens adorables, et nous étions très heureux de leur rendre un petit service.

— De la « Old Speckled Hen » ? s'étonna Julie.

— Une bière anglaise, précisa Summer en roulant des yeux avec une expression comique. Mais en vérité, dès que Jack a entendu parler d'une épave, il n'y avait plus moyen de le retenir !

Dahlgren se contenta de sourire en contrôlant la progression de l'engin à moins d'un mètre du croiseur.

— Voyons si nous parvenons à découvrir à quel niveau ils ont heurté cette mine, dit-il enfin.

— Le *Hampshire* a-t-il été coulé par une mine ou par une torpille ? demanda Summer.

— La plupart des historiens penchent pour une mine. Des vents violents soufflaient cette nuit-là. Le *Hampshire* a tenté de naviguer de conserve avec des destroyers d'escorte, mais ils ne pouvaient le suivre dans ces eaux agitées, aussi a-t-il poursuivi sa route seul. Une explosion a eu lieu près de la proue, ce qui étaye l'hypothèse d'une collision avec une mine. Un sous-marin allemand U-75 se trouvait dans les parages, et on dit qu'il en aurait mouillé un certain nombre plus haut sur la côte.

— Cela a dû être une terrible tragédie, commenta Summer.

— Le navire a sombré en moins de dix minutes. Seul un petit nombre de chaloupes a été mis à l'eau, et elles ont été écrasées contre la coque ou ont chaviré dans la houle. Les hommes capables de surnager furent submergés par les flots glacés. La plupart des membres d'équipage sont morts de froid avant d'atteindre le rivage. Sur six cent cinquante-cinq hommes, seuls douze ont survécu.

— Et lord Kitchener ne figurait pas parmi eux, ajouta Summer d'un ton calme. A-t-on retrouvé son corps ?

— Non, répondit Julie. Le maréchal Kitchener n'a pas pris place à bord d'une chaloupe, et il a sombré avec le navire.

Un silence songeur s'installa pendant que les occupants du submersible méditaient sur la tombe militaire navale qui s'étirait en dessous d'eux. Dahlgren longea le navire à tribord près du pont principal, qui s'était effondré d'un mètre ou deux à certains endroits. Alors qu'ils approchaient de la proue, Dahlgren repéra plusieurs gauchissements des plaques de coque. Puis les phares mirent en évidence, près de la ligne de flottaison, une cavité béante de presque sept mètres de diamètre.

— Pas étonnant qu'il ait coulé si vite, observa Dahlgren. On pourrait y faire passer un camion.

Il fit virer l'engin jusqu'à ce que les projecteurs se braquent à l'intérieur même de la cavité, révélant un tas de ferraille tordue qui s'élevait sur deux ponts. Un gros églefin émergea de l'intérieur et contempla d'un air curieux les lumières vives avant de disparaître dans la pénombre.

— Les caméras tournent toujours ? s'enquit Julie. Ces images seraient précieuses pour nos recherches.

— Oui, on tourne, répondit Summer. Jack, peux-tu nous rapprocher encore un peu de l'impact ?

Dahlgren actionna les contrôles de propulsion jusqu'à ce que le submersible plane à une cinquantaine de centimètres de la section arrachée de la coque.

— Vous voyez des détails significatifs ? demanda Julie.

— Oui. Regardez les bords de la cavité.

Perplexe, Julie balaya le métal rouillé et déchiqueté du regard. Sur le siège de pilotage, Dahlgren écarquilla soudain les yeux.

— Je veux bien être pendu. Le rebord d'acier a été repoussé vers l'extérieur, annonça-t-il.

— Il semble que ce soit le cas sur tout le périmètre, confirma Summer.

Julie, en pleine confusion, détourna le regard de Dahlgren pour s'adresser à Summer.

— Qu'est-ce que cela signifie ?

— Ce qu'elle veut dire, répondit Dahlgren à la place de la jeune femme, c'est que l'on a accusé les Allemands à tort.

— Comment cela ?

— Parce que l'explosion qui a coulé le *Hampshire*, expliqua Summer en désignant la cavité, venait de *l'intérieur* du navire.

*

Quatre-vingt-dix minutes plus tard, le trio était installé dans le carré de l'*Odin* et visionnait les images du *Hampshire* sur un grand moniteur plat. Dahlgren passa à vitesse rapide sur les premières vues, puis ralentit au moment où la caméra approchait du trou béant à bâbord. Julie et Summer étaient assises, le nez contre l'écran, et observaient avec minutie le moindre détail.

— Arrête, juste ici, dit soudain Summer.

Dahlgren fit un arrêt sur image sur un gros plan de la plaque de coque dévastée.

— Cette vue est très claire, commenta Summer en montrant du doigt la bordure dentelée qui s'évasait vers l'extérieur comme les pétales d'une fleur. La force explosive qui a créé cela venait de l'intérieur du navire.

— N'a-t-elle pas pu être provoquée par les équipes de récupération de Zaharoff? hasarda Julie.

— C'est peu probable, répondit Dahlgren. Ils se sont sans doute servis d'explosifs ici et là, mais ils ont plutôt dû scier les espaces intérieurs au cours de leurs recherches. Ils n'avaient aucune raison de pratiquer une ouverture de cette taille, surtout aussi près du pont principal, expliqua-t-il en réglant à nouveau la vidéo sur le mode lecture. Et nous avons vu la preuve d'une explosion d'origine interne tout autour de la cavité, ce qui ne serait pas le cas si Zaharoff s'était contenté d'agrandir le trou existant.

— Est-il possible qu'une mine ou une torpille ait fait exploser des munitions qui se trouvaient à bord ?

— Non, la déflagration n'a pas été assez importante, répondit Dahlgren. D'après ce que nous avons vu à l'intérieur, les dégâts sont considérables, mais concentrés près de la coque. Si les munitions du bord avaient sauté, elles auraient détruit toutes les parties importantes du navire.

— Ce qui ne nous laisse qu'une explosion d'origine interne, conclut Julie. Après tout, il y avait peut-être un fond de vérité dans ces vieilles rumeurs.

— À quelles rumeurs fais-tu allusion ? lui demanda Summer.

— La mort de lord Kitchener en 1916 fut un événement de toute première importance. Deux décennies plus tôt, Kitchener était le héros de Khartoum, au Soudan, et on le voyait comme l'un des maîtres d'œuvre d'une future défaite de l'Allemagne dans la Première Guerre mondiale. Bien sûr, il était célèbre pour ces affiches de recrutement où on le voyait, le doigt pointé pour vous enjoindre de vous engager. Son corps restant introuvable, des bruits de conspirations ont commencé à se répandre, suggérant qu'il avait survécu au naufrage, ou qu'un sosie l'aurait remplacé à bord. D'autres prétendaient que l'IRA avait installé une bombe alors que le

Hampshire se trouvait en cale sèche à Belfast quelques mois plus tôt.

— Voilà qui va compliquer ton travail de biographe, si je ne me trompe, observa Summer.

— Est-ce en raison de votre intérêt pour Kitchener que vous teniez tant à examiner l'épave du *Hampshire* ? demanda Dahlgren.

Julie hocha la tête.

— C'est le doyen de l'université qui m'a suggéré de m'intéresser au *Hampshire* et à son état de conservation actuel, mais je dois avouer que ma biographie de lord Kitchener a constitué ma principale motivation. Je suppose que je vais devoir me rendre à nouveau dans son ancienne propriété près de Canterbury pour y procéder à un nouvel examen de ses archives.

— Canterbury ? lança Summer. Ce n'est pas très loin de Londres, je crois ?

— Non, c'est à cent cinquante kilomètres environ.

— Je dois m'arrêter à Londres après notre retour à Yarmouth.

— Lorsque nous vous aurons laissée à Kirkwall, Yarmouth sera notre prochaine escale, expliqua Dahlgren à Julie. Nous allons nous y approvisionner, et certains d'entre nous se rendront au Groenland pour une autre mission, ajouta-t-il en gratifiant Summer d'un regard envieux.

— Je dois prendre un vol pour Istanbul la semaine prochaine et y retrouver mon frère, qui travaille sur un projet en Méditerranée.

— Du soleil et de la chaleur en perspective, commenta Julie.

— C'est le moins qu'on puisse dire, grommela Dahlgren.

— Peut-être pourrais-je t'aider dans tes recherches pendant quelques jours avant de prendre l'avion ? proposa Summer.

— Tu ferais cela ? s'écria Julie, surprise par la proposition de la jeune femme. Une plongée dans de vieux bouquins poussiéreux est bien différente d'une plongée dans une épave !

— Ça m'est égal. Et je suis curieuse de découvrir ce qui est arrivé au *Hampshire*. Oh, et puis c'est le moins que je puisse faire, puisque nous avons contribué à ouvrir cette boîte de Pandore !

— Merci, Summer, ce serait merveilleux !

— Pas de problème, répondit Summer en souriant. Qui résisterait à l'appel du mystère ?

20

La boutique « Solomon Brandy – Antiquités » était située dans une rue tranquille de la vieille ville de Jérusalem, non loin de l'église du Saint-Sépulcre. De même que soixante-quatorze autres commerçants agréés, Brandy était autorisé par l'État d'Israël à acheter et vendre de façon officielle des antiquités, à la condition expresse que les œuvres et objets concernés ne soient pas des biens volés.

Pour la plupart de ces commerçants, cette obligation légale n'était qu'un inconvénient mineur, et ils se contentaient de réutiliser d'authentiques numéros d'identification pour vendre les objets d'origine douteuse livrés dans leur arrière-boutique. Fait étonnant, en autorisant le commerce de ces biens, alors que cette pratique était interdite par la plupart des autres nations, les lois israéliennes avaient créé une énorme demande pour les reliques, vraies ou fausses, de la Terre sainte. Les antiquités, introduites en contrebande en Israël, venaient souvent des pays voisins, où elles se paraient d'un statut « officiel » avant d'être vendues à des marchands et collectionneurs du monde entier.

Sophie Elkin entra dans la boutique bien éclairée. Elle eut un mouvement de recul en entendant la sonnerie stridente déclenchée par l'ouverture de la porte. L'intérieur, de dimensions modestes, était désert, mais plein à craquer d'objets qui semblaient déborder des vitrines de verre adossées aux quatre murs. Elle se dirigea vers un présentoir central rempli de petits pots en terre étiquetés « Jéricho ». Le regard aguerri de la jeune femme vit aussitôt qu'il s'agissait de faux, qui seraient vite acquis, et chéris comme les trésors les plus précieux de leur collection, par des touristes naïfs de passage pour la seule et unique fois de leur vie en Terre sainte.

Un homme courtaud, avec des poches sous les yeux, émergea de l'arrière-boutique, un tablier poussiéreux passé par-dessus ses vêtements froissés. Il posa une petite figurine en terre cuite sur le comptoir puis, mal à l'aise, leva les yeux vers Sophie.

— Mademoiselle Elkin, quelle bonne surprise ! lança-t-il d'un ton morne qui démentait ses propos.

— Salut, Sol, répondit Sophie. Les touristes ne sont pas encore là ?

— Il est encore tôt. Ils visitent les lieux saints le matin et font leurs emplettes l'après-midi.

— Nous devons parler.

— Ma licence est à jour. J'ai rempli mes documents administratifs en temps et en heure, protesta Brandy.

Sophie secoua la tête.

— Que pouvez-vous me dire au sujet du vol et de la fusillade de Césarée ?

Solomon se détendit de façon visible, puis secoua la tête à son tour.

— Une terrible tragédie. L'un de vos hommes a été tué ?

— Arie Holder.

— Oui, je me rappelle de lui. Un type au verbe haut, et plutôt véhément. Si j'ai bonne mémoire, il a menacé un jour de me faire un cache-nez avec une pelle, se souvint Solomon avec un sourire en coin.

Sophie avait eu l'occasion de coincer Solomon Brandy pour une arnaque deux ans plus tôt, alors que l'antiquaire prenait livraison d'une grande quantité d'objets volés à Massada. Elle avait abandonné les charges qui pesaient contre lui en échange d'une coopération pour poursuivre en justice les voleurs eux-mêmes. De temps à autre, elle se rappelait à son bon souvenir pour obtenir des informations concernant d'autres enquêtes. Brandy éludait la plupart de ses demandes, mais tout au long de leur collaboration, il n'avait jamais proféré de véritables mensonges.

— Je veux l'homme qui l'a tué, lui annonça Sophie.

Solomon Brandy haussa les épaules.

— Je crains de ne pouvoir vous aider.

— Vous entendez des rumeurs, Solomon. Est-ce que c'étaient les Mules ?

Brandy lança un regard nerveux vers la fenêtre pour s'assurer qu'aucun étranger ne traînait dans les parages.

— C'est une organisation dangereuse. Des terroristes qui opèrent à l'intérieur même de nos frontières. Mieux vaut ne pas trop s'en approcher, mademoiselle Elkin.

— Ce sont eux les responsables ?

Brandy la regarda droit dans les yeux.

— Des bruits courent, dit-il à voix basse. Mais je ne peux rien affirmer avec certitude, pas plus que vous.

— Je ne connais pas d'autres voleurs d'antiquités qui travaillent arme à la main et n'ont pas peur de presser la détente.

— Moi non plus, reconnut Brandy. Du moins pas dans notre pays.

— Dites-moi, Solomon, qui aurait pu faire appel à une équipe de ce genre ?

— En tout cas, pas un commerçant, cracha Brandy d'un air indigné. Je n'ai pas besoin de vous expliquer comment les choses se passent sur le marché clandestin. La majeure partie des excavations illégales est pratiquée par des Arabes misérables que l'on paie trois fois rien pour leurs découvertes. Les objets passent ensuite par toute une série d'intermédiaires – parfois des commerçants, mais pas toujours – jusqu'à ce qu'ils trouvent preneur chez un collectionneur public ou privé. Mais je peux vous dire qu'aucun commerçant en Israël ne mettrait ses moyens d'existence en danger en achetant des antiquités acquises au prix du meurtre. Ce serait tout simplement trop risqué.

Sophie se doutait bien que la moitié des objets présents dans la boutique provenaient de fouilles illégales, mais elle savait aussi que Brandy avait raison sur ce point. La qualité du stock des meilleurs marchands dépendait du secret, et un arrangement discret impliquait une confiance réciproque. Le risque d'être démasqué était trop important pour que l'on puisse se permettre de traiter avec n'importe qui. Pour les commerçants que connaissait Sophie, le fait de tuer pour des antiquités était inimaginable.

— Je suis bien consciente qu'aucun commerçant *avisé* ne s'impliquerait avec des assassins de cette sorte, dit-elle à Brandy. Avez-vous entendu dire que quelqu'un cherchait à vendre des rouleaux de papyrus romains du quatrième siècle ?

— C'est donc cela qui a été volé à Césarée, répondit Brandy avec un hochement de tête entendu. Non, je n'ai eu connaissance d'aucune tentative de ce genre.

— S'ils ne sont pas sur le marché, il s'agissait peut-être d'un contrat avec un collectionneur privé.

— C'est ainsi que je vois les choses, moi aussi, admit Brandy.

Sophie s'approcha du comptoir et prit la petite figurine de terre cuite. C'était une représentation grossière d'un bœuf au joug doré. Elle en étudia avec soin la fabrication et la forme.

— Période du Premier Temple ? demanda-t-elle.

— On peut dire que vous avez l'œil, répondit Brandy.

— À qui est-il destiné ?

Brandy bredouilla un instant avant de répondre.

— Un banquier d'Haïfa. Il se spécialise dans les poteries du début de l'époque israélite. Sa collection est petite, mais assez impressionnante.

— Possède-t-il des rouleaux de papyrus ?

— Non, ce n'est pas ce qui l'intéresse. C'est plus un amateur qu'un collectionneur acharné. Parmi ceux que je connais, les rares qui se passionnent pour les papyrus se concentrent sur des types de textes bien particuliers. Aucune vraie « pointure » parmi eux.

— Alors, Solomon, dites-moi qui serait assez passionné et motivé par ces rouleaux pour recourir à des méthodes aussi extrêmes.

Brandy réfléchit en scrutant le plafond.

— Qui pourrait le dire ? En Europe et aux États-Unis, je connais des gens prêts à employer tous les moyens pour acquérir un objet spécifique. Mais il en existe sans doute des dizaines d'autres dont je n'ai jamais entendu parler.

— La découverte des rouleaux de Césarée ne datait que de la veille, lui confia Sophie. Je doute qu'un amateur occidental ait pu réagir aussi vite. Non, Solomon, je crois que l'opération a été organisée dans la région. Vous voyez quelqu'un qui puisse correspondre à ce type de profil ?

Solomon Brandy haussa les épaules et secoua la tête. Sophie n'en fut guère surprise. Elle savait que les collectionneurs fortunés représentaient un excellent filon pour Brandy et ses semblables. Il n'avait sans doute pas la moindre idée de l'identité des commanditaires de l'attaque de Césarée, mais ne tenait pas non plus à attirer la suspicion sur l'un ou l'autre de ses riches clients.

— Si vous entendez quelque chose, la moindre chose, tenez-moi au courant, lui dit Sophie.

Elle s'apprêta à quitter les lieux, mais se retourna pour lancer un regard d'avertissement à Brandy.

— Lorsque je trouverai ces meurtriers, et je les trouverai, je n'aurai pas la moindre complaisance envers leurs complices, actifs ou passifs.

— Vous avez ma parole, mademoiselle Elkin, répondit Brandy, imperturbable.

Quelqu'un ouvrit la porte et entra dans la boutique, et la sonnerie se déclencha à nouveau. L'individu était mince et marchait avec une posture raide, en se tenant très droit. Il avait un visage carré séduisant, des cheveux blond-roux coiffés en arrière et des yeux bleus fureteurs qui s'illuminèrent lorsqu'il aperçut Sophie. Avec son panama et son pantalon de toile usé, sa silhouette était fringante, mais il émanait de lui comme un parfum de charlatanisme.

— Eh bien, je ne me trompe pas, c'est la ravissante Sophie Elkin ! lança-t-il avec un accent britannique très distingué. L'Autorité des antiquités cherche-t-elle à agrandir sa collection d'objets bibliques obtenus par confiscation ?

— Bonjour, Ridley, répondit Sophie d'un ton froid. Non, l'Autorité des antiquités ne se lance pas dans un quelconque business d'objets culturels. Nous préférons qu'ils restent là où ils sont, dans l'environnement qui est le leur, ajouta-t-elle en se glissant près de la vitrine où étaient exposées les « poteries de Jéricho ». J'étais venue admirer les derniers lots de contrefaçons de monsieur Brandy. Un domaine intéressant, que vous devriez peut-être étudier d'un peu plus près.

Pour Ridley Bannister, la rebuffade était sévère. Archéologue formé à Oxford dans la tradition classique, il faisait autorité dans la presse et à la télévision dans le domaine de l'histoire biblique. Beaucoup de ses collègues le considéraient plus comme un personnage médiatique que comme un chercheur, mais personne ne mettait en doute sa connaissance remarquable de l'histoire de la région. Et pour couronner le tout, Bannister avait toujours la chance de son côté. Ses pairs s'émerveillaient de son étonnante capacité à produire de passionnantes trouvailles à partir des fouilles les plus obscures ; dans des sites maintes fois visités, il parvenait à découvrir des tombes royales, de précieuses gravures de pierre ou d'étonnants bijoux. Très avisé quant à la promotion de ses propres talents, il s'assurait des revenus confortables en concluant des contrats de films et d'édition relatifs à ses découvertes.

Mais sa chance sembla se tarir lorsqu'un subordonné lui apporta un jour une plaque de pierre avec une inscription araméenne remontant à mille ans avant Jésus-Christ. Bannister l'authentifia, dans l'idée qu'il s'agissait peut-être de la pierre angulaire du temple de Salomon. Il ne soupçonna jamais qu'elle avait été fabriquée de toutes pièces, tout comme l'inscription, dans le but d'assurer au faussaire une prime substantielle. Bannister endossa la responsabilité à sa grande honte, d'ailleurs entretenue avec zèle par ses collègues. Sa réputation en souffrit, et le personnage quitta les feux de la rampe, vite réduit à travailler sur des fouilles d'importance secondaire ou à organiser des visites guidées en Terre sainte pour des touristes.

— Sophie, vous savez aussi bien que moi que Solomon ici présent est le plus irréprochable des commerçants de tout l'État d'Israël, reprit Bannister.

— C'est peut-être vrai, mais dans tous les cas, ce n'est pas très judicieux de la part d'un archéologue réputé de venir traîner chez un antiquaire, répliqua Sophie en se dirigeant vers la porte.

— Je pourrais en dire autant en ce qui vous concerne, mademoiselle Elkin. J'ai eu grand plaisir à vous revoir. À l'occasion, pourquoi n'irions-nous pas boire un verre ensemble ?

Sophie lui adressa un sourire glacial et quitta la boutique. Par la vitrine, Bannister la regarda s'éloigner dans la rue.

— Une bien jolie fille, murmura-t-il. Une relation que je tiens depuis longtemps à cultiver.

— Elle ? s'étonna Brandy. Elle aurait vite fait de vous envoyer derrière les barreaux.

— Cela en vaudrait peut-être la peine, répondit Bannister en riant. Qu'est-elle venue faire chez vous ?

— Elle enquête sur le vol et le meurtre de Césarée.

— Un déplorable incident, en effet, commenta Bannister, qui fixa soudain Brandy du regard. Dites-moi, vous n'êtes pour rien dans cette affaire, au moins ?

— Bien sûr que non, répliqua Brandy, furieux que l'Anglais ait pu ne serait-ce qu'envisager son implication.

— Savez-vous ce qui a été volé ?

— Mademoiselle Elkin a mentionné des rouleaux de papyrus romains du quatrième siècle.

La réponse sembla éveiller toute l'attention de Bannister, mais il s'efforça d'afficher une attitude dégagée.

— Avez-vous la moindre idée de leur contenu ?

— Non, répondit Brandy en secouant la tête. Je ne vois pas ce qu'ils pourraient contenir de sensationnel concernant cette période de l'histoire.

— Vous avez sans doute raison. Je me demande qui a pu financer cette opération.

— Vous commencez à parler comme mademoiselle Elkin. Je n'ai rien entendu à ce sujet. Peut-être devriez-vous poser la question au Gros ?

— Ah oui… la raison même de ma visite. Avez-vous reçu les amulettes de Josh, mon associé ?

— Oui, avec un message m'enjoignant de les garder jusqu'à notre rencontre.

Brandy se rendit dans son arrière-boutique et revint un instant plus tard avec une petite boîte. Il ouvrit le couvercle et sortit deux pendentifs de pierre verte, chacun avec un motif gravé représentant un bélier.

— Une jolie paire d'amulettes assorties de la période cananéenne, précisa-t-il. Proviennent-elles de Tel Arad ?

— En effet. L'un de mes anciens étudiants y dirige des fouilles pour le compte d'une université américaine.

— Ce garçon pourrait bien s'attirer des ennuis.

— Il en est conscient, mais il s'agit d'un cas exceptionnel. Ce jeune homme est par ailleurs d'une rectitude sans faille. Par inadvertance, il a creusé une tranchée qui a traversé une tombe, et il est tombé sur plusieurs objets en argent, qu'il a emportés. Et puis ils ont déterré quatre amulettes identiques. L'une d'elles est partie pour l'université et une deuxième a fait l'objet d'une donation au musée d'Israël. Josh m'a offert les deux autres pour me remercier de l'avoir aidé dans sa carrière au fil des années.

Brandy leva les sourcils.

— Et vous voulez que je les vende ?

— Non, mon ami, répondit Bannister en souriant. Je sais que cela rapporterait une jolie somme, mais je n'ai pas besoin de cet argent. Gardez-en une et faites-en ce que bon vous semble.

Le regard de Brandy s'illumina.

— C'est un cadeau très généreux.

— Votre amitié m'a été précieuse ces dernières années, et j'aurai peut-être encore besoin de votre aide à l'avenir. Prenez-le avec mes remerciements et mes vœux de succès.

— *Shalom*, mon ami, répondit Brandy en serrant la main de Bannister. Puis-je vous demander ce que vous comptez faire de la quatrième amulette ?

Bannister souleva le bijou dans sa main et le couva des yeux pendant un moment, puis le glissa dans sa poche en se dirigeant vers la porte.

— Je vais l'apporter au Gros.

— Sage décision, approuva Brandy. Il vous en donnera un excellent prix.

Bannister lui adressa un signe d'adieu et sortit dans la rue, le sourire aux lèvres. Il comptait bien être payé pour l'amulette, mais de la part du Gros, il attendait quelque chose de bien plus précieux que de l'argent.

21

Julie Goodyear passa devant deux énormes canons de quinze pouces braqués sur la Tamise, mais réduits au silence depuis des décennies, et monta les marches qui menaient à l'entrée de l'Imperial War Museum. Une construction de brique du dix-neuvième siècle, qui était à l'origine un hôpital pour malades mentaux, abritait la vénérable institution de l'arrondissement londonien de Southwark. Célèbre pour sa vaste collection de photographies, œuvres d'art et objets militaires des Première et Seconde Guerres mondiales, le musée pouvait aussi s'enorgueillir de ses considérables archives de correspondances privées et de documents liés aux deux conflits.

Julie se rendit à la réception du hall principal, et on l'escorta deux étages plus haut dans un ascenseur guère plus grand qu'une cabine téléphonique. Elle prit un escalier pour monter encore d'un niveau avant d'arriver à destination. La salle de lecture du musée était en réalité une impressionnante bibliothèque circulaire installée dans le haut dôme central du bâtiment.

Lorsque Julie s'approcha du bureau d'accueil, une femme à l'apparence studieuse, vêtue d'une robe marron, sourit en la reconnaissant.

— Bonjour, mademoiselle Goodyear. Une nouvelle visite en relation avec lord Kitchener ? demanda-t-elle.

— Bonjour, Beatrice. En effet, les mystères persistants qui entourent le maréchal me conduisent vers vous, une fois de plus. J'ai téléphoné il y a quelques jours pour réserver quelques documents spécifiques.

— Voyons s'ils ont été sortis du fonds, répondit Beatrice en entrant dans la salle de dépôt des archives, dont elle revint une minute plus tard avec une épaisse pile de dossiers.

— J'ai là un livre blanc de l'Amirauté sur l'enquête concernant le naufrage du HMS *Hampshire*, ainsi que la correspondance de guerre officielle du premier comte Kitchener pour l'année 1916, annonça la bibliothécaire en faisant signer les reçus de consultation à Julie. Je crois que votre réservation est complète.

— Merci, Beatrice, je n'en aurai pas pour longtemps.

Julie amena les documents vers un coin de table tranquille et commença la lecture du rapport de l'Amirauté sur le *Hampshire*. Elle n'y trouva que peu d'informations nouvelles. Elle avait déjà eu connaissance des accusations portées contre la Royal Navy par des habitants des Orcades, qui affirmaient que la marine avait tergiversé avant d'envoyer des secours au navire en perdition après qu'il eut été porté manquant. De la façon la plus claire qui soit, le rapport officiel couvrait toutes les fautes et manquements de la Navy et écartait les rumeurs selon lesquelles le bâtiment n'aurait pas été coulé par une mine.

La correspondance de Kitchener n'était guère plus éclairante. Julie avait déjà lu les lettres de guerre du maréchal, qu'elle jugeait plutôt quelconques. En 1916,

Kitchener occupait le poste de ministre de la Guerre, et la plupart de ses courriers reflétaient ses préoccupations concernant les troupes et les besoins de l'armée britannique en termes de recrutement. Dans un message semblable en cela à bien d'autres, Kitchener se plaignait auprès du Premier ministre du fait que des hommes étaient retirés du service actif pour travailler dans les usines de munitions à l'arrière.

Julie feuilleta les pages sans s'attarder jusqu'au moment où elle arriva à la date du 5 juin, date du décès de Kitchener à bord du HMS *Hampshire*. Elle savait à présent que le navire avait coulé à la suite d'une explosion interne, et devait donc envisager la possibilité que quelqu'un ait voulu sa mort. Cette idée lui rappela un assez curieux courrier qu'elle avait remarqué plusieurs mois auparavant. Elle fit défiler les dernières feuilles, et ses doigts s'immobilisèrent soudain.

À l'inverse des vieux documents du reste de la correspondance, celui-ci était encore d'un blanc immaculé, et rédigé sur un épais papier de coton. L'en-tête « Lambeth Palace » figurait en haut de page. Julie prit le temps de le lire avec attention :

« Sir,

Au nom de Dieu et de notre pays, je vous conjure une dernière fois de renoncer à ce document. C'est le caractère sacré de notre Église qui est en jeu. Car pendant que vous menez une guerre temporelle contre les ennemis de l'Angleterre, nous menons une croisade éternelle pour le salut de toute l'humanité. Nos ennemis sont des êtres mauvais et rusés. S'ils s'emparaient du Manifeste, c'est notre foi elle-même qui serait appelée à disparaître. Je vous enjoins

d'accéder au vœu de notre Église. J'attends et je compte sur votre acceptation.
Randall Davidson »

Julie reconnut le nom de l'archevêque de Canterbury. Dans la marge, elle remarqua une note manuscrite : « Jamais ! » L'écriture était celle de Kitchener.

Le document était intriguant à plus d'un titre. Kitchener, elle le savait, n'avait jamais révélé le moindre conflit avec l'Église d'Angleterre, et encore moins avec son chef, l'archevêque de Canterbury. Et puis il y avait cette référence à ce « Manifeste ». De quoi pouvait-il bien s'agir ?

Cette missive semblait n'avoir aucun rapport avec la tragédie du *Hampshire*, mais son étrange nature ne pouvait manquer de susciter la curiosité de Julie. Elle en fit une photocopie, puis parcourut le reste du dossier. Presque à la fin, elle trouva plusieurs autres papiers qui se référaient au voyage de Kitchener en Russie, dont une invitation officielle du consulat russe et un itinéraire de son voyage après son arrivée prévue à Petrograd. Elle les copia eux aussi avant de rendre le dossier à Beatrice.

— Vous avez trouvé ce que vous cherchiez ? demanda la bibliothécaire.

— Non, juste quelques éléments d'informations intéressants çà et là.

— J'ai fini par comprendre que découvrir des trésors historiques, c'est un peu comme soulever des pierres avec le pied ; dessous, on finit toujours par dénicher ce que l'on cherche.

— Merci de votre aide, Beatrice.

En quittant le musée pour se diriger vers sa voiture, Julie relut la lettre plusieurs fois, et son regard resta figé sur la signature de l'archevêque.

— Beatrice a raison, murmura-t-elle à sa seule intention, mais il me reste encore pas mal de pierres à soulever.

Pour cela, elle n'avait pas besoin d'aller loin, car Lambeth Palace n'était qu'à huit cents mètres de là. Le domaine, un assemblage de vieux bâtiments de brique qui donnait sur les rives de la Tamise, était la résidence londonienne historique de l'archevêque de Canterbury. Ce qui attirait en particulier l'intérêt de Julie, c'était bien sûr sa bibliothèque.

Elle savait que celle-ci n'était en général pas ouverte au public, aussi se gara-t-elle dans une rue avoisinante avant de rejoindre à pied le portail principal. Elle se présenta au poste de contrôle de sécurité et fut autorisée à accéder au Grand Hall, une construction de style gothique aux murs de brique rouge bordés de blanc. L'ensemble abritait l'une des plus anciennes bibliothèques de Grande-Bretagne, principal dépositaire des archives de l'Église d'Angleterre, qui remontaient au neuvième siècle.

Elle approcha de la porte et sonna. Un adolescent lui ouvrit et l'accompagna jusqu'à une salle de lecture petite, mais moderne. Elle se rendit au bureau des références documentaires, où elle remplit deux formulaires de demande de consultation, qu'elle tendit à une jeune fille aux cheveux roux coupés court.

— Les papiers de l'archevêque Randall Davidson pour la période comprise entre janvier et juillet 1916, lut la jeune fille avec intérêt, et tout document relatif au premier comte Horatio Herbert Kitchener.

— Je sais bien que cette dernière demande peut paraître inattendue, mais j'aimerais au moins savoir s'il existe quelque chose qui puisse y correspondre.

— Vous pouvez effectuer une recherche par ordinateur dans notre base de données informatique, répondit la fille sans enthousiasme. Et quel est le motif de votre demande ?

— Je fais des recherches pour la rédaction d'une biographie de lord Kitchener.

— Puis-je voir votre carte, je vous prie ?

Julie fouilla son sac et produisit une carte qu'elle avait utilisée à plusieurs reprises dans le passé pour d'autres recherches. La jeune personne copia son nom et son adresse, puis leva les yeux vers l'horloge murale.

— Je crains que nous ne puissions aller chercher ces documents avant la fermeture, annonça-t-elle à Julie. Les données seront à votre disposition dès l'ouverture lundi matin.

Julie lui adressa un regard déçu, sachant que l'endroit n'était pas censé fermer avant encore une heure.

— Très bien. Dans ce cas, je reviendrai lundi. Merci.

La rouquine garda les formulaires serrés dans sa main jusqu'à ce que Julie eût quitté la salle, puis elle appela l'adolescent d'un signe de la main.

— Douglas, peux-tu surveiller le bureau une minute ? lui demanda-t-elle d'un ton anxieux. J'ai un coup de fil important à passer.

22

Son véritable nom était Oscar Gutzman, mais tout le monde l'appelait le « Gros ». L'origine du surnom sautait d'ailleurs aux yeux. Avec ses cent trente-six kilos et son mètre cinquante-deux, Gutzman paraissait aussi large que haut. Son crâne rasé et ses oreilles aux dimensions inhabituelles auraient pu le faire passer pour un phénomène de fête foraine. Mais au-delà de son apparence physique, Gutzman était l'un des hommes les plus riches d'Israël.

Ce gamin des rues avait grandi à Jérusalem, où il creusait des tombes antiques en compagnie d'orphelins arabes pour en tirer quelques pièces et profitait des repas gratuits servis dans les soupes populaires tenues par les chrétiens de la ville. Le fait d'avoir côtoyé toutes les cultures et les religions de Jérusalem, ainsi que ses capacités de survie, avaient été fort utiles au petit arnaqueur lorsqu'il s'était métamorphosé, une fois adulte, en homme d'affaires. Parti d'une petite entreprise de bâtiment devenue depuis la plus grande firme de développement hôtelier du Moyen-Orient, c'était à présent un self-made man aux moyens considérables qui traitait d'égal à égal avec toutes les personnalités influentes de la région. Son appétit de succès et d'argent n'était surpassé que par sa passion des antiquités.

La mort précoce de sa plus jeune sœur dans un accident près d'une synagogue avait bouleversé sa vie. Comme tant d'autres après la perte d'un être cher, il s'était consacré à la recherche de Dieu. Mais sa quête était vite passée du plan spirituel au plan temporel, car il entendait démontrer par des preuves tangibles la véracité des écrits de la Bible. Sa petite collection d'antiquités de l'ère biblique avait connu une croissance exponentielle au fur et à mesure qu'il s'enrichissait, et le simple hobby devint vite une passion dévorante. Ses objets, qui se comptaient à présent par centaines de milliers, étaient disséminés entre divers entrepôts de trois pays différents. Gutzman, âgé de presque soixante-dix ans, consacrait désormais tout son temps et ses ressources à sa quête.

Ridley Bannister entra dans un hôtel-boutique luxueux de la partie du front de mer la plus prisée de Jérusalem. Le hall était décoré dans un style minimaliste contemporain, et les nombreux fauteuils en cuir noir d'allure inconfortable contrastaient avec le sol carrelé d'un blanc éclatant. Aux yeux de Bannister, l'agencement était réussi, même si le style n'était guère à son goût. Une employée corpulente l'accueillit avec amabilité lorsqu'il se présenta à la réception.

— J'ai rendez-vous avec monsieur Gutzman. Mon nom est Bannister.

Après un coup de fil de confirmation, un agent de sécurité à la forte carrure l'accompagna vers un ascenseur privé qui glissa aussitôt vers le dernier étage. Dès qu'il sortit de la cabine, la porte de l'appartement s'ouvrit et le Gros apparut, un cigare pendant à ses lèvres.

— Ridley ! Entrez, mon garçon, entrez donc ! lança Gutzman d'une voix que sa respiration rendait sifflante.

— Vous avez l'air en forme, Oscar, répondit Bannister en lui serrant la main.

Une fois de plus, il s'émerveilla à la vue du logement de Gutzman, qui ressemblait à un musée. L'endroit était rempli de vitrines et d'étagères, elles-mêmes pleines de poteries, de sculptures et autres reliques qui dataient de deux mille ans et plus. Gutzman escorta Bannister le long d'un couloir décoré d'antiques mosaïques romaines, vestiges de thermes carthaginois. Ils passèrent sous une arche provenant des ruines de Jéricho et entrèrent dans un luxueux salon qui dominait la plage Gordon de Tel-Aviv et, au-delà, les eaux étincelantes de la Méditerranée.

Alors qu'il s'installait dans un fauteuil de cuir au capitonnage généreux, Bannister s'étonna de trouver la résidence déserte, à l'exception d'une servante solitaire. Lors de ses visites précédentes, il y avait toujours observé une foule d'antiquaires avides de vendre leurs derniers trésors au riche collectionneur.

— Cette chaleur... elle m'oppresse de plus en plus, dit Gutzman, encore haletant après sa courte marche jusqu'à la porte d'entrée, avant de s'effondrer dans un fauteuil. Marta ! Apportez-nous des boissons fraîches, je vous prie.

Bannister sortit le pendentif de sa poche et le déposa dans la main de Gutzman.

— Un présent pour vous, Oscar. Il vient de Tel Arad.

Gutzman examina le bijou, et un large sourire se forma peu à peu sur ses lèvres.

— C'est très aimable de votre part, Ridley, je vous remercie. Je possède un spécimen similaire qui vient de Nahal Besor. Début de l'ère cananéenne, si je ne me trompe ?

— Vous avez raison, comme toujours. Et ceci, est-ce une nouveauté ? demanda Bannister en désignant sur la table basse un petit plat en verre à bordure moulée.

— Oui, s'écria Gutzman, dont les yeux s'illuminèrent. Je viens de l'acheter. Il vient des fouilles de Beït Shéan. Verre moulé du deuxième siècle, sans doute fabriqué à Alexandrie. Admirez son poli.

Bannister prit le plat et l'examina avec attention.

— Il est dans un état parfait.

Marta, la domestique, entra et leur servit à chacun un verre de limonade avant de disparaître dans la cuisine.

— Alors, Ridley, quelles sont les dernières rumeurs dans le monde de l'archéologie légale ? s'enquit Gutzman avec un petit rire.

— Il semble qu'il y ait assez peu de nouveaux projets prévus pour l'an prochain. Le musée d'Israël va financer des fouilles sur les rives de Galilée dans l'espoir de découvrir les restes d'un village antique. L'université de Tel-Aviv a quant à elle reçu l'autorisation de procéder à de nouveaux travaux d'exploration à Megiddo. Mais sur le plan académique, les efforts se concentreront sur les projets de terrain existants. Et bien sûr, il faut mentionner l'assortiment habituel de fouilles financées par des Églises étrangères, mais comme nous le savons tous les deux, il est rare qu'elles aboutissent à des résultats substantiels.

— C'est vrai, mais au moins, ils font preuve de plus d'imagination que les institutions universitaires, fit remarquer Gutzman avec une pointe d'ironie.

— J'ai vu deux sites qui pourraient peut-être vous intéresser. Le premier est à Beit Jala. Si la tombe de Bethsabée existe, c'est sans doute là qu'elle se trouve, dans sa ville natale, qui s'appelait à l'époque Guilo. J'ai déjà rédigé un résumé à ce sujet et établi un plan des fouilles.

Gutzman hocha la tête pour l'encourager à poursuivre.

— Le second est situé près du site de Gibeon. Nous avons une toute petite chance de prouver que c'était l'emplacement du palais de Manassé. Il faudrait davantage de recherches pour optimiser le potentiel des lieux, j'en ai peur. Je pourrais obtenir l'indispensable autorisation de procéder à des fouilles en me plaçant encore une fois sous l'autorité de l'Église anglicane, si vous êtes intéressé par le financement.

— Ridley, vous avez toujours réussi à me faire profiter de passionnantes découvertes, et j'ai éprouvé beaucoup de plaisir à collaborer avec vous, mais je crains de devoir mettre un terme à mon mécénat dans ce domaine.

— Vous vous êtes toujours montré très généreux, Oscar, répondit Bannister en réprimant sa colère à l'idée de perdre le soutien que lui avait longtemps accordé son bienfaiteur.

Gutzman regarda par la fenêtre avec une expression distante.

— J'ai dépensé la plus grande partie de ma fortune pour rassembler des objets susceptibles de prouver la véracité des récits bibliques, dit-il. J'ai en ma possession des briques de boue qui viendraient de la Tour de Babel. Des pierres qui auraient appartenu au mur de fondation du Temple de Salomon. J'ai presque un million d'objets de l'ère biblique. Et pourtant, pour chacun d'eux, il subsiste un élément de doute.

Gutzman fut soudain pris d'une quinte de toux sifflante et suffoqua, le souffle coupé, jusqu'au moment où il put avaler une gorgée de limonade.

— Oscar, vous avez besoin d'aide ?

Le Gros secoua la tête.

— Mon emphysème a beaucoup empiré ces derniers temps, haleta-t-il. Les médecins ne sont pas optimistes.

— Allons donc. Vous êtes aussi fort que David.

Gutzman sourit en se relevant avec lenteur. Son effort sembla lui donner une vigueur renouvelée, et il s'approcha avec vivacité d'une vitrine, d'où il sortit une petite assiette en verre.

— Regardez cela.

Bannister prit l'objet que le Gros lui tendait et constata qu'il s'agissait en réalité de deux assiettes scellées entre lesquelles était dissimulé un document. En le soulevant à la lumière, il distingua un morceau de papyrus carré sur lequel un texte était rédigé, de façon très ordonnée, à l'horizontale.

— Un beau spécimen d'écriture copte, jugea Bannister.

— Vous en comprenez le sens ?

— Je peux déchiffrer quelques mots, mais sans ma documentation de référence, je suis un peu perdu, admit l'archéologue.

— Il s'agit d'un rapport sur l'activité du port de Césarée, rédigé par le capitaine du port. Il relate la capture d'un navire pirate par une galère romaine. Les forbans avaient en leur possession des armes appartenant à un centurion romain, membre de la *Scholæ Palatinæ*.

— Césarée, murmura Bannister en haussant les sourcils. J'ai cru comprendre que des papyrus faisaient partie des objets qui y ont été dérobés il y a peu. Et au moins un meurtre y a été commis.

— Oui, c'est regrettable. Ce document, de toute évidence, remonte au début du quatrième siècle, répondit Gutzman sans s'attarder sur l'allusion de Bannister.

— Intéressant, reprit celui-ci, soudain mal à l'aise. Et quelle est sa signification ?

— Je crois qu'il pourrait constituer une preuve potentielle de l'existence du Manifeste, et il nous fournit un indice important en ce qui concerne la localisation de la cargaison du navire.

Le Manifeste. C'était donc ça, songea Bannister. Le vieux singe voyait approcher la Grande Faucheuse et se raccrochait de toutes ses forces à la perspective de prouver l'existence de Dieu avant que le temps vienne à lui manquer.

Bannister ne put s'empêcher de rire sous cape. Il avait déjà empoché pas mal d'argent de la part de Gutzman et de l'Église d'Angleterre pour pourchasser cette chimère. Mais peut-être pouvait-il en gagner encore plus.

— Oscar, vous savez que j'ai mené des recherches exhaustives, ici et en Angleterre, et que je n'ai obtenu aucun résultat.

— Il doit exister un autre moyen.

— Nous sommes tous deux parvenus à la conclusion que le Manifeste a disparu, si toutefois il a jamais existé.

— Oui, mais c'était avant *cela*, répliqua Gutzman en tapotant l'assiette en verre. Je pratique ce jeu depuis longtemps, et je *sens* qu'il y a là quelque chose d'authentique. Je le sais. J'ai décidé de consacrer tout mon être et toutes mes richesses à cette tâche, à l'exclusion de toute autre.

— Il est vrai que nous avons là un indice d'une valeur indiscutable, reconnut Bannister.

— Ce sera l'apogée de ma quête, dit Gutzman d'une voix lasse. J'espère que vous pourrez m'aider à l'atteindre, Ridley.

— Vous pouvez compter sur moi.

Marta réapparut pour rappeler à Gutzman un rendez-vous médical. Bannister prit congé et quitta l'appartement. En sortant de l'hôtel, il réfléchit au rouleau de papyrus et se demanda si l'hypothèse de Gutzman pouvait être juste. Le vieux collectionneur connaissait son affaire, il devait l'admettre. Mais ce qui intéressait surtout l'archéologue, c'était de savoir comment tirer profit de la nouvelle quête du Gros. Plongé dans ses réflexions, Bannister ne remarqua pas le jeune homme en bleu de travail qui l'attendait près de sa voiture.

— Monsieur Bannister ? demanda le jeune homme.

— Oui, c'est moi.

— Un courrier pour vous, monsieur, répondit le coursier en tendant à l'archéologue une grande et mince enveloppe.

Bannister se glissa au volant de sa voiture et verrouilla les portières avant d'ouvrir la lettre, qu'il secoua pour en extraire le contenu. Il se figea et se contenta de secouer la tête lorsqu'un billet d'avion de première classe pour Londres lui tomba sur les genoux.

23

— Je suis là, Summer ! Par ici !

Une fois descendue du train en provenance de Great Yarmouth avec son sac de voyage sur l'épaule, Summer dut scruter le quai pendant un moment avant de repérer Julie qui l'attendait sur un côté en lui adressant des signes de la main.

— Merci d'être venue me chercher, dit-elle en embrassant la jeune chercheuse. Je n'étais pas sûre de pouvoir trouver mon chemin toute seule, ajouta-t-elle en s'émerveillant à la vue de l'imposante plate-forme de triage couverte de la gare de Liverpool Street, au nord-est de Londres.

— En réalité, c'est très simple, lui répondit Julie en souriant. Il suffit de suivre les autres rats qui cherchent à s'échapper du labyrinthe.

Elle accompagna Summer en passant devant plusieurs quais avant de traverser le grand hall bondé pour se diriger vers un parking proche. Elles montèrent à bord d'une Ford verte qui ressemblait à un insecte géant.

— Comment s'est passé le voyage jusqu'à Yarmouth ? demanda Julie en naviguant parmi la circulation londonienne.

— C'était affreux. Nous avons rencontré un front orageux après notre départ de Scapa Flow et nous avons eu des vents de tempête pendant toute la traversée de la mer du Nord. Je me sens encore toute chancelante !

— Je vois que j'ai eu de la chance d'avoir pu rentrer en Écosse en avion.

— Quelles sont les dernières nouvelles en ce qui concerne le *Hampshire* ? demanda Summer. As-tu réussi à établir un lien avec lord Kitchener ?

— À peine quelques indices, très ténus dans le meilleur des cas, je le crains. J'ai consulté le rapport d'enquête de l'Amirauté sur la perte du *Hampshire*, mais ce n'est qu'un banal livre blanc qui se contente d'appuyer la thèse de la mine allemande. J'ai aussi étudié l'hypothèse selon laquelle l'IRA aurait placé une bombe à bord, mais elle semble dénuée de tout fondement.

— Les Allemands auraient-ils pu installer eux-mêmes une bombe à bord ?

— Aucune archive allemande connue n'en fait la moindre mention, et cela paraît peu probable. Ils pensaient que c'était une mine de leur U-75 qui avait coulé le *Hampshire*, mais le commandant de l'U-Boot, Kurt Beitzen, n'a pas survécu à la guerre, et il n'existe aucun rapport officiel sur l'événement.

— Ainsi, ce n'est pas à un mur que nous nous heurtons, mais à deux. Et ces minces indices dont tu me parlais, quels sont-ils ?

— Eh bien j'ai relu avec soin certains de mes documents sur lord Kitchener et vérifié ses archives de guerre. Et j'ai trouvé deux éléments qui me paraissent assez inhabituels. À la fin du printemps 1916, il a demandé, pour une raison non précisée, que l'armée lui attribue deux gardes du corps. À cette époque, une garde rapprochée était très rare, et sans doute réservée à des personnalités telles que le roi. Et puis j'ai découvert une lettre étrange dans les dossiers militaires.

Un feu passa au rouge ; Julie en profita pour prendre un classeur sur la banquette arrière et tendit à Summer une copie de la lettre de l'archevêque de Canterbury.

— Comme je le disais, ces deux éléments sont bien fragiles et ne signifient peut-être rien.

Summer lut le texte en fronçant les sourcils.

— Ce Manifeste auquel il se réfère… s'agit-il d'un écrit ecclésiastique ?

— Je n'en ai pas la moindre idée, répondit Julie. C'est pourquoi notre première visite sera pour les archives de l'Église anglicane à Lambeth Palace. J'ai demandé à consulter les documents personnels de Monseigneur Davidson dans l'espoir de découvrir quelque chose de plus solide.

Elles traversèrent la Tamise par le Pont de Londres et arrivèrent à Lambeth, où Julie gara sa Ford verte près du palais. Summer s'absorba dans la contemplation du magnifique bâtiment qui bordait le fleuve. On pouvait voir Buckingham Palace sur l'autre rive. Les deux jeunes femmes se dirigèrent vers le Grand Hall, et on les accompagna jusqu'à la salle de lecture. Summer remarqua près d'une photocopieuse un homme mince et séduisant qui leur adressa un sourire à leur entrée.

Lorsque Julie s'approcha du bureau, l'archiviste l'y attendait avec une pile de documents.

— Voici les archives de Monseigneur Davidson. Je crains que nous n'ayons rien au sujet dc lord Kitchener, déclara la jeune employée.

— Ce n'est pas grave, répondit Julie. Merci d'avoir cherché.

Les deux femmes s'installèrent à une table, partagèrent les dossiers et se mirent à l'ouvrage.

— L'archevêque était un rédacteur plutôt prolifique, commenta Summer, impressionnée par la masse des documents.

— En effet, et cette correspondance ne concerne que la première moitié de l'année 1916.

Alors qu'elle commençait ses recherches, Summer vit l'homme de la photocopieuse rassembler quelques livres et venir s'asseoir à la table qui se trouvait derrière elles. Elle sentit un vague parfum d'eau de toilette, musqué, mais agréable, qui émanait de sa direction. Elle jeta un rapide regard par-dessus son épaule et aperçut sur la main droite de l'homme une bague en or qui paraissait très ancienne.

Elle commença à feuilleter les pages de correspondance de Davidson d'un geste vif, et constata que la plupart des lettres ne contenaient que des déclarations sur le budget et la politique adressées aux évêques de Grande-Bretagne, ainsi que les réponses, rédigées dans une tonalité similaire. Au bout d'une heure, Summer et Julie étaient arrivées à la moitié de leurs piles respectives.

— Voici une lettre de lord Kitchener, annonça soudain Julie.

Summer leva un regard impatient.

— Que dit-elle ?

— Il semble s'agir d'une réponse à la lettre de l'archevêque, car elle est datée de quelques jours plus tard. Je vais te la lire, elle est succincte :

« Votre Excellence,

Je regrette de ne pouvoir accéder à votre récente requête. Le Manifeste est un document d'une importance historique considérable. Lorsque le monde sera à nouveau en paix, il est impératif qu'il soit porté à la connaissance du public. Je crains que s'il était entre vos mains, l'Église ne cache la révélation dont il est porteur, dans le but de protéger ses dogmes existants.

Je vous prie instamment de bien vouloir rappeler vos subordonnés, qui persistent à me persécuter sans répit.

Votre obéissant serviteur

H.H. Kitchener »

— Mais que peut donc bien être ce Manifeste ? s'étonna Summer.

— Je l'ignore, mais il est clair que Kitchener en détenait un exemplaire et qu'il y attachait une très grande importance.

— L'Église anglicane semblait d'accord avec lui sur ce point.

Summer entendit l'homme derrière lui s'éclaircir la gorge. Il se leva et se pencha sur leur table.

— Pardonnez-moi si j'ai surpris votre conversation, mais vous avez bien mentionné lord Kitchener ? demanda-t-il avec un sourire désarmant.

— En effet, acquiesça Summer. Mon amie rédige une biographie du maréchal.

— Je m'appelle Baker, mentit Ridley Bannister, ce qui donna aux deux jeunes femmes l'occasion de se présenter à leur tour. Puis-je me permettre de vous faire remarquer que l'Imperial War Museum dispose d'une documentation plus complète sur lord Kitchener ?

— C'est très aimable de votre part, monsieur Baker, répondit Julie, mais j'ai déjà exploité leurs ressources de façon exhaustive.

— Et qu'est-ce qui vous amène ici ? Je serais surpris qu'un héros militaire tel que Kitchener ait pu exercer une influence très profonde sur l'Église d'Angleterre.

— Nous menons des recherches sur une correspondance entre Monseigneur Davidson et lord Kitchener.

— Alors en effet, vous êtes au bon endroit, dit Bannister avec un large sourire.

— Et vous, quelle est la nature de votre recherche ?

— Oh, juste une marotte. Je m'intéresse aux sites de quelques abbayes détruites à l'époque de la dissolution des monastères par Henry VIII, annonça Bannister, qui souleva un livre poussiéreux, intitulé *Plans des abbayes de la vieille Angleterre*, avant de se tourner vers Julie. Avez-vous découvert des éléments nouveaux au sujet de Kitchener ?

— Cet honneur revient à Summer, qui a contribué à démontrer que des explosifs avaient été placés à l'intérieur du navire à bord duquel il a trouvé la mort.

— Le *Hampshire* ? N'a-t-il pas été coulé par une mine allemande ? Je croyais que cela avait été prouvé.

— La cavité causée par l'explosion indique que celle-ci venait de l'intérieur du navire, expliqua Summer.

— La vieille rumeur selon laquelle l'IRA aurait placé une bombe à bord était peut-être fondée, dans ce cas.

— Vous connaissez donc les détails de cette affaire ?

— En effet, répondit Bannister. Le *Hampshire* fut envoyé en cale sèche à Belfast au début de l'année 1916. Certains sont convaincus qu'une bombe fut alors disposée à l'intérieur du bâtiment et qu'elle aurait explosé plusieurs mois plus tard.

— Vous semblez en savoir long sur le *Hampshire*, nota Summer.

— Je suis juste un mordu de l'histoire de la Première Guerre mondiale, et jusqu'à l'obsession ! Mais vers où allez-vous diriger vos recherches, à présent ?

— Nous pensons aller à Broome Park, dans le Kent, pour parcourir à nouveau les documents personnels de Kitchener, indiqua Julie.

— Avez-vous vu son dernier journal intime ?

— Eh bien, non, dit Julie, surprise par la question. On a toujours pensé qu'il avait été perdu.

Bannister consulta sa montre.

— Oh, mon Dieu, il est si tard ! Je crains de devoir me sauver. C'était un plaisir de faire votre connaissance, dit-il en se relevant avant d'incliner à peine le buste. Je souhaite que votre quête du savoir historique s'avère fructueuse.

Il se hâta de rendre ses livres à la bibliothécaire, puis sortit en leur adressant un signe de la main.

— Un homme très séduisant, lança Julie en souriant.

— C'est vrai, reconnut Summer. En tout cas, il en connaît un rayon sur lord Kitchener et le *Hampshire*.

— C'est indéniable. Je ne pense pas que beaucoup de gens soient au courant de la disparition du dernier journal de Kitchener.

— Peut-être l'avait-il sur lui au moment où le navire a coulé ?

— Personne ne le sait. Il avait l'habitude d'écrire sur de petits livres reliés qui couvraient chacun une période d'un an. On n'a jamais trouvé celui de 1916, et on a toujours supposé qu'il l'avait avec lui à bord du *Hampshire*.

— Et que dis-tu de la théorie de monsieur Baker, selon laquelle l'IRA aurait caché des explosifs à bord du navire ?

— Ce n'est qu'une des nombreuses hypothèses plus ou moins saugrenues qui sont apparues après la perte du *Hampshire*, et je n'ai trouvé de justification historique à aucune d'entre elles. Il est peu probable que le *Hampshire* ait pu transporter ainsi une bombe pendant plus de six mois. L'IRA, ou les *Irish Volunteers*, puisque tel était le nom de l'organisation à l'époque, ne pouvait savoir aussi longtemps à l'avance que Kitchener voyagerait à bord. D'ailleurs, l'IRA n'est devenue un mouvement militant actif qu'après l'insurrection de Pâques, en avril 1916, bien après le départ du *Hampshire* de Belfast. Ce qui est révélateur, en revanche, c'est le fait qu'ils n'aient jamais revendiqué l'attentat.

— Dans ce cas, il ne nous reste plus qu'à approfondir nos recherches, dit Summer en ouvrant un nouveau dossier.

Elles durent travailler encore une heure avant que leurs piles commencent enfin à s'amincir de façon visible. Alors que Summer arrivait au bout de son dernier dossier, elle s'immobilisa, droite sur sa chaise, en lisant une courte lettre rédigée par un évêque de Portsmouth. Elle la relut une seconde fois avant de la tendre à Julie.

— Regarde cela, lui dit-elle.

— *Le colis a été livré et le messager renvoyé*, lit Julie à haute voix. *D'ici soixante-douze heures, l'objet qui nous intéresse ne sera plus un motif de souci*. Signé : *Monseigneur Lowery, diocèse de Portsmouth*.

Julie posa la lettre sur la table et lança à Summer un regard perplexe.

— J'avoue ne pas voir l'intérêt de ce message.

— Regarde la date.

— Deux juin 1916. Trois jours avant que le *Hampshire* coule, dit-elle d'une voix surprise.

— Le mystère s'épaissit, conclut Summer d'un ton calme.

24

Après son départ de la bibliothèque, Ridley Bannister traversa le domaine de Lambeth Palace et se dirigea vers une petite construction en brique proche des bâtiments d'habitation. Il entra par une porte que ne signalait aucune plaque et pénétra dans un bureau exigu. Des hommes vêtus comme des gardes de sécurité avaient les yeux fixés sur des écrans de surveillance vidéo, et d'autres travaillaient sur des ordinateurs. Ignorant le regard interrogateur d'un individu assis près de l'entrée, il alla tout droit vers le fond de la pièce et pénétra dans un bureau privé.

Un personnage au regard de rapace et aux cheveux gras, installé derrière un bureau, regardait une vidéo retransmise en temps réel sur son ordinateur. Bannister distingua sur l'écran les silhouettes de Julie et de Summer assises à une table dans la salle de lecture. L'homme leva les yeux et gratifia le nouveau venu d'un regard déçu.

— Ah, vous voilà, Bannister. Vous étiez censé me voir avant l'arrivée de ces dames. Vous avez mis à mal notre couverture.

Bannister s'assit sur un fauteuil en face du bureau.

— Désolé, mon vieux, le personnel du Savoy a oublié de me réveiller ce matin. Mais je voulais vous remercier pour les billets d'avion. Cette fois, vous vous êtes souvenu que j'aimais voyager en première classe.

Le responsable de la sécurité de l'archevêque de Canterbury, méprisant, se contenta de grincer des dents.

— Avez-vous expurgé les dossiers avant de les leur remettre ? demanda-t-il en se tournant vers l'écran.

— Je les connais, ces dossiers, Judkins, répondit Bannister en ôtant une poussière de sa veste. Ils ne contiennent rien de compromettant.

Le visage de Judkins vira au rouge.

— Vous aviez reçu l'ordre de relire et d'expurger ces documents.

— Un *ordre* ? Vous avez dit un *ordre* ? Est-ce que par hasard, j'aurais été enrôlé à mon insu dans l'armée privée de Monseigneur ?

Les deux hommes s'étaient détestés dès leur première rencontre, et leur animosité n'avait fait qu'empirer avec le temps. Mais Judkins était le contact désigné de Bannister, et aucun des deux hommes n'y pouvait rien. L'archéologue poussait toujours le bouchon aussi loin qu'il le pouvait sans mettre en danger ses arrangements contractuels avec l'Église d'Angleterre.

— Vous êtes un employé de l'archevêque et, en tant que tel, vous devez vous conformer à ses exigences, tonna Judkins, les yeux étincelants de colère.

— Je ne suis rien de la sorte, répliqua Bannister. Je ne suis qu'un mercenaire au service de la vérité historique. Il arrive, c'est vrai, que Monseigneur fasse appel à moi de temps à autre, mais rien ne m'oblige à « obéir à ses ordres », ni à lui faire des révérences, quelle que soit l'estime que je lui porte.

Judkins se retint de répondre et regarda Bannister en silence, le temps de laisser sa pression sanguine s'apaiser. Lorsque son visage perdit enfin un peu de sa rougeur, il s'adressa à l'archéologue d'un ton calme et froid.

— Ce choix n'aurait pas été le mien, mais Monseigneur a décidé de faire appel à vos services pour l'informer et le conseiller en ce qui concerne des découvertes historiques, en particulier au Moyen-Orient, susceptibles d'avoir un lien avec les doctrines actuelles de l'Église. Ce supposé Manifeste et ses relations antérieures avec notre institution sont considérés comme des sujets très sensibles. Nous, enfin l'archevêque, veut savoir pourquoi cette chercheuse de Cambridge étudie les archives de Monseigneur Davidson et quel danger ses recherches pourraient représenter.

Bannister réprima un sourire en notant le ton de déférence forcée de son interlocuteur.

— Julie Goodyear est une historienne de Cambridge qui a écrit plusieurs biographies remarquables de personnages éminents du dix-neuvième siècle. Elle travaille en ce moment sur une biographie de lord Kitchener. Mademoiselle Goodyear et son amie américaine, Summer Pitt, ont découvert que le navire de Kitchener, le *Hampshire*, aurait été détruit par une explosion d'origine interne. Elles semblent penser qu'il existe un rapport lointain entre cette affaire et feu Monseigneur Davidson.

Judkins pâlit de façon visible.

— Mon cher Judkins, quelque chose ne va pas ?

— Non, tout va bien, répondit le responsable de la sécurité avec un brusque mouvement de tête. Et ce Manifeste ?

— Monseigneur sait qu'afin de retrouver ce document, j'ai mené avec zèle des recherches qui ont d'ailleurs occasionné des frais considérables, dit Bannister avec un clin d'œil. Je suis presque certain que le Manifeste a disparu en même temps que Kitchener lui-même, lorsque le *Hampshire* a coulé.

— Oui, c'est ce qu'a cru comprendre l'archevêque, en effet. Mais certains éléments historiques liés à cette affaire pourraient s'avérer, dirons-nous, embarrassants pour l'Église et déplaisants pour Monseigneur. Je veux que vous vous occupiez de ces deux femmes dès maintenant.

— Vous *voulez* ? interrogea Bannister en levant un sourcil.

— Monseigneur veut que vous vous en chargiez, répondit Judkins d'un ton coléreux. Ne les lâchez pas, et si nécessaire, prenez les mesures appropriées avant qu'elles ne nous posent de réels problèmes.

— Je suis un archéologue, pas un assassin.

— Vous savez quoi faire. Occupez-vous-en. Vous avez mon numéro.

— Oui. Et vous avez aussi le mien, n'est-ce pas ? demanda Bannister en se levant de son fauteuil. Celui de mon compte aux Bermudes, bien entendu.

— Oui, grommela Judkins. Et maintenant, sortez.

Le responsable de la sécurité de l'archevêque ne put que secouer la tête lorsque Bannister lui adressa une gracieuse révérence et quitta son bureau, aussi à l'aise que si celui-ci lui appartenait.

25

Le vif soleil méditerranéen du matin commençait déjà à chauffer le pont de l'*Agean Explorer* lorsque Rudi Gunn arriva avec sa première tasse de café de la journée et aperçut avec surprise, à un mille nautique ou deux du bastingage, une étendue de côte turque qui ne lui était pas familière. Il entendit au loin le vrombissement d'un moteur hors-bord ; il plissa les yeux et aperçut le Zodiac de l'*Explorer* qui rebondissait sur les vagues en s'approchant de la rive.

Encore mal réveillé, il se força à se concentrer sur la mission de l'équipe et se précipita vers la poupe du bâtiment. Avec un brin de déception, il constata en passant devant l'AUV que celui-ci reposait en sécurité sur son support capitonné. Le gros engin, de la forme d'une torpille, était équipé de toute une variété de capteurs qui permettaient de prélever des échantillons d'eau pour analyse. Lorsque Rudi avait titubé jusqu'à sa couchette six heures plus tôt, l'*Explorer* le suivait encore à la trace alors qu'il procédait à l'exploration d'une grille de recherche à dix milles marins de la côte.

Il avala une longue gorgée de café, se retourna et grimpa les deux volées de marches qui menaient à la passerelle.

Pitt y étudiait une carte en compagnie de Bruce Kenfield, le commandant.

— Bonjour, Rudi, l'accueillit Pitt. Tu t'es levé tôt !

— J'ai senti les moteurs tourner au ralenti depuis ma couchette. Comment se fait-il que nous ayons dévié de trajectoire ?

— Kemal a appris que sa femme avait eu un accident de voiture. Rien de grave, mais nous l'avons conduit à terre pour qu'il puisse la rejoindre.

Kemal était un biologiste marin qui travaillait pour le compte du ministère turc de l'Environnement. Il avait été affecté sur le navire de la NUMA pour surveiller et participer à la mission d'étude des eaux.

— Ce n'est pas de chance, dit Rudi. Après le retour du Zodiac, combien de temps nous faudra-t-il pour revenir à notre grille de recherche et reprendre les opérations ?

Pitt sourit et secoua la tête.

— Sur le plan technique, nous ne pouvons pas reprendre l'étude tant que Kemal n'est pas revenu à bord, à moins que les Turcs nous envoient un remplaçant. Notre accord avec leur gouvernement stipule qu'un représentant du ministère de l'Environnement doit être présent à bord dès lors que nous travaillons dans leurs eaux territoriales. Dans le cas présent, je crains qu'il ne nous faille suspendre toute activité pendant deux ou trois jours.

— Nous sommes déjà en retard. D'abord notre capteur qui a pris l'eau, et maintenant, cet accident. Il va peut-être falloir prolonger notre mission pour terminer l'étude des zones prévues.

— Eh bien, tant pis.

Gunn remarqua que Pitt ne semblait guère partager son sentiment de frustration. Une réaction inhabituelle pour un homme qui, il le savait, détestait laisser derrière lui un travail inachevé.

— Depuis ton retour d'Istanbul, nous n'avons passé que deux journées complètes sur la dernière grille. Nous voici encore réduits à l'inactivité, et tu ne parais pas t'en inquiéter. J'ai du mal à comprendre.

— C'est très simple, Rudi, répondit Pitt. Si on arrête de travailler sur notre mission de surveillance des proliférations d'algues, cela signifie que nous allons nous attaquer à l'exploration d'un navire ottoman, ajouta-t-il avec un clin d'œil.

*

Moins de quatre heures après le retour du Zodiac, l'*Agean Explorer* mouilla l'ancre près de l'île de Chios, à une centaine de mètres du site de l'épave. Après la plongée initiale de Pitt et de Giordino, fort peu de temps avait été consacré à l'examen des lieux, et l'archéologue marin du bord, Rodney Zeibig, s'était contenté de disposer un grillage d'aluminium sur les parties exposées du bâtiment.

Zeibig rassembla une poignée de scientifiques capables de plonger, procéda en quelques heures à leur formation accélérée dans l'art de l'étude et de la documentation sous-marines et entreprit de coordonner un examen précis du navire. Pitt, Giordino et même Gunn prirent chacun leur quart pour photographier, mesurer et creuser des puits de fouille à divers endroits du site. Une petite quantité d'objets, surtout des céramiques et quelques éléments en fer du navire lui-même, furent récupérés au fur et à mesure que des parties de la superstructure se dévoilaient à leurs yeux.

Pitt, près du bastingage de poupe de l'*Agean Explorer*, observait les motifs que formait l'écume de plus en plus dense alors que le vent d'ouest forcissait. Un Zodiac vide rebondissait avec violence sur les vagues, amarré à une balise flottante près du site de fouilles. Deux plongeurs apparurent soudain à la surface et grimpèrent tant bien que mal à bord. L'un d'eux largua l'amarre tandis que l'autre démarrait le moteur hors-bord, et le Zodiac vint s'aligner contre la coque de l'*Explorer*. Pitt affala un câble sur le côté et aida à hisser le canot sur le pont, tandis que les deux hommes restaient assis à bord.

Rudi Gunn et Rod Zeibig prirent pied sur le pont et se débarrassèrent de leur combinaison de plongée.

— C'est un peu agité dans les parages, annonça Zeibig, un homme aux manières vives, aux yeux bleu clair et aux cheveux poivre et sel.

— J'ai signalé à tout le monde que nous suspendions les opérations jusqu'à ce que le vent faiblisse, annonça Pitt. Selon la météo, le temps devrait se calmer d'ici au matin.

— Bonne idée, répondit l'archéologue, mais à mon avis, Rudi ne tiendra pas en place tant qu'il ne sera pas de retour sur l'épave.

— Vous avez fait des découvertes ?

Gunn hocha la tête, une lueur d'excitation dans le regard.

— Je creusais sur la parcelle C1, et j'ai touché une grande pierre gravée. Je n'ai pu en dévoiler qu'un petit coin avant que mon temps de plongée soit écoulé. C'est une sorte de monolithe, ou une stèle.

— Peut-être un indice supplémentaire quant à l'identité du navire, avança Pitt.

— En tout cas, j'espère que nous n'aurons pas à partager notre découverte, dit Zeibig en désignant d'un mouvement de tête le bastingage tribord.

À deux milles de là, un puissant yacht rebondissait sur les flots, le cap droit sur l'*Agean Explorer*. C'était un bâtiment de construction italienne, avec un vitrage enveloppant en verre fumé et un grand pont arrière découvert. Le drapeau turc, rouge avec une étoile et un croissant blancs, flottait à l'un de ses mâts, en compagnie d'un fanion rouge plus petit où ne figurait qu'un unique croissant doré. Pitt constata que si le navire était de dimensions plus modestes que bon nombre de yachts de prestige visibles à Monte-Carlo, il s'agissait d'un modèle de grand luxe. Les trois hommes le regardèrent s'approcher, puis mettre en panne à un demi-mille nautique et se balancer sur la houle agitée.

— À ta place, Rod, je ne serais pas trop inquiet pour l'épave, lança Rudi Gunn. Je serais surpris que ces gens soient des passionnés d'archéologie.

— Ils sont peut-être curieux de savoir ce qu'un navire de recherches est venu faire dans le coin, suggéra Pitt.

— Ou alors nous bouchons la vue d'un propriétaire de villa sur la côte, grommela Rudi Gunn.

Pitt supposait qu'en dehors du docteur Ruppé, personne ne connaissait la position de l'épave, mais il songea qu'après tout, celui-ci en avait peut-être informé le ministère turc de la Culture. C'est alors qu'il se souvint que le bureau de Ruppé avait été cambriolé et la carte du site volée en même temps que les objets. Il fut distrait de ses réflexions lorsqu'il entendit appeler son nom depuis l'avant de l'*Explorer*. Il se retourna et vit Giordino, sous le pont, avancer le torse hors du hublot d'un compartiment de soute.

— Un message radio vient d'arriver pour toi d'Istanbul ! cria son ami.

— Quand on parle du loup, murmura Pitt. J'arrive ! lança-t-il avant de se tourner vers Gunn et Zeibig. Je parie que le docteur Ruppé a terminé l'analyse de nos découvertes.

— Je suis impatient de voir les résultats, acquiesça Zeibig.

Les deux plongeurs se changèrent aussi vite que possible pour retrouver Pitt et Giordino dans un petit espace où plusieurs ordinateurs étaient reliés à un système de communications par satellite. Giordino tendit à Pitt plusieurs pages imprimées, puis se rassit devant l'un des écrans.

— Le docteur Ruppé a aussi envoyé quelques photographies par e-mail, annonça-t-il en cliquant pour ouvrir un fichier.

L'image en gros plan d'une pièce d'or remplit alors l'écran.

Pitt parcourut le rapport, et le passa à Zeibig.

— Il s'agit bien d'une épave ottomane ? demanda Rudi Gunn.

— C'est presque certain, répondit Pitt. Le docteur Ruppé nous dit qu'il a trouvé une pièce-étalon dans un hôtel des monnaies syrien, et qu'elle paraît identique à celles découvertes par Al dans ce coffre de fer. Elle daterait de 1570. Mais après le vol dans son bureau, Ruppé n'a pu se fier qu'à ses seuls souvenirs.

— Je serais assez d'accord avec lui, jugea Giordino. Pour moi, elles sont identiques.

— On sait que ces marques de l'hôtel des monnaies ont été utilisées entre 1560 et 1580, leur apprit Zeibig, qui poursuivait sa lecture du rapport.

— Alors nous sommes sûrs que l'épave date de 1580 au plus tard, conclut Rudi. Quel dommage que toutes ces pièces aient été volées, cela nous aurait permis une identification plus précise.

— Pour ce qui est de la datation, nous avions un autre indice, en l'occurrence, la boîte en céramique dans laquelle se trouvait la couronne, fit remarquer Pitt. Ainsi que Loren et moi l'avons constaté à la Mosquée bleue, le motif décoratif indique qu'elle provenait d'un four d'Iznik.

Giordino fit apparaître d'un clic d'autres photographies, qui présentaient quelques échantillons caractéristiques de carreaux de céramique d'Iznik.

— Par malheur, la boîte a elle aussi été volée dans le bureau de Ruppé. Là encore, nous ne pouvons compter que sur notre mémoire.

— Selon le rapport, ces carreaux intègrent des motifs et des couleurs très populaires dans les céramiques d'Iznik vers la fin du seizième siècle, précisa Zeibig.

— Nous avons au moins une certaine cohérence, nota Giordino.

— D'après ce que j'ai vu de la charpente du navire, je peux affirmer moi aussi qu'elle correspond à ce que l'on sait de la construction navale méditerranéenne au seizième siècle, ajouta Zeibig en levant les yeux du rapport.

— Voilà trois points établis, dit Rudi.

— Ce qui nous amène à la couronne du roi Al, intervint Pitt un ton plus haut.

Giordino afficha une nouvelle vue, une image détaillée de la couronne d'or. Les incrustations de résidus du fond marin avaient été nettoyées, et la coiffure étincelante aurait tout aussi bien pu sortir d'un atelier d'orfèvrerie.

— Dieu merci, ce joli bébé était en sécurité dans le coffre-fort de Ruppé, se réjouit Giordino.

— Pour lui, il s'agit d'une des découvertes les plus significatives jamais faites dans les eaux turques, et l'une des plus mystérieuses, précisa Pitt. Il a effectué de nombreuses recherches, mais n'a pas été en mesure de se baser sur la forme ni la taille de la couronne pour en définir la provenance. Cependant, après un nettoyage exhaustif, il a pu décrypter la gravure peu profonde sur le pourtour intérieur.

Giordino cliqua sur un agrandissement de la couronne tandis que Zeibig feuilletait le rapport pour trouver la page correspondante.

— Le texte de la gravure est rédigé en latin, lut ce dernier, le regard perplexe. Ruppé nous en donne la traduction suivante : *Pour Artrius, en témoignage de gratitude pour la capture des pirates aux reliques. – Constantin.*

— Ruppé a d'ailleurs confirmé l'existence d'un sénateur romain du nom d'Artrius, dit Pitt. Cet homme a vécu sous le règne de Constantin.

— Constantin le Grand ? s'écria Rudi Gunn. L'empereur Constantin ? Mais c'était mille ans plus tôt !

Les quatre hommes contemplèrent la photographie de la couronne sans prononcer un seul mot. Personne parmi eux ne s'était attendu à un tel décalage de date avec les autres découvertes de l'épave, surtout concernant un objet aussi remarquable. Et ils ne disposaient d'aucun indice quant à la raison de sa présence à bord. Pitt éloigna son visage de l'écran, se leva et brisa enfin le silence.

— C'est bien à contrecœur que je dois en tirer la conclusion suivante, dit-il en souriant : le roi Al a été enrôlé dans les légions romaines !

26

Broome Park correspondait tout à fait à l'image traditionnelle du vieux manoir anglais. Acheté par Kitchener en 1911, le domaine se composait d'un bâtiment de brique de style jacobéen construit sous le règne de Charles Ier, entouré de près de deux cents hectares de terrain luxuriant et boisé comme un parc. Dans le court laps de temps où il l'occupa, Kitchener se consacra avec énergie à améliorer l'état des jardins du domaine, et fit construire une ou deux fontaines ornementales. Mais tout comme les habits de soirée, les chevaux et les calèches, le charme et la grâce originels de Broome Park appartenaient désormais à une époque révolue.

À une petite centaine de kilomètres au sud-est de Londres, Julie bifurqua à Douvres et suivit la route étroite qui menait à la propriété. Summer vit avec surprise un groupe de quatre personnes jouer au golf sur une étendue d'herbe, juste en dessous de la pancarte qui leur souhaitait la bienvenue à Broome Park.

— C'est un phénomène qui n'est que trop répandu aujourd'hui en Grande-Bretagne, lui expliqua Julie. Les demeures historiques passent de génération en génération et un jour, les propriétaires s'aperçoivent qu'ils n'ont plus de quoi payer les taxes ni l'entretien. Ils commencent par vendre quelques parcelles, puis doivent vite prendre des mesures plus radicales. Certains domaines se convertissent en chambres d'hôtes, d'autres hébergent des conférences ou des séminaires d'entreprises, voire des concerts en plein air.

— Ou des terrains de golf.

— En effet. Broome Park a sans doute subi le pire des destins. La plus grande partie du manoir a été cédée en copropriété ou pour des hébergements de courte durée, et les terrains environnants ont été convertis en parcours de golf. Horatio Herbert doit se retourner dans sa tombe.

— Le reste du domaine appartient-il encore aux héritiers de Kitchener ?

— Kitchener est resté célibataire toute sa vie, mais il a légué Broome Park à son neveu Toby. C'est Aldrich, le fils de Toby, qui occupe à présent les lieux. Mais il n'est plus tout jeune.

Julie gara la voiture sur un vaste parking, et les deux jeunes femmes longèrent une roseraie assez mal entretenue pour se diriger vers l'entrée principale. Summer fut impressionnée par le hall, avec son lustre en verre taillé et son imposant portrait de Kitchener, dont les yeux gris au regard sévère semblaient encore capables d'imposer leur volonté depuis la surface plane de la toile.

Un homme sec et nerveux à la chevelure blanche lisait un livre, assis à un bureau. Il leva les yeux et sourit lorsqu'il vit Julie entrer.

— Bonjour, mademoiselle Goodyear ! lança-t-il en se levant de son siège. J'ai reçu le message qui m'annonçait votre arrivée ce matin.

— Vous avez l'air en forme, Aldrich. Le manoir affiche-t-il complet ?

— Les affaires ne sont pas mauvaises, je vous remercie. Quelques visiteurs sont arrivés ce matin pour un bref séjour.

— Je vous présente mon amie Summer Pitt, qui me seconde dans mes recherches.

— Enchanté de faire votre connaissance, mademoiselle Pitt, répondit Aldrich en lui tendant la main. Je suppose que vous souhaitez vous mettre au travail sans tarder ? Dans ce cas, laissez-moi vous accompagner.

Il fit passer Julie et Summer par une porte latérale vers une aile privée où se trouvaient ses propres appartements. Ils traversèrent un vaste salon rempli d'objets d'Afrique du Nord et du Moyen-Orient, tous acquis par Kitchener au cours des années où son armée était cantonnée dans ces régions. Aldrich ouvrit une autre porte et les introduisit dans un bureau lambrissé. Summer remarqua qu'un mur entier était bordé de hauts classeurs à tiroirs en acajou.

— Je pensais que vous connaissiez tous les dossiers de l'oncle Herbert par cœur, depuis tout ce temps, dit Aldrich en souriant à Julie.

— Il est vrai que j'ai passé de nombreuses heures en leur compagnie, acquiesça celle-ci. Je voudrais juste réexaminer une partie de sa correspondance personnelle, celle des mois qui ont précédé son décès.

— Vous trouverez cela dans le dernier classeur à droite, précisa Aldrich, qui fit volte-face et se dirigea vers la porte. Je serai à mon bureau dans le hall, si vous avez besoin d'aide.

— Merci, Aldrich.

Les deux femmes s'attaquèrent sans tarder aux classeurs. Summer fut heureuse de constater que la correspondance privée de Kitchener était d'une nature plus personnelle et intéressante que celle des archives de l'Imperial War Museum. Elle parcourut une douzaine de lettres rédigées par des membres de la famille de Kitchener, ainsi que ce qui semblait être un flux ininterrompu d'échanges épistolaires avec des entrepreneurs en bâtiment, que le maréchal cajolait et encourageait sans cesse à terminer les travaux de rénovation de Broome Park.

— Regarde cela, n'est-ce pas adorable ? s'écria-t-elle en montrant à Julie une carte où la nièce de Kitchener, âgée de trois ans, avait dessiné un papillon.

— Le vieux maréchal n'avait pas bon caractère, mais il était très proche de sa sœur, de ses frères et de leurs enfants.

— Lire le courrier d'un tel personnage est un excellent moyen de mieux le connaître, n'est-ce pas ?

— C'est tout à fait vrai. L'art de la correspondance manuscrite a presque disparu avec les e-mails, et c'est bien dommage.

Elles poursuivirent leurs recherches pendant presque deux heures. Soudain, Julie se redressa sur son siège.

— Oh, mon Dieu, il n'a pas coulé avec le *Hampshire*, lâcha-t-elle.

— Mais à quoi fais-tu allusion ?

— Le journal ! répondit Julie, les yeux écarquillés. Là, regarde !

C'était une lettre d'un sergent nommé Wingate, datée de quelques jours avant la mort de Kitchener. Summer la lut avec avidité. Le sergent y exprimait son regret de n'avoir pu accompagner le maréchal pendant son voyage et lui souhaitait tout le succès possible pour ce déplacement de la plus haute importance. Summer se raidit soudain en lisant le post-scriptum au bas de la page.

— *P.-S. J'ai reçu votre journal. Je le garderai en sécurité jusqu'à votre retour*, lut-elle à haute voix.

— Comment ai-je pu passer à côté de cette lettre ? se lamenta Julie.

— Le reste du texte est anodin, et d'ailleurs mal écrit, dit Summer. Il n'aurait pas non plus retenu mon attention. Mais c'est une merveilleuse et excitante découverte ! Ainsi, son dernier journal existe peut-être encore.

— Mais il n'est pas ici, ni dans les archives officielles. Quel était donc le nom de ce soldat ?

— Le sergent Norman Wingate.

— Ce nom me dit quelque chose, mais je ne parviens pas à le situer, répondit Julie qui se creusait la tête en vain.

Un grincement aigu se fit entendre, de plus en plus fort, dans la pièce d'à côté. Summer et Julie se tournèrent vers la porte et virent Aldrich entrer en poussant une table roulante dont une roue était voilée.

— Veuillez pardonner cette interruption, mais j'ai pensé qu'une pause vous ferait plaisir, annonça-t-il en leur versant du thé.

— C'est très aimable de votre part, monsieur Kitchener, le remercia Julie en prenant l'une des tasses brûlantes. Aldrich, vous souvenez-nous d'une connaissance de lord Kitchener, un soldat du nom de Norman Wingate ?

Aldrich se frotta le front en levant les yeux vers le plafond.

— Est-ce que ce n'était pas l'un des gardes du corps de l'oncle Herbert ? suggéra-t-il.

— C'est cela même, dit Julie, qui s'en souvint au même moment. Wingate et Stearns étaient les deux gardes du corps assignés par le Premier ministre.

— Oui, dit Aldrich. L'autre gars… Stearns, dites-vous ? Il voyageait à bord du *Hampshire* avec mon oncle, mais pas Wingate. Il était malade, je crois. Je me rappelle que, bien des années plus tard, mon père déjeunait souvent avec lui. Ce Wingate ressentait une certaine culpabilité pour avoir survécu en restant à terre.

— Wingate dit qu'il avait le dernier journal de lord Kitchener en sa possession. Savez-vous s'il l'a donné à votre père ?

— Non. Si tel était le cas, je suis certain qu'il serait ici avec le reste de ses papiers. Wingate l'a sans doute gardé en souvenir.

Une sonnette lointaine résonna à l'autre bout du bâtiment.

— Je crois qu'il y a quelqu'un à l'entrée. Prenez le temps de déguster votre thé, dit Aldrich avant de quitter le bureau.

Summer relut la lettre et examina l'adresse de l'expéditeur.

— Wingate l'a envoyée de Douvres, dit-elle. Ce n'est pas très loin, n'est-ce pas ?

— Non, une quinzaine de kilomètres.

— Ce sera peut-être un coup d'épée dans l'eau, mais cela vaut la peine d'essayer.

Avec l'ordinateur d'Aldrich et un annuaire du Kent, les deux jeunes femmes dressèrent une liste de tous les Wingate qui vivaient dans la région, puis se relayèrent pour appeler chaque numéro dans l'espoir de localiser un descendant du sergent.

Leur tentative fit long feu et elles n'obtinrent aucune piste. Au bout d'une heure, Summer raccrocha en secouant la tête et barra le dernier nom.

— Plus de vingt personnes et pas le moindre indice, constata-t-elle avec une expression de déception sur le visage.

— Ce que j'ai trouvé de plus proche, c'est un gars qui pensait que Norman Wingate était peut-être son grand-oncle, mais il n'avait rien d'autre à m'apprendre, répondit Julie en consultant sa montre.

— Je suppose que nous ferions mieux de rentrer à l'hôtel, nous pourrons terminer l'examen des dossiers demain matin.

— Pourquoi ne pas loger ici, à Broome Park ?

— Je nous ai réservé des chambres à Canterbury, près de la cathédrale. J'ai pensé que cela t'intéresserait de la visiter, expliqua-t-elle avant de baisser la voix jusqu'à ne plus émettre qu'un murmure discret. On ne mange pas très bien ici.

Summer éclata de rire, puis se leva et s'étira.

— Je ne le dirai pas à Aldrich. Je me demandais s'il nous serait possible de nous arrêter sur la route en passant.

— Bien sûr, mais où ? demanda Julie d'un air interrogateur.

Summer prit la lettre de Wingate et relut l'adresse d'expédition.

— 14, Dorchester Lane, Douvres, dit-elle avec une lueur d'amusement dans les yeux.

*

Le motard mit son casque noir et, abrité par l'arrière d'un camion de jardinier, jeta un coup d'œil furtif vers l'entrée du domaine. Il attendit avec patience que Julie et Summer sortent par la porte principale. Attentif à ne pas être repéré, il les regarda gagner le parking, monter en voiture et prendre l'allée jusqu'à la sortie. Il démarra et se rapprocha, tout en veillant à maintenir une distance confortable. Lorsque Julie tourna en direction de Douvres, il se laissa dépasser par quelques voitures, puis s'élança à son tour en prenant garde de ne pas perdre de vue la petite voiture verte.

27

Le Douvres moderne est une ville portuaire grouillante d'activité, célèbre dans le monde entier pour ses ferrys à destination de Calais et ses falaises de craie blanches. Julie pénétra dans le centre historique de la ville avant de s'arrêter pour demander son chemin. Elles trouvèrent Dorchester Lane à quelques pâtés de maisons du bord de mer. C'était une rue résidentielle tranquille, bordée de vieilles maisons de brique, toutes identiques, construites dans les années 1880. Elles se garèrent sous un bouleau de belle taille et montèrent les marches balayées avec soin du numéro 14. Elles sonnèrent et, au bout d'un long moment, la porte s'ouvrit et une femme échevelée d'une vingtaine d'années apparut, un bébé endormi dans ses bras.

— Oh, je suis confuse de vous ennuyer ainsi, murmura Summer. J'espère que nous ne l'avons pas réveillé ?

La jeune femme secoua la tête et sourit.

— Il serait capable de dormir pendant un concert de rock.

— Nous cherchons des renseignements sur un homme qui a vécu à cette adresse, annonça Julie après s'être présentée. Il s'appelait Norman Wingate.

— C'était mon grand-père, répondit la jeune femme, soudain plus attentive. Je suis Ericka Norris. Wingate était le nom de jeune fille de ma mère.

Julie se tourna vers Summer avec un sourire incrédule.

— Entrez, je vous en prie, proposa Ericka, qui les conduisit dans un salon modeste, mais aménagé de façon chaleureuse, avant de s'asseoir sur un rocking-chair avec son enfant.

— Vous avez une très jolie maison, dit Julie.

— Ma mère y a grandi. Elle disait que grand-père en avait fait l'acquisition juste avant la Première Guerre mondiale. Elle et mon père la lui ont ensuite rachetée, et elle y a passé la plus grande partie de sa vie.

— Votre mère est-elle encore en vie ?

— Oui, mais nous avons dû l'installer dans une maison de retraite il y a de cela quelques mois, afin qu'elle puisse bénéficier de soins appropriés. Lorsque j'étais enceinte, elle a insisté pour que nous emménagions ici. Cela nous a permis de disposer d'un peu plus d'espace.

— Il se pourrait que votre maman puisse nous aider, suggéra Julie. Nous cherchons de vieux documents de la guerre que votre grand-père avait peut-être en sa possession.

Ericka réfléchit un instant.

— Ma mère a récupéré tous les biens de mes grands-parents, en effet. Je sais qu'elle s'est débarrassée de beaucoup de choses au fil des années. Mais de vieux livres et d'anciennes photographies sont toujours là, dans la chambre du petit. Si vous voulez les voir, vous êtes les bienvenues.

En compagnie de Julie et de Summer, Ericka monta l'escalier à pas prudents et entra dans une pièce bleu clair où un berceau en bois était installé contre un mur. Avec douceur, elle y déposa le bébé, qui émit un petit gémissement avant de se rendormir.

— Et voici toutes les affaires de mon grand-père, dit-elle en désignant une haute étagère en bois.

De vénérables volumes reliés en tissu y étaient alignés derrière des photographies en noir et blanc d'hommes en uniforme. Julie prit l'une d'elles, qui représentait un jeune soldat près de lord Kitchener.

— Votre grand-père ?

— Oui, avec lord Kitchener. Saviez-vous qu'il avait dirigé l'armée pendant toute la guerre ?

— En effet, répondit Julie en souriant. Et c'est d'ailleurs la raison de notre présence.

— Grand-père disait souvent qu'il aurait dû mourir avec lord Kitchener sur ce navire qui a coulé lors de la traversée vers la Russie. Mais notre arrière-grand-père était très malade, et Kitchener a bien voulu qu'il reste à terre.

— Ericka, nous avons trouvé une lettre de votre grand-père selon laquelle lord Kitchener lui aurait confié son journal personnel pour qu'il le garde en lieu sûr, dit Julie. C'est ce journal que nous espérons découvrir.

— S'il l'a gardé, alors il doit être ici. Je vous en prie, regardez.

Julie avait déjà lu les journaux précédents de Kitchener, qui étaient tous de petits livres reliés. Elle passa les étagères en revue, et se figea soudain en voyant un volume similaire sur celle du haut.

— Summer… tu peux atteindre ce petit livre bleu tout en haut ? demanda-t-elle d'un ton nerveux.

Summer se hissa sur la pointe des pieds, leva le bras et prit le livre, qu'elle tendit à Julie. Le cœur de l'historienne se mit à battre plus vite lorsqu'elle remarqua qu'aucun titre n'était gravé ni sur la tranche ni sur la couverture. Elle tourna celle-ci avec précaution et contempla une feuille lignée sur laquelle ces mots avaient été écrits en nets caractères manuscrits :

Journal de H.H.K.
1er janvier 1916

— C'est bien son journal, lâcha Summer.

Julie tourna la page et commença à lire les premières notes, qui décrivaient les efforts entrepris par l'auteur pour hâter l'enrôlement de nouvelles recrues en compensation des hommes retirés du service actif. Elle passa vite à la toute dernière note, vers le milieu du journal, qui était datée du 1er juin 1916. Puis elle referma le livre et lança à Ericka un regard plein d'espoir.

— Tous les historiens spécialistes de lord Kitchener recherchent ce document perdu depuis bien longtemps, lui dit-elle.

— S'il a tant d'importance à vos yeux, alors prenez-le, répondit la jeune femme avec un geste de la main vers le journal, comme pour souligner qu'elle n'éprouvait à son égard aucun intérêt. Personne ici ne risque de le lire d'ici un bon moment, ajouta-t-elle en souriant à son enfant endormi.

— Au cas où vous changeriez d'avis plus tard, je compte le confier à la collection Kitchener de Broome Park.

— Je suis certaine que grand-père aurait été enthousiasmé de voir des gens s'intéresser encore à Kitchener et à la « Grande Guerre », comme il l'appelait toujours.

Julie et Summer remercièrent Ericka, puis descendirent les escaliers à petits pas et quittèrent la maison.

— On peut dire que ce détour par Douvres nous a porté chance de façon inopinée, lança Julie en souriant alors qu'elles approchaient de la voiture.

— La chance sourit toujours à ceux qui persévèrent.

Tout à l'excitation de leur découverte, Julie ne remarqua pas la moto noire qui les suivit depuis Dorchester Lane jusqu'à la route de Canterbury en gardant un intervalle régulier de quelques voitures. Pendant que Julie conduisait, Summer parcourait le journal et lisait les passages les plus intéressants à voix haute.

— Écoute cela, dit-elle. Le 3 mars. *Reçu une lettre inattendue de l'archevêque de Canterbury demandant une consultation privée et à domicile du Manifeste. Il a fini par être au courant, mais comment, je l'ignore. Feu le docteur Worthington m'avait assuré de son silence tant qu'il était en vie, mais il m'a peut-être trahi dans la mort. Peu importe. J'ai encouru la colère du prélat en déclinant son invitation dans l'espoir de différer le problème jusqu'à ce que nous soyons à nouveau en paix.*

— Le docteur Worthington ? demanda Julie. C'était un archéologue de Cambridge, bien connu à la fin du dix-neuvième siècle. Il a mené plusieurs fouilles de toute première importance en Palestine, si ma mémoire est bonne.

— Cela me paraît étrange qu'il puisse exister un rapport entre Kitchener et ce Worthington, répondit Summer en continuant à feuilleter les pages. Mais pour ce qui est de contrarier l'archevêque, le maréchal ne se trompait pas. Voici ce qu'il écrivait deux semaines plus tard : *Reçu ce matin une mise en demeure de l'évêque Lowery de Portsmouth, au nom de l'archevêque Davidson. Avec force et éloquence, il a exprimé le vœu que je fasse don du Manifeste à l'Église d'Angleterre, pour le bien de l'humanité. Il a toutefois omis de préciser l'usage que l'Église comptait faire de ce document. Depuis le tout début, j'ai fondé mes espoirs les plus chers sur une quête éclairée de la vérité. Par malheur, il apparaît aujourd'hui que mon Église réagit par peur, dans la négation et la dissimulation de ses buts premiers. Entre leurs mains, le Manifeste risque de disparaître à jamais. Cela, je ne peux le permettre, et j'en ai informé l'évêque Lowery, à son grand dépit. Le moment n'est pas encore venu, mais je crois qu'au terme de cet immense conflit, la publication du Manifeste offrira une étincelle d'espoir à l'humanité tout entière.*

— Si l'on en juge par ses propos, le Manifeste doit être un écrit d'une portée formidable, commenta Julie. Et voici qu'apparaît soudain l'évêque Lowery. Cela donne un nouvel éclairage à la lettre énigmatique qu'il avait adressée à Davidson en juin.

— Kitchener ne livre que peu de détails, mais ses craintes par rapport à l'Église ne font que croître, dit Summer. En avril, il écrit : *Les plans pour l'offensive d'été en France sont presque prêts. Le harcèlement perpétuel des sous-fifres de l'archevêque devient accablant. Le Premier ministre a approuvé ma demande pour un détachement de sécurité. Dieu merci, je n'ai pas eu à en préciser les raisons.*

— Et c'est ainsi que nos amis Wingate et Stearns font leur entrée en scène, fit remarquer Julie.

Summer parcourut le texte pendant qu'elles approchaient de la périphérie de Canterbury.

— Dans les passages rédigés en avril et en mai, il semble débordé par les préparatifs militaires, à part un week-end occasionnel à Broome Park avec de proches parents. Mais écoute : *15 mai. Reçu un nouvel appel menaçant de l'évêque Lowery. Compte tenu de ses manières exécrables, le pays serait mieux servi s'il dirigeait les renseignements militaires plutôt que le diocèse de Portsmouth.* Le lendemain, il écrit : *J'ai été pris à partie dans la rue par un membre de l'Église d'Angleterre qui exigeait le Manifeste. Le caporal Stearns s'est chargé de cet importun sans autre incident. Je commence à regretter d'avoir fait cette maudite découverte en 1877... ou d'avoir laissé le docteur Worthington la déchiffrer l'an dernier. Qui aurait pu imaginer que l'achat d'un vieux papyrus à un mendiant, pendant notre mission d'étude en Palestine, serait aussi lourd de conséquences ?*

Summer passa à la page suivante.

— Est-ce que cette date te rappelle quelque chose ?

Julie prit le temps de réfléchir à ses écrits antérieurs sur le maréchal.

— C'était bien avant ses exploits héroïques à Khartoum. En 1877, je crois qu'il était en poste au Moyen-Orient. C'est à peu près à ce moment-là qu'il a dirigé une mission au nord de la Palestine, dans le cadre du Fonds d'exploration établi par la reine Victoria.

— Il aurait travaillé dans le domaine de la topographie ?

— Oui, il avait pris la direction de l'équipe de recherche lorsque le commandant de celle-ci était tombé malade. Ils ont mené un travail de tout premier plan, malgré les menaces récurrentes de certaines tribus arabes locales. Les données de l'étude ont d'ailleurs été utilisées jusque vers 1960. Mais Kitchener, à cette époque, voyageait à travers tout le Moyen-Orient, et il nous est impossible de savoir où il a pu acquérir ce Manifeste. Il n'a commencé à tenir son journal que des années plus tard.

— S'il s'agit d'un papyrus, ce doit être un document très ancien, dit Summer, qui approchait de la fin du journal. Julie, ça y est ! lança-t-elle soudain après avoir lu une note datant de la fin du mois de mai. *Reçu une mise en garde assez sinistre de la part de l'archevêque. Je commence à croire qu'ils ne reculeront devant rien pour obtenir ce qu'ils veulent. Je suis presque certain qu'ils se sont déjà introduits à Broome Park pour fouiller les lieux. J'espère que ma réponse les tiendra à l'écart. Je leur ai dit que j'emmenais le Manifeste avec moi en Russie et que je le confierais à titre de prêt à l'Église orthodoxe de Petrograd afin qu'ils le gardent en sécurité jusqu'à la fin du conflit. Imaginez leur surprise s'ils savaient qu'il est en lieu sûr avec Sally, sous le regard attentif d'Emily, et ce jusqu'à mon retour.*

— Il ne l'a donc pas emmené en Russie, s'exclama Julie d'une voix remplie d'excitation.

— Il semble que non. Et à présent, écoute ceci, daté du 1er juin : *Ceci sera ma dernière entrée pour l'instant. Partout, des yeux indiscrets sont à l'affût. Je ressens une désagréable frayeur au sujet de ce voyage imminent, mais il est vital que les Russes restent à nos côtés et ne négocient pas d'armistice séparé avec l'Allemagne. Je donnerai ce journal au caporal Wingate pour qu'il le conserve en sécurité. H.H.K.*

— J'ai lu d'autres textes selon lesquels il était inquiet au moment de son départ et semblait craindre ce voyage, dit Julie. Il a dû avoir une sorte de prémonition.

— Sans doute, sinon il n'aurait pas abandonné son journal. Mais une question se pose à présent : qui est Sally ?

— Une personne de confiance, c'est certain, mais je ne crois pas avoir vu ce nom au cours de mes recherches.

— Une vieille secrétaire, ou peut-être l'épouse d'un officier ? suggéra Summer.

Julie secoua la tête.

— Un petit nom pour l'une de ses collaboratrices ?

— Non. Dans ce cas, j'aurais trouvé des références quelque part dans sa correspondance, mais je ne me souviens de rien de ce genre.

— Il ne paraît pas logique qu'il ait pu confier le document à une simple connaissance. Et l'autre prénom, Emily ?

Julie réfléchit un instant tout en attendant de pouvoir s'engager sur un rond-point pour prendre la route qui menait au centre de Canterbury.

— Je me souviens de deux Emily. La grand-mère maternelle de Kitchener portait ce prénom, mais en 1916, elle était décédée depuis longtemps déjà. En revanche, son frère aîné avait une petite-fille du nom d'Emily. Le père, neveu de Kitchener, s'appelait Hal, et il venait assez souvent à Broome Park.

— Cette Emily serait donc une cousine d'Aldrich ? demanda Summer.

— Oui, tu as raison. Peut-être pourrons-nous lui en parler demain matin.

Julie venait d'atteindre le centre-ville. Elle roula au pas devant la célèbre cathédrale de Canterbury pour en faire profiter Summer, et quelques pâtés de maisons plus loin, elle se gara sur le parking de l'hôtel Chaucer, l'une des vieilles auberges de la ville. Après avoir pris possession de leurs chambres contiguës, elles se retrouvèrent dans la salle de restaurant pour le dîner. Summer dévora une grande assiette de « fish & chips » sans même s'apercevoir à quel point l'excursion de la journée l'avait affamée. Julie avait presque aussi faim, et elle avala sans peine une pleine assiette de pâtes.

— Si tu veux faire une petite balade digestive, nous pourrions aller vers la cathédrale, proposa-t-elle une fois le repas terminé.

— Merci pour la proposition de visite guidée, répondit Summer, mais pour être franche, j'aimerais mieux passer un peu de temps sur les écrits de Kitchener.

Le visage de Julie rayonna.

— C'est ce que j'espérais t'entendre dire ! Depuis que nous sommes arrivées à l'hôtel, il me tarde de me remettre au travail.

— Il y a un salon tranquille près du hall, suggéra Summer. Pourquoi ne pas commander du thé et y procéder à un nouvel examen du journal ? Cette fois, je prendrai des notes pendant que tu liras, ajouta-t-elle en souriant.

— Ce serait parfait, acquiesça Julie. Je vais aller le chercher et prendre aussi un carnet, et je te retrouve au salon.

Elle monta à l'étage et entra dans sa chambre, mais hésita un instant quand elle vit ses documents de travail éparpillés sur le lit. Soudain, la porte claqua derrière elle et les lumières s'éteignirent. Lorsqu'elle sentit une ombre approcher, elle voulut crier, mais une main gantée couvrit sa bouche avant qu'elle puisse émettre un son. Un bras se glissa autour de sa taille et la plaqua contre son assaillant, qui paraissait porter des vêtements rembourrés.

— Si vous faites le moindre bruit, vous ne vivrez pas assez longtemps pour voir l'aube, lui murmura une voix profonde à l'oreille.

28

Summer attendit vingt minutes dans le salon avant d'appeler Julie au téléphone. En l'absence de réponse, elle patienta cinq minutes de plus, puis monta à l'étage et frappa à la porte. Son inquiétude grandit lorsqu'elle remarqua l'affichette « Ne pas déranger » qui pendait à la poignée. Elle aperçut une femme de chambre qui préparait les lits dans les chambres du couloir et la convainquit d'entrer dans celle de Julie. Quand elle ouvrit et alluma la lumière, l'employée eut le souffle coupé par la surprise.

Julie était assise sur le sol, les bras liés derrière le dos et attachée au lit avec un drap. Un autre drap enserrait ses chevilles et une taie d'oreiller lui couvrait la tête. Dieu merci, elle était vivante, ce que confirmaient ses mouvements désespérés pour se libérer.

Summer se précipita et fit voler la taie. Les yeux écarquillés de Julie la contemplèrent avec une expression de soulagement tandis que l'Américaine dénouait le bas avec lequel son amie avait été bâillonnée.

— Tu es blessée ? demanda-t-elle en lui libérant les bras.

— Non… ça va, balbutia la jeune femme en refoulant des larmes de peur et de soulagement mêlés. J'ai juste été un peu effrayée.

Elle recouvra vite ses esprits et sa voix reprit son assurance habituelle.

— En réalité, il n'était pas violent. Je ne crois pas qu'il voulait me faire du mal.

— Un homme seul ?

Julie hocha la tête.

— Tu as vu à quoi il ressemblait ?

— Non. À mon avis, il se cachait dans la salle de bains et je suis passée devant lui. Il a éteint la lumière et m'a pressé cette taie d'oreiller sur la tête. Je n'ai pas la moindre idée de son apparence. Je me souviens juste que ses vêtements paraissaient d'une texture épaisse, comme rembourrés.

Le directeur de l'hôtel ne tarda pas, suivi par deux officiers de la police de Canterbury, qui fouillèrent la chambre avec zèle avant de poser des questions détaillées à Julie, à Summer et à l'employée d'étage. L'historienne avait laissé son sac à main dans la pièce, mais le voleur ne s'y était pas intéressé. Julie lança un regard effrayé à son amie en constatant que le seul objet manquant était le journal de lord Kitchener. Summer entendit l'un des officiers parler au directeur dans le couloir.

— Une tentative de vol classique dans les hôtels, entendit-elle. Elle l'aura surpris dans sa chambre, et il l'aura ligotée avant de s'enfuir. Inutile de vous dire que nous avons peu de chances de retrouver ce salopard.

— Ce n'est pas la première fois que cela arrive. Merci, inspecteur, dit le directeur avant de revenir dans la pièce.

Il se confondit en excuses et promit de renforcer la sécurité à l'étage pour la nuit. Après son départ, Summer proposa à Julie de venir dormir avec elle.

— Bien volontiers, si cela ne t'ennuie pas ; je me sentirais beaucoup mieux. Je vais juste prendre ma brosse à dents, répondit Julie en se dirigeant vers la salle de bains, d'où elle appela soudain Summer.

— Que se passe-t-il, Julie ?

La jeune femme l'attendait avec un sourire sombre sur les lèvres. Elle désigna d'un geste un petit miroir près du lavabo. Le voleur y avait laissé un avertissement, écrit avec le rouge à lèvres de Julie :

NE VOUS OCCUPEZ PLUS DE K.

29

Julie s'éveilla tôt le lendemain matin après une nuit de sommeil agité. Sa peur et son angoisse s'étaient peu à peu changées en un sentiment de vigoureuse indignation. Elle s'aperçut qu'elle bouillait de colère.

— Qui pouvait savoir que nous avions découvert le journal ? demanda-t-elle en faisant les cent pas dans la chambre.

— Le voleur n'était peut-être pas au courant, répondit Summer, qui se coiffait dans la salle de bains. Il a peut-être voulu découvrir ce que tu savais, et il a eu de la chance…

— C'est possible. Mais pourquoi cet avertissement ? Qu'est-ce qui, dans la mort de Kitchener et presque un siècle après les faits, pourrait encore faire peur à quelqu'un ?

Summer se vaporisa une touche de parfum avant de rejoindre Julie.

— Une chose me paraît certaine : c'est quelqu'un qui en sait plus long que nous sur le Manifeste ou sur la manière dont le *Hampshire* a coulé.

— Ou les deux, approuva Julie, qui huma une bouffée du parfum de Summer. Oh, tu sens très bon ! ajouta-t-elle.

— Merci. C'est un cadeau d'un ami en Colombie-Britannique.

— Son eau de toilette ! lâcha soudain Julie. Je l'avais presque oubliée. L'homme qui m'a attachée dégageait une odeur d'eau de toilette. Je suis sûre que c'était la même que portait ce type à la bibliothèque de Lambeth Palace.

— Tu veux dire monsieur Baker ? Tu crois que c'était lui ?

— Pour l'instant, je ne suis certaine de rien, mais cela se pourrait bien, en effet. Tu ne te souviens pas ? Il nous a posé une question sur le journal. Sur le moment, j'ai trouvé cela curieux.

— Tu as raison, admit Summer. Quand nous rentrerons à Londres, nous irons vérifier. Il y a de bonnes chances que la bibliothécaire soit en mesure de le reconnaître.

Julie se sentit quelque peu soulagée, mais la révélation ne fit que piquer sa curiosité.

— En attendant, je suggère d'aller à Broome Park et de voir ce qu'Aldrich sait de cette cousine Emily.

Les deux jeunes femmes avalèrent un petit déjeuner rapide à l'hôtel et prirent la route sans tarder pour rejoindre Broome Park. À trois ou quatre kilomètres de Canterbury, la voiture passa dans une ornière profonde.

— Quelque chose ne fonctionne pas bien, dit Julie en percevant une forte vibration dans la colonne de direction.

La voiture franchit encore un nid-de-poule et les deux jeunes femmes ressentirent une brusque secousse suivie d'un gémissement métallique. Summer regarda par la vitre et vit avec horreur la roue avant droite dépasser le capot et partir sur le bas-côté. Le véhicule vira aussitôt à droite sur la voie d'en face. Julie contrebraqua de toutes ses forces, mais sans résultat.

L'aile avant sans roue frotta contre l'asphalte dans une gerbe d'étincelles alors que la Ford glissait dans le sens contraire des aiguilles d'une montre. Les trois pneus restants fumèrent, crissèrent, et la Ford tourna sur elle-même pour sortir de la route à reculons. Elle passa par-dessus le bord de la chaussée et dérapa sur une étendue d'herbe avant de s'encastrer sur un petit talus. La poussière s'éclaircit un peu, et Julie coupa le moteur.

— Tout va bien ? demanda-t-elle à Summer.

— Oui, ça va, répondit Summer en prenant une grande inspiration. Une sacrée secousse ! Je crois que nous avons eu de la chance.

Julie était pâle, ses mains toujours agrippées au volant.

— C'était lui, dit-elle d'un ton calme.

— Eh bien, si tel est le cas, il faudra qu'il trouve mieux que cela pour nous décourager, répliqua Summer d'un air de défi. Voyons si nous réussissons à regagner la route.

Au moment où elle ouvrit la portière, une moto noire arriva à toute allure. Le pilote ralentit juste assez pour regarder la voiture endommagée, puis accéléra et repartit pleins gaz.

— Surtout, ne vous croyez pas obligé de nous aider, s'indigna Summer tandis que la silhouette noire disparaissait au virage suivant.

Elle remonta sur la chaussée et vit la roue couchée sur le bas-côté. Elle la remit d'aplomb, puis la fit rouler jusqu'à la voiture. Julie était sortie de la Ford pour s'asseoir sur un rocher, les mains encore tremblantes. Summer ouvrit le coffre pour sortir le cric, qu'elle installa sous le pare-chocs avant. Le sol était dur et presque plat, et elle n'eut guère de mal à soulever l'aile, que le frottement contre l'asphalte avait marquée de déchirures profondes. Elle monta la roue, la fixa grâce à des boulons pris sur les trois autres et s'assura qu'ils étaient bien serrés avant de remettre le cric dans le coffre.

— Une affaire rondement menée, la complimenta Julie, qui avait recouvré son calme et cessé de trembler. Je pensais que nous allions devoir nous faire dépanner.

— Mon père m'a appris à entretenir les voitures anciennes, répondit Summer avec un sourire de fierté. Il m'a toujours dit qu'une fille devait savoir changer un pneu.

Julie examina une éraflure sur le pare-chocs arrière, puis lui tendit les clefs.

— Cela ne t'ennuie pas de conduire ? J'ai les nerfs un peu à vif.

— Pas du tout, à condition que je puisse ralentir chaque fois que je vois une ornière !

Elle s'installa derrière le volant, démarra et s'engagea sur la route. Le véhicule se comporta de façon normale et elles arrivèrent sur le parking de Broome Park sans autre incident. Elles entrèrent dans le manoir et trouvèrent Aldrich Kitchener en train de disposer du thé et des croissants dans l'atrium aménagé en jardin. Julie le prit à part un instant, mais évita de mentionner l'accident.

— Aldrich, je me demandais si je pouvais vous parler d'Emily Kitchener ?

Le regard du vieil homme s'illumina aussitôt.

— Eh bien, Emily était une femme merveilleuse, je parlais d'ailleurs d'elle à l'un de nos visiteurs hier soir. Elle adorait se promener dans les jardins le soir pour écouter chanter les rossignols. Difficile de croire qu'elle nous a quittés depuis dix ans.

— Elle vivait ici, sur le domaine ? demanda Summer.

— Oh oui ! Mon père l'a invitée à s'installer ici lorsque son mari a été tué dans un accident de chemin de fer. Ce devait être vers 1970. Elle logeait dans ce que nous appelons aujourd'hui la suite Windsor, au dernier étage.

— Est-ce que par hasard vous vous souviendriez d'une amie ou collaboratrice du nom de Sally ?

— Non, je ne me rappelle personne de ce nom, répondit Aldrich en secouant la tête.

— A-t-elle jamais mentionné le fait qu'on lui aurait confié des papiers appartenant à lord Kitchener ?

— Elle ne m'en a jamais parlé. Bien sûr, elle devait être très jeune lorsque le comte est mort. Vous pouvez jeter un coup d'œil à ses affaires, si vous le souhaitez. Elles sont rangées dans des cartons au sous-sol.

Summer lança un regard plein d'espoir à Julie.

— Si ce n'est pas trop vous demander… demanda celle-ci à Aldrich.

— Pas du tout. Je vous y emmène.

Aldrich traversa avec elles ses appartements et ouvrit dans un coin d'une pièce une porte verrouillée qui donnait sur un escalier. En bas des marches, ils atteignirent un sous-sol à l'éclairage parcimonieux, un simple couloir assez large qui s'étendait sous une partie de la résidence. D'antiques caisses de bois et du mobilier recouvert de poussière étaient empilés le long des deux murs.

— La plupart de ces vieux meubles appartenaient au comte, leur expliqua Aldrich. Un de ces jours, il faudra que j'organise une autre vente aux enchères.

Au bout du couloir, ils trouvèrent une lourde porte fermée par un verrou à bouton.

— Au départ, c'était une annexe du garde-manger, précisa leur hôte, qui avança la main vers le verrou avant de s'apercevoir qu'il était déjà ouvert. Ils ont bloqué le passage avec soin pour éviter les infestations de rats.

Il poussa un interrupteur électrique extérieur, tira la poignée et ouvrit la lourde porte, révélant un espace d'un peu plus de trois mètres de long, bordé de chaque côté par des étagères et qui se terminait par un placard en bois. Les rayons étaient pleins à craquer de boîtes en carton, pour la plupart remplies de documents et d'archives relatives au domaine.

— Les affaires d'Emily doivent être là, dit Aldrich, qui se dirigea vers le bout de la pièce et désigna un rayonnage qui lui arrivait au niveau du torse.

Trois cartons étaient étiquetés « E.J. Kitchener ».

— Emily Jane Kitchener. Le plus simple serait sans doute de les examiner ici. Aurez-vous besoin d'aide pour remonter ? poursuivit le vieil homme.

— Merci, Aldrich, mais ce ne sera pas nécessaire, nous trouverons notre chemin, répondit Julie. Et nous refermerons en partant.

— J'espère que vous nous ferez le plaisir de dîner avec nous ? Nous allons faire un repas de poisson grillé dans le jardin, annonça Aldrich avant de quitter la pièce.

Summer sourit en le regardant partir.

— Quel adorable petit homme, dit-elle.

— Et c'est un gentleman de la vieille école, ajouta Julie en sortant deux cartons. Allons-y, un pour toi, un pour moi.

Summer s'approcha et ouvrit le dessus de l'une des boîtes en remarquant qu'elle n'était pas scellée. À l'intérieur, elle découvrit un parfait désordre, comme si quelqu'un y avait jeté des objets à la hâte – ou comme si le contenu avait été fouillé par la suite. Elle ne put retenir un sourire en sortant une couverture pour bébé qu'elle étendit sur un rayon vide. À côté, elle disposa des robes d'enfant, une grande poupée et plusieurs figurines de porcelaine. Au fond du carton, elle trouva quelques bijoux fantaisie et un livre de comptines enfantines.

— Le premier carton est rempli de souvenirs d'enfance, annonça-t-elle en rangeant les objets qu'elle venait de trier. Rien de significatif, à vrai dire.

— Je ne suis guère plus avancée, répondit Julie en posant une paire de bottines à paillettes sur l'étagère. Je vois surtout des chaussures, des pulls et quelques chemises de nuit, ajouta-t-elle en sortant un plateau de couverts. Et de l'argenterie ternie !

Elles remirent les deux boîtes en place et ouvrirent ensemble la troisième.

— Voilà qui a l'air plus prometteur, constata Julie en extrayant un mince paquet de lettres.

Pendant qu'elle les examinait, Summer inventoria le reste du carton. Il s'agissait surtout de livres de prix reliés ayant appartenu à Emily, ainsi que quelques clichés qui la représentaient en compagnie de son mari. Tout au fond, Summer trouva une grande enveloppe pleine de vieilles photographies.

— Rien d'intéressant ici, annonça Julie après avoir fini la dernière lettre. Ce sont toutes des lettres de son mari. Aucune mention de notre mystérieuse inconnue. Le secret de Sally n'est peut-être pas destiné à être dévoilé au grand jour…

— Nous avions peu de chances de trouver quelque chose, nous le savions bien, répondit Summer en sortant les photos de l'enveloppe et en les étalant sur l'étagère pour que Julie puisse aussi les examiner.

C'étaient des clichés sépia décolorés qui dataient de presque un siècle. Julie souleva l'image d'une jeune femme en tenue d'équitation qui tenait un cheval par ses rênes.

— C'était une jolie fille, observa Summer en remarquant le visage délicat et les yeux pénétrants semblables à ceux de son célèbre oncle.

— En voici une avec Kitchener, dit Julie en montrant à Summer une photo plus ancienne prise dans un jardin.

Kitchener se tenait en uniforme près d'un couple. Entre le mari et la femme, une petite fille tenait une grande poupée. Summer reconnut Emily, plus jeune que sur la photo avec le cheval.

— Elle semble avoir dans les quatre ans, jugea-t-elle en prenant l'image et en la retournant pour voir si une date était indiquée au dos.

Elle faillit s'étrangler en lisant l'inscription.

— *Avril 1916. Broome Park. Oncle Henry et Emily avec Sally.*

Elle poussa l'image vers le visage de Julie qui lut la légende, les sourcils froncés.

— Mais c'est Emily avec ses parents ? Sa mère s'appelait pourtant Margaret.

Summer la dévisagea en souriant.

— Sally, c'est la poupée.

Lorsque Julie finit par comprendre, Summer s'était déjà remise à fouiller le premier carton. Il ne lui fallut qu'une seconde pour en extraire une poupée blonde en porcelaine qui portait un tablier à damiers. Elle la souleva en l'air et la compara à celle de la photographie.

C'était bien la même.

— Il disait que le Manifeste était en lieu sûr avec Sally, murmura Julie. Et Sally serait une poupée ?

Les deux jeunes femmes examinèrent l'objet, dont les vêtements et les membres étaient usés et marqués par les jeux et l'attention jalouse que leur avait prodigués une petite fille cent ans plus tôt. D'un geste hésitant, Summer fit basculer la figurine et ôta le tablier à damiers et la robe en indienne assortie. Sur le dos, une épaisse couture maintenait le rembourrage à l'intérieur. Seule cette couture semblait grossière et inégale, à l'inverse du travail délicat du reste du jouet.

— Ce n'est pas l'œuvre d'une couturière experte, fit remarquer Summer.

Julie fureta dans une autre boîte et en tira un couteau en argent terni.

— Je te laisse t'occuper de la chirurgie ? demanda-t-elle d'un ton nerveux en le tendant à Summer.

Celle-ci posa l'objet face contre le rayon de l'étagère et commença à découper tout en haut de la couture. La lame émoussée peinait à entamer le gros fil en boyau, mais elle réussit à scier les premiers points, et se servit de ses mains pour écarter les deux pans et ouvrir le dos. L'intérieur était rempli d'une épaisse et compacte bourre de coton.

— Désolée, Sally, murmura-t-elle en sortant le rembourrage, comme si la poupée était un être animé.

Julie lança un regard anxieux par-dessus son épaule, mais recula en ne voyant rien d'autre que du coton dans le corps de la poupée. Elle ferma les yeux et secoua la tête tandis que Summer prélevait une nouvelle boule d'étoffe.

— C'était une idée idiote, marmonna-t-elle.

Mais Summer n'en avait pas encore terminé avec Sally. Elle scruta le fond de la cavité et y passa le bout des doigts.

— Attends ! Il y a peut-être quelque chose.

Julie écarquilla les yeux en voyant Summer plonger la main dans la jambe gauche de la poupée et y saisir un objet. La jeune femme tira et poussa jusqu'au moment où elle parvint à dégager un tube de plus de dix centimètres enveloppé de tissu. Julie se pencha en avant pendant que Summer posait le cylindre sur l'étagère pour défaire l'emballage de tissu avec des gestes prudents. À l'intérieur se trouvait un épais parchemin roulé. Summer mit le doigt sur le bord supérieur et déroula avec soin le document sur le rayon de l'étagère. Elles retinrent toutes deux leur souffle.

Le parchemin était vierge, mais elles s'aperçurent qu'il protégeait un autre rouleau, plus petit, un papyrus couleur bambou avec une seule colonne d'écriture qui descendait à partir de son centre.

— C'est… ce doit être le Manifeste, prononça Julie d'un ton calme, les yeux rivés sur l'antique document.

— Il semble s'agir d'une écriture ancienne, fit remarquer Summer.

Julie examina les signes, qui lui parurent familiers.

— Cela ressemble à du grec, mais je n'ai jamais rien vu de similaire.

— Je dirais plutôt du copte, tonna soudain une voix d'homme derrière elles.

Les deux jeunes femmes sursautèrent. Elles tournèrent la tête et ressentirent un choc en voyant Ridley Bannister près de la porte. Il était vêtu d'un pantalon et d'un blouson de cuir noir à rembourrage épais semblables à ceux qu'affectionnent les amateurs de trial ou d'enduro. Mais ni Julie ni Summer ne prêtèrent le moindre intérêt à sa tenue. Leur attention se focalisait plutôt sur le pistolet à museau court qu'il tenait braqué sur elles.

30

— C'est vous qui m'avez attaquée dans ma chambre d'hôtel ! lança Julie en reconnaissant la tenue en cuir de son agresseur.

— Attaquer est un bien grand mot, répondit Bannister d'un ton dégagé. Je préfère l'idée que nous avons partagé quelques informations.

— C'est d'un vol qu'il s'agit, répliqua Summer.

Bannister la gratifia d'un regard peiné.

— Pas du tout. Un simple emprunt. Vous constaterez que le journal a trouvé une nouvelle demeure à l'étage, avec les archives de lord Kitchener.

— Allons bon, un voleur repenti ! s'exclama Summer, sarcastique.

Bannister ignora la répartie.

— Je dois admettre que je suis impressionné par vos talents de limiers, dit-il en regardant Julie. Le journal était une merveilleuse découverte, en dépit du manque d'intérêt des commentaires du comte. Et en plus, vous êtes parvenue à identifier Sally. Un joli coup double.

— Nous sommes juste un peu plus rigoureuses que vous, ironisa Summer.

— Je manquais de temps pour passer en revue toutes les possessions d'Emily Kitchener, mais j'avoue que c'est du beau travail. J'ai moi-même cherché pendant dix ans sans succès, ajouta-t-il en levant le canon de son arme. Mesdemoiselles, seriez-vous assez aimables pour aller au fond de la pièce ? Je dois partir – avec le Manifeste, bien sûr.

— Encore un emprunt ? demanda Julie.

— Pas cette fois, je le crains, répondit Bannister avec un sourire de requin.

Julie baissa les yeux vers le papyrus avant de reculer.

— Dites-nous d'abord quelle est la signification du Manifeste ?

— Jusqu'à ce qu'il soit authentifié, personne ne peut rien affirmer, dit Bannister en s'avançant d'un pas lent pour s'emparer du parchemin. Ce n'est qu'un vieux document, mais d'aucuns semblent penser qu'il pourrait semer la panique au sein de certaines puissances théologiques, précisa-t-il en le saisissant de sa main libre avant de l'enfiler d'un geste précautionneux dans l'une des poches de son blouson.

— Kitchener a-t-il été victime d'un meurtre délibéré à cause de ce papyrus ? questionna Julie.

— Je tendrais à le croire, mais pour en savoir plus, il vous faudrait prendre contact avec l'Église d'Angleterre. Eh bien, cette conversation était un plaisir, mesdemoiselles, conclut Bannister en faisant retraite vers la porte, mais j'ai un vol à prendre.

Il sortit du garde-manger et commença à tirer la porte derrière lui.

— Ne nous laissez pas ici, le supplia Julie.

— Ne vous inquiétez pas, répondit Bannister. Je téléphonerai à Aldrich d'ici un jour ou deux et l'informerai que deux jolies filles sont enfermées dans son sous-sol. Adieu !

La porte se referma dans un sifflement suivi par le bruit du verrou, puis Bannister éteignit la lumière depuis l'extérieur, plongeant la pièce dans l'obscurité. D'un pas tranquille, il remonta jusqu'aux appartements d'Aldrich et s'arrêta pour déposer le pistolet Webley, non chargé, là où il l'avait pris quelques minutes plus tôt, dans une vitrine d'objets militaires ayant appartenu à lord Kitchener. Il attendit que le hall du manoir se vide, puis se glissa dehors sans être vu et enfourcha sa moto de location.

Trois heures plus tard, depuis une cabine téléphonique de l'aéroport d'Heathrow, il appela le chef de la sécurité de Lambeth Palace.

— Judkins, ici Bannister.

— Bannister, grommela Judkins d'un ton acide. J'attendais que vous me rendiez compte de votre mission. Avez-vous retrouvé cette femme, Julie Goodyear ?

— Oui. Elle et son amie américaine sont allées à Broome Park fouiller les documents de Kitchener. Elles y sont d'ailleurs encore.

— Elles ne risquent pas de nous poser d'autres problèmes ?

— À dire vrai, elles sont un peu méfiantes, et je dois reconnaître qu'elles ont suivi la bonne piste dans leurs recherches.

— Mais ont-elles en leur possession quoi que ce soit qui puisse nous porter préjudice ? insista Judkins d'une voix impatiente.

— Oh, non, le rassura Bannister en tapotant sa poche intérieure avec un large sourire. Elles n'ont rien. Rien du tout.

31

Le garde-manger verrouillé était aussi sombre qu'une grotte. Summer posa la main sur l'étagère pour ne pas perdre l'équilibre pendant que sa vision s'habituait à la soudaine obscurité. Mais sans lumière, il n'y avait rien à voir. Elle pensa à son téléphone, qu'elle sortit de sa poche. L'appareil émettait une faible lueur bleue.

— Aucun signal par ici, mais au moins il nous servira de veilleuse.

Avec son mobile en guise de lampe, elle s'approcha de la porte et tenta d'abord de la pousser de l'épaule, puis en appliquant quelques fermes coups de talon. Elle ne bougea pas d'un millimètre ; même un lutteur de sumo n'aurait pu faire sauter le lourd verrou. Summer revint vers Julie, et l'éclat du téléphone éclaira le visage effrayé de son amie.

— Je n'aime pas du tout cette situation, dit Julie d'une voix tremblante. Je crois que j'ai envie de hurler.

— Tu sais que c'est une bonne idée, Julie ? C'est ce que nous allons faire.

Summer leva la tête vers le plafond et poussa un cri sonore. Julie se joignit aussitôt à elle et hurla à plusieurs reprises pour appeler à l'aide.

Étouffés par l'épaisseur de la porte, leurs hurlements ne furent qu'à peine audibles au rez-de-chaussée. Les quelques pensionnaires qui captèrent les voix lointaines les mirent sur le compte d'un lecteur MP3 au volume réglé trop fort. Les oreilles d'Aldrich, fatiguées par l'âge, ne les perçurent même pas.

Les deux jeunes femmes firent une pause, puis se remirent à crier à l'unisson. Alors que les minutes défilaient sans apporter la moindre réaction, elles durent se résigner : personne ne pouvait les entendre. Leurs cris leur avaient toutefois servi d'exutoire pour se décharger de l'angoisse de l'enfermement. Julie, en particulier, recouvra un calme qui semblait bien ébranlé quelques minutes plus tôt.

— Si nous sommes condamnées à rester ici un moment, autant nous installer à notre aise, suggéra-t-elle en déplaçant une grosse caisse de bois sur le sol pour lui servir de siège. Tu penses qu'il va appeler Aldrich ? ajouta-t-elle d'un air sombre.

— Oui, je suppose, répondit Summer. Il ne se comportait pas comme un tueur aguerri, ni comme un psychopathe.

Au fond d'elle-même, elle n'en était pas si certaine.

— En ce qui me concerne, poursuivit-elle, je préférerais ne pas attendre Aldrich. Peut-être trouverons-nous là-dedans quelque chose qui nous aidera à sortir ?

À la faible lueur du mobile, elle ouvrit plusieurs caisses, mais constata vite qu'elles ne contenaient que des papiers, des vêtements et quelques objets personnels. Elle ne tarda pas à se décourager. Elle poussa un casier près de Julie et s'y installa.

— Pour ce qui est des moyens d'évasion, il semblerait que nous ne puissions compter que sur une jolie garde-robe.

— Nous aurons au moins quelque chose à nous mettre s'il fait froid, ironisa Julie. Si seulement nous avions à manger !

— Je crains que cet endroit ne porte mal son nom, dit Summer, que ses propres mots firent soudain réfléchir. Aldrich a bien dit que cette pièce était une annexe du garde-manger principal, n'est-ce pas ?

— Oui, c'est vrai, confirma Julie. Et protégée des rats, Dieu merci !

— Julie, sais-tu où se trouve la cuisine du manoir ?

La jeune historienne prit le temps de la réflexion.

— Je n'y suis jamais allée, répondit-elle enfin, mais elle est à côté de la salle à manger principale, le long de l'aile ouest de la résidence.

Summer tenta de visualiser l'orientation du domaine.

— Nous sommes du côté ouest, n'est-ce pas ?

— Oui.

— Alors la cuisine devrait être à peu près au-dessus de nous ?

— Oui, je pense, mais où veux-tu en venir ?

Summer se leva et fit le tour de la pièce en examinant les murs derrière les étagères et les caisses à la lumière de son téléphone. Elle se dirigea ensuite à pas lents vers le fond du garde-manger, où un ensemble de quatre placards en bois était visible derrière une pile de cartons. Elle passa son téléphone à Julie pour que celle-ci l'éclaire.

— Si tu étais le chef cuisinier de Kitchener et si tu avais besoin d'aller chercher un sac de farine, est-ce que tu t'amuserais à le trimballer dans toute la maison ? demanda-t-elle en poussant les cartons de côté.

Elle atteignit les portes des deux placards du haut et tenta de les ouvrir, sans succès.

— Elles sont factices, lui expliqua Julie, qui tenait toujours la lampe improvisée tandis que Summer s'escrimait en pure perte à insérer ses ongles sous les rebords. Essaie celles du bas.

Julie poussa une caisse de côté pour que son amie puisse atteindre les ouvertures des deux placards du bas. En tirant sur les bords des portes, elle constata avec surprise que celles-ci s'ouvraient sans difficulté. À l'intérieur, elle ne vit qu'un espace vide et noir.

— Peux-tu éclairer là-dedans ?

Julie dirigea la lumière derrière les panneaux et mit en évidence, à la base du compartiment, un grand plateau fixé à l'arrière sur une sorte de chevalet. Une roue de poulie était visible d'un côté, munie d'une boucle de corde bien serrée qui remontait jusqu'au-delà des placards du haut. La lampe révéla un long axe vertical.

— Un monte-plats, dit Julie. J'aurais dû m'en douter. Comment as-tu deviné ?

Summer haussa les épaules.

— En raison d'une aversion de longue date pour les difficultés, je suppose.

Elle examina un instant le plateau.

— Un peu étroit, mais comme ascenseur, il devrait faire l'affaire. Je vais devoir reprendre ce téléphone, je le crains.

— Tu ne peux pas monter avec ça, protesta Julie, tu vas te rompre le cou.

— Ne t'inquiète pas, je vais tout juste réussir à me caser.

Summer prit le téléphone et passa tant bien que mal ses longues jambes dans l'ouverture, puis parvint à y nicher le reste de son corps et se retrouva assise en tailleur sur le plateau du monte-plats. Deux cordes effilochées pendaient près de la poulie qui servait à hisser celui-ci, mais elle n'osa pas leur faire supporter son poids. Elle posa le mobile sur ses genoux et examina une mince chaîne de bicyclette qui entourait la poulie elle-même, puis pencha la tête vers l'extérieur.

— Souhaite-moi bonne chance. J'espère te retrouver à la porte dans cinq minutes, lança-t-elle à Julie.

— Sois prudente !

Summer saisit la chaîne à deux mains et tira de toutes ses forces. La plate-forme se souleva aussitôt de sa base et elle entama son ascension dans le puits. Julie sortit une pile de vêtements de l'une des caisses et les disposa au fond du monte-plats en guise de coussin pour le cas où Summer lâcherait prise.

Mais l'athlétique océanographe tint bon. Elle réussit à grimper de trois mètres avant que les muscles de ses bras et de ses mains commencent à faiblir. Elle s'aperçut alors qu'elle pouvait faire pencher le plateau en avant et coincer son pied contre un côté du puits en pressant son dos sur le côté opposé. En soutenant ainsi son propre poids, il lui était possible par moments de retirer ses mains des bords coupants de la chaîne. Elle en profita pour se reposer quelques minutes, puis se hissa à nouveau d'un peu plus d'un mètre avant de s'accorder une nouvelle pause.

Elle repéra la poulie du haut à quelques dizaines de centimètres au-dessus de sa tête et fit un dernier effort pour parvenir au sommet. Ses mains et ses bras la faisaient souffrir, mais elle se força à s'élever encore pour être au même niveau que la roue métallique. Sa tête frôlait à présent le dessus du puits. Le revers d'une porte de placard apparut devant elle, et elle poussa avec ses pieds. Mais la porte ne céda pas.

Tout en continuant à pousser, Summer sentait décroître la force de ses bras. Elle perçut enfin un mouvement à peine perceptible. Elle était positionnée trop haut et trop près de la poulie pour pouvoir s'appuyer contre la paroi du puits et détendre ses muscles, et elle sentit que sa prise sur la chaîne diminuait. Elle comprit qu'elle n'était qu'à quelques secondes de tout lâcher et se poussa en arrière aussi loin qu'elle le pouvait, puis se propulsa en avant et lança ses jambes de toutes ses forces contre la porte du placard.

Un épouvantable fracas retentit lorsque celle-ci s'ouvrit enfin en envoyant une vague de lumière dans le puits obscur. Emportée par son élan, Summer glissa à travers la surface polie et lâcha la chaîne, un instant aveuglée par le brusque changement de luminosité.

Lorsque sa vision s'éclaircit, elle constata qu'elle était affalée sur un grand buffet en teck, dans un salon de dimensions réduites, mais bien éclairé, qui semblait avoir été aménagé dans une partie des anciennes cuisines du manoir. Elle eut le souffle coupé en voyant une demi-douzaine de couples âgés installés autour d'une table pour prendre le thé. Tous la contemplèrent en silence, comme si elle était un extraterrestre tout droit débarqué de Mars.

En se remettant sur pied et en s'écartant du buffet avec des gestes précautionneux, elle comprit l'origine du monstrueux vacarme : les cuillers, les tasses et les soucoupes qu'elle avait envoyées voler en ouvrant la porte du buffet gisaient éparpillées sur le sol.

Elle se brossa d'un air contrit en tentant de cacher ses mains tachées de graisse et adressa un sourire aux convives assemblés.

— Je déteste être en retard pour le thé, lança-t-elle d'un ton d'excuse avant d'opérer une retraite précipitée.

Dans le couloir, elle tomba sur Aldrich qui accourait, alerté par le bruit. Elle lui fit changer de direction pour aller délivrer Julie. Ensemble, ils descendirent l'escalier en courant et ouvrirent la porte du garde-manger. Julie, soulagée, sourit en voyant apparaître le visage de son amie.

— J'ai entendu un bruit infernal, s'étonna-t-elle. Tout va bien ?

— Oui, sourit Summer, mais je crois que je vais devoir offrir un nouveau service à thé à Aldrich.

— Balivernes ! grommela le vieil homme. Allons, dites-moi qui vous a enfermées ici.

Julie lui décrivit Bannister et sa tenue de motard.

— On dirait que c'est ce Baker, dit Aldrich. Il est parti ce matin.

— Que savez-vous de lui ?

— Pas grand-chose, à dire vrai. Il m'a raconté qu'il était écrivain, qu'il vivait à Londres et qu'il était venu ici en vacances pour jouer au golf. J'ai le vague souvenir de l'avoir déjà vu ici avant, il y a quatre ou cinq ans peut-être. Je l'avais laissé examiner les archives. Il en connaît long sur le comte. Il s'était d'ailleurs lui aussi intéressé à Emily.

Les deux jeunes femmes échangèrent un regard entendu. Summer laissa son amie et entra dans le garde-manger.

— Voulez-vous que je prévienne la police ? demanda Aldrich.

Julie réfléchit un instant.

— Non, je ne pense pas que cela soit nécessaire. Il a trouvé ce qu'il cherchait, et je ne crois pas qu'il risque de nous causer d'autres problèmes. Et puis je suis certaine que le nom et l'adresse londonienne qu'il vous a donnés sont faux.

— Si jamais il se montre encore ici, il va voir de quel bois je me chauffe, maugréa Aldrich. Mes pauvres amies. Allons, remontons boire une tasse de thé.

— Merci, Aldrich, nous arrivons tout de suite.

Pendant que le vieil homme partait en arborant un air de farouche détermination, Julie s'assit sur un banc de l'époque de la reine Anne, près de quelques meubles recouverts de couvertures. Elle respirait avec peine. Une seconde plus tard, Summer sortit du garde-manger et remarqua aussitôt sa pâleur.

— Tout va bien ?

— Oui, ça va. Je ne voulais pas te le dire, mais je suis un peu claustrophobe. Je ne souhaite pas revivre ce genre d'expérience d'ici un moment.

Summer se retourna et referma la lourde porte derrière elle.

— Nous n'aurons plus à revenir dans cette pièce, dit-elle. Où est Aldrich ?

— Il est remonté nous préparer du thé.

— J'espère qu'il lui reste assez de tasses.

Julie secoua la tête avec une grimace de déception.

— Je n'arrive même pas à y croire. Nous avions entre nos mains l'indice qui nous manquait sur la mort de Kitchener, et le voilà disparu avant qu'on ait eu la moindre chance d'en comprendre le sens.

— Ne te laisse pas abattre, la consola Summer. Tout n'est pas perdu.

— Il ne nous reste presque rien comme base de travail. Nous ne découvrirons sans doute jamais la véritable signification du Manifeste.

— Balivernes, comme dirait Aldrich. Et il nous reste Sally, ajouta-t-elle en montrant la poupée.

— À quoi pourrait-elle bien nous servir, à présent ?

— Eh bien, notre ami a peut-être volé la jambe gauche, mais il nous reste la droite.

Elle tint la poupée dépenaillée près du visage de Julie et arracha une boule de bourre de coton. L'historienne jeta un coup d'œil et aperçut l'extrémité d'un autre rouleau de papier dans la jambe droite.

Elle resta confondue, les yeux luisants, tandis que Summer extrayait avec délicatesse l'objet de la poupée. Puis elle le posa sur le banc pour le dérouler, et elles constatèrent qu'il ne s'agissait pas cette fois d'un parchemin ni d'un papyrus. C'était une simple lettre écrite à la machine, à en-tête du « Département d'Archéologie de l'Université de Cambridge ».

32

— Les plongeurs sont encore sous l'eau, annonça Gunn.

Debout sur la passerelle de l'*Agean Explorer*, il observait à la jumelle un Zodiac vide amarré à une ligne de mouillage qui descendait jusqu'à l'épave ottomane. À des intervalles de quelques secondes, deux groupes de bulles remontaient à la surface à un mètre ou deux de la ligne balisée. Il braqua ses jumelles au-delà de l'embarcation et régla la mise au point pour observer le grand yacht italien bleu qui avait jeté l'ancre non loin. Il nota avec étonnement que la proue lui faisait face, et que le yacht était perpendiculaire au courant. Sur la partie visible du pont arrière, quelques hommes s'activaient mais très vite, son champ de vision fut bouché par la superstructure du navire.

— Notre ami au long nez est encore en train de fouiner dans le coin, commenta-t-il.

— Le *Sultana* ? demanda Pitt, qui venait de déchiffrer le nom du yacht.

— Oui. On dirait qu'il s'est encore rapproché du site.

Pitt leva les yeux de la table des cartes où il examinait des documents.

— Il doit être en panne de divertissements pour ses passagers.

— Je me demande à quoi il joue, dit Gunn en baissant ses jumelles. Ses propulseurs latéraux sont en marche, et il s'est mis en travers du courant.

— Pourquoi ne pas l'appeler par radio et lui poser la question ?

— Le commandant a envoyé plusieurs messages amicaux hier soir, et il n'a même pas obtenu de réponse.

Gunn s'assit en face de Pitt de l'autre côté de la table, où étaient posées deux petites boîtes en céramique. Pitt établissait une comparaison avec un rapport d'évaluation d'objets retrouvés sur un bâtiment de commerce renfloué par George Bass, un archéologue sous-marin de renommée mondiale.

— Tu avances dans la datation de ces boîtes ? lui demanda Gunn en prenant l'une d'elles, qu'il étudia avec attention.

— Elles ressemblent beaucoup à celles retrouvées sur un navire marchand coulé près de Yassiada au quatrième siècle, répondit Pitt en montrant à Gunn une photographie du rapport.

— Alors la couronne romaine d'Al n'est pas un faux ?

— Non, elle semble authentique. Nous avons affaire à une épave ottomane qui, pour une raison que j'ignore, transportait des objets romains.

— Une belle découverte, quel que soit le point de vue que l'on adopte, reconnut Gunn. Je me demande d'où ils viennent.

— Le docteur Zeibig étudie quelques échantillons de graines incrustées sur l'un des tessons de poterie, ce qui pourrait nous permettre de déterminer le point de départ du navire. Bien entendu, si tu nous avais laissés déblayer le reste du monolithe, nous aurions peut-être déjà une réponse.

— Ah non, hors de question ! protesta Gunn. C'est ma découverte, et Rod a dit que je m'en occuperais avec lui lors de notre prochaine plongée. Contente-toi de garder Al à l'écart. À ce propos, ajouta-t-il en consultant sa montre, Iverson et Tang ne devraient pas tarder à remonter.

— Alors je ferais bien de réveiller Al, dit Pitt en se levant. C'est nous qui prenons le prochain quart.

— Je crois l'avoir vu dormir près de son nouveau jouet.

— Oui, il brûle d'impatience à l'idée d'essayer le *Bullet*.

— Et attention ! Vous ne touchez pas à mon monolithe ! avertit Gunn en agitant l'index alors que Pitt traversait la passerelle.

Pitt alla chercher son sac de plongée dans sa cabine, puis se dirigea vers le pont arrière. À l'ombre d'un submersible blanc aux contours profilés, il découvrit Al en pleine sieste, la tête posée sur une combinaison roulée en boule. La seule présence de son ami suffit à le réveiller, et il ouvrit une paupière paresseuse.

— Le temps est-il venu d'une nouvelle visite dans mon royaume englouti ? demanda-t-il.

— Oui, Votre Majesté. On nous a attribué la grille C2, en l'occurrence un monticule de pierres.

— Et c'est avec ça que je suis censé enrichir ma collection de joyaux ?

Al s'assit et commença à enfiler sa tenue pendant que Pitt ouvrait la fermeture zippée de son sac et s'habillait à son tour. Quelques minutes plus tard, Gunn se précipita vers eux avec une expression soucieuse sur le visage.

— Dirk, Iverson et Tang auraient dû remonter depuis dix minutes, mais ils n'ont pas encore fait surface.

— Peut-être se sont-ils arrêtés pour un palier de décompression supplémentaire, suggéra Al.

Pitt lança un regard en direction du Zodiac vide. Iverson et Tang, des scientifiques spécialisés dans le domaine de l'environnement, étaient tous deux des plongeurs confirmés.

— Nous allons prendre le canot pour jeter un coup d'œil. Rudi, donne-nous un coup de main.

Gunn les aida à mettre à l'eau un petit canot pneumatique rigide, à peine assez grand pour les accueillir avec leur matériel. Pitt s'équipa sans tarder de sa bouteille, de son masque et de ses palmes, tandis qu'Al faisait démarrer le moteur hors-bord et fonçait vers le Zodiac. Alors qu'ils approchaient, ils ne virent aucune trace de leurs deux compagnons.

Le canot était encore en train de ralentir sur sa lancée lorsque Pitt roula par-dessus bord et se mit à nager à vive allure vers la ligne de mouillage avant de descendre en la suivant vers le fond. Il s'attendait à trouver Iverson et Tang en train d'effectuer un palier de décompression à cinq ou six mètres de la surface, mais ne vit pas le moindre signe des deux scientifiques. Il se pinça le nez et souffla pour se déboucher les oreilles juste avant d'atteindre la limite des cinq mètres, puis palma plus fort vers le bas. Loin de la surface, il distinguait à peine la grille en aluminium jaune fixée sur le sable. Lorsqu'il arriva vers le bas de l'amarre dans une pénombre opaque et verdâtre, il alluma sa torche de plongée.

Il explora la zone à la hâte, puis nagea vers la grille en longeant l'épave. Il se dirigea vers la quatrième case, puis hésita un instant en remarquant une profonde marque en creux à l'endroit où avait reposé le monolithe auquel Gunn attachait tant de prix. En regardant plus loin, il aperçut une forme bleue près du tas de roches. Il palma de plus belle et arriva juste au-dessus de la silhouette étendue de l'un des plongeurs.

Le corps était coincé sous la grille d'aluminium, et des pierres avaient roulé sur sa poitrine. Il lui suffit d'un seul regard sur les yeux grands ouverts d'Iverson derrière son masque pour confirmer sa mort. Il vérifia le matériel de plongée du scientifique et nota l'absence du détendeur. Il l'aperçut sur le sable quelques mètres plus loin. Une coupure nette indiquait que le tuyau d'arrivée d'air avait été sectionné.

Pitt prit conscience d'une lumière au-dessus de lui et vit avec soulagement la silhouette trapue de Giordino. Al s'approcha et palma vers le corps d'Iverson. Pitt secoua la tête, puis leva le détendeur vers son ami pour lui montrer la partie sectionnée. Giordino hocha la tête, puis lui indiqua la proue de l'épave. Pitt le rejoignit en palmant sur le dos.

Ils découvrirent le corps de Tang qui dérivait au-dessus du fond. Une de ses palmes était prise dans la grille. Il s'était noyé comme Iverson, mais semblait s'être débattu avec l'énergie du désespoir pendant ses derniers instants. Son masque, sa ceinture lestée et son autre palme avaient été arrachés et son détendeur, cisaillé lui aussi, reposait un peu plus loin sur le sable. Pitt dirigea le rayon de sa torche sur le visage de Tang, révélant une grosse marque violette sur la pommette droite. Le savant, voyant ce qui était arrivé à Iverson, s'était sans doute défendu, mais ses assaillants étaient trop puissants ou trop nombreux pour lui. Il fouilla les alentours de sa lampe, mais ne vit rien. Les agresseurs étaient déjà remontés à bord du navire italien.

Il attrapa le gilet stabilisateur de Tang et donna une secousse pour faire remonter son corps. Giordino lui indiqua par gestes qu'il allait s'occuper de celui d'Iverson. Sans se hâter, Pitt remonta avec le cadavre en restant proche de la ligne de mouillage pendant son ascension. Alors qu'il arrivait vers la surface, il entendit le ronronnement grave d'un moteur qui démarrait. Le son monta en intensité, et il comprit qu'il devait s'agir du yacht dont les moteurs montaient en régime pour fuir les lieux du forfait.

Sa supposition était juste, mais il n'avait pas réfléchi au cap que prendrait le navire. En arrivant à l'air libre, il s'aperçut trop tard que le vrombissement des moteurs avait encore gagné en volume et que l'ombre du bâtiment se dirigeait vers lui à vitesse soutenue. Il sortit la tête de l'eau le long du Zodiac et du canot, et lorsqu'il leva les yeux, il vit à moins de sept mètres l'Italien qui filait dans sa direction. La massive coque bleue rebondissait sur la surface tandis qu'une fontaine d'écume blanche jaillissait de ses propulseurs à la poupe.

En l'espace d'un instant, le *Sultana* fonça sur les deux petites embarcations. Il écrasa aussitôt le Zodiac de tout le poids de sa coque et de toute la puissance de ses hélices tout en envoyant voler le canot, tel un insecte, à travers les vagues.

Le Zodiac déchiqueté coula très vite sous la surface pendant que le *Sultana* fendait les eaux vers l'horizon, filant comme un éclair.

Dans son sillage, la balise de la ligne de mouillage remonta à la surface après avoir été engloutie vers le fond. Libérée de l'amarre, elle dansait et s'agitait dans un bouillonnement d'écume que le sang tachait de rouge.

33

Giordino vit l'ombre du *Sultana* passer au-dessus de sa tête et fit surface, le corps d'Iverson en remorque, à quelques mètres de la balise flottante. Il gonfla le gilet stabilisateur du scientifique tout en regardant sombrer les débris broyés du Zodiac. Plus loin, il repéra le canot en partie dégonflé qui dérivait à bonne vitesse sous le vent léger. Il regarda autour de lui, mais ne vit aucune trace de Pitt. Ce fut alors qu'il aperçut un point sombre dans l'eau, près de la balise.

Craignant le pire, il lâcha le corps d'Iverson et nagea vers la bouée. Il comptait plonger et chercher son ami sous l'eau, mais en approchant, il sentit son estomac se révulser lorsqu'il comprit que la tache sombre était du sang humain rouge vif qui s'étendait à la surface. Un corps vêtu d'une combinaison de plongée flottait en son centre, face vers le bas, bras et jambes immergés, rendant toute identification impossible. De toute évidence, c'était son torse qui constituait la source de l'hémorragie. Découpé et déchiré comme par une tondeuse à gazon, le dos du cadavre, mutilé par les hélices du yacht, n'était plus qu'une épouvantable bouillie de chair hachée et de Néoprène.

Giordino lutta contre sa répulsion et nagea à toute allure vers le corps. Effrayé par ce qu'il allait peut-être découvrir, il saisit avec douceur le torse sanguinolent et sortit la tête de l'eau.

Dieu merci, ce n'était pas Pitt.

Il crut mourir d'une crise cardiaque lorsqu'il sentit une ferme tape sur son épaule. Il se retourna et se retrouva nez à nez avec son ami, qui venait de faire surface juste derrière lui. Giordino remarqua une légère trace de peinture blanche sur l'épaule et le capuchon de la combinaison de Pitt. Il recracha l'embout de son détendeur.

— Ça va ?

— Oui, je vais bien, répondit Pitt.

Al remarqua toutefois une lueur de colère dans son regard.

— Toi et Tang étiez sur le passage de ce bolide ? lui demanda-t-il.

Pitt hocha la tête.

— Tang m'a sauvé la vie.

Lorsqu'il était remonté à l'air libre droit devant le *Sultana*, Pitt n'avait eu que quelques secondes pour réagir. Il avait passé un bras dans le gilet stabilisateur de Tang et plaqué son corps sur sa poitrine avant de basculer en arrière pour tenter de plonger. Le yacht était déjà sur eux, heurtant Tang de sa masse. Ensemble, ils furent projetés sous la coque jusqu'au moment où ils passèrent près des hélices qui tournaient à une vitesse folle. Pitt était parvenu à garder Tang au-dessus de lui, et c'est le cadavre du malheureux qui avait subi les ravages infligés par la morsure des pales.

À l'idée de s'être servi du scientifique comme bouclier, Pitt éprouvait un mélange de dégoût et de colère, mais il savait que s'il avait agi de façon différente, c'est lui qui aurait été réduit en charpie.

— Ils l'ont tué deux fois aujourd'hui, dit Giordino d'un air sombre.

— Ils… murmura Pitt sans finir sa phrase.

Il contempla la silhouette du navire qui disparaissait peu à peu à l'horizon. Son esprit bouillonnait déjà à la recherche d'une réponse : qui était prêt à aller jusqu'au meurtre pour une épave, et pourquoi ?

— Nous ferions mieux de le sortir d'ici avant que tous les requins de la Méditerranée ne se donnent rendez-vous pour le déjeuner, dit Al en attrapant le bras de Tang.

L'*Agean Explorer* avait déjà levé l'ancre et s'avançait vers eux à petite vitesse. Un groupe de matelots abaissa une grue de pont et hissa au plus vite les deux cadavres avant d'aider Pitt et Al à remonter à bord. Le commandant et le médecin accoururent aussitôt, suivis de près par Rudi Gunn. Le directeur adjoint de la NUMA, qui maintenait un sac de glace pressé contre sa tête, affichait une expression hébétée.

— Ils sont tous les deux morts dans l'eau, expliqua Pitt tandis que le médecin s'agenouillait pour examiner les deux corps. Noyés.

— La mort est accidentelle dans les deux cas ? demanda le docteur.

— Non, répondit Pitt et se débarrassant de sa combinaison de plongée.

Il montra le tuyau coupé qui dépassait de la bouteille d'air comprimé d'Iverson.

— Quelqu'un a sectionné leur arrivée d'air.

— Les mêmes qui ont tenté de nous aplatir sous la coque de leur joujou italien de luxe, ajouta Giordino.

— Lorsqu'ils sont venus à bord, je savais qu'ils mentaient, dit le capitaine Kenfield en secouant la tête. Mais je n'imaginais pas qu'ils puissent aller jusqu'au meurtre.

Pitt remarqua au sommet du crâne de Gunn la bosse que ce dernier frottait avec son sac de glaçons.

— Que t'est-il arrivé ?

Gunn baissa la main qui tenait le sac et fit une grimace.

— Pendant que vous étiez en plongée, le *Sultana* a envoyé un canot rempli de gros bras armés. Ils prétendaient travailler avec le ministère turc de la Culture.

— Ils patrouillaient en haute mer à bord d'un yacht de luxe ? demanda Giordino d'un ton dubitatif.

— Je leur ai demandé des documents d'identification, mais en guise de réponse, je n'ai eu droit qu'à un coup de crosse de fusil, précisa Rudi Gunn en repositionnant le sac de glace sur sa tête.

— Ils ont déclaré en termes dénués de toute ambiguïté que nous n'avions aucune autorité pour travailler sur un navire de l'époque ottomane.

— Intéressant. Ils connaissaient donc la nature de l'épave, observa Al.

— Que voulaient-ils d'autre ? questionna Pitt.

— Ils ont exigé tous les objets découverts sur le site, répondit Kenfield. Je leur ai dit de quitter mon navire, mais la suite ne s'est pas déroulée sans accrocs. Ils nous ont emmenés, Rudi et moi, sur l'aileron de passerelle, et ont menacé de nous tuer. L'équipage n'avait pas le choix.

— Ils ont tout emporté ? demanda Al.

Gunn hocha la tête.

— Ils ont vidé le labo et sont retournés à leur bord avant que vous remontiez.

— Mais avant, ils nous ont ordonné de quitter la zone et nous ont prévenus que nous n'avions pas intérêt à lancer de message radio, ajouta Kenfield.

— Je suis navré d'avoir à te le dire, Rudi, mais ils ne se sont pas contentés des objets, annonça Pitt. Ils ont aussi exhumé ton monolithe de la zone de l'épave.

— Ce n'est pas le pire, dit Gunn d'un air sombre. Ils ont emmené Zeibig.

— Ils ont demandé qui était le responsable des fouilles, acquiesça le commandant. Le docteur Zeibig était au labo à ce moment-là, et ils l'ont obligé à les accompagner.

— Après ce qu'ils ont fait à Iverson et à Tang, nous savons qu'ils n'hésiteront pas à le tuer, lui aussi, dit Giordino d'une voix calme.

— Vous avez déjà essayé de contacter quelqu'un ? demanda Pitt au commandant.

— J'étais à l'instant au téléphone avec le ministère turc de la Culture. Ils m'ont confirmé le fait qu'ils ne possédaient aucun yacht et ne disposaient d'aucune force armée dans cette zone. J'ai aussi contacté les garde-côtes. C'est bien regrettable, mais eux non plus n'ont aucun navire dans les environs immédiats. Ils veulent que nous nous rendions à leur base d'Izmir pour établir un rapport.

— Et pendant ce temps, ces salauds en profiteront pour disparaître avec Zeibig, lâcha Pitt.

— Je crains qu'il n'y ait pas grand-chose d'autre à faire, objecta le commandant. Leur bâtiment est au moins deux fois plus rapide que l'*Agean Explorer*. Ce n'est même pas la peine d'espérer les rattraper. Une fois rendus au port, nous pourrons alerter nos propres autorités gouvernementales.

Al Giordino se racla la gorge avec bruit et fit un pas en avant.

— Je connais un engin capable de rattraper ce bâtiment.

Il se tourna vers Pitt et lui adressa un clin d'œil plein d'assurance.

— Tu es sûr qu'il est prêt ? demanda son ami.

— Aussi prêt qu'un alligator affamé dans une mare aux canards.

*

Le nouveau submersible de Giordino était déjà prêt au lancement, et il ne fallut que quelques minutes pour vérifier que tous les systèmes étaient opérationnels avant de le mettre à la mer. Giordino et Pitt étaient installés côte à côte au poste de contrôle. Al fit un dernier check-up de sécurité tandis que Pitt envoyait un message radio à la passerelle de l'*Agean Explorer*.

— *Explorer*, pouvez-vous m'indiquer la position actuelle de notre cible ?

— D'après les radars, le *Sultana* maintient une route régulière à zéro-un-deux degrés, répondit la voix de Rudi Gunn. Il se trouve en ce moment à environ dix milles nautiques au nord.

— *Rogers*, *Explorer*. Suivez-nous à bonne vitesse pendant que nous essayons d'attraper notre renard. *Bullet*, terminé.

Pour ce qui était de jouer les courses-poursuites à bord d'un submersible, Pitt préférait rester prudent. Les sous-marins de recherches, dont la propulsion était le plus souvent assurée par une batterie, étaient depuis le début de leur histoire des véhicules lents et lourds, handicapés par une autonomie réduite. Mais le *Bullet* avait été conçu en transgressant toutes les règles qui régissent le développement des submersibles.

L'engin, qui devait son nom à sa vitesse plus qu'à sa silhouette, était basé sur un projet de l'entreprise Marion Hyper-Sub. Le prototype de la NUMA combinait un habitacle de sous-marin en acier et une coque de hors-bord à hautes performances ; il pouvait plonger à plus de trois cents mètres. En surface, les moteurs de propulsion séparés, logés dans un compartiment pressurisé avec un réservoir de presque mille litres, permettaient au *Bullet* de parcourir de longues distances à grande vitesse. Grâce à sa conception technique, il pouvait atteindre des sites de plongée lointains sans navire d'accompagnement.

— Prêt à engager la navigation en surface, annonça Giordino, qui s'avança sur son siège pour enclencher les boutons de démarrage des deux turbo-diesels.

Un grondement grave résonna derrière eux lorsque les cinq cents chevaux s'éveillèrent. Giordino vérifia plusieurs instruments de contrôle sur le tableau de bord avant de se tourner vers Pitt.

— Parés à naviguer.

— Voyons ce que nous pourrons accomplir, répondit son ami en accélérant.

Les deux hommes furent plaqués contre leurs dossiers lorsque les puissants moteurs se mirent à pousser le submersible. En l'espace de quelques secondes, l'engin voguait haut sur sa coque blanche élancée et filait sur les vagues. Pitt le sentit plonger et rouler dans la houle, mais au fur et à mesure qu'il parvenait à contrôler sa stabilité, il lui donna peu à peu plus de vitesse. La cabine de contrôle était perchée près du bord avant, et il avait l'impression de voler sur l'eau.

— Trente-quatre nœuds, annonça-t-il en lisant les indications de l'écran de navigation. Ce n'est pas si mal.

Giordino, un large sourire aux lèvres, hocha la tête.

— Je suis sûr qu'il peut dépasser les quarante nœuds par mer calme.

Ils foncèrent sur la mer Égée, cap au nord, pendant presque vingt minutes avant de repérer un petit point à l'horizon. Ils poursuivirent le *Sultana* pendant encore une heure, se rapprochèrent peu à peu en passant au nord des Dardanelles, serpentant entre deux gros tankers venant de la mer Noire. La grande île turque d'Imbros surgit bientôt devant eux, et le yacht mit le cap vers sa partie est.

Pitt suivit une route en zigzag pour masquer sa poursuite, puis diminua la vitesse lorsque la distance se réduisit à moins de quelques milles nautiques. Le yacht se détourna peu à peu d'Imbros, vira sur la côte ouest de la Turquie, et navigua près de la rive tout en décélérant. Pitt vira de bord lui aussi et suivit un itinéraire parallèle en naviguant en arrière et plus au large, tout en restant en vue du bâtiment de luxe. Frôlant la surface de l'eau, le *Bullet* ne se distinguait en rien d'un petit bateau de plaisance en sortie pour l'après-midi.

Le navire bleu parcourut encore plusieurs milles en remontant la côte ouest, puis ralentit soudain et tourna vers une anse en partie protégée de l'extérieur. En passant devant à vive allure, Pitt et Giordino distinguèrent quelques constructions et un wharf le long duquel était amarré un petit cargo. Pitt maintint son itinéraire jusqu'à ce que le *Bullet* se trouve à un mille ou deux de la crique et hors de vue, puis il mit en panne.

— Nous voici confrontés à un dilemme, dit Giordino. Nous pouvons accoster quelque part et gagner la crique à pied. Ou alors attendre la tombée du jour et amener le *Bullet* en plongée.

Pitt jeta un coup d'œil au rivage escarpé à un demi-mille de là.

— Je ne suis pas certain que l'endroit soit idéal pour une marche, dit-il. Et puis si jamais Zeibig ou l'un de nous était blessé, nous aurions du mal à revenir jusqu'ici.

— Je suis d'accord. Nous entrerons donc en plongée.

— Le crépuscule tombera dans une heure environ. Nous partirons à ce moment-là.

Les soixante minutes passèrent en un éclair. Pitt communiqua leur position par radio à l'*Agean Explorer* et ordonna à Gunn d'amener le navire de recherches vers une position d'attente à une dizaine de milles marins plus au sud. Pendant ce temps, Giordino consulta une carte numérique de la zone et programma un itinéraire jusqu'au centre de la crique. Une fois le *Bullet* sous l'eau, le pilote automatique conduirait le submersible au point spécifié grâce à une navigation à l'estime affinée par ordinateur.

Lorsque la nuit tomba, Pitt guida le *Bullet* jusqu'à un demi-mille de l'entrée de l'anse, puis coupa les diesels de surface. Giordino ferma et pressurisa le compartiment moteur, puis ouvrit deux vannes de coque pour pomper l'eau dans les chambres de ballast. Celle de la proue se remplit en premier, et le submersible plongea sans tarder sous la surface.

Pitt déploya les ailerons de plongée, puis engagea les propulseurs électriques. Au-delà de la bulle en acrylique de l'habitacle, le monde marin virait au noir, et il dut réprimer son envie d'allumer les projecteurs extérieurs. Il avança à petite vitesse jusqu'à ce que Giordino lui conseille d'abandonner les instruments de contrôle.

— À partir d'ici, c'est le pilote automatique qui nous guidera.

— Tu es sûr que cet engin ne va pas nous empaler sur un récif ou un obstacle quelconque ?

— Nous sommes équipés de sonars à haute fréquence qui analysent le terrain cent mètres devant nous. Le pilote automatique effectue des corrections de trajectoire en tenant compte des obstacles mineurs et nous avertit si quelque chose de plus important risque de bloquer notre progression.

— Voilà qui ôte tout son charme à la navigation à l'aveugle, fit remarquer Pitt.

Il n'éprouvait aucune méfiance envers l'informatique, mais pour ce qui était de la navigation, il préférait les bonnes vieilles méthodes, et ne se sentait jamais vraiment à l'aise quand il fallait laisser un ordinateur se charger de tous les contrôles. Les instruments de pilotage, en surface comme en plongée, étaient sensibles aux moindres nuances de toucher, et même le meilleur logiciel ne pouvait rivaliser avec eux – Pitt en était en tout cas convaincu. À présent les mains libres, il nota avec soin leur progression, prêt à reprendre les commandes à tout instant.

Le *Bullet* poursuivit sa descente jusqu'à dix mètres, et le pilote automatique remit en marche les propulseurs électriques. L'engin évoluait avec lenteur selon sa route programmée, et compensa un léger courant au moment de se glisser dans l'entrée de la crique. Giordino remarqua que l'écran sonar restait vierge tandis qu'ils en atteignaient le centre. Une lumière s'afficha soudain, et le bourdonnement des moteurs électriques se tut. Ils étaient arrivés à destination.

— Voilà qui conclut la partie automatisée de notre navigation, annonça Giordino.

Pitt remit aussitôt les mains sur les instruments de contrôle.

— Voyons si nous trouvons un endroit où stationner, répondit-il.

Ils purgèrent les chambres de ballast, puis remontèrent peu à peu jusqu'à ce que moins d'une dizaine de centimètres de la bulle acrylique de l'habitacle dépasse à la surface. Au-dessus d'eux, c'étaient les derniers moments du crépuscule et, autour du submersible, l'eau était noire. Giordino éteignit toutes les lumières intérieures et les panneaux de contrôle inutiles, puis purgea une dernière fois les ballasts pour s'élever de quelques centimètres supplémentaires.

Les deux hommes se levèrent de leurs sièges et observèrent la rive. Ils constatèrent que l'anse arrondie n'était occupée au nord que par trois bâtiments. Un embarcadère de bois perpendiculaire au rivage leur faisait face. Le yacht bleu était tout à fait visible, amarré à la droite de la jetée derrière une petite embarcation de servitude. Un gros cargo rouillé était amarré de l'autre côté. Une grue montée sur roues chargeait une cargaison à bord à la lumière de projecteurs installés en hauteur.

— Tu crois que Rod est toujours à bord du *Sultana* ? demanda Giordino.

— Je pense que nous devons nous baser sur cette hypothèse, répondit Pitt. Et si nous allions nous ranger sur son flanc ? Ils ne s'attendent pas à nous voir arriver.

— L'effet de surprise est toujours une bonne idée. Allons-y !

Pitt effectua un relevé de trajectoire, puis fit plonger le *Bullet* en direction de l'appontement. Giordino activa le système sonar qui les guida jusqu'à quelques mètres du yacht. Ils manœuvrèrent en douceur pour émerger juste à côté de son flanc bâbord. Pitt continuait à avancer lorsqu'il remarqua une certaine agitation vers le pont arrière.

Un trio d'hommes armés déboula de l'intérieur du navire. Une seconde plus tard, un quatrième personnage apparut, et les trois autres le poussèrent sur le pont. Pitt eut une vision fugitive de son visage.

— C'est Zeibig, annonça-t-il à Al.

Depuis leur position bas sur l'eau, ils pouvaient à peine distinguer l'archéologue, les mains liées derrière le dos. Deux des hommes armés le poussèrent sans ménagement sur l'appontement et en direction du rivage. Pitt vit l'un d'eux revenir sur le *Sultana*, où il s'installa à la poupe dans une posture nonchalante.

— Oublions le yacht, dit Pitt d'un ton calme. Je crois qu'il est temps de nous rendre invisibles.

Giordino avait déjà ouvert les chambres de ballast, et le *Bullet* ne tarda pas à s'effacer dans les profondeurs. Ils effectuèrent une nouvelle reconnaissance de la crique, puis s'avancèrent et firent surface juste derrière la poupe du cargo, avant de se nicher tout contre son tableau arrière. C'était une cachette idéale, invisible depuis le rivage, car masquée par la masse du navire, et depuis la jetée grâce à un amoncellement de barils de carburant. Giordino quitta le bord sans précautions particulières pour amarrer un cordage au quai pendant que Pitt coupait les gaz avant de le rejoindre.

— Cela risque de faire du vilain si ce gros costaud met ses moteurs en route, dit Al, constatant que le *Bullet* flottait juste au-dessus des hélices du cargo.

— Au moins, nous avons son immatriculation, répondit Pitt en levant les yeux vers la poupe du navire, dont le nom s'étalait en larges lettres blanches : *Osmanli Yildiz* – l'*Étoile ottomane*.

Les deux hommes avancèrent à pas de loup le long de l'embarcadère avant d'atteindre l'ombre d'un gros générateur installé en face de la cale avant du bâtiment. Plus loin devant eux, une poignée de dockers chargeaient de grandes caisses de bois à bord du navire à l'aide de la haute grue. Le yacht bleu, où les hommes armés patrouillaient toujours sur le pont, était amarré juste en face, à moins de deux mètres. Giordino lança un regard rêveur vers les projecteurs qui illuminaient le passage.

— Je crains qu'il ne suffise pas de passer par la case « chance » pour ramasser le pactole, dit-il à regret.

Pitt hocha la tête et observa les alentours du générateur pour se faire une image précise des lieux. Il nota la présence sur la rive d'une petite bâtisse à un étage flanquée de deux entrepôts en préfabriqué. L'intérieur de celui de droite était bien éclairé, et l'on voyait deux chariots élévateurs en faire sortir des marchandises par une grande porte coulissante. Par contraste, l'entrepôt de gauche paraissait sombre, et l'on n'y décelait aucun signe d'activité.

Pitt reporta son attention vers la maison de pierre du milieu. Une lampe de véranda éclairait sa façade, révélant la présence d'un garde armé debout près de la porte d'entrée.

— Le bâtiment du centre, murmura-t-il à Al. Je suis sûr que c'est là que se trouve Zeibig.

Il examina à nouveau les alentours et repéra les phares d'une voiture qui approchait, venant des collines proches. Le véhicule descendit en cahotant la route gravillonnée en pente raide, puis tourna vers l'appontement et s'arrêta devant la construction de pierre. Pitt reconnut le modèle, une berline Jaguar toute récente. Un homme et une femme bien habillés en sortirent et entrèrent dans la maison.

— Nous allons devoir agir vite, chuchota Pitt.

— Tu as une idée sur un quelconque moyen de quitter cette jetée ? demanda Giordino, assis sur un barreau de l'échelle adossée au générateur.

Pitt regarda autour de lui, puis dévisagea Al un instant pendant qu'un sourire s'élargissait sur son visage.

— Un moyen ? Oh oui, j'en connais un. Tu es même assis dessus.

34

Personne ne prêta la moindre attention aux deux individus vêtus de combinaisons turquoise délavées qui marchaient sur l'embarcadère, tête baissée, en portant une échelle en aluminium. Sans doute des matelots du cargo qui ramenaient à terre du matériel emprunté, ou des membres d'équipage que personne n'avait remarqués jusqu'à présent.

Les hommes qui travaillaient sur le quai étaient occupés à installer sur la grue une caisse estampillée « Textile », et ne tinrent aucun compte de la présence de Pitt et de Giordino. Pitt remarqua toutefois que le garde sur le pont du *Sultana* leur jetait un bref coup d'œil avant de se détourner.

— De quel côté allons-nous, patron ? demanda Al alors qu'ils quittaient l'appontement.

L'entrepôt bien éclairé était presque devant eux, et sa large porte ouverte n'était qu'à quelques mètres sur leur droite.

— Je suggère d'éviter la foule et de nous diriger plutôt vers la gauche, répondit Pitt. Allons voir l'autre hangar.

Ils changèrent de cap et marchèrent le long du rivage en passant devant l'étroite maison en pierre. À l'origine, il s'agissait sans doute d'une habitation de pêcheurs, reconvertie plus tard en bureau administratif pour les installations maritimes. À l'inverse du gardien du yacht, celui de la maison les observa d'un air suspicieux lorsqu'ils passèrent près de la cour devant la porte d'entrée. Giordino tenta de banaliser leur présence en sifflotant.

Ils atteignirent sans tarder le second entrepôt, une bâtisse plongée dans la pénombre dont le vaste rideau métallique horizontal était verrouillé. Al Giordino tenta sa chance sur la poignée d'une petite porte latérale, qui heureusement n'était pas fermée à clef. Sans hésiter, il entra, suivi de Pitt, et ils déposèrent leur échelle contre un bureau éclairé par la lueur vacillante d'un plafonnier. Le reste de la remise était vide, à l'exception de quelques caisses poussiéreuses dans un coin et, au fond, d'un grand conteneur scellé près de la plate-forme de chargement.

— Jusqu'ici, c'était facile, dit Pitt, mais la perspective d'aller nous pavaner devant la porte d'entrée du bâtiment d'à côté me semble moins prometteuse.

— En effet, ce type nous a lancé un vrai regard de faucon, approuva Al. Il y a peut-être une porte à l'arrière ?

— Allons vérifier, répondit Pitt en hochant la tête.

Il prit un maillet en bois posé sur le bureau et traversa le hangar avec Al. Ils purent en effet sortir par une petite porte à côté de la plate-forme de chargement et gagner l'arrière de la bâtisse de pierre, mais ils constatèrent que celle-ci ne possédait aucune porte ni à l'arrière ni sur ses flancs. Pitt s'approcha de l'une des fenêtres du rez-de-chaussée et essaya de jeter un coup d'œil à l'intérieur, mais les stores baissés ne laissaient rien filtrer. Il recula et observa celles du premier étage, puis revint sur la pointe des pieds faire le point avec son ami.

— On dirait qu'il ne nous reste plus que la porte d'entrée, fit remarquer Al.

— Eh bien, j'envisageais plutôt un accès par l'étage, lui répondit Pitt.

— Par l'étage ?

Pitt lui montra l'échelle.

— Pourquoi ne pas nous servir de cet engin, après tout ? Les vitres ne sont pas éclairées, mais les stores semblent ouverts. Si tu pouvais les distraire, je grimperais là-haut et j'entrerais par une fenêtre. On peut tenter un effet de surprise en arrivant par le haut.

— Comme je le disais, l'effet de surprise, c'est toujours une bonne idée. Je vais prendre l'échelle et toi, tu réfléchis à une diversion.

Pendant que Giordino traversait le hangar, Pitt passa la tête par la porte de derrière en cherchant une idée pour détourner l'attention de leurs adversaires. Une possibilité lui apparut alors sous la forme d'un camion à plateau garé derrière l'autre entrepôt. Il se baissa pour rentrer dans le bâtiment tandis qu'Al arrivait avec l'échelle, puis regarda soudain derrière son ami, intrigué.

— Que se passe-t-il ? questionna Al.

— Regarde ça, répondit Pitt en s'avançant vers le conteneur en acier.

Celui-ci était recouvert d'une peinture militaire de type « camouflage désert », mais c'étaient les lettres noires au pochoir qui avaient attiré l'attention de Pitt. En plusieurs endroits, il était indiqué *« Danger – Explosifs de forte puissance »*, avec en dessous, la mention *« Armée de terre des États-Unis »*.

— Que viennent faire ici des explosifs de l'armée américaine ? demanda Al.

— Je n'en ai pas la moindre idée, mais je suis prêt à parier que le haut commandement ignore tout de leur présence dans le coin.

Pitt s'approcha, fit glisser le verrou à bouton et ouvrit la lourde porte métallique. À l'intérieur se trouvaient des dizaines de petites caisses en bois, toutes bien arrimées à des rayonnages de métal, et qui portaient les mêmes inscriptions sur leurs flancs. L'une des plus proches de l'entrée était ouverte. Elle contenait plusieurs petites boîtes en plastique de la taille d'une brique.

Pitt prit l'une d'elles, souleva le couvercle et découvrit un petit bloc rectangulaire d'une substance compacte, claire et poudreuse.

— Du plastic ? l'interrogea Giordino.

— Cela ne ressemble pas à du C-4, mais il s'agit sans doute de quelque chose d'approchant. Il y en a assez ici pour tout faire voler jusque sur la lune, retour compris.

— Tu crois que cela pourrait nous aider à détourner l'attention ? demanda Al en arquant un sourcil.

— J'en suis certain, répliqua Pitt en refermant le couvercle avant de passer la boîte à son ami. Un camion est garé derrière l'autre entrepôt. Va donc voir si tu peux en faire un petit feu d'artifice.

— Et toi ?

Pitt leva le maillet qu'il tenait à la main.

— Je vais aller faire toc-toc au premier étage.

35

Zeibig n'avait à aucun moment craint pour sa vie, mais il éprouvait un profond sentiment de détresse après avoir été enlevé sous la menace d'une arme, menotté et enfermé dans une des cabines du *Sultana*. À l'arrivée du navire dans la crique, alors qu'on le poussait sans ménagement sur la rive pour l'emmener dans la vieille bâtisse de pierre où on l'avait fait asseoir dans une salle de réunion, il avait vécu des instants de doute. Ses ravisseurs, des hommes grands à la peau pâle et aux yeux durs et sombres, étaient de toute évidence menaçants, mais ils ne l'avaient pas maltraité jusque-là. Ses sentiments commencèrent à changer lorsqu'une voiture s'arrêta devant la façade et qu'il vit en sortir un couple de Turcs austères qui entrèrent aussitôt.

Zeibig remarqua que les gardes adoptaient envers eux une attitude déférente non dénuée de raideur. L'archéologue put entendre l'homme et la femme discuter pendant plusieurs minutes du cargo et de son chargement avec un contremaître du quai, et constata avec surprise que c'était elle qui formulait la plupart des exigences. Une fois réglés les problèmes de transport, le couple entra dans la salle, et l'homme dévisagea Zeibig avec un mépris teinté de colère.

— Ainsi, c'est vous qui avez volé les objets de Soliman le Magnifique, siffla Ozden Celik, tandis qu'une veine battait sur sa tempe.

Vêtu d'un coûteux costume, il ressemblait à un homme d'affaires prospère, mais la fureur qui luisait dans son regard dénotait un état mental proche de la psychose.

— Nous procédions à des recherches préliminaires sous l'autorité du Musée archéologique d'Istanbul, répondit le scientifique. Nous sommes tenus de remettre tous les objets découverts aux autorités turques, et c'est ce que nous comptions faire dès notre retour à Istanbul dans deux semaines.

— Et qui a accordé la propriété de cette épave au Musée archéologique d'Istanbul ? lança Celik en retroussant les lèvres.

— Pour avoir la réponse, vous aller devoir vous adresser au ministre de la Culture, répliqua Zeibig.

Celik ignora le commentaire. Lui et Maria s'approchèrent de la table d'acajou, où étaient étalées plusieurs dizaines des objets découverts par les plongeurs de la NUMA. Zeibig les observa pendant qu'ils les examinaient avec attention, puis il écarquilla les yeux en voyant à l'autre bout de la table le monolithe de Rudi Gunn. La curiosité lui fit tourner la tête, mais il était trop éloigné pour distinguer l'inscription.

— Selon vous, de quelle époque date cette épave ? demanda Maria, qui portait un pantalon foncé et un pull couleur prune, ainsi que d'inélégantes chaussures de marche.

— Certaines pièces de monnaie données au musée indiquent que le navire aurait sombré aux alentours de 1570, dit Zeibig.

— Est-ce un bateau ottoman ?

— Les matériaux et les techniques de construction correspondent à ceux des navires marchands côtiers qui naviguaient à l'époque en Méditerranée orientale. C'est tout ce que nous pouvons en dire pour l'instant.

Celik repassa en revue la collection, admirant les fragments de plats et de coupes en céramique vieux de quatre siècles. Son regard expérimenté était celui d'un collectionneur ; il savait que la datation de Zeibig était exacte, et confirmée par les pièces qu'il détenait à présent. Il s'approcha du monolithe.

— De quoi s'agit-il ? demanda-t-il à Zeibig en montrant la pierre du doigt.

Le scientifique secoua la tête.

— Ce sont vos hommes qui l'ont extraite du site.

Celik étudia de plus près la pierre et remarqua l'inscription en latin gravée sur son flanc aplati.

— Des balivernes romaines, grommela-t-il avant de reporter son attention sur les autres objets.

Il vint se poster plus près de Zeibig.

— Plus jamais vous ne pillerez ce qui appartient à l'empire ottoman, lâcha-t-il en fixant son prisonnier avec dans ses yeux sombres une lueur de folie.

Il glissa une main dans la poche de son manteau et en sortit un fin cordon de cuir, qu'il tortilla un moment entre ses doigts devant le visage de Zeibig avant de le tendre. Il fit mine de s'éloigner, puis se retourna et fouetta la tête de l'archéologue en se précipitant derrière lui. La cordelette se resserra aussitôt autour du cou de Zeibig, qui fut forcé de se lever lorsque Celik tira en arrière d'un geste brusque et ferme.

Zeibig se débattit et tenta de frapper Celik avec les coudes, mais un garde s'avança, saisit ses mains menottées et les tira vers l'avant pendant que le lacet se refermait autour de sa gorge. Il le sentait mordre son cou et lutta pour respirer pendant que le sang battait à ses oreilles. Il entendit un son semblable à une explosion et se demanda un instant si ses tympans ne venaient pas d'éclater.

Celik entendit le bruit, lui aussi, mais l'ignora, le regard illuminé par une pulsion meurtrière. Une seconde détonation retentit, toute proche, et secoua la maison tout entière, accompagnée d'un impressionnant grondement de tonnerre. Celik faillit perdre l'équilibre tandis que le sol tremblait et que les fenêtres volaient en éclats à l'étage. Par réflexe, il relâcha sa prise.

— Va voir ce qui se passe, lança-t-il à Maria.

Celle-ci hocha la tête et se hâta de suivre le contremaître en passant par la porte d'entrée. Celik raffermit l'étreinte de ses doigts tandis que le garde demeurait immobile sans cesser de maintenir les poignets de Zeibig.

Celui-ci avait profité de l'intermède pour aspirer quelques goulées d'air ; il redoubla d'efforts pour se libérer, mais Celik lui enfonça une épaule dans le dos, et pivota en tirant sur la corde au point de presque lui soulever les pieds du sol.

Il plongea son regard dans celui du garde ; celui-ci afficha un sourire sadique, qui céda soudain la place à une expression stupéfaite. Zeibig entendit un coup étouffé, puis sentit la pression du cuir se desserrer.

L'homme lâcha les poignets de Zeibig pour fouiller son blouson. L'archéologue, en dépit de la confusion causée par la privation d'oxygène, comprit qu'il cherchait son arme. Comme au ralenti, pris d'une subite impulsion, il se pencha en avant et saisit la manche du gardien, qui se hâta de la dégager avant de pousser Zeibig de son bras libre. Alors qu'il tirait un pistolet de son holster d'épaule, un objet sembla traverser les airs et vint le frapper au visage. Il tituba une seconde avant qu'un second coup bien asséné l'envoie au sol, inconscient.

Zeibig, la vision encore brouillée, se retourna et vit une silhouette près de lui, un maillet à la main et une expression de sombre satisfaction sur le visage. Toussant et haletant, il reprit peu à peu ses esprits et sourit en reconnaissant Pitt.

— Eh bien mon ami, siffla-t-il d'une voix encore marquée par la douleur, on peut dire que vous arrivez à point nommé, une vraie bouffée d'air frais !

36

Le personnel du quai s'était précipité comme un seul homme derrière l'entrepôt pour contempler les restes fumants du camion, qui illuminaient encore le ciel nocturne. Pour ce qui était de produire une diversion, Giordino avait fait du bon travail. Et tout avait été si simple !

Il s'était faufilé sur le côté du véhicule et avait ouvert la portière de la cabine pour y jeter un coup d'œil. L'habitacle empestait la fumée de cigarette, et des dizaines de mégots jonchaient le sol, mêlés à des boîtes de soda écrasées. Sur la banquette, il vit un carnet, des outils, ainsi que des restes et des os de poulet rôti enveloppés dans du papier kraft. Mais ce fut le mince sweat-shirt en loques enfoui sous le siège qui attira l'attention d'Al.

Il attrapa le vêtement et en arracha sans peine une manche, puis examina le tableau de bord jusqu'à ce qu'il trouve l'allume-cigare, dont il enfonça le bouton. Il revint vers l'arrière et dévissa le bouchon de carburant. Avec précaution, il fit entrer l'emmanchure du sweat-shirt dans le réservoir jusqu'à ce qu'elle soit en partie saturée d'essence, puis la tira vers le haut et étendit la partie sèche sur le flanc du réservoir,. en laissant la partie trempée juste à l'entrée du conduit de remplissage. Il referma pour emprisonner les vapeurs. Lorsqu'il entendit un « plop », il revint chercher l'allume-cigare dans la cabine et se hâta d'allumer l'extrémité sèche de la manche avant que le bout incandescent refroidisse.

Il eut à peine le temps de courir à l'arrière de la maison de pierre avant qu'une petite flamme se mette à parcourir la manche pour en atteindre le bout détrempé. Le feu arriva au tube de remplissage et alluma les vapeurs d'essence en provoquant une explosion qui fit voler le réservoir en éclats.

Mais ce fut la charge de plastic posée au-dessus du réservoir qui fit le plus gros des dégâts une seconde plus tard. Giordino lui-même fut surpris par la détonation massive qui souleva le poids lourd et en carbonisa tout l'arrière.

De son côté, Pitt fit de son mieux pour coordonner son attaque avec le bruit de l'explosion. Perché sur l'échelle vers l'une des fenêtres obscurcies du premier étage, il brisa la vitre d'un coup de maillet au moment même où la bâtisse tremblait sous le choc. Il grimpa à l'intérieur et se retrouva dans une chambre d'amis, d'ailleurs fort bien aménagée, de la partie de la maison réservée à l'habitation. Il descendait l'escalier avec prudence lorsqu'il entendit les halètements de Zeibig qui se débattait, et se précipita avec son maillet pour régler leur compte à Celik et au garde.

Zeibig, qui recouvrait enfin ses forces, se leva et jeta un regard vers Celik, affalé sur le sol, une grosse bosse sur la tempe.

— Il est mort ?

— Non, il fait juste une petite sieste, répondit Pitt en remarquant que la silhouette étendue commençait à bouger. Je suggère que nous partions avant qu'ils se réveillent.

Pitt prit Zeibig par le bras pour l'accompagner vers la porte, mais l'archéologue s'immobilisa soudain.

— Attendez… la stèle, dit-il en s'approchant du monolithe de Rudi Gunn.

Pitt contempla un instant la pierre, haute de plus d'un mètre.

— Comme souvenir, je crains que ce soit un peu encombrant, Rod, commenta-t-il en poussant l'archéologue vers la sortie.

— Laissez-moi seulement une seconde pour examiner l'inscription, plaida Zeibig.

Il en frotta la surface avec ses doigts, puis lut le texte en latin plusieurs fois en s'efforçant de le mémoriser. Enfin satisfait, il leva les yeux vers Pitt avec un faible sourire.

— C'est bon, je l'ai.

Pitt mena la marche vers la porte d'entrée, mais lorsqu'il l'ouvrit, il se retrouva en face d'une séduisante femme aux cheveux noirs qui s'apprêtait à entrer. Pitt avait déjà vu son visage, mais sans doute en raison de l'élégante tenue qu'elle portait à présent, le contexte de leur précédente rencontre lui échappa. Maria, quant à elle, reconnut Pitt sans la moindre hésitation.

— D'où venez-vous ? demanda-t-elle.

Pitt se souvint aussitôt de la voix au timbre dur qui l'avait menacé lors de l'épisode de la citerne Yerebatan Sarnici à Istanbul. Il fut surpris de sa brusque apparition, mais en saisit très vite la logique. Les voleurs de Topkapi avaient saccagé le bureau du docteur Ruppé, et c'est ce qui les avait conduits jusqu'à l'épave.

— Je fais partie de la brigade des mœurs de Topkapi, répliqua-t-il d'un ton sarcastique.

— Alors vous allez mourir avec votre ami, souffla-t-elle.

Elle regarda derrière Pitt et aperçut son frère et le garde étendus sur le sol de la salle de conférences. Une lueur de peur et de colère brilla dans ses yeux. Elle se dépêcha de reculer et se tourna vers l'entrepôt pour appeler à l'aide, mais personne ne l'entendit.

Un bras de forte carrure apparut, jaillissant de l'ombre, et se referma autour de sa taille, suivi par une main qui se plaqua sur sa bouche. La fougueuse Maria se débattit et lança des coups de pied, mais soumise à la poigne puissante d'Al Giordino, elle n'était plus qu'une poupée de chiffon.

Al adressa un hochement de tête amusé à Zeibig et traîna Maria vers le vestibule.

— Qu'allons-nous faire d'elle ? demanda-t-il en se tournant vers Pitt.

— Je la verrais bien dans une sordide prison turque, mais pour l'instant, nous allons faire avec les moyens du bord.

Il repéra un petit placard à balais au bas de l'escalier. Il l'ouvrit et Al poussa Maria à l'intérieur. Al referma la porte, et Zeibig apporta une chaise dont Pitt coinça le dossier sous la poignée. Une avalanche de cris étouffés et de coups de pied furieux retentit aussitôt à l'intérieur du réduit.

— Une vraie diablesse, commenta Al.

— Encore pire que tu ne l'imagines, répondit Pitt. Il vaut mieux ne pas lui laisser de seconde chance.

Les trois hommes se dépêchèrent de quitter la maison pour regagner la pénombre du rivage. Le camion incendié captait encore l'attention générale, même si quelques dockers étaient repartis procéder au chargement du cargo. Pendant que le trio rejoignait l'appontement, les gardes armés, nerveux, sécurisaient la zone autour de l'explosion. Pitt trouva par terre un sac vide en toile de jute qu'il étala sur les poignets de Zeibig pour cacher les menottes.

Ils passèrent près de la grue de chargement en marchant aussi vite qu'ils le pouvaient sans attirer l'attention. Tout en veillant à ne pas s'éloigner du cargo, ils se détournèrent du *Sultana* et de l'embarcation de servitude, Pitt et Giordino protégeant de leur mieux Zeibig des regards. En s'éloignant de la partie la plus éclairée du quai, ils se détendirent un peu en ne voyant aucun marin ou docker devant eux. La rive était paisible, et Pitt les imaginait déjà tirés d'affaire en approchant de la poupe.

Ses espoirs s'envolèrent dès qu'ils arrivèrent au bord du dock. Pitt et Giordino baissèrent les yeux vers la surface, puis, incrédules, fouillèrent les alentours du regard.

Le *Bullet* avait disparu.

37

Celik revint peu à peu à lui, avec une pulsation douloureuse dans la tête et un martèlement puissant qui lui battait les oreilles. Il se redressa en chancelant, s'agenouillant d'abord avant de se relever. Il chassa les brumes qui lui obscurcissaient encore l'esprit et comprit que les coups qu'il entendait ne provenaient pas de son oreille. Il distingua la voix étouffée de sa sœur, s'approcha du placard à balais et fit basculer la chaise d'un coup de pied. Maria jaillit du réduit comme une fusée, son visage cramoisi rayonnant de fureur.

Elle se calma vite en voyant l'attitude hébétée de Celik.

— Ozden, ça va ?

Celik frotta sa bosse avec une légère grimace.

— Oui, ça va, répondit-il d'un ton rude. Dis-moi ce qui s'est passé.

— C'était encore cet Américain. Lui et un autre homme ont fait exploser l'un des camions avant de faire irruption ici pour libérer l'archéologue. Ils ont dû suivre le *Sultana* jusqu'ici.

— Où sont mes janissaires ? demanda-t-il en se balançant d'avant en arrière, encore peu sûr de son équilibre.

Maria désigna d'un geste le garde inerte étendu sous la table de conférences.

— Il a sans doute été attaqué en même temps que toi. Les autres enquêtent sur les causes de l'explosion.

Maria prit le bras de Celik et le fit asseoir sur un fauteuil en cuir avant de lui tendre un verre d'eau.

— Tu ferais mieux de te reposer. Je vais alerter les autres. Ces types n'ont pas pu aller loin.

— Qu'on me rapporte leurs têtes, cracha-t-il avec effort avant de se renfoncer dans son siège en fermant les yeux.

Maria se dirigea vers la porte d'entrée au moment où deux gardes approchaient.

— L'incendie a été éteint, annonça l'un d'eux.

— Des intrus nous ont attaqués et ont enlevé notre prisonnier. Passez la rive et le quai au peigne fin, et tout de suite, ordonna Maria. Faites appareiller le *Sultana* pour fouiller la zone. Ils doivent avoir un bateau.

Les deux hommes partirent aussitôt et Maria contempla l'anse plongée dans l'obscurité. Elle sentait que les Américains étaient encore à portée de main. Un mince sourire traversa son visage, et sa colère s'évanouit alors qu'elle savourait déjà sa revanche.

38

Au même moment, les hommes de la NUMA se retrouvaient désemparés, sans embarcation d'aucune sorte à leur disposition.

Al Giordino scruta les profondeurs pour tenter de voir si le *Bullet* avait coulé à son point de mouillage, puis il fit un pas vers le bollard d'acier noir dont il s'était servi pour l'amarrer. Le cordage avait lui aussi disparu.

— Je suis certain de l'avoir bien fixé, murmura-t-il.

— Alors quelqu'un a coulé ou déplacé le *Bullet*, répondit Pitt.

Il regarda en contrebas pendant un instant, plongé dans ses pensées.

— Ce canot de servitude. Il n'était pas *devant* le yacht quand nous avons accosté ?

— Si, tu as raison. Et à présent, il est mouillé vers la poupe du *Sultana*. On ne pouvait pas voir grand-chose en revenant, à cause du générateur. Il a peut-être remorqué le *Bullet* quelque part.

Ils entendirent soudain une voix de femme hurler à pleins poumons sur la rive, puis les cris de plusieurs hommes en écho. Pitt alla jeter un coup d'œil depuis la poupe du cargo et vit plusieurs individus armés courir vers le quai.

— Je crois que la fête est terminée. Il est temps de nous préparer à prendre un bain.

Zeibig leva ses bras menottés.

— Ce n'est pas que j'aie peur de l'eau, remarquez bien, dit-il avec un sourire en coin, mais pour être franc, l'idée de me noyer ne m'enchante pas.

Al lui posa une main sur l'épaule.

— Par ici, mon ami, nous allons vous installer au sec pour une séance de farniente.

Il conduisit Zeibig vers la muraille de barils de carburant vides empilés au bord du dock. Il en écarta plusieurs en les soulevant avec autant de facilité que des boîtes de bière et parvint à créer un petit espace abrité.

— Un siège en bordure de quai pour monsieur, annonça-t-il en désignant l'abri d'un geste de la main.

Zeibig alla s'y asseoir en serrant les jambes.

— Puis-je commander un cocktail pour patienter ? demanda-t-il.

— Dès la fin des festivités, répondit Giordino en déplaçant un baril contre l'archéologue pour masquer sa présence. Et ne bougez pas d'ici avant notre retour, ajouta-t-il tout en empilant de nouvelles cuves pour rendre la cachette invisible.

— Ne vous inquiétez pas à ce sujet, répondit en écho la voix étouffée de Zeibig.

Al déplaça encore quelques bidons, puis se retourna vers Pitt, qui regardait à l'autre bout du wharf. Plus loin, deux gardes accouraient depuis la rive.

— Nous ferions mieux de disparaître, dit-il en se dirigeant vers l'autre extrémité du quai, où une échelle en acier plongeait jusqu'à la surface.

— Après toi, murmura Al.

Les deux hommes descendirent et se laissèrent glisser sous l'eau.

Ils ne perdirent pas de temps et se mirent aussitôt en route vers le rivage, nageant entre les piliers du quai pour rester à l'abri des regards. Pitt préparait déjà un plan d'évasion, mais il se trouvait confronté à un dilemme. Leur meilleur espoir était de voler un bateau, et ils avaient le choix entre le *Sultana* et le canot de servitude. Ce dernier serait plus facile à manœuvrer, mais dans ce cas, le *Sultana*, plus rapide, les rattraperait sans peine. Il se préparait à la décourageante perspective de prendre sans armes le contrôle du yacht lorsque Al lui donna une tape sur l'épaule. Il s'arrêta et se retourna ; son ami nageait sur place près de lui.

— Le *Bullet*, murmura Giordino, dont le sourire et les dents blanches étaient visibles même dans la pénombre.

Pitt observait le canot et le *Sultana*, un peu plus loin, à travers les piliers du quai. Bas sur l'eau derrière le plus petit bâtiment, il repéra la crête du submersible. Ils étaient passés juste à côté en traversant le dock. Masqué par le générateur, sa présence leur avait échappé alors qu'ils essayaient de dissimuler Zeibig aux regards des occupants du yacht.

Les deux hommes s'approchèrent sans se presser, et remarquèrent que l'amarre du submersible était à présent attachée à la poupe du bâtiment de transport. C'était donc bien le garde méfiant qui était redescendu le long du quai après le passage de Giordino et de Pitt et avait découvert l'étrange nouveau venu. Il avait sans doute demandé l'aide du capitaine du canot pour le remorquer près du *Sultana* afin de l'examiner de plus près en pleine lumière.

Pitt et Giordino nagèrent droit devant eux jusqu'à se trouver au même niveau que le *Bullet*. Ils distinguèrent un homme armé sur le pont arrière du canot et un autre à la timonerie.

— Je crois que le plus sûr serait de garder l'amarre de remorquage et de tirer le *Bullet* dans la crique pour plonger, chuchota Pitt.

De soudains éclats de voix résonnèrent ; les janissaires se préparaient à étendre leurs recherches vers le wharf.

— Saute sur le *Bullet* et prépare-le pour l'immersion, dit Pitt, conscient du fait qu'il n'y avait plus de temps à perdre. Je vais voir ce que je peux faire avec le bateau de servitude.

— Avec ce type armé, tu vas avoir besoin d'aide, objecta Al d'un ton soucieux.

— Fais-lui de grands signes lorsque je serai à bord.

Pitt prit une longue inspiration et disparut sous l'eau.

39

Le garde peinait à comprendre l'origine de l'agitation sur la rive, mais il aperçut quelques-uns de ses collègues qui accouraient vers le quai. Il avait déjà tenté de prévenir son chef par radio de la découverte du sous-marin, mais il ignorait que son supérieur gisait, encore inconscient, à l'intérieur de la maison de pierre. Il envisagea de revenir à bord du *Sultana*, puis jugea plus sage de surveiller le submersible depuis la poupe de l'embarcation de servitude. C'est là qu'il se tenait, les yeux braqués sur la rive, lorsqu'il eut la surprise d'entendre une voix l'appeler de la surface de l'eau.

— Excusez-moi, jeune homme, vous êtes bien à bord du *Titanic* ?

Il se précipita vers le bastingage et baissa les yeux. Giordino, trempé, était debout sur l'habitacle, une main posée sur la bulle acrylique pour garder son équilibre tandis qu'il lui adressait des saluts enthousiastes de son bras libre. Stupéfait, il leva son arme et commença à crier en direction de Giordino, mais il détecta aussitôt des bruits de pas qui approchaient derrière lui.

Il se retourna trop tard. Déjà, Pitt lui tombait dessus à bras raccourcis comme s'il n'était qu'un vulgaire punching-ball. Les jambes coincées contre le bastingage, le garde fut incapable de se maintenir d'aplomb. Avec un grognement plaintif, il bascula par-dessus bord et tomba à la mer dans une gerbe d'eau.

— Voilà de la compagnie ! cria Giordino à Pitt en ouvrant l'écoutille pour se glisser à l'intérieur du *Bullet*.

Pitt se retourna et vit arriver sur le quai deux hommes qui l'observèrent avec inquiétude. Il les ignora et concentra son attention sur la timonerie du bateau de servitude. Un individu d'âge mûr, au visage joufflu et à la peau tannée par le soleil, en jaillit, alerté par le bruit de la chute de son collègue, avant de se figer en voyant Pitt sur le pont.

— Arouk ? appela-t-il.

Le janissaire, qui tentait de remonter à la surface dans un gargouillement d'eau, était bien en peine de lui répondre.

Le regard de Pitt parcourut le pont arrière. Non loin de lui, une gaffe d'un peu moins de deux mètres de long était fixée au plat-bord. Il sauta en avant pour l'attraper, en saisit la poignée et fit virer le crochet d'acier d'un geste menaçant.

— Par-dessus bord, ordonna-t-il en montrant la surface de l'eau.

Le capitaine lut toute la détermination de Pitt dans ses yeux, et ne vit pas la moindre raison d'hésiter. Les bras levés, il marcha d'un pas lent jusqu'au bastingage, l'enjamba et se laissa tomber comme une pierre. De l'autre côté de la coque, le dénommé Arouk, enfin à la surface, se mit à crier pour alerter ses acolytes à l'autre bout du dock.

Pitt ne s'attarda pas pour saisir les détails de leur échange. Il laissa tomber la gaffe, se précipita dans la timonerie et tira la manette des gaz à fond. L'embarcation fit une embardée, sembla hésiter un instant alors que l'amarre qui le reliait au *Bullet* se tendait, puis se remit à avancer avec une lenteur que Pitt jugea désespérante. Il jeta un coup d'œil vers le quai, juste à temps pour voir deux gardes se positionner sur le bord et le viser de leur arme. Les réflexes encore bien affûtés, il plongea au sol une seconde avant les coups de feu.

La petite passerelle explosa dans une grêle d'éclats de bois et de verre brisé lorsque deux rafales prolongées déchirèrent la structure du bateau. Pitt se débarrassa du linceul d'échardes et de débris qui le recouvrait et bondit jusqu'à la barre, qu'il fit tourner de trois quarts vers tribord.

Le canot n'avait que quelques mètres à rattraper, et il s'approcha très vite du yacht amarré devant lui. Pitt aurait pu virer droit sur la baie, mais il aurait alors laissé Giordino et le *Bullet* exposés à un feu nourri. Dans la confusion ambiante, il ignorait même si Al avait pu s'introduire dans le submersible avant le début de la fusillade. Il ne pouvait qu'espérer distraire l'attention de leurs ennemis jusqu'à ce qu'ils puissent tous deux atteindre un endroit mieux abrité.

Il repéra un coussin sur le siège du pilote, le déchira, rampa jusqu'à ce qu'il restait de la vitre bâbord et l'agita en l'air pour attirer l'attention des gardes qui rechargeaient leurs armes. Une nouvelle salve déchiqueta l'extérieur du poste de navigation en provoquant de sérieux dégâts. Pitt se plaqua au sol avec le coussin sur sa tête tandis qu'une volée de débris criblait la cabine. Les balles continuèrent à siffler jusqu'à ce que les tireurs aient vidé leurs seconds chargeurs.

Lorsque le feu cessa, Pitt leva la tête et constata que le canot approchait du flanc du *Sultana*. Il rampa jusqu'à la barre et vira à tribord, puis maintint une trajectoire droite. Lorsqu'il arriva tout près de la proue du yacht, il s'agenouilla et tourna à fond en sens inverse.

Le vieux rafiot, qui se traînait à huit nœuds, s'écarta d'un seul coup du navire et de la jetée. Pitt entendit encore des cris, mais sa manœuvre lui avait fait gagner quelques précieuses secondes, car le grand navire gênait le tir des janissaires. Ceux-ci allaient devoir sauter à bord du *Sultana* ou remonter le quai pour pouvoir le mettre en joue, et Pitt espérait être hors de portée d'ici là.

Il resta immobile un instant, puis jeta un regard en arrière et repéra le *Bullet* qui flottait derrière lui. La lueur sourde qui irradiait des équipements électroniques le rassura ; Al avait réussi à monter à bord et s'apprêtait à mettre le bâtiment en marche. Pitt regarda au-delà, vers le *Sultana*, et vit au niveau de la ligne de flottaison, à la poupe, les bulles provoquées par l'échappement des moteurs diesel. Pitt avait parié sur le fait qu'il parviendrait à s'échapper avec Al avant que le *Sultana* puisse appareiller, mais ses adversaires le prenaient de vitesse. Pire encore, il repéra deux gardes qui traversaient le pont arrière, prêts à tirer.

Il se pencha en avant et dirigea le canot vers le centre de la crique en éloignant le *Bullet* de la fenêtre de tir de leurs ennemis. Le crépitement des mitraillettes fut suivi d'une volée de balles, dont la plupart s'éparpillèrent sur le tableau arrière sans causer de gros dégâts. Pitt aurait aimé aller plus vite, mais le vieux canot, avec le submersible en remorque, était au maximum de sa puissance.

Lorsque Pitt jugea qu'il n'était plus qu'à une centaine de mètres du *Sultana*, il fit tourner d'un geste brusque la barre à bâbord, puis coupa les gaz. Il conserva le même cap jusqu'à ce qu'il ait opéré un cercle complet et que le yacht apparaisse à nouveau devant sa proue. Alors que le canot s'arrêtait et balançait sur l'eau, Pitt se précipita à la poupe pour défaire l'amarre de remorquage du *Bullet*. Il la lança vers le submersible et se pencha par-dessus le bastingage.

— Attends-moi ici, cria-t-il à Giordino en lui faisant signe de ne pas changer de position.

Pitt revint en courant à la barre tandis que de nouvelles salves retentissaient sur la rive et que les balles criblaient la proue. Dès qu'il atteignit la timonerie, il remit les gaz et ajusta sa position en visant le bout du dock.

— Ne bouge pas d'ici, mon grand, murmura-t-il en surveillant le navire de luxe.

Libéré du submersible, Pitt pouvait gagner quelques nœuds supplémentaires. Il garda la proue dans l'axe du bout du quai, soucieux de ne pas abattre dès à présent sa dernière carte. Aux yeux des gardes, il paraissait condamné à une large dérive circulaire dans le sens contraire des aiguilles d'une montre. Pitt resta fidèle à sa ruse jusqu'au moment où il se trouva parallèle au *Sultana*, à une distance d'une cinquantaine de mètres, puis il opéra à nouveau un brusque virage.

Il aligna sa proue jusqu'à ce qu'elle pointe vers le milieu du flanc du navire, puis redressa le cap et, pour le maintenir, coinça un gilet de sauvetage dans les rayons de la barre, vers le sol. Il ignora une nouvelle bordée de coups de feu, sortit en courant de la timonerie et gagna le bastingage de poupe, d'où il plongea dans la baie la tête la première.

Le commandant du *Sultana* fut le premier à comprendre qu'il allait être éperonné et hurla pour qu'un matelot largue les amarres. Un homme apparut sur le pont ; il sauta sur le quai et détacha en toute hâte l'embossure et l'amarre de proue. Un autre baissa son arme et traversa le pont jusqu'à celle de la poupe. Plutôt que de sauter sur le quai pour y défaire le cordage, il tenta d'en dénouer l'autre extrémité, enroulée autour d'un bollard sur le pont arrière.

Le commandant vit que l'embossure et l'amarre de proue étaient larguées, mais lorsqu'il se retourna, il constata avec horreur que le canot qui filait droit sur eux n'était plus qu'à vingt mètres. Paniqué, il fonça vers la barre et engagea les deux propulseurs en espérant que le garde avait réussi à libérer la poupe.

Ce n'était pas le cas.

Les gros moteurs diesel mugirent au moment où les doubles propulseurs creusèrent les flots et firent bondir le *Sultana* en avant. Mais avant qu'il ait pu franchir deux mètres, l'amarre se tendit, et le yacht resta comme soudé au wharf. Le garde, qui bascula en arrière en poussant un hurlement, faillit perdre plusieurs doigts lorsque le cordage se banda comme la corde d'un arc.

L'eau bouillonnait à la poupe tandis que le *Sultana* tentait de se libérer. Non sans courage, l'homme d'équipage qui avait sauté sur le quai défit l'amarre du bollard et courut se mettre à couvert. Le yacht s'élança en avant comme un cheval de rodéo, suivi de gerbes d'écume. Le commandant jeta un coup d'œil par la vitre de la passerelle, les articulations blanchies par la tension, et agrippa la barre. Sa tentative venait d'échouer.

Le canot s'enfonça dans le flanc du yacht juste en avant de la poupe. Sa proue lourde et massive brisa sans peine l'enveloppe en fibre de verre du *Sultana* dont il poussa le flanc opposé contre les piliers du quai. Un grincement métallique retentit au moment où le bloc de transmission tribord s'écrasa, broyant un mélange de carburant, de conduits hydrauliques et de roues dentées qui tournaient encore à pleine vitesse. La force d'inertie projeta la poupe sur le quai, où l'hélice bâbord tournant à plein régime fut arrachée par un pilier. Le navire fit un ultime bond en avant, se détachant en même temps du bateau de servitude et du dock. Les moteurs se turent, le laissant dériver sans but vers la rive.

Pitt n'eut pas le loisir d'assister à la collision. Il nagea sous l'eau aussi vite qu'il le pouvait, ne remontant à la surface de temps à autre que pour aspirer une rapide goulée d'air. Comptant ses mouvements de bras, il se propulsa en avant jusqu'à ce que ses poumons lui infligent le martyre et s'arrêta lorsqu'il jugea être proche de l'endroit où il avait coupé l'amarre du *Bullet*. Il remonta à l'air libre et regarda vers le quai en reprenant son souffle. Le succès de son attaque était évident. Le *Sultana* dérivait sans espoir tandis que le canot de servitude, dont le moteur tournait encore à plein régime, revenait s'enfoncer encore et encore sur l'appontement ; sa poupe ravagée était de plus en plus basse sur l'eau. Toute une foule accourait sur la jetée, observant la scène et poussant des cris dans une totale confusion. Pitt ne put s'empêcher de sourire lorsqu'il distingua une voix de femme qui hurlait parmi le tumulte ambiant.

Profitant d'une sécurité toute provisoire, il s'enfonça à la nage à l'intérieur de la crique tout en surveillant la surface. Afin de s'assurer qu'il se trouvait au bon endroit, il prit un instant pour se repérer, puis scruta les eaux autour de lui. De tous côtés, de petites vagues sombres clapotaient, et il se sentit soudain très seul.

Pour la deuxième fois cette nuit-là, le *Bullet* avait disparu sans lui.

40

Rod Zeibig ne put retenir une grimace lorsque retentit la première rafale. Tout espoir d'une évasion discrète semblait s'évanouir au son des douilles qui retombaient dans un cliquetis métallique en s'éparpillant sur le sol. Il s'inquiétait surtout pour Pitt et Giordino, qui étaient à n'en pas douter la cible des tireurs.

Il fut surpris d'entendre la fusillade se poursuivre avec la même violence pendant plusieurs minutes. La curiosité prenant le pas sur la peur, il se pencha au-dehors de sa cachette pour jeter un coup d'œil au-delà des empilements de barils. Près de l'autre extrémité de la jetée, il distinguait à peine la superstructure du *Sultana* et les hommes qui criaient en direction de la rive. Il repéra un homme engagé dans une tentative désespérée pour défaire l'une des amarres du navire.

Il se recroquevilla pour regagner son abri au moment où retentissaient de nouvelles salves. Quelques secondes plus tard, les tirs cessèrent, et un furieux fracas secoua le dock, faisant chanceler les fûts autour de lui. De nouveaux cris résonnèrent, mais les armes restèrent silencieuses. Le cœur lourd, il songea que Pitt et Giordino avaient peut-être trouvé la mort dans un ultime acte de résistance.

Le regard vide, il contemplait la crique en songeant à son propre destin lorsqu'il remarqua, devant lui, un soudain remous dans l'eau. Une lueur diffuse, verdâtre, apparut dans les profondeurs et devint plus vive au fur et à mesure qu'elle remontait. Zeibig, incrédule, vit la bulle transparente du *Bullet* crever la surface en face de lui. Il reconnut la silhouette trapue de Giordino assise devant les instruments de contrôle, un cigare éteint pendant à ses lèvres.

Zeibig ne jugea pas utile d'attendre une invitation en bonne et due forme. Il se laissa glisser dans l'eau le long d'un pilier tapissé de moules avant même que le *Bullet* se soit stabilisé à la surface. Les poignets toujours menottés, il parvint à nager vers la poupe, grimpa sur l'un des réservoirs de ballast extérieurs, puis rampa jusqu'à l'écoutille arrière ; Giordino la lui ouvrit, l'aida à entrer et referma aussitôt.

— Dieu du ciel, je suis content de vous voir, lança l'archéologue, qui se glissa sur le siège du copilote en essayant de ne pas arroser les instruments électroniques.

— Moi non plus, je n'avais pas très envie de rentrer chez moi à la nage, répondit Al, qui se hâta de remplir les réservoirs de ballast et d'immerger le submersible.

Il leva le cou et examina le quai autour des barils pour s'assurer qu'aucun garde ne les observait.

— Personne n'est resté bien longtemps de ce côté-ci du quai, lui apprit Zeibig en regardant l'eau remonter, puis submerger la bulle acrylique.

Il se tourna vers Giordino, la voix teintée d'appréhension.

— Et Pitt ?

Giordino hocha la tête.

— Il a pris le contrôle du canot qui avait remorqué le *Bullet* de l'autre côté du wharf. Ensuite, il a largué l'amarre de remorquage pour s'attaquer au *Sultana*.

— J'espère qu'il a réussi, répondit Zeibig d'un ton morose.

En constatant que la jauge de profondeur indiquait dix mètres, Giordino stoppa les pompes de ballast, puis éloigna avec prudence le *Bullet* de l'appontement. Il mit les propulseurs en marche arrière, fixa son cap sur la baie et gratifia Zeibig d'un sourire rassurant.

— Connaissant Dirk, je ne crois pas qu'il se soit attardé sur le canot après son attaque. Je parierais un mois de salaire qu'en ce moment même, il fait des ronds dans l'eau au beau milieu de cette crique.

Les yeux de Zeibig brillèrent d'un nouvel éclat.

— Mais comment allons-nous le retrouver ?

Giordino donna une tape affectueuse à la console de pilotage.

— Je pense que nous pouvons nous fier aux yeux de lynx du *Bullet*, répondit-il.

Tout en gardant les siens rivé à l'écran de navigation, Giordino guida le submersible le long d'un itinéraire sinueux, programmé lorsque Pitt avait largué l'amarre qui le reliait au bateau de servitude. Le système de reconnaissance par sonar ne pourrait les conduire à une position aussi précise que celle donnée par un dispositif GPS, mais ils en seraient cependant proches.

Giordino suivit sa route à une profondeur de dix mètres, puis s'éleva par paliers jusqu'à un peu plus de trois mètres cependant que le *Bullet* approchait de son point de départ originel. Il coupa alors les gaz jusqu'à ce que l'engin reste suspendu en position stationnaire.

— Est-ce que nous sommes hors de portée de leurs tireurs ? s'inquiéta Zeibig.

Giordino secoua la tête.

— Nous avons eu de la chance de ne pas être pris pour cible plus tôt. Ils étaient trop occupés à essayer de stopper Dirk. Je n'ai pas très envie de leur donner une occasion de prendre leur revanche.

Il se pencha pour actionner divers interrupteurs près d'un moniteur de surveillance installé au-dessus de leurs têtes.

— J'espère que le patron n'a pas été entraîné trop près du rivage.

Une image vierge et neigeuse apparut à l'écran, suivie par l'affichage des données du système sonar. Al régla la fréquence pour obtenir une vue plus détaillée en réduisant le champ d'analyse. Les deux hommes étudièrent l'écran avec une attention soutenue, mais ne virent qu'un amas indistinct et plat d'ombres floues. Giordino actionna d'un geste délicat un propulseur latéral, et le *Bullet* opéra un mouvement circulaire dans le sens des aiguilles d'une montre. Le capteur avant analysa le centre de la crique, mais l'image demeura presque identique. Soudain, Giordino repéra une petite tache en haut du moniteur.

— Je vois quelque chose de petit à une trentaine de mètres, dit-il.

— Dirk ?

— Peut-être, ou alors un marsouin, un kayak, ou n'importe quoi d'autre parmi un million de possibilités, répondit Al.

Il ajusta la puissance des propulseurs, guida le submersible vers la cible, qu'il observa tandis qu'elle grossissait à l'écran. Lorsqu'elle disparut, il sut qu'ils se trouvaient juste en dessous d'elle.

— Il est temps d'y jeter un coup d'œil, annonça-t-il en purgeant par à-coups les réservoirs de ballast.

Pitt flottait sur le dos, et s'efforçait de retenir l'énergie accumulée de son parcours depuis le canot et des minutes passées à nager sur place, lorsqu'il sentit une légère perturbation dans l'eau en dessous de lui. Il se tourna vers le bas et aperçut la faible lueur des éclairages intérieurs du *Bullet*, qui s'élevait de plus en plus vite à un ou deux mètres de distance. Il se rapprocha et se positionna au-dessus de la bulle acrylique au moment où elle arrivait à la surface. Giordino réagit aussitôt en stoppant l'émersion du submersible, ne laissant que quelques centimètres de l'engin apparaître à la surface.

Couché sur la bulle, Pitt étendit les bras pour conserver son équilibre. Il vit Al lever les yeux vers lui avec un sourire de soulagement et lui demander par gestes si tout allait bien. Pitt joignit le pouce et l'index, puis désigna le milieu de la crique. Giordino hocha la tête et lui fit signe de bien s'accrocher.

Pitt se retint à la paroi acrylique avec ses jambes et ses bras, et se cramponna du mieux qu'il le pouvait pendant que le *Bullet* commençait à avancer. Giordino augmenta avec délicatesse le régime pour atteindre une vitesse régulière et modérée, de quelques nœuds à peine. Pitt avait l'impression de faire du ski nautique sur le ventre. Des vaguelettes clapotaient contre son visage, et il devait tendre le cou vers le ciel à des intervalles de quelques secondes pour aspirer un peu d'air frais. Lorsque les lumières du quai furent assez éloignées pour garantir un minimum de sécurité, Pitt frappa la bulle aussi fort qu'il le pouvait, et le submersible cessa aussitôt d'avancer. Quelques secondes plus tard, le *Bullet* remontait à la surface en provoquant un petit geyser.

Pitt se laissa glisser de la bulle, posa le pied sur la structure du *Bullet* et rejoignit l'écoutille arrière. Il hésita un instant et jeta un dernier regard vers la rive. Au loin, près du quai, il distinguait à peine le canot qui sombrait par la poupe. Près de là, plusieurs hommes à bord d'un Zodiac tentaient d'amarrer un cordage entre la jetée et le *Sultana* avant que celui-ci s'échoue. Pitt pensa avec soulagement que la poursuite du submersible ne devait pas être en tête de leurs priorités.

L'écoutille s'ouvrit soudain à côté de lui, et Giordino le fit entrer dans l'habitacle du *Bullet*.

— C'est bien aimable d'être revenu me chercher, lança-t-il à son ami avec un sourire en coin.

— Le roi Al n'abandonne jamais ses sujets, glousa Giordino. J'ai cru comprendre que tu avais laissé à nos hôtes de quoi s'occuper un moment ?

— J'ai fait une vilaine entaille sur la coque de leur yacht, qui ne devrait pas être en mesure d'appareiller d'ici quelque temps. Mais puisque tu as déjà récupéré ce bon docteur Zeibig, je ne vois pas l'intérêt de nous attarder dans les parages.

Pitt suivit Giordino, s'installa avec lui aux commandes, et le *Bullet* repartit aussitôt en plongée. Ils se glissèrent hors de la baie en silence, en naviguant à une bonne profondeur, et remontèrent lorsqu'ils furent à un demi-mille nautique au large. Giordino reconfigura le système pour une navigation en surface, et Zeibig eut bientôt la surprise de constater qu'ils filaient sur la mer Noire à plus de trente nœuds.

Un rapide appel radio à l'*Agean Explorer* permit de confirmer sa position au large de la pointe sud-est de l'île d'Imbros. Trente minutes plus tard, ses feux de navigation apparaissaient, nets et clairs, à l'horizon. Alors qu'ils s'en approchaient, Pitt et Giordino notèrent la présence d'un second bâtiment, plus gros, positionné de l'autre côté de l'*Explorer*. Giordino réduisit la vitesse et aligna son cap sur le flanc tribord du navire de la NUMA, où les attendait une grue. Le nouveau venu était une frégate des garde-côtes turcs, mouillée à courte distance du flanc bâbord de l'*Agean Explorer*.

— On dirait que la cavalerie est enfin arrivée, commenta Pitt.

— Je me ferai un plaisir de renseigner ces messieurs en uniforme, ajouta Zeibig.

Deux plongeurs apparurent à bord d'un Zodiac et attachèrent un câble de levage à la coque du mince submersible, qui fut aussitôt hissé sur l'*Explorer*. Déjà prêt sur le pont arrière, Rudi Gunn aida les hommes d'équipage à sécuriser l'engin avant de s'avancer vers l'écoutille arrière. Son visage s'éclaira lorsqu'il vit sortir Zeibig devant Pitt et Giordino.

— Rod ! Tout va bien ? demanda-t-il en aidant l'archéologue à prendre pied sur le pont.

— Oui, grâce à Dirk et à Al. Mais je dois dire que je ne refuserais pas un petit coup de main pour me débarrasser de ceci, répondit Zeibig en montrant ses poignets menottés.

— On devrait trouver tout ce qu'il faut pour ça dans l'atelier de la salle des machines.

— Al a noté la position du *Sultana* et de son équipage, intervint Pitt. Une petite base d'opérations, plus haut sur la côte. Nous allons donner les coordonnées aux garde-côtes turcs, ou alors nous y rendre avec eux à bord de l'*Explorer*.

— Je crains que cela ne soit pas prévu au programme, répondit Rudi Gunn en secouant la tête. On nous a ordonné de mettre le cap sur le port de Çanakkale, sur les rives du détroit des Dardanelles, dès votre retour à bord.

Il se tourna vers la frégate turque, qui s'était rapprochée à l'arrivée du *Bullet*. Pitt constata pour la première fois qu'une rangée de marins armés était alignée le long du bastingage, armes pointées sur le navire de recherches de la NUMA.

— Pourquoi cette posture menaçante ? s'étonna-t-il. Deux de nos hommes ont été assassinés et un troisième kidnappé. Tu ne les avais pas prévenus plus tôt ?

— Si, répondit Gunn d'un ton irrité, mais ce n'est pas la raison de leur présence ici. Il semblerait que quelqu'un les ait appelés avant moi.

— Alors pourquoi cette démonstration de force ?

— Parce que, lâcha Gunn, rouge de colère, nous sommes en état d'arrestation pour pillage de biens culturels en mer.

41

Au moment où l'*Étoile ottomane* abordait l'entrée du port de Beyrouth, les lueurs du crépuscule paraient la Méditerranée orientale de nuances rose pâle. Le vieux cargo, parti de la mer Égée et arrivé à destination en moins de quarante-huit heures, n'avait pas perdu de temps. Il contourna le nouveau terminal avec lenteur pour accoster le long d'un quai plus ancien.

En dépit de l'heure tardive, de nombreux dockers et ouvriers s'arrêtèrent pour regarder le navire au mouillage, souriant à l'étrange spectacle qu'offrait son pont. Calé avec soin contre l'écoutille avant, un yacht italien en piteux état reposait sur un berceau de bois construit à la hâte. Deux ouvriers en combinaison de travail s'activaient à découper et colmater la large entaille qui s'ouvrait dans sa coque.

Maria était assise sur un côté de la passerelle et observait en silence le commandant qui se livrait au rituel portuaire et recevait les douaniers, les représentants et les envoyés des maisons de commerce en quête de documents, de marchandises ou d'argent. Elle ne daigna intervenir que lorsqu'un distributeur de textiles local se plaignit d'une cargaison incomplète.

— Nous avons dû anticiper notre appareillage, lui expliqua-t-elle avec franchise. Vous recevrez la marchandise restante dès notre prochaine expédition.

Intimidé, le marchand hocha la tête et partit sans protester, peu soucieux de se quereller avec l'irascible propriétaire du cargo.

Les grues du quai se mirent en marche, et très vite, des conteneurs d'acier remplis de tissus et autres produits turcs furent extraits des profondeurs des cales. Maria resta perchée sur la timonerie pour contempler le déchargement d'un œil indifférent. Mais lorsqu'elle vit un camion japonais délabré s'immobiliser près de la passerelle de débarquement, elle se raidit soudain. Elle se tourna vers l'un des janissaires que son frère avait envoyés à bord pour l'accompagner pendant son voyage.

— Je dois parler à l'homme qui vient de s'arrêter sur le quai. Fouillez-le avec soin, et conduisez-le à ma cabine.

Le janissaire hocha la tête et gagna le dock sans tarder. Il fut un peu surpris de constater que le chauffeur du camion était un Arabe vêtu comme un paysan dépenaillé, avec un keffieh effiloché autour de la tête. Ses yeux sombres, qui brillaient d'une flamme intense, détournaient l'attention de la longue cicatrice qui parcourait le côté droit de sa mâchoire, héritage d'une rixe au couteau à l'époque où il était adolescent. Le garde le fouilla avec précaution, puis le fit monter à bord et l'escorta jusqu'à la cabine, vaste et meublée avec élégance, de Maria.

La femme turque le jaugea d'un regard en lui offrant un siège, puis renvoya le janissaire.

— Merci d'être venu jusqu'ici, Zakkar. Si toutefois c'est bien votre nom.

Un mince sourire traversa le visage de l'Arabe.

— Vous pouvez m'appeler Zakkar, ou utiliser tout autre nom selon votre convenance.

— Vos talents m'ont été recommandés avec chaleur.

— C'est peut-être pourquoi si peu de gens peuvent se permettre d'y recourir, répondit Zakkar en ôtant son keffieh douteux, qu'il jeta sur la chaise la plus proche.

Maria remarqua son impeccable coiffure à l'occidentale et comprit que les guenilles n'étaient qu'un déguisement. Bien rasé et avec un costume, Zakkar aurait pu passer pour un riche homme d'affaires, songea-t-elle, ignorant que c'était en effet souvent le cas.

— Vous avez le paiement initial ? demanda-t-il.

Maria se leva et sortit un cartable en cuir d'un tiroir.

— Vingt-cinq pour cent du total, comme convenu. Paiement en euros. Le solde sera viré sur un compte bancaire libanais selon vos instructions.

Maria s'approcha de Zakkar, tout en gardant les mains serrées sur sa sacoche.

— Pour cette opération, la sécurité doit être irréprochable, dit-elle. Toutes les personnes impliquées doivent être dignes de confiance à cent pour cent.

— Si tel n'était pas le cas, je ne serais pas en vie aujourd'hui, répondit Zakkar d'un ton froid. Moyennant un juste prix, mes hommes sont prêts à mourir, ajouta-t-il en désignant le cartable.

— Ce ne sera pas nécessaire, dit Maria en le lui tendant.

Pendant qu'il jetait un coup d'œil à l'intérieur, la jeune femme s'approcha de son bureau, où elle prit plusieurs cartes enroulées.

— Vous connaissez bien Jérusalem ? lui demanda-t-elle en les posant sur une table basse.

— J'opère en Israël une bonne partie de mon temps. Est-ce à Jérusalem que je dois transporter les explosifs ?

— Oui. Vingt-cinq kilos de HMX.

Zakkar leva les sourcils en entendant Maria évoquer la nature de la marchandise.

— Impressionnant, murmura-t-il.

— J'aurai besoin de votre assistance pour installer ces explosifs, précisa Maria. Il est possible que cela implique quelques travaux de terrassement.

— Bien entendu. Ce n'est pas un problème.

Maria déroula sur la table la première carte, intitulée, en turc, *Réseaux hydrauliques souterrains de la Jérusalem antique*. Elle la mit de côté et montra à Zakkar une photographie, prise par satellite et agrandie, de la vieille ville de Jérusalem entourée de ses murailles. Du bout du doigt, elle traça un parcours de la face est des murs jusqu'à une colline qui descendait vers la vallée du Cédron. Son index s'immobilisa sur le grand cimetière musulman perché au sommet de la colline, et dont on distinguait les pierres tombales blanches.

— Je vous retrouverai là, dans ce cimetière, à vingt-trois heures précises, après-demain, annonça-t-elle.

Zakkar étudia la photo et les noms des rues proches, qui se superposaient à l'image. Après avoir mémorisé le tout, il leva vers Maria un regard intrigué.

— Et vous allez nous retrouver là ?

— Oui. Le navire partira d'ici pour rejoindre Haïfa, répondit-elle. Et c'est moi qui dirigerai l'opération, ajouta-t-elle après une pause.

Zakkar faillit réagir par une raillerie à l'idée qu'une femme puisse le commander lors d'une mission, mais il songea à la somme coquette qu'il allait empocher en échange d'une telle indignité.

— Je serai là avec le HMX, promit-il.

Maria s'approcha de sa couchette. Elle se pencha et tira les deux cantines en bois qui étaient rangées dessous. Elles étaient munies de poignées métalliques à chaque extrémité, et portaient la mention « Matériel médical » peinte au pochoir en hébreu.

— Voici le HMX. Mes gardes vont le porter sur le quai.

Elle fit un pas vers le mercenaire arabe et le regarda droit dans les yeux.

— Une dernière chose. En ce qui concerne notre objectif, je ne tolérerai aucune forme de lâcheté.

— Tant qu'il s'agit d'Israël, répondit Zakkar en souriant, je me moque de savoir qui ou quoi vous comptez détruire.

Il se retourna et ouvrit la porte de la cabine.

— Je vous reverrai à Jérusalem. Qu'Allah soit avec vous.

— Qu'Il soit avec vous aussi, murmura Maria alors que Zakkar avait déjà disparu dans la coursive, le janissaire sur ses talons.

Après le transfert de la marchandise à bord du camion, Maria s'assit et étudia une fois encore la photographie de Jérusalem. Depuis la position du cimetière, elle visualisa la cible indiquée en surbrillance tout en haut de la colline.

Cette fois-ci, le monde sera frappé de stupeur, songea-t-elle avant de ranger avec précaution la photo et les cartes dans un meuble fermé à clef.

42

Rudi Gunn arpentait la passerelle comme un lion en cage. La bosse sur sa tête avait bien diminué, mais un hématome violet lui barrait encore la tempe. De temps à autre, il s'immobilisait et scrutait le quai érodé du port de Çanakkale en quête d'une bonne raison de se rassurer. Il n'en trouvait aucune et reprenait sa marche.

— C'est de la folie. Nous sommes séquestrés ici depuis trois jours. Quand vont-ils nous libérer ?

Pitt leva les yeux de la table des cartes, où il étudiait avec le capitaine Kenfield un relevé de la côte turque.

— Selon notre consulat à Istanbul, notre libération est imminente. Au moment où nous parlons, les inévitables paperasseries suivent les méandres de la bureaucratie locale.

— Cette situation est scandaleuse, se plaignit Rudi Gunn. Nous sommes retenus ici alors que les assassins de Tang et d'Iverson sont libres d'aller et venir à leur guise.

Pitt ne souhaitait pas en discuter avec Rudi, mais il comprenait sa frustration. Bien avant que l'*Agean Explorer* ait pris contact avec les garde-côtes turcs, les autorités maritimes avaient été alertées par deux appels radio. Selon le premier, le navire de recherches de la NUMA tentait de récupérer, au mépris des lois, une épave turque d'intérêt historique protégée par le ministère de la Culture. Le second indiquait que deux plongeurs avaient été tués au cours de l'opération. Les Turcs avaient refusé de communiquer la source de ces messages mais, agissant selon leur bon droit, ils avaient pris des mesures avant même d'avoir été alertés par l'*Agean Explorer*.

Une fois le navire de la NUMA escorté jusqu'à la cité portuaire de Çanakkale et placé sous saisie provisoire, l'affaire fut confiée à la police locale, ce qui ne fit qu'ajouter à la confusion. Pitt téléphona sans tarder au docteur Ruppé, à Istanbul, pour qu'il fournisse les documents attestant leur droit à fouiller le site de l'épave. Il appela ensuite Loren, son épouse, qui harcela le Département d'État afin qu'il intervienne pour une libération immédiate, après que la police eut fouillé l'*Agean Explorer* sans trouver le moindre objet et commencé à comprendre que l'arrestation ne reposait sur aucune base sérieuse.

La tête de Rod Zeibig apparut à la porte, et son arrivée allégea l'atmosphère d'exaspération qui régnait sur la passerelle.

— Vous avez une minute, les gars ?

— Bien sûr, répondit Rudi. Nous étions en train de nous arracher les cheveux un par un.

Zeibig entra, un classeur à la main, et s'approcha de la table.

— J'ai du neuf sur votre monolithe. Une information qui vous mettra peut-être du baume au cœur.

— Il semblerait que ce ne soit plus *mon* monolithe, répondit Gunn d'un air songeur.

— Vous avez réussi à mémoriser l'inscription en latin ? demanda Pitt en se déplaçant pour permettre à Rod Zeibig et à Rudi Gunn de s'asseoir.

— Oui. Je l'avais d'ailleurs recopiée dès notre retour à bord, mais avec tout ce qui s'est passé, j'avais préféré la mettre de côté. Je l'ai étudiée ce matin et j'en ai établi une traduction en bonne et due forme.

— Dites-moi qu'il s'agit de la pierre tombale d'Alexandre le Grand, dit Gunn d'une voix rêveuse.

— Ce serait faux pour au moins deux raisons. Ce n'est pas une inscription tombale, mais un monument commémoratif. Et il ne mentionne pas Alexandre le Grand.

Il ouvrit son classeur, qui contenait une feuille écrite à la main en latin. Le texte traduit et dactylographié figurait sur une deuxième page, qu'il tendit à Rudi. Celui-ci commença à lire en silence, puis répéta à voix haute :

> EN MÉMOIRE DU CENTURION PLAUTIUS.
>
> MEMBRE DE LA *SCHOLÆ PALATINÆ* ET LOYAL GARDIEN D'HÉLÈNE.
>
> DISPARU LORS D'UNE BATAILLE EN MER AU LARGE DE CE LIEU.
>
> FOI. HONNEUR. FIDÉLITÉ.
>
> *CORNICULAR TRAIANUS*

— Le centurion Plautius, répéta Rudi Gunn. C'est donc une inscription commémorative en l'honneur d'un soldat romain ?

— En effet, acquiesça Zeibig. Et cela accrédite la thèse selon laquelle la couronne d'Al serait d'origine romaine, en l'occurrence un cadeau de Constantin.

— Un membre de la *Scholæ Palatinæ* loyal à Hélène, dit Pitt. La *Scholæ Palatinæ* était une force de sécurité d'élite réservée aux derniers empereurs romains, quelque chose comme une garde prétorienne. Quant à Hélène, il pourrait s'agir d'Hélène « Augusta ».

— C'est juste, opina Zeibig. La mère de Constantin le Grand, qui a régné au début du quatrième siècle. Hélène est née en 248 et elle est morte en l'an 330 ; l'inscription et la couronne pourraient dater de cette époque.

— Vous avez une idée de l'identité de ce Traianus ? demanda Rudi.

— Les corniculaires étaient des officiers. Il s'agissait d'une position d'adjoint à un personnage important. J'ai effectué des recherches dans des bases de données sur l'époque romaine, mais je n'ai rien trouvé concernant un quelconque Traianus.

— Le mystère reste entier, intervint Pitt. D'où viennent la couronne et le monolithe, et pourquoi se trouvaient-ils à bord d'un navire ottoman ?

Son regard se porta au-delà de Zeibig, et il se sentit quelque peu ragaillardi à la vue de deux hommes en uniforme bleu qui marchaient le long du quai en direction de l'*Explorer*.

— Eh bien, on dirait que nos policiers locaux sont de retour, annonça-t-il. J'espère qu'ils ont avec eux notre ordre de libération signé.

Le capitaine Kenfield alla les accueillir et les escorta à bord ; Pitt et Rudi Gunn les rejoignirent dans le carré des officiers.

— J'ai ici vos documents de levée de saisie et de remise en liberté, déclara dans un anglais d'une parfaite clarté le plus âgé des officiers, un homme aux oreilles tombantes et au visage poupin orné d'une épaisse moustache noire. Votre gouvernement s'est montré très persuasif, ajouta-t-il avec un fin sourire. Vous êtes à présent libres de vos déplacements.

— Où en est l'enquête sur l'assassinat de mes deux hommes ? l'interrogea le capitaine Kenfield.

— Nous avons rouvert le dossier et enquêtons sur une présomption de meurtres. Mais pour l'instant, nous n'avons aucun suspect.

— Et ce yacht, le *Sultana* ?

— Parce que nous l'avons vu de nos propres yeux lorsqu'il s'apprêtait à tailler Dirk en pièces, insista Gunn.

— Nous avons pu remonter jusqu'à son propriétaire, répondit l'officier. Selon lui, il ne peut s'agir que d'un malentendu. Le *Sultana* effectue en ce moment une croisière au large du Liban. Nous avons reçu ce matin par e-mail des photos du navire au mouillage dans le port de Beyrouth.

— Il a subi des avaries importantes, dit Pitt. Jamais il n'aurait pu naviguer jusqu'au Liban.

L'assistant de l'officier ouvrit une serviette dont il sortit plusieurs tirages de photographies. Il les tendit à Pitt. Elles montraient des vues de la proue et du flanc bâbord du *Sultana* amarré à un quai poussiéreux. Pitt remarqua qu'aucune photo n'avait été prise du côté tribord, là où il avait été éperonné. La dernière image était un gros plan d'un quotidien libanais du jour, où le yacht apparaissait en arrière-plan sur un cliché. Gunn se pencha par-dessus l'épaule de Pitt.

— Cela lui ressemble bien, en effet, admit-il à contrecœur.

Il ne put que hocher la tête lorsque Pitt lui montra l'image d'une bouée où le nom du bâtiment s'étalait sans équivoque. Pitt hocha la tête lui aussi, ne disposant d'aucune preuve que les photos avaient été retouchées.

— Mais cela ne change rien au fait que l'un de nos scientifiques a été enlevé et conduit à leurs installations portuaires sur la côte, fit remarquer Pitt.

— En effet. Notre service a pris contact avec le chef de la police d'Alcitepe, qui a envoyé un de ses hommes inspecter les lieux.

Il se tourna vers son subordonné, qui tira un épais document de sa serviette et le lui remit.

— Vous pouvez garder une copie de ce rapport, qui a été archivé à Alcitepe. J'ai pris la liberté de le faire traduire à votre intention, ajouta l'officier en le tendant à Pitt avec un regard contrit. Selon cet enquêteur, non seulement les navires en question étaient absents du quai, mais aucun autre n'était au mouillage à ce moment-là.

— Ils se sont empressés d'effacer leurs traces, observa Rudi Gunn.

— Le journal du port indique qu'un cargo semblable à celui que vous évoquiez était à quai plus tôt dans la journée pour charger une cargaison de produits textiles. Mais ce même journal précise qu'il a appareillé au moins huit heures avant votre arrivée supposée.

L'officier regarda Pitt d'un air compatissant.

— En l'absence de preuves supplémentaires, il n'y a pas grand-chose que nous puissions faire dans l'immédiat, conclut-il.

— Je me rends bien compte que tout cela est très embarrassant, dit Pitt en réprimant son sentiment de frustration. Je me demandais tout de même si vous pourriez nous indiquer l'identité du propriétaire de ces installations près d'Alcitepe ?

— C'est une entreprise privée, Anatolia Exports. Leurs coordonnées figurent dans le rapport, précisa l'officier en regardant Pitt d'un air pensif. Si je puis vous aider en quoi que ce soit, n'hésitez pas à me le faire savoir.

— Merci de votre assistance, répondit Pitt, laconique.

Après le départ des policiers, Rudi Gunn secoua la tête.

— Incroyable ! Deux meurtres, un enlèvement, et pour un peu, ce serait de notre faute.

— C'est un peu dur à avaler, je dois dire, renchérit le capitaine Kenfield.

— Les dés sont pipés, intervint Pitt. Cette entreprise, Anatolia Exports, a dû acheter la police d'Alcitepe. À mon avis, cet officier en est conscient.

— Je suppose que pour eux, la situation est un peu gênante, et ils essaient sans doute de sauver la face, suggéra Kenfield.

— Ils devraient plutôt s'occuper de bien faire leur boulot, maugréa Rudi Gunn.

— J'aurais plutôt imaginé qu'ils seraient aux petits soins, après avoir appris que vous aviez reconnu la femme du vol de Topkapi.

Pitt secoua la tête.

— Je ne leur en ai pas parlé.

— Comment cela, mais pourquoi ? s'écria Gunn, incrédule.

— Tant que nous sommes dans les eaux turques, je ne voulais pas faire courir à l'*Explorer* de dangers supplémentaires. Quelle que soit leur identité, nous sommes bien placés pour savoir ce dont ces gens sont capables. Et puis je me doutais un peu qu'avec la police locale, l'enquête n'irait pas très loin.

— Tu n'as sans doute pas tort sur ce point, dit Kenfield.

— Mais on ne peut pas les laisser s'en tirer à si bon compte ! protesta Rudi Gunn.

— Non, en effet, conclut Pitt en secouant la tête d'un air déterminé. Ils ne s'en tireront pas comme ça.

*

Les amarres étaient larguées et l'*Agean Explorer* allait s'éloigner de l'appontement lorsqu'un taxi jaune délabré arriva en trombe dans un rugissement de moteur. Le véhicule tacheté de rouille s'arrêta en dérapant au bord de l'eau, la portière arrière s'ouvrit et une jeune femme élancée sortit de la voiture.

Pitt était debout sur la passerelle lorsqu'il vit sa fille bondir sur le quai.

— C'est Summer, cria-t-il au commandant. Attendez !

Il descendit en courant vers le pont principal. Un grand sac marin vola dans les airs avant de retomber à ses pieds. Une seconde plus tard, deux mains aux doigts fins apparurent sur le garde-corps, suivies d'une tête couronnée de cheveux roux. Summer se balança par-dessus le bastingage et atterrit sans peine sur ses pieds. Pitt s'approcha, lui prit son sac et la serra entre ses bras.

— Tu savais pourtant que nous allions venir te chercher, s'exclama-t-il en riant.

Summer se rendit compte que le navire reculait et revenait vers le quai ; elle regarda son père d'un air penaud.

— Je suis désolée, dit-elle en reprenant son souffle. À Londres, lorsque j'ai appelé l'*Explorer*, Rudi m'a dit que vous étiez encore là pour un jour ou deux. Mais quand le taxi s'est approché, j'ai vu que vous étiez sur le départ et j'ai paniqué. Je ne voulais pas vous manquer.

Pitt se retourna et adressa un signe à la passerelle pour indiquer que plus rien ne s'opposait à l'appareillage. Il accompagna ensuite Summer jusqu'à sa cabine.

— Je ne t'attendais pas avant quelques jours.

— J'ai pris un vol plus tôt que prévu, et je me suis dit que ce serait plus facile de vous retrouver ici à Çanakkale en venant d'Istanbul. J'ai appris pour l'épave… et aussi pour ce qui est arrivé à Tang et à Iverson.

— Nous avons eu notre lot de peines et d'aventures, en effet, répondit Pitt en entrant dans la pièce, où il déposa le sac de Summer sur la couchette. Et si nous allions boire un café dans le carré ? Je te raconterai tout ça.

— Très volontiers, papa. Et moi, je te parlerai de ce qui m'est arrivé en Angleterre.

— Ne me dis pas que toi aussi, tu as découvert un grand mystère ? lui demanda-t-il en souriant.

Summer lança à son père un regard sérieux.

— Si, et même plus grand que tu ne pourrais l'imaginer.

TROISIÈME PARTIE

L'ombre du croissant

43

— Sophie, je crois que j'ai des nouvelles qui vont vous intéresser !

Sam Levine faillit trébucher en entrant en coup de vent dans le bureau de de la directrice de l'Unité de prévention des vols de l'Autorité israélienne des antiquités. Les coupures et les hématomes de l'incident de Césarée avaient presque disparu, mais l'une de ses joues portait encore une longue cicatrice, souvenir de sa rencontre avec les voleurs. Sophie étudiait un rapport de police sur un pillage de tombes. Elle leva les yeux avec une lueur d'intérêt dans le regard.

— Très bien. Je vous écoute.

— L'un de nos informateurs, Tyron, un jeune garçon arabe, nous a parlé d'une possible profanation cette nuit dans le cimetière musulman, sur la colline qui donne sur la vallée du Cédron.

— Mais c'est tout proche de la muraille de la vieille ville. Ce n'est plus de l'audace, c'est de l'inconscience.

— Si toutefois c'est vrai. Parmi les tuyaux fournis par Tyron, il y a à prendre et à laisser.

— Qui est censé jouer de la pelle et de la pioche ?

— Il ne m'a fourni qu'un seul nom, celui d'un petit voleur nommé Hassan Akais, dit Sam en se glissant sur un siège en face de Sophie.

— Cela ne me dit rien. Je devrais le connaître ?

— Nous l'avons embarqué une fois lors d'une mission à Jaffa. Nous n'avions pas assez d'éléments pour l'inculper, et on l'a laissé partir. Il semble s'être tenu à carreau depuis. Il paye notre informateur pour s'occuper de ses moutons, mais le garçon a entendu quelque chose au sujet de l'opération de ce soir.

— Mais ce n'est qu'un petit poisson, non ?

— C'est ce que je pensais, moi aussi, mais il y a ceci, dit Sam en tendant un imprimé à Sophie. J'ai fait une recherche sur le nom et voilà ! Il se trouve que le Mossad soupçonne ce type d'avoir partie liée avec les Mules.

Son intérêt soudain éveillé, Sophie se pencha pour étudier le document.

— Ses liens avec les Mules semblent assez ténus, ajouta Sam, mais j'ai pensé que vous voudriez être mise au courant.

Sophie hocha la tête en terminant de lire la feuille, mais omit de la rendre à Sam.

— J'aimerais bien dire deux mots à ce Hassan, dit-elle d'un ton posé.

— Nous ne sommes pas très nombreux pour une mission ce soir. Lou et les autres sont à Haïfa jusqu'à demain, et Robert est alité avec une bonne grippe.

— Alors il ne reste que nous, Sammy. Des objections ?

Sam secoua la tête.

— Si ce type à quelque chose à voir avec ce qui s'est passé à Césarée, alors moi aussi, j'aimerais lui mettre la main dessus.

Ils convinrent du lieu et de l'heure de leur rendez-vous, et Sam quitta le bureau. Sophie s'était déjà replongée dans la lecture de son rapport de police lorsqu'elle sentit que quelqu'un l'observait. Elle leva les yeux et eut la surprise de voir Dirk sur le seuil, un gros bouquet de lilas à la main.

— Excusez-moi, je suis à la recherche de la flingueuse en chef, dit-il avec un sourire radieux.

Sophie bondit de son siège.

— Dirk, je ne pensais pas que tu serais libre avant la semaine prochaine, s'exclama-t-elle en se précipitant pour lui déposer un baiser sur la joue.

— L'université a suspendu les fouilles de Césarée pour la saison, expliqua Dirk, qui posa les fleurs sur le bureau et prit la jeune femme dans ses bras avant de l'embrasser. Tu m'as manqué, murmura-t-il.

Sophie sentit son visage rougir, puis se souvint que la porte était restée ouverte.

— Je peux prendre une courte pause, bredouilla-t-elle. Si nous allions déjeuner ?

Dirk hocha la tête, et elle le conduisit loin des regards indiscrets dans une petite cour toute proche.

— Je connais un coin merveilleux pour un pique-nique dans la vieille ville, proposa-t-elle. Nous achèterons à manger en route.

— Voilà qui me semble parfait. Je n'ai pas encore vu grand-chose. Rien ne vaut une promenade à pied pour saisir la quintessence d'une aussi passionnante cité.

Sophie lui prit la main et ils quittèrent les pelouses impeccables du musée Rockefeller. L'un des points d'accès à la vieille Jérusalem, la porte d'Hérode, n'était qu'à quelques pas.

La vieille ville, dont la superficie atteint à peine un kilomètre carré, est le cœur religieux de Jérusalem. Elle abrite en son sein l'église du Saint-Sépulcre, le mur des

Lamentations et le Dôme du Rocher. Une imposante muraille de pierre construite par les Turcs il y a plus de quatre siècles, à l'époque ottomane, entoure le centre historique de la cité.

Après avoir franchi la porte pour pénétrer dans le quartier musulman, Dirk admira la beauté patinée du calcaire taillé qui semblait être le matériau de base de toutes les constructions de la ville, monuments, entreprises, résidences, quel que soit leur degré de préservation ou de délabrement. Il prit plaisir à observer la diversité de la population qui se pressait dans les rues étroites. Près d'un passage clouté, en voyant un Juif arménien à côté d'un Éthiopien en tunique blanche et d'un Palestinien coiffé d'un keffieh, il se dit qu'un tel lieu était sans doute unique au monde.

Sophie le guida le long d'une ruelle sombre et poussiéreuse qui donnait sur un souk en plein air. Elle évoluait avec aisance parmi la foule des vendeurs, s'arrêtant au vol pour acheter des falafels, des kebabs d'agneau, des pâtisseries et un sachet de fruits.

— Puisque tu voulais profiter des saveurs locales, tu vas être servi, le taquina-t-elle en lui confiant le soin de porter leurs provisions.

Ils parcoururent encore quelques pâtés de maisons avant d'arriver sur l'esplanade de Sainte-Anne de Jérusalem, une gracieuse structure de pierre bâtie par les croisés, dont l'emplacement au cœur du quartier musulman constitue l'un des nombreux exemples de juxtapositions insolites que réserve la vieille ville.

— Une jolie Juive qui m'emmène dans un lieu de culte chrétien ? s'étonna Dirk en souriant.

— Nous allons déjeuner sur un terrain qui se trouve derrière l'église, répondit Sophie. Un endroit qui pourrait bien intéresser un explorateur des fonds marins ! Et en plus, c'est un lieu de pique-nique parfait, ajouta-t-elle avec un clin d'œil.

Ils se dirigèrent vers l'arrière du monument, où ils découvrirent un espace ombragé par de vieux sycomores. Un sentier menait à un gouffre béant, comme une mine à ciel ouvert, dont le périmètre était clôturé. Des vestiges de murs en brique, des colonnes de pierres et des arches antiques s'élevaient de la base asséchée de la cavité.

— Ceci est la piscine de Bethesda, expliqua Sophie tandis qu'ils plongeaient leurs regards dans les profondeurs gorgées de poussière. À l'origine, c'était un réservoir construit pour le Premier Temple, puis pour le Second. On y a ensuite installé des bains. Bien sûr, l'endroit est devenu célèbre pour ses vertus curatives après que Jésus, selon la légende, y a guéri un invalide. Je crains qu'il ne reste plus beaucoup d'eau ici, en revanche.

— Ce n'est peut-être pas plus mal, répondit Dirk. Sinon, on verrait des hordes de touristes se battre pour s'y baigner.

Ils trouvèrent un banc isolé sous un imposant sycomore, s'y installèrent et firent honneur à leur déjeuner en partageant les diverses spécialités locales.

— Dis-moi, comment va le docteur Haasis ? demanda Sophie au bout d'un moment.

— Plutôt bien. Je lui ai rendu visite ce matin. Il se repose chez lui, mais il est impatient de se remettre au travail. Sa blessure à la jambe s'est avérée bénigne, et il devrait pouvoir se débarrasser de ses béquilles d'ici une semaine ou deux.

— Le pauvre. Je suis navrée pour lui.

— Il m'a confié qu'il était très ennuyé à ton sujet. Il semble croire que c'est de sa faute si tes agents se sont retrouvés dans une situation aussi dangereuse.

— C'est ridicule, s'écria Sophie en secouant la tête. Il ne pouvait pas savoir, pas plus que nous d'ailleurs, qu'une bande de terroristes allait attaquer le camp.

— C'est un homme à l'esprit généreux, dit Dirk en prenant une figue mûre dans le sac en papier. À propos, l'Agence de sécurité israélienne m'a passé au gril ces derniers jours. J'espère que tu vas m'annoncer que ces salopards seront bientôt sous les verrous.

— Le Shin Bet a repris l'enquête, mais les indices n'ont pas donné grand-chose. Le camion de nos assaillants était un véhicule volé. Ils s'en sont débarrassés en mer près de Nahariya. Le Shin Bet est persuadé qu'ils sont passés au Liban peu après leur départ de Césarée. On pense qu'ils agissent en relation avec une organisation de contrebandiers liée au Hezbollah. Ils seront difficiles à identifier, sans même parler de leur arrestation.

— Et pour qui travailleraient-ils, selon toi ?

— Je ne suis sûre de rien. J'ai lancé différentes enquêtes et j'ai quelques soupçons, mais pas de vraies preuves.

Sophie pensa à l'agent Holder, tué lors de l'incident de Césarée.

— Sam et moi faisons de notre mieux, ajouta-t-elle d'une voix soudain lointaine.

Dirk se pencha vers elle, lui prit la main et la serra très fort.

— Je n'aurais jamais cru devoir affronter une situation pareille, poursuivit-elle, les yeux baignés de larmes.

Elle croisa le regard de Dirk et lui pressa la main à son tour.

— Je suis si heureuse de ta présence, lui dit-elle avant de se pencher vers lui et de l'embrasser.

Ils restèrent assis, blottis l'un contre l'autre, pendant un bon moment. Sophie se sentait en sécurité dans les bras de Dirk. En regardant les bassins vides de la piscine de Bethesda, elle retrouva peu à peu le courage de faire face à ses devoirs. Elle prit une longue inspiration et sourit à Dirk, les yeux encore humides.

— Tu sens ce parfum de jasmin dans l'air ? J'ai toujours adoré cette odeur. Elle me rappelle mon enfance, quand toutes mes journées étaient remplies de bonheur.

— Elles le seront encore, lui promit Dirk.

— Je dois y aller, murmura-t-elle enfin, tout en gardant le bras autour des épaules de Dirk.

— Je t'attendrai, répondit-il.

Elle se souvint soudain de l'opération prévue pour le soir même.

— Nous pouvons dîner ensemble, mais je crains de devoir travailler ensuite. Un boulot de surveillance. Nous avons reçu un renseignement sur un voleur d'antiquités qui est peut-être lié à des contrebandiers libanais.

— Je peux t'accompagner ?

Sophie commença par secouer la tête, puis finit par céder.

— Nous sommes un peu à court d'effectifs. Il ne reste que Sam et moi, et il est vrai qu'un peu d'aide nous rendrait bien service. Mais pas d'héroïsme, cette fois-ci !

— Je me cantonnerai au rôle d'observateur silencieux, c'est promis, accepta Dirk en souriant.

Ils se levèrent et jetèrent un dernier coup d'œil aux bassins asséchés. Sophie ressentit une soudaine hésitation, dont elle ignorait la raison, à l'idée de quitter les lieux. Elle joignit sa main à celle de Dirk et s'éloigna avec lui de la piscine, luttant contre le tourbillon d'émotions qui submergeait son cœur.

44

L'*Étoile ottomane* se glissa avec lenteur dans le port israélien d'Haïfa, et se trouva relégué le long d'un quai éloigné et peu fréquenté du terminal ouest. Il ne restait à bord du cargo décrépit qu'un petit chargement de textiles, et l'équipage turc aurait pu vider les cales en quelques heures. Les marins avaient cependant reçu l'ordre strict de faire traîner le déchargement en longueur afin que le travail ne se termine que tard le lendemain.

Après avoir présenté de faux passeports à la douane, Maria et l'un des janissaires louèrent une voiture et se dirigèrent vers la ville. Ils se faisaient passer pour un couple marié en vacances, et pouvaient ainsi évoluer à travers le pays sans trop attirer l'attention. Toutefois, pour leur périple vers Jérusalem, ils ne prirent aucun risque. Maria suivit un itinéraire détourné pour éviter la rive occidentale et ses nombreux points de contrôle, de crainte que l'on ne découvre sous son siège le sac qui contenait une arme, de l'argent liquide et une paire de jumelles de vision nocturne.

Elle avait compris qu'il valait mieux abandonner l'idée de passer la frontière et de voyager avec les explosifs. Zakkar et ses associés des Mules pouvaient se le permettre, et sur le plan financier, le jeu en valait la chandelle. Le contrebandier arabe avait pris le soin de lui expliquer en détail la façon dont le HMX allait être convoyé par camion, puis à pied et même, à un moment donné, caché sous la panse des animaux, grâce à un troupeau de moutons. Ainsi, les explosifs atteindraient leur destination sans être détectés par les forces de sécurité d'Israël.

Mais ce n'était qu'une partie du défi à relever. Maria avait d'autres affaires à régler en personne. Armée d'une carte touristique, elle s'enfonça avec le janissaire dans les rues grouillantes d'activité de Jérusalem, évitant la vieille ville en passant par les quartiers occidentaux récents. Ils localisèrent l'hôtel Waldorf Astoria, ouvert depuis peu, garèrent leur voiture de location dans la rue et se dirigèrent à pied vers le bloc d'immeubles suivant, plus au sud. Ils découvrirent, niché dans une enfilade de boutiques touristiques, un minuscule salon de thé dont les fenêtres étaient protégées des regards par de longs rubans de perles.

À une table reléguée dans un coin de la pièce, Maria vit un homme barbu se lever et lui sourire, révélant une incisive recouverte d'or. Elle s'approcha, suivie par son janissaire.

— Al-Khatib ? demanda-t-elle.

— À votre service, répondit le Palestinien avec une légère inclination du buste. Voulez-vous vous joindre à moi ?

Maria hocha la tête et s'installa à la table, son garde à ses côtés. Al-Khatib prit un siège en face d'eux et leur versa à chacun une tasse de thé. Maria remarqua qu'il avait la peau brûlée par le soleil et les mains calleuses d'un pillard professionnel, ce qui correspondait tout à fait à la réalité.

— Bienvenue à Jérusalem, leur dit-il en guise de formule de politesse.

— Merci, répondit Maria en jetant un regard autour de la pièce pour s'assurer que personne ne les épiait. Avez-vous accompli la tâche pour laquelle nous vous avons contacté ?

— Oui, et sans difficultés, dit le Palestinien en souriant à nouveau. L'aqueduc était bien là où vous l'aviez indiqué. Voilà qui authentifie de façon étonnante certaines hypothèses historiques. Puis-je vous demander comment vous avez pu accéder aux données indispensables à vos recherches ?

Ce fut au tour de Maria de sourire.

— Comme vous le savez sans doute, les murailles actuelles de la vieille ville ont été construites par Soliman le Magnifique entre 1535 et 1538. Ses ingénieurs ont cartographié tous les détails de son emplacement, y compris les obstacles existants. Les cartes, que nous avons acquises en Turquie, indiquent une multitude d'aqueducs désaffectés et autres installations datant de l'époque d'Hérode, dont nous avions perdu la trace depuis.

— Une merveilleuse découverte, que j'aimerais beaucoup examiner à l'occasion, lança al-Khatib avec une lueur avide dans le regard.

— Je n'ai pas amené ces documents avec moi, mentit Maria. Ma famille possède une importante collection d'antiquités de l'époque ottomane, et les cartes font partie d'un lot d'acquisitions plus vaste, ajouta-t-elle en oubliant de mentionner le fait que les « acquisitions » en question provenaient d'un vol dans un musée d'Ankara.

— Des éléments historiques d'une grande valeur, à n'en pas douter. Puis-je vous demander quel est le but de ces fouilles ?

— Avez-vous pu élargir la cavité autour de l'aqueduc ? répondit Maria en éludant la question.

— Oui, j'ai fait ce que vous m'aviez demandé. J'ai agrandi l'ouverture, et creusé un mètre ou deux à l'intérieur de la colline. L'entrée est bien cachée par des broussailles.

— Excellent, le félicita Maria, qui prit son sac et en sortit une enveloppe remplie de billets de banque israéliens.

Les yeux d'al-Khatib s'agrandirent lorsqu'elle la poussa vers lui sur la table.

— Une gratification supplémentaire pour un travail exécuté en temps et en heure.

— Je vous suis très reconnaissant, s'extasia le Palestinien, qui fourra aussitôt l'argent dans sa poche.

— Vous allez à présent nous conduire au site, dit Maria en finissant sa tasse de thé.

Al-Khatib consulta sa montre et prit une expression consternée.

— La nuit ne va pas tarder à tomber, mais la lune risque d'être claire ce soir.

Il changea de ton dès qu'il croisa le regard froid et déterminé de la jeune femme.

— Mais bien sûr, si c'est ce que vous souhaitez… Vous avez une voiture ?

Il paya l'addition, et ils partirent tous les trois rejoindre le véhicule de location. Suivant les instructions d'al-Khatib, Maria contourna le sud de la vieille ville, puis tourna au nord dans la vallée du Cédron. Le Palestinien la guida alors vers la bordure de l'antique cimetière musulman. Maria se gara près de là, derrière un entrepôt en pierre qui semblait menacer de s'effondrer à tout moment.

Leurs ombres s'estompaient à l'approche du crépuscule. Le janissaire ouvrit le coffre et en sortit une pioche, ainsi qu'un sac rempli de lanternes électriques. Lui et Maria suivirent le Palestinien, qui sauta par-dessus un petit muret et suivit un itinéraire sinueux à travers le cimetière. L'endroit était presque désert à cette heure tardive, mais le groupe resta dans la partie occidentale, loin de la mosquée qui occupait le centre du terrain et de la route qui partait vers l'est. Le janissaire cachait son outil du mieux qu'il le pouvait en dissimulant le fer sous son bras.

À l'est de leur position s'élevait le mont des Oliviers, couronné par un grand cimetière juif, quelques églises et des jardins. Vers l'ouest, le grand mur qui entourait la vieille ville se dressait au flanc d'une colline. De l'autre côté se trouvait le mont du Temple, à présent occupé par l'esplanade des Mosquées – le « al-Haram aš-Šarīf », ou « Noble Sanctuaire ». Au centre de l'esplanade sacrée, on apercevait le Dôme du Rocher, une haute structure qui, selon la légende, abritait la pierre sur laquelle Abraham s'était préparé à sacrifier son fils. Dans la tradition musulmane, ce rocher était aussi considéré comme le point de départ de l'ascension de Mahomet au ciel lors de son « Voyage nocturne », attesté par l'empreinte de son pied dans la roche. Maria parvenait tout juste à distinguer le sommet du vaste dôme doré, qui se parait de nuances de miel à la lueur du couchant.

Al-Khatib marcha jusqu'à la sobre plaque funéraire d'un émir mort au seizième siècle, puis tourna à gauche.

En arrivant au bout d'une rangée irrégulière de sépultures, il se mit en devoir de grimper le long du flanc rocailleux de la colline qui s'élevait en pente raide vers la vieille ville. Maria fouilla son sac à la recherche de sa lampe de poche, mais elle la garda éteinte et continua à trébucher sur les cailloux et les broussailles jusqu'au moment où ils atteignirent un petit plateau. Al-Khatib ralentit l'allure.

— Nous approchons, murmura-t-il.

Il alluma sa propre lampe et les mena encore plus haut avant de s'immobiliser près de deux arbustes du désert. Haletante, Maria remarqua qu'ils étaient morts, leurs racines enfoncées dans un petit monticule de gravats. Juste à côté, elle vit une pile bien ordonnée de blocs de calcaire.

— C'est là, derrière, annonça al-Khatib en braquant sa lampe sur les arbres.

Il se retourna et observa la colline de bas en haut, non sans une certaine nervosité, pour s'assurer qu'ils n'étaient pas épiés.

— Il y a parfois des patrouilles de sécurité, les prévint-il.

Maria prit ses jumelles de vision nocturne et scruta avec soin les alentours. Les bruits de la ville toute proche semblaient flotter au-dessus de la vallée, et un tapis de lumières scintillait sur les collines avoisinantes. Le reste du cimetière, plus bas, était désert.

— Je ne vois personne par ici, commenta-t-elle.

Al-Khatib hocha la tête, puis s'agenouilla et se mit à déblayer les pierres. Lorsqu'une petite ouverture apparut, Maria ordonna à son janissaire de l'aider. Ensemble, les deux hommes mirent au jour une entrée dissimulée, une sorte de couloir exigu haut d'un mètre cinquante. Après avoir écarté tous les obstacles, le Palestinien se releva et prit un instant de repos.

— L'aqueduc était de dimensions plutôt réduites, expliqua-t-il à Maria. Il a fallu beaucoup creuser pour l'élargir.

Tout en songeant à l'histoire de la construction de l'ouvrage, Maria dévisagea le Palestinien d'un regard peu amène. Le passage découvert sur la colline n'était qu'une simple sortie d'évacuation d'un ensemble beaucoup plus vaste, qui représentait un véritable exploit pour l'ingénierie de l'époque. Presque deux mille ans plus tôt, les ingénieurs romains de l'époque d'Hérode avaient construit, depuis les lointaines collines d'Hébron, toute une série d'aqueducs qui amenaient l'eau douce jusqu'à la ville et la forteresse Antonia, bâtie sur le site du mont du Temple. Ces travaux étaient réalisés à la force des bras par des ouvriers bien plus compétents que ce Palestinien grassouillet.

Elle dirigea sa lampe vers l'entrée avant de l'allumer. La lumière révéla un mince boyau qui s'enfonçait d'un peu moins de deux mètres à l'intérieur de la colline. Au fond, elle distingua au niveau du sol le petit orifice de l'aqueduc qui pénétrait plus profond dans la muraille rocheuse. La galerie avait été creusée avec soin, et Maria dut admettre qu'al-Khatib avait fait preuve d'une certaine dextérité.

— Vous avez fait du bon travail, lui dit-elle en éteignant sa lampe, puis en prenant la pioche qu'elle lui tendit. Je voudrais que vous creusiez encore un peu, entre soixante centimètres et un mètre.

Le chasseur d'antiquités, bien payé pour sa besogne, hocha la tête, espérant une gratification supplémentaire et curieux de voir les résultats de sa tâche. Il emprunta la lanterne du janissaire, se glissa vers le fond du passage et attaqua le mur qui lui faisait face. Le mercenaire le rejoignit et, de ses mains gantées, commença à déblayer la poussière et les débris qui s'accumulaient aux pieds du Palestinien.

Pendant que Maria montait la garde à l'entrée, al-Khatib travailla sans relâche vingt minutes d'affilée, et évida presque un mètre de roche. Le souffle court, il lança un puissant coup et ressentit une étrange sensation de légèreté à travers le manche de l'outil, qu'il rejeta en arrière. Il s'aperçut alors qu'en creusant le pan rocheux, il avait révélé un espace ouvert. Il s'immobilisa et leva sa lanterne. En regardant par le trou, il ne vit qu'une étendue vide et obscure, mais eut la surprise de sentir un courant d'air frais.

Il attaqua la roche avec une ardeur renouvelée et agrandit l'orifice de telle sorte qu'il puisse laisser le passage à un homme. Il poussa les débris de côté, reprit sa lanterne, passa à travers l'ouverture et se retrouva dans une large salle d'une hauteur imposante.

— Béni soit Allah, haleta-t-il en posant son outil pour contempler les murailles rocheuses au fond de la caverne.

À la lueur de la lanterne, elles paraissaient d'un blanc d'albâtre et l'on distinguait des rangées régulières de marques de ciseau. Grâce à son regard bien entraîné, al-Khatib vit qu'il s'agissait de calcairc, dont de vastes blocs avaient été taillés et déplacés à la main.

— Une carrière, comme dans la grotte de Sédécias, bégaya-t-il tandis que Maria et le janissaire entraient à leur tour en portant chacun une lanterne.

— En effet, répondit Maria. Mais celle-ci a été perdue pour l'histoire lors de la destruction du Second Temple.

Sous les murs de la vieille ville se trouvait une grande grotte, creusée par des esclaves qui avaient taillé le calcaire au ciseau pour l'un des nombreux projets d'ingénierie d'Hérode. Elle tenait son nom du dernier roi de Juda, Sédécias, qui selon la légende, l'aurait utilisée comme cachette afin d'échapper aux armées de Nabuchodonosor.

Grâce à la lumière des lanternes électriques, Maria et les deux hommes purent constater que la carrière s'étendait par le biais de multiples passages qui s'enfonçaient dans l'obscurité comme les doigts d'une main. Al-Khatib aperçut une large galerie qui semblait se diriger droit vers l'est.

— Celle-ci doit aller bien au-delà du Noble Sanctuaire, dit-il, soudain mal à l'aise.

Maria se contenta de hocher la tête.

— Et le Dôme du Rocher? demanda-t-il d'une voix qui trahissait sa tension.

— Le rocher sacré est lui-même situé sur un plateau minéral, mais le tunnel principal passe dessous. Un autre arrive près de la mosquée Al-Aksa ainsi que vers d'autres points de l'esplanade, du moins si les cartes de Soliman sont exactes ; et jusqu'à présent, elles ont prouvé qu'elles l'étaient.

Le visage du Palestinien pâlit. Son excitation céda vite la place à une visible appréhension.

— Je ne souhaite pas me rendre sous le site du rocher sacré, dit-il d'un ton solennel.

— Ce ne sera pas nécessaire, répondit Maria. Votre travail est terminé.

Elle plongea la main dans son sac et en sortit un pistolet compact Beretta qu'elle braqua sur le Palestinien éberlué.

À l'opposé de son frère, Maria ne ressentait aucun besoin de prendre la vie d'autrui, ni aucune passion à l'idée de tuer. Elle n'éprouvait rien. Commettre un meurtre n'était pas plus important à ses yeux que de changer de tenue ou d'avaler une assiette de potage. Mais l'un comme l'autre étaient devenus des tueurs sans merci.

Le pistolet cracha deux balles dans la poitrine du Palestinien tandis que l'écho se répercutait avec puissance à l'intérieur de la caverne. Le chasseur de reliques tomba à genoux, une lueur momentanée d'incompréhension dans le regard, puis son corps sans vie s'affaissa. Maria s'approcha d'un pas calme, sortit l'enveloppe de billets de la poche du cadavre et la rangea dans son sac. Elle consulta sa montre.

— Nous avons moins d'une heure avant la livraison des explosifs, dit-elle au janissaire. Nous devons étudier les lieux et choisir les meilleurs emplacements.

Elle fit un pas vers le corps d'al-Khatib, prit sa lanterne et s'enfonça dans l'obscurité avec son acolyte.

45

Il était presque vingt-deux heures lorsque Sophie arriva sur un petit parking poussiéreux à l'extérieur de la muraille nord-est de la vieille ville et se gara derrière une boutique de vêtements, fermée à cette heure tardive. De l'autre côté de la route, en bas d'une petite colline, on voyait la pointe nord du cimetière musulman tracer un passage sinueux vers le sud à travers un ravin qui s'élargissait en rejoignant l'extrémité de la vallée du Cédron. Elle coupa le contact et se tourna vers Dirk.

— Tu es sûr de vouloir m'accompagner ? lui demanda-t-elle. La plupart du temps, ces opérations sont aussi inutiles qu'ennuyeuses.

Dirk sourit en hochant la tête.

— Je ne veux pas gâcher une telle occasion de me promener au clair de lune avec une jolie fille.

Sophie dut se retenir pour ne pas éclater de rire.

— Parmi les gens que je connais, tu es bien le seul à trouver qu'une planque est une opportunité romantique.

Elle devait toutefois admettre qu'elle éprouvait des sentiments similaires. Ils avaient dîné ensemble dans un paisible restaurant arménien près de la porte de Jaffa. Au fil de la soirée, elle avait ressenti un désir de plus en plus pressant d'annuler l'opération de surveillance et d'inviter Dirk chez elle, mais elle avait réprimé cette idée, sachant que primait avant tout la perspective d'obtenir des informations sur les assassins de l'agent Holder.

— Sam est en retard, ce n'est pourtant pas dans ses habitudes, dit-elle en consultant sa montre.

Elle parcourut le parking du regard à la recherche du véhicule de son adjoint.

Une minute plus tard, son téléphone vibra et elle parla pendant un moment en hébreu d'un ton animé.

— C'était Sam, annonça-t-elle à Dirk après avoir raccroché. Il a eu un accident de voiture.

— Il va bien ?

— Oui. Il semblerait qu'un autocar de pèlerins chrétiens ait manqué un virage et l'ait percuté. Il n'a rien, mais quelques pèlerins âgés sont peut-être blessés. Cela va lui prendre un bon moment pour tout arranger, et il risque de ne pas arriver avant une heure.

— Alors nous ferions mieux de commencer sans lui, répondit Dirk, qui sortit aussitôt de la voiture.

Sophie le suivit, ouvrit le coffre et en extirpa une paire de jumelles de vision nocturne dont elle passa la lanière autour de son cou. Elle se pencha vers une grande valise en cuir posée au fond du coffre. Elle contenait un fusil d'assaut Tavor TAR-21, un modèle gouvernemental qui semblait loin d'être neuf. Elle y glissa un chargeur plein, engagea la première balle et passa l'arme par-dessus son épaule.

— Prête à toutes les éventualités, à ce que je vois, fit remarquer Dirk.

— Depuis l'affaire de Césarée, je préfère être toujours armée, répondit Sophie d'un ton résolu.

— Si tu penses que des contrebandiers libanais sont impliqués, pourquoi ne pas laisser le Shin Bet mener l'opération ?

— C'est une solution que j'ai envisagée, mais le tuyau de mon indicateur est plutôt mince. Nous n'avons peut-être affaire qu'à des petites crapules, ou des adolescents chasseurs de trophées. Il est d'ailleurs possible que personne ne montre le bout de son nez.

— Ce qui me conviendrait à merveille, dit Dirk, qui sourit en lui prenant la main.

Ils traversèrent la route et descendirent le long du talus qui menait au cimetière. Sophie s'arrêta un instant pour scruter les alentours à la jumelle.

— Nous devons aller plus bas, annonça-t-elle d'un ton calme.

Ils redescendirent encore d'une bonne dizaine de mètres et s'arrêtèrent sur une petite butte qui offrait une vue dégagée sur l'ensemble du cimetière. Autour d'eux, les pierres lisses des tombes musulmanes brillaient d'un éclat blanc au clair de lune. Sophie s'assit sur le rebord d'une tombe et examina le bas du terrain avec ses jumelles. De l'autre côté du mur ouest, elle repéra quelques gamins qui jouaient au football malgré l'heure tardive, mais le cimetière lui-même était désert. Elle dirigeait son regard vers l'est lorsqu'elle sentit Dirk se glisser près d'elle et son bras lui entourer la taille. Elle baissa ses jumelles d'un geste lent.

— Tu me distrais de mon travail, lui dit-elle d'un ton léger avant de poser sa main sur sa nuque pour lui donner un baiser passionné.

Ils restèrent enlacés plusieurs minutes, mais un bruit de pas distant vint rompre leur intimité. Sophie reprit son observation du bas de la colline.

— Trois hommes avec de gros sacs à dos, murmura-t-elle. Deux d'entre eux semblent porter des pelles, ou peut-être des armes, je ne suis pas sûre.

Elle écarta les jumelles et regarda vers le haut de la colline.

— Nous aurions vraiment besoin de Sam, dit-elle avec une nuance de frustration dans la voix.

— Il ne sera pas là avant trente minutes, commenta Dirk en consultant sa montre.

Les bruits de pas résonnèrent plus fort alors que les trois intrus se frayaient un chemin vers le milieu du terrain. Sophie dégaina son pistolet Glock, qu'elle tendit à Dirk.

— Nous allons procéder à leur arrestation, lui annonça-t-elle, et ensuite, j'appellerai la police de Jérusalem pour qu'ils les emmènent.

Dirk hocha la tête, prit l'arme de Sophie et vérifia qu'elle était chargée. Ils quittèrent leur position en silence et descendirent la pente à pas lents, en suivant à couvert les pierres tombales les plus hautes, ce qui les fit dévier peu à peu vers la droite. Ils s'approchèrent d'une sépulture surélevée qui leur offrait un abri discret, se glissèrent derrière, puis s'accroupirent et attendirent.

Les minutes défilaient avec lenteur tandis que les trois probables pilleurs arrivaient dans leur direction. Sophie fixa une lampe-torche sur lc canon du Tavor, puis resta immobile alors que les trois inconnus n'étaient plus qu'à quelques mètres. Elle adressa à Dirk un hochement de tête, et bondit soudain derrière les trois hommes.

— Halte ! cria-t-elle en arabe en allumant sa lampe. Mains en l'air !

Les trois inconnus se retournèrent et se figèrent en plissant les yeux tandis que Sophie braquait le rayon de sa torche sur leurs visages. Deux d'entre eux, qui tenaient chacun un AK-47 canon pointé vers le sol, la dévisagèrent d'un air menaçant. Le premier, un homme aux paupières tombantes, était de petite taille et vêtu de guenilles. Sophie reconnut Hassan Akais, l'homme dont avait parlé son informateur. Le deuxième, tout aussi peu soigné, se distinguait par un nez arqué et proéminent. Mais Sophie ne put réprimer un frisson le long de sa colonne vertébrale à la vue du troisième personnage. C'était à n'en pas douter le leader du trio. D'un calme parfait, il lui retourna un regard pénétrant. Une profonde cicatrice traversait la partie droite de sa mâchoire. C'était ce même regard qu'elle avait croisé à Césarée, celui de l'homme dont l'attaque avait conduit à la mort de l'agent Holder.

Sophie ne put empêcher ses mains de trembler, et le rayon de sa lampe vacilla sur le visage du terroriste. Sentant son hésitation, Hassan Akais leva d'un geste vif et silencieux son fusil d'assaut pour le braquer sur la jeune femme. Alors que son doigt s'apprêtait à appuyer sur la détente, une forte détonation retentit à travers le cimetière. Une tache rouge apparut sur le poignet d'Hassan Akais lorsqu'une balle de neuf millimètres vint lui perforer l'avant-bras. L'homme grimaça de douleur et lâcha la gâchette en agrippant son poignet blessé de sa main valide. Il lança un regard d'incompréhension à Sophie avant d'apercevoir Dirk, qui brandissait un pistolet automatique à quelques pas de là.

— Déposez vos armes, sinon je viserai un peu plus haut la prochaine fois, ordonna le jeune Américain.

L'autre homme, qui portait une longue barbe broussailleuse, se hâta d'obéir, mais Hassan ne fit pas un geste, et se contenta de fixer Dirk, le regard haineux. Soudain, ses traits semblèrent se détendre ; il serra les dents en une ébauche de sourire provocant, les yeux braqués quelque part derrière le jeune Américain.

— Je crois que c'est vous qui allez déposer vos armes, menaça une dure voix féminine surgie de l'obscurité. Levez vos mains, que je puisse les voir.

Dirk se retourna et vit derrière Sophie une femme aux cheveux courts qui pointait un pistolet sur la nuque de la jeune Israélienne. Elle portait des vêtements de sport de couleur sombre, et des lunettes de vision nocturne étaient relevées sur son front. Dirk sentit une autre présence, et en penchant le cou d'un mouvement discret, il aperçut dans la nuit l'ombre d'un autre homme dont l'arme levée visait sa propre tête.

Sophie lui adressa un regard navré en déposant son fusil d'assaut sur le sol. En l'absence de toute autre option, Dirk gratifia la femme turque d'un sourire innocent, puis posa son pistolet sur la tombe la plus proche.

46

Dirk et Sophie durent remonter le flanc de la colline sous la menace des armes et furent poussés dans l'étroit passage creusé plus tôt par le Palestinien. Tout comme les terroristes derrière eux, ils furent stupéfaits de voir l'immense carrière qui les attendait de l'autre côté, et qui était à présent éclairée par plusieurs lanternes. Sophie, qui avait déjà visité la grotte de Sédécias, fut surprise d'en découvrir une nouvelle, tout aussi vaste, sous le mont du Temple. Son émerveillement se changea vite en frayeur lorsqu'elle aperçut le corps ensanglanté d'al-Khatib étendu face contre terre près d'une des lampes ; sa peur monta encore d'un cran quand elle reconnut le chef des terroristes.

— Le grand… c'est lui qui a dirigé l'attaque de Césarée, murmura-t-elle à Dirk.

Celui-ci hocha la tête. Il se doutait qu'un groupe aussi bien armé n'était pas là dans le seul but de piller quelques tombes. Le janissaire les poussa vers un rebord rocheux où il les invita d'un geste à s'asseoir près du Palestinien mort. Maria les ignora et rassembla les lourds sacs à dos des trois Arabes.

— Tout est là ? demanda-t-elle à Zakkar.

— Oui, les vingt-cinq kilos d'explosifs, les fusibles et le détonateur, détailla l'Arabe avant de lever les yeux vers la voûte. Vous voulez faire sauter le Dôme du Rocher ?

Maria lui lança un regard glacial.

— Oui, et aussi la mosquée Al-Aksa. Cela vous pose un problème ?

— Vous allez provoquer un immense élan de colère sur nos terres, répondit Zakkar en secouant la tête. Mais peut-être en résultera-t-il un effet positif pour la cause d'Allah.

— Ce sera le cas, en effet, siffla Maria.

Elle s'accroupit et procéda à un rapide inventaire des explosifs, puis se releva et prit un air revêche en voyant que Sophie et Dirk l'observaient.

— Vous avez failli mettre notre mission en péril, souffla-t-elle à Zakkar.

— Les services archéologiques de la police recherchent des pilleurs de tombes, répondit celui-ci sans mentionner le fait qu'il connaissait Sophie et Dirk. C'était une opération de surveillance de routine. Pourquoi ne pas les tuer sur-le-champ ? ajouta-t-il avec un mouvement de tête dans leur direction.

— Une archéologue israélienne, dites-vous ? demanda Maria, qui prit le temps de réfléchir un instant. Non, nous n'allons pas les tuer. Ils mourront « par accident » dans l'explosion, ce seront de parfaits boucs émissaires, conclut-elle avec un sourire mauvais.

Elle fit signe au janissaire d'approcher, puis se tourna à nouveau vers Zakkar.

— Que vos deux hommes montent la garde, ordonna-t-elle en regardant l'heure à sa montre. Il est temps de préparer le HMX, je tiens à ce que la mise à feu ait lieu à une heure.

Elle ramassa une lanterne tandis que le janissaire soulevait deux des sacs à dos. Zakkar adressa un signe au mercenaire, prit lui-même le dernier sac et disparut en compagnie de Maria le long d'un des passages.

— La destruction du Dôme provoquera un bain de sang, chuchota Sophie à Dirk.

— Silence ! cria le barbu en agitant son arme.

Son collègue Akais, le blessé, était assis sur une pierre et se tenait le bras. Le tir n'avait atteint aucune artère, et il était parvenu à étancher l'hémorragie avec son keffieh, à présent serré autour de la blessure. Il avait pu sans peine remonter la colline et pénétrer sans aide dans la carrière, mais en raison de la perte de sang, il souffrait à présent d'un état de choc modéré. De temps à autre, il jetait un regard rageur vers Dirk, puis ses yeux prenaient une expression hagarde, comme s'il regardait à des milliers de kilomètres de là.

Avec méthode, Dirk examina la carrière à la recherche d'un moyen de s'échapper sans recevoir aussitôt une balle dans le dos, mais les possibilités semblaient bien limitées. En regardant le corps du Palestinien, il remarqua les deux lanternes restantes. L'une d'elles était posée sur le sol près du cadavre, à trois mètres de sa propre position. Le barbu, perché sur une pierre au milieu de la grotte, faisait tourner la seconde d'un geste paresseux.

Dirk attira l'attention de Sophie et s'avança d'un pas dégagé vers l'homme à la barbe.

— Votre lanterne… murmura-t-il en se frottant la bouche du dos de la main. Vous pourriez l'éteindre ?

Sophie tourna les yeux vers la lampe et le garde puis, le regard déterminé, hocha la tête de façon à peine perceptible. Elle scruta alors les murs de la grotte, examinant chaque entaille et marque de ciseau qu'elle parvenait à distinguer. Sur une paroi, derrière le garde, elle découvrit ce qu'elle cherchait, une marque irrégulière à partir de laquelle elle pourrait improviser une affabulation.

Elle contempla la pierre avec une expression de totale fascination. Le garde surprit son regard et se retourna pour voir quel était l'objet de sa curiosité. Les yeux toujours fixés sur la paroi, Sophie se releva avec lenteur et avança d'un pas.

— Ne bougez pas, souffla l'Arabe.

Sophie fit de son mieux pour paraître l'ignorer sans se faire abattre.

— Cette carrière est vieille de deux mille ans, et elle se trouve juste sous le Dôme du Rocher, chuchota-t-elle. Je crois que je vois là un signe du Prophète.

Le garde tourna des yeux méfiants vers Sophie, puis vers Dirk. L'ingénieur de la NUMA lui adressa un regard aussi inexpressif qu'indifférent. L'homme prit sa lanterne et recula vers la paroi, son arme toujours pointée sur les deux jeunes gens. Lorsqu'il atteignit le mur, il observa à plusieurs reprises, d'un œil furtif, le calcaire creusé. Deux rainures peu profondes parcouraient la surface à hauteur de visage, et une trace de fusain presque effacée était visible entre les deux lignes. L'homme fixa la marque, puis tourna la tête vers Sophie.

— Oui, c'est bien ça, poursuivit la jeune femme en avançant encore d'un pas hésitant.

En l'absence de réaction du barbu, elle fit un pas de plus.

— Si vous me jouez le moindre tour, c'est votre ami que j'abattrai en premier, cracha l'homme en dirigeant son canon vers Dirk. Hassan, reste sur tes gardes, cria-t-il à l'adresse de son compagnon.

L'homme blessé répondit en hochant mollement la tête.

— Et maintenant, montrez-moi ça, reprit le garde en s'éloignant un peu de la paroi.

Sophie rampa en avant et posa une main sur la surface, près des lignes parallèles et de la marque au fusain. Elle en avait vu de similaires dans la grotte de Sédécias ; ce n'étaient que des marquages préliminaires pour la découpe d'un bloc de calcaire qui, pour quelque raison, n'avait jamais été menée à bien. Le trait de fusain n'était sans doute qu'un banal repère d'identification pour la pierre inutilisée.

— De même que l'empreinte de son pied sur le Rocher sacré, je pense que ceci pourrait être un signe du départ du Prophète pour son « Voyage nocturne », affirma-t-elle en se référant à l'ascension au ciel de Mahomet, monté sur un destrier ailé. Mais je ne parviens pas à bien le distinguer. Puis-je vous emprunter la lanterne ?

Sans regarder le garde, et tout en prétendant être absorbée dans la contemplation des lignes et de la marque, elle tendit une main vers lui. Il réagit de façon instinctive et, sans toutefois dévier le canon de son arme, lui passa la lampe d'un geste circonspect. Sophie l'attrapa et la leva contre la paroi, les yeux toujours rivés sur la marque au fusain.

— Voyez ceci, dit-elle d'un ton calme en désignant la roche de sa main libre.

D'un air dégagé, elle laissa glisser son autre main jusqu'à la base de la lanterne, où ses doigts tâtonnèrent à la recherche de l'interrupteur. Lorsqu'elle le trouva avec l'index, elle l'actionna et se figea.

Le garde pouvait encore la voir à la lueur jaune de l'autre lampe, plus éloignée. Au moment où il éructait un ordre à l'intention de Sophie, il perçut du coin de l'œil un soudain mouvement.

Dirk avait guetté ce moment. À l'instant où la lanterne de Sophie s'éteignit, il bondit du rebord rocheux où il était installé. Il savait que les balles allaient suivre, et avança de deux pas avant de plonger au sol.

Il ne fut pas déçu ; le barbu tourna son arme vers lui et fit feu, mais Dirk était déjà à terre et les balles sifflèrent haut au-dessus de sa tête. Il étendit un bras pour amortir sa chute et, de l'autre, attrapa la lanterne. Sans se soucier de l'allumer, il la fracassa sur le sol, brisant les panneaux de verre et l'ampoule.

La grotte fut plongée dans une obscurité totale, juste ponctuée par les éclairs qui jaillissaient du fusil d'assaut. L'homme tira plusieurs rafales prolongées, qui résonnèrent comme des coups de tonnerre à travers la carrière tandis que les projectiles ricochaient sur les murs de calcaire.

L'homme visait encore la dernière position de Dirk, mais celui-ci avait aussitôt effectué une roulade pour s'éloigner et ramper comme un crabe en direction de l'entrée. Après avoir parcouru quelques mètres, il s'immobilisa et tourna en rond en tâtant le sol de ses mains. Les tirs cessèrent juste au moment où il trouvait ce qu'il cherchait : le corps du Palestinien – ou plutôt la pioche posée près des pieds du cadavre.

Un silence pesant tomba sur la carrière, où flottait une odeur de poudre. Le tireur, persuadé d'avoir liquidé Dirk, se retourna et tira vers la position qu'occupait Sophie un instant plus tôt, mais à la lueur des éclairs projetés par son arme, il constata qu'elle avait disparu.

En se guidant des doigts sur le calcaire, Sophie s'était d'abord approchée du tireur occupé à viser Dirk et l'avait dépassé. Lorsque l'arme se tut, elle ne fit plus un geste, tenant toujours la lanterne et essayant de maîtriser les battements de son cœur.

— Hassan, tu as de la lumière ? cria l'Arabe.

Le garde blessé recouvrait peu à peu ses esprits ; il se releva, encore mal assuré sur ses jambes.

— Je suis là, près de l'entrée, ne tire pas dans ma direction, plaida-t-il d'une voix faible.

— La lampe ? aboya son collègue.

— Elle est dans mon sac à dos, mais je n'arrive pas à le retrouver, répondit Akais en tâtonnant autour de lui.

— Les autres les ont emportés, répondit le garde d'une voix coléreuse.

Dirk profita de leur échange pour s'avancer, prêt à l'attaque. Le pic sur l'épaule, il se glissa vers le passage d'entrée et vers la voix du blessé. Encore affaibli, celui-ci serait plus facile à neutraliser. Avec un peu de chance, Dirk pourrait récupérer son fusil d'assaut et abattre son collègue avant même qu'il comprenne ce qui lui arrivait.

Lorsque les deux hommes se turent, Dirk était encore à un bon mètre du blessé. Il ne pouvait se permettre de révéler sa position et allait devoir frapper à l'aveugle. Il se tint immobile pendant un moment, fit en silence un pas en avant, puis un autre. Par malheur, Akais, pourtant affaibli, détecta sa présence.

— Salaam ? demanda-t-il soudain.

Sa voix était proche, se dit Dirk, assez pour qu'il puisse frapper. Il avait encore avancé d'un pas et levé sa pioche lorsque la carrière s'illumina. Il se retourna et aperçut Maria, une main tenant sa lampe et l'autre son pistolet. Sans quitter Dirk des yeux, elle pointa l'arme vers le cœur de Sophie, recroquevillée contre la paroi à moins de deux mètres d'elle.

— Laissez tomber ça, ou je l'abats, menaça-t-elle.

Dirk laissa bien malgré lui tomber l'outil sur le sol. Sa dernière vision fut celle de la jeune Israélienne qui le contemplait avec deux yeux apeurés. Hassan le frappa à la nuque avec la crosse de son fusil. Il tomba en avant et plongea dans un océan de ténèbres.

47

Un taxi blanc fatigué entra sur le parking non goudronné et s'arrêta à côté de la voiture de Sophie. Sam Levine paya aussitôt le chauffeur et sortit. Pendant que le véhicule s'éloignait dans la nuit, il essaya d'appeler sa collègue. Sans surprise, il n'obtint aucune réponse, et envoya un texto pour lui indiquer où il se trouvait. Là encore, aucune réaction… Il se mit en marche vers le cimetière, sachant que Sophie éteignait souvent son téléphone lors de missions de reconnaissance.

Il traversa la rue avec une légère claudication, ses côtes et ses hanches encore douloureuses après l'accident. Dans la confusion, il avait laissé ses jumelles de vision nocturne dans le coffre de sa voiture, mais avait gardé son pistolet automatique dans son étui de ceinture. Il se déplaçait avec lenteur, d'une démarche posée, espérant que Sophie pourrait le repérer sans avoir à interrompre sa mission de surveillance.

En descendant le long de l'escarpement, il comprit que la lenteur était sa seule possibilité : une dénivellation un peu trop raide lui envoya une décharge douloureuse le long de la jambe et il reprit sa marche à petits pas hésitants vers le cimetière.

Celui-ci lui parut aussi désert que silencieux lorsqu'il dépassa les premières tombes. Il s'arrêtait à des intervalles réguliers pour observer et écouter, espérant voir Sophie sortir en silence de l'obscurité pour lui taper sur l'épaule. Ses espoirs furent vains.

Il fit encore quelques pas, puis s'immobilisa en entendant un bruit au loin. C'était une suite de claquements, comme si l'on entassait des pierres les unes sur les autres, et le son provenait du centre du cimetière. Sam s'approcha de quelques mètres sur la pointe des pieds et s'arrêta derrière un petit mur de soutènement. Plus bas, les claquements se poursuivaient toujours. En jetant un coup d'œil furtif par-dessus le muret à la faveur du clair de lune, il distingua plusieurs silhouettes indistinctes qui se déplaçaient autour d'une pierre tombale plate, près d'une colonne d'éclairage en pierre dont la dernière illumination remontait sans doute à quelques décennies.

L'agent de l'Autorité des antiquités sortit son pistolet, puis s'assit et attendit. Plusieurs minutes s'écoulèrent tandis qu'il se demandait où était passée Sophie et pourquoi elle n'avait procédé à aucune arrestation. Peut-être avait-elle renoncé à la mission de surveillance, songea-t-il, mais quant à lui, rien ne l'empêcherait d'accomplir son devoir.

Avec une grimace de douleur, il passa par-dessus le petit mur et boitilla le long de la pente vers les pillards. Le bruit cessa, et il vit plusieurs silhouettes opérer une retraite précipitée vers l'extrémité sud du cimetière. Il tenta de courir, mais la douleur lancinante de ses articulations le força à reprendre son allure traînante. Sentant monter en lui un sentiment de frustration, il s'arrêta et cria :

— Halte !

Son ordre n'eut pas l'effet espéré. Au lieu de rester sur place, les intrus s'enfuirent à toutes jambes. Sam les entendit courir à travers le cimetière et le quitter par le sud. Quelques instants plus tard, le grondement de deux moteurs troua la nuit, suivi de crissements de pneus.

Consterné, Sam secoua la tête à la vue des feux arrière qui disparaissaient dans l'obscurité, puis la pensée de sa collègue lui revint à l'esprit.

— Sophie, vous êtes là ? cria-t-il.

Seul le silence des tombes fit écho à sa voix.

Il se dirigea vers la colonne d'éclairage et s'approcha de la sépulture, s'attendant à découvrir un trou creusé à la hâte, mais il eut la surprise de constater qu'un tas de pierres bien rangées la recouvrait. Les pilleurs ne se donnaient en général pas la peine de masquer leurs forfaits. Piqué par la curiosité, il en souleva quelques-unes et faillit tomber à la renverse en voyant une main apparaître à la lueur de la lune.

Non sans hésitation, il ôta à gestes mesurés d'autres roches, révélant le torse et la tête ensanglantés du Palestinien assassiné. Contemplant le spectacle avec dégoût, Sam se demanda en silence qui pouvaient bien être ces pilleurs à l'esprit tordu venus déposer un tel fardeau dans l'enceinte du cimetière.

48

Une lumière sourde semblait brûler les yeux de Dirk, pourtant clos. La douleur qui lui vrillait le crâne était quant à elle d'une insupportable acuité.

Au prix d'un effort herculéen, il s'obligea à soulever une paupière, et eut un mouvement de recul en concentrant sa vision sur une lanterne allumée, posée à moins de dix centimètres de son visage. Il s'efforça de reprendre ses esprits et remarqua l'inconfort de la surface de calcaire sous son corps. Ses bras bougèrent à peine tandis qu'il tâtonnait à la recherche d'un appui.

Il prit une longue inspiration, puis souleva son torse tout en remontant les jambes pour s'asseoir. Une explosion d'étoiles jaillit devant ses yeux et il faillit perdre à nouveau connaissance, mais parvint à éviter l'évanouissement en respirant à fond. Il passa la main sur sa nuque et sentit une bosse douloureuse couverte de sang séché.

Les rouages de son cerveau semblèrent se mettre en marche et il reconnut l'endroit où il se trouvait. Assis seul dans la grotte déserte, il appela Sophie d'une voix faible, mais ne perçut que le silence à travers le bourdonnement de ses oreilles. Il attrapa la lampe et se hissa non sans mal sur ses pieds. Alors qu'il titubait comme un ivrogne, son crâne se mit à battre à tout rompre.

Il finit par retrouver peu à peu ses forces et son équilibre et examina la caverne avant de ramper le long du passage qui menait vers l'entrée. Le cimetière apparut, sombre et silencieux, et il rentra aussitôt à l'intérieur de la carrière.

Il appela à nouveau Sophie, d'une voix plus assurée qui se répercutait contre les parois. Loin dans l'un des boyaux, il crut entendre un faible claquement. Son sens de l'ouïe n'était pas au mieux de sa forme, mais le son, s'il était réel, provenait d'un vaste tunnel sur sa droite. C'était celui que Maria et ses hommes avaient emprunté avec les explosifs.

Il se pencha pour entrer dans le passage, haut d'un mètre quatre-vingts, puis avança aussi vite que le lui permettait la douleur qui lui martelait la tête. Il l'ignorait, mais le tunnel s'étendait sur plus de deux cents mètres à l'intérieur de la colline, et traversait l'esplanade des Mosquées deux mètres au-dessus de sa tête. Plus importante aux yeux des terroristes était sa proximité avec le Dôme du Rocher. Sans le savoir, Dirk n'était qu'à quelques mètres de la roche sacrée.

Le boyau s'incurvait et sinuait, s'ouvrant de temps à autre sur de petites salles d'où des blocs de calcaire avaient été extraits. Au détour d'un virage serré, Dirk détecta une faible lumière qui semblait briller plus loin. Son cœur s'emballa un instant, et il se força à accélérer, ignorant le mal de tête lancinant qui le torturait à chaque pas.

La lueur brilla plus fort quand il pénétra dans un petit espace rectangulaire qui précédait une section rectiligne du tunnel. En se protégeant les yeux, il tituba hors du passage et se retrouva dans une nouvelle salle qui s'incurvait en forme de coupe. L'une des lanternes était posée sur le sol, au milieu. À sa droite, Dirk vit une masse d'une matière semblable à du mastic pressée contre la paroi, et d'où pendait un détonateur à fil. Sophie était étendue sur sa gauche. Elle se tortillait et se débattait, un bâillon sur la bouche, pieds et poings liés avec les lanières d'un des sacs à dos. Une grosse pierre avait été placée entre ses genoux pour la clouer au sol. Lorsqu'elle vit Dirk, la terreur qui se lisait dans ses yeux s'évanouit aussitôt.

— Alors comme ça, tu voulais faire bande à part ? lui dit Dirk avec un sourire las.

Il souleva la pierre et hissa la jeune femme sur son épaule, puis prit les deux lanternes de sa main libre. Avec une force renouvelée, il redescendit le long du tunnel en veillant à ce que la tête de Sophie ne heurte pas la voûte.

Ce n'est qu'après avoir parcouru la moitié de la distance qui les séparait de la grotte principale que la sensation d'étourdissement réapparut avec une vigueur inquiétante. En arrivant dans la petite salle à mi-parcours, il déposa la jeune femme sur le sol et lui ôta son bâillon tout en reprenant son souffle.

— Tu as une mine épouvantable, lui dit-elle. Tu es blessé ?

— Non, ça va, grommela Dirk. C'est toi qui as eu les vrais ennuis.

— Quelle heure est-il ? demanda-t-elle, soudain inquiète.

— Une heure moins cinq, répondit-il en regardant sa montre.

— Les explosifs ! Cette femme a dit qu'elle voulait procéder à la mise à feu à une heure.

— Tant pis. Il faut vite sortir d'ici.

— Non.

Dirk fut surpris du ton de sa voix. Ce n'était pas une requête, mais bel et bien un ordre.

— Si le Dôme et la mosquée sont détruits, ce sera un véritable désastre pour mon pays. Une guerre s'ensuivra, pire que les précédentes.

Dirk plongea son regard dans les yeux sombres de Sophie, et y lut de la détermination, de l'attente, de l'amour, mais aussi du désespoir. Les secondes défilaient, et il ne pouvait espérer avoir le dernier mot.

— Je pense pouvoir désactiver le détonateur, répondit-il en lui déliant les poignets. Mais il faut que tu sortes d'ici. Il y a deux lampes, prends-en une. Délie tes chevilles et file vers la sortie.

Il se retourna pour s'engouffrer dans le tunnel, mais Sophie attrapa sa chemise et l'attira vers lui pour un baiser bref, mais passionné.

— Fais attention à toi, lui dit-elle. Je t'aime.

L'esprit en pleine ébullition, Dirk se lança dans le passage. Les paroles de Sophie semblaient annihiler la douleur, et il se surprit à courir à toute allure ; il lui fallut moins d'une minute pour arriver dans la salle.

Il possédait certaines connaissances en matière d'explosifs, car il avait travaillé sur des missions impliquant des opérations de démolition. Il ne savait pas grand-chose du HMX, mais le dispositif installé devant lui paraissait être d'un type courant. Un unique détonateur à retardement était relié par un fil électrique à des capsules de détonation enfoncées dans la masse des explosifs.

Il jeta un coup d'œil à sa montre ; plus que trois minutes.

— Pourvu qu'ils ne sautent pas trop tôt, marmonna-t-il, sa lampe levée contre la paroi.

Il chercha d'autres dispositifs de mise à feu, sans se douter que la quantité de HMX qu'il avait devant les yeux aurait suffi à raser un gratte-ciel. Le détonateur, associé aux capsules, se dégagea sans peine de la masse de HMX. Dirk reprit aussitôt sa course dans le tunnel tandis que l'engin se balançait entre ses doigts.

Il atteignit vite la salle rectangulaire. Elle était déserte, et il éprouva un vif soulagement en constatant que Sophie l'avait écouté et était partie vers la sortie. Il s'arrêta un instant et projeta avec force le détonateur contre la paroi avant de repartir. Il était rassuré, mais l'effet de l'adrénaline s'atténuait, et lorsqu'il pénétra dans la grotte principale, sa tête recommença à le faire souffrir. Il traversa l'espace obscur et remarqua que le corps du Palestinien avait disparu.

Il se glissa dans le corridor qui menait à la sortie et aspira avec plaisir de profondes bouffées d'air frais. Il regarda alors autour de lui dans l'espoir de voir Sophie, ou au moins la lueur de sa lanterne, puis il l'appela. Pas de réponse.

Une sensation affreuse le frappa soudain comme un coup de poing dans l'estomac. La mosquée. Sophic avait dit que le Dôme et la mosquée allaient être détruits. Il devait y avoir quelque part une seconde charge d'explosifs, et Sophie était repartie à l'intérieur pour tenter de la désactiver.

Dirk fila comme une flèche à travers le couloir. À partir de la salle principale, trois tunnels plus petits s'enfonçaient dans la colline, à gauche de celui du Dôme. Il courut tour à tour vers chacune de leurs entrées et appela Sophie. À l'ouverture du dernier, il entendit une réponse confuse, et reconnut la voix de la jeune femme qui résonnait au loin. Il s'élança aussi vite qu'il le pouvait dans le corridor creusé de marques de ciseau.

Après quelques foulées, il perçut plus loin une sorte de crépitement, comme une série de pétards – le détonateur qu'il avait arraché du HMX un peu plus tôt, et qui explosait à présent sans représenter le moindre danger.

Le cœur de Dirk fit un bond dans sa poitrine lorsqu'il comprit que le second dispositif allait sauter d'une seconde à l'autre.

— Sophie, hurla-t-il, sors d'ici… vite !

Plus loin, il perçut une lumière indistincte et devina qu'il approchait enfin. Un autre crépitement résonna et il tomba à terre, l'angoisse au ventre.

Accompagné d'une détonation assourdissante, le choc secoua le sol comme un tremblement de terre. Quelques secondes plus tard, le souffle des gaz s'engouffra dans le tunnel en une rafale rugissante, précédé d'une pluie de poussière et de pierres. Dirk sentit son corps se soulever et frapper la paroi. Le souffle coupé, martelé par les cailloux et enseveli sous un linceul de poussière étouffante, il prit à peine conscience qu'autour de lui, le monde plongeait à nouveau dans les ténèbres.

49

Sam, le dos à la colline, examinait le corps du Palestinien lorsque Dirk émergea de la carrière à la recherche de Sophie. Lorsqu'il entendit une voix appeler le nom de sa collègue, l'agent de l'Autorité des antiquités fit volte-face, juste à temps pour apercevoir la lueur de la lanterne de Dirk, qui disparut à nouveau dans le passage. Sam sortit une fois de plus son téléphone et composa le numéro de Sophie, puis grimpa le long de la colline d'un pas lent.

Il n'était qu'à quelques mètres de l'entrée lorsque l'explosion eut lieu. Depuis sa position, il n'entendit guère qu'une détonation étouffée, suivie d'un léger grondement sous ses pieds. Quelques secondes plus tard, un panache de poussière et de fumée se répandit hors du passage.

Il s'approcha de l'entrée, et alors qu'il attendait que la fumée se dissipe, il vit une lanterne parmi les broussailles. Il l'alluma et entra avec prudence. En pénétrant dans la grotte principale, il fut stupéfait de découvrir l'existence de cette immense carrière inconnue sous le mont du Temple.

L'air était encore saturé de débris, et Sam dut garder sa manche sur son nez pendant qu'il examinait les lieux.

Il passa la tête dans chacun des tunnels, hésita devant le dernier, qui crachait encore des volutes de fumée, et entendit soudain, au loin, le fracas de roches qui s'entrechoquaient.

Alors qu'il avançait à pas lents, il détecta une lueur, beaucoup plus éloignée dans le passage. Il accéléra et se retrouva très vite devant un tas de débris arrachés aux parois par l'explosion. Il les dépassa avec précaution et s'enfonça dans les profondeurs de la colline. Le boyau obscur suivait une ligne droite sur quelques mètres, et Sam distingua soudain l'éclat vif d'une lampe.

Le visage ruisselant d'une sueur nerveuse, il toussa pour chasser la poussière qui lui obstruait les narines. Il contourna un rocher déchiqueté, tituba hors du couloir minéral et déboucha dans un vaste espace illuminé par la lanterne, posée sur un roc depuis longtemps tombé du plafond. La salle évoquait une gravière souterraine et des amas de pierres étaient entassés sur toute sa surface. Un grand trou aux contours irréguliers apparaissait sur la voûte juste au-dessus du plus gros tas de débris, résultat de l'explosion. Un épais brouillard blanc demeurait suspendu, bloquant toute visibilité en dépit de la lumière.

À l'autre bout de la salle, Sam perçut un mouvement indistinct.

— Sophie ? appela-t-il en esquissant un mouvement maladroit vers son arme.

Telle une apparition, une silhouette apparut à travers la brume de poussière. En voyant Dirk émerger de la pénombre, Sam ressentit un bref soulagement qui disparut aussitôt à la vue du corps inanimé de Sophie dans les bras du jeune Américain.

— Comment va-t-elle ? demanda-t-il.

Il constata que Dirk avait posé un blouson sur la tête et le torse de la jeune femme. C'est alors qu'il réalisa que les membres pendants de Sophie, qui paraissaient déformés, étaient recouverts d'une épaisse couche de poussière et de sang.

Il leva les yeux vers Dirk dans l'attente d'une explication et réprima aussitôt un frisson. L'expression défaite de Dirk ne lui laissa aucun espoir. L'Américain le regardait avec un visage ensanglanté, ravagé, et ses yeux semblaient perdus, égarés. Sam comprit que Sophie était morte.

50

L'explosion sous l'esplanade des Mosquées fut étouffée avant même que la fumée se soit dissipée. C'était le Dôme du Rocher qui était la cible principale de Maria, et c'était là qu'elle avait installé le plus gros de la charge, mais celle-ci avait été neutralisée lorsque Dirk avait arraché les capsules de détonation. La seconde, plus réduite, placée sous la mosquée Al-Aksa, avait quant à elle explosé, mais en provoquant beaucoup moins de dégâts.

Sous le monument du huitième siècle, si le sol avait tremblé en secouant les vitraux, aucun brasier ne s'était propagé dans la mosquée. Quelques secondes avant l'explosion, Sophie avait arraché une partie du HMX et l'avait lancé dans le tunnel, puis elle avait essayé d'ôter les fusibles de la charge restante. La détonation ne fit que fissurer les fondations d'une fontaine située derrière le lieu de culte. Les gardiens palestiniens n'y avaient tout d'abord guère prêté attention, persuadés que l'explosion provenait d'un autre quartier de la ville.

À l'intérieur de la carrière, Sam avait réagi sans tarder. La police arriva très vite, de même qu'une équipe médicale qui s'occupa aussitôt de Dirk pendant que le corps de Sophie était transféré à la morgue. Les agents du

Shin Bet se montrèrent tout aussi rapides. La carrière fut fouillée de façon minutieuse, le HMX restant neutralisé et emporté. Un périmètre de sécurité fut établi autour du complexe tout entier avant même que les responsables de l'esplanade des Mosquées comprennent ce qui s'était passé.

La nouvelle se répandit dans toute la ville, suscitant l'indignation. Les musulmans protestèrent contre l'attaque, tandis que les juifs de la ville étaient horrifiés à l'idée que le mont du Temple aurait pu être profané. Chaque faction rejetait le blâme sur l'autre, et les esprits s'échauffaient de part et d'autre. Le gouvernement israélien, adoptant une attitude défensive en public tout en resserrant le dispositif de sécurité autour de la ville, réunit les responsables musulmans sur l'emplacement de la carrière. D'un commun accord, il fut décidé de barricader le site pour éviter toute intrusion ultérieure.

Dans les rues, la colère demeurait vive, mais les troubles furent peu nombreux et l'on parvint à éviter tout accès de violence. En l'espace de quelques jours, la tension se relâcha. Personne ne revendiqua la paternité de l'attentat, et les véritables coupables s'évanouirent sans laisser la moindre trace.

51

Le général Braxton lut le rapport de la CIA sans prononcer un mot. Seul le frémissement de la moustache du directeur de la National Intelligence trahissait de temps à autre une trace d'émotion. En face de lui, l'agent de renseignement O'Quinn et un membre de la CIA spécialiste d'Israël, assis en silence, contemplaient leurs chaussures. Ils se redressèrent d'un mouvement vif lorsque Braxton ôta les petites lunettes rondes qui reposaient sur le bout de son nez.

— Voyons. Si j'ai bien compris, commença le général de sa voix rocailleuse, une bande de cinglés a failli faire exploser la moitié de Jérusalem, et ni le Mossad ni le Shin Bet ne détiennent le moindre indice quant à l'identité des responsables. Est-ce la vérité, ou ce que les Israéliens veulent bien nous raconter ?

— Les Israéliens semblent n'accorder qu'une confiance très limitée aux résultats de leur propre enquête, répondit l'homme de la CIA. Ils sont convaincus qu'un réseau libanais de trafic de drogue et de contrebande d'armes, les « Mules », est en partie responsable de l'attaque. Ces Mules ont des liens avérés avec le Hezbollah, et il est donc possible que Jérusalem ait été visée en représailles contre l'occupation de Gaza. L'Américain impliqué dans l'incident a pu identifier l'un des terroristes, qui avait pris part à une autre attaque récente sur un site archéologique de Césarée.

— Cet Américain est-il un de nos agents ?

— Non, c'est un ingénieur naval qui travaille pour la NUMA. Il a subi des blessures légères, et il est en convalescence à l'hôpital militaire israélien d'Haïfa.

— Un ingénieur naval ? Mais que diable est-il venu faire à Jérusalem ?

— Il semblerait qu'il ait eu une liaison sentimentale avec l'agent de l'Autorité des antiquités tué au moment de l'explosion. Il l'accompagnait lors d'une planque et s'est trouvé ainsi mêlé aux événements. C'est d'ailleurs bien tombé, car c'est lui qui a réussi à neutraliser la principale charge installée sous le Dôme du Rocher.

— Sur ce plan, nous l'avons échappé belle, monsieur, intervint O'Quinn. Il y avait assez d'explosifs pour raser le Dôme et une partie significative de la vieille ville, ce qui aurait provoqué une flambée sans précédent des conflits régionaux. Je suis certain que si ce lieu de culte avait été détruit, des missiles voleraient au-dessus d'Israël à l'heure qu'il est.

Braxton émit un grognement et fixa O'Quinn.

— Puisque nous parlons d'explosifs, je constate que vous détenez d'assez embarrassantes informations à ajouter à ce sac de nœuds.

— Nous avons obtenu des Israéliens un échantillon du matériel non utilisé, et les tests en laboratoire ont confirmé qu'il s'agissait de HMX, fabriqué par un industriel américain sous contrat avec l'armée, expliqua O'Quinn avec sobriété.

— Ce seraient donc nos propres explosifs ? fulmina Braxton.

— Je le crains, en effet. Nous avons poussé plus loin nos recherches, et découvert que les échantillons en provenance de Jérusalem correspondent à une livraison de HMX de très forte puissance, vendue en secret au Pakistan au cours des années quatre-vingt-dix dans le cadre de leur programme d'armes nucléaires. Les Pakistanais ont depuis confirmé qu'un conteneur de HMX avait disparu peu de temps après. On pense que des trafiquants appartenant à l'armée l'auraient vendu hors du pays, mais jusqu'à présent, nous ne disposions d'aucune preuve de son utilisation.

— Un plein conteneur de HMX. Incroyable, commenta Braxton.

— Cela représente environ trois tonnes et demie d'explosifs de haute puissance. Un potentiel de destruction considérable.

Le général ferma les yeux et secoua la tête.

— Je suppose que cette attaque est liée aux attentats récents visant des mosquées ?

— Nous savons que du HMX a été employé lors des attaques contre la mosquée Al-Azhar du Caire et la mosquée Yesil de Bursa. Dans les deux cas, personne n'a revendiqué les attentats, et on n'a pu établir aucun rapport avec des factions locales. Une situation qui présente bien des similitudes avec celle de Jérusalem.

— Et qu'en est-il de ce Palestinien dont le corps a été découvert dans le cimetière ?

— C'était un petit trafiquant d'antiquités sans relation connue avec le terrorisme, répondit l'homme de la CIA. Il a peut-être été impliqué dans la découverte de la carrière, mais nous ne pensons pas qu'il ait pu jouer un rôle actif dans l'attentat.

— Ce qui nous ramène à deux questions sans réponses : qui, et pourquoi ?

O'Quinn gratifia le général d'un regard peiné.

— Personne n'a revendiqué ces actes, et j'ai bien peur que nous n'ayons aucune piste fiable. Les agences de renseignements, ainsi que Joe pourra le vérifier, recherchent des suspects sur l'ensemble du spectre politico-religieux, des chrétiens extrémistes aux sectes juives en passant par Al-Qaïda et d'autres groupes de fanatiques musulmans. Nous sommes tributaires des agences de renseignements étrangères, mais jusqu'à maintenant, elles n'ont aucune piste sérieuse.

L'agent de la CIA hocha la tête.

— Mon général, toutes les cibles étaient des lieux d'une grande importance religieuse aux yeux du monde sunnite. Il est tout à fait possible que ces attaques soient le fait de groupes chiites. Les liens éventuels du Hezbollah avec l'affaire de Jérusalem ne font que renforcer cette théorie. Et je dois dire qu'au sein de l'agence, beaucoup pensent que l'éventualité d'une piste iranienne n'est pas à écarter. Les Iraniens tenteraient ainsi de détourner l'attention de leur programme d'armement.

— C'est en effet une motivation crédible, acquiesça Braxton, mais dans ce cas, ils jouent avec le feu, s'ils devaient se faire prendre la main dans le sac.

O'Quinn secoua la tête.

— Je ne suis pas d'accord avec cette théorie, monsieur. Ces attentats ne portent pas la signature des opérations iraniennes. Une telle implication et l'usage de moyens aussi radicaux à l'étranger constitueraient une première.

— Vous ne me donnez pas grand-chose d'autre à me mettre sous la dent, O'Quinn, grommela le général. Et ce Turc, le mufti Battal, dont vous me rebattiez les oreilles ?

— Il s'est engagé dans la course à la présidentielle, comme nous le craignions. Il est vrai que lui et son parti bénéficieront sans doute de l'accès d'indignation causé par ces attentats dans les milieux fondamentalistes. Ce qui soulève un point important : ces attaques relèvent peut-être plus d'un objectif politique spécifique que d'une stratégie terroriste globale. Quant à Battal, nous surveillons de près ses activités, mais rien n'indique qu'il ait opté pour une stratégie de confrontation violente. Pour l'instant, aucun indice ne le relie à ces événements.

— Bien. Vous n'avez donc rien de ce côté. La question que vous devriez peut-être vous poser, les gars, c'est de savoir quelle sera leur prochaine cible.

— Il est clair qu'ils ont choisi, au fur et à mesure de leur action, des cibles de plus en plus importantes, intervint O'Quinn. Je vais veiller à ce que l'on conseille aux Saoudiens de renforcer leurs dispositifs de sécurité.

— Nos analystes travaillent sur le dossier à plein temps, et même plus, renchérit l'homme de la CIA. Nous mettons tout en œuvre pour parvenir à des résultats, ajouta-t-il.

Braxton balaya le commentaire d'un regard.

— Je vais vous dire ce que vous allez faire, dit-il en se penchant au-dessus de son bureau pour fixer les deux agents avec colère. Rien n'est plus simple que de mettre un terme à ces attentats. Tout ce que vous avez à faire, conclut-il avec un grondement exaspéré, c'est de découvrir le reste des explosifs !

52

L'*Étoile ottomane* se glissa dans la crique au nord des Dardanelles tard dans l'après-midi, et vint accoster près de la longue jetée à présent déserte. Sous l'ondulation des eaux proches, le bâtiment de servitude coulé reposait encore sur le fond sableux, attendant qu'une grue le hisse hors des flots avec l'aide d'une équipe de plongeurs.

Debout sur la passerelle, Maria constata avec surprise la présence de la Jaguar de son frère sur le quai. À l'intérieur de la voiture, Celik regarda le navire approcher, puis quitta la banquette arrière lorsque l'*Étoile* fut amarrée. Il s'avança sur le quai d'un pas vif, un attaché-case sous le bras, et monta à bord.

— Je ne m'attendais pas à te voir ici, Ozden, lui lança Maria en l'accueillant.

— Le temps nous est compté, répondit-il en parcourant la timonerie d'un regard agité.

Le commandant et le timonier comprirent le message et quittèrent les lieux, laissant Celik seul avec sa sœur.

— Je sais que la police a fouillé les installations après notre départ, dit Maria. Ta présence ici n'est-elle pas dangereuse ?

— La police locale a été bien payée pour veiller sur nos intérêts, la rassura Celik. Ils se sont contentés d'une visite rapide et n'ont pas eu accès aux entrepôts.

La mention de la police lui rappela l'assaut mené par les hommes de la NUMA, et sans s'en rendre compte, il frotta de façon machinale l'endroit où Pitt l'avait frappé à la tête.

— Ces Américains paieront cher leur intrusion. Mais dans l'immédiat, nous avons des problèmes plus importants à régler.

Maria se prépara à des reproches au sujet de l'échec de Jérusalem, mais l'éclat de colère attendu ne se produisit pas. Celik observa le quai vide à travers le vitrage de la passerelle.

— Où est le *Sultana*? demanda-t-il.

— Je l'ai laissé à Beyrouth pour finir de réparer les avaries. L'équipage le ramènera à Istanbul dans quelques jours.

Celik hocha la tête et fit un pas vers sa sœur.

— À présent, Maria, explique-moi les raisons de l'échec de cette opération.

— Je n'en suis pas certaine moi-même, lui répondit-elle d'une voix calme. La première charge n'a pas explosé. Elle était munie de plusieurs fusibles, et je peux affirmer que tout a été installé comme il le fallait. Il y a sans doute eu des interférences extérieures. Quant à la seconde, elle aurait dû provoquer des dégâts plus importants. Je suspecte cette archéologue israélienne, celle qui a été tuée, de l'avoir en partie neutralisée.

— Les résultats sont en tout cas décevants, répliqua Celik en maîtrisant son humeur acide, mais je suis soulagé que tu sois revenue saine et sauve.

— Lors du voyage de retour, nous avons déposé les contrebandiers libanais sur la côte à Tripoli, ainsi les Israéliens ne disposeront d'aucune piste.

— Tu as toujours bien su couvrir tes traces, Maria.

En dépit de ses manières calmes, la jeune femme perçut un certain désarroi dans l'expression de son frère.

— Et comment va le mufti ? lui demanda-t-elle.

— Il mène sa campagne comme un vrai professionnel de la politique et a su s'attirer le soutien officiel de certains membres clefs de la Grande Assemblée nationale. Mais il accuse encore un retard d'au moins cinq pour cent dans les sondages, et il ne reste que quelques jours avant le scrutin. L'attaque de Jérusalem n'a pu nous fournir l'impulsion nécessaire pour remporter cette élection, ajouta-t-il d'un ton de reproche.

— Peut-être ne sommes-nous pas en mesure d'exercer un contrôle suffisant sur ce scrutin ?

Les propos de Maria déclenchèrent la colère que Celik était parvenu jusqu'ici à maîtriser.

— Non ! hurla-t-il. Nous sommes trop près du but. Nous ne devons négliger aucune opportunité. C'est la restauration de notre empire familial qui est en jeu, ajouta-t-il comme s'il goûtait déjà le pouvoir promis par son rêve de restauration.

Ses yeux s'illuminèrent d'un éclat de folie ; son visage était rouge de rage.

— Nous ne pouvons pas laisser cette occasion nous glisser entre les doigts, conclut-il.

— La Corne d'Or ?

— Oui, répondit-il en ouvrant sa serviette, dont il sortit une carte. L'interception doit avoir lieu demain soir.

Tu trouveras dans ce classeur l'itinéraire et la feuille de route du navire cible. Tu seras prête ?

Maria dévisagea son frère avec appréhension.

— Oui, je crois.

— Bien. Une équipe de janissaires constituera une force de soutien pour l'opération. Ils sont prêts à embarquer. Je compte sur toi.

— Ozden, es-tu bien sûr de vouloir faire cela ? Les risques sont considérables. Et l'opération implique la mort d'un grand nombre de nos compatriotes. Si nous échouons, quelles en seront les conséquences ?

Celik contempla sa sœur avec un regard où pointait une trace de démence, puis il hocha la tête d'un mouvement ferme.

— Nous n'avons pas d'autres moyens.

53

Abel Hammet admirait les rayons du soleil couchant qui étincelaient comme des éclairs de feu sur les vagues paresseuses de la Méditerranée. Debout sur un aileron de passerelle découvert, le commandant du navire israélien regardait le soleil tomber derrière l'horizon et laisser la place à une agréable brise vespérale. En inspirant de profondes goulées d'air frais, il était convaincu de pouvoir sentir l'odeur des pins de la côte turque, droit devant. S'il regardait plus loin, au-delà de la proue, il commençait juste à distinguer quelques lumières clignotantes le long du littoral méridional turc. Enfin rafraîchi, il rentra terminer son quart sur la passerelle.

Long d'à peine moins de cent mètres, le *Dayan* était un navire de dimensions assez modestes, voire minuscule comparé aux supertankers qui convoyaient le pétrole du golfe Persique. Il partageait nombre de leurs caractéristiques, mais avait été conçu pour une cargaison quelque peu différente : l'eau potable. Encouragé par un récent accord commercial, le gouvernement israélien avait fait construire trois tankers identiques pour transporter le précieux liquide vers ses rivages asséchés.

De l'autre côté de la Méditerranée, à deux cent cinquante milles nautiques, la Turquie était la seule nation de cette région aride à disposer de surplus d'eau. Le pays contrôlait les sources du Tigre, de l'Euphrate et autres riches cours d'eau, et maîtrisait ainsi une ressource stratégique dont l'importance ne ferait que croître au cours des décennies à venir. Les Turcs, y voyant l'opportunité de favoriser leurs exportations, avaient accepté de vendre une minuscule partie de leur eau à Israël dans le cadre d'un contrat commercial provisoire.

Le *Dayan* pouvait charger trente-huit mille hectolitres. Cela ne représentait qu'une infime proportion des besoins de son pays, Hammet en était conscient, mais les allers et retours répétés de chaque côté de la Méditerranée finissaient après tout par faire un tonnage considérable. Sa mission était simple, et lui et son équipage de neuf hommes l'accomplissaient avec plaisir.

Depuis le centre de la passerelle, Hammet étudiait la course du navire sur un écran de navigation.

— Moteur, réduisez de deux tiers, ordonna-t-il à l'homme de barre. Nous sommes à quarante milles marins de Manavgat. Inutile d'arriver avant l'aube, puisqu'il n'y aura pas de personnel à la station de pompage.

Le timonier répéta l'ordre du commandant et la puissance de l'unique moteur fut réduite. Voguant haut sur l'eau en raison de ses cales vides, le *Dayan* passa de douze à huit nœuds. À l'approche de minuit, l'officier en second apparut sur le pont pour prendre la relève. Hammet étudia une dernière fois le radar avant de le rejoindre.

— Un bâtiment arrive derrière nous sur bâbord, sinon, la mer est dégagée, annonça-t-il au second. Veillez à nous tenir assez loin du rivage, Zev.

— Bien, commandant, répondit le second. Pas de bain de minuit pour cette fois.

Hammet se retira dans sa cabine, un pont plus bas, et s'endormit sans tarder. Il se réveilla pourtant peu après, sentant que quelque chose allait de travers. Il s'efforça de chasser les brumes du sommeil et s'aperçut que la pulsation du moteur du *Dayan* et le frémissement du pont, habituels lorsque le bâtiment était en marche, s'étaient tus. Il s'étonna que personne ne soit venu le réveiller, comme cela aurait dû être le cas si un problème de navigation ou mécanique était survenu pendant son repos.

Il enfila un peignoir, quitta sa cabine et s'engouffra dans l'escalier. Lorsqu'il pénétra dans la pénombre de la passerelle, il se figea. Un mètre devant lui, le second était étendu face contre terre dans une mare de sang.

— Mais qu'est-ce qui se passe ici ? cria-t-il à l'adresse de l'homme de barre.

Celui-ci lui rendit son regard sans prononcer un mot. Sous l'éclairage diffus, Hammet put constater que le jeune homme arborait une vilaine entaille en travers du visage. Les yeux du commandant se détournèrent alors vers le vitrage avant, où il remarqua les lumières d'un autre navire, beaucoup trop près du flanc bâbord du *Dayan*.

— Barre à droite toute ! hurla-t-il au timonier, sans percevoir le mouvement derrière lui.

Une haute silhouette émergea de la cloison du fond, vêtue de noir, avec une cagoule de la même couleur qui masquait ses traits. L'inconnu tenait un fusil d'assaut qu'il leva à hauteur de son épaule. L'homme de barre ignora l'ordre donné par son supérieur et se contenta de regarder l'intrus approcher. Hammet se retourna juste à temps pour voir le fusil voler vers son visage. Il entendit le choc de la crosse qui le frappait sur le côté de la mâchoire, puis sentit un flot de douleur l'irradier avec la puissance d'un éclair. Ses jambes faiblirent, la douleur s'effaça alors que tout autour de lui devenait noir, et il alla rejoindre son second sur le sol.

54

— Ridley, mon ami, entrez, entrez donc ! lança le Gros.

C'était la seconde fois en deux semaines qu'il accueillait Bannister dans son appartement de Tel-Aviv.

— Merci, Oscar, répondit l'archéologue en se pavanant avec une assurance qu'il était loin de ressentir lors de sa dernière visite.

Gutzman le conduisit vers un coin de la pièce qui faisait office de salon, et où un Arabe mince et bien vêtu, assis à un bureau, consultait des documents. L'homme leva les yeux et regarda Bannister d'un air méfiant.

— Je vous présente Alfar, l'un de mes conservateurs d'art, annonça Gutzman avec un geste de la main non dénué de dérision. Ne vous inquiétez pas, il peut tout entendre, ajouta-t-il en surprenant une expression circonspecte sur le visage de Bannister.

Gutzman s'approcha de son fauteuil préféré et s'y laissa tomber sans grâce.

— Alors, que se passe-t-il de si important pour que vous m'appeliez aussi vite ? demanda-t-il.

Bannister prit son temps pour répondre d'un ton paisible, soucieux de passer une bonne dose de pommade à son interlocuteur pour mieux le circonvenir.

— Oscar, vous savez aussi bien que moi que la chasse aux objets historiques est au mieux une entreprise spéculative. On peut consacrer des jours, des mois, voire des années à une découverte d'une importance capitale et rentrer tout de même bredouille. Bien sûr, on fait d'intéressantes trouvailles en chemin, et même parfois ce trésor capable de capturer notre imagination. Mais les résultats de nos efforts sont souvent réduits à néant. Cependant, il arrive que la configuration des astres joue en notre faveur et on a alors la chance inespérée de recevoir un cadeau tombé du ciel.

Il se pencha en avant sur son siège pour donner plus d'impact à ses propos et fixa le Gros dans le blanc des yeux.

— Oscar, je crois être sur le point de faire une telle découverte.

— Eh bien, de quoi s'agit-il, mon garçon ? siffla Gutzman. Ne jouez pas avec mes nerfs !

— Je me trouvais à Londres pour un court séjour et j'en ai profité pour rendre visite à un antiquaire que je connais depuis des années. Il a acquis il y a peu de temps un lot d'objets volés depuis des années aux archives de l'Église d'Angleterre, mentit Bannister avant de marquer une pause pour accentuer son effet.

— Je vous écoute.

— Cette collection comportait des œuvres d'art originales, des bijoux et des objets ramenés de Terre sainte à l'époque des croisades.

Bannister parcourut la pièce entière du regard.

— Parmi ces œuvres se trouvait un exemplaire original du Manifeste.

Les yeux de Gutzman s'écarquillèrent.

— Vous… vous êtes sérieux ? s'écria-t-il d'une voix râpeuse.

Le Gros tentait de maîtriser son excitation, mais son visage était rouge d'exaltation.

— Tout à fait, répondit Bannister en produisant une photocopie, dont il avait pris soin de faire un tirage médiocre, du document en papyrus. Je n'ai moi-même pas vu l'original, mais on m'a assuré qu'il était authentique.

Gutzman étudia la page pendant plusieurs minutes sans dire un mot. Seul le froissement de la feuille entre ses doigts fiévreux venait rompre le silence de la pièce.

— Il existe, dit-il enfin d'une voix feutrée. Je ne parviens pas à croire en une telle bénédiction, ajouta-t-il avant de dévisager Bannister d'un air grave. Et cet antiquaire, il me le vendra ?

Bannister hocha la tête.

— Étant donné la nature d'un tel document, il se doit de le vendre avec autant de discrétion que possible. C'est la raison pour laquelle il est prêt à le céder pour cinq millions de livres sterling.

— Cinq millions de livres ! éructa Gutzman, aussitôt pris d'une quinte de toux.

Il reprit son souffle, et son regard se braqua sur Bannister.

— Je ne paierai jamais une somme pareille, dit-il d'une voix raffermie.

Le visage de l'Anglais perdit un peu de sa couleur, car il n'avait pas anticipé une telle réponse.

— Je suppose que le prix peut être discuté, Oscar, bégaya-t-il. L'antiquaire m'a aussi assuré qu'il procéderait à une datation au carbone à ses propres frais.

Gutzman avait acheté des antiquités à toutes sortes de gens, des pilleurs de tombes aux politiciens ; il savait négocier son prix. Il savait aussi quand on le manipulait, et l'hésitation de Bannister ne lui avait pas échappé.

— Restez ici, dit le Gros en se levant non sans mal de son fauteuil pour quitter la pièce.

Il revint un moment plus tard avec un épais classeur, qu'il ouvrit après avoir regagné son siège, révélant toute une collection de photographies glissées dans des pochettes plastifiées. Les images montraient des antiquités d'époques, de tailles et de styles variés. Bannister reconnut des statues, des gravures et des poteries valant des centaines de milliers de dollars. Gutzman alla aux dernières pages du classeur et sortit plusieurs clichés qu'il tendit à Bannister.

— Jetez donc un coup d'œil.

— Des objets de votre collection ?

— Oui, ils se trouvent dans mon entrepôt au Portugal.

Bannister examina les images. La première présentait une petite collection de pointes de lances et d'épées rouillées. La deuxième montrait un casque militaire en fer, que Bannister jugea être un casque romain de type Heddernheim. Un fin panneau de bronze affichait la représentation d'un aigle et d'un scorpion, et plusieurs couronnes apparaissaient sur la photo suivante. La dernière montrait un objet que Bannister ne put identifier, une masse métallique angulaire de grandes dimensions, tordue et voilée d'un côté.

— Une exceptionnelle collection d'armes romaines, commenta Bannister. Je suppose que les reliefs en forme d'aigle et de scorpion faisaient partie d'un étendard de bataille ?

— Très bien, Ridley. Cependant, il ne s'agit pas de n'importe quel étendard. C'est celui de la *Scholæ Palatinæ*, la garde romaine d'élite de Constantin le Grand. Et que dites-vous de ce dernier objet, mon ami ?

Bannister examina à nouveau la photographie et secoua la tête.

— Je crains de ne pas savoir de quoi il s'agit.

Gutzman eut un sourire de triomphe modeste.

— C'est l'éperon en bronze d'une galère impériale romaine. Si l'on en juge par sa taille, il doit provenir d'une birème de type liburnien.

— En effet, je comprends, à présent. L'extrémité « offensive » a été aplatie lors du contact. Où diable l'avez-vous déniché ?

— Il était enfoncé dans la coque d'un autre navire, un bâtiment de pillards chypriotes du quatrième siècle, si la légende est fondée. Le bateau éperonné s'est échoué et a coulé dans une zone limoneuse bien protégée. Certains objets étaient fort bien conservés. Très vite, l'épave a été la proie de plongeurs locaux, bien avant l'arrivée des archéologues mandatés par l'État. Un riche collectionneur a pu rafler la plupart des antiquités avant même que les autorités ne s'aperçoivent de leur disparition.

— Je me demande qui peut être ce collectionneur, dit Bannister avec un sourire en coin.

Gutzman émit un gloussement amusé.

— Il se trouve que j'ai bénéficié d'un renseignement opportun, répondit-il en souriant.

— Ces objets sont superbes, Oscar. Mais pourquoi me les montrez-vous ?

— Je les ai achetés il y a de cela bien des années. Et pendant tout ce temps, je n'ai cessé de penser aux rumeurs qui couraient au sujet du Manifeste. Existait-il ? Et ces reliques qu'il mentionne ? Et puis une nuit, j'ai fait un rêve. J'ai rêvé que je tenais le Manifeste entre mes mains, tout comme j'ai tenu votre photocopie aujourd'hui. Dans mon esprit, je vois des armes et des antiquités romaines autour de moi. Mais pas n'importe lesquelles, ce sont *ces* antiquités que je vois, ajouta-t-il en désignant les photographies.

— Nous rêvons souvent de la réalité à laquelle nous aspirons, acquiesça Bannister. Pensez-vous qu'il existe un lien entre le Manifeste et ces antiquités romaines ? Ne pourraient-elles provenir d'une autre bataille navale ?

— La *Scholæ Palatinæ* ne se serait pas engagée dans n'importe quel conflit naval. Voyez-vous, c'étaient les successeurs de la garde prétorienne, écrasée par Constantin lors de la bataille du pont Milvius, l'époque où il a consolidé l'empire aux dépens de Maxence. Il est clair que ce navire chypriote s'est attaqué à une galère romaine de rang impérial.

— La datation du bâtiment chypriote confirme-t-elle cette thèse ?

Gutzman afficha à nouveau un sourire.

— Ce navire, de même que son armement et les objets qu'il contenait, remonte aux alentours de 330 après Jésus-Christ. Et puis il y a ceci, dit-il en montrant du doigt, sur l'une des photographies, un bouclier romain patiné.

Bannister n'y avait pas prêté attention au premier regard, mais il constata que l'objet, disposé à côté des pointes de lances, présentait en son centre une croix « Chi-Rho » en partie effacée.

— La croix de Constantin, murmura-t-il.

— Et ce n'est pas tout, car le papyrus de Césarée vient lui aussi appuyer cette théorie. Ce rêve est une réalité, Ridley. Si votre Manifeste est authentique, alors c'est la voix d'Hélène qui m'a parlé.

Le regard de Bannister s'éclaira, fasciné à la pensée que cette légende puisse en effet appartenir à la réalité.

— Dites-moi, Oscar, demanda-t-il d'un ton entendu, où cette épave a-t-elle été découverte ?

— Près du village de Pissouri, sur la côte méridionale de l'île de Chypre. Il n'est pas impossible que la *vraie* cargaison du Manifeste soit enfouie à proximité, spécula Gutzman, les sourcils levés. Ce serait un véritable don du ciel, n'est-ce pas, Ridley ?

— En effet, répondit Bannister, dont le cerveau tournait à plein régime. Une découverte historique sensationnelle.

— Mais hélas, ces hypothèses sont encore prématurées. Je dois d'abord examiner le Manifeste et m'assurer de son authenticité. Dites à votre ami de Londres que je suis prêt à payer cent mille livres pour l'acquérir. Mais avant cela, j'exige de pouvoir l'étudier en personne et de disposer d'une datation au carbone.

Sur ces mots, Gutzman se leva de son siège.

— Cent mille livres ? s'étonna Bannister d'une voix rauque.

— Oui, pas un penny de plus.

Le vieux collectionneur gratifia Bannister d'une tape sur l'épaule.

— Merci d'être venu me voir en premier, Ridley. Je suis convaincu que nous sommes sur la voie de glorieuses découvertes.

Bannister ne put que hocher la tête, l'amertume au cœur, alors qu'il se dirigeait vers la porte. Une fois son visiteur installé dans l'ascenseur, Gutzman revint au salon et s'approcha d'Alfar.

— Vous avez écouté notre conversation ? lui demanda-t-il.

— Oui, Oscar, je n'en ai pas manqué un mot, répondit Alfar avec un accent prononcé. Mais je ne comprends pas pourquoi vous n'achetez pas ce Manifeste.

— C'est très simple, Alfar. Je suis presque certain que c'est Bannister qui le détient, et non un antiquaire londonien. Il essaie de m'escroquer dans les grandes largeurs et il se pourrait même qu'il y parvienne.

— Dans ce cas, pourquoi lui avoir parlé de vos antiquités romaines ?

— Je voulais juste planter une graine. Cet homme a un don pour les découvertes. En partant d'ici, il a perdu toute illusion en ce qui concerne la vente du Manifeste, mais en même temps il est émerveillé, tout comme moi, à l'idée que ces rêves puissent devenir réalité tangible. Je suis sûr que son ego le mènera sur la bonne piste. Bannister a de la chance, et il ne manque pas de ressources. S'il y a une découverte à faire, c'est l'homme de la situation. Alors pourquoi ne pas le laisser chercher à notre place ?

— Vous êtes un homme intelligent, Oscar. Mais comment parviendrez-vous à le contrôler ?

— Je veux que vous preniez contact avec Zakkar. Dites-lui que je voudrais lui confier un travail de surveillance très simple – et très bien payé.

— Il m'a fait savoir que dans la mesure du possible, il préférait éviter le territoire israélien pendant quelques mois.

— Le climat devient un peu trop chaud pour lui ici, n'est-ce pas ? répondit le Gros avec un gloussement ironique. Aucune importance. Dites-lui de ne pas s'inquiéter, il n'aura pas à venir en Israël. C'est à Chypre qu'il devra mériter son salaire.

55

Hammet fit une grimace lorsque l'éclat agressif de l'éclairage accueillit sa première tentative pour ouvrir les yeux. L'inconfort n'était rien comparé à la douleur fulgurante qui lui battait la nuque. Il se força à soulever les paupières pour comprendre où il se trouvait. Pour l'instant, il n'était sûr que d'une chose : il était étendu sur le dos, aveuglé par une rangée de lampes.

— Commandant, comment ça va ? résonna soudain la voix familière du second du *Dayan*.

— Comme si une locomotive m'était passée sur le corps, répondit Hammet en relevant la tête pour reconnaître les lieux.

Quand sa vision finit par s'éclaircir, il constata qu'il était couché sur la table du carré du bord, une pile de serviettes disposée sous sa tête en guise d'oreiller. Des membres d'équipage évoluaient autour de lui, l'anxiété et la peur visibles sur leurs visages. Soudain embarrassé par sa position, il parvint à se relever sur ses coudes et à descendre de la table. Le second l'aida à s'installer sur un siège. Tout en luttant contre une vague de nausée, il croisa son regard et le remercia d'un hochement de tête.

Pour la première fois, il remarqua que le second portait un bandage sanguinolent autour de la tête et que son teint était d'une pâleur anormale.

— Je vous ai cru mort, dit Hammet.

— J'ai perdu un peu de sang, mais ça va aller. Vous avez dormi toute la nuit, et nous nous sommes inquiétés pour vous.

Le capitaine Hammet regarda le hublot le plus proche, où entraient les rayons du soleil du petit matin. Il se rendit soudain compte que le moteur était silencieux et le navire au mouillage. Il fut stupéfait de voir, un peu plus loin contre la cloison, deux hommes habillés de noir assis de chaque côté de la porte. Leurs fusils automatiques posés sur leurs genoux, ils lui adressèrent des regards menaçants.

— Comment ont-ils pu monter à bord? demanda Hammet.

— Je n'en suis pas sûr, répondit l'officier en second. Ils ont dû venir de ce cargo avec un petit canot. Un groupe d'hommes armés a fait irruption sur la passerelle avant qu'on ait pu comprendre ce qui se passait.

— Vous avez envoyé un appel de détresse?

Le second secoua la tête d'un air sombre.

— On n'a pas eu le temps.

Hammet se livra à un rapide comptage des membres d'équipage présents dans la pièce, et remarqua l'absence du deuxième lieutenant.

— Où est Cook?

— On l'a amené sur la passerelle un peu plus tôt. À mon avis, ils l'ont contraint à piloter le navire.

Peu de temps après, la porte du carré s'ouvrit et Cook apparut, poussé sans ménagement par un homme armé.

Le jeune officier, qui arborait un gros hématome sur une joue, s'approcha d'Hammet.

— Heureux de vous voir sain et sauf, commandant.

— Que pouvez-vous me dire sur ce qui s'est passé ?

— Ils m'ont forcé à piloter le bâtiment sous la menace de leurs armes. Nous avons mis le cap au nord à vitesse maximum pendant toute la nuit, et suivi un cargo noir, l'*Étoile ottomane*. À l'approche de l'aube, nous avons jeté l'ancre à ses côtés dans une anse protégée. Nous sommes encore dans les eaux turques, à une dizaine de milles nautiques du détroit des Dardanelles.

— Vous savez qui sont ces gens ?

— Non, commandant. Ils parlent turc, mais n'ont formulé aucune exigence. Je ne comprends pas l'intérêt pour eux de pirater un tanker vide.

Hammet, qui se posait la même question, se contenta de hocher la tête.

*

L'équipage du tanker israélien fut consigné à bord vingt-quatre heures supplémentaires, et les hommes n'avaient accès qu'au carré et à la cuisine. Plusieurs fois, Hammet voulut poser des questions ou formuler des requêtes, mais n'obtint à chaque fois qu'un silence souligné par la menace d'un canon d'arme automatique. Toute la journée et toute la nuit, les hommes entendirent des bruits de machines et des ouvriers qui travaillaient sur le pont avant. En jetant un coup d'œil furtif par un hublot, Hammet aperçut une grue qui transférait des caisses du cargo vers le *Dayan*.

Tard dans la journée, d'autres gardes arrivèrent et leur ordonnèrent de débarquer pour participer au chargement.

Une fois sur le quai, Hammet fut consterné en voyant les dégâts infligés à son bâtiment. Les assaillants avaient découpé deux énormes trous dans le pont, vers la proue. Les deux réservoirs de stockage avant, qui pouvaient chacun contenir six mille hectolitres d'eau, étaient à présent éventrés et exposés comme des boîtes de sardines à demi ouvertes. Il constata que les caisses déchargées du cargo étaient alignées sur le pourtour intérieur de chaque réservoir.

— Ces idiots ont transformé notre tanker en cargo, maugréa-t-il tandis qu'on les escortait vers le rivage.

Son accablement fut à son comble lorsque lui et ses hommes furent emmenés jusqu'à l'entrepôt situé le plus au sud, d'où ils durent transporter de petites boîtes de plastic rangées dans un conteneur militaire. On les ramena ensuite au tanker, où ils déposèrent leur chargement au milieu des deux réservoirs ouverts. Hammet prit une seconde pour examiner les caisses déjà disposées contre les cloisons. Elles étaient remplies de sacs de vingt kilos marqués « Gazole à l'ammonitrate ».

— Ils veulent faire exploser le *Dayan*, murmura-t-il à l'officier en second pendant qu'on les escortait pour un nouveau chargement de HMX.

— Et nous avec, je suppose, répondit le second.

— Il faut que l'un d'entre nous parvienne à s'éclipser. Nous devons trouver de l'aide pour mettre un terme à cette folie.

— En tant que commandant, votre absence sera la première à être remarquée.

— Avec ce bandage plein de sang, vous ne vaudrez guère mieux.

— Je peux essayer, dit une voix derrière eux.

C'était le timonier du *Dayan*, un homme de toute petite taille du nom de Green.

— Il fait sombre dans l'entrepôt, Green, lui dit Hammet. Voyez si vous pouvez disparaître dans l'ombre.

Mais les gardes, positionnés de façon à décourager toute évasion, firent revenir Green à chaque fois qu'il semblait traîner ou s'écarter des autres. À contrecœur, il dut rejoindre la cohorte des manutentionnaires malgré eux.

L'équipage poursuivit son travail forcé jusqu'à ce que le conteneur soit presque vide. Hammet vit non sans surprise qu'une femme au regard sombre, vêtue d'une tenue de jogging, surveillait la progression de leur travail depuis le pont du tanker dans un premier temps, et ensuite depuis la passerelle. Alors qu'ils revenaient à l'entrepôt pour l'ultime chargement, Hammet se tourna vers le timonier.

— Essaie de rester en arrière et cache-toi dans le conteneur, lui murmura-t-il.

Le commandant fit passer le mot et tout l'équipage se précipita dans le conteneur avant qu'un garde leur criât de ralentir l'allure. Mais Green, entre-temps, avait pu se glisser derrière. Il grimpa sur le rayonnage du haut et s'étendit contre la cloison latérale, son corps à peine visible depuis le bas. Hammet laissa ses hommes sortir en emmenant les derniers explosifs, puis il quitta lui-même le conteneur, les mains vides et les paumes levées en l'air.

— Il ne reste plus rien, dit-il au garde le plus proche avant de suivre ses compagnons.

Il ne put s'empêcher de se retourner tandis que le garde s'approchait du conteneur pour y jeter un coup d'œil.

Satisfait de le voir vide, il referma la porte. Hammet se détourna et retint son souffle tout en priant pour ne rien entendre de plus. Ses espoirs s'évanouirent avec le bruit sourd du verrou qui se mettait en place, un son que le commandant sentit s'insinuer jusque dans la moelle de ses os.

56

Les pneus de l'avion des lignes régionales soulevèrent un nuage de poussière en touchant le tarmac desséché de l'aéroport de Çanakkale, au sud-est du détroit des Dardanelles. L'appareil vira vers le terminal qui lui était attribué et ses deux hélices s'arrêtèrent de tourner tandis qu'il ralentissait avant de s'arrêter. Summer, derrière une rambarde, vit son frère descendre de l'avion avec les derniers passagers. Il marchait avec une légère claudication et portait quelques bandages, mais paraissait malgré tout en bonne santé. En le voyant de plus près, elle comprit que ses blessures les plus graves n'étaient pas d'ordre physique.

— Tu es encore entier, à ce que je constate, lui dit-elle en l'embrassant. Bienvenue en Turquie.

— Merci, répondit Dirk d'une voix grave.

Son énergie positive et son optimisme semblaient l'avoir déserté. Même ses yeux paraissaient plus sombres, remarqua-t-elle. Il n'était ni triste ni mélancolique, comme elle s'y attendait, mais comme habité par une colère froide. D'un geste plein de douceur, elle lui prit le bras et le conduisit vers l'aire de récupération des bagages.

— Nous avons lu les nouvelles au sujet de l'attentat du Dôme du Rocher, lui annonça-t-elle d'une voix calme, mais jamais nous n'aurions imaginé que tu étais impliqué dans cette affaire. Et puis papa a entendu des rumeurs disant que tu étais sur les lieux et que tu avais réussi à empêcher l'explosion.

— J'ai seulement empêché la mise à feu d'une des deux charges, répondit Dirk d'un ton amer. Les forces de sécurité israéliennes ne m'ont donné aucune information pendant mon transfert vers leur hôpital militaire. Je suppose qu'ils ne souhaitaient pas que la présence d'un Américain vienne encore compliquer le jeu politique local.

— Dieu merci, tu n'as pas subi de blessures trop graves.

Summer se tut un instant et regarda son frère avec une expression de compassion.

— Je suis désolée pour ton amie israélienne.

Dirk hocha la tête, mais ne dit rien. Ils arrivèrent au tapis roulant où il récupéra son bagage, et ils se dirigèrent ensuite vers le parking où les attendait une petite camionnette empruntée par Summer.

— Nous devons nous arrêter un instant pour prendre quelques affaires, lui annonça-t-elle.

Elle démarra et se dirigea vers l'autre extrémité de l'aéroport, où se trouvait un entrepôt délabré signalé par une pancarte « Fret aérien ». Lorsqu'elle réclama la marchandise en attente pour la NUMA, on lui remit deux petits sacs de voyage, et deux hommes amenèrent sur un diable une caisse qu'ils chargèrent à l'intérieur du van.

— Que contient-elle ? demanda Dirk alors qu'ils redémarraient.

— Un canot pneumatique. L'*Agean Explorer* en a perdu deux au cours d'une échauffourée sur le site d'une épave.

Summer informa son frère de la découverte du vaisseau ottoman naufragé, de la mort des deux scientifiques de la NUMA et de l'enlèvement de Zeibig.

— Les Turcs n'ont pas arrêté les propriétaires et l'équipage de ce yacht ?

Summer secoua la tête.

— Papa est furieux de la réaction des autorités locales. L'*Explorer* a été consigné à quai pendant plusieurs jours, et ce sont lui et ses hommes qui sont considérés comme responsables de la mort de Tang et d'Iverson.

— La justice est aux mains de ceux qui détiennent le pouvoir. En ce qui concerne Tang et Iverson, c'est une triste nouvelle. J'avais travaillé avec eux sur d'autres missions. C'étaient des chic types, dit-il d'une voix qui devenait plus traînante alors que ses pensées le ramenaient vers Sophie.

— Pour couronner le tout, la mission d'étude sur la prolifération d'algues est compromise elle aussi. Le représentant du ministère turc de l'Environnement, qui est censé être à bord, est absent pour une quelconque raison familiale. De leur côté, Rudi et Al ont des soucis avec le nouvel AUV.

Summer aurait aimé ajouter que l'arrivée de son frère allait remonter le moral de toute l'équipe, mais elle savait que compte tenu de la peine qu'il éprouvait, ce ne serait pas le cas.

Summer se dirigea vers les quais du port de commerce de Çanakkale et repéra l'*Agean Explorer* amarré près de gros chalutiers. Elle accompagna son frère à bord et le conduisit au carré, où Pitt, Gunn et Giordino discutaient du programme de navigation avec le capitaine Kenfield. Ils accueillirent le jeune homme avec chaleur.

— Ton père ne t'a jamais dit qu'il fallait éviter de jouer avec les explosifs ? plaisanta Al en écrasant la main de Dirk de sa puissante poigne.

Dirk se força à sourire, puis embrassa son père avant de s'asseoir.

— Summer m'a appris que vous aviez découvert une épave ottomane, dit-il.

Il s'efforçait de paraître intéressé, mais il était clair que ses pensées étaient ailleurs.

— Oui, et elle nous a causé bien des problèmes. Elle date des années 1570, et nous y avons trouvé quelques objets romains assez inhabituels.

— Par malheur, il ne nous en reste que des photographies, ajouta Rudi Gunn avec une expression peinée.

— Mais tout cela fait pâle figure, comparé à la découverte de Summer, dit Pitt.

— De quoi s'agit-il ? demanda Dirk en se tournant vers sa sœur.

— Elle ne t'a rien dit ? s'étonna Al.

Summer regarda son frère d'un air penaud.

— Il faut croire que je n'ai pas eu le temps.

— Toujours aussi modeste, commenta Rudi en fouillant la pile de papiers qui se trouvait sur la table. Voilà ! J'ai une copie de l'original, ajouta-t-il en tendant une feuille à Dirk.

Celui-ci la prit et l'étudia avec attention.

UNIVERSITÉ DE CAMBRIDGE

DÉPARTEMENT D'ARCHÉOLOGIE

TRADUCTION (DU COPTE)

VAISSEAU IMPÉRIAL ARGON

MANIFESTE SPÉCIAL POUR REMISE À L'EMPEREUR CONSTANTIN

BYZANCE

MANIFESTE :

OBJETS PERSONNELS DU CHRIST, COMPRENANT UN ENSEMBLE DE VÊTEMENTS, AVEC :

CAPE

MÈCHE DE CHEVEUX

LETTRE ADRESSÉE À PIERRE

EFFETS PERSONNELS

GRANDE PIERRE DE LA CRYPTE

AUTEL DE L'ÉGLISE NAZARÉENNE

PEINTURE CONTEMPORAINE DE JÉSUS

OSSUAIRE DE J.

CONFIÉ AUX 14ES LÉGIONNAIRES, À CÉSARÉE

SEPTARIUS, GOUVERNEUR DE JUDÉE

— Et c'est authentique ? demanda Dirk.

— L'original a été rédigé sur papyrus et j'en ai eu un bref aperçu, répondit Summer. Je suis donc sûre de son existence. Il s'agit d'une traduction établie en 1915 par un archéologue et étymologiste réputé de Cambridge.

— C'est incroyable, s'exclama Dirk, à présent captivé par le contenu du document. Et tous ses objets ont un lien direct avec le Christ. Ils ont dû être rassemblés par les Romains après sa mort et détruits.

— Non, pas du tout, le contredit Summer. Ils ont été récupérés par Hélène, mère de Constantin le Grand, en l'an 327. Les objets du Manifeste étaient sacrés, et ils ont sans doute été envoyés à Constantin pour célébrer la conversion de l'empire au christianisme.

— J'ai toujours du mal à comprendre pourquoi tu as trouvé tout cela en Angleterre, s'étonna Rudi. Pourquoi là-bas ?

— Tout est parti de notre plongée sur l'épave du HMS *Hampshire*, expliqua Summer. Selon toute vraisemblance, le maréchal Kitchener aurait obtenu le papyrus alors qu'il dirigeait une mission en Palestine dans les années 1870. Son sens est resté obscur jusqu'à ce qu'une traduction soit établie plusieurs décennies plus tard. Julie Goodyear est une autorité en ce qui concerne Kitchener. C'est elle qui a contribué à localiser le Manifeste et, selon elle, l'Église d'Angleterre aurait pu assassiner le maréchal pour ne pas en perdre le contrôle.

— On peut comprendre leurs craintes, intervint Al Giordino. La découverte des ossements de Jésus aurait pu provoquer un sacré chambardement !

— Et il y a là un lien intéressant avec les objets romains trouvés sur l'épave ottomane, qui remontent eux aussi à l'époque d'Hélène et de Constantin, fit remarquer Rudi Gunn.

— Ainsi, ces objets liés à Jésus auraient été transportés à bord d'un vaisseau romain au départ de Césarée ? interrogea Dirk.

Summer hocha la tête.

— On sait qu'Hélène a effectué un pèlerinage à Jérusalem, où elle a proclamé avoir découvert la Vraie Croix. On en trouve encore aujourd'hui des fragments disséminés dans des églises de toute l'Europe. Une légende répandue raconte que les clous de la croix ont été fondus et intégrés à un casque et une bride destinés à Constantin. Quant à Hélène, il semble qu'elle ait ensuite réussi à rentrer à Byzance avec sa croix, mais je n'ai trouvé aucune mention de ces autres reliques, ajouta Summer en montrant la liste. Elles ont peut-être été convoyées à part, auquel cas elles auraient disparu depuis des siècles. Imaginez un peu l'effet que produirait une image contemporaine de Jésus ?

La pièce retomba dans le silence. Tous les esprits tentaient d'invoquer une représentation visuelle du Christ. Tous, sauf celui de Dirk, dont le regard restait braqué sur le bas du document.

— Césarée… dit-il. Cela indique que la cargaison a quitté le port de Césarée sous la garde de légionnaires romains.

— C'est bien là que tu travaillais, n'est-ce pas ? s'exclama son père.

Dirk approuva d'un hochement de tête.

— Par le plus grand des hasards, ils n'auraient pas laissé leur plan de navigation gravé sur une pierre ? demanda Al.

— Non, mais nous avons eu la chance de découvrir un certain nombre de papyrus datant de la même époque. Le plus intéressant décrivait la capture et l'exécution de pirates chypriotes. Ce qui semble significatif, c'est le fait qu'avant leur capture, les pirates aient livré un combat en mer contre des légionnaires. Le docteur Haasis, avec qui je travaillais à Césarée, affirmait que ces légionnaires romains appartenaient à la *Scholæ Palatinæ*, une force d'élite conduite par un centurion répondant au nom de Platus, si ma mémoire est bonne.

Rudi Gunn faillit tomber de son siège.

— Que… quel nom avez-vous dit ?

— Platus… ou alors peut-être Platius.

— Plautius ?

— Oui, c'est ça ! Comment le saviez-vous ?

— C'est le nom indiqué sur ma stèle, enfin… sur le monolithe découvert sur le site de l'épave. C'était un mémorial en son honneur. Il a été tué lors d'un combat naval.

— Mais vous ignorez d'où venait ce monolithe ? demanda Dirk.

Rudi Gunn secoua la tête, mais au même moment, le regard de Zeibig s'illumina.

— Dirk, vous avez bien dit que les pirates étaient chypriotes ?

— C'est ce que le papyrus indique.

Zeibig parcourut sa liasse de papiers pour en extraire une page.

— Et le sénateur romain, Artrius, dont le nom est gravé sur la couronne d'or ? Le docteur Ruppé nous a communiqué ses résultats de recherches, qui indiquaient qu'il avait servi pendant une courte période en tant que gouverneur de Chypre.

Un mince sourire traversa le visage de Pitt.

— Chypre ! Voilà l'indice qui nous manquait. Si les archives historiques chypriotes sont fiables, nous allons découvrir, je suis prêt à le parier, que Traianus, dont le nom est inscrit sur le monolithe, se trouvait aussi à Chypre. Peut-être a-t-il même adressé un rapport à Constantin.

— C'est sûr, intervint Al Giordino. Le gouverneur a sans doute ordonné à Traianus d'ériger un mémorial après l'arrivée de la couronne d'or.

— Mais comment expliquer la présence de la couronne et du monolithe à bord d'un vaisseau ottoman ?

— J'ai peut-être une théorie à ce sujet, répondit Zeibig. Si je me souviens bien, Chypre est restée sous domination vénitienne bien après la chute de l'empire romain. Les Ottomans sont arrivés et ont envahi l'île vers 1570, date approximative de notre naufrage. Je serais tenté de dire que la couronne et la tablette de pierre constituaient de simples dépouilles de guerre, des antiquités qui ont dû être envoyées au sultan de l'époque à Constantinople.

— Selon le Manifeste, Plautius aurait reçu pour mission de transporter les reliques pour le compte d'Hélène, précisa Rudi Gunn. Cette stèle, ce monolithe trouvé à bord de l'épave, tout comme la découverte par Dirk du papyrus, confirment que Plautius a perdu la vie en combattant des pirates au large de Chypre. Est-il possible que tous ces événements aient pu intervenir au cours du même voyage ?

— Je suppose que les membres de la *Scholæ Palatinæ*, de même que ceux de la garde prétorienne, ne s'éloignaient guère du siège du pouvoir impérial, sauf circonstances exceptionnelles.

— Comme par exemple pour accompagner et protéger la mère de l'empereur lors de son voyage vers Jérusalem, suggéra Summer.

— Ce qui expliquerait la couronne, renchérit Al. Elle a pu être offerte à Artrius quand il était gouverneur de Chypre. Et envoyée par Constantin pour le récompenser de la capture des pirates responsables de la mort de Plautius.

— Ces mêmes pirates qui ont volé les reliques ? demanda Rudi. Tout le problème est là. Qui a fini par les récupérer, ces fameuses reliques ?

— J'ai effectué une rapide recherche historique sur les éléments du Manifeste, reprit Summer. S'il est vrai qu'une douzaine d'églises en Europe affirment détenir des fragments de la Vraie Croix, je n'ai trouvé aucun signe crédible de l'existence de l'une ou l'autre des reliques restantes, que ce soit dans le passé ou de nos jours.

— Elles auraient donc disparu avec Plautius, dit Rudi.

— Selon le rapport établi à Césarée, les pirates ont été capturés et ramenés au port à bord de leur propre navire, précisa Dirk. Les ponts étaient couverts de sang, et de nombreuses armes romaines furent retrouvées. De toute évidence, ils avaient vaincu Plautius, mais rien de clair n'est établi en ce qui concerne son vaisseau. Ou les reliques.

— Cela signifie sans doute que la galère romaine de Plautius a été coulée, dit Pitt.

Tout le monde dressa l'oreille, sachant que si un homme était capable de découvrir une épave importante, c'était le gaillard musclé aux yeux verts assis devant eux.

— Papa, une fois terminée la mission turque, crois-tu que nous pourrions rechercher cette épave ? lui demanda Summer.

— Cela pourrait arriver plus tôt que vous ne le pensez, dit Rudi.

Summer tourna vers lui un regard perplexe.

— Le ministère turc de l'Environnement nous a informés de la découverte d'une quantité importante de déchets près d'une grosse usine chimique de Çiftlik, non loin de l'île de Chios, expliqua Pitt. Rudi a étudié les courants marins, et je crois que l'on peut établir une probable corrélation entre ces rejets et la zone morte que nous voulions cartographier dans le voisinage de l'épave.

— Une probabilité de plus de quatre-vingt-quinze pour cent, confirma Rudi Gunn. Les Turcs nous ont demandé de façon fort courtoise de revenir d'ici un an et de procéder à quelques analyses d'échantillons, mais pour l'instant, il est inutile de prolonger notre mission.

— Cela signifie-t-il que nous pouvons nous consacrer à l'épave ? demanda Summer.

— Le docteur Ruppé organise un programme de fouilles officiel sous l'autorité du Musée archéologique d'Istanbul, répondit Pitt. Mais on nous déconseille de travailler sur le site jusqu'à l'obtention des autorisations du ministère de la Culture.

— Mais nous pourrions essayer de trouver la galère romaine ? s'écria Summer d'un ton enthousiaste.

— Nous devons effectuer une mission d'évaluation sur une petite zone au sud de notre position actuelle, dit Pitt. Une opération que nous devrions pouvoir terminer en deux ou trois jours, si toutefois notre AUV est opérationnel, ajouta-t-il en jetant un regard en coin vers Rudi Gunn.

— À ce propos, s'exclama Summer, j'ai vos pièces détachées.

Elle passa les deux sacs de voyage à Rudi Gunn. Il déchira la bande adhésive qui recouvrait le premier pour y jeter un coup d'œil.

— Notre nouvelle carte de circuit imprimé, annonça-t-il avec un large sourire. Avec cela, nous devrions enfin pouvoir plonger.

Il examina l'autre sac, qu'il fit ensuite glisser vers Pitt.

— Celui-ci est pour toi, patron.

Pitt hocha la tête, puis parcourut l'assistance du regard.

— Si nous avons un AUV en état de marche, alors dépêchons-nous de mener à bien cette mission d'évaluation, lança-t-il avec un sourire en coin. Chypre est encore loin !

*

Une heure plus tard, l'*Agean Explorer* s'éloignait des quais de Çanakkale. Pitt et Giordino supervisaient l'appareillage depuis la passerelle tandis que le capitaine Kenfield guidait le bâtiment hors des Dardanelles avant de mettre le cap au sud le long de la côte turque. Une fois l'*Explorer* dégagé du dense trafic maritime du détroit, Pitt s'assit et ouvrit le second sac.

— Quelques friandises maison ? demanda Al en s'installant en face de lui.

— Pas tout à fait. J'ai demandé à Hiram de collecter quelques renseignements sur l'*Étoile ottomane* et le *Sultana*.

Hiram Yaeger était le responsable des ressources informatiques de la NUMA. Depuis le siège de l'organisation à Washington, il gérait un centre technique sophistiqué qui recueillait des données océanographiques et météorologiques détaillées provenant du monde entier. Hackeur surdoué, Yaeger avait le don de révéler les secrets les mieux enfouis et, lorsque le besoin s'en faisait sentir, il n'hésitait pas à recourir à des sources non officielles.

— Deux bâtiments que j'adorerais savoir enfouis au fond des mers, commenta Al. Yaeger a-t-il pu dénicher des infos intéressantes ?

— Il semblerait, en effet, répondit Pitt en feuilletant le document de plusieurs pages. Les deux navires sont immatriculés au Liberia sous couvert d'une société écran. Yaeger a pu remonter jusqu'à une entreprise turque privée, Anatolia Exports, ce qui correspond au nom mentionné par la police. Cette société a une longue histoire commerciale ; elle envoie des textiles et autres marchandises turques à des partenaires de divers pays méditerranéens. Elle possède un entrepôt et un immeuble de bureaux à Istanbul, ainsi que des infrastructures d'expédition maritime sur la côte, près de la ville de Kirte.

— Ah oui, il me semble bien les connaître, dit Al avec un sourire narquois. Et qui s'occupe de ces installations ?

— Les titres de propriété citent deux noms : Ozden et Maria Celik.

— Ne me dis pas qu'ils roulent en Jaguar et que leur loisir préféré consiste à écraser les gens avec leur bateau ?

Pitt passa à Al Giordino une photo que Yaeger s'était procurée dans un compte rendu de conférence d'une association commerciale turque. Il lui montra aussi plusieurs images par satellite des propriétés des Celik.

— C'est notre homme, s'exclama Al en examinant les premières. Que savons-nous de plus sur ce type et sur sa femme ?

— En réalité, Maria est sa sœur. Quant aux informations, elles sont rares. Selon Yaeger, les Celik sont des gens très discrets qui tiennent à faire profil bas. Il a dû creuser loin pour dénicher quelque chose d'intéressant.

— Et il a réussi ?

— Écoute cela. Des sources d'ordre généalogique indiquent que les Celik seraient les arrière-petits-enfants de Mehmed VI.

Al secoua la tête.

— J'avoue ne pas connaître ce nom.

— Mehmed VI était le dernier sultan de l'empire ottoman. Lui et son clan ont été chassés du trône et du pays lors de la prise du pouvoir par Mustafa Kemal Atatürk en 1923.

— Et aujourd'hui, le pauvre garçon en est réduit à faire joujou avec un vieux cargo pourri. Pas étonnant qu'il soit un peu aigri !

— Il possède beaucoup plus qu'un vieux cargo, objecta Pitt. Si l'on en croit Yaeger, ces deux-là feraient partie des gens les plus riches du pays.

— Je suppose que leur histoire explique en partie leur fanatisme quant à l'épave ottomane.

— Et leur violence lors du vol de Topkapi. Mais peut-être ont-ils une autre motivation.

— Laquelle ?

— Yaeger a établi un possible lien financier entre eux et une organisation stambouliote spécialisée dans la levée de fonds. Cette organisation contribue à promouvoir la candidature du mufti Battal à la prochaine élection présidentielle, expliqua Pitt avant de reposer sa page sur la table. À Istanbul, Rey Ruppé nous a parlé de ce mufti. Il est soutenu par de nombreux fondamentalistes et, dans certains cercles, on le considère comme un homme dangereux.

— Il est toujours sage d'avoir des amis aux poches bien remplies. Mais Celik, qu'a-t-il à y gagner ?

— C'est une question dont la réponse nous serait précieuse.

Pitt étudia le reste du rapport en réfléchissant à l'homme d'affaires fortuné et à son indomptable sœur. Pendant ce temps, Al Giordino examinait les photos prises par satellite.

— Je vois que l'*Étoile ottomane* est revenue à son port d'attache, observa-t-il. Je me demande ce que fabrique un tanker grec juste à côté.

Il fit glisser la photo sur la table pour la soumettre à Pitt, qui reconnut, vu du ciel, l'aspect désormais familier de la crique, avec un tanker à quai. De l'autre côté de celui-ci se trouvait un autre navire de même type, plus petit, dont le pavillon bleu et blanc était à peine visible au sommet de son mât. Ce détail retint son attention, et il l'étudia un moment avant de s'emparer d'une loupe rangée derrière la table des cartes.

— Ce n'est pas un pavillon grec, annonça-t-il à Al. Ce tanker vient d'Israël.

— J'ignorais qu'Israël possédait sa propre flotte de tankers.

— Vous avez bien parlé d'un tanker israélien ? demanda soudain le capitaine Kenfield, qui avait entendu la conversation depuis l'autre bout de la passerelle.

— Al en a découvert un dans l'anse appartenant à nos amis turcs, lui expliqua Pitt.

Le visage de Kenfield pâlit de façon visible.

— Pendant que nous étions au port, la rumeur d'une alerte s'est répandue au sujet d'un tanker israélien porté disparu au large de Manavgat. Il s'agit d'un bâtiment destiné au transport de l'eau.

— Je me souviens d'en avoir vu un il y a quelques semaines de cela, fit remarquer Pitt. De quelle taille était ce navire ?

— C'était le *Dayan*, je crois, répondit Kenfield en s'approchant d'un ordinateur pour effectuer une rapide recherche. Huit cents tonneaux de jauge brute, et un peu moins de cent mètres de long.

Il déplaça l'écran vers Pitt et Giordino pour qu'ils puissent voir la photographie du navire. Aucun doute n'était permis.

— Les photos datent de moins de vingt-quatre heures, annonça Al en lisant le marquage horaire sur l'image.

— Commandant, comment fonctionne votre système de téléphone satellite sécurisé ? demanda Pitt.

— Il est tout à fait opérationnel. Vous voulez faire un appel ?

— Oui. Je crois qu'il est grand temps d'appeler Washington.

57

— O'Quinn, merci d'être venu ! Entrez, je vous en prie, et prenez un siège.

L'agent de renseignement fut fort surpris d'être ainsi accueilli par le vice-président des États-Unis au premier étage du bâtiment du bureau exécutif Eisenhower. Selon le protocole en vigueur à Washington, c'est une secrétaire ou un assistant qui aurait dû escorter un subalterne tel que lui dans le domaine réservé du numéro deux. Mais James Sandecker faisait figure d'exception et se souciait comme d'une guigne des questions de préséance.

Amiral en retraite, Sandecker avait fondé la NUMA plusieurs décennies auparavant pour en faire une puissante organisation océanographique. À la surprise générale, il en avait ensuite confié la direction à Dirk Pitt et accepté le poste de vice-président, où il espérait pouvoir œuvrer en faveur de la protection des océans. De petite taille, mais plein d'ardeur, il arborait une chevelure et un bouc d'un roux flamboyant. Connu pour son caractère abrupt et d'une franchise parfois brutale, il était toutefois très respecté. Lors de conférences des services de renseignements, O'Quinn s'était souvent amusé de voir avec quelle vivacité Sandecker pouvait jauger et analyser une situation – ou un homme – et entrer sans tarder dans le vif du sujet.

En entrant dans le vaste bureau, O'Quinn admira la collection de peintures marines anciennes, yachts de course et vieux vaisseaux, qui ornaient les murs lambrissés. Il suivit Sandecker jusqu'à son bureau et prit un siège en face de lui.

— La mer doit vous manquer, monsieur le vice-président ?

— Souvent, je me dis que je naviguerais avec plaisir n'importe où, sauf dans un bureau, répondit Sandecker en ouvrant un tiroir pour en sortir un gros cigare qu'il se planta entre les dents. Vous vous occupez de ces événements en Turquie ? ajouta-t-il sans transition.

— Oui, monsieur. Cette région entre dans le cadre de mon activité.

— Avez-vous entendu parler d'un cinglé du nom d'Ozden Celik ?

O'Quinn dut prendre un instant pour réfléchir.

— C'est un homme d'affaires turc qui a été un moment associé à des membres de la famille royale saoudienne. Nous pensons qu'il pourrait être impliqué dans le financement d'un mouvement fondamentaliste, le parti de la Félicité du mufti Battal. Pourquoi cette question ?

— Il semble qu'il ait d'autres exploits à son actif. Vous saviez qu'un tanker israélien était porté disparu depuis deux jours ?

O'Quinn se souvint d'avoir appris la nouvelle dans son rapport d'information quotidien. Il hocha la tête.

— Ce navire a été repéré dans une petite installation portuaire contrôlée par Celik, à quelques milles au nord des Dardanelles. J'ai de bonnes raisons de croire que c'est lui qui est derrière le récent vol d'objets religieux à Topkapi, poursuivit Sandecker en faisant glisser vers O'Quinn une photographie du *Dayan*.

— Topkapi ? répéta l'agent en arquant les sourcils. Nous pensons qu'il existe un lien entre ce vol et les récents attentats contre la mosquée Al-Azhar et le Dôme du Rocher à Jérusalem.

— Le président est tout à fait conscient de cette possibilité.

O'Quinn examina la photographie prise par satellite.

— Si je puis me permettre… comment avez-vous pu obtenir cette information ?

— Dirk Pitt, de la NUMA. Deux de ses scientifiques ont été tués par des hommes de Celik. Un troisième a été kidnappé et retenu dans ces installations portuaires, répondit Sandecker en désignant la photo. Pitt a pu libérer son collaborateur et il a découvert un conteneur d'explosifs à base de plastic. Un lot de HMX provenant de l'armée, pour être précis.

— Du HMX ? C'est le composé explosif identifié après l'attentat de la mosquée, lança O'Quinn d'un ton soudain animé.

— Oui, je me souviens que vous l'aviez mentionné lors du briefing présidentiel.

— Celik agit sans doute pour le compte du mufti Battal. Pour ma part, il est clair que ces attaques non revendiquées, pratiquées avec *nos* explosifs, relèvent d'une stratégie visant à enflammer la fureur des fondamentalistes en Turquie et dans tout le Moyen-Orient. Leur but est sans doute d'influencer l'opinion publique pour favoriser l'arrivée du mufti Battal au pouvoir.

— C'est en effet un mobile logique. C'est bien pour cela que le piratage de ce tanker israélien nous pose problème.

— Avons-nous contacté le gouvernement turc ?

— Non, répondit Sandecker en secouant la tête. Le président veut éviter qu'une action de notre part soit interprétée comme une ingérence américaine dans un processus électoral étranger. Pour être franc, nous ne savons pas quelle est l'influence réelle de Battal sur le gouvernement turc actuel. Les enjeux sont trop importants, et la date du scrutin trop proche pour que nous puissions prendre le risque d'un retour de bâton qui propulserait ce parti au pouvoir.

— Mais selon nos analystes, le mufti a des chances raisonnables de pouvoir remporter la victoire sans intervention particulière.

— Le président le sait, mais il a toutefois ordonné qu'aucune action ne soit entreprise jusqu'à ce que l'élection soit derrière nous.

— Nous pouvons agir par des moyens détournés, protesta O'Quinn.

— Les risques ont été jugés trop élevés.

Sandecker ôta son cigare de sa bouche et en examina l'extrémité mâchonnée.

— Cela relève de l'autorité du président, O'Quinn. Pas de la mienne.

— Mais nous ne pouvons pas nous contenter de fermer les yeux !

— C'est la raison pour laquelle je vous ai fait venir ici. Vous avez des contacts au sein du Mossad, je suppose ?

— Oui, bien entendu, opina O'Quinn.

Sandecker se pencha au-dessus de son bureau, ses yeux bleus braqués sur l'agent de renseignement.

— Alors je vous conseille de les appeler et de leur dire où se trouve leur navire disparu.

58

Au crépuscule, Rudi Gunn avait terminé les réparations des capteurs déficients de l'AUV, peu de temps avant que l'*Agean Explorer* arrive en vue de sa zone de recherches, à une vingtaine de milles nautiques au nord de Çanakkale. L'engin fut déployé, et les membres d'équipage reprirent la routine de leurs quarts de surveillance habituels. Lorsque l'équipe de minuit vint prendre la relève, le pont était désert, à l'exception du second et d'un homme de barre.

L'*Explorer* naviguait cap au nord à petite vitesse lorsque le timonier jeta soudain un coup d'œil à l'écran radar.

— Monsieur, un navire vient d'apparaître sur notre flanc bâbord, à moins d'un quart de mille, bredouilla-t-il d'un ton excité. Je vous jure, il y a une minute, il n'était pas là !

L'officier examina lui aussi l'écran et remarqua une petite particule de lumière jaune qui semblait presque se fondre sur le point central qui représentait l'*Explorer*.

— Mais d'où sort-il ? Barre à droite vingt degrés, ordonna-t-il aussitôt, craignant que l'inconnu ne navigue sur une trajectoire perpendiculaire.

Pendant que l'homme de barre exécutait la manœuvre, l'officier se dirigea vers le vitrage bâbord de la passerelle et regarda à l'extérieur. La lune et les étoiles étaient masquées par des nuages bas qui plongeaient la mer dans la pénombre. Il s'attendait à distinguer les feux du navire tout proche, et fut stupéfait de ne voir que du noir.

— Cet abruti n'a même pas allumé ses feux de navigation, dit-il en scrutant les alentours à la recherche d'une ombre reconnaissable. Je vais tenter un appel radio.

— Je ne vous le conseille pas, aboya derrière lui une voix sèche où perçait une pointe d'accent israélien.

Stupéfait, l'officier se retourna et vit deux hommes vêtus de noir pénétrer sur la passerelle par l'entrée tribord. Le plus grand des deux fit un pas en avant, révélant un visage mince aux joues creuses. L'intrus s'arrêta à quelques pas de l'officier, et leva une mitraillette légère à la hauteur de sa poitrine.

— Que votre timonier reprenne sa route, ordonna le commando, dont les yeux sombres révélaient une puissante volonté. Votre bâtiment ne court aucun danger.

L'officier hocha la tête à contrecœur à l'adresse de l'homme de barre.

— De quel droit êtes-vous monté à notre bord ? martela-t-il en se tournant vers le commando.

— Je cherche un homme du nom de Pitt. Faites-le venir sur la passerelle.

— Il n'y a personne de ce nom à bord, mentit l'officier.

L'homme s'approcha d'un pas.

— Dans ce cas, je vais évacuer mes hommes et couler votre navire, menaça-t-il d'un ton grave.

L'officier se demanda s'il fallait le prendre au sérieux, mais il lui suffit de croiser le regard du commando, endurci par les combats, pour comprendre qu'il ne parlait pas à la légère. Il hocha la tête d'un air renfrogné et prit la place du timonier qu'il envoya chercher Pitt. Le second commando emboîta aussitôt le pas au marin.

Quelques minutes plus tard, Pitt arriva sur la passerelle, une lueur de colère dans ses yeux encore ensommeillés.

— Monsieur Pitt ? Je suis le lieutenant Lazlo, des Forces spéciales de la marine israélienne.

— Pardonnez-moi de ne pas vous souhaiter la bienvenue à bord, lieutenant, répliqua Pitt d'un ton sec.

— Toutes mes excuses pour cette intrusion, mais nous avons besoin de votre assistance pour une mission sensible. On m'a assuré que des membres de votre gouvernement, au plus haut niveau, avaient approuvé votre coopération.

— Je vois. Dans ce cas, ces démonstrations de force théâtrales étaient-elles indispensables ?

— Nous opérons sans autorisation dans les eaux turques. Il est essentiel de maintenir le secret.

— Très bien, lieutenant, baissez vos armes et dites-moi de quoi il s'agit.

Sans grand enthousiasme, le commando baissa sa mitraillette et fit signe à son collègue de l'imiter.

— On nous a ordonné de procéder à la récupération du tanker israélien *Dayan*. Selon nos informations, vous connaissez bien les installations où se trouve le bâtiment.

— En effet, il s'agit d'une crique au nord des Dardanelles. Le tanker y est-il encore amarré ?

— C'est ce que confirment les rapports des services de renseignements pour les dix dernières heures.

— Pourquoi ne pas passer par les voies diplomatiques pour obtenir sa restitution ? demanda Pitt, cherchant à appâter le lieutenant.

— Votre gouvernement nous a fourni des informations sur un possible lien entre les pirates et le récent attentat du Dôme du Rocher à Jérusalem. Des rapports faisant état de la présence d'explosifs dans ces installations nous font craindre un nouvel acte terroriste.

Pitt hocha la tête, conscient du fait que poursuivre Celik par des moyens conventionnels ne ferait que provoquer un dangereux contretemps. Le Turc, à l'évidence, avait un projet en tête, et Pitt ne demandait pas mieux que de le mettre hors d'état de nuire.

— Très bien, lieutenant, je serai heureux de vous aider, annonça-t-il avant de se tourner vers son officier en second. Rogers, veuillez informer le commandant que j'ai quitté le navire. À propos, lieutenant, comment êtes-vous monté à bord ?

— Nous disposons d'un petit canot pneumatique à tribord. D'ailleurs, vous faciliteriez notre départ en réduisant votre vitesse pendant un moment.

Rogers obéit, puis se planta sur l'aileron de passerelle pendant que Pitt et plusieurs autres silhouettes passaient par-dessus le bastingage et se volatilisaient dans la nuit.

— Il a disparu, lui cria quelques minutes plus tard le timonier, penché sur l'écran radar.

Rogers observa le moniteur bleu et vide, et hocha la tête. Quelque part au large, Pitt s'était évanoui à bord d'un navire fantôme. Il espérait de tout cœur que sa disparition ne soit que provisoire.

59

Le *Tekumah* ne perdit pas de temps pour rejoindre les profondeurs silencieuses de la mer. Bâtiment de la classe Dolphin, construit aux chantiers navals de Kiel, en Allemagne, c'était l'un des rares sous-marins dont disposait la marine israélienne. Propulsé par des moteurs diesel et de dimensions plutôt réduites, l'engin était toutefois équipé d'une gamme de dispositifs électroniques et d'armements sophistiqués qui faisaient de lui un redoutable adversaire.

Le canot pneumatique avait à peine frôlé sa coque que, déjà, des hommes d'équipage hissaient Pitt et les commandos sur le pont et les poussaient à travers une écoutille. L'embarcation gonflable fut arrimée sans tarder dans un compartiment étanche. Pitt venait de s'asseoir dans le carré des officiers lorsque l'ordre de plongée résonna à travers le bâtiment.

Lazlo mit ses armes en sécurité, apporta deux cafés et s'installa en face de Pitt. Il prit un classeur sur la table et en sortit une photo par satellite des installations de Celik, semblable à celle que Pitt avait reçue de Yaeger.

— Nous allons opérer en deux petites équipes, expliqua l'Israélien. L'une fouillera le tanker et l'autre les installations sur la rive. Pouvez-vous me donner des renseignements sur les bâtiments ?

— À condition que je vienne avec vous, répondit Pitt.

— Je n'ai aucune autorisation à ce sujet.

— Écoutez, lieutenant, répondit Pitt avec un regard froid. Je ne suis pas venu ici avec vous dans le seul but de faire une balade en sous-marin. Les hommes de Celik ont tué deux de mes scientifiques et en ont kidnappé un troisième. Sa sœur a séquestré ma femme sous la menace de son arme. Et puis il y a dans ce complexe assez d'explosifs pour déclencher une troisième guerre mondiale. Je comprends très bien que vous vouliez récupérer l'équipage du *Dayan*, mais les enjeux vont bien au-delà de cela.

Lazlo demeura un moment silencieux. Pitt n'était pas le genre d'homme qu'il s'était attendu à trouver à bord d'un navire de recherches. Bien loin de l'image du savant, l'Américain était un homme d'action solide et déterminé.

— Très bien, répondit-il d'une voix posée.

Pitt prit la photo et lui expliqua en détail l'agencement des deux entrepôts et du bâtiment administratif en pierre.

— Que pouvez-vous me dire de leur dispositif de sécurité ? lui demanda ensuite Lazlo.

— Au départ, il s'agit d'installations destinées au fret maritime, mais nous avons rencontré un certain nombre d'hommes armés. Je suppose qu'ils étaient pour la plupart membres du détachement de sécurité personnel de Celik, mais certains sont sans doute assignés à la surveillance du site. Je pense que nous serons confrontés à une force réduite, mais très bien équipée. Lieutenant, vos hommes sont-ils formés à des missions de démolition ?

— Nous faisons partie du Shayetet 13, répondit le lieutenant en souriant. La démolition est un élément essentiel de notre entraînement.

Pitt avait entendu parler de l'unité d'élite des Forces spéciales navales de l'Armée de défense d'Israël. Leur surnom de « Bat Men » s'expliquait par l'insigne en forme d'ailes de chauve-souris qu'ils portaient sur leurs uniformes.

— Les membres de mon gouvernement sont très préoccupés par la présence d'un conteneur de HMX découvert dans cet entrepôt, insista Pitt en désignant le bâtiment sur la photo.

Lazlo hocha la tête.

— Notre ordre de mission ne concerne qu'une opération de sauvetage, mais l'élimination de ces explosifs servirait nos intérêts mutuels. S'ils sont toujours sur les lieux, nous nous en occuperons, promit-il.

Un officier de petite taille, au visage dépourvu de toute trace d'humour, pénétra dans le carré et dévisagea les deux hommes.

— Lazlo, nous arriverons sur zone dans quarante minutes.

— Merci, commandant. À propos, je vous présente Dirk Pitt, du navire de recherches américain.

— Bienvenue à bord, monsieur Pitt, répondit le commandant, impassible, avant de se retourner vers Lazlo. Vous disposerez d'environ deux heures d'obscurité pour mener à bien votre mission. Je vous préviens : je ne veux pas me retrouver en surface au lever du jour.

— Commandant, je peux vous faire une promesse, répliqua Lazlo avec une froide arrogance. Si nous ne sommes pas revenus au bout de quatre-vingt-dix minutes, vous pourrez appareiller sans nous.

60

Lazlo allait vite être détrompé quant à la durée de sa mission, et de la façon la plus inattendue qui soit.

Après avoir fait surface à deux milles au nord-ouest de la crique, le *Tekumah* débarqua pour la seconde fois son équipe de commandos. Vêtu d'un treillis dépourvu de tout signe distinctif, Pitt se joignit à l'équipe de sauvetage de huit hommes qui embarqua à bord de deux canots pneumatiques avant de s'éloigner à vive allure du submersible. Les pilotes des embarcations s'arrêtèrent avant l'entrée de l'anse, coupèrent les moteurs hors-bord et reprirent leur progression à l'aide de silencieux propulseurs électriques alimentés par batterie.

Alors qu'ils se glissaient dans la crique, Pitt jeta un coup d'œil vers le quai, puis se tourna, déçu, vers Lazlo.

— Il a disparu.

L'Israélien étouffa un juron en constatant que Pitt avait raison. Non seulement le tanker s'était évanoui, mais le quai lui-même était désert. Sur la rive, les bâtiments sombres paraissaient inhabités.

— Équipe Alpha, changement de programme, nous vous attendons pour reconnaissance conjointe sur rivage, annonça-t-il par radio. Nouvelle cible : entrepôt est.

Le tanker pouvait être retenu captif autre part sur la rive, mais l'officier savait que cette hypothèse relevait d'un optimisme sans fondement. Le succès des opérations clandestines, comme le lui avaient appris ses années d'expérience, dépend toujours et avant tout de la qualité du renseignement. Et dans le cas présent, les informations dont ils disposaient s'avéraient fausses.

Les deux canots arrivèrent en même temps sur le rivage, à quelques mètres du quai, et leurs occupants se faufilèrent à terre comme des ombres silencieuses. Pitt suivit l'escouade de Lazlo, qui s'approcha du bâtiment de pierre et lui donna l'assaut. Observant la scène depuis la cour intérieure, Pitt comprit, en se contentant de dresser l'oreille, que la bâtisse était vide, tout comme le reste des installations. Il se dirigea vers l'entrepôt ouest et, au moment où il atteignait la porte, il entendit Lazlo arriver derrière lui à pas furtifs.

— Nous n'avons pas encore fouillé cet entrepôt, dit-il à Pitt d'un ton dur.

— Il est vide, comme les autres, répondit l'Américain en ouvrant la porte.

Lazlo dut se rendre à l'évidence lorsqu'il alluma les lumières, révélant un espace caverneux, dont seule l'extrémité opposée était occupée par un grand conteneur métallique.

— Vos explosifs ? demanda Lazlo.

Pitt hocha la tête.

— Espérons qu'ils s'y trouvent encore.

Ils traversèrent l'entrepôt et Pitt ouvrit le verrou du conteneur. Lorsqu'il tira sur la poignée, une silhouette bondit soudain vers lui, armée d'une latte de bois arrachée à une caisse. Il parvint à l'esquiver, puis se prépara à lancer un coup de poing, mais avant qu'il ait pu frapper, la pointe de la botte de Lazlo surgit de nulle part pour s'enfoncer dans le ventre de l'assaillant. Celui-ci, stupéfait, le souffle coupé, fut soulevé du sol et projeté contre la cloison du conteneur avant de s'affaisser. Sans résister, il lâcha son arme de fortune lorsque le canon du fusil d'assaut de Lazlo vint se poser sur sa joue.

— Qui êtes-vous ? aboya l'Israélien.

— Je m'appelle Levi Green. Je suis un marin du *Dayan*. S'il vous plaît, ne tirez pas !

— Idiot ! marmonna Lazlo en écartant son arme. Nous sommes venus ici à votre secours.

— Je… je suis désolé, dit le marin en se retournant vers Pitt. Je pensais que vous étiez un des dockers.

— Que faites-vous dans ce conteneur ?

— On nous a obligés à charger son contenu, des caisses d'explosifs, à bord du *Dayan*. Je me suis caché ici dans l'espoir de m'échapper, mais ils ont remis le verrou, et j'étais piégé.

— Où sont les autres membres d'équipage ? demanda Lazlo.

— Je n'en sais rien. À bord du *Dayan*, je suppose.

— Le tanker n'est plus ici.

— Ils ont modifié le navire, expliqua Green, les yeux encore écarquillés par la peur. Ils ont découpé les réservoirs avant et les ont remplis de sacs de carburant. Ils nous ont forcés à mettre les caisses d'explosifs à l'intérieur.

— Des « sacs de carburant » ? Que voulez-vous dire ?

— Il y en avait des caisses et des caisses, remplies de sacs de vingt kilos avec un marquage. Une sorte de mélange. « Ammonitrate » quelque chose, je crois.

— « Gazole à l'ammonitrate » ? demanda Pitt.

— Oui, c'est ça.

Pitt croisa le regard de Lazlo.

— Du gazole à l'ammonitrate. En d'autres termes, de l'ANFO. C'est un agent explosif peu coûteux, mais très efficace.

— Combien de temps êtes-vous resté dans le conteneur ? demanda Lazlo au marin.

Green consulta sa montre.

— Un peu plus de huit heures.

— Ce qui veut dire qu'ils ont peut-être une centaine de milles d'avance sur nous, calcula Pitt.

Lazlo se pencha et attrapa Green par le col pour le relever.

— Vous venez avec nous. Maintenant.

Deux milles nautiques plus loin, le commandant du *Tekumah* se sentit soulagé de voir les « Bat Men » approcher du point de rendez-vous moins d'une heure après leur départ, mais il partagea l'amertume de Lazlo et de Pitt lorsque ceux-ci lui firent part de la disparition du *Dayan*. Ils étudièrent les données radar et purent accéder au système d'identification automatique du tanker, mais n'obtinrent aucune indication quant à ses déplacements. Les trois hommes s'assirent pour examiner une carte de la Méditerranée orientale.

— Je vais alerter le commandement naval, annonça le commandant. Ils ne sont peut-être qu'à quelques heures d'Haïfa ou de Tel-Aviv.

— Je ne crois pas à cette hypothèse, objecta Pitt. Si l'histoire se répète, ils chercheront à faire exploser le navire près d'un site musulman, afin de faire croire à une attaque israélienne.

— Si leur but est de s'en prendre à un endroit à forte densité de peuplement, c'est Athènes qui est le plus proche.

— Non, Istanbul est encore plus près, répondit Pitt, les yeux fixés sur la carte. Et c'est une ville musulmane.

— Ils n'attaqueraient pas leurs propres coreligionnaires, dit le commandant d'un ton sarcastique.

— Jusqu'à présent, Celik a prouvé que la compassion ne faisait pas partie de ses émotions, contre-attaqua Pitt. S'il a déjà commis des attentats dans son pays et dans toute la région, pourquoi hésiterait-il à tuer des milliers de ses compatriotes ?

— Ce tanker est dangereux à ce point ? l'interrogea le commandant.

— En 1917, un cargo français qui transportait des explosifs de guerre a pris feu et a sauté dans le port d'Halifax. Plus de deux mille habitants des environs ont été tués. Le *Dayan* transporte une charge peut-être dix fois plus puissante que ce navire français. Si c'est vers Istanbul qu'il se dirige, il vise une agglomération de plus de douze millions d'habitants.

Pitt montra sur la carte le possible itinéraire du tanker vers Istanbul.

— À une vitesse de douze nœuds, il est encore à deux ou trois heures de la ville.

— Hors de portée, et trop loin pour que nous le rattrapions, nous ou l'un de nos bâtiments, conclut le commandant, et d'ailleurs je n'envisagerais pas de franchir le détroit des Dardanelles. C'est malheureux, mais le mieux que nous puissions faire, c'est d'alerter les autorités grecques et turques et nous retirer de leurs eaux territoriales. Pendant ce temps, nous pouvons laisser les satellites des services de renseignements déterminer sa position et son cap.

— Et les hommes d'équipage ? demanda Lazlo.

— Je crains que nous ne puissions pas faire grand-chose de plus, lieutenant, répondit le commandant.

— Trois heures, murmura Pitt, qui continuait à examiner la carte et l'itinéraire en direction d'Istanbul. Commandant, je crois que nous avons une chance de le rattraper, mais dans ce cas, je dois tout de suite regagner mon navire.

— Le rattraper ? lança Lazlo. Mais comment ? Je n'ai vu aucun hélicoptère à votre bord !

— Je n'ai pas d'hélico, en effet, répondit Pitt d'une voix ferme. Mais j'ai un engin presque aussi rapide qu'une balle de fusil.

61

Le *Bullet* fonçait sur les vagues comme un hydravion lancé à pleine vitesse. Pilotant les mains agrippées sur le levier de commande tandis que les deux turbo-diesels gémissaient à plein régime derrière lui, Pitt lança un regard rapide à Giordino.

— Nous avions tort pour ce qui est de la vitesse maximale, lui lança-t-il en criant presque pour se faire entendre.

Al tendit le cou vers l'écran de navigation, où le chiffre de quarante-trois nœuds s'affichait en petits caractères.

— Mieux vaut promettre peu et donner beaucoup, répondit-il avec un mince sourire.

Installé sur le siège passager derrière eux, le lieutenant Lazlo était loin de partager la belle humeur des deux Américains. Le musculeux commando éprouvait la sensation d'être enfermé dans un mixeur tandis que le *Bullet* roulait et rebondissait sur les vagues. Il commença par se débattre pour rester sur son siège, puis découvrit l'existence d'une ceinture de sécurité qu'il boucla aussitôt dans l'espoir d'éviter un soudain accès de nausée.

Pitt avait eu une heureuse surprise lorsque le *Tekumah* l'avait ramené à bord de l'*Agean Explorer*. Le *Bullet* était prêt au lancement, et ses réservoirs pleins. Il réveilla Giordino, et les deux hommes déployèrent l'engin sans plus tarder. Lorsque Lazlo comprit que Pitt avait de réelles chances de rattraper le *Dayan*, il insista pour les accompagner.

Peu de temps après, ils filaient à travers la dense circulation maritime du détroit des Dardanelles, slalomant entre les navires au cœur de la nuit dans une course désespérée vers Istanbul. Pitt dut rassembler toute son énergie et sa puissance de concentration pour assurer la stabilité du *Bullet* tout en se glissant entre les pétroliers et les navires marchands qui naviguaient dans les deux directions. Le vif éclairage des projecteurs au xénon permettait d'améliorer la visibilité tandis que Giordino se chargeait de repérer les bâtiments de plus petites dimensions ou les débris dans l'eau.

Pour Pitt, ce n'était pas la manière la plus agréable de traverser ce passage chargé d'histoire. Passionné de culture, il savait que Xerxès tout comme Alexandre le Grand avaient conduit leurs armées dans des directions opposées en traversant ce détroit autrefois connu sous le nom d'Hellespont. Non loin de Çanakkale, sur la rive sud-ouest, se tenait jadis Troie, site de la fameuse guerre. Plus loin au nord, sur l'autre rive, les Alliés avaient connu l'échec avec le débarquement et la bataille de Gallipoli, au début de la Première Guerre mondiale. Les plages et les collines défilaient comme dans un brouillard devant Pitt, dont le regard passait de l'écran de navigation aux vagues noires qui disparaissaient sous l'étrave du *Bullet* lancé à toute allure.

L'étroit passage des Dardanelles s'ouvrit bientôt sur la vaste étendue de la mer de Marmara. Pitt disposait à présent de plus d'espace pour manœuvrer entre les files de navires éparpillés à la surface, et il se détendit un peu.

Par bonheur, les eaux étaient calmes. Alors que le *Bullet* dépassait la pointe nord de l'île de Marmara, il entendit la voix de Rudi Gunn à la radio.

— *Agean Explorer* appelle *Bullet*.

— Ici *Bullet*. Tu as quelque chose pour moi, Rudi ?

— Une confirmation provisoire. Hiram a localisé une image satellite réactualisée qui montre le navire en question à l'entrée des Dardanelles.

— À quelle heure cette image a-t-elle été prise ?

— Environ vingt-trois heures, heure locale.

— Ce serait une bonne idée de prévenir Sandecker.

— C'est déjà fait. Il m'a dit qu'il allait réveiller quelques personnes là-bas.

— Cela vaudrait mieux, car nous n'avons pas beaucoup de temps devant nous. Merci, Rudi.

— Soyez prudents et bonne route. *Explorer* terminé.

— Il ne nous reste plus qu'à espérer que Celik ne s'est pas offert la marine turque et les garde-côtes en prime, maugréa Al Giordino.

Pitt se demanda lui aussi jusqu'à quel point s'étendait le pouvoir corrupteur de Celik. Il jeta un œil sur l'écran de navigation et remarqua que le *Bullet* filait maintenant à quarante-sept nœuds, augmentant sa vitesse au fur et à mesure qu'il brûlait du carburant.

— Nous pourrons les rattraper si nécessaire ? demanda Lazlo.

Pitt consulta sa montre. Quatre heures du matin. Il se livra à un rapide calcul mental et conclut que compte tenu de leurs vitesses respectives, le *Bullet* et le *Dayan* arriveraient en vue d'Istanbul environ une heure plus tard.

— Oui, répondit-il.

Mais il savait que la course serait serrée. Très serrée.

62

L'échec de Jérusalem ne se répéterait pas, se promit Maria.

À la lueur de l'éclairage de pont du tanker, elle enfonça avec soin une douzaine de capsules de détonation dans des blocs de HMX. Elle relia ensuite par des fils électriques toutes les capsules à des fusibles à système de retardement. Elle consulta l'heure, se leva, et son regard se posa au-delà de la proue. Plus loin, à l'horizon, une multitude de petits points blancs scintillaient sous un ciel noir brumeux. Les lumières d'Istanbul étaient à moins de dix milles nautiques du *Dayan*. Elle s'accroupit sur le pont, régla chaque retardateur sur deux heures et activa les fusibles.

Elle disposa les charges dans une petite boîte et descendit dans la partie ouverte du réservoir avant de bâbord. Sur le sol étaient disposées en rang serré des caisses de gazole à l'ammonitrate, et elle dut louvoyer parmi un labyrinthe de palettes pour atteindre le centre. Dans un coin, elle trouva un large empilement de casiers en bois qui contenaient en tout plus d'une tonne de HMX. Elle enfouit l'une des charges dans le casier du milieu, puis en fourra quatre autres dans les caisses d'ANFO les plus proches. Elle se dirigea alors vers le réservoir de tribord pour répéter le processus avec les charges restantes, en s'assurant qu'elles soient bien abritées des regards.

Elle remontait vers la passerelle lorsqu'elle entendit sonner son téléphone. Elle vit s'afficher sans surprise le nom de son frère.

— Tu t'es levé tôt, Ozden !

— Je suis en route vers mon bureau pour assister en personne à l'opération, lui répondit-il.

— Ne reste pas trop près des fenêtres, il est impossible de prédire de façon précise la puissance de l'explosion.

Maria entendit son frère ricaner.

— Je suis certain que cette fois nous ne serons pas déçus. Tu n'es pas en retard sur le programme ?

— Tout fonctionne comme prévu. Je vois déjà les lumières d'Istanbul. J'ai fait en sorte que tout se déclenche dans un peu moins de deux heures.

— Excellent. Le yacht est en route, et devrait arriver à ta rencontre. Tu viendras avec moi ?

— Non, répondit Maria. Il vaut mieux que l'équipage et moi disparaissions avec le *Sultana* pendant un moment. Nous l'emmènerons en lieu sûr en Grèce, mais je m'arrangerai pour être de retour avant l'élection.

— Notre destin est sur le point de s'accomplir, Maria. Nous allons pouvoir savourer les fruits de notre labeur. Adieu, ma sœur.

— Au revoir, Ozden.

Après avoir coupé la communication, Maria songea un instant à l'étrange relation qui l'unissait à son frère. Ils avaient grandi ensemble dans une île grecque isolée et, en tant que frère et sœur, s'étaient sentis naturellement proches, et plus encore après le décès prématuré de leur mère. Leur père, exigeant, avait fondé sur eux de grands espoirs, tout en traitant Ozden comme un héritier de rang royal. C'était peut-être pour cette raison qu'elle avait toujours été la plus endurcie des deux, montrant sa force, bataillant pendant toute sa jeunesse et agissant plus comme un second fils que comme une fille. À présent encore, pendant que son frère trônait dans son somptueux bureau, c'est elle qui commandait le navire et dirigeait les opérations. Elle avait toujours combattu dans l'ombre tandis que son frère occupait le devant de la scène. Mais cette répartition des rôles lui convenait, car elle savait qu'Ozden n'était rien sans elle.

Debout sur la passerelle et les yeux braqués au-delà de la proue, c'était elle qui avait le pouvoir, désormais, et elle entendait bien savourer chaque seconde qui lui était offerte.

L'armure de ses certitudes parut toutefois se fendiller un instant lorsque résonna le haut-parleur de la radio du bord.

— Garde-côtes d'Istanbul à tanker *Dayan*. Garde-côtes d'Istanbul à tanker *Dayan*. Veuillez approcher, je vous prie.

Une moue coléreuse traversa son visage, et elle se tourna vers le pilote.

— Rassemblez les janissaires, siffla-t-elle.

Ignorant l'appel radio, elle se contenta d'étudier l'écran radar en se préparant au combat à venir.

*

Les alertes diplomatiques d'urgence venant d'Israël et des États-Unis finirent par être transmises aux garde-côtes turcs. Leur commandement à Istanbul donna les assurances requises : tout tanker en approche serait arraisonné et fouillé à bonne distance de la ville. Un canot d'intervention rapide fut aussitôt lancé pour monter la garde au sud du Bosphore, vite rejoint par un bâtiment de la police d'Istanbul.

La tension monta d'un cran lorsqu'un navire de grande taille non identifié, remontant vers le nord, apparut sur l'écran radar. Les soupçons se confirmèrent quand il s'avéra que le transpondeur de son système d'identification automatique était désactivé. Les appels radio répétés restèrent sans réponse ; le plus petit et le plus puissant des canots de la police fut envoyé sur la zone.

En s'approchant de l'intrus, les policiers constatèrent qu'il s'agissait en effet d'un tanker de la taille du *Dayan*. Le canot se glissa le long du haut flanc du bâtiment, puis contourna sa poupe. L'officier de commandement remarqua le drapeau israélien qui flottait en haut du mât arrière et lut le nom inscrit en lettres blanches sur le tableau arrière. Il lança aussitôt un appel au bateau de patrouille des garde-côtes.

— C'est le *Dayan* !

Ce furent les dernières paroles de son existence.

63

Les feux de navigation du *Dayan* s'éteignirent et son pont plongea dans l'obscurité un court instant avant le début de la fusillade. Une rangée de janissaires armés se matérialisa près du bastingage arrière. Tous ouvrirent le feu en même temps sur le petit canot de la police. Le commandant fut le premier à perdre la vie, abattu par un tir direct à travers le vitrage de la passerelle. Un officier qui se tenait sur le pont fut tué une seconde plus tard d'une balle dans le dos, avant même de pouvoir comprendre ce qui lui arrivait. Un sergent, vétéran de la police, lui aussi sur le pont, réagit avec plus de vivacité ; il plongea derrière le plat-bord et répliqua avec son arme automatique de service. Mais lorsque le canot dériva et se retrouva à découvert, les mercenaires concentrèrent leurs tirs sur lui, et il fut le troisième à mourir.

La fusillade se tut un instant tandis que le quatrième et dernier policier remontait du pont inférieur. En voyant ses camarades morts, il s'avança mains en l'air sur le pont arrière. C'était un jeune homme, un « bleu », et sa voix trembla lorsqu'il supplia qu'on l'épargne. Il n'obtint pour toute réponse qu'une courte rafale et rejoignit ses collègues en s'effondrant sur le pont.

Le canot erra derrière le *Dayan* plusieurs minutes comme une poupée abandonnée. Dans la timonerie, les appels répétés du navire des garde-côtes étaient accueillis par un silence de mort. Le sillage du tanker finit par écarter sa proue, et le tombeau flottant poursuivit sa route sans but à l'ouest, vers l'horizon.

*

Pour Hammet, le bruit des tirs fut le signal de l'action. Le commandant du *Dayan* était plongé dans l'angoisse depuis des heures. Lui et ses hommes avaient été enfermés dans le carré après le chargement des explosifs et l'appareillage. Il savait que les Turcs armés, quelle que soit leur identité, avaient transformé son bâtiment en navire-suicide, et que l'équipage serait piégé par l'explosion.

Il avait tenté d'établir un plan d'évasion avec son officier en second, mais aucune option ne s'était présentée à leur esprit. Les deux gardes qui surveillaient la porte semblaient mieux préparés que jamais, et ils étaient relevés toutes les deux heures. L'équipage était désormais privé de nourriture, et les hommes n'étaient plus autorisés à s'approcher de la cloison ni à regarder par le hublot.

À cette heure tardive, la plupart étaient endormis sur le sol. Hammet était étendu avec eux, mais le sommeil était bien éloigné de ses préoccupations. Cependant, lorsque la porte s'ouvrit et qu'un homme murmura quelque chose à l'oreille des gardes sur un ton excité, il feignit de dormir lui aussi. Les deux gardes se levèrent et quittèrent le carré, laissant l'équipage sans surveillance.

Hammet bondit sur ses pieds.

— Tout le monde debout, ordonna-t-il sans trop élever la voix, se contentant de secouer son second et les hommes qui l'entouraient.

Les marins encore à moitié endormis se levèrent, et il les rassembla près de la porte.

— Zev, prends les hommes avec toi et vois si tu peux les faire évacuer, sans qu'ils se fassent repérer, à bord du canot pneumatique de poupe, ordonna-t-il. Je vais à la salle des machines pour essayer d'immobiliser le bâtiment. Si je ne vous ai pas rejoints d'ici dix minutes, je vous ordonne de filer sans m'attendre.

Le second s'apprêtait à protester lorsqu'ils entendirent des tirs venant de la poupe.

— Faites ce que je vous ai dit. Emmenez les hommes sur le pont et essayez de déployer le canot gonflable de bâbord. Nous naviguons à bonne allure, et il faudra sans doute le lancer par-dessus le bastingage.

— Un sacré saut, et plutôt dangereux pour l'équipage…

— Allez chercher des gilets et des cordages dans l'armoire de bord. Vite, dépêchez-vous !

Hammet en était conscient, le temps dont ils disposaient se comptait en minutes, voire en secondes ; il poussa les marins hors du carré. Au départ du dernier, il s'avança sur le pont et referma la porte derrière lui. Ils se trouvaient près de la base du château de poupe, en face du bastingage tribord. Le second fit passer l'équipage devant la façade de la superstructure ; les marins se plaquèrent contre la cloison pour ne pas être repérés depuis la passerelle, juste au-dessus d'eux. Hammet se dirigea quant à lui vers la poupe, d'où il pourrait atteindre la coursive qui conduisait à la salle des machines.

Le fracas des armes automatiques déchirait toujours le silence, et alors qu'il atteignait le dos du château, il vit qu'une demi-douzaine d'hommes armés rassemblés près du bastingage concentrait ses tirs vers la surface de l'eau. Il courba le dos, baissa la tête et courut vers une écoutille qui s'ouvrait sur un escalier. Le cœur battant, il dévala les marches et descendit de trois niveaux avant de s'élancer dans un large couloir. L'une des portes de la salle des machines était droit devant lui. Il s'approcha à pas lents avant de l'ouvrir avec prudence. Accueilli par une bouffée d'air chaud et un grondement mécanique grave, il entra et jeta un regard attentif autour de lui.

En espérant que les pirates n'avaient pas enrôlé de mécanicien pour leur aller simple, Hammet avait vu juste. La salle était déserte. Il descendit quatre à quatre une passerelle grillagée et se positionna près de l'énorme moteur diesel pour réfléchir au meilleur moyen d'agir. Il existait plusieurs façons de neutraliser le moteur, mais une panne immédiate ne manquerait pas de donner l'alerte. Il lui fallait compter sur un effet de retard qui laisserait à l'équipage le temps de s'échapper.

C'est alors qu'il aperçut, un peu plus loin derrière le moteur, deux réservoirs de carburant posés sur le sol, semblables à de gros silos à grains couchés à l'horizontale.

— Oui, bien sûr, murmura-t-il en s'avançant, un éclat vif dans le regard.

64

Moins de dix minutes plus tard, Hammet était de retour en haut de l'escalier, d'où il jeta un coup d'œil vers le pont arrière. Les tirs avaient cessé depuis longtemps, et Hammet ne vit aucun janissaire, ce qui suscita en lui un sentiment de malaise. Au-delà du bastingage de poupe, il remarqua l'ombre d'un petit canot qui s'écartait du tanker. Il conclut à juste titre qu'il s'agissait de la cible des tireurs.

Vif et rapide, il longea la cloison du château arrière en direction du pont bâbord. Il risqua un regard et le trouva désert. En voyant deux cordages amarrés au bastingage, il se dit que l'équipage avait peut-être réussi à s'échapper sans dommages. Mais il sentit son cœur sombrer en constatant que le canot de sauvetage gonflable était encore arrimé à son râtelier contre la cloison. Il s'approcha avec prudence et se pencha par-dessus bord pour voir si quelqu'un s'accrochait aux cordes, mais il n'aperçut que la surface de l'eau.

Le coup de feu, un simple claquement d'un pistolet tout proche, retentit avant qu'il en sente la morsure. Un filet de sang coula le long de sa jambe, et il éprouva une douleur brûlante dans le haut de la cuisse. Il chancela sur sa jambe et tomba sur l'autre genou tandis qu'une silhouette émergeait de l'ombre de la cloison.

Très calme, Maria s'avança, son pistolet braqué sur la poitrine d'Hammet.

— Un peu tard pour une promenade, commandant, dit-elle d'un ton glacé. Peut-être devriez-vous rejoindre vos camarades.

Hammet la dévisagea, en proie à une terrible déception.

— Mais pourquoi faites-vous cela ? s'écria-t-il.

Maria ignora la question. Deux mercenaires accoururent, alertés par le coup de feu. Sur l'ordre de Maria, ils empoignèrent Hammet, le traînèrent sur le pont et le déposèrent dans le carré du bord. Il y retrouva ses compagnons d'infortune, assis sur le sol, le visage défait, tandis qu'un garde faisait les cent pas, arme à la main.

Les janissaires prirent position de chaque côté de la porte. L'officier en second du *Dayan* accourut pour se porter au secours de son commandant ; il l'aida à s'asseoir tandis qu'un infirmier du bord s'occupait de sa blessure.

— J'espérais ne pas vous trouver ici, dit Hammet avec une grimace.

— Désolé, commandant. Ces hommes, à la poupe… ils ont cessé de tirer juste au moment où nous jetions les cordages par-dessus bord. Ils nous ont repérés avant qu'on ait eu la moindre chance de lancer le canot. Et de votre côté, vous avez eu plus de chance ?

Le commandant baissa les yeux vers sa jambe blessée, et hocha la tête en grimaçant de douleur.

— Je suppose qu'on peut dire cela, oui, répondit-il d'une voix défaillante, son regard de plus en plus vitreux. D'une façon ou d'une autre, je crois que notre voyage va vite arriver à son terme.

65

Trois mille nautiques plus au nord, le navire de patrouille des garde-côtes turcs lançait des appels incessants au *Dayan* et au canot de la police, sans obtenir la moindre réponse. Au loin, on aperçut des éclairs de tirs et on en informa la passerelle. Le commandant du patrouilleur ordonna une interception immédiate du *Dayan*.

Alors que le navire s'élançait vers le tanker, on prépara le canon pivotant de 30 mm monté à la proue et on rassembla une petite équipe d'abordage. Le bâtiment décrivit un cercle rapide autour du *Dayan*, puis s'approcha de son flanc tribord. C'est alors que l'équipage remarqua l'absence du canot de la police. Le commandant lança un appel par haut-parleur au *Dayan*.

— Ici navire de garde-côtes SG-301. Nous vous ordonnons de mettre en panne et de vous préparer à l'arraisonnement.

— Monsieur, un second navire approche par tribord, annonça l'officier en second à son supérieur, qui attendait de voir si le *Dayan* obéissait à ses ordres.

Le commandant se retourna et vit un yacht de luxe de couleur sombre arriver par le travers et ralentir pour rester derrière sa poupe.

— Ordonnez-lui de s'éloigner, s'il ne veut pas qu'on le fasse dégager de force, répondit le commandant avec irritation.

Son attention fut vite rappelée vers le tanker, où une silhouette apparut soudain au bastingage, au-dessus d'eux. Le commandant constata avec surprise qu'il s'agissait d'une femme, qui leur adressait des signes en criant. Haut perchée au-dessus du garde-côte, elle n'eut cependant aucun mal à faire porter sa voix vers la passerelle.

— J'ai besoin de votre aide ! cria-t-elle aux deux officiers qui venaient de sortir sur l'aileron de passerelle.

Sans attendre de réponse, elle se pencha pour ramasser un petit sac de marin à ses pieds et le lança par-dessus bord. Son lancer était presque parfait, et le sac décrivit un arc en direction de l'un des deux hommes, qui le rattrapa sans mal. Elle patienta un instant pendant que l'officier ouvrait le sac, puis se coucha aussitôt sur le sol en se couvrant la tête.

L'explosion illumina le ciel nocturne d'un éclair aveuglant suivi d'un grondement de tonnerre. Maria attendit que les débris en vol retombent avant de jeter un coup d'œil par-dessus le garde-corps. Le pont du bâtiment offrait un spectacle de carnage. L'explosion en avait éventré toute la structure, pulvérisant les hommes d'équipage qui s'y trouvaient. La fumée d'une dizaine de petits incendies qui consumaient les composants électroniques du navire montait en tourbillonnant vers le ciel. Partout ailleurs, des marins hébétés et pour la plupart brûlés tentaient de se relever après avoir été cloués au sol par le souffle.

Maria rampa le long d'une coursive du *Dayan* pour arriver devant une porte ouverte.

— Maintenant ! hurla-t-elle.

La petite équipe d'hommes armés jaillit de l'ouverture, courut vers le bastingage et fit feu sur les marins en contrebas. Le combat fut bref, car les artilleurs du canon de 30 mm furent aussitôt éliminés, suivis de près par l'escouade d'arraisonnement. Quelques marins réagirent et tirèrent à leur tour, mais ils devaient viser selon un angle peu commode qui les privait de couverture. Ils furent submergés en quelques minutes, et sur le pont, il n'y eut bientôt plus que des morts et des blessés.

Maria ordonna à ses hommes de cesser le feu, puis lança un appel avec son émetteur radio portatif ; quelques secondes plus tard, le yacht bleu s'élança vers le flanc du garde-côte, ralentit et commença à pousser sa proue avec précaution. Il ne fallut que quelques coups de boutoir pour que le navire de patrouille aille frôler, puis heurter la coque du *Dayan*. Privé de moteurs, le patrouilleur perdit tout élan et vint se coller contre le tanker.

Le *Sultana* ralentit lui aussi et se faufila par le travers près du patrouilleur en le plaquant contre le *Dayan* jusqu'à ce que la poupe de ce dernier commence à glisser sur l'eau. Il maintint sa pression et attendit que l'étrave soit perpendiculaire à la traverse du tanker, puis poussa encore plus fort, cette fois à plein régime ; le patrouilleur pivota vers bâbord et fila juste derrière la poupe du *Dayan*. Un fracas étouffé retentit au moment où l'énorme hélice de bronze de celui-ci déchira la coque du garde-côte.

Ses ponts couverts du sang des morts et des blessés, le patrouilleur, dont la timonerie crachait une épaisse fumée, fit une embardée et donna soudain de la gîte à tribord. Seuls quelques cris résonnèrent dans la nuit tandis que son étrave pointait vers le ciel. Il sombra par la poupe et disparut sous les vagues.

66

Après deux heures de course de nuit à haute vitesse, Pitt commençait à éprouver une intense fatigue, tant physique que mentale. Ils avaient dépassé le centre de la mer de Marmara, où ils avaient rencontré une forte houle qui faisait presque s'envoler le *Bullet* à des intervalles de quelques secondes. L'estomac de Lazlo, installé sur le siège arrière, lui laissait à présent quelque répit, mais il était tout endolori à force de se cogner sans cesse contre les cloisons.

Ils connurent un regain d'espoir en écoutant les communications radio du patrouilleur des garde-côtes sur le canal de détresse international.

— Je crois que je les ai entendus appeler le *Dayan*, dit Al Giordino en augmentant le volume de la radio VHF pour couvrir le rugissement des moteurs du *Bullet*.

Ils écoutèrent avec attention pendant plusieurs minutes, alors que les appels au *Dayan* restaient sans réponse. Puis la radio se tut. Quelques minutes plus tard, Giordino remarqua un petit éclair blanc à l'horizon.

— Tu as vu ça ? demanda-t-il à Pitt.

— Un éclat de lumière, droit devant.

— On aurait dit une boule de feu.

— Une explosion ? questionna Lazlo en tendant le cou. Le *Dayan* ?

— Non, je ne crois pas, répondit Pitt. Cela ne paraissait pas très gros. Mais nous sommes encore trop loin pour en être sûrs.

— Cela semblait venir d'une zone située à dix milles nautiques d'ici, acquiesça Al, qui examina l'écran de navigation et vit l'entrée du Bosphore approcher du sommet de la carte numérique. Mais cela implique qu'ils seraient assez proches d'Istanbul.

— Nous avons donc encore une quinzaine de minutes de retard sur eux.

La radio se taisait toujours, et le silence retomba dans l'habitacle. Pitt, comme ses deux compagnons, en était réduit à supposer que les autorités turques avaient échoué à arraisonner le tanker. Eux seuls seraient peut-être en mesure d'éviter une catastrophe susceptible de causer la mort de dizaines de milliers d'innocents. Mais que pouvaient espérer trois hommes, seuls à bord d'un submersible ?

Pitt chassa ces pensées de son esprit ; il accéléra, vérifia que les leviers de contrôle des moteurs étaient enclenchés à fond, et traça le sillon le plus direct possible vers les lumières d'Istanbul.

67

Maria arpentait la passerelle du tanker, prise d'une rage qui transformait son visage en masque de pierre.

— Je ne m'attendais pas à être confrontée aux garde-côtes, lança-t-elle. Comment ont-ils pu être informés de notre arrivée ?

L'homme de petite taille et au visage terreux qui commandait le *Dayan* secoua la tête.

— Le *Dayan* est officiellement porté manquant. Il est possible qu'un navire de passage nous ait identifiés et qu'il ait prévenu les garde-côtes. Dans un sens, tant mieux. Ainsi, les autorités attribueront la responsabilité de l'attaque aux Israéliens sans aller chercher plus loin.

— Oui, je suppose. Mais nous ne pouvons pas tolérer de nouvelles interférences.

— La radio est restée muette. Je ne crois pas qu'ils aient eu le temps de prévenir qui que ce soit, ajouta le commandant. Et puis le radar n'indique aucun navire devant nous.

Il jeta un coup d'œil par la vitre latérale et vit les feux du yacht à quelques mètres de la coque du *Dayan*.

— Le *Sultana* fait état de plusieurs avaries suite à son contact avec le patrouilleur, mais ils sont prêts à nous embarquer à n'importe quel moment.

— Dans combien de temps pourrons-nous procéder à l'évacuation ?

— Je ralentirai lorsque nous pénétrerons dans le chenal oriental du Bosphore. Vous pourrez vous préparer à l'évacuation dès que j'aurai aligné le navire en direction de la Corne d'Or et activé le pilote automatique. J'estime que nous serons en position d'ici une quinzaine de minutes.

Maria consulta sa montre. Les fusibles électroniques étaient programmés pour provoquer l'explosion une bonne heure plus tard.

— Très bien, dit-elle d'une voix calme. Ne perdons pas de temps.

68

De pâles rayons pourpres traversaient le ciel gris sombre alors qu'à l'est, le soleil se préparait à monter à l'horizon. Dans toute la ville, de pieux musulmans se levaient tôt pour partager un copieux repas avant le lever du jour. Les muezzins allaient bientôt lancer leur appel et rassembler les fidèles à la mosquée pour la prière de l'aube. Selon le calendrier religieux, c'était la dernière semaine du ramadan, et les lieux de culte seraient encore plus fréquentés qu'à l'accoutumée. Mais à quelques kilomètres des mosquées historiques d'Istanbul, Maria Celik se préparait à déchaîner sa propre version des préceptes islamiques.

Le tanker israélien s'engagea dans l'embouchure du Bosphore en naviguant au plus près de la rive asiatique. Lorsque la Corne d'Or apparut de l'autre côté du détroit, le pilote réduisit la vitesse.

— C'est le moment, annonça-t-il à Maria.

Le vif courant du Bosphore, qui descendait de la mer Noire vers le sud, ralentit encore le *Dayan*, qui ne se mouvait plus qu'à toute petite allure. Maria rassembla plusieurs hommes le long du flanc tribord et fit abaisser une échelle de coupée. Le yacht s'avança pour se mettre au même niveau avant de ralentir.

— Assurez-vous que les prisonniers soient bien enfermés et faites sortir le reste de l'équipage, ordonna-t-elle à l'un des janissaires avant de descendre les premiers échelons.

Au bas des marches métalliques, un marin l'attendait pour l'aider à embarquer sur le *Sultana*. Elle gagna la passerelle où elle fut accueillie par ses deux hommes de main irakiens. En dépit de la pénombre qui précédait l'aube, le dénommé Farzad portait toujours ses éternelles lunettes de soleil.

— Vous vous êtes occupés de tous les préparatifs en Grèce ? leur demanda-t-elle.

— Oui, répondit Farzad. Nous allons opérer une entrée discrète par l'île de Chios. Nous avons loué une cale couverte et sécurisée pour le *Sultana* et votre transfert vers Athènes est déjà organisé. Votre vol de retour à Istanbul est réservé pour dans trois jours.

Maria hocha la tête. Ils observèrent les autres mercenaires qui descendaient l'échelle avant de sauter sur le pont du yacht. Les gardes en charge de la surveillance de l'équipage du *Dayan* avaient quitté leur poste sans bruit après avoir verrouillé la porte du carré à l'aide d'une chaîne.

Sur le pont du *Dayan*, le pilote attendit que le dernier janissaire ait embarqué pour signaler son changement de cap au yacht. Tandis que le *Sultana* s'éloignait peu à peu du flanc du tanker, il accéléra à mi-vitesse et aligna la proue à l'ouest. Il fit le point en prenant comme repère les coordonnées de la mosquée Süleymaniye, programma le pilote automatique et l'activa.

Il s'apprêtait à quitter la passerelle lorsqu'il remarqua un clignotement sur la console. Il examina de plus près le voyant d'alerte, et se contenta de hausser les épaules.

— Je n'y peux plus rien, à présent, murmura-t-il avant de dévaler l'échelle de coupée et de bondir sur le pont du yacht en laissant le massif tanker poursuivre sa route sans personne à la barre.

69

Le *Bullet* cracha un panache d'écume blanche en traçant son sillage dans l'entrée du détroit du Bosphore. Dans la lumière incertaine de l'aube, quelques pêcheurs matinaux éberlués virent filer devant eux l'étrange hybride hors-bord et sous-marin.

Pitt scrutait l'horizon au-delà de la proue lorsqu'il remarqua un navire qui approchait à grande vitesse.

— Ce bâtiment me semble familier, glissa-t-il à Al Giordino.

Le *Sultana* filait cap au sud à plein régime, et les deux bâtiments se croisèrent en un éclair à courte distance.

— C'est bien le yacht de Celik, en effet, confirma Giordino.

— De toute évidence, il quitte les lieux du crime.

— Ce qui indique que le compte à rebours est déjà bien entamé, répondit Al en lançant un regard d'avertissement à son ami.

Pitt ne répondit pas. Il chassa de son esprit le côté suicidaire d'une mission consistant à s'approcher d'un navire transformé en bombe et se concentra sur le meilleur moyen de le neutraliser.

Lazlo leva le bras et désigna un point à bâbord.

— Ce doit être lui, là-bas.

Deux milles nautiques plus loin, ils aperçurent la poupe du gros tanker qui disparaissait derrière un relief de la côte occidentale.

— Ils l'envoient dans la Corne d'Or, constata Pitt, qui n'eut désormais plus aucun doute quant à la mission réelle du tanker.

Cœur maritime d'Istanbul depuis plus de deux mille ans, le célèbre estuaire de la Corne d'Or est environné de certains des quartiers les plus peuplés de la ville. Dirigée vers la mosquée Süleymaniye, l'explosion ne se contenterait pas de détruire les fondements historiques de la cité, mais décimerait en même temps la population d'un demi-million d'habitants qui vivait dans les alentours.

Mais le tanker sans pilote n'était pas encore à pied d'œuvre. Lorsque le *Bullet* s'approcha par l'arrière, le *Dayan* faillit entrer en collision avec un des premiers ferrys de la journée. Pitt vit son commandant agiter le poing et faire sonner sa corne avec insistance, ignorant que la passerelle du tanker était déserte.

— Aucun signe de vie à bord, commenta Al Giordino en dressant le cou pour observer le haut pont et la superstructure du tanker.

Pitt accéléra avec précaution pour rejoindre le flanc bâbord du *Dayan*, cherchant un moyen d'accès à bord, puis contourna la proue vers tribord. Al Giordino lui indiqua d'un geste l'échelle de coupée, à l'arrière.

— C'est tout même mieux qu'un simple cordage, dit Al.

Pitt guida le submersible près du bas de l'échelle.

— Je te laisse la barre, Al. Reste tout près… mais pas trop quand même.

— Tu es sûr de vouloir monter à bord ?

Pitt hocha la tête, le regard ferme.

— Lazlo, nous allons essayer de désactiver les fusibles des explosifs. Si nous n'y parvenons pas, je tenterai d'orienter le cap du *Dayan* vers la mer de Marmara, et nous ficherons le camp en vitesse.

— Ne perdez pas de temps à faire du tourisme, lança Al alors que les deux hommes se préparaient à sortir par l'écoutille arrière.

— Je t'appellerai sur le canal 86 si j'ai besoin de toi, le prévint Pitt avant de quitter le *Bullet*.

— Je serai tout ouïe.

Pitt rampa le long du rebord de pont bâbord jusqu'à ce qu'il puisse atteindre l'échelle de coupée, agrippa sans mal la rampe et se hissa sur les premiers échelons, Lazlo sur ses talons. Il grimpa aussi vite que possible jusqu'au sommet, bondit à bord et jaugea d'un regard la vaste étendue du pont avant. Il remarqua aussitôt les deux cales découpées que Green lui avait décrites, et qui abritaient le mélange de substances explosives.

— Donnez-moi du temps, pria-t-il tandis que Lazlo et lui couraient vers les réservoirs. Donnez-moi un peu de temps.

70

Le janissaire s'approcha de Maria d'un air prudent, inquiet à l'idée d'interrompre sa conversation avec le commandant du yacht. En le voyant empiéter peu à peu sur son espace, elle finit par se tourner vers lui.

— Alors ! Qu'y a-t-il ? aboya-t-elle.

— Mademoiselle Celik, le navire que nous venons de croiser… Je… je crois que c'est celui qui s'était introduit dans nos installations de Kirte.

La mâchoire de Maria sembla s'affaisser, un instant de flottement qui ne dura qu'une fraction de seconde. Elle pivota d'un bond pour scruter les eaux par le vitrage arrière, et eut juste le temps d'apercevoir l'image furtive du *Bullet* qui contournait le promontoire de l'entrée de la Corne d'Or.

Elle fit volte-face et s'adressa au commandant, le regard enflammé par la fureur.

— Faites demi-tour tout de suite, cria-t-elle. Nous y retournons.

*

Pitt savait à peine par où commencer. Le réservoir de bâbord éventré ressemblait à un labyrinthe. Des palettes de deux mètres de haut contenant de lourds sacs d'ANFO étaient empilées dans tous les sens, évoquant un chargement hâtif. Quelque part au milieu de ce fatras se cachaient de puissantes charges de HMX. Il trouverait sur chacune, du moins l'espérait-il, un fusible et une capsule de détonation.

Pitt avait informé Lazlo qu'ils disposaient de cinq minutes pour localiser et neutraliser les fusibles. L'Israélien se mit à fouiller le réservoir tribord après lui avoir expliqué de façon succincte ce qu'il devait rechercher. Lorsque Pitt parvint au centre du réservoir et découvrit des dizaines de blocs de HMX empilés dans des casiers en bois, la moitié du temps qui leur était imparti était déjà écoulé. Alors que le lancinant tic-tac des secondes s'égrenait dans son esprit, Pitt les ouvrit en hâte un par un, déplaçant les charges lorsqu'il ne voyait pas de fusible. Ce ne fut qu'au moment où il atteignait le dernier casier qu'il vit enfin le dispositif de retardement relié à une petite capsule enfoncée dans un bloc de HMX. Plein d'espoir, il arracha le mécanisme, puis reprit sa recherche à travers le labyrinthe.

Les cinq minutes étaient arrivées à leur terme lorsqu'il remonta l'échelle et prit pied sur le pont. Au même moment, Lazlo émergeait du réservoir tribord. Il courut vers Pitt, deux dispositifs de retardement à la main. Pitt lui tendit son retardateur et sa capsule.

— Je les ai trouvés dans la principale cache de HMX, lui expliqua-t-il.

— Nous n'y arriverons pas, répondit Lazlo en secouant la tête d'un air grave. Ils ont disséminé des charges multiples dans les deux réservoirs. J'ai découvert celui-ci par hasard, enfoncé dans une caisse d'ANFO, poursuivit-il en montrant l'un des retardateurs. Je suis certain qu'il y en a d'autres.

Il examina celui de Pitt, qu'il compara avec les siens.

— Il ne reste que quatorze minutes avant l'explosion, ajouta-t-il en se retournant pour jeter les appareils par-dessus le bastingage. Impossible de les trouver tous.

— Essayez de découvrir où est l'équipage, suggéra Pitt après avoir digéré l'information. Je vais faire dévier la route du navire vers l'entrée du détroit.

Il courut vers la passerelle sans attendre la réponse. Sous ses pieds, le pont grondait et vibrait, et il sentit soudain trembler le bâtiment tout entier. Il prit un escalier latéral et jeta vers l'arrière un regard qu'il regretta aussitôt.

Venant de l'est, le yacht bleu d'Ozden Celik fonçait droit sur eux.

71

Positionné dans le sillage du tanker, Al Giordino avait lui aussi repéré le yacht qui chargeait dans leur direction. Il enclencha le signal radio sur le canal 86 et tenta d'envoyer un message à Pitt, mais ne reçut aucune réponse. Il accéléra, s'écarta du tanker et se dirigea vers le milieu du chenal en suivant un axe parallèle à la superstructure du *Dayan*. Il était trop bas sur l'eau pour distinguer quoi que ce soit sur la passerelle, mais il aperçut Lazlo qui traversait le pont.

En regardant derrière lui, il eut la surprise de constater que le yacht avait modifié sa trajectoire pour s'approcher au plus vite du *Bullet*. Il en conclut que ses occupants n'avaient pas vu Pitt et Lazlo grimper sur le tanker. À la faible lumière du petit matin, il distingua deux silhouettes qui se dirigeaient vers le bastingage d'étrave. Il sut qu'ils étaient armés et s'apprêtaient à le mettre en joue.

Al fit monter le régime. Le *Bullet* bondit presque hors de l'eau et prit aussitôt de la vitesse. Al dépassa en un clin d'œil la proue du *Dayan*, puis réduisit la distance entre le *Bullet* et la rive nord. Un peu plus loin, espérait-il, le pont de Galata lui offrirait une couverture. Mais un rapide regard en arrière lui permit de constater que le yacht avait comblé l'écart et qu'il n'était plus qu'à cinquante mètres derrière lui. Il jura tout haut en voyant un petit éclair de lumière jaune jaillir de la proue du *Sultana*.

Les projectiles frappèrent la surface à dix ou vingt centimètres de la coque du *Bullet*, sans que Giordino puisse les voir ni les entendre. Il vira d'un geste brusque à bâbord, puis à tribord. L'agile submersible répondit avec vivacité et précision en zigzaguant sur l'eau. La réaction de Giordino suffit à priver les tirs de toute précision.

Le pont de Galata apparut alors et Al fila en un clin d'œil sous sa structure. Il opéra un nouveau virage serré et jeta un coup d'œil par-dessus son épaule ; le yacht débouchait de sous le pont, toujours à sa poursuite. Le *Bullet* montrait enfin ce qu'il avait dans le ventre. La distance entre les deux bâtiments augmenta peu à peu, mais les tirs étaient de plus en plus nourris.

Giordino continua à louvoyer en s'approchant du pont Atatürk, à moins d'un demi-mille marin devant lui. Une soudaine détonation lui fit baisser la tête par réflexe et, lorsqu'il leva les yeux, il constata que trois balles avaient perforé la bulle acrylique. À présent sans protection et sans espoir de pouvoir passer en immersion, il se concentra sur le pont devant lui.

Plusieurs piliers s'élevaient du chenal et Al s'en approcha pour se mettre à couvert. Il slaloma entre eux, sachant qu'ainsi, il pouvait distraire l'attention des tireurs et éviter des salves directes. Mais il abandonna vite tout souci quant à sa propre sécurité en songeant à Pitt et au tanker chargé d'explosifs.

À peine plus d'un mille derrière lui, le *Dayan* arrivait sans doute au terme de sa navigation mortelle. Il allait devoir trouver le moyen de faire débarquer Pitt et

Lazlo au plus vite. Il était bien en peine de savoir si les deux hommes nourrissaient encore le moindre espoir à cet égard.

Il se retourna une fois de plus et constata que le *Sultana* avait disparu.

72

Pour repérer l'équipage captif du tanker, Lazlo se fia à ses oreilles. Bien qu'affaibli par sa blessure, le capitaine Hammet avait ordonné à ses hommes, dès le départ des gardes, de rechercher un quelconque moyen d'évasion. Ils constatèrent très vite qu'il serait impossible de briser la lourde chaîne gainée, et ils se mirent en quête d'une meilleure solution. Ils étaient entourés de cloisons d'acier ; le seul moyen d'accéder à l'extérieur, c'était par le haut.

Ils prirent des couteaux de boucher dans la petite cuisine du bord et commencèrent à se frayer un chemin à travers les panneaux du plafond et une canalisation qui, espéraient-ils, leur permettrait d'atteindre le pont. Lazlo était en train de fouiller une réserve dans une aire de stockage toute proche lorsqu'il les entendit. Il courut vers la porte du carré et défit la chaîne, qui n'était fixée que par un simple nœud. Plusieurs hommes d'équipage, debout sur les tables, leurs couteaux à la main, s'immobilisèrent, interloqués, pour dévisager l'inconnu.

— Qui assure le commandement ici ? aboya Lazlo.

— Je suis le commandant du *Dayan*, répondit Hammet, assis sur une chaise, sa jambe blessée posée sur un tabouret.

— Commandant, nous n'avons que quelques minutes avant que le navire explose. Quel est le moyen le plus rapide de vous évacuer, vous et vos hommes ?

— Le canot de sauvetage de l'arrière, répondit Hammet en se levant avec une grimace. Vous ne pouvez pas neutraliser les charges explosives ?

Lazlo secoua la tête.

— Tout le monde au canot, ordonna Hammet. Et vite.

Les marins se précipitèrent vers la porte, suivis par Lazlo, Hammet et par le second qui soutenait son commandant. En arrivant sur le pont, Hammet sentit une vibration inhabituelle sous ses pieds, et regarda par-dessus le bastingage. Il fut frappé de stupeur en voyant s'élever non loin les minarets de la mosquée Süleymaniye.

— Nous sommes en plein milieu d'Istanbul ?

— Oui, acquiesça Lazlo. Venez, nous n'avons pas beaucoup de temps.

— Mais il faut changer le cap pour que le *Dayan* sorte d'ici, protesta le commandant.

— Quelqu'un s'en occupe sur la passerelle.

Hammet s'apprêtait à suivre ses compagnons vers la poupe, mais il hésita lorsqu'il sentit à nouveau le pont trembler.

— Oh, non, gémit-il en fronçant les sourcils d'un air consterné. J'ai fait en sorte qu'il tombe en panne de carburant.

73

Pitt s'en apercevait au même instant. En accourant sur la passerelle, trop occupé à trouver comment désactiver le pilote automatique, il n'avait pas prêté attention aux deux voyants rouges qui clignotaient sur la console principale. Le tanker approchait de la travée centrale du pont de Galata au moment où Pitt reprit le contrôle de la barre. En observant un pilier sur son flanc bâbord, il constata qu'il ne disposait pas d'assez d'espace pour le contourner. Il lui faudrait d'abord passer sous le pont, puis opérer un demi-tour et repasser à nouveau sous le pont pour pouvoir enfin quitter la Corne d'Or.

Alors que la proue s'engageait sous la superstructure, Pitt vit la travée au niveau de son regard, et se demanda si le haut château de la proue allait passer. Pendant qu'il attendait le moment fatidique, il vit enfin les voyants qui indiquaient le faible niveau de carburant dans les réservoirs principaux et auxiliaires. Lorsque Hammet s'était faufilé dans la salle des machines, il avait ouvert les valves de sûreté qui, en cas d'urgence, déversaient le carburant dans le fond de cale, d'où il était pompé pour être évacué. À présent, Pitt devait se rendre à l'évidence ; les réservoirs étaient à sec, comme le prouvaient d'ailleurs les défaillances du moteur qui tentait d'aspirer les dernières réserves disponibles.

Pitt eut soudain la certitude qu'il n'avait aucune chance de mener le *Dayan* jusqu'à la mer de Marmara, où il aurait pu exploser sans grand dommage. L'espoir de l'éloigner de la grande ville était vain. Installés à la passerelle d'un navire-suicide en passe de tomber en panne, la plupart des hommes auraient succombé à la panique. Ils n'auraient ressenti que le besoin irrépressible de fuir, de quitter ce tanker de la mort et de sauver leur peau.

Pitt était d'une autre étoffe. Le pouls à peine plus rapide qu'à l'accoutumée, il scruta la rive d'un œil calme. Il était maître de ses nerfs, mais son cerveau travaillait à plein régime, explorant tour à tour la moindre solution envisageable. Soudain, une possibilité apparut de l'autre côté du port. Risquée, téméraire, mais une solution tout de même. Il régla la radio sur le canal 86 et empoigna l'émetteur.

— Al, où es-tu ?

La voix de Giordino grésilla aussitôt dans le haut-parleur.

— Je suis à environ un mille nautique devant toi. J'ai joué au chat et à la souris avec le *Sultana*, mais ils ont dû finir par se lasser. Ils sont repartis dans ta direction, alors garde les yeux bien ouverts. Vous êtes prêts à être évacués, Lazlo et toi ?

— Non, j'ai besoin de toi ailleurs, répondit Pitt. Il y a une grande barge à l'angle sud-est du pont. Tu la vois ?

— J'y suis. Terminé.

Le château arrière du tanker venait de passer sous le pont lorsque le moteur se remit à trépider. En retrouvant la lumière du jour, Pitt vit le yacht bleu approcher du *Dayan*, à moins de cent mètres. Il l'ignora, fit basculer le gouvernail à fond sur bâbord, puis s'avança vers le vitrage arrière en se demandant comment s'en sortait le lieutenant Lazlo.

74

Lazlo aidait Hammet à embarquer à bord du canot lorsque des rafales retentirent à courte distance. Des éclats de verre dégringolèrent sur le pont. L'Israélien leva les yeux et vit que les tirs se concentraient sur le vitrage de la passerelle. Il parvenait à peine à distinguer les mâts radio du yacht qui se glissait à tribord le long de la coque du tanker.

— Vite, embarquez ! lança-t-il d'un ton pressant aux marins.

Six hommes d'équipage étaient déjà à bord du canot couvert en fibre de verre, positionné à un angle abrupt juste au-dessus du bastingage de poupe, le nez pointé vers la surface. L'officier en second et un matelot aidèrent Hammet à s'y installer. Il tâtonna pour boucler son harnais de sécurité et ordonna à ses hommes d'en faire autant. Il leva la tête juste à temps pour voir que Lazlo se préparait à refermer l'écoutille de l'extérieur.

— Vous ne venez pas avec nous ? lui demanda-t-il, interloqué.

— Mon travail n'est pas encore terminé, lui répondit le lieutenant. Procédez tout de suite au lancement et mettez le cap sur la rive. Bonne chance.

Hammet voulut remercier l'officier israélien, mais celui-ci referma derrière lui et sauta sur le pont du tanker. En voyant tous les membres de son équipage installés sur leurs sièges, Hammet se tourna vers son second.

— C'est parti, Zev.

Le second tira un levier pour ouvrir le système d'attache extérieur. Le canot glissa sur sa rampe de largage, plongea dans l'eau douze mètres plus bas et son étrave s'enfonça loin sous la surface. L'embarcation avait à peine eu le temps de se redresser lorsque le yacht bleu apparut, tout proche. Des coups de feu retentirent aussitôt, mais cette fois, ils ne venaient pas du *Sultana*.

Caché à la poupe, Lazlo lâcha deux rafales rapides de son fusil d'assaut M-4. Le tir, qui visait deux hommes armés accroupis à la proue du yacht, tua net l'un d'eux, dont le corps inerte bascula par-dessus bord. Le second ne fut pas blessé et opéra une retraite rapide vers la cabine principale.

Sur la passerelle, Maria, furieuse, assista à l'incident. Elle consulta sa montre avant de se tourner vers le commandant.

— Nous avons encore du temps ! hurla-t-elle. Approchez-vous de l'échelle de coupée !

— Et leur canot de sauvetage ?

— Oubliez cela. Nous nous occuperons d'eux plus tard.

Le yacht bondit en avant et quitta le champ de vision de Lazlo lorsqu'il arriva au niveau de l'échelle. Maria ordonna à deux de ses janissaires de monter à bord du *Dayan*.

— Je vais embarquer moi aussi et sécuriser la passerelle, proposa l'Irakien Farzad en sortant un pistolet

Glock d'un holster d'épaule dissimulé sous son vêtement.

Il fit un pas vers la porte. Maria hocha la tête.

— Faites en sorte qu'il s'échoue sur la rive. Vite !

Lazlo venait de traverser le pont arrière. Il jeta un coup d'œil par-dessus le bastingage au moment où le yacht s'éloignait de l'échelle. Une volée de balles crépita, venant du *Sultana*, et le força à plonger au sol. Lorsqu'il leva les yeux, il étouffa un juron en voyant deux mercenaires escalader l'échelle et sauter sur le pont, puis se mettre à couvert derrière une cloison proche du château.

Toujours allongé, Lazlo roula contre le bastingage, puis rampa en arrière vers un grand dalot destiné à évacuer l'eau de mer du pont. Il se recroquevilla à l'intérieur, en se protégeant derrière un clapet qui en bouchait l'ouverture. Sa position défensive était loin d'être idéale, mais Lazlo était sûr de ne pas avoir été repéré. Peut-être aurait-il une chance de prendre les assaillants par surprise.

Son calcul était juste. Le lieutenant, bien entraîné, patienta pendant que les deux janissaires tentaient de rejoindre la poupe. Lorsqu'ils se retrouvèrent à découvert sur le pont, Lazlo leva son arme et tira.

Son tir était précis ; le premier janissaire reçut quatre balles dans la poitrine. Le second se laissa aussitôt tomber au sol et, avec une roulade, se cacha derrière un étançon métallique avant que l'Israélien puisse l'atteindre.

Les deux tireurs se trouvaient à présent bloqués sur leurs positions défensives. Ils échangèrent une longue salve, chacun espérant qu'une des balles suffirait à éliminer l'adversaire.

Sur la passerelle, Pitt essayait d'ignorer les tirs tout en maintenant le gouvernail à fond sur bâbord. Il gardait toutefois un œil prudent sur le *Sultana* pour ne pas perdre de vue ses manœuvres, et alors qu'il regardait à travers le vitrage arrière, il vit un troisième homme grimper le long de l'échelle derrière les mercenaires et disparaître vers le pont avant.

Tandis que la fusillade commençait plus bas, Pitt passa la pièce en revue à la recherche d'une arme de fortune. Il fouilla une caisse de matériel d'urgence installée au-dessus de la table des cartes. En se tournant vers la vitre latérale, il constata que le janissaire rescapé, toujours engagé dans son combat avec Lazlo, se trouvait juste en dessous de lui. Il se précipita vers la caisse et en sortit un gros extincteur. Il se pencha au-dehors, visa tant bien que mal et le laissa tomber.

Le lourd engin d'un rouge éclatant manqua la tête du janissaire de quelques centimètres et le frappa derrière l'épaule. L'homme eut le souffle coupé, plus par la surprise que par la douleur. Par pur réflexe, il se retourna et tendit le cou pour repérer l'origine de l'attaque.

Vingt mètres plus loin, Lazlo le mit en joue et appuya sur la détente. Il n'y eut aucune effusion de sang, aucun cri. Le mercenaire s'effondra en avant, laissant soudain un silence malsain planer sur le navire.

75

Farzad quitta l'escalier du château arrière pour pénétrer à pas prudents sur la passerelle. Celle-ci semblait déserte. Il vit la rive du quartier de Sultanahmet défiler en travers de la proue, et fit un pas vers la barre pour rectifier le cap. Alors qu'il cherchait les contrôles du gouvernail, puis avançait la main vers eux, il baissa son arme.

— Ce n'est pas le moment de jouer avec ça, menaça Pitt.

L'Américain émergea de sa position accroupie derrière une console près de la cloison bâbord. Il tenait à la main un pistolet lance-fusées en laiton trouvé dans le kit d'urgence.

Farzad reconnut Pitt. Sa surprise se changea en rage, puis en hilarité lorsqu'il aperçut le pistolet.

— J'attendais avec impatience l'occasion de vous revoir, dit-il.

Farzad s'apprêtait à lever son arme, mais Pitt pressa la détente de son pistolet de détresse. La fusée éclairante illumina la salle et frappa Farzad à la poitrine dans un nuage d'étincelles. Ses vêtements prirent feu alors que la charge tombait sur le sol avant de tournoyer dans un coin comme un petit rongeur affolé ravagé par les flammes.

Une seconde plus tard, elle s'alluma et envoya une pluie de flammes et de fumée à travers toute la passerelle.

Pitt avait déjà plongé au sol et s'était couvert la tête. Farzad se montra moins réactif ; lorsque la charge envoya une seconde vague de flammes dans sa direction, il tapait de ses mains ses vêtements carbonisés. Il fut aussitôt enveloppé d'une nuée de fumée et d'étincelles avant de pouvoir s'éloigner en toussant, au bord de l'asphyxie. Pitt se releva et s'élança pour le neutraliser avant qu'il ait le réflexe de tirer. Mais Farzad, toujours conscient de sa présence, tourna le Glock dans sa direction.

Une forte détonation résonna soudain, mais Pitt savait que Farzad n'avait pas appuyé sur la détente. Le corps du tueur fut propulsé vers la barre, puis glissa au sol en laissant une traînée de sang sur la console.

Lazlo entra, le canon fumant de son arme braqué sur le corps inerte et couvert de cendres de Farzad.

— Ça va ? demanda le lieutenant en jetant un regard de côté vers Pitt.

— Oui, j'ai bien aimé le feu d'artifice, répondit Pitt, pris d'une quinte de toux provoquée par la fumée en suspension. Merci pour cette intervention à point nommé.

Lazlo lui tendit l'extincteur à la peinture quelque peu écaillée qu'il tenait sous un bras.

— J'ai pensé que vous aimeriez récupérer ceci. J'ai apprécié votre soutien aérien.

— Vous venez de me rendre la pareille, dit Pitt en utilisant l'engin pour éteindre les départs de feu que la fusée avait déclenchés dans la pièce.

— Je n'avais pas vu embarquer celui-ci, observa Lazlo en s'assurant que Farzad était bien mort.

— Il a grimpé à bord peu après les deux autres.

— J'imagine qu'ils vont retenter leur chance.

— Nous n'avons plus beaucoup de temps, répondit Pitt, mais peut-être pourriez-vous remonter cette échelle de coupée ?

— Bonne idée. Quoi d'autre ?

— Je crois que ça va se jouer de justesse. Vous savez sans doute nager ?

Lazlo roula des yeux, puis hocha la tête.

— Retrouvez-moi en bas, dit-il en se précipitant dans l'escalier.

Lorsque Pitt se mit à la barre pour évaluer la position du navire, la fumée se dissipait déjà par les vitres brisées de la passerelle. Le *Dayan* avait effectué plus de la moitié de son demi-tour, et sa proue s'approchait avec lenteur de la travée sud du pont de Galata. Pitt tourna la barre pour que le tanker s'approche de la rive en terminant son virage, puis fit monter le régime. Les trépidations et les bégaiements du moteur reprirent de façon encore plus inquiétante, et Pitt dut se démener pour obtenir un minimum de vitesse des machines défaillantes.

Il scruta les eaux près de la rive à la recherche du *Bullet*, mais en vain. À la suite de son précédent appel radio, Al Giordino s'était élancé à pleine vitesse vers la grande barge et était déjà passé sous le pont. Comme s'il savait à cet instant précis que Pitt était à sa recherche, il lança un appel radio au tanker.

— Ici le *Bullet*. J'ai passé le pont et j'arrive près de la barge de dragage verte. Que veux-tu que je fasse ?

Pitt fit part de son plan à Giordino, qui émit un sifflement grave.

— J’espère que tu as pris un bon petit déjeuner pour te donner du cœur au ventre, commenta-t-il. Nous avons combien de temps ?

— À peu près six minutes, répondit Pitt après avoir regardé l’heure à sa montre. Il nous en faut trois pour être à pied d’œuvre.

— Merci de me refiler le baril de poudre ! Ne tarde pas ! lança son ami avant de couper la communication.

Le tanker venait de terminer son demi-tour et la travée sud du pont de Galata apparaissait déjà à moins d’un quart de mille. Pitt aurait voulu avancer plus vite, car les secondes s’écoulaient, implacables, et la distance tardait à se réduire. Le timing était serré, il en était conscient, mais il n’y pouvait plus grand-chose à présent.

C’est alors que le silence tomba sur les entrailles du navire. Sous les pieds de Pitt, les grondements et les tremblements cessèrent d’un seul coup tandis que la console de navigation s’éclairait comme un sapin de Noël. Le moteur du *Dayan* n’était plus alimenté, et venait de rendre son dernier souffle.

76

Le *Sultana* suivait le sillage du *Dayan* à quelques dizaines de mètres de son flanc tribord. Maria observait le tanker aux jumelles. Elle constata avec déception que le navire avait continué à virer en s'écartant de la rive et s'apprêtait à repasser sous le pont de Galata. En scrutant la passerelle du bâtiment, elle aperçut Pitt à la barre.

— Ils ont échoué, dit-elle, la voix rauque de colère. Faites tout de suite embarquer mes derniers hommes sur le *Dayan*.

Le commandant la regarda d'un air nerveux.

— Nous ne devrions pas plutôt nous éloigner ?

Maria s'approcha de lui pour que personne d'autre ne puisse l'entendre.

— Nous partirons dès qu'ils seront montés à bord, murmura-t-elle d'un ton glacial.

Ses trois derniers janissaires s'assemblèrent sur le pont tandis que le yacht s'élançait pour s'aligner sur la coque du *Dayan*. Alors que le *Sultana* s'approchait de l'échelle de coupée, celle-ci remonta soudain hors de l'eau. À son sommet, Lazlo contrôlait la remontée.

— Abattez-le ! cria Maria.

Les mercenaires éberlués braquèrent leurs armes sur Lazlo et firent feu. Le lieutenant israélien, qui observait les réactions des hommes de Maria, se retourna pour s'écarter du bastingage. Il s'attarda toutefois un instant près des commandes pour s'assurer que l'échelle reste hors de portée des assaillants. Son hésitation lui coûta cher, car l'un des tireurs lui envoya une balle dans l'épaule.

Il perdit aussitôt l'équilibre et tomba en avant sur les commandes avant de se laisser glisser sur le pont. Son bras gauche était engourdi et une douleur aiguë lui déchirait l'épaule, mais ses sens semblaient intacts. Soudain, il entendit un retentissant fracas venant de sous le pont. Tenant son arme d'une main, il rampa jusqu'au bastingage, puis se leva et jeta un rapide coup d'œil par-dessus bord.

À sa grande déception, il constata que le bas de l'échelle de coupée pendait toujours du tanker, positionné juste au-dessus du yacht. Il regarda de plus près et comprit qu'elle s'était en réalité plantée dans le navire lui-même. En tombant sur les commandes, il avait sans s'en rendre compte relâché le câble de remontée. La lourde structure métallique avait plongé vers le bas comme une flèche, mais au lieu de s'abattre à la surface, elle s'était effondrée sur le pont de proue surélevé en s'enfonçant de plus d'un mètre.

En dépit des dégâts et de l'angle malcommode, deux des janissaires avaient déjà bondi sur la rampe et tentaient de grimper au sommet. Lazlo leva son arme et tira une longue rafale qui fit basculer les deux hommes à la mer.

Pris de vertige en raison de l'hémorragie, il se recroquevilla sur le pont et fouilla son équipement de combat à la recherche de sa trousse de secours. Réprimant une puissante envie de s'étendre et de se laisser envahir par le sommeil, il se dit qu'il devait juste tenir le yacht à l'écart quelques minutes de plus. Il leva les yeux vers la passerelle et se demanda de combien de temps Pitt pouvait avoir besoin.

*

Désormais, le temps jouait contre Pitt. La dernière fois qu'il avait consulté sa montre, il lui restait moins de six minutes avant l'explosion. Il s'efforça de ne plus y penser. Il lui fallait guider le *Dayan* sur une courte distance au-delà du pont.

Depuis la panne sèche, le tanker n'était propulsé que par son propre élan. Des générateurs auxiliaires permettaient d'actionner le gouvernail, mais l'énorme hélice avait cessé de tourner. Le paisible courant de la Corne d'Or poussait à la poupe, avec une force que Pitt espérait suffisante pour conserver un peu de vitesse pendant les dernières minutes. Avec un peu plus de temps, il aurait pu ramener le *Dayan* vers la mer de Marmara. Mais le temps manquait, tout comme le carburant.

Avec une lenteur désespérante, la travée sud du pont de Galata grossissait à travers la vitre de la passerelle, et Pitt fut soulagé de constater que le *Dayan* glissait encore à sept nœuds. Des tirs sporadiques attirèrent son attention et il risqua un regard furtif à l'extérieur du vitrage brisé. Le yacht était si près de la coque du tanker qu'il n'en distinguait qu'une petite partie. Il repéra Lazlo, étendu près du sommet de l'échelle de coupée, et se dit que le navire était encore en sécurité pour l'instant.

Le dessous de la structure du pont apparut alors, plongeant un moment la passerelle dans l'ombre. Pitt prit la barre et actionna d'une main nerveuse les contrôles du gouvernail. Ensuite, ce serait à Al Giordino de jouer.

— J'espère que tu pourras remplir ta part du contrat, mon ami, murmura-t-il pendant que l'ombre jetée par le pont de Galata disparaissait derrière le *Dayan*.

77

L'*Ibn Battula* était la plus grosse barge qu'Al Giordino ait jamais vue de toute sa vie. Propriété de la compagnie belge Jan De Nul, qui en assurait l'exploitation et la gestion, c'était l'une des rares dragues coupeuses et à succion autopropulsées au monde. Les dragues à succion ordinaires débarrassaient les fonds aquatiques de la boue, de la vase et des sédiments en les aspirant à l'aide d'un long tube traînant, tandis que la drague coupeuse bénéficiait d'un dispositif de creusement. Dans le cas de l'*Ibn Battula*, cette « tête coupeuse » était une boule de deux mètres de diamètre autour de laquelle étaient montées des dents en carbure de tungstène, capables de s'attaquer à des roches solides, et qui pivotaient dans le sens inverse de celui de la boule. La tête, fixée à une bôme montée sur la drague, pouvait être abaissée jusqu'au fond de l'eau ; son apparence évoquait la gueule ouverte d'un requin mégalodon prêt à mordre sa proie.

L'*Ibn Battula* opérait à une cinquantaine de mètres de la rive. Il était maintenu en place par deux énormes piliers de soutien verticaux, ou « sarcloirs », qui traversaient la coque à l'avant du bâtiment. Celui-ci était perpendiculaire au rivage et sa poupe faisait face au chenal, ce qui convenait à merveille au plan de Pitt.

Giordino, qui s'approchait de la drague par la poupe, repéra une lourde chaîne qui pendait du côté tribord. Il se glissa sur son flanc et coupa les moteurs. Il grimpa hors de l'habitacle, agrippa la chaîne et l'amarra au *Bullet* pour l'empêcher de dériver, puis se souleva en se tenant aux maillons avant d'attraper le bastingage et de se hisser sur le pont.

L'*Ibn Battula* devait son nom à celui d'un explorateur marocain du quatorzième siècle. De par ses dimensions, il représentait un danger potentiel sur le chenal, aussi était-il illuminé par des dizaines de projecteurs. Giordino parcourut du regard toute la surface du pont ; il était désert, et les marins dormaient sans doute encore dans leurs cabines. Seul un matelot était de quart sur la passerelle, et il ne s'était aperçu ni de sa manœuvre ni de sa présence à bord.

Giordino se faufila vers l'arrière à la recherche des instruments de contrôle de la drague, et pria pour qu'elles ne se trouvent pas sur la passerelle. Au milieu du pont arrière, devant une grosse structure en trapèze et plus loin que le dispositif de tête coupeuse, il remarqua une sorte de petite cabine surélevée dotée de larges vitres, à laquelle il accéda en montant quelques marches. Il entra et s'installa sur le siège de l'opérateur, face à la poupe. Il constata avec plaisir que le mécanisme de dragage pouvait être contrôlé par une seule personne, mais sa joie fit long feu quand il vit que les instructions du tableau de contrôle étaient toutes rédigées en néerlandais.

— Au moins, ce n'est pas du turc, murmura-t-il en observant le tableau.

Il trouva un interrupteur marqué *« Dynamo »* et le poussa en position *« Macht »*. Un grondement grave secoua le pont lorsque le pesant mécanisme se mit en branle. Sur la passerelle, le marin de quart, alerté par le bruit, se précipita vers la vitre et ne tarda pas à distinguer la silhouette de Giordino à l'intérieur de la cabine. Sa voix anxieuse résonna aussitôt dans le haut-parleur de l'émetteur-récepteur fixé sur une cloison de la cabine. Giordino se contenta d'étendre le bras et d'éteindre l'appareil, puis il jeta un coup d'œil sur sa gauche.

La haute proue du tanker émergeait du pont de Galata, à peine cent mètres plus loin. Al renonça à déchiffrer les instructions en néerlandais et, frénétique, actionna tour à tour tous les interrupteurs et boutons. Il entendit devant lui comme un bruit de meule, et leva les yeux pour voir avec satisfaction les dents de la tête coupeuse tournoyer dans un sifflement menaçant. La bôme de soutien s'étendit à l'horizontale au-delà de la poupe, en maintenant la tête coupeuse six ou sept mètres au-dessus de la surface de l'eau. Beaucoup trop haut pour l'usage que Pitt comptait en faire…

— *Wat doe jij hier?* grogna soudain une voix grave près de Giordino.

Al Giordino se retourna et se trouva face à un homme courtaud aux cheveux ébouriffés qui venait d'entrer dans la petite cabine. L'ingénieur de pompage de l'*Ibn Battula*, qui portait encore son pyjama sous son pardessus défraîchi, fit un pas en avant et le saisit par l'épaule. Al leva la main et pointa un doigt vers la vitre.

— Regardez !

L'ingénieur jeta un coup d'œil sur le côté et se figea en voyant le *Dayan* approcher, menaçant, de la drague. Il se tourna vers Al et voulut dire quelque chose, mais il fut cueilli par un puissant crochet du droit. Le poing de l'Américain le frappa à la pointe du menton. Al le prit entre ses bras et le déposa avec douceur sur le sol.

— Désolé, mon ami, mais je n'avais pas le temps de plaisanter, dit-il à l'ingénieur inconscient avant de s'installer à nouveau devant la console.

Tandis qu'il examinait le tableau de commandes, il sentit peu à peu l'ombre du haut tanker recouvrir la cabine. Il remarqua à côté de lui un petit levier. Il étendit la main et le poussa vers le bas. À son grand soulagement, l'extrémité de la bôme plongea vers le bas. Il maintint le levier dans la même position jusqu'à ce que la tête coupeuse soit presque immergée et que les dents rotatives forment une écume mousseuse à la surface de l'eau.

Al lâcha alors le levier et leva les yeux vers le chenal. La proue du *Dayan* était à présent à moins de sept mètres. Envahi par un sentiment d'impuissance, il se leva pour voir le navire approcher, sachant que la suite des événements était désormais hors de son contrôle.

78

C'était un coup de poker désespéré, Pitt en était conscient, mais aucune autre option ne s'offrait à lui. Il n'avait pas le temps de mener le navire en haute mer, et avec le moteur en panne, il ne lui restait aucune chance de fuir les rives surpeuplées d'Istanbul. Même si le tanker explosait en plein milieu de la Corne d'Or, des milliers d'innocents seraient sacrifiés. Son seul espoir était d'essayer d'immerger au moins une partie des explosifs pour en atténuer l'impact destructeur.

Et c'est là qu'intervenait l'*Ibn Battula*. La drague, grâce à sa mâchoire rotative, était capable, tel un ouvre-boîtes, de découper la coque du tanker. Mais pour que le plan de Pitt réussisse, il fallait qu'il positionne le *Dayan* avec précision. Trop proche, il arracherait la bôme de l'arrière de la drague. Trop éloigné, il n'atteindrait même pas la tête coupeuse.

Le *Dayan* glissait sous le pont de Galata. Le regard de Pitt se porta au-delà de la proue vers l'*Ibn Battula*. La tête était encore suspendue au-dessus de l'eau, mais il distinguait les mouvements des dents et savait que Giordino était au travail. Il modifia à peine le cap, puis alla jusqu'à la vitre tribord et passa la tête par l'ouverture. Le tanker naviguait haut sur l'eau, et Pitt éprouvait des difficultés à voir les panneaux de coque jusqu'à la surface, ce qui rendait l'alignement du navire encore plus ardu. Il tenta d'oublier qu'il avait une chance, et une seule, de réussir.

En s'approchant de la drague, Pitt vit avec soulagement la bôme de poupe s'abaisser pour immerger la tête. Quelques secondes plus tard, il aperçut Al Giordino près du bastingage. Son ami lui faisait signe de se positionner plus près. Il revint à la barre, qu'il tourna de quelques degrés à tribord, puis attendit que la proue réagisse. Lorsque le *Dayan* avança encore un peu plus, Al leva les bras pour lui indiquer de maintenir sa position.

Pitt quitta la barre et revint vers la vitre latérale pour observer l'impact. Derrière lui, il entendit soudain le rugissement d'un moteur à haut régime, ponctué par les hurlements d'une voix féminine. Il jeta un coup d'œil vers le pont et vit Lazlo étendu en haut de l'escalier. Il remarqua une petite mare de sang près de la poitrine du lieutenant israélien. Il constata que le yacht avançait en parallèle de façon désordonnée, par à-coups, au point de heurter la coque du *Dayan*.

Pitt s'interrogea un instant sur la raison de la présence du *Sultana*, mais cela ne valait plus guère la peine de s'en soucier, songea-t-il. Il se retourna pour faire face à la drague. C'était l'instant de vérité.

*

— Dégagez-nous de là ! hurla Maria pour la troisième fois au moins.

En proie à la panique, alors qu'elle semblait si sûre d'elle-même à l'accoutumée, Maria ne cessait de consulter sa montre. Il ne restait que quelques minutes.

La sueur ruisselait sur le front du commandant qui tournait la barre en tous sens pour essayer de libérer son bâtiment de l'échelle de coupée. Il avait attendu le passage sous le pont de Galata pour faire passer les moteurs en marche arrière et contrer l'élan du tanker. Mais la rampe restait enfoncée dans le pont du *Sultana* comme un hameçon dans la gueule d'un marlin affamé.

Les moteurs hurlèrent lorsque le commandant mit en arrière toute pour essayer une fois de plus de se dégager. Ce qu'il ignorait, c'est que l'axe et les roues du bas de l'échelle s'étaient emmêlés avec la chaîne de mouillage dans le logement d'ancre du yacht et étaient à présent liés de façon inextricable par les brusques mouvements du navire.

L'échelle de coupée n'était plus qu'un enchevêtrement d'acier difforme, mais la structure refusait de céder. Alors que ses hélices provoquaient un bouillonnement insensé à sa poupe, le yacht était entraîné à la suite du *Dayan* comme un chiot au bout d'une laisse. Le commandant porta son regard sur la barge et attendit que le *Dayan* s'en détourne. Au fur et à mesure qu'ils approchaient, il finit par comprendre, consterné, que le tanker ne changerait pas de cap.

En désespoir de cause, il fit basculer le *Sultana* sur le flanc, frappant sans cesse la coque du *Dayan* avant de tenter de s'en écarter à nouveau. Mais la plate-forme rebelle tenait bon. La proue du navire israélien était à présent à la hauteur de la drague, mais il aperçut entre les deux un espace étroit, qui n'était occupé que par une bôme suspendue bas sur l'eau.

Il hocha la tête à l'adresse de Maria, qui gardait les yeux rivés sur lui.

— Cette bôme nous permettra de nous dégager, lui annonça-t-il. Nous allons vite pouvoir nous libérer.

79

L'alignement n'était pas d'une précision parfaite, mais il s'en fallait de peu.

La proue du *Dayan* frôla la tête coupeuse un instant avant que les dents rotatives entrent en contact avec la coque dans un hurlement déchirant, en partie étouffé par l'eau, et s'attaquent à ses plaques d'acier. Sur une longueur d'un mètre, elles se contentèrent de creuser une profonde entaille dans le flanc du tanker. Alors, ses mâchoires tournant à l'infini tombèrent sur une soudure entre deux panneaux et découpèrent un vide béant.

Une fois la brèche ouverte, le sort en était jeté. La tête rotative dévora la coque, nourrie par l'élan du bâtiment de huit mille tonneaux. Les dents de tungstène mâchaient l'acier et déchiquetaient les réservoirs habitués à recevoir de l'eau douce, mais qui se remplissaient à présent des flots d'un vert trouble du Bosphore.

Depuis son perchoir à la passerelle, Pitt voyait l'eau tourbillonner au fond de la cale avant à tribord. Il espérait qu'elle allait se déverser ensuite à bâbord pour réduire de façon uniforme l'impact des charges explosives, mais cette fois encore, le temps ne jouait pas en sa faveur.

En observant le pont de l'*Ibn Battula*, il vit qu'Al Giordino regagnait déjà le submersible de la NUMA. Il avait été remplacé au bastingage arrière de la drague par une poignée de membres de l'équipage, réveillés par le vacarme et stupéfaits à la vue du carnage que leur bâtiment infligeait, à quelques mètres d'eux, à l'énorme tanker.

La tête coupeuse attaquait la coque vers l'arrière, en contrebas de l'endroit où se trouvait Pitt, qui fit virer le gouvernail de quinze degrés à bâbord. Ralenti par l'eau qui s'engouffrait à l'intérieur, le *Dayan* pourrait peut-être encore franchir un demi-mille avant l'explosion, estima-t-il, et il voulait s'assurer qu'il garde le cap vers le milieu du chenal. La monstrueuse mâchoire se frayait toujours un chemin à travers la coque dans un gémissement métallique lorsque Pitt abandonna la passerelle et dévala l'escalier pour venir au secours de Lazlo et quitter le navire au plus vite.

Il ne se soucia plus de ce qui allait advenir du yacht. À bord de celui-ci, Maria hurlait sans cesse aux oreilles du commandant, qui gardait le bateau contre la coque du tanker en espérant éviter une collision directe avec l'*Ibn Battula*. L'officier remarqua très vite que le *Dayan* s'inclinait un peu en virant sur bâbord, lui laissant un mince espoir de s'échapper. Le virage permit au *Sultana* de passer hors de portée de la bôme au moment où la tête coupeuse se dégageait du *Dayan*. Mais il ne lui restait aucun espace pour échapper à la tête elle-même.

La boule et les dents de tungstène atteignirent la proue du *Sultana* et frappèrent la coque à tribord. Toujours tiré par le *Dayan* comme une poupée de chiffon, le *Sultana* se trouva hissé au niveau du sommet de la tête, qui déchira sans effort une entaille de deux mètres dans le dessous de coque en fibre de verre avant de décapiter les deux hélices qui tournaient à pleine vitesse. Les moteurs émirent un bruit sourd et retombèrent dans le silence alors que l'eau envahissait la salle des machines. Le *Sultana* commença à s'enfoncer par la poupe.

En état de choc, le commandant demeura figé, les mains toujours agrippées à la barre, mais Maria ne se sentit pas le moins du monde paralysée par les événements. Elle sortit un pistolet Beretta de son sac à main, s'approcha de l'officier, pressa le canon contre son oreille et appuya sur la détente.

Sans même attendre que le corps du commandant se soit affaissé sur le sol, elle se précipita sur le pont du *Sultana* pour le dégager une bonne fois pour toutes du *Dayan*.

80

Lorsque Pitt atteignit le pont principal, le *Dayan* commençait à gîter de façon sensible. La tête coupeuse avait déchiré une balafre de près de soixante mètres sur la longueur de la coque, déchiquetant sur son passage tous les réservoirs de stockage à tribord. Un équipage entier armé de pompes n'aurait pas eu la moindre chance de venir à bout de l'inondation. C'était bien l'effet que Pitt avait escompté, mais à présent, il lui fallait trouver le moyen de s'échapper avec Lazlo.

Alors que le tanker gîtait de plus en plus à tribord, Pitt réfléchit aux deux options possibles : descendre le long de l'échelle ou, si nécessaire, sauter par-dessus bord. Lorsqu'il s'approcha de l'Israélien, il remarqua avec surprise que le *Sultana* était encore accroché au flanc du tanker. Depuis sa position sur le pont, il voyait avec netteté le yacht et son pont empalé par la coupée. Plus intéressant, il aperçut aussi Maria, debout à la proue, un pistolet à la main. Elle tira plusieurs coups de feu sur l'enchevêtrement d'acier qui maintenait encore l'échelle assemblée, puis elle repéra Pitt à courte distance au-dessus d'elle.

— Allez rôtir en enfer avec votre navire ! hurla-t-elle.

Elle visa Pitt et appuya sur la détente.

L'Américain fut à peine plus rapide qu'elle. Il plongea sur le pont près de Lazlo tandis que la balle sifflait au-dessus de sa tête.

— Allez, lieutenant, il faut trouver le moyen de s'en sortir, dit-il à l'officier israélien.

Lazlo se tourna vers lui avec difficulté et le dévisagea d'un regard vitreux, les paupières à peine ouvertes. Pitt comprit la gravité de sa blessure en voyant l'épaule ensanglantée que Lazlo avait réussi à recouvrir d'un bandage. Chaque seconde comptait, désormais ; Pitt étendit le bras et agrippa Lazlo par le dos du col.

— Tenez bon, mon ami.

Ignorant Maria, il s'accroupit, puis poussa des jambes pour reculer le long du pont en tirant Lazlo. Maria lâcha sur eux plusieurs salves qui les frôlèrent sans les atteindre, et ils parvinrent à se mettre à couvert. Lazlo retrouvait un peu de ses forces, et Pitt l'aida à se relever. Le blouson du lieutenant était rouge et trempé, et une traînée de sang marquait son passage sur le pont.

Le tanker tangua soudain sous leurs pieds et gîta de presque trente degrés sur tribord. Pitt comprit que le danger le plus pressant ne venait plus des explosifs.

— Pourrez-vous monter les marches avec moi ? demanda-t-il à Lazlo.

En homme endurci par le combat, le lieutenant hocha la tête et, un bras autour des épaules de Pitt, il gravit à pas vacillants les marches qui menaient au pont arrière.

Derrière eux, Maria tirait toujours, mais elle avait repris pour cible le nœud d'acier que formait l'échelle de coupée. Plusieurs tirs bien ajustés sur l'articulation de la rampe avaient fini par affaiblir le métal, déjà tordu par le poids du tanker en train de sombrer. Elle cogna la rampe à coups de pied et l'assemblage finit par céder, libérant le haut de la coupée qui alla se rabattre avec fracas contre le *Dayan*.

Enfin libre, Maria eut un sourire méprisant en contemplant le tanker depuis la proue du *Sultana*, qui s'enfonçait peu à peu. Le bâtiment israélien allait dériver plus loin, et elle aurait peut-être le temps de se réfugier sur la passerelle pour se mettre à l'abri avant l'explosion. Et au moins, songea-t-elle, Pitt et Lazlo mourraient avec leur navire.

Elle aurait pu avoir raison sur ce point, mais le *Dayan* avait encore un sérieux compte à régler avec Maria Celik.

81

Depuis le vingtième étage de sa tour de bureaux construite sur la rive orientale du Bosphore, Ozden Celik assistait aux événements avec une appréhension et un effroi croissants. Lorsque le tanker s'était approché d'Istanbul à la faible lueur de l'aube, il était à peine parvenu à distinguer son ombre. Le ciel, qui s'était ensuite éclairci en révélant des nuances grises, lui avait alors offert une vue panoramique et les minarets de la mosquée Süleymaniye lui étaient enfin apparus avec une parfaite netteté de l'autre côté du détroit.

À l'aide de jumelles à fort grossissement montées sur un trépied, il avait commencé à observer le *Dayan* juste au moment où le canot de sauvetage avait été lancé à l'eau. Consterné, il vit le bâtiment israélien passer sous le pont de Galata pendant que le *Sultana* s'alignait sur lui et que des tirs étaient échangés. Celik sentit son cœur battre à tout rompre quand il vit le *Dayan* opérer un large virage et réapparaître de l'autre côté du pont.

— Non, non, c'est vers le rivage que tu dois aller! s'écria-t-il à haute voix.

Sa frustration monta d'un cran lorsque ses appels à Maria restèrent sans réponse. Quand le tanker opéra son virage, son imposante superstructure fit disparaître le yacht de son champ de vision. Celik retint son souffle dans l'espoir qu'il puisse virer de bord et remonter la Corne d'Or pour fuir l'explosion imminente. Mais ses yeux s'agrandirent d'épouvante lorsque le *Dayan* passa tout près de la drague avant de tourner vers le chenal. Le *Sultana* semblait toujours collé à son flanc.

Il régla les jumelles et put voir Maria, à la proue, tirer vers le tanker, puis vers l'escalier métallique. Il ne put s'empêcher de remarquer que le tanker gîtait juste au-dessus d'elle.

— Pars ! Pars vite de là ! hurla-t-il à sa sœur à deux milles nautiques de distance.

Les oculaires de ses jumelles s'enfoncèrent dans ses orbites tandis qu'il contemplait la scène avec horreur. Maria avait au moins réussi à dégager le *Sultana* de l'échelle de coupée, mais le yacht semblait faire du surplace. Celik ne pouvait savoir que, privé de ses hélices et éventré, il était en train de sombrer, et il était incapable de comprendre pourquoi il s'attardait si près du tanker en proie à une forte gîte.

Depuis sa position de l'autre côté du détroit, Celik ne pouvait entendre la symphonie de grondements et de craquements qui émanait des entrailles du tanker perdant son centre de gravité. L'inondation massive sur toute la longueur du navire augmentait encore sa gîte à tribord, au point que le pont sembla s'élever comme la pente d'une montagne. Un fracas tonitruant résonna dans tous les coins du bâtiment alors que la vaisselle, le mobilier et le matériel volaient et allaient se cogner contre les cloisons à tribord.

Du même côté, le bastingage s'abaissa jusqu'au niveau de la surface ; le tanker s'affaissa sur le flanc et maintint son improbable position pendant un moment. Il aurait pu se briser ou sombrer, mais au lieu de cela, il tint bon et reprit sa rotation mortelle.

Toujours à la proue du *Sultana*, Maria sentit passer sur elle l'ombre du tanker au moment où il allait chavirer. À la dérive à quelques mètres du *Dayan*, le yacht ne pouvait échapper ni à sa masse ni à ses coups de boutoir destructeurs.

Elle regarda vers le haut et leva un bras, comme pour empêcher le coup fatal venu du navire à la renverse. Elle fut aplatie comme un insecte. Le *Dayan* revint heurter la surface de l'eau, entraînant le *Sultana* avec lui et soulevant une vague de trois mètres qui partit s'écraser vers la rive en bousculant l'*Ibn Battula* comme un simple canot de plaisance. La coque sombre du tanker, incrustée de coquillages, parut emplir l'horizon pendant que son immense hélice de bronze se balançait dans le vide. Le vacarme étouffé des cloisons écrasées se mêla au grondement de l'eau qui se déversait dans la coque.

En voyant sa sœur mourir sous le poids du navire chaviré, Celik agrippa les jumelles de ses mains tremblantes. Pétrifié, il contempla le désastre sans ciller, puis se laissa d'un seul coup submerger par l'émotion. Il lança le trépied à travers la pièce en poussant un gémissement, tomba à genoux sur le tapis, se couvrit les yeux et se mit à sangloter sans plus pouvoir s'arrêter.

82

Ozden Celik n'était pas le seul à contempler la scène avec un sentiment horrifié. Al Giordino regagnait le *Bullet* lorsqu'il entendit un énorme fracas derrière lui. En se retournant, il vit le *Dayan* chevaucher le yacht. Il se dépêcha de refermer l'écoutille arrière au moment où la vague due au choc s'écrasait sur l'*Ibn Battula*, soulevait le submersible et l'emportait loin de la drague.

Al fit démarrer les deux moteurs diesel et s'approcha du tanker. Il était ravagé d'inquiétude au sujet de Pitt qui, quelques minutes plus tôt, lui adressait encore des signes depuis la passerelle du *Dayan*. Celle-ci était à présent immergée, et Al ne voyait plus que le ventre froid et sans vie du bâtiment israélien.

Sans se soucier de l'explosion imminente, il accéléra vers la partie du navire la plus proche. Il fut surpris de constater que peu de débris s'étaient répandus à la surface lorsque le navire avait chaviré, et il put le longer à bonne vitesse afin de fouiller le chenal. Pitt nageait comme un dauphin, et s'il avait survécu, peut-être avait-il pu s'éloigner à la nage.

Lorsqu'il arriva près de la proue immergée, Al Giordino fit demi-tour et revint au plus près de la coque, sans se préoccuper du fait qu'il lui restait moins de deux minutes avant la déflagration. Devant lui, le détroit semblait vide. Il dépassa le milieu du navire pour arriver vers la poupe. Le cœur lourd, il dut envisager la possibilité que son vieil ami et le lieutenant n'aient pas survécu au naufrage.

Il s'apprêtait à monter en régime et à s'éloigner lorsqu'il aperçut deux cordages étendus par-dessus le corps du bâtiment. Ce qui lui parut surprenant, c'est qu'elles semblaient venir du bastingage bâbord immergé et redescendre, après avoir recouvert la coque et la quille, près de l'hélice. Une lueur d'espoir dans le regard, Giordino accéléra et contourna la large poupe qui s'élevait à présent très haut au-dessus de l'eau.

Lorsqu'il atteignit le flanc opposé, les cordages pendaient de la quille, mais il ne vit rien sur la coque. Soudain, à une cinquantaine de mètres, il repéra deux formes. Il vira aussitôt, s'approcha et constata avec joie et soulagement que c'était Pitt qui s'éloignait du tanker en remorquant le lieutenant Lazlo, sans doute blessé.

Al vint au plus près, puis fit tourner avec habileté les moteurs en marche arrière pour se stabiliser près des deux rescapés. Pitt hissa Lazlo sur le rebord de pont, puis se tourna vers Al Giordino qui se préparait à ouvrir l'écoutille.

— Pas le temps ! lui cria-t-il. Il faut filer d'ici !

Giordino hocha la tête et attendit que Pitt ait grimpé à bord et passé un bras autour des épaules de Lazlo avant d'accélérer. Les deux hommes furent secoués et éclaboussés sans pitié lorsque le *Bullet* s'élança sur les eaux du port. Al vira en direction du pont de Galata, qui lui semblait être la solution de repli la plus proche.

Le *Bullet* n'était plus qu'à une centaine de mètres du pont quand une forte détonation assourdie retentit à travers le chenal. Une partie des charges explosives avait sombré jusqu'au fond lorsque le *Dayan* avait chaviré, mais presque la moitié du gazole à l'ammonitrate et la plus grande partie du HMX étaient restées dans les deux réservoirs de stockage à l'avant. Le navire coulant à présent par la proue, ils étaient presque en totalité immergés, et la force de l'explosion en fut affaiblie de façon sensible.

D'autres détonations se succédèrent en une série rapide au fur et à mesure que les capsules de retardement étaient mises à feu, puis une formidable explosion déchira la coque du *Dayan*. La commotion se réverbéra à travers toutes les collines et les rues d'Istanbul. Un geyser blanc jaillit du bas de la coque du tanker, emportant avec lui jusqu'à trente mètres de haut des débris et des morceaux d'acier déchiquetés qui retombèrent un quart de mille plus loin, comme une pluie mortelle venue des cieux.

Pourtant, le résultat se révéla moins dramatique que prévu. En raison de l'angle auquel sombrait le navire en perdition, le souffle se concentra devant lui, en direction du Bosphore. Grâce à l'ajustement de cap opéré par Pitt à la dernière minute, le point d'impact s'était éloigné de la rive pour se détourner vers une étendue d'eau déserte.

Tandis que l'acier et les débris redescendaient en provoquant d'impressionnants remous dans la baie, le *Dayan* émit un puissant craquement et sa coque céda. La proue déjà fragilisée se détacha et sombra aussitôt, et ce qui restait du corps du navire s'attarda un moment à la surface avant de s'enfoncer peu à peu.

À l'arrêt sous une travée du pont de Galata, Al Giordino sortit de l'habitacle du *Bullet* pour rejoindre ses passagers.

— Merci de nous avoir pris en stop, lança Pitt tout en continuant à s'occuper de Lazlo.

— On peut dire que vous avez eu chaud, répondit Al.

— Nous avons surtout eu de la chance. Maria Celik nous a pris comme cibles sur le bastingage bâbord, et nous sommes remontés sur le pont arrière. Et là, grâce à deux cordages qui avaient été affalés à bâbord, nous avons pu descendre pendant que le *Dayan* faisait la tortue. Nous sommes parvenus jusqu'à la quille, et nous nous sommes laissés glisser de l'autre côté pour éviter le *Sultana*.

— Vous n'aviez pas à vous inquiéter de ce côté-là, dit Al en souriant. Il a été aplati comme une crêpe.

— Des survivants ?

Al secoua la tête.

— Lazlo a besoin de soins médicaux, dit Pitt. Nous ferions mieux de le conduire à terre.

Les deux hommes aidèrent le lieutenant israélien à gagner l'intérieur du *Bullet* et mirent le cap vers la rive sud.

— Une sacrée explosion, commenta Giordino, mais cela aurait pu être bien pire.

Pitt se contenta de hocher la tête en regardant au-dehors par la vitre du cockpit.

Plus loin, les restes du massif tanker israélien s'élevèrent, poupe vers le ciel. Le navire demeura à la verticale, dans une position presque provocante, avant de plonger soudain avec lourdeur sous les vagues, emportant avec lui les rêves malsains d'une restauration de la dynastie ottomane.

83

Si l'explosion du tanker secoua Istanbul, ses conséquences furent plus d'ordre politique que matériel ou humain. Après la disparition du canot de la police et celle du patrouilleur des garde-côtes, confirmées de façon officielle, et l'attentat lui-même, les forces armées du pays furent placées au niveau d'alerte maximale. Lorsque le *Dayan* fut identifié, la Turquie et Israël échangèrent un feu nourri d'accusations par voie diplomatique. Des manifestations suivies par des Stambouliotes paniqués faillirent provoquer une réaction militaire. Mais les craintes d'un conflit israélo-turc s'apaisèrent lorsque les autorités découvrirent l'équipage rescapé du *Dayan*.

Interrogés en public, les marins racontèrent par le menu le piratage de leur navire et leur captivité aux mains d'inconnus armés. L'opinion publique turque fut bouleversée lorsque les hommes expliquèrent qu'ils avaient dû charger les explosifs à bord sous la menace des armes, et qu'ils seraient morts s'ils n'avaient été secourus à la dernière minute. De façon informelle, après avoir conduit Lazlo dans un hôpital, Pitt détailla aux autorités turques leur rôle dans le naufrage du tanker.

Lorsque les services de renseignements américains apportèrent la preuve que le HMX était le même que celui utilisé à Bursa, au Caire et à Jérusalem, les autorités turques agirent avec promptitude. Des raids secrets furent menés contre les installations maritimes, les bureaux et les immeubles des Celik, tandis que l'*Étoile ottomane* était localisée, puis arraisonnée, dans les eaux grecques. Sous la pression de l'opinion anxieuse de savoir qui avait perpétré ces attentats et pourquoi, les résultats de l'enquête officielle ne purent rester secrets très longtemps.

Lorsque leurs noms furent rendus publics, Ozden et Maria Celik se trouvèrent relégués au banc d'infamie, et considérés comme une véritable honte pour la nation tout entière. Et avec la révélation du fait qu'ils avaient aussi orchestré le pillage de Topkapi, l'humiliation nationale se métamorphosa en rage pure. Enquêteurs et journalistes se plongèrent dans l'étude du passé des deux criminels, mettant au jour leurs liens avec la dernière famille régnante de l'empire ottoman, ainsi que leurs relations avec les membres de la pègre et les trafiquants de drogue qui avaient assuré l'essor spectaculaire des entreprises du groupe Celik.

Il était inévitable que soient enfin portés à la connaissance du public les rapports qu'entretenaient les Celik avec certains membres de familles royales arabes, de même que les millions de dollars qui avaient servi à la campagne du mufti Battal. Les objectifs des attentats apparurent de la façon la plus éclatante, et la fureur des Turcs se porta sur le mufti et son parti de la Félicité. On ne put établir que Battal était impliqué en personne, ni même au courant des attaques, mais le mal était fait.

La culpabilité des Celik fut enfin confirmée lorsque l'on envoya une équipe de plongeurs passer le fond de la Corne d'Or au peigne fin. Les restes broyés du *Sultana* furent localisés non loin de la coque déchiquetée du *Dayan*. Un groupe de renflouage ramena l'épave à la surface, et une équipe médicale de la police dégagea le cadavre mutilé de Maria Celik du pont du yacht.

Son nom déshonoré, ses biens saisis, le corps de sa sœur enfermé à la morgue d'Istanbul – il ne restait de l'empire d'Ozden Celik que l'homme lui-même.

Il semblait pourtant s'être évanoui dans le néant.

84

La *khutbah*, prière du vendredi midi, était celle qui rassemblait le plus grand nombre de fidèles. C'était le moment où l'imam de la mosquée délivrait un sermon spécifique, destiné à inspirer la foi des croyants, avant de prier avec eux.

La mosquée Fatih était pourtant presque déserte en dépit des appels du muezzin. À l'heure de la *khutbah*, elle était en général bondée, obligeant des dizaines de musulmans à rester à l'extérieur de la salle et dans la cour, tout en gardant l'espoir d'apercevoir le mufti Battal et d'entendre quelques-unes de ses paroles d'espérance. Mais ce n'était pas le cas ce jour-là.

À peine cinquante personnes étaient présentes dans la salle lorsque le mufti entra et s'avança sur l'estrade près du *mihrab*. Encore si puissant quelques jours plus tôt, il paraissait avoir vieilli de vingt ans au cours de la semaine écoulée. Ses yeux étaient enfoncés dans leurs orbites, son regard froid et sa peau pâle et terne. L'arrogance et la suffisance qui avaient caractérisé sa tentative d'ascension au pouvoir s'étaient évanouies. En regardant la foule clairsemée, il eut un léger tremblement et réprima la seule émotion qu'il éprouvait en réalité : la rage.

D'une voix contenue, il délivra son message habituel et fustigea les pouvoirs dangereux et incontrôlés de l'*establishment*. Fait inhabituel, ses propos contre toute une litanie de maux et menaces supposés prirent assez vite une tournure incohérente. Les visages sombres et désillusionnés qui lui faisaient face le poussèrent à mettre un terme prématuré à sa diatribe. Il termina son prêche de façon abrupte et récita un court passage du Coran sur la notion de rédemption, puis invita les fidèles à se recueillir.

Peu soucieux de se mêler à ses coreligionnaires, il se dirigea sans tarder vers un coin de la salle et pénétra dans une antichambre où il avait fait installer un petit bureau. Il eut la surprise d'y découvrir un homme barbu assis sur un fauteuil en face du sien. L'individu portait la chemise blanche et le pantalon délavé des ouvriers des basses classes, et un chapeau à larges bords recouvrait en partie son visage.

— Qui vous a laissé entrer ici ? tonna le mufti.

L'étranger se leva, regarda Battal droit dans les yeux et ôta sa barbe postiche.

— J'ai pris moi-même la liberté d'entrer, Altan, répondit la voix brisée d'Ozden Celik.

Sous son déguisement d'homme du peuple, son apparence différait assez peu de celle de Battal. Il avait le même visage lugubre, aux traits décharnés, et la même peau marbrée. Les yeux seuls les différenciaient, car ceux d'Ozden brillaient encore d'une vie intense, à la limite du déséquilibre mental.

— Vous me mettez en danger en venant ici, siffla Battal, qui fila avec vivacité au fond du bureau, vers une porte qu'il ouvrit avant de passer la tête dans l'encadrement pour s'assurer qu'ils étaient seuls. Venez, suivez-moi.

Il conduisit Celik le long d'un couloir, puis pénétra dans une remise peu fréquentée à l'arrière de la mosquée. Une machine à laver était disposée dans un coin, derrière un rideau de vieilles serviettes qui séchaient sur une corde. Celik le suivit, et Battal referma la porte à clef.

— Qu'êtes-vous venu faire ici ? demanda-t-il d'un ton impatient.

— J'ai besoin de votre aide pour quitter le pays.

— Votre vie en Turquie est bel et bien terminée, en effet. Et la mienne ne vaut guère mieux.

— J'ai tout sacrifié pour vous, Altan. Ma fortune, mes biens. Et même ma sœur, ajouta-t-il d'une voix tremblante. Dans le but de vous faire élire président.

Battal le dévisagea avec dédain.

— Vous m'avez détruit, Ozden, répliqua-t-il, le visage rouge de colère. J'ai subi une cuisante défaite à cette élection. Mes bienfaiteurs ont disparu. Ma congrégation m'abandonne. Tout cela parce que vous avez sali ma réputation. Et maintenant, ceci…

Il sortit une lettre de sa poche et la tendit à Ozden Celik, qui l'ignora et se contenta de secouer la tête pendant qu'elle volait vers le sol.

— C'est une lettre du *Diyanet Isleri*, qui me relève de ma charge de mufti d'Istanbul, cracha Battal. Vous avez détruit jusqu'à la moindre parcelle de ma vie.

— Tout cela a été fait pour que notre destin s'accomplisse, rétorqua Celik d'un ton calme.

Battal n'était plus maître de ses émotions. Il saisit Celik par son col de chemise et le projeta à travers la pièce. Celik atterrit contre le linge qui séchait, rattrapa la corde et retomba par terre, couvert de serviettes. Il s'en débarrassa pour se relever, mais Battal était déjà sur lui ; il s'empara d'une extrémité de la corde, la passa autour du cou de Celik et tira. Celui-ci se débattit de toutes ses forces, des pieds et des poings, mais Battal était trop grand, trop puissant pour lui, et surtout aveuglé par son désir de vengeance. Sa rage grondait et, ignorant les coups de son adversaire, il serra encore plus fort.

Celik était horrifié à l'idée de finir étranglé. Tout en luttant pour respirer, et alors que la vie s'enfuyait peu à peu de son corps, il vit défiler devant lui les victimes qu'il avait lui-même garrottées. Dans une dernière et vaine tentative de se libérer, il regarda le mufti avec un mélange de peur et de défi, puis ses yeux basculèrent en arrière et son corps retomba inerte. Battal garda sa main serrée autour de son cou pendant cinq minutes, moins par précaution que par fureur psychotique, puis ses muscles se relâchèrent. Il s'éloigna avec lenteur du cadavre et sortit de la remise en titubant, les mains tremblantes, l'esprit égaré à jamais.

Ce ne fut que tard le lendemain matin qu'un pêcheur du Bosphore trouva le corps. Jeté à l'eau, il avait flotté dans la Corne d'Or une bonne partie de la nuit avant de s'échouer vers la pointe du Sérail.

La dépouille d'Ozden Celik, le dernier Ottoman, avait donc été découverte à quelques pas de Topkapi, dans l'ombre de ses ancêtres légendaires et glorieux.

85

Pitt et Al retrouvèrent Lazlo au deuxième étage de l'hôpital d'Istanbul, dans une chambre agréable, mais bien gardée, qui donnait sur le Bosphore. Lorsqu'on autorisa les deux Américains à entrer, le lieutenant, étendu dans son lit, lisait un numéro vieux de trois jours du quotidien israélien *Haaretz*.

— Ne me dites pas que vous faites encore la une chez vous ? demanda Pitt après lui avoir serré la main.

— C'est bon de vous revoir, répondit Lazlo en écartant le journal d'un air penaud. Mais c'est vrai, on parle encore beaucoup de nos exploits en Israël, même si je suis au regret de constater qu'on m'en attribue tout le mérite. C'est pourtant vous qui avez neutralisé le *Dayan*, ajouta-t-il en regardant Pitt. Et rien n'aurait été possible sans le *Bullet*, conclut-il à l'adresse de Giordino.

— Alors disons qu'il s'agissait d'un travail d'équipe, suggéra Pitt.

— Entre autres choses, nos efforts ont permis une amélioration spectaculaire des relations entre mon pays et la Turquie, souligna Lazlo non sans fierté.

— Et contribué à renforcer pour quelques années la vision défendue par Atatürk d'un gouvernement laïc pour la Turquie.

— Je pense qu'on devrait proposer notre candidature pour un prix Nobel, lança Al d'un air narquois.

— J'ai entendu dire qu'on avait découvert le corps de Celik ce matin, reprit Lazlo.

— Oui. Selon toute vraisemblance, il a été étranglé, et son cadavre jeté dans les eaux de la Corne d'Or.

— M'auriez-vous devancé ?

— Pas cette fois, répliqua Pitt en souriant. Un enquêteur de la police avec lequel je me suis entretenu est presque certain que le coupable est le mufti Battal. Un flic qui travaillait sous couverture à la mosquée affirme avoir vu dans le bâtiment, à l'heure présumée du décès, un homme correspondant à la description de Celik et habillé de la même manière.

— Deux belles crapules, si vous voulez mon avis, dit Lazlo.

Une jolie infirmière entra un instant vérifier les médicaments du patient et repartit sous son regard attentif.

— Pressé de rentrer au pays, lieutenant ? demanda Giordino.

— Pas tant que cela, répondit Lazlo en souriant. Et d'ailleurs, j'ai appris que j'avais été promu au grade de capitaine de frégate.

— Alors je suis heureux d'être le premier à vous féliciter, dit Giordino en lui glissant la bouteille de whisky qu'il avait réussi à faire entrer dans l'enceinte de l'hôpital. Vous pourrez peut-être trouver quelqu'un avec qui la partager, ajouta-t-il avec un clin d'œil.

— Je vous aime bien, vous les Américains, lança Lazlo avec un large sourire.

— Quel est le diagnostic ? demanda Pitt.

— Je dois subir une intervention chirurgicale d'ici sept ou huit jours à Tel-Aviv, et suivre ensuite une thérapie qui durera plusieurs semaines. Mais je devrais me rétablir de façon complète, et j'espère pouvoir me présenter devant mes supérieurs avant la fin de l'année.

La conversation fut soudain interrompue par l'arrivée d'un homme en fauteuil roulant, une jambe dans le plâtre.

— Vous voilà, Abel ! s'exclama Lazlo. Il est temps que vous fassiez connaissance avec les hommes qui ont contribué à vous sauver la vie.

— Abel Hammet, commandant – ou plutôt, ex-commandant – du *Dayan*, dit le nouveau venu en saluant Pitt et Al Giordino avec effusion. Lazlo m'a raconté tout ce que vous avez accompli. Vous avez pris de sacrés risques ! Mes hommes et moi ne pourrons jamais assez vous remercier pour ce que vous avez fait.

— Je suis navré que votre bâtiment ait dû être sacrifié, répondit Pitt.

— Le *Dayan* était un bon navire, dit Hammet d'un air mélancolique. Mais la bonne nouvelle, c'est que nous allons bientôt disposer d'un tanker flambant neuf. Le gouvernement turc s'est engagé à en construire un, qui sera financé par les biens saisis à un certain Ozden Celik.

— Qui a dit qu'il n'existait pas de justice ici-bas ? plaisanta Giordino.

Tous éclatèrent de rire. Pitt jeta un coup d'œil à sa montre.

— Eh bien, je crois que l'*Agean Explorer* sera prêt à appareiller d'ici une heure. Je crains que nous ne devions nous séparer.

Il serra la main d'Hammet avant de se tourner vers Lazlo.

— Capitaine, je serai toujours heureux de vous avoir à mes côtés, quelles que soient les circonstances.

— Ce serait un honneur pour moi, répondit Lazlo.

Au moment où Pitt et Giordino s'apprêtaient à franchir la porte, Lazlo les rappela.

— Où partez-vous ? Vous allez retrouver votre épave ?

— Non, répondit Pitt. Nous allons mettre le cap sur Chypre.

— Chypre ? Qu'est-ce qui vous attend là-bas ?

Pitt gratifia le capitaine israélien d'un sourire énigmatique.

— Une révélation divine, qui sait ?

QUATRIÈME PARTIE

Une destinée manifeste

86

Le téléphone sonna alors que St. Julien Perlmutter venait de s'installer à son poste de lecture préféré, un immense fauteuil en cuir conçu sur mesure pour accueillir son imposante carcasse de presque cent quatre-vingts kilos.

— Comment allez-vous, mon cher Julien ? dit une voix familière au bout du fil.

— Eh bien, mais voici le sauveur de Constantinople en personne ! s'écria Perlmutter d'une voix tonitruante. J'ai lu avec une grande joie le récit de vos exploits dans la Corne d'Or, Dirk. J'espère que vous n'avez pas été blessé, au moins ?

— Non, je vais bien. Et à ce propos, on parle d'Istanbul, de nos jours.

— Sornettes ! Cette ville s'est appelée Constantinople pendant mille six cents ans. Quelle idée ridicule de vouloir changer son nom !

Pitt éclata de rire en entendant son ami, qui passait le plus clair de son temps à vivre dans le passé.

— J'espère ne pas vous avoir réveillé ?

— Non, pas du tout. J'étais installé dans mon fauteuil, et je lisais un texte du capitaine Cook, le récit de son premier voyage vers le Pacifique.

— Un de ces jours, il faudra que nous découvrions enfin ce qu'est devenu l'*Endeavour*, suggéra Pitt.

— Ce serait une noble mission, en effet. Mais où êtes-vous, Dirk, et pourquoi cet appel tardif ?

— Nous venons de débarquer à Limassol, dans l'île de Chypre, et j'ai pensé que vous pourriez peut-être m'aider à résoudre une énigme.

À ces mots, les yeux de l'imposant barbu brillèrent d'un nouvel éclat. Chez Perlmutter, l'un des meilleurs historiens de la marine au monde, le goût pour les mystères excédait l'appétit pourtant impressionnant pour la bonne chère. Cela faisait des années qu'il travaillait avec Pitt ; quand son ami l'appelait, c'est qu'il avait quelque chose de captivant à lui offrir.

— Je vous en prie, dites-m'en plus, dit-il de sa profonde voix de basse.

Pitt commença par lui parler de l'épave ottomane et de sa cargaison d'objets de l'ère romaine, puis en vint au Manifeste et à son contenu.

— Mon Dieu, il s'agit d'une véritable épopée, commenta Perlmutter. Mais je crains qu'après une immersion de deux millénaires, il ne reste que bien peu de choses de tout cela.

— En effet. Nous ne pouvons guère espérer trouver que l'ossuaire, avec un peu de chance.

— Et cette affaire risque de donner un fameux coup de pied dans la fourmilière.

— Pourtant, s'il reste quelque chose de ces reliques, nous devons tout faire pour les retrouver, répondit Pitt.

— Je suis d'accord avec vous. Et même sans cargaison, l'épave d'une galère romaine intacte pourrait bien être un trésor en soi. Vous avez déjà une idée pour le début de vos recherches ?

— C'est là le motif de mon appel. Je pensais que vous pourriez connaître quelques-unes des épaves antiques non identifiées au large de la côte chypriote méridionale. Toutes les données concernant les routes commerciales historiques de la région de Chypre pourraient s'avérer précieuses.

Perlmutter prit un instant pour réfléchir.

— Je dispose de quelques ressources qui pourraient vous aider. Donnez-moi deux ou trois heures, et je verrai ce que je peux faire.

— Merci, Julien.

— Dites-moi, Dirk, saviez-vous que Chypre produisait quelques-uns des meilleurs vins de l'empire romain ?

— Oh, vraiment ?

— D'après ce que j'ai entendu dire, un vin de la Commandaria a le même bouquet aujourd'hui qu'il y a deux mille ans.

— Je ferai en sorte de vous en dénicher une amphore, Julien.

— Je savais que je pouvais compter sur vous, Dirk. À bientôt.

Après avoir reposé le combiné, Perlmutter prit une longue gorgée de son verre de porto et en savoura les arômes profonds et doux. Il propulsa ensuite sa massive silhouette hors de son siège, se dirigea vers une haute étagère pleine à craquer d'ouvrages nautiques et commença à en parcourir les titres en sifflotant.

*

Moins de deux heures plus tard, le téléphone par satellite sonna sur la passerelle de l'*Agean Explorer*.

— Dirk, je n'ai trouvé qu'un élément d'information isolé, mais cela pourrait être un début, annonça Perlmutter.

— Le moindre renseignement est utile, répondit Pitt.

— Il s'agit d'une épave du quatrième siècle. Elle a été découverte par des plongeurs dans les années 1960.

— Une épave romaine ?

— Je n'en suis pas sûr. Le rapport archéologique dont je dispose est un peu daté, mais il indique que parmi les objets retrouvés, il y avait des armes romaines. Vous le savez sans doute, sur le plan militaire, les Romains n'attachaient que peu d'importance à Chypre, qu'ils voyaient surtout comme une source d'approvisionnement en céréales et en cuivre. Et en vin, cela va de soi. La présence de ces armes romaines sur l'épave est peut-être significative.

— Dans tous les cas, cela vaut la peine d'aller y voir de plus près. Où se trouve cette épave ?

— Elle a été découverte au large du village de Pissouri, non loin de votre position sur la côte méridionale. J'ai découvert aussi une référence plus récente selon laquelle le site a fait l'objet de fouilles dans les années 1990. Les objets découverts sont exposés au Musée archéologique du district de Limassol.

— Voilà qui semble bien pratique, dit Pitt. La localisation de l'épave correspond-elle aux routes de navigation commerciale romaines ?

— En vérité, les navires marchands de l'époque en provenance de Judée auraient plutôt suivi la côte du Levant pour se rendre à Constantinople. Il en est de même pour les galères romaines, qui naviguaient au plus près des côtes pour demeurer dans des eaux calmes. Mais notre connaissance des pratiques maritimes de l'époque est limitée.

— Peut-être n'ont-ils jamais eu l'intention de se rendre à Chypre, fit observer Pitt. Eh bien merci, Julien, nous allons explorer cette épave.

— Je continue à glaner des renseignements. En attendant, bonne chasse !

Au moment où Pitt raccrochait, ses deux enfants apparurent sur la passerelle, de petits sacs de voyage en bandoulière.

— Vous quittez le navire avant le début de notre mission d'exploration ? leur demanda Pitt.

— Tu as un point de départ ? questionna Summer.

— L'excellent monsieur Perlmutter vient de me donner un coup de main pour établir un plan de recherche.

— J'ai demandé à Dirk de m'aider à traiter les archives locales, répondit Summer. Je me suis dit que nous pourrions peut-être y découvrir des références au Manifeste, ou un historique de la piraterie dans la région. Cela ne t'ennuie pas si nous te rejoignons d'ici un jour ou deux ?

— Non, je crois que c'est une bonne idée. Par où allez-vous commencer ?

Summer lança à son père un regard perplexe.

— Pour être franche, nous n'avons pas encore identifié les sources d'information possibles. Tu n'aurais pas une suggestion, par le plus grand des hasards ?

Pitt ne put s'empêcher de sourire en consultant les notes qu'il avait griffonnées au cours de sa conversation avec Perlmutter.

— Il se trouve, répondit-il, que je sais de façon très précise où vous devriez aller.

87

Summer et Dirk trouvèrent le Musée archéologique du district de Limassol dans un immeuble moderne du centre-ville, non loin du parc paysager de l'agglomération. Toute une variété de poteries et d'objets issus du riche passé chypriote, et dont certains remontaient à deux mille ans avant Jésus-Christ, étaient exposés dans de simples vitrines de verre disséminées dans les trois ailes du bâtiment. Summer admirait des figurines d'animaux en terre cuite de l'époque archaïque lorsque le conservateur du musée, un homme au visage arrondi, fit son entrée.

— Je me présente : Giorgos Danellis. En quoi puis-je vous être utile ? demanda-t-il avec un accent grec prononcé.

— Nous nous intéressons à une épave du quatrième siècle découverte près de Pissouri, expliqua Summer.

— Oui, l'épave de Pissouri, répondit Danellis en hochant la tête. Les objets sont exposés dans la salle trois. Travaillez-vous avec le British Museum ? ajouta-t-il en les escortant le long d'un couloir.

— Non, nous travaillons pour la NUMA.

— Oh, je suis désolé, s'excusa le conservateur. Il y a quelques jours, une personne est venue me poser la même question. J'ai pensé qu'il s'agissait peut-être de l'un de vos collègues.

Il s'approcha d'une grande vitrine remplie de dizaines d'objets. Summer remarqua que la plupart d'entre eux étaient des récipients en céramique, présentés en compagnie de fragments de bois détériorés sur lesquels étaient encore fixés des morceaux de fer rouillé.

— Que pouvez-vous nous dire de ce navire ? demanda-t-elle.

— Il date de la première moitié du quatrième siècle, expliqua Danellis en désignant une pièce en argent ternie sur le rayonnage du bas. Ce denier romain trouvé à bord présente l'effigie de l'empereur Constantin avec une couronne de lauriers, ce qui implique que le navire aurait coulé aux alentours de l'an 330 après Jésus-Christ.

— Était-ce une galère romaine ? l'interrogea Dirk.

— Il y a eu quelques spéculations à ce sujet au moment de la découverte, mais les experts, dans leur majorité, penchent pour un navire marchand. Les échantillons de bois indiquent qu'il a été construit à base de pin du Liban, ce qui appuierait cette hypothèse, précisa Danellis en montrant au mur une représentation artistique d'une galère à haute proue équipée de doubles voiles carrées. Les archéologues pensent que c'était sans doute un bâtiment de commerce qui transportait des céréales ou de l'huile d'olive.

Dirk désigna une poignée d'épée ravagée par l'oxydation, posée derrière un pot de terre.

— A-t-on découvert des armes à bord ?

Le conservateur hocha la tête.

— On prétend qu'il y en avait beaucoup, mais je crains que ce débris d'épée représente tout ce que nous avons pu sauver. Les archéologues ont dû mener leurs fouilles en urgence lorsque l'on s'est aperçu que le site était pillé de façon systématique. J'ai entendu dire que beaucoup d'objets s'étaient volatilisés avant leur arrivée.

— Comment expliquez-vous la présence de telles armes à bord d'un navire marchand ? demanda Summer.

Le conservateur se tourna vers elle, perplexe.

— Je n'en sais rien. Elles faisaient peut-être partie de leur cargaison. À moins qu'un personnage de haut rang ait voyagé à bord.

— Il existe peut-être une autre possibilité, intervint Dirk.

Danellis et Summer lui adressèrent un regard interrogateur.

— Il me semble plausible, poursuivit-il, qu'il puisse s'agir d'un pirate. Cela me rappelle ce rapport que j'ai lu à Césarée au sujet d'un bâtiment chypriote. Après sa capture, on s'est rendu compte qu'il transportait des armes romaines.

— Cela pourrait être le cas, en effet, approuva le conservateur. Certains des objets appartenant à l'équipage semblent fort luxueux pour l'époque, ajouta-t-il en montrant du doigt une assiette de verre et une tasse en céramique au décor stylisé.

— Monsieur Danellis, existe-t-il d'autres épaves de cette époque répertoriées dans les eaux chypriotes ?

— Non. Il y en a une sur la côte nord, qui daterait de l'âge du bronze, mais sinon, celle-ci est la plus ancienne que je connaisse. Que recherchez-vous, au juste ?

— Une galère romaine naviguant au service de Constantin, et qui aurait pu disparaître dans les eaux chypriotes à peu près à la même période que l'épave de Pissouri.

— Je n'en ai jamais entendu parler, répondit Danellis en secouant la tête. Mais vous pourriez peut-être aller au monastère de Stavrovouni.

Summer lui lança un regard dubitatif.

— Pourquoi un monastère ?

— Eh bien, sans même parler de son exceptionnelle situation géographique, expliqua Danellis, le monastère a accueilli Hélène, la mère de Constantin, lors de son retour de Terre sainte avec la Vraie Croix.

88

L'*Agean Explorer* s'approcha avec lenteur de la côte, puis opéra un changement de cap vers la pleine mer à la même allure pesante. Un mince câble isolé se tendait depuis sa poupe pour disparaître sous la surface. Cinquante mètres plus loin, il traînait en remorque un « poisson sonar » en forme de cigare qui brillait sous l'eau à un peu plus d'un mètre de profondeur. Les deux transducteurs dont il était équipé envoyaient rebondir des ondes sur le fond, et enregistraient les données et les temps de retour. À bord de l'*Agean Explorer*, des processeurs convertissaient les signaux en simulations visuelles des contours du sol marin.

Assis à la passerelle, Pitt étudiait les images sur un écran de contrôle. La surface parsemée de roches semblait onduler devant ses yeux. Al Giordino cessa de regarder par-dessus les épaules de son ami et observa la rive à l'aide de ses jumelles.

— Tu apprécies le paysage ? lui demanda Rudi Gunn.

— J'ai déjà vu mieux, répondit Al. Mais je dois admettre que ces deux adorables jeunes femmes qui cherchent à s'abriter du soleil dans une grotte marine ajoutent un peu de piquant à la scène.

La plage de Pissouri se réduisait à une étroite bande de sable adossée à de hautes falaises, au sommet desquelles se trouvait le village du même nom. Bien que populaire auprès des militaires britanniques de la base d'Akrotiri toute proche, c'était l'une des plus tranquilles de la côte méridionale.

— On dirait que les terrains constructibles commencent à se faire rares de ce côté de la côte, vu le relief, fit remarquer Al tandis que l'*Agean* s'avançait à petite vitesse vers l'est en suivant sa grille de recherche.

— Cela signifie sans doute que nous approchons du but, répondit Pitt avec optimisme.

Comme pour confirmer ses dires, l'épave de Pissouri apparut sur le moniteur quelques minutes plus tard. Al Giordino et Rudi Gunn se rassemblèrent près de Pitt tandis que les images se précisaient. Le site ne donnait guère l'impression d'accueillir un vaisseau enfoui ; on ne voyait qu'un monticule allongé, où les mouvements du sable faisaient apparaître par moments de petites parties de la quille et de la structure. Mais le fait qu'il puisse rester autant d'éléments d'un bâtiment vieux de mille six cents ans était déjà un miracle.

— Elle présente en effet les caractéristiques d'une épave antique, jugea Rudi Gunn.

— Comme c'est la seule que nous ayons découverte au large de Pissouri, il ne peut s'agir que du navire du quatrième siècle décrit par Perlmutter, renchérit Al Giordino. Je suis toutefois surpris qu'il se trouve aussi éloigné de la rive, ajouta-t-il, car nous sommes à presque un demi-mille nautique de la plage.

— Il faut garder à l'esprit le fait que les eaux de la Méditerranée étaient un peu moins profondes à l'époque, expliqua Rudi.

— Cela expliquerait sa position, répondit Al. Allons-nous plonger pour voir cela de plus près ?

— Ce n'est pas la peine. Tout d'abord, le site a déjà été nettoyé et pillé. Et ensuite, il ne s'agit pas de *notre* épave.

— Comment peux-tu en être aussi sûr ? s'étonna Rudi.

— J'ai eu Summer au téléphone. Elle et Dirk ont visité l'exposition du musée de Limassol. Les archéologues qui ont étudié l'épave sont certains qu'il ne s'agit pas d'une galère romaine. Dirk pense que ce pourrait être un second bateau pirate impliqué dans l'attaque contre les Romains. Cela vaudra peut-être la peine d'y plonger plus tard, mais selon Summer, le site avait été pillé avant même l'arrivée des archéologues.

— Alors nous prenons celui-ci comme point de départ ? demanda Rudi Gunn.

— C'est ici que se trouvent nos données les plus fiables. Si les pirates se sont approchés de la côte et ont coulé ici, on peut espérer trouver aussi le vaisseau romain dans les parages.

Al Giordino prit un siège près de l'écran de surveillance et s'y installa tout à son aise.

— Eh bien, nous allons continuer à chercher, lança-t-il. Comme dit le proverbe, « Rome ne s'est pas faite en un jour ».

89

Dirk abandonna toute velléité de conduite. Summer venait de rentrer d'Angleterre, et ce fut elle qui prit le volant pour suivre la route côtière depuis Limassol en direction de l'est. Chypre était en effet une colonie de la couronne britannique pendant la première moitié du vingtième siècle, et la présence des Anglais s'y faisait encore sentir. On parlait anglais presque partout, la monnaie de la partie grecque de l'île était la livre et l'on roulait à gauche.

Summer dirigea la voiture de location vers l'intérieur des terres, sur l'autoroute bien entretenue qui menait à Nicosie, et qui commençait à grimper à l'approche de la limite est du massif du Troodos. Ils roulèrent parmi des collines désolées avant de s'engager sur une étroite route de traverse goudronnée. La pente était raide et serpentait en montant sur les flancs d'une petite montagne. Perché au sommet, le monastère de Stavrovouni occupait une position spectaculaire.

Summer gara la voiture sur un petit parking au pied du domaine. Ils passèrent devant un poste d'accueil inoccupé et se dirigèrent vers un grand escalier de bois qui conduisait au sommet. Un mendiant vêtu de haillons et coiffé d'un chapeau à larges bords était assis à proximité, la tête pendante, dans un sommeil apparent. Summer et Dirk le dépassèrent sur la pointe des pieds, puis gravirent les marches jusqu'au terrain qu'occupait le monastère, et qui dominait tout le sud-est de l'île. Ils traversèrent une cour et furent accueillis par un moine à l'air sévère qui se tenait près de l'entrée.

— Bienvenue à Stavrovouni, dit-il d'un ton quelque peu réticent avant de se tourner vers Summer. Vous l'ignorez sans doute, mais nous appartenons à la communauté orthodoxe athonite, et les femmes ne sont pas admises dans notre monastère.

— J'ai pourtant cru comprendre que sans une certaine femme, vous ne seriez pas ici, répliqua Summer d'un ton acide. Le nom d'Hélène vous rappelle-t-il quelque chose ?

— Je suis désolé.

La jeune femme adressa au moine un regard peu amène et se tourna vers Dirk.

— Je pense que je vais rester ici pour admirer les fresques, annonça-t-elle en désignant les murs peints qui ceignaient la cour. Profite bien de ta visite.

— Si je ne suis pas de retour d'ici une heure, c'est que j'aurai décidé de rentrer dans les ordres, chuchota Dirk à l'oreille de sa sœur.

Il laissa Summer bouillonnante de colère et franchit la porte en bois avec le moine.

— Pourriez-vous me parler de l'histoire du site et des liens d'Hélène avec ce monastère ?

— Autrefois, le sommet de cette montagne abritait un temple grec. Il était abandonné depuis longtemps et endommagé de façon irrémédiable lorsque Hélène arriva à Chypre au retour de son pèlerinage à Jérusalem. On dit que la bonne sainte a mis fin à une sécheresse qui durait depuis trente ans et brûlait toutes les terres environnantes. Pendant son séjour à Chypre, elle eut un songe qui lui ordonna de faire bâtir une église portant le nom de la vénérable croix. Stavrovouni, vous le savez peut-être, signifie « Montagne de la Croix ». C'est ici qu'elle la fit construire, laissant après son départ la croix du bon larron, qu'elle avait ramenée de Jérusalem, ainsi qu'un fragment de la Vraie Croix.

Le moine conduisit Dirk dans la petite église ; ils passèrent devant une vaste iconostase pour atteindre l'autel, sur lequel trônait une grande croix revêtue d'argent, où un minuscule cadre d'or incrusté protégeait un morceau de bois de dimensions plus réduites.

— Au fil des siècles, l'église a subi de nombreux actes de destruction et de vandalisme, perpétrés d'abord par les Mamelouks, et ensuite par les Ottomans, expliqua le moine. Je crains qu'il ne reste pas grand-chose de l'héritage d'Hélène, sinon ce fragment sacré de la Vraie Croix.

— Avez-vous entendu parler d'autres reliques du Christ qu'Hélène aurait pu laisser à Chypre ?

Le moine se frotta un instant le menton.

— Non, pas que je sache, mais vous devriez poser la question au frère Andros, notre historien résident. Allons voir s'il est dans son bureau.

Le moine précéda Dirk dans un couloir qui partait sur la gauche et donnait sur des cellules austères. Deux petits bureaux occupaient le bout et Dirk aperçut un homme mince qui serrait la main d'un moine avant de quitter les lieux.

— Ridley Bannister ? lança Dirk au moment où ils se croisaient.

— Oui, en effet, répondit l'Anglais en regardant Dirk d'un air à la fois perplexe et méfiant.

— Je m'appelle Dirk Pitt. Je viens de lire votre dernier ouvrage sur les fouilles que vous avez menées en Terre sainte. Je vous ai reconnu d'après votre photo en quatrième de couverture. Je dois dire que j'ai beaucoup apprécié le récit de vos découvertes.

— Je vous remercie, répondit Bannister en serrant la main de Dirk, avant d'arborer soudain une expression hésitante, les sourcils froncés. Votre nom est Pitt, c'est bien cela ? Auriez-vous une parente du nom de Summer ?

— Oui, c'est ma sœur. Elle m'attend d'ailleurs dehors. Vous la connaissez ?

— Je crois l'avoir rencontrée lors d'un récent séminaire d'archéologie, bégaya Bannister. Mais qu'est-ce qui vous amène à Stavrovouni ? ajouta-t-il, pressé de changer de sujet.

— Summer vient de découvrir des éléments selon lesquels Hélène aurait pu ramener de Jérusalem d'autres reliques que la Vraie Croix, et que ces objets seraient perdus quelque part à Chypre. Nous espérons trouver des indices sur l'emplacement d'une galère romaine qui aurait navigué pour son compte.

Le couloir sombre masqua la pâleur subite de Bannister.

— Un projet fascinant, dit-il. Avez-vous la moindre idée de l'endroit où se trouveraient ces reliques ?

— Nous nous intéressons à une épave répertoriée, proche de Pissouri. Mais comme vous le savez, les indices vieux de deux mille ans ne courent pas les rues.

— C'est tout à fait exact. Mais je crains de devoir vous quitter. C'était un plaisir de vous rencontrer, monsieur Pitt. Je vous souhaite bonne chance pour vos recherches.

— Merci. Et n'oubliez pas de saluer Summer en sortant !

— Je n'y manquerai pas.

Bannister n'avait aucune intention de croiser Summer, aussi parcourut-il le couloir d'un pas vif avant d'entrer à nouveau dans l'église, qu'il put quitter par une porte latérale. En sortant en plein soleil, il se faufila avec précaution à travers la cour et aperçut Summer plongée dans l'étude d'une fresque murale. Il attendit qu'elle lui tourne le dos et fila jusqu'à l'escalier extérieur sans se faire repérer.

Au bas des marches, il faillit trébucher sur le mendiant en allant rejoindre sa voiture. Il redescendit à bonne allure la route sinueuse jusqu'à l'autoroute, où il se gara sur le bas-côté, abrité des regards par un massif de caroubiers. Il attendit et surveilla la chaussée pour le cas où Dirk et Summer prendraient le même chemin.

Quelques secondes après son départ précipité du monastère, une autre automobile démarra. Le chauffeur se gara au pied de l'escalier et attendit que le mendiant dépenaillé se lève et vienne s'installer sur le siège passager. Lorsqu'il ôta son chapeau, une longue cicatrice apparut sur sa mâchoire droite.

— Vite ! aboya Zakkar à l'adresse du chauffeur. Il ne faut pas le perdre de vue.

90

Summer était au milieu de la cour lorsque Dirk sortit du monastère.

— Comment s'est passée ta visite dans ce charmant club de gentlemen ? demanda-t-elle avec un soupçon d'agacement dans la voix.

— Pas grand-chose à voir avec l'ambiance des fraternités étudiantes, si tu veux tout savoir.

— Tu as pu obtenir quelque chose d'intéressant ?

Dirk lui expliqua ce qu'il avait appris sur l'histoire de l'église et lui décrivit la façon dont était exposée la croix.

— J'ai rencontré l'historien du monastère, mais il n'avait rien de neuf à m'apprendre quant à la visite d'Hélène à Chypre. L'endroit a été saccagé si souvent qu'il ne reste aucune archive. Bref, à part la Vraie Croix, personne ne sait rien des autres reliques.

— Quelque chose sur la flotte d'Hélène ?

— Pour autant qu'on le sache, Hélène est arrivée à Chypre et en est partie sans incident notable.

— Dans ce cas, Plautius et sa galère ont dû être attaqués avant son arrivée.

Summer attrapa soudain le bras de son frère et le conduisit vers l'un des murs de la cour.

— Viens voir cela.

Elle lui montra trois grandes fresques peintes sur une partie du mur ombragé. Au premier abord, elles paraissaient délavées au point d'être quasi invisibles. Dirk s'approcha pour examiner la première. C'était une Madone classique, qui représentait l'enfant Jésus auréolé dans les bras de Marie. Les grands yeux des personnages et l'absence de perspective dénotaient un style très ancien. La fresque suivante était une scène de crucifixion montrant Jésus sur la croix, agonisant, la tête basculée en avant. Dirk nota un détail inhabituel : les deux larrons étaient représentés sur des croix voisines.

Il s'intéressa alors à la troisième peinture, que Summer observait avec un plaisir non dissimulé. On y voyait le profil d'une femme couronnée, le visage levé vers le coin supérieur de la fresque. Elle désignait du doigt une imposante montagne verte coiffée de deux croix. Les caractéristiques géologiques de Stavrovouni étaient évidentes dans le rendu du relief.

— Hélène ? demanda Dirk.

— Ce ne peut être qu'elle, confirma Summer. Et maintenant, regarde en bas.

Dirk examina avec soin la partie inférieure de l'œuvre et remarqua une partie bleue délavée qui figurait la mer. On distinguait de façon assez nette trois navires disposés sous le profil d'Hélène. Tous trois, assez grossiers dans leur représentation, étaient de taille à peu près similaire, et dotés à la fois de voiles et d'avirons. En se déplaçant pour obtenir une meilleure perspective, Dirk s'aperçut que deux d'entre eux paraissaient poursuivre le troisième. Il étudia de plus près le plâtre décoloré et désigna à sa sœur les deux poursuivants.

— Celui-ci semble couler par la poupe, dit-il, alors que l'autre se tourne vers le large.

— Regarde la voile de celui qui est en tête, lui fit observer Summer.

Dirk plissa les yeux et put distinguer un symbole à peine visible sur la voile, comme un « X » avec un « P » à grand jambage en surimpression au centre.

— C'est le « Chi-Rho » utilisé par Constantin, expliqua Summer. Un symbole divin qui lui serait apparu en songe avant sa victoire à la bataille du pont Milvius. Il figurait sur son étendard de bataille comme emblème de sa puissance impériale.

— Dans ce cas, cette image représente Hélène arrivant à Chypre avec son escorte, ou alors…

— Ou alors la galère de Plautius fuyant deux navires pirates chypriotes, compléta Summer.

Sur la fresque, une écaille masquait la route suivie par la galère, mais la ligne continue du rivage au bas de l'image montrait qu'elle se dirigeait vers la côte. Un peu au-dessus de l'horizon, une femme nue émergeait des eaux, deux dauphins à ses côtés.

— J'avoue ne pas comprendre la signification de ceci, admit Summer tandis que Dirk étudiait la scène.

Au même moment, le moine maussade passa près d'eux en escortant deux touristes français vers l'église. Dirk l'appela et l'interrogea sur les fresques.

— Oh oui, elles sont très anciennes, confirma le religieux. Les archéologues pensent qu'elles datent de l'ère byzantine. Certains prétendent que ces murs faisaient à l'origine partie de l'église, mais personne n'est en mesure de le prouver.

— Cette dernière fresque, lui demanda Summer, représente-t-elle Hélène ?

— Oui, répondit le moine. Elle dépeint son arrivée par mer et les environs de l'église, ici à Stavrovouni.

— Savez-vous qui est ce personnage ? poursuivit Summer en montrant la femme nue sortie des eaux.

— Il s'agit sans doute d'Aphrodite. Ce monastère, voyez-vous, a été bâti sur les ruines d'un temple qui lui était dédié. L'artiste a dû vouloir rendre hommage au site tel qu'il était avant qu'Hélène y fasse bâtir son édifice.

Summer remercia le moine, et l'observa tandis qu'il retournait vers l'entrée du monastère.

— Eh bien, nous n'étions pas loin de la vérité, constata-t-elle. Nous sommes désormais certains qu'il s'agissait de deux navires pirates.

— La scène laisse penser que le bâtiment romain était encore à flot après avoir bataillé avec les écumeurs. Et il allait bien quelque part… murmura Dirk qui continua à fixer la fresque jusqu'à ce que sa vision commence à se brouiller.

Il finit par s'écarter du mur et rejoignit Summer qui se dirigeait vers la sortie et l'escalier qui menait au parking.

— Je crois que nous avons obtenu ici tout ce que nous pouvions espérer, dit-il. À propos, tu as parlé à Ridley Bannister ?

— Ridley qui ?

— Ridley Bannister, l'archéologue britannique. Il m'a dit qu'il te connaissait.

En voyant le regard perplexe que lui lançait sa sœur, Dirk lui fit part de sa rencontre dans le monastère.

— Je ne l'ai jamais vu, répondit-elle avant de s'interrompre, alors qu'un soupçon s'insinuait soudain dans son esprit. À quoi ressemble-t-il ?

— Mince, de taille moyenne, des cheveux blond-roux. Je suppose que beaucoup de femmes le trouveraient séduisant.

Summer s'immobilisa.

— As-tu remarqué s'il portait une bague ?

Dirk réfléchit un instant.

— Oui, je crois. À l'annulaire de la main droite. Je l'ai vue quand nous avons échangé une poignée de main. Elle semblait en or massif, avec un motif curieux, de type médiéval.

Le visage de Summer devint rouge de colère.

— C'est l'homme qui nous a volé le Manifeste, à Julie et à moi. Il prétendait s'appeler Baker.

— C'est un archéologue connu et respecté.

— Respecté ? siffla Summer. Je suis sûre qu'il est lui aussi à la recherche de cette galère.

— L'un des moines a en effet mentionné le fait qu'il travaillait à la rédaction d'un livre sur Hélène.

Lorsqu'ils arrivèrent à la voiture de location, Summer était furieuse. Elle ne pouvait chasser de son esprit la vision de Bannister s'emparant du Manifeste dans le sous-sol du manoir de Kitchener. Elle conduisit de façon nerveuse tout au long de la route qui serpentait depuis le monastère. Quand ils pénétrèrent sur l'autoroute, pas une seconde elle n'imagina que l'objet de sa fureur se trouvait dans une autre voiture qui les suivait à courte distance.

Son humeur s'était adoucie lorsqu'ils atteignirent les faubourgs de Limassol et, en arrivant sur les quais du port de commerce, elle commençait à éprouver des sentiments plus encourageants.

— Si Bannister est dans les parages, dit-elle à Dirk, c'est que cette galère existe.

— Et qu'il ne l'a pas encore trouvée.

Summer hocha la tête d'un air satisfait. Qui sait, se dit-elle, peut-être sommes-nous plus proches du but que nous ne l'imaginions ?

91

— Nous appareillons déjà ? demanda Summer.

La jeune femme se tenait sur la passerelle de l'*Agean Explorer* et regardait aux jumelles les hommes d'équipage remonter et arrimer l'amarre de proue. Il s'était passé moins d'une heure depuis que l'*Explorer* était arrivé à quai et que Summer et Dirk y avaient embarqué.

Pitt buvait une tasse de café près de la barre.

— Nous devons remonter vers la côte ouest de la péninsule d'Akrotiri pour surveiller l'AUV de Rudi, lui expliqua-t-il.

— Je croyais que vous utilisiez le poisson sonar pour les recherches ?

— C'est le cas. Nous avons d'ailleurs terminé l'examen de la première grille près de Pissouri et débuté une nouvelle à l'ouest. Mais Rudi a reconfiguré l'AUV pour des études sonar latérales et nous l'avons mis à l'eau. Pour l'instant, il parcourt une vaste zone à l'est de Pissouri. Nous allons pousser à l'ouest avec l'*Explorer* et ainsi couvrir un secteur deux fois plus important.

— C'est logique, répondit Summer. Combien de temps l'AUV restera-t-il en immersion ?

— Encore dix-huit heures. Ce qui nous permettra de parcourir une bonne distance avant d'aller le récupérer.

— Papa, je suis désolée que nous n'ayons pas pu découvrir d'éléments plus prometteurs.

— Votre fresque semble confirmer le rôle de l'épave de Pissouri en tant que navire pirate. Si la galère existe, nous avons de bonnes chances de voir nos hypothèses confirmées.

L'*Agean Explorer* suivit sa route vers le sud autour de la péninsule d'Akrotiri, puis mit le cap au nord-ouest vers Pissouri, à une vingtaine de milles nautiques de là. Les capteurs du navire établirent sans tarder le contact avec deux balises flottantes dont les transducteurs relayaient les données de l'AUV, qui rampait sur le fond sableux à soixante mètres sous la surface. Pendant que Rudi Gunn et Al Giordino étudiaient les résultats, Pitt fit mouiller le poisson sonar depuis la poupe après avoir réparti les quarts de surveillance entre Dirk, Summer et lui-même.

Il était neuf heures le lendemain matin lorsque Summer entra sur la passerelle avec une tasse de café, prête à remplacer son père devant l'écran.

— Quoi de neuf dans ton film à grand spectacle ? lui demanda-t-elle.

— L'action est un peu répétitive, à vrai dire, répondit Pitt, qui se leva et s'étira. Le même sable et les mêmes rochers ont défilé toute la nuit. En dehors d'un petit bateau de pêche repéré par Dirk, rien à se mettre sous la dent.

— Je viens de parler à Al au centre de contrôle, annonça Summer en se glissant sur le siège de Pitt. Mêmes résultats avec l'AUV.

— Nous sommes presque à la fin de cette grille. Allons-nous continuer à l'ouest ?

Summer sourit à son père.

— Pour ce qui est de découvrir des épaves, je ne me hasarderais pas à mettre ton instinct en doute !

— Alors, ce sera l'ouest, répliqua Pitt en accompagnant sa réponse d'un clin d'œil.

Le capitaine Kenfield quitta la barre et vint étendre une carte marine sur la table.

— À quel endroit précis voulez-vous établir la prochaine zone ?

— Nous allons nous contenter d'étendre celle que nous étudions en ce moment, en restant aussi près que possible de la rive. Avançons encore de deux milles à l'ouest, jusqu'à ce point, répondit Pitt en désignant sur la carte un petit promontoire côtier.

— Très bien, approuva Kenfield. Je règle les coordonnées sur le rocher d'Aphrodite, ou « Petra tou Romiou », pour reprendre la dénomination de la carte.

Summer se raidit sur son siège.

— Vous avez bien dit le « rocher d'Aphrodite » ?

Kenfield hocha la tête, puis alla chercher un guide touristique écorné de l'île de Chypre sur une étagère derrière la table des cartes.

— Je l'ai consulté hier soir. Le Petra tou Romiou, ou encore rocher de Romios, doit son nom à un héros légendaire byzantin qui aurait lancé d'énormes rochers à la mer pour chasser les pirates. De grosses formations minérales sont d'ailleurs visibles aujourd'hui parmi les vagues. Mais selon les légendes antiques, ce site correspond aussi à l'endroit où Aphrodite, déesse mère de Chypre, émergea des eaux dans une vague d'écume.

— Mais oui, c'est ça, papa ! s'écria Summer en bondissant de son siège. L'image d'Aphrodite était présente sur la fresque. Elle ne représente pas le temple de Stavrovouni, où se trouve le monastère, mais l'endroit vers lequel se dirigeait la galère romaine. Des gens sur la côte, ou peut-être les pirates eux-mêmes, ont vu le navire fuir vers les rochers.

— Cet endroit est plus ou moins visible depuis le site de l'épave de Pissouri, fit remarquer Kenfield.

— Je suis preneur, lança Pitt en souriant devant l'enthousiasme de sa fille. Banco pour le rocher d'Aphrodite. Allons voir si la déesse nous donne quelque preuve d'amour.

Peu de temps après, l'*Agean Explorer* atteignit l'extrémité de son chenal de recherche et fit remonter le poisson sonar. Alors que le navire changeait de cap pour reprendre sa quête plus bas sur la côte, un optimisme palpable régnait sur la passerelle. Chacun était captivé par un sentiment de plaisir anticipé, et personne ne remarqua un petit bateau qui suivait l'*Explorer* à un demi-mille de distance. À son bord, Ridley Bannister, une paire de jumelles collée aux yeux, surveillait le navire turquoise.

92

Six heures plus tard, la déesse Aphrodite ne s'était guère montrée généreuse envers l'équipe de la NUMA. Aux alentours de la roche qui portait son nom, le fond marin était vierge de tout objet de fabrication humaine. Dirk avait pris le quart de surveillance suivant et, tout comme son père, avait assisté sur son écran à un interminable défilé de sable et de roches, tandis que Summer et Pitt faisaient les cent pas près de lui dans l'attente d'une improbable surprise. Lorsque Al Giordino entra sur la passerelle, il fut surpris de voir que l'enthousiasme de Summer avait cédé la place à un sentiment de frustration.

— L'AUV doit remonter d'ici quarante-cinq minutes, annonça-t-il à Pitt.

— Et nous serons bientôt au bout de notre piste de recherches, dit Dirk.

— Très bien. Quand nous arriverons au point final, arrêtons-nous et allons récupérer l'AUV, décida Pitt.

— Vous n'avez rien trouvé ? demanda Giordino.

— Si tu es passionné par les jardins minéraux, tu vas adorer les fonds marins du coin, lui répondit Dirk.

Al s'approcha de la barre et regarda par la vitre. En constatant qu'ils étaient proches de la côte, il prit une paire de jumelles et scruta la plage de galets qui s'étendait à l'ouest de la vaste formation rocheuse.

— Pas de trace de déesse grecque en pleine séance de bronzage ? demanda Summer d'un ton teinté d'ironie.

— Non, les dieux désertent la plage, même par un bel après-midi ensoleillé comme celui-ci. Ils ont même fui les grottes marines.

Pitt avança d'un pas, une expression de curiosité sur le visage.

— Cela ne t'ennuie pas si je jette un coup d'œil ?

Pendant que Pitt observait la côte, son fils l'informa qu'ils venaient d'atteindre la fin de leur zone de recherches.

— Al, tu peux m'aider à remonter le poisson sonar ? demanda-t-il en désactivant le système de surveillance.

— Bien volontiers.

Les deux hommes se dirigèrent vers la poupe.

Pitt gardait les yeux braqués sur la rive. Il se tourna vers Kenfield.

— Commandant, pourriez-vous nous approcher un peu plus du rivage en virant de vingt degrés ?

— Que se passe-t-il, papa ? s'écria Summer.

— J'envisage juste la possibilité que le roi Al ait découvert un nouveau filon.

L'*Agean Explorer* se glissa dans des eaux moins profondes, et Pitt put obtenir une vision plus précise de la rive. À partir de la plage de galets de la roche d'Aphrodite, le terrain grimpait en pente très raide vers l'est en formant des falaises crayeuses hautes d'une centaine de mètres. Les vagues régulières de la Méditerranée roulaient à leurs pieds en grondant et faisaient jaillir de grandes gerbes d'écume sur leurs parois. Au bas des murailles, le calcaire était échancré par endroits, là où la mer avait creusé des trous, ou des grottes marines, comme les appelait Al. C'étaient ces grottes qui avaient attiré l'attention de Pitt, et il les examina une par une avec soin. Il finit par se concentrer sur l'une d'elles en particulier, une petite cavité noire qui s'ouvrait à peine au-dessus de l'eau, et qui était entourée de rochers épars.

— Le poisson sonar est remonté à bord, lança Dirk en entrant sur la passerelle en compagnie de Giordino.

Pitt baissa ses jumelles.

— Commandant, à quel stade de la marée sommes-nous en ce moment ?

— Elle a atteint la pleine mer il y a peu de temps, répondit Kenfield. Dans ces eaux, l'écart de niveau entre l'étale de basse mer et l'étale de haute mer ne dépasse guère les soixante centimètres.

Pitt hocha la tête avec un petit sourire, puis se tourna vers Rudi Gunn.

— Rudi, vous avez étudié la modélisation océanique. Selon vous, quelle a été l'évolution du niveau de la mer Méditerranée au cours des mille sept cents dernières années ?

Rudi Gunn se gratta la tête un instant avant de répondre.

— Le niveau est sans doute plus haut de trois mètres qu'il ne l'était il y a deux mille ans. Si j'effectue des recherches dans la base de données de la NUMA, je pourrai vous fournir des indications plus précises.

— Ce ne sera pas nécessaire, répondit Pitt, en observant une fois de plus la même grotte. Je pense que la taille correspond, ajouta-t-il dans un murmure.

— Nous devons aller chercher l'AUV sans tarder.

— Très bien, mais avant cela, il faut mouiller le Zodiac où nous allons embarquer, Summer et moi. Toi aussi, Dirk, si tu veux.

— Non merci, papa. Pour ce qui est de perdre mon temps à des recherches infructueuses, Summer et moi avons déjà eu notre part. Et je dois aider à remonter l'AUV.

— Mais où allons-nous ? demanda Summer.

— Eh bien, vers cette falaise, lança Pitt, qui désigna la côte en souriant. À quel autre endroit pourrions-nous donc trouver une galère romaine ?

93

Pendant que l'*Agean Explorer* mettait le cap à l'est pour récupérer l'AUV, Pitt fit démarrer le moteur du Zodiac flambant neuf qui s'élança vers la rive. Summer était assise vers l'étrave ; ses longs cheveux roux flottaient dans le vent et son visage arborait une expression pleine d'espoir alors qu'ils approchaient de la grotte marine. L'ouverture basse, presque au niveau de l'eau, ne reflétait que peu de lumière, preuve, selon Pitt, que la cavité s'enfonçait loin à l'intérieur de la falaise.

Lorsqu'ils furent tout près, Pitt remarqua que l'entrée était assez large pour que le Zodiac puisse s'y glisser. La marée était plus basse à présent, et le mouvement des vagues rendait le passage risqué. Il aperçut un groupe de rochers plats sur sa droite, aligna le Zodiac contre eux et attendit qu'une vague soulève l'embarcation. Summer sauta à terre et amarra un cordage autour d'un rocher.

— Je crois que nous allons devoir nous mouiller, dit Pitt en prenant sa lampe torche avant de quitter le Zodiac.

Summer le suivit le long des rochers jusqu'au moment où ils durent entrer dans l'eau près de l'entrée de la grotte. Une couche de pierres immergées formait une plate-forme grossière sur laquelle Pitt s'engagea pendant qu'une vague lui balayait la nuque. Il alluma sa lampe qu'il maintint au-dessus de sa tête, et vit que la grotte s'étendait en un tunnel de six ou sept mètres avant de s'élargir au-delà dans l'obscurité.

Il s'immobilisa et attendit que Summer se fraie un passage parmi les roches glissantes. Elle faillit chuter et attrapa sa main juste à temps.

— Ce serait peut-être plus facile de nager, haleta-t-elle.

— Je vois un rebord à sec juste devant nous, répondit Pitt en faisant circuler le rayon de sa torche.

En se tenant à la paroi latérale, ils réussirent à avancer, et découvrirent que la plate-forme immergée se relevait peu à peu. Ils purent ainsi sortir de l'eau. Au-dessus de leurs têtes, la voûte s'élevait à des hauteurs vertigineuses tandis que le tunnel s'élargissait en une vaste caverne. L'eau circulait dans un chenal incurvé formant un grand « U » qui, en toute logique, devait revenir vers la mer. Pitt nota qu'elle ne paraissait pas stagnante, et était au contraire animée d'un courant modéré.

Ils suivirent sur quelques mètres la plate-forme, qui aboutissait à une sorte de vaste monticule sableux. Pitt éprouva une vive surprise en constatant qu'une lueur douce baignait l'intérieur de la grotte. En levant les yeux, il vit quelques minces rayons de soleil se faufiler à travers une crevasse de la falaise.

Il sentit soudain la main de Summer se serrer sur son bras.

— Papa ! s'écria-t-elle.

Summer regardait devant elle, les yeux écarquillés. Pitt se retourna ; il s'attendait à une chauve-souris, ou peut-être à un serpent sur le sol. Mais ce qu'il découvrit était d'une tout autre nature : la coque d'un très vieux navire.

Le bateau se tenait droit sur un rebord sablonneux et, à la faible clarté ambiante, il semblait peu endommagé. Pitt s'approcha et comprit que le bâtiment était d'une conception très ancienne. La haute proue formait un arc qui s'incurvait en revenant vers le pont découvert. Au-dessus de la ligne de flottaison, des dizaines d'orifices étaient creusés sur ses flancs, de toute évidence pour des avirons. Il n'en vit aucun aux alentours, et seuls quelques moignons de bois dépassaient de rares ouvertures.

En s'avançant vers le bâtiment couvert de poussière, Summer et Pitt constatèrent que son unique mât avait été brisé à sa base ; le pilier de bois reposait à présent en travers du pont arrière. Pitt braqua le faisceau de sa lampe vers la poupe. Les restes d'un squelette humain recouvraient en partie la barre du gouvernail en bois.

— C'est une galère, dit Pitt en souriant. Et très ancienne, à en juger par son apparence. Son mât a dû s'arracher lorsqu'elle est passée dans l'ouverture de la grotte.

Summer demeurait silencieuse, émerveillée. En s'avançant vers la proue, elle parvint enfin à retrouver la parole.

— Papa, regarde ça !

Au niveau de la ligne de flottaison, l'étrave de la galère n'était plus qu'un enchevêtrement de bois. En regardant de plus près, ils observèrent la présence de plusieurs pointes de cuivre tordues qui dépassaient à l'horizontale de chaque côté.

— C'est la seule avarie réelle à la coque, commenta Summer. Ils ont dû heurter la falaise à plusieurs reprises avant de pouvoir se glisser dans la grotte.

— Un éperon devait être fixé à cet endroit autrefois, suggéra Pitt d'un air songeur.

En se servant des pointes comme escabeau, il grimpa en haut de la proue, puis se hissa par-dessus bord. Toute la surface du pont était jonchée de débris de squelettes encore en partie revêtus de tuniques ou de toges ; sur certains, des ossements de mains serraient encore des poignées d'épées. Les boucliers et lances éparpillés un peu partout donnaient une idée de la sanglante bataille qui avait été livrée.

— Tu vois des éléments qui prouvent que la galère était romaine ? le héla Summer depuis le bas de la coque.

— Bien entendu, elle est romaine.

Summer se figea en une fraction de seconde. Ce n'était pas le ton froid de la remarque qui la glaça, mais le fait que la voix n'était pas celle de son père.

Lorsqu'elle se retourna, la silhouette de Ridley Bannister sortit de l'ombre. Ses vêtements étaient trempés des pieds jusqu'à la poitrine. Il tenait un petit Caméscope qu'il alluma, plongeant la caverne dans une vague lueur bleue.

— Quelle surprise ! Notre estimé archéologue Ridley « Baker » Bannister en personne ! souffla Summer en avançant d'un pas. Avez-vous apporté votre arme aujourd'hui ?

— Oh, non. C'était d'ailleurs le revolver du maréchal Kitchener, et il n'était pas chargé, j'ai le regret de vous l'apprendre, dit Bannister en levant sa caméra pour qu'elle puisse bien la voir. C'est un plaisir de vous revoir, mademoiselle Pitt. Et à présent, si vous voulez bien vous écarter, je vais procéder à l'inventaire de ma découverte.

— Votre découverte ? lança Summer, dont le sang commençait à bouillir. Espèce de fieffé menteur, vous n'avez rien découvert du tout !

— Cela revient au même, désormais. Je dois vous informer que je suis en excellents termes avec le directeur des Antiquités chypriotes. J'ai déjà pris des dispositions pour l'exclusivité d'un film ainsi que pour les droits d'un livre relatifs à cette trouvaille, à laquelle vous avez bien voulu participer. Je veillerai à signaler votre généreuse contribution.

Bannister commença à filmer l'extérieur de la galère.

— Les reliques du Manifeste se trouvent-elles à bord ? demanda-t-il en braquant l'objectif sur les flancs du vaisseau.

Pendant que Bannister réglait la mise au point sur la proue endommagée, Summer s'élança sur lui. Il ne la vit que trop tard. La jeune femme étendit le bras et fit tomber de la main de l'archéologue la caméra, qui alla s'écraser sur les rochers. L'objectif vola en éclats, mais la lumière bleutée de l'appareil continua à éclairer la caverne d'une lueur diffuse.

Bannister tourna le regard vers son Caméscope endommagé, et la fureur l'envahit peu à peu. Il saisit Summer, plus grande que lui, par le revers du col, et se mit à la secouer avec frénésie. La fille de Pitt pratiquait le judo, et elle s'apprêtait à opérer une « mise au sol » suivie d'une immobilisation lorsqu'une puissante rafale résonna dans la grotte. Elle en entendait encore l'écho quand elle sentit les doigts de Bannister se détacher de son chemisier. L'archéologue lui lança un regard peiné, puis s'effondra avec lenteur. Summer vit que son pantalon kaki était parsemé en plusieurs endroits de taches de sang.

Summer leva les yeux. Trois hommes étaient debout sur le monticule de sable. En dépit de la faible luminosité, elle constata qu'ils étaient d'origine moyen-orientale. Le plus grand des trois se tenait entre les deux autres, et un filet de fumée montait encore du canon du pistolet-mitrailleur Uzi qu'il tenait entre ses bras. Tout en parcourant la galère du regard, il avança d'un pas, son arme braquée sur la jeune Américaine.

— Ainsi, lança Zakkar dans un anglais approximatif, vous avez trouvé le trésor.

94

Summer resta immobile pendant que les trois hommes s'approchaient. À ses pieds, Bannister s'agrippait à ses blessures, une expression à la fois choquée et hagarde gravée sur ses traits. Zakkar baissa son pistolet-mitrailleur en s'avançant, toute son attention focalisée sur la galère.

— Gutzman sera content, dit-il en arabe à son acolyte le plus proche, le tueur barbu de l'attaque du Dôme du Rocher qui se faisait appeler Salaam.

— Et ces deux-là ? demanda celui-ci en braquant une petite lampe-stylo vers Summer et Bannister.

— Tue-les et débarrasse-toi de leurs corps en mer, répondit Zakkar en passant la main sur la coque.

Bannister avait compris le sens de leur échange ; il tenta de se traîner sur le sol en grognant de douleur pendant qu'il s'accrochait des mains pour avancer derrière Summer.

— Cours !

Le cri de Pitt résonna depuis le pont de la galère et prit tout le monde par surprise. Summer vit l'homme devant elle se tourner vers le navire, les yeux écarquillés par l'horreur.

Un lourd javelot romain à pointe de fer, un *pilum*, siffla en volant dans sa direction. Salaam ne put même pas esquiver la pointe effilée qui lui déchira la poitrine. L'arme, fabriquée avec art et habileté, traversa son torse et la pointe ressortit dans le dos, sous un rein. Du sang jaillit de la bouche de Salaam qui tomba aussitôt, foudroyé.

Au moment où le javelot le frappait, Summer, aux aguets, calculait ses chances. En une fraction de seconde, elle comprit qu'elle avait le choix entre s'élancer pour attraper l'arme de Salaam, courir et plonger dans l'eau, ou encore rejoindre d'un bond son père à bord de la galère. L'adrénaline bouillait dans ses veines, exigeant de son cerveau une réponse immédiate. Mais Summer laissa la logique primer et attendit avant de bouger. Elle se rendait compte que le pistolet de Salaam n'était pas de taille à lutter contre l'Uzi de Zakkar. Et même si son cœur la pressait de se précipiter vers son père, la raison lui disait que l'eau était beaucoup plus proche.

Réprimant ses pulsions, Summer fit un pas décidé vers la droite et plongea. Des tirs éclataient déjà lorsque ses mains tendues brisèrent la surface de l'eau. Le sol sableux descendait en pente raide et elle put s'enfoncer dans les profondeurs sans se rompre le cou.

Par instinct, elle se dirigea vers le fond en suivant le léger courant qui l'éloigna de l'entrée de la grotte. Nageuse émérite et alimentée par un puissant flux d'adrénaline, elle progressa toujours plus bas, jusqu'à ce que ses membres frôlent le fond du chenal à cinq mètres de profondeur. L'eau était d'un noir d'encre, et elle se servit du courant pour se propulser en avant, en se frottant à l'occasion contre les parois de pierre.

Elle effectua une douzaine de brasses puissantes et rapides, fendant l'eau avec souplesse. Lorsqu'elle eut expiré presque tout l'air de son corps, elle remonta vers la surface, certaine d'avoir mis assez de distance entre elle et les tueurs pour pouvoir remonter quelques secondes et respirer. Ses poumons commençaient à la faire souffrir. Elle leva un poing au-dessus de sa tête avant d'entamer son ascension, et se hissa vers la surface. Elle s'éleva de quatre mètres environ, et sa main rencontra la pierre. Une brusque panique l'envahit soudain au contact de la roche rugueuse. Avec lenteur, elle fit monter sa tête au niveau de son poing et sentit la pression du courant contre son visage.

Son cœur bondit dans sa poitrine quand elle comprit que le chenal s'était changé en un tunnel immergé en totalité, et qu'elle n'y trouverait pas d'air à respirer.

95

L'Uzi de Zakkar avait ouvert le feu au moment même où Summer avait plongé dans le bassin de la grotte. Son tir s'était toutefois dirigé vers la galère, et un alignement d'impacts criblait désormais la coque. Pitt s'élança à toute allure sur le pont et ramassa un bouclier de bois rond qui se trouvait à ses pieds. Il le leva en l'air un quart de seconde, puis le lança comme un frisbee vers Zakkar en espérant détourner son attention de Summer. Le mercenaire fit un bond de côté et tira une courte rafale qui faillit l'abattre près du plat-bord.

En jetant un coup d'œil furtif, Pitt avait vu sa fille bondir vers le chenal et entendu les éclaboussements. L'eau était à présent tranquille, et les tirs avaient cessé. Pitt en conclut que Summer était parvenue à se tirer d'affaire.

Bannister faisait lui aussi preuve d'une certaine habileté à éviter les balles. Dans la confusion causée par l'attaque à la lance, il s'était traîné pour se cacher derrière des rochers peu élevés, tout en vacillant sans cesse entre conscience et hébétude en raison de ses blessures. Les tueurs semblaient d'ailleurs fort peu s'intéresser à son sort, tout à leur rage de venger la mort de leur collègue.

— Monte à bord par la poupe, ordonna Zakkar à son complice après s'être assuré de la mort de Salaam. Je vais le poursuivre depuis la proue.

Il prit la lampe-stylo des doigts du mort, puis se dirigea vers l'étrave en surveillant le pont, au-dessus de lui, d'un œil prudent.

Pitt n'avait vu que trois hommes entrer dans la grotte et espérait qu'ils étaient venus seuls. Il n'avait pas la moindre idée de leur identité, mais ils étaient en tout cas prêts à tuer. S'il voulait les vaincre, il savait à quoi s'attendre.

Sous la pâle lueur de la caverne, il observa le pont, et repéra à chaque extrémité des panneaux de descente qui menaient aux bancs de rame. Il se fraya un chemin jusqu'à celui de l'arrière, et saisit une épée et un nouveau bouclier parmi les restes de bataille éparpillés sur le pont. Le bouclier lui parut bien lourd, et lorsqu'il le retourna, il vit que trois courtes flèches étaient sanglées sur sa face intérieure. C'étaient des flèches conçues pour un lancer à la main, et qui étaient apparues dans les armées romaines à la fin du troisième siècle. Chaque *plumbata* mesurait environ trente centimètres, avec un lourd lest de plomb en son centre et une pointe à barbes en bronze à son extrémité. Pitt coinça le bouclier sous son bras, puis enjamba le mât étalé en travers du pont arrière.

Tandis qu'il se déplaçait vers la section surélevée de la poupe, il entendit les deux hommes qui tentaient de monter à bord à chaque bout du navire. En approchant de l'axe longitudinal de la galère, il trébucha sur ce qui restait du squelette d'un légionnaire et faillit tomber sur le pont inférieur en dégringolant à travers le panneau de descente. Il se maudit à voix basse en raison du vacarme qu'il aurait pu causer, mais l'incident lui donna une idée.

Il prit l'épée et enfonça la pointe dans le bois du pont pour la faire tenir droite, puis il souleva le torse du squelette, qu'il coinça sur la poignée de l'arme. Il enveloppa le tout du manteau prêt à partir en poussière qui se trouvait sous les ossements, et aperçut non loin une lance brisée. Il la fit passer entre les côtes et en cacha la base sous le manteau, laissant la pointe dépasser de façon menaçante. Dans la quasi-pénombre, le guerrier antique avait presque l'air vivant.

Au-dessus de lui, Pitt entendit un son sourd lorsque l'un des tueurs sauta sur la poupe surélevée après avoir grimpé le long du tableau arrière. Il opéra une retraite silencieuse vers le mât qu'il enjamba à nouveau pour se cacher dans son ombre. Sans un bruit, il défit les attaches des trois flèches, puis fouilla ses poches à la recherche de monnaie. Il trouva une pièce de vingt-cinq *cents*, la serra dans sa main et attendit.

Le bandit se déplaçait avec précaution. Sans se presser, il scruta le pont avant de quitter sa position près du gouvernail. Il posa le pied sur l'une des deux échelles installées de chaque côté des panneaux de descente. Pitt se réjouit de constater qu'il avait choisi la plus proche de sa propre position.

Il demeura à l'abri jusqu'à ce qu'il entende les chaussures se poser sur le pont, puis leva la main, fit tourner son poignet et lança la pièce en l'air. Elle atterrit là où il le voulait, près de la base du squelette, avec un tintement clairement audible.

Surpris, l'homme se tourna aussitôt vers la source du bruit et vit la silhouette enveloppée d'un manteau qui semblait tenir une lance. Il tira à deux reprises et fut stupéfait de voir son adversaire se désintégrer en un petit tas d'ossements et de tissu. Mais il n'eut guère le temps de s'attarder sur ce mystère, car Pitt s'était déjà relevé pour lui lancer une première flèche.

Étonné de constater à quel point l'arme était bien équilibrée, il visa dans le mille et atteignit son ennemi près de la hanche. L'homme grogna de douleur lorsque le projectile affûté pénétra dans ses chairs, puis il tournoya sur lui-même tandis que la deuxième flèche passait en sifflant près de sa poitrine. Tout en essayant d'extraire la flèche, il regarda dans la direction de Pitt, mais ne vit que la troisième flèche qui volait vers lui. Trop affaibli pour tirer, il fit par réflexe un pas de côté pour éviter la pointe aiguisée. Mais il n'y avait plus de pont sous ses pieds.

Le souffle coupé, il plongea à travers le panneau de descente. Une seconde plus tard, le bruit écœurant de ses côtes qui se brisaient résonna depuis le banc de rame en contrebas, suivi par un silence morbide.

— Ali ? cria Zakkar depuis la proue.

Personne ne répondit à son appel.

96

Pour la seconde fois en deux minutes, Summer se trouvait confrontée à un choix vital. Devait-elle rebrousser chemin ou continuer à avancer ? Elle ignorait à quelle distance l'eau était remontée jusqu'à la voûte. Deux mètres ? Ou cinquante ? Un tel parcours, en nageant à contre-courant, serait interminable. Elle choisit cette fois de suivre son instinct et prit sa décision : avancer.

En battant des pieds et des mains, elle se propulsa à travers le tunnel ; de temps à autre, ses bras ou sa tête se cognaient contre la roche environnante. Une brasse sur deux, elle levait le bras au-dessus de son corps dans l'espoir de trouver une poche d'air. Mais à chaque fois, sa main se frottait à la pierre. Elle sentit son cœur s'emballer et réprima le brusque réflexe qui la poussait à respirer ; la panique commençait à envahir son esprit. Depuis combien de temps était-elle sous l'eau ? Une minute ? Deux ? Pour elle, c'était une éternité. Elle savait pourtant que la question cruciale était de savoir pendant combien de secondes elle allait encore pouvoir tenir.

Elle accéléra ses battements, mais son cerveau manquait d'oxygène, et elle avait l'impression de se mouvoir au ralenti. L'hypoxie sapait la force de ses muscles, et elle éprouvait une curieuse sensation de brûlure dans les bras et les jambes. L'eau était de plus en plus noire devant ses yeux, qui ne ressentaient même plus la piqûre du sel marin. Au fond d'elle, une voix l'encourageait à rester forte, mais elle se savait proche de l'abandon.

C'est alors qu'elle la vit – une faible lueur verte qui apparut dans l'eau au-dessus d'elle. Peut-être n'était-ce qu'une illusion, ou les premiers stades de l'inconscience, mais peu lui importait. Elle exhala le peu d'air qui lui restait, rassembla ses toutes dernières réserves d'énergie et se propulsa avec force vers la source de lumière.

Une chaleur torturante brûlait ses membres et un son assourdissant lui perçait les oreilles. Son cœur semblait vouloir s'arracher de sa poitrine et ses poumons étaient prêts à exploser. Mais elle ignora la douleur, les doutes, le désir de lâcher prise et continua à se battre pour remonter.

La pâle lueur verte s'épanouit bientôt en une chaude lumière, assez vive pour éclairer les particules et les sédiments flottant dans l'eau. Au-dessus de sa tête, un éclat argenté, comme une masse de mercure, attira son regard. Son énergie la fuyait, mais elle se lança à nouveau vers le haut avec un dernier regain de puissance.

Elle émergea et s'éleva haut dans les airs avant de retomber dans une gerbe d'eau. Haletante, hors d'haleine, elle nagea jusqu'à un rocher proche et s'accrocha à sa surface couverte de bernacles tandis que son corps tentait de récupérer. Elle se reposa pendant cinq minutes avant de retrouver assez de forces pour se remettre en mouvement. Soudain, au loin, elle entendit le son étouffé d'une fusillade, et se souvint de son père.

En s'orientant, elle s'aperçut qu'elle se trouvait sur un affleurement rocheux à demi submergé à une centaine de mètres à l'ouest de la grotte. Elle ne tarda pas à apercevoir le Zodiac de la NUMA, amarré à un rocher près de deux embarcations plus petites. Elle replongea, fit le tour des roches et nagea vers elles.

Très vite, ses bras lui parurent aussi lourds que du plomb, et à plusieurs reprises, les vagues faillirent la renvoyer sur la rive et ses récifs, mais elle parvint à atteindre son but sans faiblir. Le Zodiac n'était pas équipé d'une radio embarquée, aussi se hissa-t-elle sur le pont du premier des deux autres bateaux, un tout petit chalutier que Zakkar s'était approprié. Sur la minuscule timonerie découverte, elle trouva une radio marine et lança aussitôt un appel à l'*Agean Explorer*.

Dirk, Al Giordino et Rudi Gunn étaient sur la passerelle lorsque la voix frénétique de la jeune femme résonna dans le haut-parleur.

— Summer, ici l'*Explorer*. Parle, lui dit Rudi Gunn d'un ton apaisant.

— Rudi, nous avons découvert la galère dans la grotte, et trois hommes armés y ont fait irruption. Je me suis échappée, mais papa est toujours là-bas. Ils essaient de le tuer.

— Du calme, Summer, nous sommes en route. Essaie de te cacher jusqu'à notre arrivée et ne prends pas de risques.

Kenfield avait déjà viré de bord et accélérait au maximum lorsque Gunn coupa la communication. Dirk fit un pas un avant pour regarder par la vitre.

— Ils sont à six ou sept milles nautiques de notre position, constata-t-il avec amertume en se tournant vers Rudi. Nous n'y serons jamais à temps.

— Il a raison, intervint Al Giordino. Il faut arrêter l'*Explorer*.

— Comment cela, arrêter l'*Explorer* ? s'écria Rudi Gunn.

— Donnez-nous deux minutes pour mouiller le *Bullet*, et nous y serons en un clin d'œil.

Rudi Gunn réfléchit un instant à la proposition. Même pour un homme tel que lui, Pitt n'était pas qu'un patron ; c'était presque un frère. Si les rôles étaient inversés, il savait quelle décision Pitt aurait prise.

— Très bien, dit-il. Mais n'allez pas vous faire tuer.

Dirk et Al se précipitèrent aussitôt vers la porte.

— Al, je vous rejoins sur le pont, lança Dirk. J'ai quelque chose à prendre.

— Essayez de ne pas manquer le départ du bus, répondit Giordino avant de disparaître.

Dirk descendit en trombe sur le pont inférieur, qui abritait les quartiers des membres d'équipage. Il bondit jusqu'à la cabine de son père, s'engouffra à l'intérieur et s'approcha du petit bureau encastré au-dessus duquel se trouvait une étagère de livres. Dirk passa les titres en revue. Son regard s'arrêta sur un lourd volume relié en cuir : *Moby Dick*, d'Herman Melville. Il l'arracha presque de l'étagère, et tourna la couverture l'espace d'une seconde.

— *Au grand monstre blanc, Ismaël*, murmura-t-il avant de prendre le livre sous le bras et de quitter la cabine en courant.

97

Pitt avait presque oublié Zakkar, qui avait fini par passer par-dessus la proue et appelait à présent son partenaire. Confronté au silence, il alluma la petite torche de Salaam et la braqua vers l'arrière du pont. Le faisceau balaya la silhouette de Pitt, debout un bouclier à la main, sourire aux lèvres.

Mais lorsque le pistolet-mitrailleur de Zakkar aboya, l'Américain plongeait déjà de l'autre côté du mât renversé. Les balles passèrent au-dessus de sa tête et vinrent s'enfoncer dans le pont de poupe surélevé. Il n'attendit pas que Zakkar ajuste son tir ; il se glissa à travers le pont et s'élança dans le panneau de descente ; le tueur bondit à sa poursuite.

Le corps d'Ali était à peine visible dans le petit carré de lumière qui atteignait le pont inférieur. Il avait dû se rompre le cou en tombant, et sa tête formait un angle peu naturel. Pitt s'accroupit près du cadavre et fouilla le sol à la recherche de son pistolet, mais en vain. Ali l'avait sans doute lâché dans sa chute, et il était allé rebondir près de l'un des bancs de rame proches. Pitt avait laissé sa lampe torche sur le pont supérieur en lançant le *pilum*, et il lui était impossible de localiser l'arme dans l'obscurité.

Alors que Zakkar chargeait à sa poursuite, Pitt s'avança à tâtons le long de l'allée centrale qui séparait les bancs de rame tribord et bâbord. Toutes les armes romaines étaient restées au niveau supérieur, et il se trouvait à présent sans défense dans le noir. Son seul espoir était de remonter par le panneau avant pendant que son adversaire empruntait celui de la poupe.

Zakkar savait sa proie à sa portée et il n'hésita pas à descendre les escaliers à l'arrière. Pitt l'entendit arriver et accéléra. Il aperçut un rayon de lumière plus loin devant lui, signe que le panneau de descente avant était proche.

Lorsqu'il posa pied sur le pont inférieur, Zakkar ne prit qu'une seconde pour contempler le corps inerte d'Ali, puis il fit pivoter le rayon de sa petite lampe pour examiner le pont. Il détecta un mouvement à l'autre extrémité, puis son faisceau s'arrêta sur Pitt qui tentait de remonter le panneau avant. Il visa et ouvrit le feu.

Pitt plongea au sol alors que les balles mordaient le bois autour de lui. Plusieurs petites caisses étaient empilées au bas du panneau de descente ; il rampa vers elles en se penchant pour rester à couvert. Zakkar s'approcha et tira à nouveau, faisant voler en éclats l'une des caisses à quelques centimètres au-dessus de Pitt.

Sans arme, celui-ci était en mauvaise posture. Une fois de plus, il chercha une arme autour de lui, mais ne vit qu'un squelette gisant au sol. C'était celui d'un légionnaire romain, comme l'attestaient la tunique, la cuirasse et le casque. Le soldat était sans doute tombé du pont supérieur lorsqu'il avait été tué, supposa Pitt. Il examina la cuirasse un instant, puis avança la main et la retira des ossements desséchés.

Vers le quatrième siècle, l'équipement de protection du soldat romain se composait surtout de fer. D'un poids écrasant, il était capable de résister aux lances les plus pointues et aux épées les plus meurtrières. Et peut-être aussi aux balles d'un pistolet-mitrailleur Uzi de 9 mm, songea Pitt. Il posa sur sa tête le pesant casque circulaire qui s'élargissait et s'évasait sur la nuque pour offrir une meilleure protection. Il s'intéressa ensuite à la cuirasse de poitrine. C'était une plaque de fer modelée selon le contour du thorax humain, avec une plaque dorsale associée. Il était visible qu'elle avait été faite pour un homme plus petit que lui.

Sans perdre de temps à revêtir les deux éléments de la cuirasse, il disposa les deux plaques sur son dos et les laça autour de sa gorge à l'aide d'une sangle de cuir. Il se faufila jusqu'au bas du panneau de descente, jeta un coup d'œil sur le pont supérieur, prit une longue inspiration, puis escalada l'échelle aussi vite que ses jambes et ses bras le lui permettaient.

Zakkar était encore à quinze mètres de lui ; il dévalait le long de l'allée, sa lampe-stylo braquée sur l'échelle, lorsqu'il vit Pitt grimper. En tueur expérimenté, il s'immobilisa aussitôt et leva son arme. En maintenant de sa main gauche sa lampe sous son canon, il prit le temps de viser et appuya sur la détente.

Autour de Pitt, le bois explosa en une pluie d'éclats et d'échardes tandis que les balles se logeaient dans la cloison qui soutenait l'échelle. Il sentit dans son dos trois chocs brutaux qui le propulsèrent en avant avec la puissance d'une masse, mais sans l'immobiliser. De toute la force de ses membres, il jaillit sur le pont au moment où une seconde rafale déchiquetait le haut de l'échelle, à l'endroit où se trouvaient ses pieds une seconde plus tôt.

Il se dirigea vers le plat-bord, encore surpris d'avoir pu remonter indemne. Toujours protégé par sa cuirasse, il se préparait à sauter par-dessus bord lorsqu'il remarqua sur le sol un autre *pilum*, identique à celui dont il s'était servi pour neutraliser le premier tueur. Il choisit d'attaquer plutôt que de se défendre, saisit la lance et revint vers l'ouverture du panneau.

Zakkar était au pied de l'escalier. Prudent, il leva le rayon de sa lampe. Alors que les deux hommes restaient figés chacun de leur côté, un silence de mort tomba sur la galère. Au bout d'un moment, Zakkar commença à monter le long de l'échelle déchirée par les projectiles. Incapable de tenir en même temps sa lampe et son arme, il coinça la petite torche entre ses dents et leva l'Uzi vers le haut.

Seul son visage dépassait du pont lorsqu'il vit Pitt se déplacer à moins de deux mètres de lui. Le *pilum* quitta aussitôt la main de l'Américain et décrivit une spirale en volant vers Zakkar. Mais la cible était trop petite, et Zakkar put l'éviter en penchant la tête. La pointe alla s'enfoncer dans l'encadrement de l'échelle. Zakkar sortit l'Uzi de l'ouverture et lâcha une rafale à l'aveugle avant de finir de s'extraire du panneau en vidant son chargeur.

Pitt était déjà près du plat-bord ; il se lança par-dessus bord tandis que les balles volaient autour de lui, mais la salve de l'Uzi lui avait fait perdre son équilibre, et il atterrit sur le sable, cinq mètres plus bas, dans une mauvaise position. Un éclair de douleur transperça sa cheville droite lorsqu'il se releva. Il tenta de marcher, mais dut se contenter de sautiller à cloche-pied. Avec une cheville foulée, le chenal lui paraissait à présent aussi lointain que s'il eût été à des kilomètres. Mais le corps de Salaam était là, tout proche, et Pitt savait qu'il était armé au moment de sa mort.

Il boitilla vers lui, se pencha sur le cadavre et chercha l'arme autour de ses mains.

— C'est cela que vous cherchez ? lança soudain une voix venue de la galère.

Pitt risqua un coup d'œil par-dessus son épaule. Zakkar le contemplait, le pistolet du mort braqué droit sur sa tête.

98

Pitt ne comprit pas pourquoi Zakkar n'appuyait pas sur la détente. Au lieu de cela, l'Arabe resta immobile plusieurs secondes avant que Pitt ne réalise que les yeux de son ennemi étaient fixés sur un point plus éloigné que lui. Avec prudence, il suivit son regard vers le chenal, où une agitation inhabituelle perturbait le calme des eaux.

Une sourde lueur, recouverte d'une masse de bulles, et dont l'éclat augmentait peu à peu, était visible sous la surface. Soudain, une éblouissante rangée de projecteurs au xénon émergea des profondeurs, suivie d'un cockpit en acrylique, puis d'une longue coque blanche. Un sourire grave se forma sur les lèvres de Pitt au moment où le *Bullet* apparut.

Installés aux contrôles, Dirk et Al Giordino découvrirent, émerveillés, l'immense grotte et la galère romaine posée en son centre. Puis ils virent Pitt sous la menace de l'arme de Zakkar. Les deux hommes baignaient dans le puissant éclat lumineux des feux du *Bullet*. Dirk faillit s'étrangler en reconnaissant le tueur.

— C'est le terroriste que j'ai vu à Jérusalem ! Garde les projecteurs sur lui !

Avant que Giordino puisse répondre, Dirk avait bondi de son siège et ouvert l'écoutille arrière. En une seconde, il grimpa sur le réservoir de ballast latéral, le livre d'Herman Melville à la main. Le submersible se trouvait à presque trois mètres du bord et Giordino le fit pivoter pour se placer en face de la galère, mais Dirk n'attendit même pas qu'il s'approche. Il fit un saut en avant, retomba dans le chenal et nagea jusqu'au rebord en tenant le livre au-dessus de sa tête.

Sur le pont de la galère, Zakkar, nerveux, observait la scène. Il tourna son pistolet vers Pitt et tira ; l'Américain tomba sur le sable. Le tueur concentra alors toute son attention sur le submersible. Il avait entendu Dirk plonger dans l'eau, mais n'avait pas pu voir où il était sorti, aveuglé qu'il était par les phares du *Bullet*. Il visa avec soin, en fit exploser un, puis cribla la bulle acrylique à plusieurs reprises avant d'en neutraliser un second. C'est à ce moment qu'il vit une haute silhouette émerger sur le bord, bras tendu.

Zakkar ouvrit le feu, et la balle siffla à quelques millimètres de l'oreille gauche de Dirk. Celui-ci avançait toujours et marchait vers Zakkar sans ciller. Une tempête d'émotions submergeait son corps et son esprit, des pensées d'amour les plus tendres adressées à Sophie aux plus torrides éclairs de rage et de vengeance. Toute sensation de peur lui était devenue étrangère.

Zakkar droit dans la ligne de mire du Colt .45 qu'il tenait à bout de bras, il appuya avec calme sur la détente. Ni la force de la détonation ni le recul ne le ralentirent. Il s'approcha encore, tirant à chaque pas tel un robot guerrier.

Ses premières balles firent voler en éclats le plat-bord devant Zakkar, qui tressaillit, et dont la salve de riposte passa bien au-dessus de sa cible. Il n'eut aucune autre occasion de répliquer. Un nouveau projectile du Colt de Dirk déchira son épaule, emportant presque son bras. Il tournoya, puis retomba contre le plat-bord, où une nouvelle balle l'atteignit au flanc.

Effondré sur le bastingage tandis que la vie s'écoulait hors de son corps, Zakkar n'eut pas droit à une fin rapide. Dirk s'avança et le cribla de cinq balles supplémentaires, jusqu'à ce qu'il ne reste de lui qu'une affreuse masse écarlate. Alors que le silence retombait sur la grotte, il resta un instant à regarder le terroriste, puis se retourna lorsqu'il entendit des éclaboussements d'eau derrière lui.

Summer, qui avait aidé le *Bullet* à franchir l'entrée de la caverne, émergeait à présent en titubant sur le rebord du chenal. Elle courut vers lui, haletante.

— Où est papa ?

Dirk hocha la tête d'un air sombre et désigna la silhouette coiffée d'un casque romain et revêtue d'une cuirasse étendue à côté du premier tueur abattu. Giordino venait d'amarrer le *Bullet*. Il gagna le rebord d'un bond et courut rejoindre Summer et Dirk qui se précipitaient vers leur père.

Le patron de la NUMA commença à bouger avec peine, puis leva les yeux et adressa à ses enfants un sourire las.

— Papa, ça va ? demanda Summer.

— Je vais bien, la rassura-t-il. J'ai juste été un peu estourbi. Aidez-moi à me lever.

Tandis que Summer et Dirk l'aidaient à se redresser, Al Giordino observait la cuirasse en souriant.

— *Ave Cesar*, dit-il en se frappant la poitrine de son poing fermé.

— Je devrais en effet remercier César, répondit Pitt en ôtant son casque, qu'il souleva pour montrer à Al et à ses enfants l'endroit où la balle de Zakkar avait laissé une éraflure tout près de la tempe.

— De quoi voir trente-six chandelles, commenta Al.

Pitt se débarrassa de la cuirasse et l'examina. Trois balles avaient percé des orifices ronds, bien nets, sur la cuirasse de poitrine, mais elles n'avaient laissé que des éraflures sur la seconde plaque, lui sauvant ainsi la vie.

— Ces ingénieurs romains étaient de toute évidence des gens compétents, dit-il.

Il laissa tomber la cuirasse sur le sol et se tourna vers son fils qui tenait encore le Colt .45 à la main.

— J'ai déjà vu cette arme quelque part.

À contrecœur, Dirk la tendit à son père.

— Un jour, tu m'as dit que Loren t'avait envoyé un pistolet en Mongolie en le cachant dans un exemplaire découpé de *Moby Dick*. Je suis allé voir dans ta cabine et je l'ai vu sur l'étagère. J'espère que tu ne m'en veux pas.

Pitt secoua la tête, puis baissa les yeux vers les restes ensanglantés de Zakkar.

— On peut dire que tu as fait un carton.

— C'est ce salaud qui a dirigé les attaques de Césarée et de Jérusalem, répondit Dirk d'un ton froid, sans mentionner le fait que Zakkar était aussi le responsable indirect de la mort de Sophie.

— C'est étrange qu'il soit venu fouiner par ici, intervint Summer.

— Je suis presque sûr que notre ami britannique pourrait nous fournir de précieux renseignements à ce sujet, dit Pitt en désignant Bannister.

L'archéologue, qui était parvenu à s'adosser à des rochers, les contemplait d'un air hébété.

— Je vais voir cela avec lui, annonça Al Giordino. Pourquoi n'allez-vous pas voir ce que contient cette galère ?

— Vous avez trouvé les reliques du Manifeste ? demanda Summer, pleine d'espoir.

— J'étais un peu trop occupé par ailleurs, répondit Pitt. Allons, y aura-t-il quelqu'un pour aider un faible vieillard à monter à bord ?

Avec l'aide de Dirk et de Summer, Pitt se hissa sur la galère, descendit le long du panneau de descente vers le pont inférieur obscur et s'avança en boitant vers les caisses de bois qui lui avaient offert une précieuse protection un peu plus tôt.

— Je suggère que nous commencions nos recherches par ceci, dit-il.

Il prit une caisse parmi les plus petites, souffla pour la débarrasser de la poussière qui la recouvrait, puis l'éclaira de sa torche. Un symbole « Chi-Rho » délavé se détachait sur le bois.

— Tu vois, Summer, voici ta croix de Constantin, fit remarquer Dirk.

Summer prit la lampe des mains de son père et étudia l'image de plus près.

Une des salves de l'Uzi de Zakkar avait criblé d'impacts le bord de la caisse, dont les côtés étaient endommagés. Pitt se servit de la crosse du Colt pour faire sauter le rebord soudé déjà entamé par les balles. La pièce de métal céda sans résistance, et le panneau du devant tomba. Une paire de sandales usées roula hors de la boîte. Summer les retrouva avec sa lampe et remarqua qu'un morceau de parchemin était noué à l'une d'elles. En approchant le rayon lumineux, elle en révéla à tous le contenu, rédigé en latin :

Sandalii Christus

Toute traduction était inutile. Ils avaient devant les yeux les sandales de Jésus.

ÉPILOGUE

Les Sauveurs

99

La foule s'était rassemblée à l'extérieur de Sainte-Sophie en une file interminable qui s'étirait sur six pâtés de maisons. De pieux chrétiens côtoyaient des dévots musulmans et tous attendaient avec impatience que s'ouvrent les portes de l'exposition. Depuis quatorze siècles qu'il dominait l'horizon d'Istanbul, le vénérable monument avait été témoin d'innombrables drames historiques. Pourtant, dans son passé, peu d'événements avaient suscité une telle ferveur que partageait, unanime, la multitude qui se bousculait en espérant pouvoir enfin pénétrer dans son enceinte.

Peu de fidèles prêtèrent attention à la vieille décapotable Delahaye verte garée devant l'entrée. S'ils s'y étaient intéressés de plus près, ils auraient peut-être remarqué la rangée d'impacts de balles qui s'étirait en travers du coffre ; son nouveau propriétaire n'avait pas encore eu le temps de passer chez le carrossier.

À l'intérieur de Sainte-Sophie, un petit groupe de personnalités traversa la salle du Couronnement dans une attitude empreinte de respect ; les invités privilégiés admirèrent la double exposition présentée sous le dôme principal, perché à plus de cinquante mètres au-dessus de leurs têtes. Sur leur droite étaient offerts à leurs regards des objets relatifs à la vie de Mahomet : l'étendard de bataille volé, un exemplaire partiel, mais manuscrit du Coran, ainsi que d'autres trésors prélevés dans la collection personnelle d'Ozden Celik. La partie gauche de la salle était réservée aux reliques de Jésus découvertes à bord de la galère romaine. Dans l'attente de l'ouverture officielle au public, des dizaines de gardiens commençaient à s'assembler autour des vitrines.

Al Giordino et Rudi Gunn bavardaient avec Loren et Pitt près d'un ossuaire exposé dans une armoire vitrée. Le docteur Ruppé ne tarda pas à les rejoindre.

— C'est magnifique, s'exclama Ruppé, rayonnant. Je n'arrive pas à croire que vous ayez pu mener à bien une telle entreprise. Une exposition commune pour présenter des reliques liées à la vie de Jésus comme à celle de Mahomet. Et cela dans un tel cadre !

— Grâce à son héritage historique en tant qu'église et en tant que mosquée, Sainte-Sophie me semblait être le lieu idéal pour mettre ces objets en valeur, lui répondit Pitt. Et puis on peut dire que le maire d'Istanbul me devait bien une petite faveur, ajouta-t-il en souriant.

— Les Chypriotes nous ont bien aidés eux aussi en acceptant que ces objets soient présentés ici en attendant la construction d'un musée permanent pour les reliques et la galère, intervint Rudi.

— Et n'oublions pas la contribution de feu monsieur Celik, souligna Al Giordino.

— C'est vrai ; aujourd'hui, les reliques de Mahomet ont toutes été restituées au peuple turc, approuva Pitt.

— Encore une belle réussite à votre actif, dit Ruppé. Le public sera enchanté. Le fait de présenter de façon conjointe les histoires des deux religions est une bonne leçon de tolérance, insista-t-il en levant un sourcil dans la direction de l'Américain. Vous savez, si j'étais joueur, je pourrais penser que vous investissez vos mises dans l'au-delà !

— Sur ce plan, on n'est jamais trop prudent, en effet, répliqua Pitt avec un clin d'œil.

De l'autre côté de la salle, Julie Goodyear semblait captivée par un petit coffret qui contenait quelques feuilles de papyrus délavées.

— Tu ne trouves pas cela incroyable, Summer ? C'est une lettre authentique envoyée à Pierre par Jésus.

Summer ne put s'empêcher de sourire devant l'enthousiasme de l'historienne.

— Oui, et il y a aussi une traduction. Il semble que Jésus demandait à Pierre d'organiser un large rassemblement. Selon certains archéologues spécialisés dans l'histoire biblique, ce pourrait être une référence au Sermon sur la montagne.

Après avoir examiné un moment les papyrus, Julie se tourna vers Summer en secouant la tête.

— C'est inimaginable. Le fait que ces objets aient été répertoriés sur un document qui a lui-même traversé les siècles jusqu'à nos jours est déjà fabuleux. Mais la découverte des reliques elles-mêmes, et qui plus est en excellent état, c'est un vrai miracle.

— Un miracle, mais aussi pas mal de travail et un peu de chance, ajouta Summer en souriant. Allons, viens, je voudrais te présenter mon père !

Summer entraîna Julie avec elle, mais l'historienne la força à s'arrêter un moment devant le premier objet de l'exposition consacrée à Jésus : le Manifeste, enfermé dans une épaisse vitrine sécurisée. Une petite notice indiquait « Prêté par Ridley Bannister ».

— C'est un plaisir de revoir enfin l'original, mais pour être franche, je suis très surprise que monsieur Bannister ait accepté de prêter le Manifeste pour l'exposition !

— Il a failli mourir à Chypre dans cette grotte, et je crois pouvoir affirmer que cette expérience a fait de lui un autre homme. C'est d'ailleurs sur sa suggestion que le Manifeste est présenté ici aujourd'hui, et il a déjà donné son accord pour qu'il soit ensuite exposé de façon permanente à Chypre en compagnie des autres reliques. Bien sûr, il s'est aussi arrangé pour produire un documentaire et rédiger un livre sur le sujet, ajouta-t-elle avec un sourire en coin.

Elles s'approchèrent de Pitt et des autres, et Summer leur présenta son amie.

— C'est un plaisir de rencontrer la jeune femme grâce à laquelle ces trésors ont pu être révélés au grand jour, la complimenta Pitt avec élégance.

— Je vous en prie, mon rôle a été très mineur, répondit Julie. C'est vous et Summer qui avez découvert les reliques. Et en particulier la plus curieuse d'entre elles.

— L'ossuaire de « J ». La nouvelle a fait sensation, au début. Mais après une analyse méticuleuse, les épigraphistes ont considéré que l'inscription araméenne qui s'y trouvait se lisait « Joseph », et non « Jésus ». Si l'on en croit un certain nombre d'experts, il s'agirait de Joseph d'Arimathie, mais nous n'aurons sans doute jamais de véritables certitudes à ce sujet.

— Je pencherais volontiers pour cette hypothèse. Il était assez riche pour s'offrir une tombe et un ossuaire. Sinon, pourquoi Hélène l'aurait-elle inclus dans sa collection ? Mais quel dommage que les os eux-mêmes aient disparu !

— C'est un mystère que je vous laisse élucider, dit Pitt. À propos, Summer m'a appris que vous aviez trouvé une nouvelle piste en ce qui concerne lord Kitchener et le *Hampshire*.

— C'est exact. Summer vous a peut-être dit que nous avions des lettres d'un évêque du nom de Lowery qui harcelait Kitchener, peu avant que le *Hampshire* coule, pour que celui-ci lui remette le Manifeste. Lowery a eu un accident de voiture peu de temps après ; il est resté handicapé et a mis fin à ses jours dans un accès de dépression. J'ai déniché dans les papiers de sa famille une lettre dans laquelle il reconnaît son rôle dans le désastre du *Hampshire*. Le navire a été coulé de façon délibérée de peur que Kitchener n'emmène le Manifeste en Russie et ne rende son existence publique. La Première Guerre mondiale était alors dans une impasse ; l'Église d'Angleterre semblait terrifiée par le contenu du Manifeste, en particulier l'« ossuaire de J » et le paradoxe qu'il impliquait quant à la résurrection.

— J'imagine qu'ils vont devoir fournir quelques explications.

Pendant leur conversation, Loren se dirigea vers une petite peinture exposée derrière deux cordons de velours. L'œuvre, qui allait sans doute devenir la plus célèbre de l'exposition, était un portrait d'époque de Jésus, réalisé sur un panneau de bois par un artiste romain. Même s'il lui manquait la touche de génie d'un Rembrandt ou d'un Rubens, l'artiste était parvenu à créer une représentation très réaliste d'un homme d'une grande profondeur d'esprit. Une impressionnante aura semblait rayonner du sujet, un homme barbu au visage fin. C'étaient ses yeux, se dit Loren. De couleur vert olive, ils paraissaient jaillir du cadre et irradier à la fois de ferveur et de compassion.

Loren examina le tableau pendant plusieurs minutes, puis appela Summer pour qu'elle vienne la rejoindre.

— La seule image connue de Jésus et exécutée de son vivant, commenta Summer avec respect. Remarquable, n'est-ce pas ?

— Oui, en effet.

— La plupart des peintures romaines qui nous restent sont des fresques, et un tel portrait est en soi une rareté. L'un des experts en attribue la paternité à un artiste qui a par ailleurs créé une fresque très connue à Palmyre, en Syrie. Cet homme peignait volontiers ses œuvres dans les maisons des notables de Judée et complétait ses revenus avec des portraits. Les historiens pensent qu'il a représenté Jésus au zénith de son influence, peu de temps avant son arrestation et sa crucifixion.

Elle suivit le regard de Loren et observa le sujet.

— Il y a quelque chose de très méditerranéen en lui, tu ne trouves pas ? Un homme du soleil et du vent.

— Rien de commun avec les représentations des maîtres médiévaux, qui le dépeignaient sous les traits d'un homme du nord de l'Europe, approuva Loren. Il te rappelle quelqu'un ? ajouta-t-elle.

Summer pencha la tête en étudiant le sujet du portrait et sourit.

— Maintenant que tu le mentionnes, c'est vrai qu'il y a une ressemblance.

— Une ressemblance avec qui ? demanda Pitt qui venait de s'approcher.

— Des cheveux noirs ondulés, un visage fin et un teint hâlé, dit Loren. Un peu comme toi.

Pitt regarda à son tour, puis secoua la tête.

— Non, ses yeux ne sont pas aussi verts que les miens. Et à en juger par l'arrière-plan, il ne devait pas mesurer plus d'un mètre soixante et peser plus de cinquante kilos. Et puis, il existe une autre différence fondamentale entre nous, ajouta-t-il avec un petit sourire.

— Laquelle ? demanda Loren.

— Il marchait sur l'eau. Je me contente de nager.

100

Le pic de chaleur de l'après-midi était passé, et le soleil étendait de longues ombres sur le bâtiment du tribunal de district de Jérusalem. Les reporters de la télévision et de la presse écrite furent les premiers à sortir, pressés de préparer leurs comptes rendus du procès. Les passionnés du monde judiciaire et les curieux qui s'étaient agglutinés dans la salle d'audience les suivirent, tout en discutant entre eux de la sentence. Les témoins et les avocats vinrent ensuite, heureux de voir les longues procédures enfin arrivées à leur terme. Quant au prévenu, il brillait par son absence. Oscar Gutzman ne franchirait pas libre les portes du tribunal. Menotté et sous bonne garde, il quitta les lieux avec discrétion par une porte dérobée et monta à bord d'une fourgonnette de la police qui le conduisit à la prison de Shikma, où il devait purger sa peine.

Dirk Junior et Sam Levine s'attardèrent dans le hall pour remercier les avocats de l'accusation de leur excellent travail, puis sortirent sous le soleil déclinant. Les deux hommes éprouvaient un sentiment mêlé de justice et d'amertume, sachant que le verdict ne compensait en rien la mort de Sophie ni celle de son collègue de l'Autorité des antiquités.

— Quinze ans pour complicité active dans le meurtre de l'agent Holder à Césarée, dit Sam. On ne pouvait guère espérer mieux.

— Il est à peu près sûr de mourir en prison, répondit Dirk d'un ton impassible.

— Compte tenu de son état de santé, je serais surpris qu'il survive à sa première année de détention.

— Alors vous allez devoir faire vite si vous voulez le poursuivre pour trafic et vol d'antiquités, souligna Dirk.

— Nous avons déjà conclu un accord avec ses avocats. Nous disposons d'un dossier solide, mais ajouter quelques années de prison supplémentaires à sa peine serait un exercice plutôt vain.

— Qu'avez-vous obtenu en échange ?

— Toutes les charges seront abandonnées s'il coopère dans l'enquête menée pour retrouver la source de toutes ses antiquités volées. En plus, ajouta Sam en souriant, Gutzman a accepté de léguer à sa mort l'ensemble de sa collection à l'État d'Israël.

— Vous avez réussi un bon coup !

— C'est aussi notre avis, acquiesça Sam alors qu'ils arrivaient en bas des marches. Cela compensera en partie les pertes subies en raison des trafics.

— Je suis heureux de constater qu'il sortira quelque chose de bon de tout cela. Continuez à vous battre pour la bonne cause, Sam. C'est ce qu'aurait voulu Sophie.

— Je le ferai. Prenez soin de vous, Dirk.

Alors que Sam Levine se dirigeait vers le parking, Dirk entendit quelqu'un l'appeler par son nom. Il se retourna et vit Bannister descendre l'escalier à l'aide d'une canne en bois poli.

— Oui, Bannister ?

— Si vous avez un instant à me consacrer, dit l'archéologue en boitillant dans sa direction. Je voulais juste vous dire qu'avant le procès, j'ignorais que vous entreteniez une relation avec mademoiselle Elkin. D'une certaine façon, c'était une collègue, même si nous ne partagions pas toujours le même point de vue. Cependant, sachez que je l'ai toujours considérée comme une femme remarquable.

— Je partage votre sentiment, répondit Dirk d'un ton calme. Et à propos, merci pour votre participation à ce procès. Votre témoignage a été déterminant pour confondre Gutzman.

— Je savais qu'il achetait des antiquités volées, mais je n'aurais jamais imaginé qu'il allait jusqu'à payer les services de terroristes armés et entraînés pour enrichir sa collection. Il n'est que trop facile de céder aux attraits des objets anciens, et je dois confesser mes propres fautes à cet égard. Mais il y a un moment où il faut reprendre le droit chemin. Vous et votre famille m'avez montré la voie à suivre, et vous m'avez aussi sauvé la vie. Pour cela, je vous serai toujours reconnaissant.

— Combien de temps allez-vous devoir garder ceci ? demanda Dirk en montrant la canne.

— Quelques semaines. Les médecins chypriotes m'ont rafistolé avec beaucoup de talent.

— C'est un beau geste de votre part de prêter le Manifeste à leur nouveau musée.

— Il fait partie de l'ensemble d'objets découverts par la NUMA, après tout, répondit Bannister. Peut-être cela me vaudra-t-il quelque indulgence de la part de votre sœur. À ce sujet, Summer est une jeune femme charmante. Pouvez-vous lui dire que je serais honoré de dîner un jour avec elle ?

— Je transmettrai le message. Quels sont vos projets ?

— L'Arche d'alliance. J'ai découvert une piste prometteuse selon laquelle elle serait cachée quelque part dans une grotte au Yémen. Et vous-même ?

— Je crois que j'en ai fini avec la Méditerranée pour l'instant.

— Eh bien bonne chance, quelle que soit votre prochaine destination. Transmettez mes salutations à votre père, ainsi qu'à Summer.

— Bonne chance à vous aussi, Bannister. Peut-être à un de ces jours.

Dirk regarda l'archéologue clopiner jusqu'à la station de taxis la plus proche. Quant à lui, son hôtel n'était qu'à quelques pâtés de maisons, et il décida de s'y rendre à pied. En arpentant les rues de Jérusalem Ouest, l'esprit perdu dans une brume d'émotions mêlées, il oublia vite la circulation intense et les trottoirs bondés.

Il dépassa l'hôtel et continua à marcher un peu moins de deux kilomètres, puis entra dans la vieille ville par la porte d'Hérode. Il flâna sans but dans les rues étroites, attiré vers l'est comme par une invisible boussole.

Alors qu'il suivait une religieuse qui traversait une ruelle sans se soucier du passage clouté, il leva les yeux et constata qu'il se trouvait devant l'église Sainte-Anne. Un sentiment de calme l'envahit tandis qu'il contournait le monument en direction de la piscine de Bethesda.

Le banc où il avait déjeuné avec Sophie était libre, et il s'y installa à l'ombre des sycomores. Perdu dans ses pensées, il continua à observer les bassins vides longtemps après que le soleil eut sombré sous la ligne d'horizon. Il était encore assis en contemplation silencieuse lorsque bruissa dans le ciel du soir une brise fraîche qui répandit sur la terre antique le doux parfum du jasmin.

Clive Cussler
dans Le Livre de Poche

(Parmi les titres les plus récents)

À la recherche de la cité perdue n° 31576
(avec Paul Kemprecos)

Kurt Austin, le chef des opérations spéciales de la NUMA, en mission de routine dans un glacier alpin, retrouve l'épave d'un avion de la Première Guerre mondiale et un casque couvert d'inscriptions mystérieuses... Bientôt, des événements inquiétants se succèdent : en Grèce, un scientifique, Angus MacLean, est kidnappé alors qu'il cherchait à s'enfuir après la mort suspecte de tous les chercheurs de son équipe ; sur les îles Orcades, au large de l'Écosse, des concurrents d'un jeu télévisé sont victimes de créatures mutantes ; dans les profondeurs de l'océan Arctique, des biologistes découvrent une nouvelle algue qui pourrait prolonger l'espérance de vie de l'humanité... ou assécher les océans du monde entier. Une fois encore, l'équipe de la NUMA nous entraîne dans une aventure palpitante, aux enjeux décisifs pour notre planète.

Atlantide n° 17301

1858 : un baleinier découvre dans les glaces de l'Antarctique un navire et son équipage statufiés depuis quatre-vingts ans par le froid. À son bord, de curieuses antiquités, parmi lesquelles un crâne sculpté dans l'obsidienne. Mars 2000 : des découvertes analogues sont faites par un mineur dans des galeries abandonnées du Colorado. Les spécialistes venus examiner ses trouvailles échappent de justesse à la mort. Avril 2000 : un brise-glace d'investigations manque d'entrer en collision avec un sous-marin disparu cinquante-six ans plus tôt : un U-boat de l'armée allemande. Telles sont les premières étapes d'une course-poursuite qui va mener Dirk Pitt, le héros fétiche de Clive Cussler, vers le plus hallucinant des complots : un plan d'anéantissement planétaire, au terme duquel des êtres issus de manipulations génétiques succèderaient à l'humanité...

Bouddha n° 37246
(avec Craig Dirgo)

Qui se méfierait d'un vieux cargo rouillé, susceptible de s'échouer dans le premier port venu ? Pourtant l'*Oregon* abrite des installations ultra sophistiquées, des systèmes de communication et d'armement à faire pâlir de jalousie les services secrets des plus grands pays. Quant à l'équipage, il est composé des mercenaires surentraînés de la fameuse Corporation dirigée par l'énigmatique capitaine Juan Cabrillo. Leur mission : retrouver un bouddha en or volé au dalaï-lama. Les Chinois, les Russes et les Américains sont sur le pied de guerre. De Genève à Macao, le bouddha passe de main en main à un rythme effréné jusqu'à ce qu'un trafiquant d'art se mêle d'en faire une copie... Mais pourquoi une telle fascination pour cette statue ?

Corsaire n° 33392
(avec Jack Du Brul)

Baie de Tripoli, février 1803. Le ketch américain l'Intrepid est abordé par le Saqr, le navire du redoutable pirate Suleiman

Al-Jama. Au cours de l'affrontement, le lieutenant Henry Lafayette est projeté dans les flots en même temps qu'Al Jama. De nos jours. Une conférence pour la paix au Moyen-Orient doit avoir lieu. L'avion où a pris place la secrétaire d'État Fiona Katamora s'écrase au-dessus du désert libyen. La CIA ne se fie guère aux premières conclusions officielles des autorités de Tripoli et décide d'engager Juan Cabrillo et ses hommes pour mener l'enquête. L'équipe de l'Oregon envoyée sur place s'aperçoit vite que la secrétaire d'État n'est pas au nombre des victimes... Leurs recherches vont les mener sur la trace de terroristes prêts à tout pour faire échouer le processus de paix et se transforment bientôt en une chasse au trésor qui pourrait bien bouleverser le cours de l'Histoire.

Croisière fatale n° 33041
(avec Jack Du Brul)

L'*Oregon* est un navire de guerre. Décrépit à l'extérieur, il cache en son sein les gadgets les plus sophistiqués. L'équipage, conduit par Juan Cabrillo, un ancien de la CIA, est composé de membres de la Corporation. Leur rôle est de protéger les intérêts occidentaux, y compris au péril de leur vie. Alors qu'ils viennent de terminer une mission à haut risque dans une base militaire iranienne, leur route croise celle d'un bateau de plaisance. Sur le pont des centaines de corps sans vie et une seule survivante. À peine l'ont-ils recueillie qu'ils voient le bateau sombrer. Toute trace du forfait a ainsi disparu, engloutie dans l'océan... Des Philippines à la Méditerranée et aux fjords de Norvège, Juan et ses hommes vont tout faire pour découvrir et comprendre ce qui se cache derrière ce massacre et mettre un terme aux desseins mortels de ses commanditaires...

Dérive arctique n° 33127
(avec Dirk Cussler)

Une scientifique en passe de découvrir le moyen de freiner le réchauffement climatique réchappe de justesse à une explosion qui a tout d'un attentat.Une série d'incidents diplomatiques éclate entre les États-Unis et le Canada, et les morts inexpliquées se multiplient en Colombie-Britannique... Lorsque Dirk Jr. et Summer, les deux enfants du directeur de la NUMA, découvrent sur un bateau trois cadavres empoisonnés au dioxyde de carbone, ils comprennent qu'il existe un lien entre ces événements. Mais pour tout indice, ils ne possèdent qu'un mystérieux minerai et l'espoir de retrouver l'épave de deux navires d'exploration disparus dans les glaces de l'Arctique, qui ont laissé derrière eux une bien étrange légende...

Dragon n° 7604

L'explosion dans le Pacifique Nord d'un cargo transportant des voitures japonaises, c'est un accident. Mais dès lors que cette explosion est d'origine nucléaire, c'est une énigme. Une énigme taillée sur mesure pour Dirk Pitt… L'enjeu est de taille. Rien de moins que la propagation du feu nucléaire en territoire américain, sous le couvert de banales voitures importées. Dernière étape du plan ourdi par un cartel de financiers et d'industriels japonais, qui se sont juré de briser toute résistance à l'expansion commerciale du pays des « samouraïs »…

L'Empire perdu n° 34002
(avec Grant Blackwood)

Sam et Remi Fargo ne cherchent pas d'ennuis alors qu'ils plongent au large des côtes tanzaniennes et tombent sur les vestiges de l'*Ophelia*, un navire disparu pendant la guerre de Sécession américaine. Pourtant cette découverte les oblige à remonter les anciennes routes parcourues par ce bateau. C'est ainsi que les Fargo débarquent à Zanzibar, puis entrent dans la forêt tropicale de Madagascar, et en Indonésie, où les redoutables hommes de main du président mexicain, un certain Quauhtli Garza, leader du parti Mexica Tenochca, sont à leurs trousses, prêts à les tuer plutôt que les laisser percer le mystère des origines du peuple aztèque... Deuxième volet de la série « Fargo » après *L'Or de Sparte*, un roman éblouissant du maître de l'aventure Clive Cussler.

L'Espion n° 33934

1908. Les tensions entre pays s'exacerbent et le monde semble se diriger vers la guerre. Lorsqu'un brillant ingénieur naval américain est retrouvé mort, sa fille refuse de croire à l'hypothèse du suicide et fait appel à la légendaire agence Van Dorn pour laver l'honneur de son père. Bientôt, les morts accidentelles s'accumulent, et il ne fait plus aucun doute qu'un cerveau machiavélique cherche à anéantir les concepteurs du projet top-secret Hull 44, fleuron de l'industrie navale américaine. Des bas-fonds de New York à Chinatown en passant par les chantiers navals, Isaac Bell doit composer avec des espions allemands, britanniques et japonais pour démasquer celui qui veut porter un coup fatal à la Navy.

Glace de feu n° 37192
(avec Paul Kemprecos)

Au cœur de l'ex-Union soviétique, Mikhail Razov, un milliardaire paranoïaque qui prétend descendre des Romanov, veut prendre le pouvoir dans son pays, malade de son économie, de la corruption et d'une misère endémique. Contrôlant dans les profondeurs océanes les gisements de « glace de feu » ? – du méthane à l'état solide, instable et explosif – et secondé par un moine charismatique, il entend redonner au pays sa « pureté d'origine » et mettre fin au style de vie occidental et matérialiste… Pour arriver à ses fins, il fait disparaître un sous-marin de l'US Navy, et menace de rayer de la carte une ville côtière du Maine. Au même moment, le vaisseau de recherche de la NUMA, l'Argo, se trouve en mer Noire dans l'attente d'une équipe de télévision. Mais l'heure n'est plus aux interviews : les journalistes sont traqués sur une île par des Cosaques à cheval. Île qui se révèle bientôt être une base sous-marine, le repaire de Razov…

Iceberg n° 17120

Le navire garde-côte *Catawaba* vogue dans l'Atlantique Nord, pas très loin de l'Islande. À son bord, un scientifique, Hunnewell, spécialiste des formations glaciaires. Et Dirk Pitt, l'homme des missions aventureuses en mer. Leur objectif : un iceberg qui dérive lentement vers le sud, emportant avec lui, nettement visible en transparence, un bateau emprisonné dans sa gangue de glace. Leur mission : percer les secrets que détient dans ses flancs cet incroyable vaisseau fantôme. Des secrets dangereux, assurément. À preuve les quinze hommes qu'ils vont découvrir à son bord et qui ont été atrocement exécutés au lance-flammes.

L'Incroyable Secret n° 7499

Mission : retrouver coûte que coûte un document qui vaut de l'or mais pourrait déclencher une guerre. Deux des meilleurs agents secrets du monde, Dirk Pitt, l'Américain, et Brian Shaw, l'Anglais, s'affrontent dans une course folle pour mettre, le premier, la main sur cet incroyable secret disparu depuis soixante-quinze ans mais que la belle Heidi Milligan, brillant officier de la marine américaine, a découvert accidentellement.

Mayday ! n° 17245

Des signaux de détresse au-dessus de la mer Égée ! Aux commandes de son hydravion, Dirk Pitt n'en croit pas ses oreilles. La base aérienne américaine de Brady Field a été presque totalement détruite et ses jets anéantis… par un biplan datant de la Première Guerre mondiale ! Pitt va mettre le doigt dans une gigantesque machination où se bousculent un nazi psychotique, un dealer pervers, une superbe espionne et un Hercule grec assoiffé de sang. Une course mortelle avec le chef d'un réseau mondial de trafiquants de drogue… à la recherche d'une cargaison fatale d'un milliard de dollars !

Méduse bleue n° 33599
(avec Paul Kemprecos)

1848, dans l'océan Pacifique. L'équipage du *Princess* commandé par le capitaine Horatio Dobbs est atteint par une maladie tropicale. Sur une île inconnue, un médecin indigène les sauve de la mort. De nos jours, dans les îles de Micronésie. Un laboratoire sous-marin, financé dans le plus grand secret par le gouvernement américain, disparaît. Il effectuait des recherches sur la « méduse bleue », une espèce rare. Au même moment, au large des Bermudes, une bathysphère est attaquée et immobilisée à plus de cinq cents mètres de profondeur... Kurt Austin engage l'équipe de la NUMA car il suspecte un lien avec une puissante organisation de criminels chinois, qui mène des expériences médicales et aurait découvert un nouveau virus. Austin et Joe Zavala vont devoir tenter le tout pour le tout pour sauver non seulement leur vie mais celle de millions de personnes...

La Mer silencieuse n° 33734

7 décembre 1941. Cinq frères explorent l'île de Pine, au large de l'État de Washington et font une extraordinaire découverte au fond d'un puits. Mais l'attaque de Pearl Harbor plonge le pays dans la guerre les obligeant à interrompre leurs recherches et à rejoindre l'armée. De nos jours. Juan Cabrillo et son équipe doivent retrouver, dans le plus grand secret, les débris d'un satellite tombé au cœur de la jungle argentine. En remontant les pistes, ils parviennent jusqu'à la petite île de Pine, où ils ne tardent pas à trouver, à leur tour, d'étranges indices. Ceux-ci révèlent l'existence d'un mystérieux navire chinois, *La Mer silencieuse*, et d'une malédiction qui semble perdurer depuis plus d'un demi-siècle. Pris dans un conflit d'intérêts économiques internationaux, Cabrillo et ses hommes cherchent à poursuivre l'enquête, bien conscients que leur vie dépend du succès de leur mission.

Le Navigateur n° 32545

Bien des années après le vol d'une statue phénicienne – surnommée *Le Navigateur* – dans un musée de Bagdad, des hommes prêts à tout pour la retrouver semblent être à l'origine d'une série de meurtres. Leur première victime : un marchand d'art véreux, tué de sang-froid. Puis ils s'en prennent à une enquêtrice de l'Unesco chargée de retrouver la trace de l'œuvre disparue... Quel secret cette statue renferme-t-elle ? Cette question va mener Austin et son équipe dans une odyssée à travers le temps, qui leur fera découvrir les trésors oubliés du roi Salomon et de la reine de Saba, de mystérieux documents dissimulés par Thomas Jefferson et protégés aujourd'hui encore par une société secrète, et un projet scientifique qui pourrait changer la face du monde. Ce n'est pourtant là que le début d'une série de révélations...

Onde de choc n° 17062

En 1859, deux forçats rescapés d'un naufrage, Betsy Fletcher et Jess Dorsett, découvrent sur une île déserte une immense mine de diamants. Ils fondent une dynastie puissante et riche. Cent quarante ans plus tard, une de leurs descendantes, Maeve Dorsett, dont le père, Arthur, est un des plus gros diamantaires du monde, est abandonnée avec un groupe de touristes, dans des conditions mystérieuses, sur une île désolée de l'Antarctique. Dirk Pitt parvient à les sauver alors qu'il enquête sur les causes inexpliquées d'une épidémie qui ravage la faune. Il découvrira bientôt l'existence d'une nouvelle technique d'extraction minière : l'onde de choc, ou convergence acoustique. Une méthode efficace, meurtrière pour la vie environnante, que le père de Maeve Dorsett n'a pourtant aucun scrupule à utiliser. Et même à grande échelle… Un superbe roman d'aventures, dans le cadre magnifique de l'Antarctique et des mers du Sud.

L'Or bleu n° 37016
(avec Paul Kemprecos)

En Amazonie, une légende prétend qu'au cœur de la forêt une mystérieuse déesse blanche détient un pouvoir extraordinaire :

celui d'asservir toutes les populations du globe… Au large des côtes mexicaines, Kurt Austin et Jo Zavala, éminents membres de la NUMA, s'interrogent sur la mort soudaine de centaines de baleines. Catastrophe écologique ou acte criminel ? Lorsque, au cours d'une expédition sous-marine, ils échappent de justesse à la mort, les deux aventuriers savent que le doute n'est plus permis… Une autre équipe de la NUMA, en mission au Venezuela, se retrouve confrontée à des pirates chargés de piller les ressources naturelles de la forêt amazonienne pour le compte de grands laboratoires pharmaceutiques. La légende de la déesse blanche se précise… Pour Kurt Austin, ces événements sont liés ; une organisation secrète tente de contrôler une ressource vitale pour l'être humain : l'eau douce. Et il reste peu de temps pour éviter que cette richesse naturelle, véritable or bleu, ne tombe entre les mains d'un fou démoniaque…

L'Or de Sparte n° 33562
(avec Grant Blackwood)

1800 : alors qu'il traverse les Alpes enneigées avec son armée, Napoléon Bonaparte découvre un trésor fabuleux. Ne pouvant le transporter, et afin de le léguer à ses héritiers, il invente avec l'aide de son plus fidèle officier une énigme qui, une fois résolue, mènera jusqu'à lui. Mais à la mort de l'empereur, les indices soigneusement disséminés disparaissent… De nos jours : explorant les marais du Maryland, Remi et Sam Fargo découvrent, échoué dans un bras mort de la rivière, un sous-marin allemand datant de la Seconde Guerre mondiale. À l'intérieur, une bouteille de vin de la cave perdue de Napoléon. Intrigués par les symboles qui ornent l'étiquette, ils se lancent à la recherche des bouteilles manquantes… De son côté, Hadeon Bondarouk, un millionnaire russe d'origine perse, est lui aussi prêt à tout pour retrouver ce mystérieux trésor, qui pourrait bien en cacher un autre…

Panique à la Maison-Blanche n° 7507

Golfe de Cook, Alaska. Un SOS vient d'être reçu… Le *Catawba*, un garde-côte, fonce à la rescousse. Le bateau en détresse émerge soudain du rideau de pluie. Les ponts sont déserts et les appels du *Catawba* restent sans réponse. À bord de l'*Amie Marie*, tous sont morts, même le chat. Un autre appel désespéré arrive alors du pilote d'un avion livrant du matériel à une équipe de scientifiques sur l'île Augustine, située à 30 milles au nord-est de la position du *Catawba* : « Savants tous morts, sauvez-moi. » Ainsi commence pour Dirk Pitt, le très séduisant agent secret américain, héros de *L'Incroyable Secret*, l'affaire la plus difficile de toute sa carrière : une infernale, effroyable machination dont dépend la liberté du monde. De Washington au Kremlin, de l'Alaska aux Caraïbes, Dirk Pitt nous entraîne sur – et sous – les océans, dans une course implacable.

La Poursuite n° 32727

1950. La carcasse rouillée d'une locomotive à vapeur émerge des profondeurs d'un lac du Montana. À l'intérieur, les restes de trois personnes mortes quarante-quatre ans plus tôt.
1906. Depuis deux ans, l'Ouest américain connaît une vague d'attaques de banques. Le malfaiteur agit seul et assassine de sang-froid tous les témoins avant de disparaître. Incapable de mettre un terme aux agissements du « Boucher », le gouvernement américain fait intervenir le meilleur de ses agents : Isaac Bell, de l'agence de détectives Van Dorn. De l'Arizona au Colorado en passant par San Francisco dévasté par le séisme de 1906, Isaac Bell traque celui qui apparaît comme le plus grand cerveau criminel de tous les temps. Lorsque celui-ci décide de riposter, Bell doit faire appel à tout son talent, non seulement pour l'emporter, mais pour en réchapper. Le chasseur qu'il était est devenu la proie...

Quart mortel n° 31993
(avec Jack Du Brul)

Juan Cabrillo est le directeur de la Corporation, une agence de mercenaires au service des intérêts occidentaux. À bord de l'*Oregon*, un navire de guerre ultramoderne, les membres de la Corporation accomplissent des missions extrêmement périlleuses. Cette fois-ci, ce sont des armateurs japonais qui les sollicitent. La fortune de ces magnats est en effet menacée par des pirates qui écument les mers de la région, pillant les bateaux et massacrant les équipages. Mais, lorsque la Corporation se retrouve face à l'ennemi, Juan Cabrillo découvre que ces exactions dissimulent une conspiration internationale. Après *Bouddha* et *Pierre sacrée*, voici le troisième épisode des aventures de Juan Cabrillo, désormais aussi célèbre que Dirk Pitt et Kurt Austin.

Rivage mortel n° 32935
(avec Jack Du Brul)

1896. Sous le soleil impitoyable du Kalahari, quatre Anglais et leur guide tentent à tout prix de regagner, avec leur butin de diamants, la côte où les attend le HMS *Rove*. À leurs trousses, de redoutables guerriers, les Hereros. Une terrible tempête de sable se lève et va recouvrir le cargo... De nos jours, sur les rives du Congo. L'*Oregon*, commandé par Juan Cabrillo, échappe de justesse à un guet-apens et intercepte le signal de détresse d'un petit bateau de pêche pourchassé par un groupe armé. À son bord, Sloane McIntyre, sur la piste du *Rove* et du gigantesque serpent de mer métallique dont lui a parlé un vieux pêcheur fou... Tandis que des hommes sans scrupules projettent de déchaîner les forces de la nature contre quiconque s'opposera à eux, la chasse au serpent se transforme en course contre le temps et contre la mort.

Le Saboteur n° 33443
(avec Justin Scott)

1907. Le raccourci des Cascades, une voie express vitale reliant San Francisco et le nord des États-Unis, subit une succession de sabotages. Impuissante devant ces attaques qui compromettent l'avancée des travaux et l'avenir de la ligne, la compagnie de chemins de fer fait appel à l'agence de détectives Van Dorn. Cette dernière envoie sur place son meilleur agent : Isaac Bell. Le défi est de taille, car celui qui recrute des hommes de main dans les saloons et parmi les marginaux, avant de les faire disparaître, brouille les pistes et semble insaisissable. Que cherche-t-il ? Est-ce un anarchiste ? Un esprit pervers aux projets machiavéliques ? De New York à Boston en passant par San Francisco, Bell sillonne le pays pour traquer le Saboteur. Bientôt, l'agent devra rassembler tout son talent, non seulement pour sauver la Southern Pacific... mais pour en réchapper.

Sahara n° 7643

D'où vient la terrible marée rouge surgie dans le delta du Niger, et grosse de menaces pour la protection de l'environnement ? Quel rapport entre cette catastrophe et la disparition en 1930, en plein Sahara, de l'aviatrice Kitty Manock ? Ou celle d'un bateau américain, évanoui dans la brume soixante-dix ans plus tôt ? Parti à la recherche de la barque funéraire d'un pharaon, le chasseur de trésors Dirk Pitt va être entraîné, en compagnie de la douce Eva, dans la plus étrange et la plus dangereuse de ses aventures. Un thriller écologique où mystère, humour et suspense composent le plus excitant des cocktails.

Serpent n° 17229
(avec Paul Kemprecos)

Au fond des eaux gelées, près de Nantucket, repose la silencieuse épave d'un somptueux paquebot italien, l'*Andrea Doria*. Peu de gens savent que dans ses entrailles se cache une antiquité précolombienne qui prouverait l'existence de rapports entre le vieux continent et le Nouveau Monde, bien avant l'arrivée de Christophe Colomb. Kurt Austin, le chef de l'équipe d'exploration de la NUMA, vient de sauver Nina Karov, l'archéologue qui avait été attaquée au large des côtes du Maroc alors qu'elle venait de découvrir une tête antique en pierre sculptée. C'est à ce moment que les disparitions inexpliquées de plusieurs équipes archéologiques financées par un milliardaire mexicain, Halcon, se multiplient. En quoi les chercheurs contrarient-ils les plans du démoniaque Halcon ? Que manigance-t-il ? Kurt Austin et son équipe, secondés par Nina, se lancent aussitôt dans une implacable poursuite et tentent de déjouer les projets diaboliques qui mettent en péril le destin des États-Unis.

Tempête polaire n° 32362
(avec Paul Kemprecos)

De faible ampleur, l'inversion polaire, un phénomène naturel, désoriente la faune marine et les oiseaux, paralyse les systèmes électriques. Mais si les éléments se déchaînent, elle peut déclencher un véritable cataclysme. En pleine Seconde Guerre mondiale, un excentrique hongrois, Lazlo Kovacs, découvre comment provoquer cette inversion des pôles à l'aide d'ondes électromagnétiques. On perd bientôt toute trace de l'homme et de ses travaux, jusqu'au jour où le leader d'un groupe altermondialiste essaie d'utiliser ses théories comme un avertissement aux puissants de ce monde. Or, une fois le processus en marche, plus rien ne peut l'arrêter. Kurt Austin, Joe Zavala et les autres membres des opérations spéciales de la NUMA vont devoir sillonner les océans et essuyer bien des tempêtes pour trouver un moyen de sauver le monde...

Le Trésor du Khan n° 32117
(avec Dirk Cussler)

Russie, lac Baïkal. Un bateau de pêche évite de justesse une vague monstrueuse. Catastrophe naturelle ? Rien n'est moins sûr – d'autant que l'équipage est bientôt kidnappé et que le navire de Dirk Pitt manque à son tour d'être coulé. L'enquête nous conduit alors en Mongolie, où un mystérieux magnat du pétrole est prêt à tout pour rétablir la gloire de son aïeul, un conquérant dont l'empire dépassait en son temps celui d'Alexandre le Grand. Des lacs gelés de Sibérie aux déserts brûlants du nord de la Chine, Dirk Pitt découvre des indices qui vont le mener sur les traces d'un trésor fantastique. Mais, pour l'atteindre, il doit arrêter le descendant de Gengis Khan, avant qu'il ne soit trop tard... Porté par un rythme haletant, *Le Trésor du Khan* prouve une fois de plus qu'en matière de romans d'aventures, nul ne peut surpasser Clive Cussler.

Vent mortel n° 31765
(avec Dirk Cussler)

À la fin de la Seconde Guerre mondiale, les Japonais lancèrent deux de leurs derniers sous-marins vers la côte Ouest des États-Unis, avec à leur bord des capsules contenant un redoutable virus. Leur objectif : déchaîner l'enfer. Un homme, informé de cette mission ultra-secrète, sait qu'aucun des deux sous-marins n'atteignit son but. Cependant, il croit connaître l'endroit où ils reposent encore, et conçoit un plan démoniaque pour utiliser leur cargaison – un plan qui pourrait remodeler entièrement l'Amérique, et peut-être le monde. Mais le clan Pitt se trouve sur son chemin. C'est la première fois que Dirk Pitt, nouveau directeur de la NUMA, fait équipe avec ses enfants, Summer, biologiste océanographe, et Dirk, architecte naval. C'est aussi la première fois qu'il affronte le diable en personne...

Du même auteur
aux éditions Grasset :

Série Dirk Pitt

ODYSSÉE, 2004.
WALHALLA, 2003.
ATLANTIDE, 2001.
RAZ DE MARÉE, 1999.
ONDE DE CHOC, 1997.
L'OR DES INCAS, 1995.
SAHARA, 1992.
DRAGON, 1991.
TRÉSOR, 1989.

avec Dirk Cussler

LA FLÈCHE DE POSÉIDON, 2015.
LE COMPLOT DU CROISSANT, 2014.
DÉRIVE ARCTIQUE, 2011.
LE TRÉSOR DU KHAN, 2009.
VENT MORTEL, 2007.

Série Numa
avec Graham Brown

LA HORDE, 2016.
LA FOSSE DU DIABLE, 2015.

avec Paul Kemprecos

MÉDUSE BLEUE, 2012.
LE NAVIGATEUR, 2010.
TEMPÊTE POLAIRE, 2009.
À LA RECHERCHE DE LA CITÉ PERDUE, 2007.
MORT BLANCHE, 2006.
GLACE DE FEU, 2005.
L'OR BLEU, 2002.
SERPENT, 2000.

Série Oregon

avec Jack du Brul

JUNGLE, 2014.
LA MER SILENCIEUSE, 2013.
CORSAIRE, 2011.
CROISIÈRE FATALE, 2011.
RIVAGE MORTEL, 2010.
QUART MORTEL, 2008.

avec Craig Dirgo

PIERRE SACRÉE, 2007.
BOUDDHA, 2005.

Série Chasseurs d'épaves

CHASSEURS D'ÉPAVES, NOUVELLES AVENTURES, 2006.
CHASSEURS D'ÉPAVES, 1996.

Série Isaac Bell

L'ACROBATE (avec Justin Scott), 2016.
LA COURSE (avec Justin Scott), 2014.
LE SABOTEUR (avec Justin Scott), 2012.
LA POURSUITE, 2010.

Série Fargo
avec Grant Blackwood

LE ROYAUME DU MUSTANG, 2015.
L'EMPIRE PERDU, 2013.
L'OR DE SPARTE, 2012.

Le Livre de Poche s'engage pour l'environnement en réduisant l'empreinte carbone de ses livres. Celle de cet exemplaire est de :
600 g éq. CO_2
Rendez-vous sur
www.livredepoche-durable.fr

PAPIER À BASE DE FIBRES CERTIFIÉES

Composition réalisée par Belle Page

Achevé d'imprimer en novembre 2016, en France sur Presse Offset par
Maury Imprimeur – 45330 Malesherbes
N° d'imprimeur : 213065
Dépôt légal 1re publication : avril 1996
Édition 04 – novembre 2016
Librairie Générale Française – 21, rue du Montparnasse – 75298 Paris Cedex 06

24/4633/0